KÖNIG DER UNTERWELTFEEN

USA-TODAY-BESTSELLERAUTORINNEN

LEXI C. FOSS & J.R. THORN

Bei diesem Werk handelt es sich um eine fiktive Geschichte. Namen, Figuren, Orte und die Handlung des Buches entspringen entweder der Fantasie der Autorinnen oder werden fiktiv verwendet. Etwaige Ähnlichkeiten mit tatsächlichen Begebenheiten, Orten, lebenden oder verstorbenen Personen oder Unternehmen wären rein zufällig.

König der Unterweltfeen

Copyright © 2025 Lexi C. Foss & J.R. Thorn

Alle Rechte vorbehalten.

Der Inhalt dieses Buches ist urheberrechtlich geschützt. Das Urheberrecht liegt,

soweit nicht ausdrücklich anders gekennzeichnet, bei J.R. Thorn und Lexi C. Foss.

Wer gegen das Urheberrecht verstößt, macht sich gem. §§ 106 ff UrhG strafbar, wird zudem kostenpflichtig abgemahnt und muss Schadensersatz leisten (§ 97 UrhG).

Dieses Buch darf ohne schriftliche Genehmigung der Autorinnen weder ganz noch teilweise in irgendeiner Form oder mit elektronischen oder mechanischen Mitteln, einschließlich Informationsspeicherungs- und -Abrufsystemen, reproduziert werden, mit Ausnahme kurzer Zitate in einer Buchbesprechung.

Lektorat englische Ausgabe: Outthink Editing, LLC

Korrektorat englische Ausgabe: Jean Bachen & Katie Schmahl

Cover-Design: Covers by Juan

Coverfoto: Wander Aguiar

Covermodels: Sophie, Alex, Philippe, Forrest, & Camden

Veröffentlicht von: Ninja Newt Publishing

Printausgabe:

ISBN: 978-1-68530-424-9

Für die braven Mädchen, die sich insgeheim nach einem harten Dom sehnen, während ein zärtlicher Dom sie lobt …
Während sie sie teilen.
Jepp.
Dieses Buch ist für euch.

KÖNIG DER UNTERWELTFEEN

Das Schachbrett ist aufgebaut.
Die Spieler wurden ausgewählt.

Vivaxia hat versucht, Camillia zu einer Figur in unserem endlosen Spiel zu machen – aber sie irrt sich, was sie angeht.

Es ist ihr nicht bestimmt, irgendeine beliebige Spielfigur zu sein. Sie ist unsere Königin.

Das Reich der Höllenfeen benötigt dringend eine – vor allem, als es von zerstörerischer Engelsfeenmagie angegriffen wird. Wer ist wirklich ein Feind? Und wer wird bloß kontrolliert?

Das Letzte, was ich tun will, ist, Unschuldige zu bestrafen, aber das gehört alles zu Vivaxias Plan mit dazu. Sie will mich verletzen – und zwar tief. Darum will sie alles auseinandernehmen, was ich aufgebaut habe, und Wege finden, damit alle Königreiche sich gegen mich wenden.

Hätte sie sich auf alle möglichen Ausgänge vorbereitet, hätte sie vielleicht gewonnen, aber ich weiß etwas, das eine Kreatur wie Vivaxia nie wissen wird. Ganz egal, wie viel sie auch beobachtet, intrigiert und plant.

Mein Reich wird nicht von Angst regiert. Mein Volk ist mir treu ergeben wegen dem, wofür ich stehe. Ich bin alles, was die Engelsfeen nicht waren.

Ich kontrolliere sie nicht. Ich lasse sie genauso sein, wie sie sind. Ich lasse sie ihre Schicksale erfüllen, wie sie es wünschen.

Das Schicksal wird nicht durch die Hand der Mächtigen geschaffen ...

Es wird mit Liebe und Trauer geschmiedet, und allem voran ... Mit *Höllenfeuer*.

Anmerkung der Autorinnen: *König der Unterweltfeen* ist ein dunkler, paranormaler Liebesroman mit vier geplagten Gefährten, zwischen denen man sich nicht entscheiden muss. Wenn du deine Antihelden dominant und sexy magst, bist du hier an der richtigen Adresse. Im Reich der Höllenfeen brennt Romantik heiß und Vergebung ist nicht vonnöten. Dieses Buch schließt die Unterweltfeen-Serie ab.

EINE ANMERKUNG VON LEXI & JEN

Danke, dass du dich für ‚König der Höllenfeen' entschieden hast! Wir hoffen, dass dir diese dunkle Welt genauso gut gefallen wird wie uns.

Allen Leser*innen, die neu zur Reihe hinzugestoßen sind, empfehlen wir, die Bücher in Reihenfolge zu lesen, da es sich bei dieser Serie um eine fortlaufende Geschichte handelt.

Sei gewarnt: Dieser Reihe wohnen starke sexuelle Spannungen, Gewaltszenen und Szenen mit Dubcon inne. Es existieren auch sehr starke M/M-Beziehungen in dieser Welt. Die Männer in dieser Geschichte lieben es, einander zu ficken. Es ist aber zu erwähnen, dass Cami das Herzstück ihres Zirkels ist.

Oder jedenfalls wird sie das sein ...

Sobald der König endlich fällt, verdammt.

Ihre Reise war nicht einfach, aber jetzt wird die Hitze noch einmal aufgedreht.

Wir hoffen, dir gefällt das große Finale in der Welt der Höllenfeen.

Es ist an der Zeit, dass der König der Höllenfeen sich der Königin der Höllenfeen beugt ...

EINFÜHRUNG

Außergewöhnliche Fähigkeiten erfordern außergewöhnliche Opfer.
Aber was, wenn der Preis zu hoch ist?
Ein guter König ist bereit, alles aufzugeben, um jeden außer sich selbst zu retten.
Aber ein großartiger König sieht ein, wann er Hilfe braucht.
Und ein noch besserer Herrscher weiß, wann es an der Zeit ist, sich zu *beugen* …
–Typhos

DIE REICHE DER HÖLLENFEEN

EINE SEITE AUS LUZIFERS BUCH, VITA, DIE ANS TAGESLICHT GEKOMMEN IST

Vor langer, langer Zeit fiel ein Engel vom Himmel. Seine Federn wurden ihm ausgerissen, sein Licht ausgelöscht, und er landete in den Feuern eines zerstörten Landes.

Aber dieser Engel war kein normaler Engel.

Er hatte gewusst, dass seine Welt zusammenbrechen würde, noch bevor der ultimative Verrat an ihm begangen worden war. Und so verbarg er die Quelle seines Lichts. Seine wahre Macht. Seine ultimative Rache.

Aus diesem gleißenden Funken der Energie schuf er eine neue Welt – das Reich der Höllenfeen. Und darin hieß er alle Kreaturen willkommen, die von den anderen Feenreichen abgelehnt und verbannt wurden.

Albtraumfeen. Abscheulichkeiten. *Monster*.

Während sein neuer Hof stetig wuchs, entstanden mehrere Königreiche. Jedes wird von einer beschützerischen Mythenfee und unter ihnen wiederum von Feenkönigen regiert.

Dieser Eintrag soll als Verzeichnis dieser Königreiche und den bekannten Spezies dienen, die sie bewohnen. Es verändert sich und wächst täglich, aber ich bin Vita, Luzifers Buch. Ich weiß alles. Ich dokumentiere alles. Und jetzt werde ich mein Wissen mit dir, lieber Leser, teilen ...

Ödland: Wüstenähnliche, trockene Gegenden mit felsigem Grund und nahezu keinem Wasservorkommen. Zentauren, Mantikore, Minotauren, Luftdrachen, Greife und Irrwichte nennen dieses Gebiet ihr Zuhause. Es wurde vor Kurzem auch dazu benutzt, die Höllenfeen-Brautkandidatinnen in einem einzigartigen Paradigma zu beherbergen.

Königreich der Höllenfeen: Ein zusammengefasstes Königreich, das Typhos Luzifer sein Zuhause nennt. Alle Nicht-Albtraum-Feengeschöpfe residieren hier – ganz so wie Luzifers berüchtigte Höllenhunde.

Marschland: Trübe Wasser und Sumpfpflanzen machen die Gegend zum idealen Zuhause für Nagas und Unseelie.

Königreich der Träume: Hierbei handelt es sich um das Land der Träume, wo Albtraumfeen sich an Angst und Schrecken laben. Ghule und Strigoi nennen diesen Ort hier ihr Zuhause, aber auch eine von Luzifers persönlichen Kreationen lebt hier: die Kuntilanak-Feen.

Königreich des Jenseits: Dunkelheit und Mondlichtstrahlen suchen die Friedhöfe dieses Königreiches heim und machen es zum idealen Zuhause für Leichen- und Todesfeen.

Unterwasser-Königreich: Unendliche Ozeane und korallenähnliche Schlösser hüllen dieses Königreich in ein Meer aus einzigartigen Farben. Hier hausen Kelpies und Wasserdrachen, aber auch einige von Luzifers persönlichen Schöpfungen finden hier Zuflucht, darunter die Sirenen.

Reich der Höllenfeen
Marschland
Königreich der Höllenfeen
Königreich der Träume
Unterwasser-Königreich
Ödland
Königreich des Jenseits

PROLOG

EINE ANMERKUNG VON TYPHOS

VOR LANGER, langer Zeit wurde ich von einer Frau hintergangen. Einer Frau, die sich als meine Mentorin und eine Freundin ausgegeben hat. Einer Frau, die mir in dunklen Geschäften Führung geboten hat und gern unzulässige Vereinbarungen ausklügelte.

Ich wusste, dass ich ihr nicht trauen sollte.

Aber ich habe ihr ihre Tricks gelassen und versucht, sie in ihrem eigenen Spiel zu schlagen.

Und bin *gefallen*.

Unsere Seelen waren inkompatibel – so viel war mir bereits klar, als ich ihr unredliches Angebot annahm. Ich hatte nur nicht realisiert, dass mich die fehlende Kompatibilität teuer zu stehen kommen würde.

Sie, aber, wusste es. Sie hat die Klausel benutzt, um meine Seele dafür zu bestrafen, ihre abgewiesen zu haben.

Ihre Bestrafung stellte sich am Ende als Segen heraus, denn mein Fall schuf das Reich der Höllenfeen. Ein Ort, an dem Albtraumfeen aufblühen. Ein Land, das von meiner Kraftquelle beschützt wird. Von meinem Herzen. Von meiner Seele.

Aber meine Welt – *meine Schöpfung* – wird bedroht.

Bisher hatte ich Camillia De la Croix für die Übeltäterin gehalten – die sinnliche Frau, die die Aufmerksamkeit all jener, die mir am Herzen liegen, auf sich gezogen hat.

Mein Prinz.

Mein Kommandant.

Mein Wärter.

Monatelang war ich davon überzeugt, dass sie meine Feindin ist. Eine Feindin, die man geschickt hatte, damit sie die Quelle der Höllenfeen zerstört.

Und wie sich herausstellt, habe ich nicht vollkommen danebengelegen. Sie ist ohne jeden Zweifel ein mächtiges Wesen, das über immense Kraft verfügt und alles zerstören kann, was ich geschaffen habe.

Aber sie ist nicht meine Feindin. Nicht wirklich.

Sie ist eine Waffe. Ein Siphon, der von meiner eigentlichen Rivalin geschaffen wurde: *Vivaxia*. Camillia soll meine Kraft absorbieren und mein Reich niederreißen.

Aber Vivaxia hat eine Kleinigkeit vergessen, als sie Camillia zu mir geschickt hat. Etwas, das Vivaxia noch nie verstanden hat.

Alle Schöpfungen haben Seelen.

Und Camillia ist anders als alle anderen Seelen, denen ich je begegnet bin.

Sie ist stur. Sie ist rachedurstig. Sie ist intelligent. Sie ist einfallsreich. Sie ist *stark*.

Vivaxia mag glauben, dass sie die Oberhand hat – dass sie Camillia nach Herzenslust benutzen kann, aber ich habe die Wahrheit nie klarer gesehen.

Camillia war es nie bestimmt, sich zu beugen. Es war ihr bestimmt, zu herrschen.

Sie braucht nur jemanden, der sie anleitet.

Jemanden, der ihr zeigt, wie sie Energie zu ihrem eigenen Vorteil abschöpfen kann.

Ein König, der sie in eine Königin verwandeln kann.

Es ist an der Zeit, das Schicksal anzunehmen. Ich darf die Begierden meines inneren Zirkels nicht länger anzweifeln und sollte anfangen, den Diamanten zu bewundern, den sie alle für sich beansprucht haben.

Kein Streit mehr.

Keine Anschuldigungen mehr.

Keine Vereinbarungen mehr.

Die Wahrheit liegt auf der Hand.

Unser Weg ist vorgezeichnet.

Jetzt ist Vivaxia an der Reihe, zu fallen.

Und ich werde dafür sorgen, indem ich Camillia De la Croix das *Fliegen* beibringe.

Kapitel 1

Cami

Heisses, rotes Sonnenlicht fiel durch die hauchdünnen Vorhänge. In der Luft lag eine Prise Schwefel und Feuer. Ein Geruch, von dem ich geglaubt hatte, ihn nie wieder riechen zu wollen.

Aber er war unterlegt mit etwas, das ich liebte – der dem Luxus und der Sünde entsprang.

Melek, ging mir durch den Kopf, und ich atmete ihn ein, ehe ich mich auf dem riesigen Himmelbett zu ihm herumrollte.

Aber da war noch ein anderer Geruch. *Zimt*, wie mir bewusst wurde, und ich atmete ihn tief ein. *Verbrannter Zimt.* Das Aroma vermischte sich mit dem reichhaltigen Duft von Melek und machte mich vor Verlangen ganz benommen.

Ich packte seinen nackten Oberschenkel und rutschte hoch an seine Hüfte. Er gab ein zustimmendes Summen von sich, ließ seine Finger in meinen Haarschopf gleiten, während ich die Beine über seine Schenkel ausbreitete, um uns beide auf angemessene Weise aufzuwecken.

Dank meines Engelsfeen-Gefährten fühlte ich mich mutig. Lebendig. *Bereit für alles.*

„Mmmh, ich glaube, es gefällt mir, wenn du lusttrunken bist, Cami“, murmelte er und knabberte an meiner Unterlippe. „Hätte ich gewusst, dass du so unersättlich bist, hätte ich dich zu einem günstigeren Zeitpunkt beansprucht.“

Ich war nicht sicher, was er damit meinte, und es war mir auch egal. Alles, was ich wollte, war, ihn zu küssen. Ihn zu *ficken*. Oder besser, er mich.

Wieder.

Und wieder.

Denn, wow, Melek war ... einfach alles. Sein Geschmack. Seine Berührungen. Seine *Zunge*.

Ich schmolz an ihn gelehnt geradezu dahin, als er mich küsste. Er ließ mich mit seinem Mund völlig außer Kontrolle geraten und löste ein Verlangen in mir aus. Das Rauschen in meinen Ohren übertönte alles andere und ich hatte dieses überwältigende Gefühl, unter Wasser zu sein.

Melek lächelte – ich konnte es spüren, weil sein Mundwinkel an meine Lippen gedrückt neckisch nach oben wanderte. „Guten Morgen, mein König“, murmelte er.

Ich runzelte die Stirn. *König?*

„Kleiner Prinz“, erwiderte eine tiefe Stimme, deren warmer Tonfall mir das Blut in den Adern gefrieren ließ.

Die Stimme gehörte zu Typhos Luzifer. Der Höllenfeen-König.

Ach du Scheiße ...

Von da war der zimtige Geruch also gekommen, der die Luft erfüllte. Ich lag in *seinem* Bett. Na ja, dem Bett, das er sich mit Melek teilte. Seinem Gefährten. Seinem *kleinen Prinzen*.

Ein Prinz, auf dem ich derzeit rittlings saß. Und zwar nackt.

Fieberhaft griff ich nach den Laken und versuchte, meine Blöße zu bedecken, fiel dann kurzerhand von ihm und landete auf der Matratze – direkt neben Luzifer, der neben dem Bett stand.

Er zog seine dunkle Augenbraue hoch und sah mich mit seinen atemberaubend schönen blauen Augen an.

Ich schluckte schwer, dann griff ich abermals nach dem Laken und startete den Versuch, es um mich zu schlingen. Aber natürlich war das Laken verworren, sodass es mir misslang.

Und so war ich dem brennenden Blick in seinen Augen schutzlos ausgesetzt.

„Ich hoffe, dass du etwas mehr Eleganz an den Tag legst, wenn du dich in den Wogen der Lust befindest, Miss De la Croix." Sein Blick wanderte zu Melek. „Oder war sie die ganze Nacht lang gefesselt?"

„Ich habe ihr einen Einführungskurs gegeben", informierte Melek ihn. „Wir bauen noch Vertrauen auf."

„Hm", summte der Höllenfeen-König, ehe er seinen Blick zu mir zurückwandern ließ. „Ein Thema, das mir bestens bekannt ist."

Mein Herz setzte einen Schlag aus. Mir war unmissverständlich klar, was er damit zum Ausdruck bringen wollte. Er misstraute mir. Ich hatte seine Quelle berührt. Und vor Kurzem hatte er erfahren, dass ich einzig und allein dazu geschaffen worden war, ihm sein Licht zu stehlen.

Weil ich ein Siphon bin. Geschaffen und geformt von seiner Erzfeindin – Vivaxia. Eine Engelsfee, die zufälligerweise auch meine Großmutter ist.

Vertrauen zwischen mir und Luzifer? Fehlanzeige. Ihm wäre es lieber, wenn ich tot wäre.

Zwar hatte er behauptet, dass er mich ausbilden und zu einer Königin machen wollte, damit ich nicht nur irgendeine beliebige Schachfigur war, aber ein Teil von ihm wollte mich komplett vom Brett nehmen.

Und in diesem Augenblick war es jener Teil, der mich

musterte. In seinen Iriden flackerte blaues Feuer, während er seinen Blick an meinen Hals und von dort aus weiter nach unten wandern ließ.

Vermutlich stellt er sich vor, ich wäre in Blut gebadet, dachte ich. Dass er mich so unverblümt musterte, ließ mich erschaudern.

Der brodelnde Blick in seinen Augen wanderte zurück nach oben und bestätigte meine Vermutung. Sein Hunger konnte nur von seinem Verlangen danach, zu *töten*, stammen.

„Ja, zu vertrauen, wird eine echte Herausforderung sein", murmelte er, ehe er sich versteift von uns abwandte.

Ich hielt den Atem an, in der festen Erwartung, dass er mit einem Messer oder einer Handvoll Höllenfeuer zurückkehren würde. Aber als er sich dem Bett erneut näherte, hielt er stattdessen eine Robe in der Hand.

Als ich das Kleidungsstück wortlos anstarrte, lehnte er sich zu mir und hüllte mich in den roten Stoff.

„Du bist in deinem derzeitigen Zustand eine zu große Versuchung, Camillia. Nackt, erregt und zu gleichen Teilen verängstigt." Er atmete tief ein und in seinen Iriden flackerten noch mehr von diesen hypnotischen Flammen auf. „Das bringt mich dazu, deine Grenzen testen zu wollen, wofür keiner von uns bereit ist. Also zieh das über. Wir müssen reden."

Er wandte sich von mir ab, bevor ich etwas erwidern konnte. Seine Schultern waren in einen kostspielig aussehenden schwarzen Stoff gehüllt und der gebügelte Anzug passte ihm wie angegossen.

Als er zur Bar lief und sich einen Drink gönnte, konnte ich mir einen Blick auf seinen Arsch nicht verkneifen, der von der Hose perfekt in Szene gesetzt wurde.

Und ich konnte mich auch nicht davon abhalten, meinen Blick zu seinem beeindruckenden Paket wandern zu lassen, als er sich wieder umdrehte, sodass ich von meinem Platz im Bett perfekte Sicht auf seine Leistengegend hatte.

„Das kommt vom Verpaarungshoch", meinte Melek mit belustigtem Tonfall. „Es bereitet mir ungemein viel Vergnügen."

„Ja, ich habe dein Vergnügen die ganze Nacht lang gespürt", erwiderte Luzifer rundheraus. „Ich habe versucht, euch eure Stunden der Zweisamkeit genießen zu lassen, aber leider läuft uns die Zeit davon."

„Du hast etwas entdeckt." Meleks amüsierter Tonfall von eben wich einem ernsten, der jetzt durch den Lustnebel in meinem Kopf drang.

„Ich habe mich an etwas erinnert", korrigierte er. In der Luft breitete sich eine Energiewelle aus und kurz darauf zog er einen durchsichtigen Bildschirm hoch und sagte mit tiefer werdender Stimme: „Frühstück für drei. Bringt eine Auswahl von allem, was wir da haben."

„Sehr wohl, Eure Majestät", erwiderte eine androgyne Stimme, die durch das Zimmer zu schweben schien.

Luzifer ließ den Monitor verschwinden, dann setzte er sich mit seinem Getränk an einen Tisch ganz in der Nähe. „Setz dich." Die beiden Worte waren mit einem so entschlossenen Tonfall unterlegt, dass sie ohne jeden Zweifel als Befehl zu verstehen waren.

Aber meine Gliedmaßen weigerten sich, sich in Bewegung zu setzen.

Ich ... ich war unter der Robe erstarrt. Im Bett des Höllenfeenkönigs.

Ich spürte warme Lippen über meine Schläfe streifen, was mich beinahe aus der Haut fahren ließ. Aber die Angst war so lähmend, dass mein Herz bloß wie wild klopfte. „Er wird schon nicht beißen, Engelchen", wisperte Melek an mein Ohr gelehnt. „Es sei denn, du bittest ihn darum."

Luzifer stieß ein Grummeln aus und nahm dann einen großen Schluck von seinem Drink, ohne uns anzusehen.

Melek rollte sich über mich und stand dann in einer flüssigen Bewegung auf. Mit aufgerissenen Augen sah ich ihm dabei zu, wie er nackt und erregt auf Luzifer zuschlenderte.

Der Höllenfeen-König sah mit hochgezogener Augenbraue zu ihm. Dann beugte sich Melek vor, um ihn zu küssen, und verbarg damit das Gesicht des Königs vor mir. „Sei nett, mein König", sagte er, bevor er sich in Luft auflöste.

Melek, zischte ich in Gedanken.

Nichts.

Ich schloss meine Augen. *Ajax?*

Cami, erwiderte er. *Ist alles in Ordnung?*

Ich ... Ich schluckte, öffnete die Augen einen Spalt weit und spähte zurück zum König der Höllenfeen. Er hatte einen Bildschirm hochgezogen und schien auf die Worte fixiert, die darüber wanderten. *Liest er da etwa Zeitung?*

Was?, fragte Ajax.

Tut mir leid, meinte ich kopfschüttelnd. *Luzifer ... ich glaube, er liest ... Egal. Wo bist du?*

Bei Zenaida, zusammen mit Shade und Zakkai, murmelte er in Gedanken, was mich die Stirn krausziehen ließ.

Ist alles in Ordnung?

Ich glaube, ich habe zuerst gefragt, flötete er. *Aber ja, alles bestens. Wir ... verhandeln nur.*

Ich fragte um ein Haar, worüber er verhandelte, doch dann meinte Luzifer: „Brauchst du Hilfe mit der Robe, Miss De la Croix?"

Ich kniff die Augen abermals zusammen. „N...nein", erwiderte ich und verabscheute es, dass ich vermutlich tatsächlich Hilfe brauchen würde, weil mein Körper komplett unbeweglich schien.

Ich habe gerade mit dem Gefährten des Höllenfeenkönigs geschlafen. Nein, ich hatte mehr als das getan. Ich hatte mich mit Melek *verbunden*. Typhos Luzifer hasste mich ohnehin schon, und ich hatte ihm gerade noch mehr Stoff geliefert, mich noch mehr zu verabscheuen.

Mit welchem?, wollte Ajax wissen, was mich die Stirn in Falten legen ließ. *Mit Az oder mit Melek? Eigentlich ... brauchst du das nicht zu beantworten. Ich bin mir ziemlich sicher, dass du von Melek gesprochen hast, denn Az trifft sich mit Maliki.*

Maliki?, wiederholte ich. *Wer ist Maliki?*

Sein Halbbruder.

Oh. Wusste ich das? Vielleicht. Ich konnte mich nicht ...

„Miss De la Croix?“ Luzifers Stimme kam direkt von hinter mir, was mir den Atem stocken ließ.

Er musste aufgestanden und zum Bett gelaufen sein, während ich mich mental mit Ajax unterhalten hatte. *Was ist los?*, wollte mein Mitternachtsfeengefährte mit besorgtem Tonfall wissen. *Du scheinst ... nervös zu sein.*

Frustriert kniff ich die Augen zu. Mir gefiel überhaupt nicht, wie er mich gerade beschrieben hatte. In erster Linie, weil es stimmte. Ich war nervös. Verängstigt. Immer noch heiß. *Alles bestens*, gab ich zähneknirschend von mir.

Hört sich aber nicht so an, legte er nach. *Wo bist du?*

Bei Melek und Luzifer.

Na ja, zumindest *war* ich bei Melek und Luzifer *gewesen*. Bis Melek einfach so verschwunden war.

Soll ich zu dir kommen?, fragte Ajax.

Ein Teil von mir wollte das bejahen, aber ich wollte ihn nicht vom Gespräch wegziehen, das er mit Zenaida, Shade und Zakkai führte. Vermutlich war es wichtig. Andernfalls wäre er nicht dort. *Nein. Ich ... packe das schon. Wie du schon sagtest ... Ich bin nur ... nervös.*

Ein Umstand, der mir gehörig gegen den Strich ging.

Aber wie sollte ich ...?

Eine warme Hand, die auf meine Wange gelegt wurde, ließ

mich die Augen aufreißen. Luzifer ragte mit gerunzelter Stirn und aufeinandergepressten Lippen über mir auf. „Du hast Angst vor mir."

„Ich habe keine Angst vor dir", gab ich zähneknirschend von mir. Eine bittere Lüge. Denn genau mit diesem Wort hatte ich mich vor wenigen Sekunden beschrieben.

Luzifer zog die Hand zurück. „Ich werde dir nicht wehtun, Camillia."

Ja, das hatte er gestern auch schon gesagt. Ich war mir ziemlich sicher, dass er das auch auf dem Parkett erwähnt hatte. Aber das bedeutete noch lange nicht, dass ich ihm glaubte. Nicht nach all den Drohungen, die zwischen uns hingen.

Seufzend setzte sich Luzifer aufs Bett und fand trotz seiner breiten Statur Platz an der kleinen Stelle zwischen der Bettkante und mir.

Er legte eine seiner großen, warmen Hände an meine Wange. „Du hast allen Grund, mir zu misstrauen", meinte er. Sein zärtlicher Tonfall war fast so überraschend wie seine sanfte Berührung. „Aber wir sind jetzt durch Azazel und Melek verbunden. Ich könnte dir nicht wehtun, selbst wenn ich es wollte."

Mir kam um ein Haar ein höhnisches Schnauben über die Lippen.

Denn *das* überzeugte mich nicht im Geringsten.

„Woran denkst du?", wollte er wissen und sah mich mit suchendem Blick in den saphirblauen Augen an. „Sag es mir, damit wir darüber reden können. Aber bitte, sei ehrlich."

Mein Blick wanderte zu ihm hoch und ich wusste nicht, was ich erwidern sollte. Vermutlich hatte er jeden meiner Gedanken bereits durchschaut, wo er doch die eben erwähnte Verbindung zwischen seinen Gefährten und mir bestimmt benutzen konnte. Vielleicht war das also ein Test, der ihm verraten sollte, ob ich aufrichtig zu ihm war.

Wie ich Luzifer kannte, war es genau das. Er wollte meine Treue auf den Prüfstand stellen – bestimmen, ob ich seiner Gefährten würdig war. Ob ich es verdiente, am Leben gelassen zu werden.

„Mir schießen jede Menge Gedanken durch den Kopf“, gab ich zu.

„Fangen wir mit einem an“, schlug er vor.

„Okay. Was ist mit deinen vormaligen Drohungen? Kannst du die mittels des Bands hören?“, wollte ich wissen. „Oder spürst du bloß meine Verunsicherung? Dass du mir sagst, du könntest mir nicht wehtun, und du es deshalb nicht tun wirst, stimmt mich nicht gerade zuversichtlich.“

Obwohl ... das alles laut auszusprechen, ließ mich etwas auftauen und plötzlich war mir etwas wärmer. So warm, dass ich mich tatsächlich wieder etwas bewegen konnte.

Nur wusste ich nicht, wohin ich mich wenden sollte, weil Luzifer so nahe bei mir saß.

„Ich höre nichts“, sagte er, was mich verwirrte.

„Wie bitte?“

„Schätze, ich könnte versuchen, deine Gedanken mittels Azazels oder Meleks Gedanken anzuzapfen“, fuhr er fort und blendete meine Frage komplett aus. „Aber das wäre ein krasser Eingriff in deine und ihre Privatsphäre. So etwas mache ich nicht.“

Ich sah ihn blinzelnd an. Der traurige Tonfall, der dem letzten Teil seiner Aussage mitschwang, überraschte mich.

„Wie es scheint, haben wir beide uns von Anfang an missverstanden, was vorwiegend auf mich zurückzuführen ist.“ Er strich mit dem Daumen unter meinem Auge hindurch und sah mich an.

„Ich bin sonst nicht einer, der Neuanfänge wagt, weil ich die Ansicht vertrete, dass die Geschichte wichtige Fakten enthüllt, aber vielleicht können wir beide einen Kompromiss schließen.“

Ich schluckte hart und mein Rachen fühlte sich plötzlich ganz trocken an. „Was für einen Kompromiss?“, wollte ich bedächtig wissen, unsicher, was ich von dieser bizarren Wendung in unserer Dynamik halten sollte.

„Ein vorläufiger Waffenstillstand, vielleicht?“, schlug er vor. „Den wir ausbauen können, je besser wir uns kennenlernen.“ Er zuckte mit den Achseln und zog seine Hand von meiner Wange weg. „Offen gesagt, habe ich in meinem langen Leben noch keiner solchen Situation gegenübergestanden. Wir müssen einander vertrauen, aber das wird nicht einfach sein.“

Mit dem letzten Teil hatte er nicht unrecht. Es würde alles andere als einfach sein.

„Aber nichts, was es sich zu haben lohnt, fällt einem in den Schoß“, fuhr er fort und sah mir abermals in die Augen, bevor sein dunkler Blick langsam wieder zu meinem Mund wanderte. „Du hast mich gestern geküsst.“

Der abrupte Themenwechsel ließ meine Gesichtszüge entgleisen und ich erinnerte mich zurück an die Begebenheit, die er erwähnt hatte. „Ich dachte, das hätte ich geträumt.“

„Also träumst du davon, dass ich dich küsse?“, wollte er wissen und musterte dabei unablässig meinen Mund.

„Ich träume eine Menge seltsamen Kram“, kam mir über die Lippen, bevor ich mir die Antwort verkneifen konnte.

Aber anstatt beleidigt darüber zu sein, dass ich unsere Interaktion als *seltsam* betitelt hatte, lachte er.

Gestern hatte er auch schon gelacht.

Es war ein Laut, den ich von ihm noch nie gehört hatte. Zumindest nicht so. So entspannt und belustigt, aber nicht auf düstere Art und Weise.

„Das kann ich mir gut vorstellen. Trotzdem …“ Er griff nach meinem Kinn, seine Hand immer noch so heiß wie eben. „Du hast mich beschworen, dich zurückzuküssen.“

Ich riss die Augen auf. „*Beschworen* ist ein ziemlich starker Begriff."

„Ist es das?", fragte er und lehnte sich zu mir. „Vielleicht hast du recht. Vielleicht ist *verführen* der passendere."

„Ich habe dich nicht *verführt*", schoss ich zurück, doch den Worten fehlte jeglicher Zorn und sie kamen mir stattdessen mit einem Keuchen über die Lippen.

Ein Keuchen, das seine Lippen streifte.

Denn sein Mund war nur eine Haaresbreite von meinem entfernt.

„Du liegst nackt in meinem Bett, Miss De la Croix", murmelte er. „Vielleicht war es nicht deine Absicht, mich zu verführen, aber das hast du und tust es noch immer." Er strich mit seinen Lippen über meine. „Und dein süßer Ambrosia-Duft ist auch keine Hilfe."

Ein Schaudern sauste durch meinen Körper. Nicht, weil ich Angst hatte, sondern weil mein Interesse geweckt war.

Denn ich konnte ihn auch riechen.

Seinen Zimtgeruch, der mit Meleks erlesenem Aroma und Az' loderndem Lagerfeuer-Duft unterlegt war.

„Ich will einen Waffenstillstand, Camillia", sagte Luzifer an meinen Mund gelehnt. „Keinen Handel. Keine Vereinbarung. Nicht einmal ein Versprechen oder einen Schwur. Nur ... einen Waffenstillstand. Gib mir die Chance, dir zu zeigen, wer ich wirklich bin. Bitte."

KAPITEL 2

TYPHOS

DAS WORT *Bitte* verweilte mit bitterem Nachgeschmack auf meiner Zunge. Ich benutzte es nur selten. *Meinte* es nur selten so. Aber bei Camillia De la Croix schien es angebracht.

Sie fürchtet sich vor mir, ging mir zum wohl tausendsten Mal durch den Kopf, seit ich das Schlafzimmer betreten hatte. Die Frau war erstarrt, als sie mich gesehen hatte, und sichtlich erschrocken. Diese Reaktion und Meleks mentale Kommentare bestätigten mir den Ursprung ihrer Angst: *ich*.

Sie glaubt, dass du sie töten wirst, weil sie sich mit mir verbunden hat, hatte Melek hörbar genervt gesagt. *Du solltest das geradebiegen, Ty.*

Dann hatte er mich geküsst und war, ohne ein weiteres Wort, verschwunden, was klargemacht hatte, dass seine Aussage als Befehl und nicht als Vorschlag zu verstehen war.

Ich hatte einen Seufzer ausgestoßen. Meiner Meinung nach könnte alles geklärt werden, wenn wir uns nur alle zusammen hinsetzen und darüber diskutieren würden, woran ich mich erinnert hatte, aber Camillia hatte mich nicht einmal ansehen, geschweige denn sich bewegen können.

Und etwas daran hatte wehgetan.

Sie lag nackt in meinem Bett, war in gewisser Weise immer noch erregt von Meleks Bemühungen. Gleichzeitig war sie aber auch erstarrt und konnte nichts weiter tun, als zusammenzuzucken, weil sie sich davor fürchtete, was ich ihr antun könnte.

Ich habe es echt vermasselt, wurde mir abermals klar, als sie auf meine Bitte, einen Waffenstillstand mit mir auszuhandeln, nichts erwiderte. Ich konnte ihr ihr Zögern nicht verübeln – sie hatte keinen Grund, mir zu trauen.

Ganz, wie ich zunächst keinen Grund gesehen hatte, ihr zu trauen. Sie war eine Bedrohung für meine Quelle – für *mich*. An diesem Aspekt hatte sich nichts geändert, aber jetzt wusste ich, dass sie keine schlechten Absichten hegte. Sie war eine Schachfigur. Eine Waffe in einer wunderschönen femininen Hülle.

Melek hatte, lange bevor ich es überhaupt in Betracht ziehen wollte, ihren Wert erkannt. Meine Vergangenheit hatte mich zu voreingenommen gemacht und mich die Königin, die vor mir gestanden hatte, verkennen lassen.

Aber jetzt hatte ich Notiz von ihr genommen.

Camillia De la Croix könnte meine Ebenbürtige werden.

Und so viel mehr ...

Ich holte tief Luft und genoss ihren blumigen Duft. So unschuldig und verlockend. Aber unterlegt war der Geruch von einem subtilen Hauch Tod, der mich an welkende Blumen erinnerte.

Diese Note gehörte zu Vivaxia.

Sie ähnelte der Gabe, die sie Camillia eingehaucht hatte. Eine Gabe, die mein Licht auslöschen sollte.

„Du bist gefährlich“, flüsterte ich und ließ meine Lippen kaum spürbar über ihre streifen. „So verdammt gefährlich.“

Dass ich ihr jetzt so nahe war, bestätigte das. Ich wurde von einer ungefilterten Empfindung, die an meinem Herzen zerrte, hierhergezogen. Eine Empfindung, die ich nicht ganz verstand, bei der es sich aber möglicherweise um Schuldgefühle handelte.

Dann hatte ich mich aufs Bett gesetzt, wollte ihr nahe sein. Und das wiederum hatte mich dazu getrieben, mich zu ihr zu lehnen, sodass unsere Münder jetzt so nahe beieinander waren, dass sie sich berührten, ohne dass ich sie küsste.

„Dir zu vertrauen, wird meine größte Herausforderung sein", sagte ich ihr. „Du wurdest geschaffen, um mich und alles, was mir etwas bedeutet, zu zerstören."

Ich ließ meine große Hand von ihrem Kinn wieder hoch an ihre Wange wandern.

„Aber jetzt sehe ich, wer du wirklich bist, Camillia. Mir ist klar, dass du mir nichts anhaben willst. Aber in deinem derzeitigen Zustand wirst du keine andere Wahl haben. Die Kraft in dir wird sich entzünden und uns beide zerstören. Und genau darum müssen wir zusammenarbeiten. Denn ich kann dich nicht töten. Ich *werde* dich nicht töten. Nicht nur unserer Gefährten wegen, sondern weil ich Potenzial in dir sehe."

„Potenzial wofür?", wollte sie wissen. Ihr misstrauischer Tonfall tat mir im Herzen weh. Zwar konnte ich ihre Gedanken nicht lesen, konnte mir aber denken, welche Richtung ihre Gedanken eingeschlagen hatten. Sie ging davon aus, dass ich sie benutzen wollte.

„Das Potenzial, zu sein, was immer du sein möchtest", gab ich offen zu. „Du bist stark, und das nicht nur in Bezug auf deine Kräfte. Ich meine *dich*, Camillia. Deine Seele ist das reinste Leuchtfeuer, das mir direkt ins Auge gestochen ist, als ich dich zum ersten Mal gesehen habe. Zwar war es Melek, der dich zu Beginn umworben hat, aber du bist mir trotzdem aufgefallen."

Verdammt, sie war mir mehr als nur aufgefallen. Sie war die erste Frau in Tausenden von Jahren gewesen, die mich in

Versuchung geführt hatte. Die mich innehalten lassen und mich gezwungen hatte, ihr Potenzial einzuschätzen.

Zu einem gewissen Teil hatte ich sie genau deswegen in den vergangenen paar Monaten als Bedrohung angesehen. Mir gefiel nicht, wie sehr ich mich von ihr angezogen fühlte. Und es hatte mir nicht gefallen, dass meine Männer sich in sie verliebt hatten.

Eine bezaubernde Frau, dachte ich, während ich sie erneut musterte. *Und so viel mehr.*

Camillia erschauderte unter meiner Hand. „Wozu erzählst du mir das alles?“

Ich entfernte mich von ihrem Mund, musste in diese sturmähnlichen Augen blicken. „Weil ich will, dass du weißt, dass ich keine Absichten hege, dir wehzutun. Ich will dir helfen. Mehr als das. Ich will, dass wir zusammenarbeiten.“

Sie musterte mich eine lange Zeit. „Weil wir gemeinsame Gefährten haben.“

Ich zuckte mit der Schulter. „Das ist einer von vielen Gründen.“

„Und du … du bist nicht wütend?“

Ich legte die Stirn in Falten. „Darüber, dass du meine Quelle berührt hast?“, riet ich und dachte an das letzte Mal zurück, anlässlich dessen ich mich ihr gegenüber wütend verhalten hatte.

„Nein, wegen Melek.“

Die Runzeln an meiner Stirn vertieften sich. „Was soll mit Melek sein?“

Hast du wieder Fäden gesponnen, kleiner Prinz?, fragte ich ihn umgehend in Gedanken.

Immer, mein König, murmelte er zurück. *Aber sie spricht davon, dass ich sie zu meiner Gefährtin gemacht habe.*

Cami bestätigte dasselbe im nächsten Augenblick in Worten, woraufhin mein Stirnrunzeln von einem Grinsen abgelöst wurde.

„Nein, ich bin nicht wütend.“ Der Gedanke brachte mich zum Lachen. „Melek macht, was er will, und in diesem Fall wollte er dich. Es wäre dumm von mir, ihn dafür zu bestrafen, seinen Begierden gefolgt zu sein.“

Erst recht, weil ich langsam zu verstehen begann, wie verlockend diese Begierden waren.

„Das muss ein Traum sein“, murmelte sie.

Ich zog eine Augenbraue hoch. „Bedeutet das, du wirst versuchen, mich noch einmal zu küssen?“ Denn ich hätte nichts dagegen – auch wenn ich das nicht laut aussprechen würde.

Sie war eine Versuchung, von der zu kosten ich nicht riskieren konnte. Eine Sünde, die dazu gedacht war, die Waagschalen aus dem Lot zu bringen und mein Licht auszulöschen.

Sie zu begehren, war verboten.

Was mich natürlich nur dazu anhielt, sie umso mehr zu wollen.

Vielleicht konnte ich in Erwägung ziehen, sie mit meiner Zunge zu erforschen, nachdem wir uns mit der bestehenden Bedrohung befasst hatten.

Bis dahin musste ich mich – *mussten wir uns* – konzentrieren.

„Ja“, erwiderte sie. Die einsilbige Antwort ließ mich wundern, ob sie zum selben Schluss gekommen war wie ich – dass wir uns konzentrieren mussten. Aber dann packte sie mich an den Jackenaufschlägen und zog mich zu sich.

In der nächsten Sekunde presste sie ihre Lippen auf meine. Alles geschah so unerwartet, dass ich erstarrte.

Genau dasselbe war mir gestern schon passiert. Ihre unerwartete Berührung hatte mich kurz erstarren lassen.

Aber das elektrische Gefühl, das durch meine Adern floss, traf mein Herz dieses Mal umso heftiger, sodass ich schneller reagieren konnte als zuvor.

Leider aber nicht schnell genug. Sie wich zurück, bevor ich nach ihr greifen und den Kuss vertiefen konnte, ließ sich auf die Matratze zurückfallen und verzog das Gesicht. „Echt."

„Sehr echt", betonte ich. Alles war *echt.* Die Bedrohung. Die Begierde. Das eindeutige *Verlangen.* Ich gab Melek die Schuld daran, dass meine inneren Flammen geschürt worden waren. Seine Fantasien hatten mich auf diese Schwärmerei vorbereitet.

Aber es lag auch an Camillia De la Croix.

Sie hat wahrhaftig eine magische Muschi, sinnierte ich.

Eine Muschi, die nach Ambrosia schmeckt, murmelte Melek mit tiefer Stimme. *Sie macht geradezu süchtig, mein König.*

Hm, summte ich, wollte ihm keine klare Antwort darauf liefern. Aber ein Blick in meine Gedanken würde ihm verraten, was ich wirklich dachte.

Ich räusperte mich und erhob mich vom Bett. „Können wir jetzt reden, Miss De la Croix?"

„Benutzen wir jetzt wieder förmliche Anreden?", konterte sie mit diesem feurigen Tonfall, der sie auszeichnete. „*Eure Majestät.*"

Der abfällige Tonfall ließ ein Lächeln an meinen Mundwinkeln zupfen. Ich schlang ihr die Hand um den Hals und lehnte mich zu ihr hinunter, um meinen Mund auf ihren zu pressen. Fest. Mit Absicht behaftet. Mit kaum zurückgehaltenem Verlangen.

Sie holte Luft, was ihr aber durch meine Hand um ihren Hals, mit der ich jetzt zudrückte, verhindert wurde, ehe ich den Kuss vertiefte, wie ich es vor wenigen Sekunden hatte tun wollen.

Ihre Hand schnellte an mein Handgelenk, die andere führte sie an meinen Kopf. Aber anstatt mich wegzudrücken, klammerte sie sich an mich, während ich sie verschlang. Es war ihr egal, dass ich ihr die Luft abschnitt.

Als ich zurückwich, sah sie ganz benommen aus. „Atme, Camillia", sagte ich ihr und ließ von ihrem hübschen Hals ab.

Sie machte, was ich ihr aufgetragen hatte, die Pupillen geweitet und in den Augen ein verwirrter und erregter Ausdruck,

„Jetzt zieh die Robe über und frühstücke mit mir", ergänzte ich im selben Tonfall. „Und spar dir die förmlichen Anreden. Du liegst nackt in meinem Bett. Formalitäten sind überflüssig."

„Aber du ..."

„Miss De la Croix", fiel ich ihr ins Wort. „Du hast meinen Nachnamen benutzt. Ich habe den Gefallen nur erwidert. Wenn ich dich Camillia nennen soll, sprich mich mit Typhos an."

Eigentlich machte es mir nichts aus, dass sie mich mit Luzifer ansprach. Es war besser als die förmlichen Anreden.

Und ja, mir entging die Ironie daran nicht. Erst vor wenigen Wochen hatte ich ihr deswegen eine Standpauke gehalten.

Aber jetzt hatte sich alles verändert. *Ich* hatte mich verändert.

Ich wollte meinen Namen von ihren Lippen hören. Nicht meinen Titel oder Luzifer. Sondern *Typhos*. Nur ein einziges Mal. Mindestens einmal. Vermutlich mehr als nur einmal.

„Okay", flüsterte sie und starrte mich mit diesem merkwürdigen Strahlen in den Augen an, das ich nicht ganz entziffern konnte.

„Okay", wiederholte ich, bevor ich mich aufrichtete und mich vom Bett entfernte.

Als sie sich aufsetzte, drehte ich mich um, weil mein Verlangen, sie zu beobachten, zu stark war. Ich musste dieses verbotene Verlangen in den Griff bekommen, bevor ich noch etwas Unüberlegtes tat.

Zum Beispiel, ihr die Robe vom Körper reißen, sie auf

dem Bett ausbreiten und ihre mitternächtlichen Fantasien wahr werden lassen.

Melek trat vor mir in Erscheinung und flatterte einmal mit seinen wunderschönen Flügeln, ehe sie verschwanden. Er hatte das Zimmer vorhin abrupt verlassen, damit ich Gelegenheit hatte, mit Camillia zu sprechen. Hoffentlich bedeutete seine Rückkehr, dass er zufrieden mit dem Fortschritt war, den ich mit seiner Gefährtin gemacht hatte.

Oder, was viel wahrscheinlicher war, er hatte meine Gedankengänge vernommen und wollte meine Reaktionen auf die magische Muschi dieser Frau beobachten.

Bist du durstig, mein König?, fragte er mit unschuldiger Stimme, die meine Vorahnung in Bezug auf seine Ankunft bestätigte.

Ich grummelte. *Hör auf, mich zu provozieren.*

Niemals, antwortete er und streckte mir mein Glas hin, das er irgendwann aufgefüllt und mit der für ihn typischen Garnitur ausgestattet hatte, die jetzt am Rand glitzerte.

Ich nahm das Getränk entgegen und nahm einen Schluck davon, ohne meinen Blick von ihm abzuwenden. *Dir ist schon klar, dass ich das ganze Verlangen später an dir auslassen werde, oder?*

Ja, ich weiß. Ich freue mich darauf, Eure Majestät, schnurrte er praktisch in meine Gedanken.

Er hatte den Titel ganz genau so gesagt wie Camillia eben, was offensichtlich machte, dass ich jetzt nicht nur mit einem, sondern mit *zwei* görenhaften Subs verbunden war.

Seufzend stellte ich mein Glas ab, damit ich mir die schmerzenden Schläfen massieren konnte. Melek strich mir mit den Lippen über die Wange. „Ich liebe dich, mein König."

Als er versuchte, zurückzuweichen, packte ich ihn am Hals und presste meinen Mund auf seinen. Anstatt Worte zu benutzen, übermittelte ich meine Antwort mit meiner Zunge.

Er stöhnte an mich gelehnt und sein frisch gebügelter

Anzug zerknitterte wegen meines sinnlichen Angriffs. Aber das war mir egal. Er und Camillia gaben mir den Rest.

Die beiden rochen nach Sex. Zur Hölle, wenn ich ein paar Minuten später eingetroffen wäre, hätte ich die beiden vermutlich in Aktion erlebt.

Ich brauchte es nicht zu sehen – ich konnte mir dank meines hinterlistigen Prinzen bereits lebhaft vorstellen, wie es ausgesehen hatte. Er packte meine Aufschläge und nahm meine schroffe Liebkosung mit einem Eifer an, den ich in meiner Seele spürte.

Der Duft von blühenden Blumen neckte mich. Er erinnerte mich an einen Rosengarten, der von der aufgehenden Sonne erwärmt wurde.

Camillia.

Mir kam um ein Haar ein Knurren über die Lippen, als ich mich von Melek löste. Er wischte sich die Unterlippe ab. Das Blut an seinen Fingerspitzen zeigte, wie schroff ich ihn geküsst hatte. Er lächelte bloß.

Elender Masochist, meinte ich mittels unseres Bandes.

Nur für dich, entgegnete er.

Das ließ mich meine Augenbraue hochziehen. *Würdest du dir der Lust wegen keine Schmerzen von Camillia bereiten lassen?*

Wenn sie eine Sadistin wäre, selbstverständlich. Er neigte seinen Kopf zur Seite. *Aber es bist du, der einen Steifen bekommt, wenn er jemanden bestrafen und Schmerzen zufügen kann, mein König, nicht unser Engelchen.*

Ich sah die erwähnte Frau an und musterte die roten Wangen und den seidenen Knoten an ihrer Taille. Sie hatte die Robe gewaltsam zugeknöpft und der Stoff lag etwas zu eng an ihrem Körper an, was ihr aber nicht aufzufallen schien. Sie war zu beschäftigt damit, Melek und mich anzustarren.

„Das war keine Bestrafung“, sagte ich ihr. „Ich habe nur meinen Gefährten beansprucht.“

„Aber du sagtest, du seist nicht wütend“, wich sie aus.

Ich lächelte. „Bin ich auch nicht, Camillia. Ich verfüge über eine besitzergreifende Ader.“

Sie schluckte hart und wandte ihren Blick ab. „Oh.“

Verdammt. Diese Frau hatte ein völlig falsches Bild von mir. Und es war meine Schuld. Und ich hatte nicht geringste Ahnung, wie ich den Schlamassel beheben sollte. „Er gehört mir, Camillia. Und dir jetzt auch. Aber euer kleines Fickfest hat mich in eine gewisse Gefühlslage gebracht. Ich will nicht *bestrafen*, sondern *beanspruchen*. Hast du verstanden?“

Sie sah unter ihren Wimpern zu mir hoch. „Soll ich gehen …?“

Ich kniff mir abermals in die Nasenwurzel und knurrte. Diese ganze Situation trieb mich zur Weißglut, verdammt. „Nein, Camillia“, gab ich zähneknirschend von mir. „Ich muss mit dir und Melek reden. Zusammen. Bitte.“

Schon wieder dieses Wort, dachte ich verbittert.

Es hört sich gut an, wenn du es sagst, bemerkte Melek postwendend. *Ich glaube, unser Engelchen findet auch Gefallen daran.*

Das melodische Klingeln einer Glocke hallte durchs Zimmer, ehe ich etwas erwidern konnte, gefolgt von einem Höllenhund in menschlicher Gestalt, der mit einem Tablett in der einen und mit einem Umschlag in der anderen Hand eintrat. „Das hier ist gerade für Euch angekommen“, sagte Payan und streckte mir Letztes, den Blick respektvoll zu Boden gerichtet, hin. Sie brauchten sich mir nicht zu unterwerfen, aber sie taten es oft aus freien Stücken.

Ich musterte den Mann mit neugierigem Blick. „Bist du nicht im Höllenbrautfeen-Camp stationiert?“

Zwar waren die Höllenhunde Teil meiner persönlichen Garde, aber sie kümmerten sich auch um die Sicherheit im ganzen Reich.

Und soweit ich wusste, hatte General Garmr diesen

spezifischen Höllenhund nicht nur mit dem Schutz des Paradigmas beauftragt, sondern ihm auch aufgetragen, Ajax beim Schutz der Kandidatinnen zur Hand zu gehen. Also sollte er eigentlich das Paradigma überwachen, Türsteher beim Nachtklub spielen oder seinen Posten bei den Schlafsälen bezogen haben.

Klar, es hatte sich viel verändert, weil Ajax einige Wochen lang keinen Dienst hatte. Garmr hatte doppelt Arbeit gehabt und musste einerseits die Höllenhunde im Paradigma handhaben und andererseits die Königliche Garde rund um meinen Palast koordinieren.

„General Garmr hat mich neu im Palast stationiert, Eure Majestät", erwiderte Payan und verbeugte sich, das Tablett und den Umschlag nach wie vor in der Hand, noch tiefer. „Ich hoffe, es missfällt Euch nicht, mein Herr."

Missfallen war nicht der richtige Begriff. *Verwirrt* traf es eher. „Verstehe." Etwas musste zu dieser Änderung geführt haben. Ich würde mich später mit Garmr treffen und den Grund in Erfahrung bringen. „Danke, dass du alles hochgebracht hast."

„Es war mir ein Vergnügen, Eure Majestät", erwiderte er, ehe er einen zaghaften Schritt nach vorn machte und das Tablett auf den kleinen Esszimmertisch stellte. Es gab nur zwei Stühle. Darum müsste ich mich kümmern. Payan fiel es nicht auf, da sein Blick nach wie vor auf seine Stiefel gerichtet war.

Anstatt ihn zu bitten, mehr Stühle zu besorgen, nahm ich ihm bloß den Umschlag ab und ließ ihn ziehen.

Während Melek die Abdeckung vom Tablett nahm, unter dem eine Auswahl verschiedener magischer Leckereien hervorkam, konzentrierte ich mich auf das verzauberte Etwas in meiner Hand.

Das hier war kein gewöhnlicher Brief. Ich ließ meine Finger über das mir bestens bekannte Pergamentpapier wandern und presste die Lippen aufeinander. *Eine*

Vereinbarung, wurde mir bewusst, als ich das Dokument entfaltete. *Ein uralter Handel.*

Die in goldfarbener Tinte geschriebenen Worte glitzerten und ich kniff meine Augen zusammen.

Ich, Typhos Luzifer, stimme zu, alle drei Gefährtenschwüre mit Vivaxia Lilithu abzulegen. Im Austausch für das Gefährtenband stimmt Vivaxia Lilithu den folgenden Bedingungen zu:

Azazel vom Clan der Schwarzen Phönixe wird zu einem freien Wesen. Die Bedeutung eines „freien Wesens" ist im Anhang A definiert. Alle Bestimmungen gelten.

Melek Morgenstern wird zu einem freien Wesen. Die Bedeutung eines „freien Wesens" ist im Anhang A definiert. Alle Bestimmungen gelten.

Kommt die endgültige Verbindung nicht zustande, behalten die Bedingungen dieses Vertrags ihre Gültigkeit. Sollte eine Seele die andere jedoch abweisen ...

Die Punkte der Ellipse zerschmolzen und sahen kurz aus wie Blutstropfen, bevor die Worte sich in einen neuen Satz verwandelten. Ein Satz, der dort nicht hingehörte.

Du erinnerst dich, was dann geschehen ist, nicht wahr, Liebster?

Mir blieb das Herz stehen. Ich konnte praktisch hören, wie Vivaxia mir ins Ohr schnurrte. Ihre Präsenz umgarnte mich und auf dem Pergament zeichneten sich weitere Worte ab.

Deine Seele hat meine abgewiesen. Und unsere Bedingungen waren ziemlich klar definiert, Schätzchen.

Ich biss die Zähne zusammen, als der Handel erneut vor meinen Augen aufzog ...

Kommt die endgültige Verbindung nicht zustande, behalten die Bedingungen dieses Vertrags ihre Gültigkeit. Sollte eine Seele die andere jedoch abweisen, wird ein Blutopfer fällig.

Blut bedeutete Kraft. Nachdem meine Seele Vivaxias

abgelehnt hatte, hatte ich ihr ein Fläschchen angeboten, wie es die Bedingungen vorsahen.

Sie hatte mich aber nur angegrinst und in ihren kalten Augen hatte sich eine Boshaftigkeit abgezeichnet, die ich in meiner Seele spüren konnte.

Du bist gefallen, Liebster. Die Worte tauchten im Gleichschritt mit meinen Erinnerungen auf. *Aber war das deine Entscheidung oder meine?*

Ich schnaubte höhnisch. *Was ist das denn für eine Frage?*

Aber als die verzauberte Schrift noch mehr Worte schrieb …

War das das Blutopfer, das meine Seele wollte?

Jetzt begann mir zu dämmern, wie wichtig die Frage zu meinem Fall wirklich war …

Wir haben nie definiert, was ein „Blutopfer" ist. Ich habe dein Fläschchen abgelehnt und du bist gefallen. Aber hast du geblutet, wie ich es wollte, süßer Typhos? Oder wurdest du zu einem Wesen, das so viel mehr zu verlieren hat? So viel mehr zu ***opfern****?*

Das fett gedruckte Wort ließ mir das Blut in den Adern gefrieren.

So viele Bänder. So viel Herz. So viel ***Blut****.*

„Ty?" Ich nahm Meleks Stimme kaum wahr, weil das Pochen, das meine Ohren ausfüllte, alles andere dämpfte.

„Finger weg vom Essen!", schaffte ich hervorzubringen. „Schmeißt es weg!"

Das Tablett war zusammen mit diesem magischen Brief eingetroffen und stammte von einer unbekannten Person.

Vivaxia hatte sich klar ausgedrückt: Ich kann auf deinen inneren Zirkel zugreifen. Ich komme an dich heran. Du bist nicht sicher. *Keiner deiner Geliebten ist sicher.*

Deswegen hatte sie die Bänder und mein Herz erwähnt. Das Rätsel war ziemlich leicht zu entschlüsseln.

Aber was hatte sie gemeint mit ‚mein Fall sei nicht mein Blutopfer gewesen‘?

Bin ich absichtlich gefallen?, fragte ich mich, wohl zum ersten Mal in meinem ganzen Leben.

Vivaxias Aussagen gingen mir durch den Kopf und dann tauchte noch mehr Text in goldfarbener Schrift auf dem Papier auf.

Ich bin jetzt bereit, mir zu holen, was mir gebührt, Typhos. Angefangen mit dem Blut, das dein Herz in Flammen steckt …

Mein Blick schnellte umgehend zu Melek. Er stand direkt neben Camillia und der Tisch zwischen ihnen war leer. „Habt ihr davon gegessen?“, fragte ich ihn, konnte mir den drängenden Tonfall nicht verkneifen.

„Nein. Ich habe es weggezaubert, wie du verlangt hast.“ Sein Blick fiel auf den Brief in meiner Hand und er runzelte die Stirn.

Das Papier ging in Flammen auf, was darauf hindeutete, dass der Bann, mit dem Vivaxia den Gegenstand belegt hatte, verpufft war.

Ich schluckte hart und ließ mir ihre letzte Drohung erneut durch den Kopf gehen. *Ich werde mit dem Blut anfangen, das dein Herz in Flammen steckt …*

Camillias Knie knickten ein. Keuchend presste sie ihre Hand auf ihre Brust und stieß dann einen schmerzerfüllten Schrei aus.

Melek sank mit ihr zu Boden, war jedoch nicht verletzt. Er machte sich Sorgen und sagte ihren Namen, packte sie an den Schultern. „Was ist los? Was ist passiert? Wo tut es weh?“, fragte er. Seine Panik drehte mir den Magen um.

Steckt Camillia mein Herz in Flammen?

Das … das ergab keinen … Vielleicht? Auf jeden Fall sorgte sie dafür, dass es verdammt schnell pochte.

Ich machte einen Schritt auf sie zu und meine Kehle fühlte sich plötzlich ganz trocken an. Das hier musste sein, was auch immer Vivaxia in ihr zurückgelassen hatte. Der vergehende Geruch, der unter ihrem …

In der nächsten Sekunde schoss ein Schwall Feuer durch mein Herz und ließ mich erstarren.

Er war so intensiv. So unerwartet. So *heiß*.

„Az“, keuchte Camillia. „Az!“

In mir brach ein Inferno los. Mein Geist und meine Seele begriffen erst, als mein Herz *eiskalt* wurde, was Cami hatte sagen wollen.

Denn die Flammen in meinen Herzen waren gerade … *erloschen*.

KAPITEL 3

AZ

Vor einigen Minuten

Ich sass meinem Bruder gegenüber. Er konnte das Leuchten seiner Kraft, das in seinen goldfarbenen Augen stand, nicht verbergen. Mit diesem Problem kannte ich mich gut aus – meine Phönix-Energie waberte immer direkt unter der Oberfläche und die Lebenskraft stellte eine Bedrohung für alle in meinem Umfeld dar.

Doch Maliki hatte eine andere Aura. Sie war tödlich, seine Bewegungen präzise und seine Worte scharf wie eine Klinge.

„Warum bist du wirklich hier, Azazel?", fragte er. Seiner tiefen Stimme schwang ein gemächlicher Singsang mit, der in direktem Kontrast zur tödlichen Aura stand, die ihn umgab.

Viele Feen waren seinem Charme schon erlegen und dann seiner Klinge zum Opfer gefallen. Aber ich kannte ihn gut. Und ich konnte die gefährlichen Absichten in all seinen Bewegungen spüren.

„Um einen Gefallen einzufordern", gab ich zu, bevor ich mich in der Nische aus schwarzem Leder zurücklehnte. Die Höhle des Todes war überhaupt nicht so wie Typhos' Club. Es waren weder Gruben aus ewigem Feuer noch rote, samtene Dekorationen zu sehen. Weit und breit bloß gotische Architektur aus Knochen und Totenschädeln. Die obsidianschwarze Innenausstattung ließ den Ort einer Gruft ähneln.

Gar nicht so verkehrt, dachte ich mir, weil wir uns doch mitten im Königreich des Jenseits befanden.

„Einen Gefallen?“, wiederholte Maliki belustigt. „Wie interessant. Ich glaube, ich hätte vor Kurzem auch einen gebraucht, als ich von deinem König festgehalten wurde.“

„Er ist *unser* König“, korrigierte ich ihn. „Und dass wir Brüder sind, hat dich überhaupt am Leben gehalten. Viele würden das allein als Gefallen bezeichnen.“

Er stieß ein höhnisches Schnauben aus. „Wenn du es so drehen willst, na gut. Was brauchst du?“

„Das ist kein Dreh, Mal. Es ist die Wahrheit.“ Ich lehnte mich auf den steinähnlichen Tisch, bedacht darauf, den unangerührten Krug mit Arachna-Ale nicht anzurühren, der vor uns stand, und sah ihn eindringlich an. „Typhos wollte dich töten. Er hat sich meinetwegen zurückgehalten. Ich konnte es in unserem Band spüren.“

„Dann bin ich froh, dass wir miteinander verwandt sind“, meinte er ausdruckslos und ohne die geringste Spur von Dankbarkeit für den erwähnten Verwandtschaftsgrad.

„Warum zum Teufel hast du dieses Portal geschaffen?“, wollte ich wissen. „Du hast dich nicht einmal auf die Suche nach einer Gefährtin begeben. Zur Hölle, als wir uns zuletzt gesprochen haben, wolltest du keine Braut.“

„Du doch auch nicht. Trotzdem verrät mir meine Nase, dass sich daran etwas geändert hat“, schoss er zurück.

„Die Umstände haben sich geändert“, gab ich zähneknirschend zurück.

„Ganz recht.“

Ich blieb eine kurze Zeit still und wartete, bis eine

Todesfee in wallender schwarzer Robe vorbeigegangen war. In der Knochenbar hingen so einige andere von ihnen herum, die ähnliche Outfits trugen und durchsichtige Shots tranken. In einer weiteren Nische ganz hinten saßen ein paar Leichenfeen. Vor ihnen waren Karten ausgebreitet.

Wir waren hier im Dorf des Jenseits, dem Gebiet des Königreichs des Jenseits, wo Todesfeen und Leichenfeen zusammenkamen, um sich unter die Feen zu mischen. Und die Höhle des Todes war sein Herzstück. Ein stiller Ort, der randvoll mit tödlichen Geheimnissen war – darunter jenes, das ich meinem Bruder gleich anvertrauen würde.

„Tatsächlich ist meine neue Gefährtin der Grund für meinen Besuch", wisperte ich ihm zu. „Vivaxia hat etwas mit ihr angestellt."

Maliki erstarrte sichtlich. Der Name war ihm bestens bekannt. Nicht seiner Vergangenheit wegen, sondern meiner.

Er hatte das Glück gehabt, im Reich der Höllenfeen, nach Luzifers Fall, geboren worden zu sein. Unser Vater, ein Samenspender, hatte lange genug gelebt, um eine weitere Frau – Malikis Mutter – zu schwängern.

Keiner von uns wusste, ob unser Vater noch unter uns weilte, aber wir hatten ihn schon über zweitausend Jahre lang nicht mehr gesehen. Natürlich war es absolut denkbar, dass er sich ganz einfach auf einer seiner Zeitreisen verlaufen hatte, da er einen starken Anteil Zeitreisefee in seinen Genen trug.

Oder vielleicht hatte er sich entschieden, auf einer ganz anderen Zeitschiene zu leben. Es war mir herzlich egal. Er war mir nie ein Vater gewesen. Und das war einer der vielen Gründe, warum ich die kleinen Mengen Zeitreisefeen-Magie in mir ausblendete. Mir bedeutete mein Phönixfeen-Erbe mehr als die Mischgene, die meinen Vater geschaffen hatten.

Ganz anders Maliki. Er frönte allen Aspekten seiner Selbst, vor allem den gefährlichen. Und genau deswegen hatte ich mich mit diesem spezifischen Gefallen an ihn gewendet.

„Du wirst mir schon etwas mehr verraten müssen“, meinte er, ehe er nach dem vollen Krug zwischen uns griff und sich ein Glas einschenkte. „Zum Beispiel, wie zum Teufel eine Höllenfeenbraut Vivaxia in die Arme gelaufen ist.“

Ich machte es ihm nach und goss mir etwas Arachna-Ale ein. Nicht unbedingt mein Lieblingsgetränk, weil der giftige Nachgeschmack diese betäubende Wirkung hatte, aber ich hatte einen starken Drink bitter nötig.

Dann lehnte ich mich zurück in das üppige Leder und sah in die goldfarbenen Augen meines Bruders. „Drück den Knopf.“

Er lächelte. „Na endlich. Der ganze Smalltalk fing an, mir Kopfschmerzen zu bereiten.“

Ich sah ihn mit meiner besten ernsten Miene an. Wir beide wussten, dass ich ihn direkt nach meiner Ankunft gebeten hätte, die Sichtblende zu aktivieren, aber er hätte nach einem Grund verlangt.

Deshalb der fünfminütige *Smalltalk.*

„Jetzt aktiviere schon die verdammte Blende“, beteuerte ich.

Er grinste, dann führte er seine Hand zu einem Knopf mit Totenschädel-Symbol, der in den Tisch eingelassen war, hielt dann aber inne, ehe er den Finger auf das metallene Symbol führen konnte.

„Können wir euch helfen?“, fragte er rundheraus. Sein Blick ruhte immer noch auf mir, die Frage war aber an das Todesfeen-Trio gerichtet, das gerade auf unseren Tisch zugesteuert war.

Ich würdigte sie keines Blickes, nippte stattdessen an meinem Ale. Sie wussten, wer ich war. Jeder in diesem verdammten Reich kannte meinen Namen.

Und ich war mir sicher, dass Maliki ihnen auch bestens bekannt war.

Er mochte keinen offiziellen Titel besitzen, aber es hatte

bereits die Runde gemacht, dass er ein Meuchelmörder in Hades' Auftrag war. Vor allem in diesem Königreich.

„Es hat nichts mit dir zu tun, Ghost", flötete die Todesfee und benutzte dabei Malikis berüchtigten Spitznamen.

Im Handumdrehen rein und wieder raus – und lässt nur Geister zurück. Das zeichnete ihn aus. Meistens konnte man ihm die Morde nicht einmal nachweisen.

Aber die Feen wussten es.

Und sie fürchteten ihn dafür.

Was mich wiederum wundern ließ, warum zum Teufel er dieses Portal geöffnet hatte, das die Feen an die Nacht der Monster bugsiert hatte. Gemäß seinen eigenen Aussagen wollte er den Ghulen helfen, Gefährten zu finden.

So ein Mist, hatte ich Typhos gesagt.

Gute Taten waren nicht Malikis Ding.

Gewalt war seine große Liebe – und genau das stellte er jetzt unter Beweis, als er seinen Blick langsam zum Todesfeen-Trio wandern ließ. Dann aber warf er ihnen ein lockeres Grinsen zu, das über die Dunkelheit seiner Aura hinwegtäuschte.

„Es *hat* nichts mit mir zu tun?", wiederholte er. Wie ich meinen Bruder kannte, missfiel ihm die Grammatik des gesprochenen Satzes. „Warum steht ihr dann in Reichweite meines Lieblingsdolchs?"

Der erwähnte Dolch war nirgends zu sehen, aber er würde im Handumdrehen hervorschnellen, wenn diese Todesfee auch nur falsch blinzelte.

„Wir müssen mit dem Kommandanten sprechen", knurrte der Mann, was mich irgendwie überraschte.

„Nur zu. Aber haltet euch kurz", sagte ich zu ihm und genehmigte mir einen weiteren Schluck von meinem Getränk. Ich machte mir nicht die Mühe, die Fee anzusehen. Es gab anständige Wege, ein Treffen zu verlangen, und ich hatte keine Absicht, diesem ...

Urplötzlich machte sich in meiner Brust ein Schmerz breit, der mich mein Glas fallen lassen ließ. Es krachte klirrend auf den Steintisch, was ich wegen des plötzlichen Dröhnens, das meine Ohren ausfüllte, kaum hörte.

Was. Zum. Teufel?

Ich blickte nach unten und stellte fest, dass mein Oberkörper verdammt noch mal in Flammen stand, und stürzte aus der Nische. Das Tier in mir wütete. Die Flammen sausten kraftvoll aus mir und die Energie absorbierte den unerwarteten Angriff umgehend. Aber kurz darauf folgte ein weiterer. Die rußähnliche Magie fühlte sich unbekannt und tödlich an.

Maliki schrie mir etwas zu, aber ich konnte ihn nicht hören. Meine Essenz bäumte sich wie eine Welle um mich herum auf und versuchte, den Angriff zu erwidern.

Aber dieses Mal vermischte sich der tintenschwarze Zauber mit meinem Feuer und kreierte ein gleißendes Inferno, das mir das Atmen verunmöglichte.

Verdammt.

Ich verwandelte mich in Asche und versuchte, der Wolke zu entkommen.

Aber sie ... sie *folgte* mir.

Oder vielleicht hatte mein Aschezauber fehlgeschlagen.

Ich ... ich konnte nichts sehen. Der undurchdringbare schwarze Rauch erstickte mich.

Az!, schrie Cami in meinen Gedanken.

Cami ...

Ajax war auch da. *Wage es ja nicht, zu sterben, Kommandant*, verlangte er mit einem wutentbrannten Knurren. Ich hätte schwören können, dass er direkt neben mir war.

Ich werde wiedergeboren werden, murmelte ich ihm zu. Nicht, dass ich mich dem schmerzhaften Wiedergeburtsprozess aussetzen wollte. Lieber kämpfte ich.

Und dieses Wort ging ihm und Cami jetzt durch den Kopf.

Kämpfe. Kämpfe. Kämpfe.

Ich versuchte es, aber ich konnte nichts sehen, geschweige denn atmen. Die tintenschwarze Substanz umgab mich vollends, hüllte mich in flüssiges *Feuer*, verbrannte meine Haut und fraß sich in meine Seele.

Was zum Teufel ist das für Magie?, ging mir benommen und staunend durch den Kopf.

Der Tod, erwiderte Typhos wutentbrannt. *Es ist verdammte Todesmagie.*

Ich blinzelte – oder jedenfalls glaubte ich, es zu tun. Wie dem auch war, was Typhos eben gesagt hatte, ergab keinen Sinn. Todesfeen saugten Seelen aus. Es waren Leichenfeen, die über eine tödliche Berührung verfügten.

Aber das ... das hier ... fühlte sich nicht nach ihnen an.

Ich hustete. Würgte. Rang nach Atem. Alles, während meine Lunge und alles in mir *brannte*.

Der Phönix in mir knurrte, fuchsteufelswild darüber, dass wir bei lebendigem Leibe von Flammen verschlungen wurden. Wutentbrannt darüber, dass sein Element ihn hintergangen hatte. Erzürnt, dass wir uns nicht mehr bewegen konnten.

Oder hören.

Oder sehen.

Kaum noch klar denken konnten.

Die Welt ... stand still.

Und der Wiedergeburtsprozess kurz vor einem neuen Anfang.

Ich kannte den Prozess gut. Es war Ewigkeiten her seit meinem letzten Tod.

Ich schloss meine Augen, meine Seele resignierte.

Wenigstens war es ein schneller Tod, dachte ich. Meine Erinnerungen werden genauso schnell zu mir zurückkehren. Hoffe ich, zumindest.

KAPITEL 4
CAMI

VOR WENIGEN MINUTEN

CHAOS.

Dunkelheit.

Schmerz.

Ich konnte mich auf nichts anderes als Az' Schmerz konzentrieren und meine Seele verlangte, dass ich zu ihm ging. Ihn aufspürte. *Ihm half.*

Ich hielt mir den Kopf, konnte kein Wort von dem, was Melek oder Typhos zueinander sagten, verstehen. Meine Welt drehte sich einzig und allein um Az. Seine Gedanken waren ein riesiges Durcheinander und es besorgte mich, dass er mir nicht sagen konnte, was mit ihm geschah.

Bringt mich zu ihm!, schrie ich allen und gleichzeitig niemandem zu. Ich wusste nicht, wie man sich mittels einer Aschewolke fortbewegte oder wie man sich teleportierte oder durch die Schatten wandelte oder dergleichen. Wann immer ich es in der Vergangenheit getan hatte, war es gegen meinen Willen geschehen.

Oder indem ich Luzifers Kraft benutzt habe, wurde mir klar.

„Denk gar nicht daran, Camillia“, knurrte der erwähnte Mann mir ins Ohr.

Doch seine Worte zogen wie in einem Windkanal an mir vorbei, denn meine Instinkte hatten bereits Fahrt aufgenommen. Sein wütender Schrei und seine Hitze folgten mir in die Dunkelheit, verschwanden aber, ehe ich in einer Gruft landete.

Moment mal ... das war keine Gruft, sondern ... eine Bar?

Ich schluckte hart und sah mich in der Bar im gotischen Stil um.

Und erstarrte, als ich die schwirrende Kugel aus schwarzer Energie erblickte, die aussah, als wäre sie einem Albtraum entsprungen. Das war keine Quelle, sondern ... sondern *Feen*.

Ihre Auren hatten dieselbe Farbe wie der obsidianschwarze Boden und ihr wütendes Knurren ließ mir die Härchen an meinem Arm zu Berge stehen.

„Wie unhöflich!“, murmelte jemand, ehe sich ein Schwert materialisierte, an dem goldene Flammen züngelten.

Meine Gesichtszüge entgleisten, als die Waffe die Luft durchschnitt und durch die dunklen Auren glitt.

Drei Leichen fielen zu Boden und daraufhin erlosch der Energieschwall umgehend, sodass ich Az ausgebreitet auf dem Boden liegen sehen konnte.

Atem ringend rannte ich auf ihn zu, doch dann versperrte mir der Schwertkämpfer den Weg. „Plink.“

„Wie bitte?“, keuchte ich verwirrt.

„Er meint mich“, zischte eine Stimme hinter mir.

Ich wirbelte herum, doch dann schlang mir jemand seinen Arm um die Taille. Für den Bruchteil einer Sekunde presste jemand seine breite Brust an meinen Rücken, ehe ich durch die Luft wirbelte.

„Du verdirbst mir den ganzen Spaß, Ghost", knurrte der Neuankömmling – *Plink*?

„Und dieser Spaß wäre?", erwiderte der Mann mit dem Schwert in der Hand gelangweilt. „Ein Versuch, den Höllenfeen-Kommandanten zu töten? Oder mit seiner Gefährtin zu spielen?"

„Beides", knurrte Plink, dessen hervorstehendes Kinn sich schwarz wie Asche färbte.

Ein Zombie, ging mir mit dem nächsten Atemzug durch den Kopf. Ich rang nach Luft, als die menschenähnliche Gestalt sich in das Sinnbild des Todes verwandelte.

Ich war nicht sicher, ob es seine Hände oder jene dieses Geistes waren, die um meine Taille geschlungen waren. Im Augenblick hoffte ich, dass es Letzter war.

Denn wie es schien, besaß Plink dunkle Magie. Die Art von Magie, die einen *tötete*. Oder zumindest interpretierte ich so die grauen Rauchstreifen, die aus seinen schwarzen Fingerspitzen schwirrten.

Ghost schien nicht besonders besorgt.

Er steckte sein Schwert ein und zückte stattdessen einen Dolch. „Na gut, Plink. Lass uns tanzen."

Ich machte einen Sprung zurück, als die beiden sich in einen tödlichen Schwall Nebel verwandelten. Ihre Energie fühlte sich eiskalt an und ließ mir das Blut in den Adern gefrieren.

Bald darauf schloss sich ihnen eine weitere Aura an, die mich die Zähne zusammenbeißen ließ. Ich konnte sie vielmehr spüren als sehen, und ihre Auren strotzten nur so vor schlechten Absichten.

Es kommen noch mehr, sagten mir meine Instinkte. *So viele mehr …*

Eine kalte Brise streifte über meine Haut und erinnerte mich daran, dass ich nichts weiter als eine kurz geschnittene, seidene Robe trug.

Doch ein einziger Blick zu Az ließ mich alles andere vergessen und ich konzentrierte mich nur auf ihn.

Er bewegte sich nicht.

Warum bewegt er sich nicht?

Seit meiner Ankunft war vielleicht eine oder zwei Minuten vergangen, aber es fühlte sich viel länger an.

Er sollte sich bewegen ...

Ich schlich an der Zimmerwand entlang, die obsidianschwarzen Nischen zu meiner Linken, der offene Raum zu meiner Rechten. Ghost hatte sein Schwert abermals gezückt, dessen Kraft jetzt durch die Luft schwirrte und er die angreifende Horde schwarzer Seelen bekämpfte.

Es sind zu viele, dachte ich mit klopfendem Herzen.

Und ich hatte keine Ahnung, wer dieser *Geist* wirklich war. *Freund oder Feind?*

So, wie er Az beschützte, ging ich von Erstem aus, aber das war nicht garantiert.

Höllenfeenregel Nummer dreizehn: Nichts ist, wie es scheint.

Höllenfeenregel Nummer vier: Traue niemandem.

Mehrere weitere Regeln fanden in dieser Situation Anwendung, aber ich hörte auf, sie im Geiste aufzuzählen, als ich bei Az' regungslosem Körper ankam.

Seine Haut fühlte sich eiskalt an.

Tot.

Nein. Nein, das war unmöglich. Az konnte nicht sterben. Er ... er ... Ich schüttelte den Kopf. *Nein.*

Die Luft um mich herum schimmerte und ich beugte mich schützend über Az. Zwar hatte ich keine Waffe, mit der ich ihn beschützen konnte, aber das war mir scheißegal. Ich würde bis zu meinem letzten Atemzug kämpfen. Kraft anwenden. Mich an der Quelle der Höllenfeen bedienen, wenn ich es musste. Was immer nötig war, um ...

In der nächsten Sekunde erschien Ajax mit einem

glühenden Stein in der Hand, der sich umgehend schwarz färbte. Die zackigen Kanten kamen mir irgendwie bekannt vor.

Der Todesstein, dämmerte mir. Er hatte mir diesen Stein im Verlies gezeigt, als ich seine Gefangene gewesen war. Dabei hatte er etwas von wegen, dass der Stein mich auf das Spiel im Reich des Jenseits vorbereiten würde, gesagt.

Es fühlte sich an, als wäre das eine Ewigkeit her.

Wir hatten nie wirklich für dieses Spiel üben können, weil Vita mich in eine seltsame Zeitschleife gezogen und mir damit dreißig Tage meines Lebens gestohlen hatte. Dann wurde ich festgehalten und verhört, und seither war mein Leben das reinste Durcheinander.

Eigentlich ... war mein Leben schon immer das reinste Chaos gewesen.

Meine Zeit im Reich der Höllenfeen war nur noch turbulenter gewesen.

Trotzdem hatte ich keine Ahnung, wozu dieser Todesstein in der Lage war, fing ihn aber aus Reflex ab, als Ajax ihn mir zuwarf. Der Stein war so kalt, dass ich ihn beinahe hätte fallen lassen. Doch im nächsten Augenblick zog eine dunkle Wolke über uns auf, die mich erstarren ließ.

Ajax, der seinen Zauberstab gezückt hatte, fluchte und wob violette Magie mit goldenen Funken.

Er sprach einen Bann, den ich nicht vernehmen konnte, weil das Dröhnen des heulenden Winds alles andere übertönte.

Noch ein Portal?, fragte ich mich.

Cami!, schrie Melek mir zu. Sein panischer Tonfall durchschnitt die tödliche Stille in meinen Gedanken. Ich blinzelte, erschrocken über sein Eindringen. Es war, als wäre ich unter Wasser gewesen. Die schaurige Stille stand in krassem Kontrast zum Wahnsinn, der sich um mich herum abspielte.

Ich ... ich war von meinen Gefährten abgeschnitten gewesen.

Wie ist das möglich?, fragte ich mich, bevor ein weiterer Schwall Eis mein Inneres flutete.

Es erinnerte mich an meine Mutter und Vivaxia. Damals war ich auch nicht in der Lage gewesen, meine Gefährten zu erreichen.

Eiskalte Magie rauschte durch die Bar und hüllte alles in Dunkelheit.

Ajax brüllte etwas Unverständliches. Seine Worte verloren sich im heulenden Void.

Ich legte die Hand auf den Mund. Die rußerfüllte Luft erschwerte mir das Atmen. Und sehen konnte ich auch nichts. Teufel, ich konnte kaum etwas spüren.

Doch der Stein lag fest in meiner Hand und die raue Textur erdete mich in der Realität. Denn das hier war echt, während alles andere sich wie ein Traum anfühlte.

Ein schauriger, eiskalter Traum ...

Ich erschauderte und schloss die Augen.

Denk nach, Cami, sagte ich mir. *Denk nach.*

Meine Eltern hatten mich immer in hitzige Situationen gebracht, nie in schneesturmähnliche Tundren. Aber Extremwetterphänomene sahen sich in einer Sache ähnlich: Sie bargen eine derartige Kraft, dass es um Leben und Tod ging.

Das hier ist das Reich des Jenseits. Sie schöpfen ihre Kraft aus Seelen, Dunkelheit und dem Nachleben.

Ich war noch nie hier gewesen, hatte mich aber darüber schlaugemacht, als ich mehr über das Reich der Höllenfeen lernen wollte.

Also, wozu dient dieser Stein?, wunderte ich mich. *Ajax hat ihn mir aus einem Grund überlassen.*

Bisher war er fürs Training gedacht gewesen.

Jetzt ging es ums Überleben.

Ich wurde von einer Energie umgarnt und ein unbekannter, kalter Zauber breitete sich auf meiner Haut aus. Meine Versuche, ihn wegzuwischen, verstärkten den stechenden Schmerz nur. Ich rang nach Atem. Noch nie hatte ich einen derartigen Schmerz verspürt. Meine Adern schienen sich mit arktischem Eis zu füllen!

Buchstäblich, realisierte ich. *Oder … oder zumindest fühlt es sich …*

Es schien zielgerichtet in meine Extremitäten zu fließen und betäubte sie, löschte die Flamme in mir aus.

Genau wie bei Az, dachte ich. *Sie haben seinen Phönix eingefroren. Haben sein Feuer erstickt. Und jetzt … jetzt machen sie dasselbe mit mir.*

Doch als die kalte Energie meine Finger erreichte, verpuffte sie und der Stein in meiner Hand erhitzte sich. Ich konzentrierte mich auf die gegensätzliche Kraft und beobachtete, wie sie der Kälte mit Wärme entgegenwirkte.

Aber … aber er war nicht wirklich *warm*. Er … *absorbierte* nur.

Ich blinzelte, verwirrt über diese Einsicht. Dennoch konnte ich spüren, wie der Todesstein die Luft um mich herum einzusaugen schien und einen Zauber in ihm aktivierte, der die Eiseskälte verschlang.

Ganz wie ich, wurde mir in der nächsten Sekunde bewusst. *Der Stein ist ein Siphon.* Oder zumindest funktionierte er wie einer.

Also, wie benutze ich dieses Ding?

Ich schlang meine Finger fester um die scharfen Kanten. Das Wechselbad von heiß und kalt ließ mich erschaudern und brachte mich gleichzeitig ins Schwitzen.

Denk nach, Cami, sagte ich mir. *Er absorbiert die Kälte, wie eine Flamme Sauerstoff absorbiert. Und Infernos brennen heißer unter den richtigen Bedingungen …*

Darum sollte ich mit den richtigen Rahmenbedingungen

in der Lage sein, die absaugenden Eigenschaften des Steins zu verstärken.

Ich muss ihm mehr Sauerstoff zuführen ...

Denn das Material – *die Energie* – war bereits da und bereit, verschlungen zu werden.

Ich schloss die Augen und konzentrierte mich auf die Formel, versuchte zu bestimmen, wie ich die Bedingungen verbessern und die Kraft steigern konnte.

Luzifers Quelle öffnete sich mir umgehend. Das Leuchtfeuer der Kraft züngelte bereit und gefügig an meinen Fingerspitzen. Ich würde später darüber nachdenken, warum es mir jetzt so leicht fiel, es zu mir zu rufen – und mich bei ihrem Besitzer entschuldigen.

Im Augenblick war Az alles, was zählte.

Luzifer würde das doch bestimmt verstehen.

Oder mich wieder töten wollen, dachte ich verbittert. *Scheiß drauf.*

Diese zombieähnlichen Feen, deren eisige Auren überwältigend und tödlich waren *und Az wehtaten*, mussten brennen.

Jetzt konnte ich ihn spüren – diesen Schneesturm, der in ihm wütete und sein inneres Feuer erstickte.

Er stand kurz vor dem Tod, seine Flamme war beinahe erloschen. Zwar war er unsterblich und konnte wiedergeboren werden, aber etwas an dem hier fühlte sich ... *endgültig* an.

Nein!, schrie ich in Gedanken, als zornschnaubende Lebenskraft durch mich kursierte. Luzifers Kraft, die durch meine Adern rauschte, war eine Wohltat für meine Sinne. Ich stürzte mich auf Az, eine Hand immer noch um den Stein geschlungen, während ich meine andere auf seine Brust, direkt über sein Herz, legte.

Dann wandte ich meine geballte Kraft auf, um den Stein zu entzünden, und zwang ihn, mehr aufzunehmen – heißer als vorhin zu brennen. Zu *verschlingen*.

Aber ich ließ dem Stein nicht alles. Stattdessen nahm ich einen Teil dieser feurigen Energie in mir auf und leitete sie durch meine Hand in Az. Es geschah instinktiv und war leicht wie das Atmen. Ich hatte nicht einmal gewusst, dass ich dazu in der Lage war.

Eine Umleitung von Kraft.

Mein Körper *saugte* die Lebenskraft ab und leitete sie um.

Genau das, wofür ich geschaffen wurde, dachte ich benommen.

Ich hatte das schon jahrelang gemacht, ohne mir bewusst zu sein, was es zu bedeuten oder wie es funktioniert hatte, aber jetzt begann ich zu verstehen.

Das mit den Portalen war ich gewesen. Ich hatte Luzifers Quelle abgesaugt und sie in den Vortex geleitet. Damals hatte er Feuer mit Feuer bekämpft, aber ich hatte die Kraft absorbiert und sie in etwas umgeformt, wonach die Situation verlangt hatte.

Ganz wie bei den vielen Infernos, die ich über die Jahre hinweg gelöscht habe.

Anstatt diese Erinnerungen beiseitezuschieben, nahm ich sie auf und benutzte sie als Leitfaden für meine derzeitige Aufgabe – *Az wiederzubeleben*.

Alles um mich herum verschwamm. Das Feuer war nicht mehr wichtig. Unser Standort keinen Grund zur Sorge mehr. Das Einzige, worauf ich mich konzentrierte, war, die Wärme in meinen Kommandanten zu leiten. Meinen *Gefährten*.

Mh, der besitzergreifende Instinkt in deinen Gedanken gefällt mir, kleine Kämpferin, erwiderte er. Seiner Stimme schwang ein Schnurren mit.

Az, keuchte ich.

Was ist los?, wollte er im nächsten Augenblick wissen. *Was ... ist los?* Dieses Schnurren verklang und seine neckische Stimmung schlug in Verwirrung um, die kurz darauf von Wut abgelöst wurde. *Verflammt.*

Alles, was geschehen war, ging ihm durch den Kopf und trieb seine Wut an. Er hatte mit Maliki, seinem Halbbruder, über einen Gefallen gesprochen, als das Todesfeen-Trio auf sie zugekommen war.

Und dann hatten sie ihn angegriffen.

Was wiederum ein paar andere angehalten hatte, sich in den Kampf zu werfen und sich dem Schwarm anzuschließen. Die Mischung aus Todesfeen und Leichenfeen hatte einen tödlichen Energieschwarm heraufbeschworen.

Nicht alle von ihnen waren in der Bar gewesen. Einige hatten aus der Ferne beigetragen.

Und er hatte nicht die geringste Ahnung, warum es geschehen war.

Doch der Grund war unwichtig, denn er war wütend und erlangte mit jeder Sekunde mehr Kraft zurück.

Ich konnte die Lebenskraft, die um ihn herumschwirrte, spüren. Sie wurde durch meine Fähigkeit gestärkt.

Jetzt hatte er genug, damit er aufblühen konnte, aber ich schien nicht aufhören zu können. Die Energie rauschte mit der Kraft eines katastrophalen Wirbelsturms durch mich.

Ich versuchte, mich zu lösen, die Kraft umzuleiten, aber es ... es gelang mir nicht. Ich war der Energie, die Az und mich verband, unterworfen. Dem *Todesstein ausgeliefert.*

Ich versuchte, ihn fallen zu lassen, aber meine Finger wollten einfach nicht davon ablassen.

Az sagte meinen Namen, doch der wurde von den reißenden Windböen übertönt, die durch meinen Kopf rasten. Nein. Nicht durch meinen Kopf. *An meinen Ohren vorbei.*

Ich hatte eine Art Kraftvakuum geschaffen. Die elektrische Strömung war nicht aufzuhalten und wurde von Luzifers Quelle angetrieben.

Er ist hier, realisierte ich. Luzifers Wildheit überrollte mich wie ein Güterzug. Trotzdem konnte ich nicht aufhören. Ich konnte mich nicht losreißen. Konnte mich nicht *bewegen*.

Vier Männerstimmen riefen meinen Namen. Meine Seele erkannte alle von ihnen wieder. Sie alle waren auf die eine oder andere Art mit mir verbunden. Sie waren alle meine *Gefährten*.

Aber … nein … Das … das stimmte nicht ganz.

Ich habe drei Gefährten, nicht vier, dachte ich benommen. Aber ich … ich war von vier Seelen verzaubert worden.

Ajax.

Az.

Melek.

Und Luzifer … *durch seine Quelle.* Er hatte am meisten Einfluss auf mich. Seine Energie schlang sich so fest um mich, dass ich das Gefühl hatte, von einer Unmenge an Seilen gefesselt worden zu sein.

Wie Meleks Bänder, sinnierte ich. Der Zusammenhang brachte mich fast zum Lachen.

Aber das hier war nicht witzig.

Es war gefährlich. Geradezu Furcht erregend. Ich … ich wusste nicht, wohin ich mich wenden sollte. Wie ich das alles verarbeiten sollte. Was ich …

Jemand presste seine Lippen auf meine und hauchte mir Sauerstoff ein.

Eine andere Hand war um meinen Hals geschlungen und verunmöglichte es mir, Luft zu schnappen.

„Lass los", zischte mir eine Stimme ins Ohr.

Dem stimmte ich zu. *Ja, lass los.* Denn ich konnte nicht mehr atmen. Alles war düster. Zu schwer. Zu heiß.

„*Camillia.*" Die tiefe Stimme hallte durch mein Wesen und verlangte, dass ich mich unterordnete. „*Lass. Los.*"

KAPITEL 5

CAMI

Ich ... ich verstand nicht. Den Todesstein loslassen? Az loslassen? Ich ... ich konnte keinen von ihnen spüren. Wie sollte ich sie also loslassen?

„Hör mir zu", sagte diese Stimme in mein Ohr. „Stell dir vor, du stehst am Ufer einer wunderschönen Lagune. Das Wasser hat diesen zauberhaften meeresgrünen Ton und es ist so klar, dass du bis zum Grund sehen kannst. Über dir scheint die gleißende Sonne und wärmt deine Haut. Es ist so warm, dass es fast schon unangenehm ist."

Ich schluckte hart, als er seine Lippen an meinen Hals führte. Seine Wärme umgarnte mich, ähnlich wie die Sonne, die er beschrieben hatte.

„Es ist so heiß, Camillia. Spürst du es? Diesen intensiven Schein der Sonne?"

Ich versuchte, zu nicken, meine Gedanken einzig und allein auf seine maskuline Stimme gerichtet. Der zimtige Geruch stand in krassem Kontrast zur Szene, die er gerade beschrieben hatte. Aber die darunterliegende würzige Note passte zweifelsohne dazu.

„Das Wasser unter dir hat die perfekte Temperatur, um

dich abzukühlen“, fuhr er fort, den Mund an meinen Hals gelehnt, während seine Hitze jeden einzelnen Zentimeter meines Körpers einnahm.

Ich hatte keine Ahnung, wo wir waren, warum ich ihn in jedem Teil meines Wesens spürte, aber ich … ich wollte, dass es nie aufhörte. Das hier war ein wunderschöner Traum.

Luzifer, dachte ich und erinnerte mich an unsere früheren nächtlichen Begegnungen. *Es ist Luzifer, der mit mir spricht.*

Hör ihm zu, flüsterte Melek zu mir zurück. *Hör auf ihn, dann wird er dich belohnen.*

Oh, stöhnte ich um ein Haar. *Ja, das würde mir gefallen.*

Ich weiß, erwiderte Melek, doch seiner Stimme fehlte der für ihn typische belustigte Tonfall. Tatsächlich hörte er sich etwas besorgt an.

Ist etwas …?

„Camillia“, unterbrach Luzifer meine mentale Unterhaltung mit Melek. „Konzentriere dich auf die Sonne. Sie blendet. Sie ist heiß. Sie *verbrennt* dich am lebendigen Leib.“

Die lebhaften Empfindungen, die seine Worte heraufbeschworen, ließen mich erzittern und mein Atem ging stockend.

„Spring ins Wasser, Camillia“, sagte er mir mit einem fordernden Tonfall, der mich antrieb, gehorchen zu wollen. „Komm und schwimme eine Runde mit mir. Dann gebe ich dir alles, was du begehrst.“

Ich schluckte mehrmals und mein Herz setzte einen Schlag aus.

Alles, was ich begehre.

Das … das wollte ich. *Oder?*

Vielleicht.

Ich …

„Sofort, Camillia“, befahl er und räumte mir keine Zeit ein, Widerreden von mir zu geben. *„Spring.“*

Ich kniff die bereits geschlossenen Augen fester zusammen, holte tief Luft und … und … blies sie schreiend heraus. Denn ich … ich konnte mich nicht bewegen. Ich war gefangen in der prallen Sonne, zerschmolz in ihren feurigen Strahlen.

Die Bänder, die fest um mich geschlungen waren, wurden angezogen. „Ich komme mit", sagte Luzifer an mein Ohr gelehnt. „Lass verdammt noch mal mit mir zusammen los, Camillia. *Jetzt*!"

Ich verstand nicht, was er meinte, wollte aber verzweifelt mit ihm gehen. Also klammerte ich mich an die Arme, die um meine Mitte geschlungen waren, und versuchte, seinem Befehl Folge zu leisten.

Luft rauschte an uns vorbei und das lodernde Inferno blitzte als weißes Licht hinter meinen geschlossenen Augen auf. Dann fielen wir … schwebten … *flogen* …

Bis wir nichts mehr waren.

Bis wir … am Boden lagen.

Ich runzelte die Stirn. Blinzelte. Und dann vertieften sich die Falten auf meiner Stirn. „Wo …?" Ich hustete und mein Rachen fühlte sich trocken an – als hätte man mich stundenlang ohne Zugang zu Wasser in eine Sauna gesperrt.

Plötzlich wurde mein Blickfeld von einem Gesicht eingenommen. Es schien aus uraltem Marmor gehauen – die Art von Statue, die vor langer Zeit zu Ehren von bedeutsamen Menschen geschaffen worden waren. Und dann waren da noch die wunderschönsten blauen Augen, die jemals auf mich hinabgestarrt hatten.

Luzifer, keuchte ich. Seine engelhaften Merkmale schienen in sein perfektes Gesicht gemeißelt.

Heilige Feen, war es schwierig, ihn aus nächster Nähe zu anzusehen. Vor allem, wenn seine Aufmerksamkeit ausschließlich auf mir lag. „Geht es dir gut?", fragte er mich.

Die tiefe Stimme passte zu jener, die mir ins Ohr geflüstert hatte, dass ich loslassen sollte.

Ich schluckte hart und versuchte, zu nicken, fühlte mich aber ganz steif. „J…ja."

Er erschauderte über mir und ich bemerkte erst jetzt, dass er mich auf den Boden des … des … Ich sah mich mit gerunzelter Stirn um. Wir befanden uns in einer Art Höhle, die gänzlich aus schwarzem Stein bestand. Hier und da waren Furchen im Gestein zu erkennen, aus denen Lava heraussickerte, die ein flackerndes rotes und orangefarbenes Licht warf.

Es schuf eine schaurige Atmosphäre, die mich hätte beunruhigen sollen, aber stattdessen verspürte ich diesen Frieden.

Die eiskalte Kraft war gewichen und meine Hände …

Ich riss die Augenbrauen nach oben. „*Az.*"

Es geht mir gut, erwiderte der Mann postwendend – vermutlich, weil er gehört hatte, dass mir sein Name durch den Kopf gegangen war. *Du hast mich gerettet.*

H…habe ich das? Ich sah mich um. *Wo …?*

„Camillia", sagte Luzifer und seine dominante Art erhaschte umgehend meine Aufmerksamkeit. „Azazel geht es gut. Aber du musst durchatmen und ruhig bleiben."

Ich starrte zu ihm hoch. „Okay."

„Braves Mädchen", lobte er. „Und jetzt mach einen Atemzug für mich."

Ich tat es.

„Atme aus", sagte er, jetzt mit etwas sanfterem Tonfall.

Ich gehorchte abermals.

Er wiederholte sich und ich machte mehrere Minuten lang, was er mir auftrug. Die Luft in der Höhle schien sich zu legen.

„Wunderbar", flüsterte er und legte seine Stirn an meine. „Und jetzt … sei einfach einen Augenblick lang bei mir."

Ich erschauderte. Seine Wärme drang in meine Haut.

Meine ... meine nackte Haut, wie ich kurz darauf feststellte. *Ich bin nackt.*

„Schhh", meinte er. „Wir sind fast so weit."

Ich hatte keine Ahnung, was er damit meinte. Ich wusste nur, dass ein sehr heißer Höllenfeen-König auf mir lag und ich *splitterfasernackt* war.

„Camillia", knurrte er. „Ich will dir nicht noch mal beibringen müssen, wie man atmet."

„Was machen wir?", wollte ich wissen, und stellte zufrieden fest, dass ich mich etwas weniger heiser anhörte. Trotzdem gab ich die Worte mit belegter Stimme von mir.

„Wir beruhigen die Quelle", erwiderte er mit zusammengebissenen Zähnen.

Ich legte die Stirn in Falten und ließ mir die Worte erneut durch den Kopf gehen. Erst dann erinnerte ich mich an die chaotische Energie, die ich gespürt hatte, als ich Az mit Wärme versorgt hatte.

Der Todesstein.

Luzifers Quelle.

Dass ich die Kraftübertragung nicht unterbinden konnte ...

Ich schluckte hart. Oh.

Ich ... ich hatte es schon wieder vermasselt.

Und jetzt schien ich mit der Person, die mich ohne jeden Zweifel dafür bestrafen würde, allein zu sein.

Aber er fühlte sich nicht wütend, sondern viel eher ... erschöpft an.

„Tut mir leid", flüsterte ich, weil ich nicht wusste, was ich sonst sagen sollte. Mir lag ein *„Bitte bring mich nicht um"* auf der Zunge, aber im nächsten Augenblick wurde mir klar, dass es mir überhaupt nicht leidtat. „Ich habe Az gerettet." Das war alles, was zählte. „Also tut es mir nicht leid."

„Das sollte es auch nicht", sagte er, sein Mund nur eine

Haaresbreite von meinem entfernt. „Ich bin es, der sich entschuldigen muss. Du brauchst Training. Das hätte ich vor Wochen bereits einsehen sollen. Aber ich war zu stur, um dir zu trauen. Und jetzt ist mich das fast teuer zu stehen gekommen."

Ich riss die Augen auf. *Was?*

„Ich werde es wieder richten", fuhr er fort. „*Wir* werden es wieder richten."

Was richten?, fragte ich mich perplex.

„Gib mir nur noch einen kurzen Augenblick." Er berührte meine Lippen mit seinen und streifte meine Wange auf dem Weg zu meinem Ohr. „Halt dich fest, Camillia."

Mein Körper leistete seinen Befehlen instinktiv Folge und ich klammerte mich an seine Schultern, bevor eine Welle heißer Energie durch ihn schoss. Ich schloss die Augen und genoss die willkommene Wärme, die meine Sinne flutete. Leider verpuffte sie viel zu schnell wieder, sodass ich unter Luzifers riesigem Körper zu schlottern begann.

Es folgte eine kurze Stille, dann wagte ich es, zu ihm hochzuspähen.

Er hatte sich auf die Ellbogen gelehnt und hielt mich mit seinem muskulösen Körper gefangen. „Schätze, es ist absolut angebracht, dein Training hier unten zu beginnen. Aber zuerst brauchst du etwas zu essen." Sein Blick wanderte auf meine entblößten Brüste. „Und etwas anzuziehen."

Ich biss die Zähne zusammen. „Ich kann einfach nicht fassen, dass ich schon wieder nackt bin."

„Du scheinst deine Kleidung in meiner Anwesenheit gern abzulegen, Miss De la Croix." An seinen Mundwinkeln zupfte ein Lächeln. „Nicht, dass ich mich beschweren kann, aber ich ahne, dass es den anderen nicht besonders gefallen würde, wenn du ohne Klamotten ins Reich des Jenseits zurückkehrst."

„Zurückkehren ...?" Ich sah mich zum gefühlt tausendsten

Mal um. „Wo sind wir?“ Bisher war ich wegen der rußschwarzen Wände und der fließenden Lavaströme davon ausgegangen, dass wir noch immer im Jenseits waren.

„In einer Kaverne tief unter meinem Palast“, antwortete er. „Hier bin ich nach meinem ersten Fall gelandet, Camillia.“

Er entfernte sich von mir und stand auf, dann hielt er mir die Hand hin – eine Geste, die mich vor nur wenigen Tagen schockiert hätte und es auch jetzt noch irgendwie tat.

Luzifer bietet mir seine Hilfe an. Er bietet mir ein Training an. Um ... um ...

Moment mal.

Hier ... ist er gelandet?

Er räusperte sich und zog eine Augenbraue hoch. „Hättest du gern eine Führung, bevor wir gehen?“

Ich starrte ihn an und griff nach seiner Hand. „Weißt du was? Ja, ich glaube, das tue ich.“

Seine Lippen zuckten belustigt. „Na gut.“ Er half mir auf die Beine, dann streifte er die Jacke ab. „Zieh dir die hier über, Camillia. Deine Titten sind eine zu große Ablenkung.“

Ich musterte den Stoff, den er mir hinhielt, dann sah ich an meinem nackten Körper hinunter. „Du hast sie in diesem Kettenkleid bereits gesehen.“

„Das wirst du mich wohl nie vergessen lassen, was?“

„Vermutlich nicht.“

Seufzend schüttelte er den Kopf, dann legte er mir die Jacke um die Schultern. Der Stoff reichte bis zu meinen Knien, was unseren Größenunterschied umso deutlicher machte.

Anstatt von mir abzulassen, packte er mich an den Aufschlägen und riss mich an seine Brust. „Ich werde mich jeden verdammten Tag entschuldigen, bis du mir vergibst.“

Er presste seinen Mund auf meinen und küsste mich so leidenschaftlich, dass ich an ihn gedrückt ein Keuchen ausstieß. Ein Keuchen, das er daraufhin schluckte und mich dann mit seiner Zunge verschlang.

Ich umklammerte seine Schultern, fürchtete, dass ich fallen könnte. Oder fliegen. Oder zu Asche zerfallen.

Denn ... *wow.*

Heiliger Feenstaub.

Er ... er hatte mich zuvor schon geküsst, aber nicht so. Seine Berührung verkörperte die unverfälschte Sünde und sein Mund war ein Segen, der mit verruchten Absichten gefüllt war. Und sein Geruch ... Heilige Feen, sein Geruch ... Zimt und Gewürze und berauschende *Unsterblichkeit.*

Melek hatte ihn schon jahrtausendelang erlebt und doch hatte er mich als Gefährtin ausgesucht. *Warum?*, fragte ich mich benommen. *Warum würdest du dich überhaupt nach jemand anderem umsehen, da du doch so einen umwerfenden Mann an deiner Seite hast?*

Weil ich dem Engel meiner Träume begegnet bin, flüsterte Melek zurück, der meinen Schock und meine Verwirrung offensichtlich vernommen hatte. *Ein Engel, den mit Ty zu teilen ich kaum erwarten kann. Ein Engel, den wir verehren, zwischen uns legen und in eine Königin verwandeln können.*

Ich erschauderte und meine Nippel wurden ganz hart, während ich versuchte, Luzifer näher zu ziehen. Meleks Worte waren leidenschaftlich und hypnotisch und seine Absichten brachten mein Blut in Wallung. Alles, während Luzifer mein inneres Feuer schürte.

Aber bevor ich tiefer in diese erotische Schlucht fallen konnte, löste das Wesen aus meinen dunklen Fantasien seinen Mund von meinem.

„Für gewöhnlich schreibe ich meine Schwüre in Blut nieder", sagte er leise. „Aber bei dir gefällt mir diese Methode besser." Er ließ die Aufschläge der Jacke los und legte mir die Hände ans Gesicht. „Es tut mir leid, Camillia De la Croix. Ich habe vieles wiedergutzumachen. Angefangen damit, dass ich dich anständig ausbilden werde. Und das bedeutet, dass wir zu den anderen in die Höhle des Todes zurückkehren müssen."

Er streifte meine Lippen mit seinen.

„Ich weiß, dass ich dir einen Rundgang versprochen habe, aber es wäre mir lieber, wenn Ajax sich uns dafür anschließen würde. Für ihn gibt es hier auch vieles zu lernen." Er ließ von mir ab und machte einen Schritt zurück, sodass ich ihm hinterherstolperte. Er packte mich an der Hüfte und richtete mich auf. „Nimm dir einen Augenblick Zeit, um dich zu sammeln. Wenn du bereit bist, heben wir ab."

Abheben, dachte ich benommen. *Fallen … Fliegen … Fallen … Fliegen.*

Würde ich je bereit sein?

Vermutlich nicht.

Vor allem nicht nach *so einem Kuss.*

Der König der Höllenfeen hat gerade einen Schwur besiegelt, indem er mich verschlungen hat.

Oh, Engelchen, du hast eben erst an der Oberfläche dessen gekratzt, wozu der König mit seinem Mund imstande ist, murmelte Melek mittels unserer mentalen Verbindung. *Warts nur ab, bis er diesen verruchten Mund auf deine Klitoris presst.*

Ich riss die Augen auf und meine Wangen brannten. *Melek!*

Ein sinnliches Lachen. Mehr erwiderte er nicht.

„Lass mich raten …", murmelte Luzifer. „Melek hat dir unanständige Versprechen eingeflüstert?"

Ich schloss die Augen.

Und nickte.

„Mh, vielleicht werde ich dir später auch beibringen, wie man ihn bestraft", bot Luzifer an. „Aber zuerst müssen wir uns auf deine Kontrolle konzentrieren. Denn die lässt sehr zu wünschen übrig, Miss De la Croix."

„Meine Kontrolle?", wiederholte ich, verstand nicht, was

er meinte. *Kontrolle beim Sex? Kontrolle darin, wie ich jemanden beglücke? Kontrolle in …*

„Deine Kontrolle, wenn du Kraft absaugst und sie dir zunutze machst“, sagte er mit einem wissenden Tonfall, der mich zu ihm zurückblicken ließ. Der sinnliche Mann von vorhin war einer königlichen Maske gewichen. „Du hast mit diesem Todesstein um ein Haar mehr als drei Dutzend Feen aus dem Reich des Jenseits getötet, Camillia.“

Mir klappte die Kinnlade herunter. „Ich …“ Ich hatte keine Ahnung, was ich darauf erwidern sollte. „Ich habe nur versucht, Azazel zu retten.“

„Das weiß ich. Aber indem du das getan hast, hast du beinahe mehrere unschuldige Seelen ausgelöscht.“

Unschuldig schien mir ein zu starker Begriff, wenn man bedachte, was sie Az angetan hatten.

Luzifer musste mir die Gedanken in meinem Gesicht abgelesen haben, denn er fügte leise hinzu: „Sie standen unter Engelsfeen-Einfluss. Wir haben viel zu bereden.“ Er streckte mir seinen Arm hin. „Also … Sollen wir fliegen, mein süßer Siphon?“

KAPITEL 6

AJAX

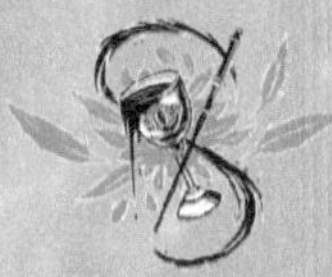

Vor einigen Minuten

„Woher zum Teufel hat sie den denn?", wollte Az' Bruder wissen und zeigte mit dem Finger auf die schwarzen Kieselsteine, die am Boden verstreut lagen.

Kieselsteine, die einst ein Todesstein gewesen waren.

Ein Todesstein, den Cami gerade benutzt hatte, um eine kleine Armee aus Todesfeen und Leichenfeen buchstäblich in die Knie zu zwingen und schmerzerfüllt aufschreien zu lassen.

Auf meinen Lippen breitete sich ein Lächeln aus, dann räusperte ich mich. „Von mir", erwiderte ich. „Aber ich wusste nicht, dass er *dazu* imstande ist."

„‚Wusste nicht, dass er dazu imstande ist'", äffte Maliki mich kopfschüttelnd nach. „Das ist einfach *un-fass-bar*!"

„Woher hattest du ihn?", fragte mich Az leise und blendete seinen Scherzkeks von Bruder aus. Er saß neben mir in einer Nische, der gesprungene Tisch aus Obsidian vor uns.

Ich raufte mir die die zerzausten Haare und ließ die Hand dann an meinen Nacken wandern. Mein Körper fühlte sich ungeheuer steif an von allem, was passiert war. Mittlerweile sollte ich eigentlich wieder geheilt sein, aber diese tödlichen Mistkerle hatten meinem Körper und meiner Seele übel mitgespielt.

Az schien es nicht anders zu gehen. Er bewegte sich langsamer als üblich, brachte das Glas an seine Lippen und trank einen Shot braunen Likörs – vielleicht Bourbon?

Hm, vermutlich nicht, wenn man bedachte, wo wir hier waren. In der *Höhle des Todes*. Ich war noch nie in der Totenkopfbar gewesen, hatte sie nur aus der Ferne gesehen. Aber der Todesstein hatte mich mithilfe eines leise gesprochenen Zaubers zu Az geführt.

Ein Zauber, den mir Zenaida aufgetragen hatte, zu murmeln.

Gleich nachdem sie mir den Todesstein gegeben hatte, der mir Monate zuvor von ihrem Enkel Shade überbracht worden war.

„Ich glaube, du hast das hier verloren", hatte sie mir gesagt und ihn neben einen Teller ihrer berühmt-berüchtigten Kekse gestellt. „Schade, dass du keine Gelegenheit hattest, Camillia zu zeigen, wie man ihn einsetzt."

Ich hatte den Obsidian stirnrunzelnd angesehen, ehe ich der prophetischen Frau in die Augen geblickt hatte. „Warum habe ich das Gefühl, dass du mir den hier aus einem triftigen Grund gibst?"

„Weil du ein kluger Junge bist", hatte sie gemurmelt und mir das Gefühl gegeben, wieder zehn Jahre alt zu sein. „Vergiss nicht, ihn Camillia zu geben. Er wird ihr helfen."

„Womit?", hatte ich wissen wollen und auf mehr Informationen gehofft. Auf einen Hinweis. Auf irgendetwas, das mir dabei helfen würde, meine nächsten Schritte zu planen.

„Mit dem Training, natürlich", lautete ihre Antwort. „Sie wird es brauchen. Und zwar *jede Menge* davon."

Bevor ich mehr Details aus ihr herausquetschen konnte, hatte ich Az' Schmerz gespürt.

Shade und Zakkai hatten beide mit neutralen Gesichtsausdrücken dagesessen und nichts gesagt, während ich keuchte und hustete und auf die Pein meines Gefährten reagierte.

Dann hatte Zenaida auf den Tisch, direkt neben dem Stein, getippt.

Ich hatte danach gegriffen und den darauf eingeritzten Bann auf dem Stück Pergamentpapier, das darunter lag, gesehen, bevor ich die Worte gesprochen hatte, ohne darüber nachzudenken.

Und so landete ich neben Az.

Dann hatte ich Cami den Stein überreicht. Denn ich würde Zenaidas mysteriöse Anweisungen ganz bestimmt nicht übergehen. Jetzt legte ich den Kopf zurück und erklärte das alles Az, während sein Bruder mithörte.

„Als Shade mir im Auftrag seiner Großmutter damals den Stein gab, hat er mir gesagt, er wäre für mein Date." Er hatte sich total kryptisch ausgedrückt, was ihm ähnlichsah. „Ich bin einfach davon ausgegangen, dass er mir damit sagen wollte, dass er von Cami wusste. Offensichtlich reichten seine Absichten tiefer."

Das überraschte mich nicht im Geringsten. Shade war allen immer schon sieben Schritte voraus gewesen, und manchmal sogar fünf Meter daneben.

„Ich verstehe nicht, warum er ihn dir vor so langer Zeit gegeben hat", meinte Az mit einem Stirnrunzeln. „Es ist, als hätte er erwartet, es würde früher geschehen."

„Oder vielleicht hat er mehrere verschiedene Arten von Ereignissen kommen sehen", gab Maliki zu bedenken. „Er ist zu einem Teil eine Schicksalsfee, richtig? Sein Geist besteht aus einem Netz potenzieller Ereignisse. Das Einzige, was er wusste, war, dass du diesen Stein irgendwann brauchen würdest. Mich interessiert mehr, *wie* Zenaida ihn beschafft hat."

„Mich auch", bemerkte Melek mit untypisch ernstem Tonfall und strenger Miene. „Ajax, könntest du eine Schutzbarriere schaffen, damit wir ungestört reden können?"

Ich starrte ihn kurz an, überrascht über seine Bitte. Melek bat mich selten um etwas. Zur Hölle, wir hatten bis vor Kurzem kaum ein Wort miteinander gewechselt.

Aber so, wie er mich jetzt anblickte, fühlte ich mich gesehen.

Ich war nicht sicher, ob mir diese Veränderung gefiel.

Anstatt an diesem Gedanken hängenzubleiben, schaute ich mich um und versuchte zu bestimmen, welche Zauberoptionen ich hatte.

Der Club war wie leer gefegt. Die Leichen- und Todesfeen – zumindest diejenigen, die bei Bewusstsein und am Leben waren – hatten sich mittels eines eisigen Nebels davongemacht. Keiner wollte hier sein, wenn Luzifer zurückkehrte.

Na ja, keiner außer uns vieren.

Aber das bedeutete nicht, dass sich draußen keine neugierigen Feen tummelten.

Dieser Gedanke ließ mich einen Zauber um uns vier weben, den man weder sehen noch spüren konnte, unsere Stimmen aber für alle, die sich nicht in unserer unsichtbaren Blase befanden, auf stumm schaltete.

„Hättest du das neulich nicht auch schon machen können?", fragte Az. „Stattdessen hast du ein Paradigma geschaffen, um anzugeben?"

Ich sah ihn mit hochgezogener Augenbraue an. „Ich brauche vor Cami nicht *anzugeben*", sagte ich, im Wissen, worauf er damit hinauswollte. „Shade und ich haben diesen Zauber früher die ganze Zeit über gesprochen, damit wir

Gespräche zwischen meinen Eltern und einer Tavernenbesitzerin im Ort belauschen konnten."

Anrika.

Ihr Name in meinen Gedanken sandte einen Schmerz durch mein Herz. Ihr Tod suchte mich immer noch heim.

Ganz wie die Tode meiner Eltern und Emelyn.

Allesamt verübt durch Constantines Hand.

Ich wappnete mich für die Wut, die meine Seele gleich fluten würde. Ich hatte die feurige Hitze schon längst angenommen, aber die Wut, die für gewöhnlich an die Oberfläche stieg, blieb aus. Stattdessen verspürte ich nur eine nostalgische Belustigung.

„Wenn ich diesen Zauber im Palast der Mitternachtsfeen benutzt hätte, wäre Shades Neugier umgehend geweckt gewesen. Er hätte an meinem Zauber herumgepfuscht." Unsere Ältesten hatten uns unserer Spionage wegen unzählige Male ermahnt, was uns nur dazu angehalten hatte, unsere Technik zu perfektionieren. „Wir hätten ihn nicht gespürt, aber er wäre da gewesen." Dessen war ich mir sicher.

„An seiner Stelle ist Zakkai unbemerkt in dein kleines Paradigma eingedrungen", sinnierte Melek. „Diese Mitternachtsfeen gefallen mir wirklich sehr."

Ich runzelte die Stirn. „Zakkai hat *was* getan?"

Melek sah mich bewusst an. „Komm schon, das kann dich doch wohl kaum überraschen. Ihr habt über Engelsfeen gesprochen. War doch klar, dass er mithören wollte." Sein Blick wanderte zu Maliki. „Ein Thema, das uns zurück auf die Frage bringt, warum ich um Privatsphäre gebeten habe. Dieser Stein ist randvoll mit Engelsfeenenergie."

„Das ist mir bewusst", flötete Maliki. „Darum habe ich auch gefragt, wie er in den Händen einer Schicksalsfee gelandet ist." Er sah Az mit zusammengekniffenen Augen an. „Deine kleine Gefährtin ist wirklich ein Zuckerstück,

Brüderchen. Willst du mir erzählen, woher sie wusste, was sie mit diesem gefährlichen Stein tun musste?“

„Cami ist ein Geschenk“, murmelte Melek. „*Unser* Geschenk. Du brauchst ihre Fähigkeiten nicht zu verstehen. Konzentrieren wir uns lieber darauf, woher der Stein gekommen ist, anstatt über unsere Gefährtin zu sprechen.“

Maliki grinste. „Da verfügt wohl jemand über eine besitzergreifende Ader, hm?“ Er sah uns drei an und in seinen goldfarbenen Augen stand ein teuflischer Ausdruck. „Faszinierend.“

„Und nicht das Thema dieses Gesprächs“, entgegnete Az mit bissigem Tonfall. „Was weißt du über den Stein, Melek?“

Der Prinz der Höllenfeen spitzte die Lippen und der Blick in seinen leuchtenden Augen wanderte abermals zu den Kieselsteinen. „Er ist ein Relikt, das von Vivaxia geschaffen wurde.“

Az, der neben mir saß, erstarrte.

„Ich habe einmal gesehen, wie sie damit eines ihrer Haustiere getötet hat“, fuhr Melek fort, ohne Notiz von Az’ Reaktion zu nehmen. „Wir müssen herausfinden, wie Zenaida in seinen Besitz gekommen ist.“ Er blinzelte und sah zu uns zurück. „Ich werde mit ihr reden.“

„Nein, *wir* werden mit ihr reden“, unterbrach eine tiefe Stimme, bevor Luzifer mit Cami an seiner Seite erschien.

Ich legte die Stirn in Falten. Sein plötzliches Erscheinen ließ meine Magie zerbersten und sich im nächsten Augenblick neu formen. Fast, als hätte er es ihr so befohlen.

Wie zur Hölle hat er das gemacht?

Dass Cami es konnte, ergab Sinn. Sie war meine Gefährtin. Meine Magie schlang sich automatisch um sie und hieß sie in meiner Blase willkommen.

Aber Luzifer bedeutete mir nichts. Er war weder mein Gefährte noch mein Freund. Zur Hölle, er war nicht einmal mein König.

Also, wie hatte er meinen Zauber so mühelos durchbrechen können?

Lag es an seinem Band zu Az?

„Geht es dir gut?", fragte Melek, der seine Hände an Camis Wangen legte.

Seine Worte und die Reaktion ließen mich erstaunt blinzeln und mein Fokus wanderte direkt zu ihr und von Luzifers intensiver Kraft weg. Ich würde mir später Gedanken um ihn machen.

Und einen Weg finden, ihn endgültig auszusperren, beschloss ich.

Klar, er mochte vorübergehend mein Verbündeter sein, aber das bedeutete nicht, dass ich ihm vertraute. Nicht, nach allem, was er gesagt und getan hatte.

„Ich ..." Cami verstummte, dann wanderte ihr Blick zu Luzifer, ehe sie sich räusperte. Dieses kleine Detail ließ mich die Augen zusammenkneifen. *Hat er dich bedroht?*, wollte ich mittels unserer mentalen Verbindung wissen und ließ meinen Blick über ihren mehrheitlich nackten Körper streifen. Außer Luzifers Anzugsjacke trug sie nichts – und unter anderen Umständen wäre der Anblick unverschämt heiß gewesen.

Nein. Er ... Sie zog die Stirn kraus. *Er hat mir geholfen.*

Was für eine unerwartete Antwort. Vor allem wenn man Luzifers frühere Reaktionen auf die Zurschaustellung ihrer Kräfte bedachte – Kräfte, die sie sich von seiner Quelle lieh.

„Cami?", flüsterte Melek mit ehrfürchtigem Ausdruck und Tonfall.

„Es geht mir gut", erwiderte sie hörbar und lehnte sich an ihn. „Ein bisschen durch den Wind, schätze ich. Ich denke nur daran ..." Sie sah abermals zu Luzifer. „Sag ihnen, was du mir gesagt hast."

Der König der Höllenfeen zog arrogant eine seiner Augenbrauen hoch. „Kommandierst mich jetzt schon herum, Siphon, was?"

Sie warf ihm einen Blick zu, als wollte sie sagen: *Ja, tue ich.*

Was ihr früher ein Knurren von der mächtigen männlichen Fee eingebrockt hätte, brachte ihn jetzt zum Lachen. „Na gut."

Az' Gedanken war zu entnehmen, dass er überrascht war, doch nach außen hin ließ er sich nichts anmerken.

Ich war mir ziemlich sicher, dass ich nicht so ungerührt aussah, denn mir ging nur eines durch den Kopf: *Was zum Teufel ist hier los?*

Typhos sieht Cami nicht mehr als Bedrohung, sondern als Verbündete an.

Ja, das hatte ich dem Gespräch während des Spaziergangs durch Luzifers Palasthof bereits entnommen. *Und du glaubst, dass er gute Absichten mit ihr hat.* Das war keine Frage, sondern eine Feststellung. Denn sonst wäre Az Cami zu Hilfe geeilt. Dessen war ich mir sicher. Ich *wusste* es.

Ich glaube, seine Absichten mit Cami ändern sich immer wieder, gab Az zu. *Aber ja, im Augenblick hat er zweifelsohne gute Absichten.*

„Die Todesfeen und Leichenfeen wurden magisch manipuliert. Darum haben sie dich angegriffen. Eine Engelsfee hat Einfluss auf sie genommen."

Luzifers Worte erhaschten Az' Aufmerksamkeit – und meine. „Bist du dir sicher?", wollte Az wissen.

„Ja." Der Höllenfeen-König ließ seinen Blick zu Melek wandern. „Du spürst es doch auch, richtig?"

Der Prinz der Höllenfeen nickte. „Ja."

„Warum hast du das nicht gleich gesagt?", fiel Maliki den beiden ins Wort, dessen gelassene Haltung über das gefährliche Funkeln in seinen Augen hinwegtäuschte. „Stattdessen hast du mich vom Stein faseln lassen?"

Melek zuckte mit den Achseln. „Der Todesstein war ein genauso wichtiger Gesprächspunkt."

„Hm", summte der Mann und blickte zu Az. „Und diesen

Gefallen, um den du mich bitten wolltest ..., geht es dabei zufällig um die Engelsfeen?"

Az trommelte mit den Fingern gegen die Tischplatte aus Obsidian, dann lehnte er sich von der zerfetzten Sitznische weg und über die Tischplatte zu Maliki. „Ich wollte dich bitten, eine Reise durch die Zeit zu machen und herauszufinden, was Vivaxia mit meiner Gefährtin angestellt hat. Aber jetzt überdenke ich diesen Plan."

„Weil du das alles hier als Warnung verstehst", erwiderte Maliki. „Es ist ein zu großer Zufall, dass sie dafür gesorgt hat, dass du durch die Hände deiner geliebten Gefährtin an einen Todesstein herankommst, direkt, nachdem sie eine Horde Todes- und Leichenfeen auf dich gehetzt hat."

„Ganz genau."

„Hm", summte sein Bruder abermals. „Das wäre aber ein höllischer Gefallen."

„Ich glaube, ich habe bereits hinreichend dargelegt, dass du mir etwas schuldest."

Maliki lachte schnaubend. „Ich glaube, diese Behauptung habe ich entschieden bestritten."

„Du bist doch am Leben, oder etwa nicht?"

„Bin ich das?", fragte Maliki und neigte seinen Kopf zur Seite. „Schätze schon." In seinen goldenen Iriden flackerte ein Feuer auf, bevor sein Blick über Az' Schulter wanderte und sich sein Ausdruck umgehend verdüsterte.

Eine sanfte Berührung meines Zaubers hielt mich an, seinem Blick zu folgen. Als ich die dunkle Gestalt in den Schatten erblickte, riss ich die Augen auf. *Wer zum Teufel ist das?*, fragte ich mich, was Az über seine Schulter blicken ließ.

Hades. Der Gott des Jenseits, informierte er mich mit einem mentalen Seufzer, der mir verriet, was er vom unerwarteten Besuch hielt.

KAPITEL 7

AJAX

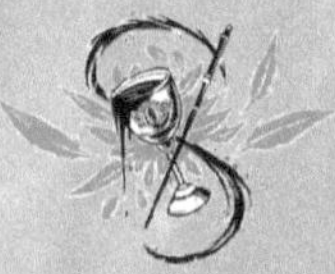

Was zur Hölle hat Hades hier zu suchen?, fragte ich mich, zu gleichen Teilen verwirrt und schockiert über seine göttliche Anwesenheit. Soweit ich unterrichtet war, besuchten die Mythosfeen – von den Albtraumfeen oft auch als Götter bezeichnet – ihre Königreiche nur selten.

Weil mein Bruder sein liebstes Schoßhündchen ist, murmelte Az, ehe er aus der Nische rutschte. „Eigentlich kannst du die Schranke auflösen, Ajax. Ich ahne, dass Hades ohnehin schon durch sie gedrungen ist."

„Ja, bin ich", meinte eine kultivierte Stimme mit ausdruckslosem Tonfall. „Aber du kannst die Schranke ruhig aufrechterhalten. Ich habe kein Interesse an den Engelsfeen – nur an Maliki und einer gewissen Göttin, die er eigentlich bewachen sollte."

„Auf sie *aufpassen* trifft es wohl eher", korrigierte Maliki ihn, während er geschickt auf die Beine kam. Seine geschmeidigen Bewegungen erinnerten an eine Katze auf Raubzug. „Deine *Göttin* schläft."

„Und träumt von einem anderen Gott", meinte Hades zähneknirschend. „Ja, dessen bin ich mir bewusst. *Sehr* sogar."

An Malikis Lippen zeichnete sich ein sanftes Grinsen ab. „Eifersüchtig?"

„Wohl kaum."

Hades' Verleugnung verwandelte Malikis Grinsen in ein ausgewachsenes Lächeln, dem eine grausame Härte innewohnte. „Dann wird es dir bestimmt nichts ausmachen, dass ich meinem Bruder einen Gefallen tue, während Morpheus die schlafende Schönheit an meiner Stelle bewacht, oder?"

„Wage es ja nicht, mit der Zeit zu spielen", erwiderte Hades mit einem Tonfall, der zu seiner eisernen Miene passte, ehe er aus den Schatten und in den Strahl der flackernden Lichter in der Bar trat.

Wow, dachte Cami, und ihre Beurteilung erhaschte umgehend meine Aufmerksamkeit. *Ich verstehe, warum er ein Gott ist.*

Vorsicht, kleine Rebellin, murmelte ich zurück. *Ich möchte nur ungern aus Eifersucht einen Streit mit einem* Gott *anzetteln.*

Sie sah mich mit ihren sturmgrauen Augen an. *Ich habe nicht gesagt, dass ich mit ihm ins Bett steigen will.*

Trotzdem ... Du beäugst ihn, als würdest du gern sehen, was sich unter diesem Anzug verbirgt, entgegnete ich. Und den Blicken von Az und Melek zu urteilen nach, war es ihnen auch aufgefallen.

Ich glaube nicht, dass ich meinem Harem eine fünfte Fee hinzufügen könnte, flötete sie, was mich meine Augenbraue hochziehen ließ.

Eine fünfte Fee? Wer ist die vierte?

Auf ihren Wangen zog ein zartes Rosa auf und sie weitete ihre Augen. *Ich ... ich habe vier gemeint. Oder fünf. Ich weiß es nicht. Luzifer ist ... na ja ... Er ist ... er ist mit Az und Melek verbunden und ...*

Ich starrte sie unablässig an und verriet ihr weder mental

noch mittels eines Ausdrucks, was in mir vorging.

Ich w... Sie knirschte mit den Zähnen. *Ich weiß nicht, Ajax. Ich weiß nicht, was los ist. Ich weiß nicht, was ich fühlen soll. Ich ...*

Ich machte einen Schritt nach vorn und nahm sie in die Arme. Zusammen blendeten wir das Gespräch der anderen aus. Alles, was zählte, war Cami zu zeigen, dass ich an ihrer Seite stehen würde, ganz egal, wofür sie sich entschied. Ganz egal, wie sie fühlte. Ganz egal, was sie brauchte. *Du bist meine Gefährtin*, wisperte ich ihr in die Gedanken. *Ich werde jeden annehmen, den ich annehmen muss.*

Obwohl die Kraft, die meinen Rücken wärmte, meine Worte auf den Prüfstand zu stellen schien, bevor ich den Satz überhaupt zu Ende geführt hatte.

Außer vielleicht Hades, berichtigte ich. Und das nur halb im Scherz. Wenn Cami ihn wollte, würde ich einen Weg finden, damit klarzukommen.

Ich bin nicht interessiert an Hades, erwiderte sie. *Ich habe nur ... Ich meine, sieh ihn dir an, Ajax. Er sieht genauso aus, wie ich mir den Gott der Unterwelt vorstellen würde.*

Gott des Jenseits, korrigierte ich sie.

Ich bin mir ziemlich sicher, dass mein Mythologie-Professor dir widersprechen würde, murmelte sie daraufhin.

Wie bitte?

Nichts. Vergiss es. Ich habe kein Interesse an ihm. Ich ... ich will dich. Az. Melek.

Und vielleicht auch Luzifer?, hakte ich nach.

Ich weiß es nicht, antwortete sie im Flüsterton. *Ich ... ich träume von ihm.* Sie sagte das, als würde sie mir einen riesengroßen Verrat offenbaren, und schien sich schuldig zu fühlen.

Es ist in Ordnung, von ihm zu träumen, kleine Rebellin. Es ist sogar in Ordnung, ihn zu wollen. Aber ich vertraue ihm nach wie vor nicht. Und ich würde ihm nicht trauen können, bis ich seine Absichten in Erfahrung gebracht hatte. Die sich, wie Az so eloquent ausgedrückt hatte, immer wieder änderten.

Was auch immer das zu bedeuten hatte.

Ich traue ihm auch nicht, erwiderte Cami. *Noch nicht.* Den letzten beiden Worten schwang ein hoffnungsvoller Tonfall mit – eine Empfindung, die in meiner Seele längst verwelkt war.

Zumindest bis Cami gekommen war und das Feuer ihn mir erneut entzündet hatte.

Diese Flamme brannte jetzt nur für sie. Und ein bisschen für Az.

Die Gedanken an meinen anderen Gefährten ließen meinen Blick an die Stelle wandern, wo er jetzt Schulter an Schulter mit Typhos stand. Die beiden schienen sich in einer Pattsituation mit dem König des Jenseits zu befinden.

Was haben wir verpasst?, wollte ich mit gerunzelter Stirn und Blick zu Az wissen, der mit dem Rücken zu mir stand.

Luzifer hat Hades nach seiner Meinung über die Verwendung von Engelsfeen-Magie gefragt, die benutzt wurde, um die Todes- und Leichenfeen zu beeinflussen, erklärte Az. *Jetzt verhandeln sie die Bedingungen für einen Informationsaustausch.*

Weil Hades die Frage nicht einfach so beantworten wird?, riet ich.

Ganz genau.

An meinen Mundwinkeln zupfte ein Lächeln. *Und Luzifer muss mit ihm verhandeln?*

Jepp.

Das ließ ein Lachen aus mir hervorbrechen, das den Höllenfeen-König einen Blick zu mir zurückwerfen ließ. „Findest du das lustig, Wärter?“

„Ja“, antwortete ich ehrlich.

„Könntest du erläutern, weshalb?“, flötete er.

„Sehr gern. Ich finde es witzig, dass du gezwungen bist,

dein Lieblingsspiel zu spielen – und dieses Mal den Kürzeren ziehst", erwiderte ich. Es war mir egal, ob die Aussage ihn aufbrachte, denn ich würde mich nicht mehr zurückhalten. Ich hatte mich über ein Jahrzehnt lang vor ihm verneigt und er hatte es mir mit Drohungen gegenüber meiner Gefährtin und mir, Ultimaten und damit gedankt, dass ich Teil seiner abgefuckten Bestrafung hatte sein müssen.

Königstitel hin oder her, ich hatte es satt, mich ihm unterzuordnen.

Der Blick in seinen saphirblauen Augen verweilte einen Augenblick auf mir und an seinen Mundwinkeln zupfte ein Lächeln. „Wer hat gesagt, dass ich den Kürzeren ziehe?", fragte er, ehe er seinen Blick zurück zu Hades wandern ließ. „Du scheinst ganz begierig auf dieses Portal zu sein, Hades. Vielleicht will ich im Gegenzug dafür mehr als nur Informationen, wenn ich es dir erlaube."

„Lass uns eines klarstellen, Typhos: Wenn ich ein Portal schaffen will, werde ich das tun. Dieser Austausch von Gefälligkeiten kommt ausschließlich dir zugute."

Luzifer verschränkte die Arme vor der Brust und die Muskeln unter seinem Hemd schienen sich anzuspannen. „Du meinst, du wirst Maliki das Portal an deiner Stelle schaffen lassen und meine Gnade erneut auf die Probe stellen."

Es folgte eine Stille und die beiden dominanten Männer lieferten sich abermals einen Starrwettbewerb.

Maliki hat das Portal für Hades geöffnet?, fragte ich Az mittels unserer mentalen Verbindung. *Das Portal, das direkt zu diesem Ball der Monster führte?*

Zur Nacht der Monster, korrigierte Az mich. *Und offensichtlich war es so. Davon höre ich gerade zum ersten Mal.*

Ich starrte Az' muskulösen Rücken an, weil ich ihm nicht in die Augen blicken konnte. *Hat er deinen Bruder deswegen freigelassen?*

Schon möglich, meinte Az. *Aber ich glaube, Malikis Freilassung hatte eher mit dem Gespräch zu tun, das Typhos mit Hades geführt hat.*

Ich frage mich, worüber sie sich unterhalten haben, dachte ich. Die Frage war eigentlich an mich selbst gerichtet und nicht an Az, aber er vernahm die Worte trotzdem.

Ich mich auch, wiederholte er.

„Um zu verstehen, warum und wieso, musst du zuerst dein Reich und die Zufriedenheit deiner Feen einschätzen. Was macht eine vormalige Schöpfung für ihren Schöpfer angreifbar? Unzufriedenheit, vielleicht?“ Hades’ kultivierte Stimme hallte durch die Höhle des Todes und die Kraft, die seiner Stimme mitschwang, ließ mir die Haare zu Berge stehen.

Dass er meinen Blasenzauber durchbrechen konnte – den außerstand zu setzen ich mir trotz Az’ Empfehlung nicht die Mühe gemacht hatte –, war nicht überraschend. Ich war noch keiner Mythosfee begegnet, hatte nur Gerüchte über ihre starken Auren und offensichtliche Macht gehört.

Jetzt, da ich Hades in Fleisch und Blut vor mir stehen sah, schenkte ich den Gerüchten Glauben.

„Deine Feen respektieren dich“, fuhr er fort. „Du hast sie gerettet. Hast dich um sie gekümmert. Hast dieses Reich für sie geschaffen. Aber genau das hat sie isoliert. Bis die Brautproben kamen. Du wusstest, dass sie Gefährten brauchten, hast das Ganze aber in eine Prüfung umgewandelt. Ich kann das verstehen – bewundere dich sogar dafür. Aber deine Feen könnten das anders sehen. Und dieser Hauch Verunsicherung …“

Er verstummte.

Luzifer beendete den Satz an seiner Stelle: „… schafft einen Bruch, der ausgenutzt werden kann.“

„Ganz genau.“ Hades machte einen Schritt zurück. „Aber dieser Bruch reicht tiefer als ein angeschlagener

Geisteszustand, Typhos. Man kann eine Fee mit einem mental kanalisierten Zauber zu einer Puppe machen. Aber ein paar Dutzend Feen auf einmal zu kontrollieren ..., dafür braucht man physischen Zugriff."

„Soll heißen, dass meine Mauern durchbrochen wurden."

„Ich glaube, das wusstest du bereits", flötete Hades und sah zu Cami. „Die Energie eines Siphons fließt in beide Richtungen." Der Blick in seinen dunklen Augen wanderte zu Maliki. „Jetzt hast du keinen Grund, durch die Zeit zu reisen, und kannst dich wieder der Aufgabe widmen, mit der ich dich betraut habe."

Die tödliche Fee verschränkte bloß die Arme vor der Brust und lehnte sich gegen eine rissige Wand. „Das werden wir ja sehen."

Hades kniff die Augen zusammen, ganz offensichtlich empört über Malikis respektlose Antwort. Doch anstatt etwas darauf zu erwidern, blickte er zurück zu Luzifer und sagte: „Ich lege dir ans Herz, dich der Probleme in Morpheus' Königreich anzunehmen. Irgendetwas sagt mir, dass die steigenden Spannungen vor Ort eine Schwachstelle im Königreich sein könnten. All die angreifbaren Geister ..."

Er verstummte abermals.

Dieses Mal beendete Luzifer den Satz nicht. Stattdessen nickte er bloß und erwiderte: „Ich werde deiner Jagd nicht im Weg stehen."

„Gut."

„Aber halte mich auf dem Laufenden – zumindest bis dieses *engelhafte* Problem behoben ist", ergänzte Luzifer und betonte das Wort *engelhafte* bewusst.

„Eine Weile lang wird gar nichts ‚laufen'. Meine Gejagte scheint nicht bereit, zu rennen."

Ich runzelte die Stirn und wunderte mich, was Hades wohl damit meinte. *Dieser Kerl spricht in Rätseln. Ganz wie Melek.*

Im Gegensatz zu ihm ist Melek aber ein verspielter Zeitgenosse, erwiderte Az. *Hades hingegen ist einfach nur tödlich.*

„Dann erwarte ich, dass dein Königreich fürs Erste portalfrei bleiben wird“, sagte Luzifer, was mich aus meinen Gedanken riss und meine Aufmerksamkeit auf das Gespräch zwischen ihm und der Mythosfee zog.

„Fürs Erste“, bestätigte Hades.

„Lass mich wissen, wenn sich etwas ändert.“

„Selbstverständlich“, stimmte Hades zu. Es hörte sich viel mehr nach einer beschwichtigenden Aussage als einer Vereinbarung an. „Maliki?“ Er wartete nicht darauf, dass der Mann antwortete, sondern löste sich in eine Rauchwolke auf und ließ nichts weiter als eine einzelne schwarze Feder zurück.

Maliki stieß einen lauten Seufzer aus, ehe er sich von der Wand abstieß und nach der Feder griff, die durch die Luft schwebte. „Die Pflicht ruft“, meinte er ausdruckslos. „Versuch, nächstes Mal keine Kneipenschlägerei anzuzetteln, okay?“ Der letzte Satz schien an Az gerichtet zu sein.

„Als hätte es dir nicht gefallen“, flötete der Kommandant.

Auf Malikis Lippen zog ein teuflisches Grinsen auf. „Es hat mir nicht gefallen. Ich habe es verdammt noch mal geliebt.“ Mit diesen Worten verschwand er. Ohne Rauch. Ohne Federn. Er ... löste sich einfach in Luft auf.

Der Kerl machte seinem Spitznamen alle Ehre.

Luzifer drehte sich zu mir und Cami um, dann blickte er zu Melek und musterte ihn, als suchte er nach etwas. Ich folgte seinem Blick und sah mir den Prinzen im Anzug an. Seine gebügelte Hose und das Hemd waren perfekt wie immer.

„Geht es dir gut?“, fragte Luzifer mit sanftem Tonfall.

„Ich werde schon wieder“, erwiderte Melek. Der angespannte Tonfall erhaschte meine Aufmerksamkeit. „Ajax’ Schranke hilft.“

„Meine Schranke?“, wiederholte ich und verstärkte den

Schutzzauber, der uns umgab. „Du meinst die Schranke, die Hades und Luzifer problemlos durchdringen konnten?“ Es gelang mir nicht, meine Verärgerung zu überspielen. Mächtige Wesen hin oder her, es hatte mein Ego gekränkt, dass sie meinen Zauber so problemlos unterwandern konnten.

Es hatte Jahre gedauert, bis Shade und ich unsere Fähigkeiten derart perfektioniert hatten, dass wir durch Zauber schlüpfen konnten, aber diesen beiden war dasselbe innerhalb weniger Sekunden gelungen.

„Deine Magie hat mich hereingebeten“, sagte Luzifer mir. „Und was Hades anbelangt ... seine Gaben stammen von einer ganz anderen Existenzebene. Nimm es nicht persönlich.“ Er beugte sich nach vorn und musterte Melek mit einem besorgten Ausdruck, der mir vorhin entgangen war. „Bist du dir sicher?“

„Ja. Wie ich schon sagte: Die Schranke hilft.“

„Womit?“, wollte ich wissen. Diese kryptische Unterhaltung passte mir überhaupt nicht. Ich war davon ausgegangen, dass Melek mich gebeten hatte, etwas Privatsphäre zu schaffen, damit niemand unser Gespräch belauschen konnte, aber wie es schien, reichten seine Beweggründe tiefer. „Was enthältst du mir vor?“

„Eine Unmenge an Dingen“, erwiderte Melek mit einem schiefen Grinsen. „Aber in diesem Fall hilft deine Magie mir bloß dabei, meine Schwäche zu maskieren.“

„Der Hof der Seelen in diesem Königreich saugt ihm die Magie aus“, erklärte Luzifer überraschenderweise. „Melek ist ein Geschöpf des Lebens und dieser Ort hier versprüht puren Tod. Darum kommt er nie hierhin.“

Ich zog die Stirn kraus und in meinem Hinterkopf meldete sich eine Erinnerung. „Das ... das hast du mir schon einmal gesagt.“ Was war das noch mal gewesen?

„Ty hat mir gesagt, dass die nächste Spielrunde im Königreich des Jenseits stattfinden wird. Das ist der einzige Ort,

an den er nicht gehen kann. Und er macht sich Sorgen, dass Cami nicht überleben wird.“

Ich ließ mir seine Worte durch den Kopf gehen und blickte dann alarmiert zu Cami. „Geht es dir gut?“

Sie erwiderte meinen Blick mit einem Stirnrunzeln. „Im Allgemeinen oder im Augenblick?“

„Beides.“

„Dann nein, aber ja“, erwiderte sie.

Ich blinzelte sie an. „Melek hat sich Sorgen gemacht, dass du diesen Ort nicht überleben würdest …“

Mein Blick wanderte zum erwähnten Mann zurück und ich verstärkte die Schranke um uns herum instinktiv, versah den Schutzzauber mit einer weiteren Portion Kraft.

„Warum hast du mir das gesagt?“, verlangte ich zu wissen. „Warum hast du dir Sorgen gemacht, dass sie die Brautprobe im Reich des Jenseits womöglich nicht überleben würde?“

„Weil ich wusste, dass sie die Gaben einer Engelsfee besitzt, aber nicht, welche“, erwiderte Melek, jetzt wieder mit ernstem Tonfall. „Meine Magie hat hier unten keine Wirkung. In diesem Reich bin ich praktisch ein Sterblicher.“

Das ließ mich die Augenbraue hochziehen. „Wirklich?“ Wie ironisch. Meine Mitternachtsfeen-Seele fühlte sich hier im Jenseits wie zu Hause. Die eiskalte Energie sprach meine Todesblutgene an. Aber Melek fühlte sich sichtlich unwohl. Er war geschwächt. *Machtlos.*

„Bringt dich das auf mörderische Ideen?“, fragte Melek mit amüsiertem Tonfall, obwohl den Worten eine gewisse Erschöpfung innewohnte.

„Es gibt vieles, das ich euch beibringen muss“, unterbrach Luzifer, bevor ich antworten konnte. Der breit gebaute Mann stellte sich zwischen mich und Melek, als glaubte er, ich würde wirklich einige dieser *Ideen*, die Melek erwähnt hatte, in die Tat umsetzen. „Dir und Camillia, meine ich. Also sollten wir gehen.“

„Ich hatte nicht vor, deinen Prinzen anzugreifen“, sagte ich Luzifer offen.

„Das weiß ich.“ In seinen blauen Augen stand ein feuriger Ausdruck. „Aber wenn der heutige Tag mich etwas gelehrt hat, dann, dass du und Camillia beide extrem unvorbereitet auf eure Rollen an meinem Hof seid. Das ist meine Schuld. Und ich werde das Versäumnis nachholen.“ Er streckte mir seine Hand hin. „Und zwar ab sofort.“

KAPITEL 8
TYPHOS

AJAX MUSTERTE meine Hand mit unverborgenem Misstrauen. Der Blick war verletzender, als ich zuzugeben bereit war.

Verdiente ich die Reaktion? Vermutlich. Aber das bedeutete nicht, dass sie mir gefiel.

Hades' Worte in Bezug auf angreifbare Geisteszustände und wie einfach sie beeinflusst werden konnten, gingen mir durch den Kopf. Er hatte nicht von einer gewöhnlichen Fee gesprochen, sondern von den Engelsfeen. Die Schöpfer aller Feen. Feen wie Vivaxia.

War Ajax' Geist auch empfänglich für ihren Einfluss? War seine Treue derart angeschlagen, dass sie durch die Risse in seiner Psyche schlüpfen und ihn dazu bringen konnte, gegen mich zu arbeiten?

Denn genau das war heute Abend im Reich des Jenseits geschehen. Vivaxia war in der Lage gewesen, mehrere Dutzend Todes- und Leichenfeen zu kontrollieren und sie wie ein Puppenspieler zu benutzen und sie dazu zu bewegen, Az anzugreifen.

All das war ihr nur gelungen, weil in ihren Köpfen bereits die Samen des Misstrauens gestreut worden waren.

Samen, die ich selbst gesät hatte.

Durch meine Bestrafungen, dämmerte es mir.

Hades hatte dieses Detail zwar nicht erwähnt, aber das brauchte er nicht. Ich hatte begriffen, was er mir sagen wollte. Einige meiner Feen waren unzufrieden mit meiner Führung.

Das war mir schon eine Weile bewusst. Darum hatte ich auch die Brautproben entwickelt. Doch wie es schien, hatte das nicht genügt.

Die Unruhe im Jenseits ergab Sinn. Ich hatte die Feen hier bestraft – und jene im Reich der Träume auch –, weil sie an der Nacht der Monster teilgenommen hatten. Aber vielleicht war ich zu hart gewesen.

Oder vielleicht hatten meine Männer das Gefühl, ich hätte nicht genug getan, um ihr Verlangen nach einer Gefährtin zu stillen.

Habe ich das?, fragte ich mich. *Waren die Brautproben zu viel des Guten?*

Ich hatte die Bräute auf den Prüfstand stellen wollen, nicht meine Feenmänner. Aber ich schätzte, im Prozess waren alle getestet worden.

Inklusive mir.

Die Quelle der Höllenfeen hatte keinen unverpaarten Feenfrauen zugestimmt, die mein Reich betreten hatten, weil die Quelle Teil meines Herzens war. Ein Teil von mir. Und *ich* war Frauen gegenüber misstrauisch, es sei denn, eine mächtige Höllenfee durchleuchtete sie. Eine Folge von Vivaxias Verrat.

Ich hatte es erkannt. Stand dazu. Und ich hatte die Brautproben entwickelt, um mich zu zwingen, über mein eingefleischtes Vorurteil hinwegzukommen. Um Vertrauen zu schöpfen. Um alle Feen anzunehmen, nicht nur männliche.

Aus logischer Sicht verstand ich, dass Männer genauso unzuverlässig waren wie Frauen. Darum waren die

Brautproben so konzipiert worden, dass ich diese Logik annehmen musste. Damit ich lernte, dass Frauen genauso verlässlich sein konnten wie Männer.

Fee zu sein, begann in der Seele, darum war es auch so wichtig, gute von dunklen Seelen im Reich der Höllenfeen zu unterscheiden. Absichten waren wichtig. Albtraumfeen wurden oft missverstanden, und ich hatte sicherstellen wollen, dass ihre intendierten Gefährten ihre monströsen Masken durchschauen und in das Herz blicken konnten, das darunter schlug.

Leider legte Ajax' misstrauischer Ausdruck offen, wie sehr ich gescheitert war.

Vor mir stand der Wärter der Höllenfeen. Der Mann, dem ich aufgetragen hatte, die berüchtigten Albtraumfeen-Gefängnisse zu bewachen, und nicht einmal er konnte hinter die Fassade blicken.

Weil ich ihm nie beigebracht hatte, wie.

Ich hatte ihn nie angeleitet.

Hatte ihn nie *betreut*.

Das würde sich ab sofort ändern.

„Bitte", legte ich nach und starrte Ajax nach wie vor an. „Wir werden zurück zum Palast reisen, etwas essen, ein paar Dinge besprechen und uns entspannen. Dann werdet du und Camillia morgen zum Training erscheinen."

„Was für ein Training?", fragte Ajax, der seine Hand immer noch nicht in meine gelegt hatte. Nicht, dass er Hilfe beim Teleportieren brauchte. Er konnte problemlos durch die Schatten zurück in den Palast wandeln. Mein Angebot war nur als nette Geste gemeint.

Oder als Vereinbarung, schätzte ich.

Bis auf seine Bereitschaft, zu lernen, verlangte ich für meine Anleitung nichts.

Das schien er mir aber nicht zu glauben, wenn sein argwöhnischer Ausdruck ein Hinweis war.

Mir entfuhr um ein Haar ein Seufzer. Wie es schien, hatte unser gestriges Gespräch im Hof nur einen winzigen Teil der Brücke wieder aufgebaut, die ich abgebrochen hatte. Das war in Ordnung. Ich konnte mich gedulden.

Denn am Ende würde ich mich seiner und Camillias als würdig erweisen.

Und diesen Prozess würde ich ins Rollen bringen, indem ich ihnen half, mich besser zu verstehen.

„Ich habe festgestellt, dass ich euch nicht einmal anständig in mein Reich und die Kreaturen darin eingeführt habe. Als ich dich zu meinem Wärter auserkoren habe, habe ich gewisse Annahmen getroffen. Annahmen, die zu einem tiefen Riss in unserer Beziehung geführt haben. Das Training – oder vielleicht wäre der treffendere Begriff das Teilen von Informationen – wird hoffentlich dabei helfen, einige eurer Irrglauben über mein Reich und mich zu beseitigen."

Natürlich würde ich mehr tun müssen, als ihnen einen Vortrag über all die Details zu halten. Ich würde es ihnen zeigen müssen.

Oder vielleicht ergab es Sinn, den Teil mit dem *Zeigen* zu überspringen. Man lernte immer am besten, wenn man selbst Hand anlegte.

Ich begann, in meinem Kopf einen Plan zusammenzustellen. Eine Art Idee, die eine wunderbare Einführung in gute und dunkle Seelen bieten würde.

Und außerdem würde es mir erlauben, Camillia dabei zu helfen, ihren Gaben den Feinschliff zu verpassen. Sie hatte das Potenzial, zu einer Königin, einer wahren Göttin, zu werden. Technisch gesehen hatte Melek sie bereits auf diesen Weg geführt, indem er sie zu seiner Gefährtin gemacht hatte. Aber ihr Schicksal reichte so viel tiefer als ihr Band.

Sie war mächtig. So viel war, nach ihrem Einsatz des Todessteins und allem anderen, was sie in meinem Reich getan hatte, klar.

Aber ihre Vorführung im Königreich des Jenseits war auch ein Zeugnis für ihre fehlende Kontrolle gewesen. Und sie schien nicht durch die Masken der Albtraumfeen blicken zu können, da ihre Kraft fast alle in ihrer Umgebung angegriffen hatte, als stellte jede Seele ein Feind dar, obwohl das für die meisten nicht gegolten hatte.

Das war in Ordnung.

Ich würde ihr alles beibringen.

Und ich freute mich darauf. Vielleicht etwas zu sehr.

Es gibt so viele Dinge, die ich ihr zeigen könnte, dachte ich mit Blick zu ihr, und stellte fest, dass sie mich mit ihren sturmgrauen Augen offenkundig musterte. Fast so, als hätte sie meine Gedankengänge gehört.

Oder vielleicht stand mir das Verlangen ins Gesicht geschrieben.

Denn ich wollte ihr weitaus mehr beibringen, als Feenseelen zu lesen und zu verstehen. Ich wollte sie mit verschiedenen Ebenen der Kontrolle bekannt machen und ich wollte ihr meine Kraft zeigen und ihr beibringen, sie anzunehmen. *In jeglicher Hinsicht …*

Verdammt, murmelte ich in Gedanken und zwang mich, meinen Blick von ihr abzuwenden. *Sie ist eine zu große Versuchung.*

Ja, stimmte Melek im Flüsterton zu. Aber seiner mentalen Stimme fehlte der für ihn typische verspielte Tonfall, was mich daran erinnerte, wie sehr er in diesem Königreich litt.

Ich hatte es gespürt, sobald wir angekommen waren, und dieser Schmerz war nur schlimmer geworden, je länger wir hier geblieben waren. Melek hatte all seine Kraft darauf verwendet, Camillia zu helfen, sodass er jetzt völlig ausgesaugt und praktisch hilflos war.

Ajax' Schrankenzauber war das Einzige, was meinen kleinen Prinzen bei Kräften hielt, was der Wärter nicht vollends zu begreifen schien. Zum Glück hatte er den Schild nicht aufgelöst, nachdem er erfahren hatte, dass Melek ihn brauchte. Stattdessen hatte ich ihn den Schild verstärken spüren.

Vielleicht sprach da aber auch nur die Hoffnung aus mir.

Wir fünf wären so viel stärker, wenn wir zusammenarbeiteten, anstatt gegeneinander. Ich hätte diese Einsicht schon vor Wochen haben sollen. Zur Hölle, vor *Monaten*.

Ich war wahrhaftig blind, dachte ich staunend.

Ich nenne es lieber anderweitig beschäftigt, mein König, murmelte Melek. *Dein Reich liegt dir am Herzen, Ty. Das weiß jeder. Sogar Cami. Du hast sie für eine Bedrohung gehalten und entsprechend gehandelt. Was zählt, ist, dass du jetzt vor ihr kriechst.*

Vor ihr kriechen?, wiederholte ich und mein Blick wanderte von Ajax zu Melek, bevor ich die Augen zusammenkniff und ihn mit einem Blick durchbohrte. *Ich krieche vor niemandem.*

Vor ihr vielleicht schon, erwiderte er mit einem Glitzern in den schönen Augen.

Augen, die mir verrieten, dass es ihm viel schlechter ging als er den anderen weismachte.

„Ajax, wenn du hierbleiben willst, nur zu, aber wenn du Antworten willst, schließe dich uns bitte im Palast an“, sagte ich, mein Blick nach wie vor auf meinen Prinzen gerichtet. „Melek muss hier weg.“

Ich machte einen Schritt nach vorn, schlang meine Hand um den Hals des Prinzen und zog ihn zu mir. Doch bevor ich uns nach Hause bringen konnte, streckte er seinen Arm in Camillias Richtung aus.

Es schockierte mich, dass sie einen Schritt nach vorn machte und sich uns anschloss.

Mein Blick wanderte zu ihr und mir schwirrten Dutzende

Fragen durch den Kopf, doch ich konnte keine von ihnen aussprechen.

„Ich habe Hunger“, erklärte sie. „Wir sind nie zum Frühstücken gekommen.“

An meinen Mundwinkeln zupfte ein Lächeln. „Du hast recht.“ *Du weißt ja, wo du uns findest, Azazel*, sagte ich meinem anderen Gefährten.

Wir kommen gleich nach, lautete seine Antwort.

Ich schlang meine Kraft um Melek und Camillia und brachte sie zurück in meine Gemächer im Palast. Der Geruch von Essen lag in der Luft, obwohl das Tablett längst verschwunden war. „Ich muss Garmr über Payan befragen.“ Alles hatte seinen Anfang mit dem Brief genommen, den er mir mit der Mahlzeit gebracht hatte.

Aber bevor ich mich dieser Aufgabe widmen konnte, musste ich sichergehen, dass Melek sich erholte.

Wir waren erst wenige Sekunden zurück im Palast, doch die Farbe kehrte bereits zurück in sein Gesicht und seine Augen sprühten vor Leben.

„Payan war einer der Höllenhunde, die du am Anfang auf mich angesetzt hast“, murmelte Camillia, was mich die Stirn in Falten legen ließ.

„Am Anfang?“ *Wann habe ich einen Höllenhund auf sie angesetzt? Oder meinte sie Ajax?* Er war für die Rekrutierung der Bräute zuständig gewesen.

„Du weißt schon, als ich zu einer Höllenfeenbraut wurde“, stellte sie klar und bestätigte meine Annahme. „Ich habe ihm ein Messer in die Eier gerammt.“

Melek lachte. „Warum überrascht mich das nicht?“

„Darum musste Ajax mich entführen“, fuhr sie achselzuckend fort. „Fühlt sich an, als wäre es eine Ewigkeit her, aber ich habe den Höllenhund erkannt, sobald er das Zimmer betrat. Schätze, es ist gut, dass er mich nicht bemerkt hat. Ich bezweifle, dass er mich besonders gut leiden kann.“

Belustigung schwebte durch mein Band zu Melek und brachte meine Lippen zum Zucken. Nach allem, was heute passiert war – zur Hölle, was in den vergangenen paar Monaten passiert war –, besaß Camillia nach wie vor ihre entwaffnende Nonchalance. Als hätte das alles sie komplett kaltgelassen.

Ihre Bemerkungen zu Payan hatte sie nämlich nicht mit besorgtem Tonfall von sich gegeben. Es hatte sich eher so angehört, als hätte sie an den Tag zurückgedacht. Ich ahnte, dass sie Payan nur allzu gern erneut geschadet hätte, wenn er auf ihre Anwesenheit reagiert hätte.

Und etwas daran weckte meine Neugier umso mehr.

Sie ist furchtlos, wurde mir bewusst.

Aber ... vor mir fürchtete sie sich. Ich hatte es vorhin in ihren Augen gesehen, hatte ihren Schrecken in meinem Unterbewusstsein gespürt.

Etwas, das ich getan hatte – vielleicht *alles*, was ich getan hatte –, hatte ihr Kämpferherz verwundet und sie angehalten, sich vor mir zu fürchten.

Dieses Wissen – diese *Einsicht* – ließ das Lächeln auf meinen Lippen verblassen.

„Ich werde mich um das Frühstück kümmern", beschloss ich, weil ich etwas zu tun brauchte. Weil ich ihr meine Gunst erweisen wollte. Weil ich anfangen wollte, die Kluft zwischen uns zu überbrücken.

Training erforderte Vertrauen – und das hatte sie mir gegenüber nicht. Und Ajax, wie es schien, genauso wenig.

Vielleicht brauchen sie ein paar Tage, um sich einzugewöhnen, bevor wir beginnen, ging mir durch den Kopf, als ich das Zimmer verließ. *Vielleicht muss ich meine Absichten mit Taten belegen und ihnen Zeit geben, sich im Palast einzugewöhnen. Ihnen erlauben, das wahre Ich zu sehen ... in meinem Palast.*

Und außerdem musste ich mir überlegen, wie ich diesen

Vertrauensbruch in meinen Höllenfeen reparieren konnte, wie ich mir ihr Vertrauen wiederverdienen und dafür sorgen konnte, dass sie nicht so anfällig für den Einfluss von Engelsfeen waren.

Die Höllenfeen-Brautproben waren wegen der Portale pausiert worden. Vielleicht sollte ich mir ein paar Tage Zeit nehmen, damit ich mir die nächsten Schritte überlegen, Treffen mit meinen Leutnanten abhalten kann, um Ideen und Bedürfnisse zu besprechen, und dann weitersehen.

So konnte ich produktiv sein, während Camillia und Ajax sich eingewöhnten.

Ich nickte mir selbst zu, befand den in Gedanken zurechtgelegten Plan für gut und machte mich ans Frühstück. Etwas, das ich schon jahrzehntelang nicht mehr getan hatte. Für gewöhnlich kochte Melek, weil dieser Teil der Suite mehr sein Reich als meines war. Aber im Augenblick wollte ich nicht, dass jemand anderes mit unserem Essen in Berührung kam. Nicht nach dem heutigen Vorfall mit dem Brief.

Ein Treffen mit Garmr stand heute ganz oben auf meiner Liste.

Sobald ich mich um meine Gefährten gekümmert hatte.

Oder meinen *einen* Gefährten, schätzte ich.

Meinen *Gefährten* und Camillia.

Seltsam, dass sich meine Gefährten *natürlicher anfühlte*, ging mir durch den Kopf.

Dann schob ich den Gedankengang beiseite und konzentrierte mich auf meine Aufgabe.

Es sind nur Pancakes. Nichts mehr und nichts weniger.

KAPITEL 9

TYPHOS

ALS ICH AZAZEL mit Ajax zurückkehren spürte, hielt ich inne, am Herd zu hantieren, und machte mehr Pancake-Teig.

Brauchst du Hilfe, mein König?, fragte Melek.

Nein. Du solltest dich entspannen.

Ich bin bereits geheilt, Ty.

Das wusste ich, aber es änderte nichts an meiner Antwort. *Ich will das hier tun.* Und außerdem *musste* ich das hier tun. Mich anständig um meinen Zirkel kümmern. Beweisen, dass ich mehr als ein tyrannischer König war.

Melek schien meine Vehemenz zu belustigen, doch er hakte nicht weiter nach. Stattdessen erwiderte er bloß: *Camillia mag Schokolade.*

Als ich das hörte, füllte ich einen Teil des Teigs in einen separaten Teller und holte ein paar Schokoladenstückchen aus dem magisch aufgefüllten Küchenschrank. Im Kämmerchen ließ sich alles finden, was das Herz begehrte. Buchstäblich. Ich brauchte nur an eine Zutat zu denken und im nächsten Augenblick erschien sie. Sehr praktisch. Vor allem jetzt.

Summend machte ich mich an die Arbeit. Das Umdrehen

der Pancakes auf dem Herd fiel mir leicht, obwohl ich aus der Übung war.

Azazel trat ein, als ich die Pancakes mit Schokoladenstückchen briet, und in seinen Augen schwirrte ein Strudel aus violetten und schwarzen Flammen. „Melek sagte, dass du kochst. Das musste ich mir mit eigenen Augen ansehen."

Ajax stand direkt hinter ihm und spähte mit gerunzelter Stirn hinter dem Kommandanten hervor in die Küche.

„Du weißt, dass ich ein guter Koch bin", sagte ich zu Azazel. „Ich habe dir schon hunderte Male Frühstück gemacht."

„Ja, aber ich habe dich wohl schon über ein ganzes Jahrhundert lang keine Pancakes mehr wenden sehen."

Ich zuckte mit den Achseln. „Die Höllenhunde kochen für gewöhnlich."

„Aber jetzt traust du ihnen nicht mehr wegen Payan", erwiderte er. Vermutlich hatte er die Information von Melek. Oder aus meinen Gedanken.

„Ich habe trotzdem noch Vertrauen in sie. Aber, wie Hades erwähnt hat, müssen wir uns um ein paar Schwachstellen kümmern. Bis ich also alle eingehend durchleuchten konnte, traue ich niemandem außerhalb dieser Suite."

Ajax schnaubte höhnisch, was meinen Blick zu ihm wandern ließ.

„Hast du dem etwas hinzuzufügen, Wärter?", fragte ich mit hochgezogener Augenbraue.

Er sah mir in die Augen, ohne mit der Wimper zu zucken. „Vor einer Woche hast du mir noch nicht vertraut."

Ich neigte meinen Kopf zur Seite und legte den Pfannenwender weg, um ihm meine volle Aufmerksamkeit zu schenken. „Was bringt dich auf den Gedanken? Ich habe dich mit einer Frau im Reich der Mitternachtsfeen allein gelassen, die ich als die ultimative Bedrohung für mein Reich angesehen habe. Habe ich damit nicht mein Vertrauen in dich unter Beweis gestellt?"

„Dabei ging es um Feenpolitik", entgegnete er und Azazel stellte sich neben mich, um das Braten der Pancakes zu übernehmen.

Ich machte ihm Platz, stellte aber sicher, dass ich Abstand zu Ajax hielt. Seine derzeitige Stimmung erinnerte mich an einen temperamentvollen Mantikor. Es war, als könnte er mich jeden Augenblick angreifen, wenn er sich von meiner Anwesenheit bedroht fühlte.

Und ich wollte nicht zurückschlagen müssen.

Also verschränkte ich die Arme vor meiner Brust, lehnte mich gegen den Tresen und sah ihm in die Augen.

„Du kennst mich schon zehn Jahre lang, Ajax. Wann habe ich je einen Dreck auf Feenpolitik gegeben?"

Er biss die Zähne zusammen. „Du hast an den Interreichsfeen-Anlässen teilgenommen."

„Widerwillig, ja. Und nur weil ich vorhabe, für die Verletzten da zu sein, wenn die Bemühungen irgendwann scheitern", informierte ich ihn rundheraus.

Er legte die Stirn in Falten. „Warum würden sie scheitern? Führst du etwas im Schilde?"

Dieses Mal grummelte ich.

Denn, *verdammt noch mal*.

Ich hatte mir vorher Sorgen gemacht, dass Ajax' mangelndes Vertrauen eine Schwachstelle sein könnte, die Vivaxia ausnutzen könnte. Jetzt hatte ich Gewissheit.

Ich musste das wieder hinbiegen – *und zwar schnell* –, ansonsten war mein gesamter Zirkel gefährdet.

„Die Vergangenheit belegt, dass solche Bemühungen oft scheitern", unterbrach Azazel, bevor ich mich zu Wort melden konnte. „Vielleicht werden diese hier erfolgreich ihr Ziel erreichen. Aber wir haben in den vergangenen Jahrtausenden so viele scheitern sehen, dass wir uns darauf spezialisiert haben, jenen zu helfen, die am Ende zu Schaden kommen. Darum hat Typhos teilgenommen – um sicherzugehen, dass er weiß, wer ihn in der Zukunft vielleicht brauchen wird."

„Und außerdem habe ich so die Möglichkeit, Teil einer Bewegung zu sein, wenn sie wirklich Erfolg hat", ergänzte ich. „Die derzeitige ist die bisher am besten koordinierte Bewegung, die ich jemals gesehen habe, aber Feen wie Constantine gibt es auch in anderen Reichen. Und du hast aus erster Hand erlebt, wozu er imstande war."

Eine grausame Erinnerung, vielleicht. Aber Ajax musste die Sache im Verhältnis sehen, damit er begriff, dass seine Wut auf mich fehlgeleitet war.

Ich hatte keinen Zweifel daran, dass seine derzeitigen Gefühle in vergangenen Erfahrungen gründeten und er seine Schutzmechanismen im Laufe seines sehr schmerzhaften Lebens perfektioniert hatte.

„Ich habe vieles falsch gemacht", fuhr ich fort, bevor er etwas einwenden konnte. „Und vieles wiedergutzumachen, wo du und Camillia betroffen seid. Aber wenn wir Vivaxia überleben wollen, brauchen wir ein Team. Genau darum möchte ich euch beide ausbilden – damit wir uns auf den kommenden Kampf vorbereiten können."

So direkt und ehrlich war ich noch nie zu ihm gewesen. So viel hatte ich noch nie preisgegeben.

Den Begriff *überleben* hatte ich bewusst gewählt.

Denn genau das mussten wir tun – nicht nur unseretwegen, sondern für alle Höllen- und Albtraumfeen.

Wenn Vivaxia mein Licht stahl, würde dieses Reich in Flammen aufgehen.

Und all die Wesen darin würden umkommen. Uns inbegriffen.

„Aber wenn du mir kein Gehör schenkst, kann ich dir nichts beibringen", ergänzte ich. Er musste mir zuhören.

Musste *verstehen*. „Du hast deine Gründe, aus denen du mir misstraust, und ich respektiere das. Aber wenn du sie dein Urteilsvermögen trüben lässt, kommen wir nie weiter."

Ein Gedanke, der mich zutiefst verängstigte. Er musste mit mir zusammenarbeiten, nicht gegen mich. Und nicht nur wegen seiner Verbindungen zu Azazel und Camillia, sondern weil er ein potenziell mächtiger Verbündeter war. Ich hatte ihn aus gutem Grund zu meinem Wärter ernannt. Wenn er doch diesen Grund nur in sich selbst sehen könnte.

„Alles, was ich tun kann, ist, meine Absichten mit Taten zu beweisen, Ajax", schloss ich. „Also nimm dir die kommenden Tage Zeit, um darüber nachzudenken, wie du weiterverfahren willst. Entweder wirst du dich entscheiden, unvoreingenommen zu lernen … oder mich komplett aussperren. Die Entscheidung liegt ganz allein bei dir."

Mit diesen Worten drehte ich mich um und griff nach zwei Tellern, auf denen mehrere Pancakes gestapelt waren, ehe ich mich ins Schlafzimmer meiner Suite teleportierte.

Camillia sah vom Tisch auf. Ihre großen Augen erinnerten mich an die Wolken eines tosenden Sturms. Die Farbe wurde von ihrem schwarzen Outfit – das Melek für sie ausgesucht haben musste, während ich weg gewesen war – unterstrichen. Oder vielleicht hatte er es herbeigezaubert. Jeans und Tanktop waren im Königreich der Höllenfeen nicht direkt angesagt. Ein Korsett und ein Rock, wie die weiblichen Hologramm-Tänzerinnen in meinem Nachtclub sie trugen, wären passender gewesen.

Ein Bild von Camillia in diesem Outfit ging mir durch den Kopf. Ein gefährlicher Gedanke, der sich kurz darauf in eine Fantasie verwandelte, wie sie mit roten Schleifen an den Handgelenken an mein Bett gefesselt wäre. Und an ihren Fußknöcheln waren auch welche. Sie lag ausgebreitet, hilflos, gefangen da. *Damit ich sie erforschen kann …*

Sie würde definitiv keine Unterwäsche unter diesem Rock

tragen, beschloss ich. *Und wenn, dann würde ich sie wegbrennen.*

Mmh, mir gefällt, wo das hier hinführt, mein König, schnurrte Melek praktisch. *Fahre bitte fort.*

Daraufhin kam mir beinahe ein Knurren über die Lippen und die Fantasie verblasste.

Camillia vertraute mir oder mochte mich nicht genug, damit sie sich von mir fesseln ließe.

Ganz zu schweigen davon, ihr die Kleidung vom Leib zu *brennen*.

Ich schüttelte den Kopf, um ihn zu klären, konzentrierte mich auf das Essen in meiner Hand und stellte es auf den Tisch. „Ich bin gleich zurück mit Sirup und Getränken."

„Sind das Schokostückchen?", fragte Camillia, bevor ich verschwinden konnte, und mit einem Tonfall, den ich nicht entziffern konnte.

Oder vielleicht wollte ich ihn nicht einordnen.

Verdammt, ich wollte nicht einmal diese Erfahrung definieren.

Ich koche. Für sie. Für Melek. Für Azazel und Ajax.

Klar, ich wollte niemanden an unser Essen lassen, aber ich ... ich hatte mich auf die Arbeit gestürzt, ohne darüber nachzudenken. Fast so, als versuchte ich, mich mit Essen anstelle von Worten zu entschuldigen. Oder vielleicht wollte ich mich einfach um sie kümmern? Ich war mir nicht sicher.

Und es spielte auch keine Rolle.

Wir mussten alle etwas essen.

Es war eine pragmatische Lösung.

Ende der Diskussion.

Aber Camillia hatte mich gerade etwas gefragt. *Schokostückchen*, erinnerte ich mich, als sie sich über die Pancakes lehnte und sie genauer betrachtete. Ich runzelte die Stirn. „Melek hat erwähnt, dass du Schokolade magst, also ..." Ich verstummte und räusperte mich. „Er hat normale

Pancakes auf dem Teller, wenn dir die lieber sind. Und ich kann noch mehr davon machen."

Höllenfeuer, ich fühlte mich wie ein unbeholfener Teenager. *Verfeet, was ist bloß los mit mir?*

„Nein, tatsächlich liebe ich Pancakes mit Schokostückchen", erwiderte sie und auf ihren Wangen zog ein schönes Rot auf. „Ich ... ich war nur überrascht. Danke." Sie sah mich mit ihren wunderschönen Augen an, ehe sie ihren Blick scheu abwandte.

Noch so ein ungewohnter Blick von der Kämpferin. Aber er war mir lieber als der ängstliche Ausdruck.

„Hast du einen Getränkewunsch?", fragte ich und fühlte mich immer noch völlig fehl am Platz.

„Kaffee", antwortete sie postwendend.

„Irischer Kaffee", korrigierte Ajax, der mit Azazel und mehr Pancakes das Zimmer betrat. Sie hätten durch die Schatten wandeln oder mittels Aschewolke hierherreisen können, aber die Küche war mittels einer Tür mit dem Zimmer verbunden, also war ihre Methode wohl fast so schnell wie meine.

„Irischer Kaffee", wiederholte ich.

„Ich kann ihn für sie machen", meinte er.

„Oder du könntest mir zeigen, wie man ihn zubereitet", schlug ich aufrichtig neugierig vor.

Er starrte mich kurz an. „Ich wollte Magie benutzen."

„Oh." Das, hingegen, war weitaus weniger interessant.

„Ich kann es dir zeigen, mein König", unterbrach Melek und stand vom Tisch auf. „Wir haben alles, was wir dafür brauchen, in der Bar. Wir müssen nur etwas Kaffee kochen."

Ich sah die beiden abwechselnd an, unsicher, welches Angebot ich annehmen sollte. Zwar war ich interessiert, zu lernen, wie man das Getränk zubereitete, wollte aber verhindern, dass sich Ajax zurückgewiesen fühlte.

„Und etwas Whisky", ergänzte Melek, der neben Ajax zum

Stehen kam. „Kannst du mir den herbeizaubern? Und vielleicht auch etwas Schlagsahne?“

„Das Getränk herbeizuzaubern, ginge viel schneller“, grummelte Ajax und verschränkte die Arme vor der Brust.

„Ja, aber es kommt nicht alle Tage vor, dass wir Ty etwas beibringen können“, erwiderte Melek mit einem Grinsen. „Sei so gut. Bitte?“

Ajax musterte ihn kurz, dann wanderte sein Blick zu Camillia, bis er schließlich mich ansah. „Na gut. Ich werde dir zeigen, wie man ihn mischt. Aber du kochst den Kaffee.“

Ich nickte und versuchte angestrengt, meine Belustigung zu verbergen. *Danke, kleiner Prinz.*

Wofür?, murmelte Melek mit scheinheiligem Tonfall zurück.

Er wusste, was er getan hatte.

Einen irischen Kaffee zu mischen, mochte eine einfache Aufgabe sein, aber in diesem Augenblick war sie monumental. Denn Ajax zeigte sich willens, mit mir anstatt gegen mich zu arbeiten.

Vorausgesetzt, er würde mir den Inhalt der Kaffeekanne nicht über den Kopf gießen.

Nichtsdestotrotz schenkte mir seine Bereitschaft einen Funken Hoffnung, dass ich die Angelegenheit vielleicht bereinigen konnte.

Ein paar Tage, wiederholte ich in Gedanken. Zunächst hatte ich gesagt, dass ich das Training morgen beginnen wollte, aber wenn Ajax mich nicht annahm, würden meine Lektionen wertlos sein. Also würde ich ihm Zeit geben, eine Entscheidung zu fällen.

Wenn diese niedere Tätigkeit für ein zögerliches Bündnis stand, würde ich es tun.

Und alles in meiner Macht Stehende, um sie zu stärken.

Für Ajax. Für Camillia. Für Azazel und Melek. *Für alle Höllenfeen und Albtraumfeen …*

KAPITEL 10

CAMI

EIN PAAR TAGE SPÄTER

PANCAKES WAREN zu einem täglichen Ritual geworden. Mit Schokostückchen. Übergossen mit Sirup. Und einem irischen Kaffee.

Alles freundlicherweise zur Verfügung gestellt vom König der Höllenfeen.

Zumindest bis gestern, bevor er verschwunden war, nachdem er etwas von wegen Treffen mit seinen Leutnanten gefaselt hatte. Ich kannte zwar die Details nicht, hatte mich aber auch nicht danach erkundigt.

Und dann war ich heute Morgen aufgewacht und hatte eine Notiz gefunden, auf der stand, dass das Training heute beginnen würde. Oder vielleicht sollte sie mir bloß mitteilen, was er mit uns vorhatte. Aber ich hatte sie als Warnung verstanden, die mich zu gleichen Teilen vorfreudig stimmte und verängstigte.

Ich war aufgeregt, weil ich mehr über Luzifer und sein Reich erfahren wollte. Ich wollte auch dringend etwas Zeit allein mit ihm verbringen.

Was ich überhaupt nicht wollen sollte.

Darum verängstigte es mich auch.

Obwohl … Vermutlich würde ich nicht wirklich allein mit ihm sein. Denn Ajax hatte vor, sich uns anzuschließen.

„Ich traue ihm nicht", lautete seine Antwort, nachdem ich ihm heute die Notiz gezeigt hatte. Ich lag zwischen Az und ihm im Bett. Dem feurigen Pergament war es irgendwie gelungen, auf meinem Kissen zu landen, ohne es zu versengen, während wir drei geschlafen hatten.

Az hatte nichts gesagt und auch nicht auf Ajax' Aussage reagiert. Stattdessen hatte er sich aus dem Bett gerollt und kochte uns dreien Kaffee.

„Ich vertraue ihm aber auch nicht gar nicht", meinte ich mit sanfter Stimme. „Eine komplizierte Art zu sagen, dass ich herausfinden will, wie sich das Ganze entwickelt, schätze ich."

Ajax sah mich einen langen Augenblick an, ehe er nickte. „Dann komme ich mit."

Aber zuerst verschwand er zusammen mit Az – vermutlich, um zu sparren oder so – und überließ mich den ganzen Morgen mir selbst.

Und so war ich im Innenhof des Höllenfeen-Palastes gelandet.

Und picknickte.

Mit dem Höllenfeen-Prinz.

Anstelle von Pancakes hatte er Crêpes mitgebracht und jede fluffige Köstlichkeit war mit geschmolzenem Käse und geräuchertem Fleisch gefüllt. Etwas andere Speisen als unsere üblichen süßen Versuchungen am Morgen, aber ich konnte mich nicht beschweren. Vor allem, weil es dazu Kaffee gab.

Dieses Mal keinen irischen Kaffee, sondern Cappuccinos. Irgendwie war es ihm gelungen, kleine Herzen in den Milchschaum zu zeichnen – ein Detail, das ich süß fand, mich aber auch misstrauisch machte.

Denn dieses *Picknick* war eine Finte.

Na ja, nicht unbedingt eine Finte, aber er wollte mich definitiv weich kochen, bevor ich mein Training mit Luzifer begann.

„Ich weiß, was du da machst", sagte ich Melek mit sanfter Stimme.

„Aha?" Seine Augen glitzerten im Schein der zwei Sonnen über unseren Köpfen und das rote Glühen, das uns einhüllte, hauchte seiner blassen Haut eine sanfte Röte ein. Meine Gliedmaßen waren in einen ähnlichen Farbton gehüllt. Die glutähnliche Atmosphäre hier im Hof des Palastes schien das Reich der Höllenfeen zu repräsentieren. „Und was mache ich, Engelchen?"

„Mich von den Gedanken an mein Training mit Luzifer ablenken."

„Hm", summte er und nahm einen Schluck von seiner Tasse. „Oder aber ich bin ganz einfach hier, um dich vorzubereiten." Er sah sich im Hof um und eine Feuersäule in der Nähe, die mit mehreren leuchtenden Blumen gesäumt war, erleuchtete seine Iriden.

Ich bestaunte die Farben einen Augenblick lang und wie die Ranken sich an den Steinpfaden entlangzogen. Steinpfade, über die in leise Gespräche vertiefte Höllenfeen spazierten.

„Inwiefern soll mich das auf das Training vorbereiten?", fragte ich mich und sah zwei Höllenhunden dabei zu, wie sie einen Steinpfad entlangliefen und sich einen Flammenball zuwarfen, als wäre er ein Spielzeug. Als sie auf ein Feld aus schwarzem Gras zurannten, zuckte ich zusammen, weil ich mich bestens an die rasiermesserscharfen Halme erinnerte, die den Hof des Mitternachtsfeenpalastes säumten.

Zum Glück schien dieses Feld nicht aus denselben Halmen zu bestehen, denn die beiden rannten unversehrt hindurch und warfen sich die Feuerkugel zu.

„Weil Ty vorhat, sich hier mit dir zu treffen", meinte

Melek, was meine Aufmerksamkeit zurück zu ihm wandern ließ.

„Wie bitte?“ Ich blickte mich neugierig im Hof um. Oder vielleicht war *verängstigt* der passendere Begriff. „Hier? Wo uns jeder sehen kann?“

Mir rann ein kalter Schauer über den Rücken. Das letzte Mal, als Luzifer mich seinen Höllenfeen präsentiert hatte, war ich in Ketten gehüllt gewesen.

Ketten, die meine weiblichen Vorzüge kaum verborgen hatten.

Ich schluckte hart. *Was hat er vor?*, fragte ich mich, während Erinnerungen an diesen berüchtigten Abend in seinem Club in mir hochstiegen.

Das war seine Art einer Bestrafung, Cami, antwortete Melek in meinen Gedanken. „Er will, dass jeder sieht, wie mächtig du bist“, ergänzte er hörbar. „Darum hat er sich diesen Schauplatz ausgesucht.“

Ich warf ihm einen Seitenblick zu. „Wie mächtig ich bin?“, wiederholte ich. „Du meinst, dass er allen zeigen will, warum er mich als Bedrohung sieht?“

Melek schnitt seufzend ein Stück vom Crêpe ab und führte es an meinen Mund.

Als ich meine Lippen nicht öffnete, aß er den Happen selbst, ehe er sich auf der Decke zurücklehnte, sich auf den Händen abstützte und seine langen Beine an den Knöcheln übereinanderschlug.

Ich starrte ihn an, wartete auf eine Antwort.

Stattdessen legte er seinen Kopf in den Nacken und sonnte sein wunderschönes Gesicht in den Strahlen, was sein blondbraunes Haar an seinem Rücken wallen ließ und ihm ein königliches Flair einhauchte.

„Deine Schönheit wird mich nicht ablenken, Melek“, sagte ich ihm.

„Du findest mich schön?“, erwiderte er. Auf seinen Lippen zog ein Lächeln auf und er schloss die Augen. „Ich finde dich umwerfend.“

„Sagt er, ohne mich anzusehen“, meinte ich mit ausdruckslosem Gesicht.

„Ich brauche dich nicht anzusehen, um zu wissen, wie du aussiehst“, murmelte er. „Du bist immer in meinen Gedanken. In vielerlei Hinsicht.“ Er neigte seinen Kopf zur Seite, um mich unter seinen dichten, verlockenden Wimpern anzusehen. „Aber deine Kleiderwahl gefällt mir.“

Ich verdrehte die Augen. „Ich bin davon ausgegangen, dass ich beim Training rennen oder kämpfen oder athletische Leistungen erbringen muss.“

Er blendete mich aus und fuhr fort: „Deine Beine sehen in diesen kurzen schwarzen Shorts aus, als würden sie meilenweit reichen. Und dieses eng anliegende Tanktop bringt deine Brüste perfekt zur Geltung. Zu schade, dass du einen BH trägst.“ In seinem Blick tauchte ein teuflischer Ausdruck auf und seine Gedanken waren genauso sündhaft. „Vielleicht sollte ich das berichtigen, bevor Ty hier ankommt?“

„Hör auf, zu versuchen, vom Thema abzulenken.“

„Würde ich so etwas tun?“, fragte er scheinheilig. Sein Ausdruck, sein Tonfall und auch die allgemein sanfte Ausstrahlung machten offensichtlich, dass er von den Engeln abstammte. Aber hinter der heiligen Fassade lauerte ein sinnlicher Dämon.

Ein sinnlicher Dämon, der derzeit versuchte, *das Thema zu wechseln* und sicherzustellen, dass ich jeden seiner Gedanken bis ins kleinste Detail vernahm.

„Machst du das bei Luzifer auch?“, fragte ich ihn. „Offen über ihn fantasieren?“

„Früher schon, ja“, gab er zu. „In letzter Zeit habe ich mich aber auf dich konzentriert. Und bevor du fragst: Ja, er hat jedes Wort davon gehört.“

„Das wollte ich gar nicht fragen."

„Vielleicht nicht hörbar", erwiderte er und grinste abermals, bevor er seinen Kopf erneut in den Nacken legte und die Sonnenstrahlen auf sein Gesicht treffen ließ. „Du kannst deine Neugier bestreiten, so viel du willst, Engelchen, aber ich kenne die Wahrheit. Dein Verstand hat sie mir offenbart."

Ich kaute auf meiner Unterlippe herum, wollte nichts darauf erwidern.

Hatte ich Interesse an Luzifer? Ja. Man müsste ein Narr sein, um seinem Charme nicht zu erliegen.

Er sah gut aus. Hatte eine athletische Figur. *Und seine Küsse machen süchtig.*

Ich schüttelte den Kopf und zwang mich, die Gedanken abzustreifen. *Typhos Luzifer gehört nicht mir.*

Aber ..., summte Melek in meine Gedanken und beendete den Satz nach seinem Gutdünken, *das könnte er.*

Er hasst mich.

Tut er das?, fragte er mit sanfter Stimme. *Oder war es nur einfacher, das zu glauben?*

Ich biss die Zähne zusammen. „Verrat mir mehr über das heutige Training", verlangte ich und weigerte mich, das Thema ihm zuliebe in unseren Gedanken weiterzuführen.

Denn ich wollte nicht daran denken, woran ich glaubte oder was sein könnte.

Ich wollte mich auf die Gegenwart konzentrieren.

Auf diesen Hof.

Der mit flatternden Leuchtkäfern und blühenden Blumen, die giftig aussahen, gefüllt war.

Und auf die Höllenfeen-Männer in schwarzen Tarnanzügen.

„Erwartet er etwa, dass ich mit einem Höllenhund kämpfe?", fragte ich und sah mich nach den beiden um, die mit diesem Feuerball Fangen gespielt hatten.

Melek lachte schnaubend. „Nein, Engelchen. Ich glaube, unser König ist sich deiner Kampfkünste bewusst. Andernfalls hätte er dich zurück ins Camp geschickt, um mit den anderen Bräuten zu spielen."

Ich legte die Stirn in Falten und ließ meinen Blick zu ihm wandern. „Wie bitte?"

Er richtete sich auf und sah mir in die Augen. „Schätze, du weißt nicht, was sie im Augenblick machen, was?"

Ich bekam es mit der Angst zu tun. *Die Höllenfeenbräute. Die Brautproben.* Ich war so weit weg von alledem, dass ich …, dass ich keinen Gedanken an die anderen verschwendet hatte. „Geht es ihnen gut?", wollte ich mit verkrampftem Magen wissen. „Wofür trainieren sie?" *Ach, du liebe Fee.* „Steht bald eine weitere Brautprobe an?"

Natürlich stand bald eine neue Brautprobe an. Warum fragte ich überhaupt?

Und wie konnte ich die anderen Höllenfeenbräute vergessen?

Verdammt. Ich hatte mich von Luzifers Schönheit blenden lassen. Von seinen Küssen. Von … von *allem* von ihm. Sosehr, dass ich das Monster unter den Anzügen vergessen hatte. Den König, der mich gegen meinen Willen entführt hatte.

Hatte ich nicht neulich noch Witze über Payan gerissen? Wie ich ihm einen Dolch in die Eier gerammt hatte, als er versuchte, mich zu entführen?

Ich … ich hatte die Sache herunterspielen wollen.

Und habe dabei völlig vergessen, dass die anderen noch immer leiden.

Höllenfeenregel Nummer sechs: Sei dir selbst der Nächste.

Ich hatte mir die Regel offensichtlich etwas zu sehr zu Herzen genommen. *Ich bin ein selbstsüchtiges …*

„Cami", sagte Melek mit einem scharfen Tonfall, der mich

zu ihm zurückblicken ließ. „Den Höllenfeenbräuten geht es gut. Die Brautproben wurden nach dem letzten Portal-Vorfall pausiert. Ty will niemandes Leben riskieren – das der Bräute oder anderer –, bis wir dieses engelhafte Problem gelöst haben."

Ich sah ihn stirnrunzelnd an. „Aber während der Spiele hatte er kein Problem damit, die Bräute zu opfern."

Melek kniff die Augen zusammen und sah untypisch verärgert aus. „Er hat kein Problem damit, dunkle Seelen zu opfern. Zwischen den beiden besteht ein Unterschied."

„Also spielt er Gott", gab ich mit einem Schnauben von mir.

„Ja, er ist der Schöpfer dieses Reichs, Camillia. Es ist seine Pflicht, alles und jeden darin zu beschützen."

„Dann hätte er vielleicht nicht eine Horde unwilliger Frauen entführen und hierher verschleppen sollen, nur um seine Männer zu unterhalten", schoss ich zurück.

Melek musterte mich einen Augenblick lang. Seine Wangenknochen stachen plötzlich hervor und in seinen Augen loderte ein wütender Ausdruck. „Wie viel Zeit hast du darauf verbracht, die anderen Bräute kennenzulernen und ihre Motive in Erfahrung zu bringen?", fragte er mit leiser Stimme. Zu leise. „Wie viele von ihnen sind wirklich *entführt* und hierher *verschleppt* worden?"

Als ich nicht umgehend antwortete, zog er eine Augenbraue hoch.

„Erinnerst du dich nicht daran, was ich dir nach dem ersten Spiel gesagt habe?", hakte er nach.

Ich legte die Stirn in Falten. Ich konnte mich kaum noch an die Konsequenzen dieses Ereignisses erinnern. Ich war kaum noch bei Besinnung gewesen.

Obwohl ... Da waren so einige, die sich freiwillig für die Brautproben gemeldet hatten. Ihre Vorfreude war während der Spiele, an denen sie teilgenommen hatten, zu spüren gewesen.

Aber die meisten von ihnen hatten einen nervösen Eindruck gemacht.

Nur ... hatte ich gar nicht über den Grund für ihre Nervosität nachgedacht. Ich war ganz einfach davon ausgegangen, dass sie sich in einer ähnlichen Situation wie ich befunden und unzufrieden über die erzwungene Teilnahme am Höllenfeenbraut-Programm gewesen waren.

Habe ich falsch gelegen? Habe ich Vermutungen über die Bräute angestellt?

„Ja, aber das kann dir keiner verübeln", erwiderte Melek, der ganz offensichtlich meinen Gedanken gelauscht und sich entschieden hatte, hörbar zu antworten. Er legte seine Hand an meine Wange. „Um die Brautproben zu verstehen, musst du zuerst wissen, wozu sie dienen."

„Sie sollen Höllenfeen ihre Gefährtinnen zuführen", sagte ich ihm, weil ich das bereits aus früheren Unterhaltungen wusste.

Doch Melek schüttelte den Kopf. „Nicht ganz. Das ist, was Ty sagt, aber sein Wunsch, die Höllen- und Albtraumfeen zufriedenzustellen, reicht viel tiefer, als ihnen nur Gefährtinnen zu geben. Hier geht es um die Quelle. Um das Gleichgewicht von Macht. Alles steht auf dem Spiel – obwohl er das nie zugeben würde. Aber ich sehe es. Und ich weiß, dass das jede seiner Entscheidungen beeinflusst hat, auch wenn er es selbst nicht sieht."

Melek griff nach meiner Hand und strich mir sanft mit dem Daumen über die Haut.

Du bist die Einzige, die ihn retten kann, flüsterte er in meine Gedanken. *Dabei ging es bei den Höllenfeenbräuten von Anfang an. Ihn vor sich selbst zu retten.*

Ich starrte in seine vielfarbigen Augen. *Du musst etwas spezifischer werden, Melek. Keine Rätsel mehr*, sagte ich mental zu ihm, was mir ein kleines Lächeln von meinem Höllenfeen-Prinzen einbrachte.

Aber anstatt etwas zu sagen, zog er seine Hand zurück und ließ sie durch die Luft gleiten. Ich sah ihn mit zusammengekniffenen Augen an, verstand nicht, was er da machte, bis sich vor uns ein Bildschirm materialisierte.

Einer, auf dem eine Sporthalle zu sehen war.

In der mehrere Frauen herumrannten.

Brautkandidatinnen, dämmerte mir kurz darauf, als mir die Nummern auf der Rückseite ihrer Oberteile auffielen. Jetzt sahen ihre Oberteile aber mehr wie Jerseys aus. Vielleicht, weil sie eine Art Spiel spielten.

„Sie trainieren“, informierte er mich, als die Kamera zu ihnen schwenkte.

„Wofür?“

Er zuckte die Achseln. „Was immer sie wollen.“

„Du sprichst wieder in Rätseln“, informierte ich ihn rundheraus.

Seine Lippen zuckten amüsiert. „Die Brautproben wurden pausiert, weshalb viele von ihnen Bündnisse geschlossen haben und als Team zusammenarbeiten. Es ist wirklich eine sehr interessante Entwicklung, wenn ich ehrlich bin. Eine, die ihre Kompatibilität mit diesem Reich offenlegt. Denn Zusammenarbeit wird hier großgeschrieben. Nur so überleben wir alle.“

„Verstehe.“ Das war immer noch eine ziemlich verschachtelte Antwort, aber immerhin hatte er mir etwas mehr Kontext geliefert.

Aber ... „Inwiefern soll ihnen zuzusehen mir dabei helfen, den wahren Zweck der Brautproben zu ergründen? Und was hat es mit dem heutigen Training auf sich?“

Vielleicht hörte ich mich ungeduldig an, aber ich hatte es satt, zwischen den Zeilen lesen zu müssen. Ich wollte eine klare Antwort. Keine Spielchen mehr. Keine Rätsel mehr. Nur eine zusammenhängende Antwort, die mir dabei helfen würde, mich darauf einzustellen, was auch immer Luzifer heute mit mir vorhatte.

Denn im Augenblick war ich nicht sicher, ob ich mich freuen ... *oder wegrennen sollte.*

KAPITEL 11

MELEK

Es fühlt sich an, als wärst du frustriert, murmelte Ty in meine Gedanken, bevor ich Cami antworten konnte. *Geht es dir gut, kleiner Prinz?*

Alles bestens, antwortete ich etwas knapper als beabsichtigt. *Ich bereite Cami nur auf das heutige Training vor.*

Hm, und was hast du ihr gesagt?

Offensichtlich nicht genug, murmelte ich, mehr mir selbst als ihm zu. Trotzdem hörte er jedes einzelne Wort und seine Verwirrung machte sich im Band breit. *Ich habe ihr keine Hinweise oder Tipps gegeben,* fuhr ich fort, bevor er etwas entgegnen konnte. *Ich werde dich alles erklären lassen. Ich versuche nur, sie vorzubereiten.*

Das hier ist kein Test, Melek.

Das weiß ich doch, erwiderte ich. Aber sie versteht das nicht. *Sie sieht alles als ein Spiel an.*

Was mich zurück auf ihre Bemerkungen und den Bildschirm vor uns brachte.

Ich liebe dich, Ty, aber ich muss mich jetzt auf Cami konzentrieren. Vergib mir. Es gefiel mir nicht, ihn abzuklemmen, aber ich musste mich jetzt vollends auf Cami konzentrieren.

Oder eher … ich musste dafür sorgen, dass *sie* sich konzentrierte. Nicht auf die Vergangenheit und was sie glaubte, zu wissen, sondern auf die Zukunft und was sie zu bedeuten hatte.

Du brauchst mich nicht um Vergebung zu ersuchen, kleiner Prinz. Du bereitest sie auf deine Art vor und ich sie auf meine. Wir sind in ungefähr dreißig Minuten da. Ich warte nur noch auf Ajax in den Verliesen.

Danke, erwiderte ich und merkte mir, wann sie hier sein würden, während ich Camis ungeduldige Miene musterte. „Ty ist in dreißig Minuten hier“, sagte ich ihr. „Er wollte mich nur informieren.“

Sie zuckte zusammen. „Oh. Okay.“

„Das bedeutet, uns bleiben noch dreißig Minuten, um den Zweck der Spiele und dein Training zu besprechen“, ergänzte ich, bevor ich die Kamera schwenkte, damit sie die Sporthalle aus einem anderen Winkel betrachten konnte. Nicht alle Bräute waren derzeit auf dem Spielfeld. Einige standen an der Seitenlinie, plauderten und lachten mit ein paar Höllenfeen-Männern.

Cami beobachtete sie einen Augenblick lang, dann sah sie zu einem Pärchen, das in Tarnanzügen den Bordstein entlanglief. „Sind sie gerade aus der, ähm, Sporthalle gekommen?“, wollte sie wissen. „Das ist doch eine Sporthalle, oder?“ Ihr Blick schnellte zu mir. „Wo war die Sporthalle auf dem Campus?“

Ich verkniff mir ein Lachen, das von ihren dicht aufeinanderfolgenden Fragen ausgelöst worden war. „Es handelt sich dabei um eine Art verzauberte Arena“, erklärte ich. „Und sie ist neu.“

„Oh. Also benutzen sie die, um sich auf weitere Spiele vorzubereiten.“

Mir entging die leichte Verärgerung, die dem vorletzten Wort mitschwang, nicht.

Camis Sicht auf die Bräute wurde durch ihre eigene Erfahrung getrübt. Einer Erfahrung, die zutiefst befangen war. Und wenn ich ihr nicht half, diese Sicht zu korrigieren, könnte das ihre Beziehung zu Ty beeinflussen.

Obwohl vermutlich er diese Bedenken ausräumen sollte, hatte ich das Gefühl, es zumindest versuchen zu müssen. Vorwiegend, weil Cami recht hatte. Ich hatte mich zu lange zu kryptisch ausgedrückt. Ihre Bemerkungen zu meinen *Rätseln* waren amüsant und frustrierend zugleich.

Es war nicht meine Absicht, in Rätseln zu sprechen.

Oder vielleicht schon.

Direkte Antworten fielen mir schwer. Und wo blieb der Spaß, wenn man alles genau darlegte?

Aber für sie würde ich es versuchen. Angefangen hiermit.

„Als die Spiele pausiert wurden, wurden die Bräute rastlos. Anstatt alle zurück in ihre Heimatreiche zu schicken – was gefährliche Konsequenzen nach sich hätte ziehen können, weil sie der Quelle der Höllenfeen ausgesetzt waren –, entschied Ty, sich auf die Entwicklung der Gemeinschaft zu konzentrieren. Und das beinhaltete auch, die Kandidatinnen mit ihren Verehrern zusammenarbeiten zu lassen, um etwas zu erschaffen."

„Und sie haben sich für eine Sporthalle entschieden?", fragte ich fassungslos.

„Nein, sie haben sich für eine Arena entschieden, in der sie mehrere Aktivitäten ausüben können", korrigierte ich sie und schwenkte die Kamera, um ihr einen Pool, gefolgt von einer Lounge und schließlich eine Eishalle zu zeigen.

„Hier können sie sich entspannen und eine Beziehung aufbauen. Hier können sie ohne die harten Bedingungen der Brautproben umeinander werben."

Ich schwenkte zurück zur Lounge und zoomte dann an

einen Tisch heran, an dem mehrere Feen saßen und eine Mahlzeit genossen.

Cami beobachtete sie und ihr Ausdruck ging von überrascht zu verwirrt über. Ihre Gedanken folgten demselben Muster.

„Sie sehen fast schon normal aus“, flüsterte sie, nachdem sie einige Augenblicke still geworden war.

„Du meinst, als hätte man sie nicht entführt und hierher verschleppt?“, flötete ich und sah sie bewusst mit demselben Ausdruck an, den sie vorhin im Gesicht hatte.

Sie sah mich finster an. „Du kannst es mir nicht verübeln, das gesagt zu haben. Schließlich ist mir genau das passiert.“

„Ich würde dir nie etwas verübeln, Engelchen“, versprach ich ihr. „Ich versuche nur, dir zu zeigen, dass deine Erfahrung die Ausnahme ist. Nur sehr wenige Bräute waren sich ihrer Verträge nicht bewusst. Viele haben sogar selbst unterschrieben.“

„Ich aber nicht.“

„Was nicht Tys Fehler ist, sondern der deines Vaters“, meinte ich mit sanfter Stimme.

„Luzifer hätte trotzdem nicht einwilligen sollen, mir mein Leben zu rauben, ohne vorher mit mir zu sprechen“, murmelte Cami.

„Das vielleicht schon“, räumte ich ein. „Aber woher hätte er wissen sollen, dass dein Vater dir den Vertrag nicht zeigen würde? Wie ich schon sagte ... die meisten der anderen Bräute waren sich ihrer Schicksale bewusst. Nicht nur das, sie haben ihre Kandidatur sogar mit offenen Armen und vorfreudig empfangen.“

Mein Blick wanderte zurück auf den Bildschirm, wo ich an zwei Frauen heranzoomte, die auf einer Matte miteinander rangen. Cami beobachtete sie stirnrunzelnd und wurde ganz besorgt, während die Feen sich umkreisten und ihre Magiespuren über die Kameralinse sausten.

Als etwas Metallenes aufleuchtete, zuckte Cami zusammen und ihre Gedanken verrieten mir, dass sie das Schlimmste befürchtete.

Aber dann ließen sich die beiden in einem Feuerschwall auf die Matte fallen und lachten auf dem Rücken liegend. Ihre Dolche hatten sie fallen lassen.

An meinen Mundwinkeln zupfte ein Lächeln. „Sie sind krafttrunken." Je länger die Höllenfeenbräute in diesem Reich verweilten, desto näher kamen sie der Quelle.

Nicht so wie Cami, natürlich. Sie stand buchstäblich kurz davor, Luzifers Kraft *auszuüben*. Aber sämtliche Höllenfeen hatten Zugriff auf die Quelle, weil sie hier lebten. Das war bei den Kandidatinnen nicht anders.

All das erklärte ich ihr, während die beiden Bräute von zwei männlichen Höllenfeen ersetzt wurden. Cami hörte mir zu und beobachtete die beiden dabei, wie sie eine ähnliche Abfolge ausführten wie die Frauen – mit dem Unterschied, dass sie nicht auf ihren Rücken landeten und einen Lachanfall hatten. Stattdessen braute sich Energie zusammen, bevor sie um sie herum explodierte und einen Feuerschwall lossandte.

Cami rang nach Atem, als die Flammen fast komplett verschwanden und nichts als Funken zurückließen, die auf die Matte schwebten.

„Wie hast du das gemacht?", fragte eine der Frauen, die ganz offensichtlich genauso beeindruckt war wie Cami.

„Ich werde es dir zeigen", bot die Höllenfee an und bedeutete ihr, sich auf die Matte zu stellen. „Kontrolle ist das A und O."

„Ein hervorragender Übergang zu unserer Unterhaltung über das Training", sinnierte ich und ließ den Bildschirm verschwinden.

„Hey!" Cami streckte ihre Hände danach aus, als wollte sie ihn wieder hervorholen. „Ich will sehen, was als Nächstes passiert."

„Er wird genau das tun, was er versprochen hat. Er wird ihr zeigen, wie sie die Kraft, mit der ihre Seele von der Quelle der Höllenfeen versorgt wird, benutzen und handhaben kann."

Das brachte mein Engelchen zum Blinzeln. „Weil Luzifers Kräfte die Bräute stärken." Das war keine Frage, sondern eine Aussage.

„Ganz genau", bestätigte ich, obwohl das nicht nötig war. Sie hatte mir zugehört, als ich ihr davon erzählt hatte, wie die Wesen in diesem Reich von der Quelle der Höllenfeen profitierten.

„Luzifer hat also vor, genau das mit mir zu tun, was sie eben gemacht haben."

Ich summte zustimmend und zugleich widersprechend. Das Gesprächsthema war heikel und bedurfte Finesse und Privatsphäre.

Obwohl ich mich mental mit ihr hätte unterhalten können, sprach ich stattdessen einen Zauber, der unsere Stimmen für alle maskierte, die dumm genug waren, zu lauschen. Fast alle Feen, die vorbeischlenderten, gaben vor, uns nicht mitten im Hof sitzen zu sehen, aber ich war nicht naiv genug, ihnen zu glauben. Dieses Gebiet des Palastes wurde für gewöhnlich vielleicht von zwanzig Höllenfeen täglich frequentiert und die meisten von ihnen betraten es durch die Haupttore, nicht durch den Hintereingang.

In der vergangenen Stunde war bereits ein Dutzend vorbeigeschlendert, was bestätigte, dass sich herumgesprochen hatte, dass der Höllenfeen-Prinz und seine neue Gefährtin hier picknickten.

Wenn sie glaubten, sie würden uns diskrete Seitenblicke zuwerfen, hatten sie sich geschnitten. Ich sah alles. Jeden einzelnen Blick. Jedes Lächeln. Die neugierigen Ausdrücke. Alles davon.

Aber es machte mir nichts aus.

Das gehörte alles mit dazu, wenn man ein Teil von Tys persönlichem Hofstaat war, und Cami musste sich daran gewöhnen.

Sobald die Sichtblende hochgezogen war – die jener von Ajax neulich im Königreich des Jenseits nicht unähnlich sah –, zauberte ich Cami einen weiteren Cappuccino, reichte ihn ihr und ließ mir dann den Rest meines Crêpes schmecken.

Cami beobachtete mich. „Dieses Summen war keine Antwort, und deine Gedanken deuten darauf hin, dass Luzifers Training anders aussehen wird."

„Weil es anders sein wird", erwiderte ich, bevor ich mir die Gabel in den Mund schob.

Sie starrte mich an. „Sprichst du jetzt wieder in Rätseln?"

Ich musterte sie, kaute und schluckte dann. „Nein, ich habe nur Hunger."

„Und jetzt zögerst du das Gespräch hinaus."

„Nein, ich esse. Und du solltest das auch tun", antwortete ich und deutete auf das Essen auf ihrem Teller, das sie kaum angerührt hatte.

„Wenn ich etwas esse, wirst du dann zumindest versuchen, mir nützliche Informationen zu liefern?"

Ich zog eine Augenbraue hoch. „Ich glaube, das habe ich bereits getan – und weit darüber hinaus, Engelchen." Ich nahm einen weiteren Bissen.

Sie musterte ihre Tasse und ihre Gedanken sagten mir, dass sie darüber nachdachte, sie mir ins Gesicht zu pfeffern. Kurz darauf schien sie aber zum Schluss gekommen zu sein, dass es eine Verschwendung von köstlichem Kaffee wäre.

„Danke", murmelte ich als Antwort auf ihre mentale Schlussfolgerung. „Heißer Kaffee ist ziemlich unangenehm."

Sie stieß ein Schnauben aus. „Du hättest es verdient."

„Nein, hätte ich nicht", sagte ich zu ihr und nahm einen letzten Bissen, bevor ich meinen Teller beiseiteschob.

Ich war sehr mitteilsam, ergänzte ich in Gedanken. *Und*

ich habe dir heute Morgen vier Orgasmen mit meiner Zunge beschert.

Auf ihren Wangen zeichnete sich ein wunderschönes Rot ab, das sich seinen Weg an ihr Schlüsselbein bahnte und dann unter ihrem Tanktop verschwand. Ein wunderbarer Anblick, der mich ihre Nachmittagspläne bedauern ließ.

Den ganzen Tag zu ficken, wäre viel spaßiger gewesen als das, was Ty mit ihr vorhatte.

Leider war sein Training wichtig.

„Ich versuche nicht, vage Aussagen oder Halbwahrheiten von mir zu geben", fuhr ich, jetzt wieder hörbar, fort. „Ich habe dir gezeigt, was die Höllenfeenbräute treiben, weil es wichtig ist, dass du verstehst, wie sie sich verändern und was das zu bedeuten hat."

„Okay", lenkte sie ein. „Sag mir, was es zu bedeuten hat."

Der unverschämte Tonfall, der ihrer Aussage mitschwang, brachte mich zum Lächeln. Wenn Ty hier gewesen wäre, hätte er eine Augenbraue hochgezogen und vermutlich angefangen, sich mehrere Strafen für ihr freches Mundwerk zu überlegen.

Aber ich war nicht wie Ty.

Und offen gesagt hatte ich diesen Befehl nach all der angeblichen ‚Geheimniskrämerei' verdient.

„Es bedeutet, dass die Quelle der Höllenfeen jetzt endlich Frauen annimmt", sagte ich ihr. „Und du, mein liebes Engelchen, bist der Grund dafür."

Das ließ sie die Stirn in Falten legen. „Weil ich die Quelle immer wieder berühre?"

Ich schüttelte den Kopf. „Nein, weil du unseren Höllenfeen-König lehrst, wieder Vertrauen zu haben. Seine Offenheit dir gegenüber, dass er dich in seinen inneren Zirkel aufnimmt, verändert die Magie in diesem Reich und führt zu einem dringend benötigten Gleichgewicht."

Anstatt ihr die Gelegenheit einzuräumen, etwas dazu zu sagen, ging ich darauf ein, wie die Quelle mit Ty verbunden war. Wie das Leuchtfeuer von Energie von seiner Essenz bestärkt wurde, und inwiefern diese Verbindung ein eingefleischtes Vorurteil schuf.

„Weil Vivaxia ihn hintergangen hat“, sagte sie. Ihre Gedanken verrieten mir, was sie über die Situation zwischen Ty und Vivaxia wusste. Es war nicht viel. Das musste ich ändern.

„Es reicht so viel tiefer als Verrat“, murmelte ich. „Eigentlich sollte Ty dir das erklären, aber ich bin mir nicht sicher, ob er das kann.“

Jetzt vertraute er Cami. Das war nicht das Problem. Das Problem war vielmehr, dass Ty damit hadern könnte, sich flüssig an die Vergangenheit zu erinnern.

Er bewahrte so viele seiner Erinnerungen in Vita auf, damit seine Gedanken trotz seiner reichhaltigen Vergangenheit erhalten blieben. Das einzigartige Ventil erlaubte es ihm, vergangenen Schmerz zu verheimlichen und zu heilen.

Den historischen Wälzer wieder aufzuschlagen, könnte zu viel Schmerz heraufbeschwören – eine Schwachstelle, der er derzeit nicht frönen konnte. Nicht, solange wir derart angreifbar waren.

„Deswegen beherbergt Vita also seine Erinnerungen! Damit er sich neuen Erfahrungen zuwenden kann ... Faszinierend“, meinte Cami erstaunt, nachdem ich ihr erklärt hatte, warum er vielleicht nicht in der Lage sein würde, ihr alles über Vivaxias Verrat zu erzählen.

„Ganz genau“, bestätigte ich, dann erklärte ich ihr mehr über die Vereinbarung, die er mit Vivaxia getroffen hatte. Die Vereinbarung, die Azazel befreit und auf entscheidende Weise zu meinem Schutz beigetragen hatte – und erzählte ihr, dass Ty glaubte, er hätte gewonnen. „Sie wollte, dass er zu ihrem Gefährten wurde, aber tief drinnen wusste er, dass die beiden inkompatibel waren. Dass seine Seele ihre auf der letzten Ebene abweisen würde.“

Cami zog die Stirn kraus. „Er hat es gewusst?"

Ich nickte. „Genau wie ich wusste, dass meine Seele es kaum erwarten könnte, sich mit deiner zu verbinden. Auf einer gewissen Ebene wissen wir es alle. Aber damit man es wissen kann, muss einem etwas daran liegen."

Als sie mich perplex anstarrte, erzählte ich ihr, dass Vivaxia zu beschäftigt mit ihrem eigenen Ego gewesen war, um überhaupt in Betracht zu ziehen, dass ihre Seele vielleicht nicht kompatibel mit Tys Seele sein könnte.

Oder vielleicht wusste sie es von Anfang an, dachte ich mir, als mir ihre Notiz von neulich durch den Kopf ging. *Vielleicht hat sie nur einen langen Atem.*

Ty hatte sich etwas Ähnliches gefragt und war nach langem Rätseln zum Schluss gekommen, dass sie seine Abweisung vielleicht vorausgesehen und gewartet hatte, bis er etwas finden würde, das ihm etwas bedeutete, damit sie es ihm nehmen konnte.

„Ihre Vereinbarung dreht sich um seine Kraft – sein *Licht*. Darum wollte sie sich mit ihm verbinden. Damit sie ihm seine Gaben rauben konnte. Und sie hat viele Schichten in die Vereinbarung eingearbeitet, um sicherzustellen, dass ihr das gelingen würde. Aber seine Energie kann man sich nicht einfach zu eigen machen. Darum ist er auch gefallen."

Ich ging etwas näher auf diese Ereignisse ein – wie die Quelle der Engelsfeen wegen Vivaxias Vereinbarung in Stücke zerbrochen war, und wie er daraufhin das Reich der Höllenfeen dort geschaffen hatte, welches die Engelsfeen als Brachland angesehen hatten.

Einige dieser Details hatte sie bereits gekannt, andere waren ihr neu. Aber es war wichtig, diese Informationen zu wiederholen, weil sie die Vergangenheit verstehen musste, um die Gegenwart nachvollziehen zu können.

„Seither hat seine Kraft nur an Stärke gewonnen", betonte ich. „Und dieses Wachstum hat Konsequenzen, Cami."

Sie lehnte sich nach vorn, das Essen auf ihrem Teller komplett vergessen.

Ich dachte kurz darüber nach, sie daran zu erinnern, aber uns lief die Zeit davon. Und ich wollte dieses Gespräch zu Ende bringen, bevor Ty und Ajax hier ankamen.

Also teilte ich ihr meine Bedenken laut mit.

Meine Bedenken in Bezug auf die Quelle und wie groß sie geworden war.

Meine Bedenken in Bezug darauf, was das mit Tys Seele anstellte.

Meine Bedenken in Bezug auf potenzielle Schwachstellen im Reich.

Und endete mit dem größten Bedenken von allen. „Ty läuft Gefahr, die Kontrolle zu verlieren.“ Ich sprach die Worte so leise aus, dass sie kaum mehr als ein Flüstern zwischen uns waren, weil ich sie niemals zuvor laut von mir gegeben hatte.

Klar, Ty hatte die Bedenken in meinen Gedanken vernommen, aber ich war noch nie so unverblümt gewesen.

„Er weigert sich, es zuzugeben. Oder vielleicht bringt er es schlichtweg nicht übers Herz. Aber die Wahrheit ist, dass er zu viel Energie verbraucht, eine zu große Bürde schultert, und es jetzt nur noch eine Frage der Zeit ist, bevor alles implodiert.“ Mit klopfendem Kerzen hielt ich inne, um sie die Informationen verdauen zu lassen.

Ich hatte ihr ganz schön viel anvertraut, das sie auf den Schultern tragen musste. Aber sie musste wissen, was sie mir – *uns* – bedeutete.

„Bei diesen Brautproben ging es darum, Gefährtinnen für die Höllenfeen zu finden, aber auch darum, eine Höllenfeen-Königin aufzuspüren“, ergänzte ich, noch immer mit leiser Stimme. „Ty hat es nur noch nicht realisiert. Langsam sieht er es aber ein. Endlich fängt er an zu begreifen, wer *du* bist. Jetzt musst nur noch du es erkennen. Und genau darum geht es im heutigen Training, mein süßes Engelchen.“

KAPITEL 12
TYPHOS

TY HAT es nur noch nicht realisiert …

Die Worte gingen mir durch den Kopf. Meine Verbindung zu Melek erlaubte es mir, fast das gesamte Gespräch mitzuverfolgen, das er mit Camillia führte.

Nichts von dem, was er gesagt hatte, war mir neu. Ich war mir Meleks Bedenken bewusst, auch wenn er versuchte, sie mir vorzuenthalten. Aber was Camillia anging, hatte er recht: Sie hatte meinen Blick auf alles verändert.

Diese verlockende kleine Verführerin hatte das Unmögliche geschafft und war durch all meine Mauern gebrochen.

Ich hatte gegen sie angekämpft, hatte sogar geglaubt, sie zu hassen. Aber jetzt … jetzt sah ich ihr Potenzial als Verbündete.

Und so viel mehr, wisperte eine dunkle Stimme in meinem Kopf.

Ajax, der neben mir stand, zog meine Aufmerksamkeit mit einem Räuspern auf sich. In seinen blauschwarzen Augen wütete ein misstrauischer Ausdruck und ich konnte ihm seine Ungeduld ansehen. Vermutlich lag es daran, dass ich ihm gerade einen Vortrag über dunkle Seelen gehalten hatte, ehe ich erstarrt war, weil Melek an den wahren Zweck der Brautproben zu denken begonnen hatte.

Seine Aufmerksamkeit hatte zwar auf Camillia gelegen, aber seine Gedanken waren extrem laut gewesen, als er sich überlegt hatte, was er sagen und wie er es formulieren sollte.

Mein kleiner Prinz hatte sich sehr mitteilsam gegeben – etwas, womit er, wie ich wusste, haderte. Zwar wollte er nicht in Rätseln sprechen – noch so ein Begriff, der ihm immer wieder durch den Kopf ging –, aber er liebte Rätsel und Geheimnisse. Worte waren nur dazu da, in einem Spiel benutzt zu werden.

Aber er hatte sich gezwungen, zusammenhängend und informativ für Camillia zu sein. *Du liebst sie wirklich sehr*, flüsterte ich ihm zu.

Obwohl er nicht antwortete, wusste ich, dass er mich gehört hatte. Und ich spürte seine Zustimmung durch unser Band pulsieren.

„Liebst du Camillia?“, fragte ich meinen Wärter, woraufhin der misstrauische Ausdruck noch stärker hervortrat.

„Warum fragst du? Was hast du mit ihr vor?“

„Sie zu einer Königin machen“, erwiderte ich offen. „Aber deswegen habe ich nicht gefragt. Ich ...“ Ich runzelte die Stirn, war mir nicht sicher, wie ich den Grund für meine Frage formulieren sollte. „Melek liebt sie. Ich habe mich gefragt, ob du sie auch liebst.“

„Sie ist meine Gefährtin.“

Ich wartete ab, ob er näher darauf eingehen würde. Als er es nicht tat, sah ich ihn mit hochgezogener Augenbraue an. „Das ist nicht dasselbe, Wärter. Azazel ist mein Gefährte und ich liebe ihn wie einen Bruder, nicht wie einen Liebhaber.“

„Cami ist meine Liebhaberin.“

„Und auch das ist nicht dasselbe wie zu sagen, dass *du* sie liebst.“

„Was ich für Cami empfinde, geht dich einen feuchten Dreck an", schoss er zurück. „Und ich sehe nicht ein, inwiefern das relevant für unseren Besuch hier ist."

Ich stieß einen Seufzer aus. „Ist es auch nicht. Ich … ich hätte nicht fragen sollen." Er hatte recht. Seine Gefühle gingen mich nichts an.

Aber ich wollte, dass sie mich etwas angingen.

Was in sich eine Einsicht war. Eine, der ins Auge zu blicken ich noch nicht bereit war. Aber ich war nicht sicher, ob ich in dieser Angelegenheit eine Wahl hatte.

Melek hatte geglaubt, dass Zeit ein seltenes Gut war – in erster Linie, was Camillias Training anbelangte. Aber tief drinnen hatte er auch über die Quelle nachgedacht.

Meine implodierende Kraft.

Dass ich möglicherweise nicht in der Lage wäre, dieses Reich in einem Stück zu behalten.

Dass ich Hilfe brauchte. *Von einer Königin.*

„Melek glaubt, dass Camillia meine Kraft ausgleichen kann", vertraute ich Ajax an, woraufhin er mich mit hochgezogener Augenbraue ansah. „Wenn er recht hat, wird deine Liebe zu ihr von größter Wichtigkeit sein. Denn sie wird dich und Azazel brauchen, um das Gleichgewicht zu halten."

Als er mich bloß wortlos anstarrte, beschloss ich, näher darauf einzugehen und ihm alles zu erzählen, was Melek gerade Camillia offenbart hatte. Ich war nicht sicher, ob er es bereits wusste, also ließ ich keine Details aus.

Und am Ende schien ein kleiner Teil dieses Misstrauens seinem Gesicht gewichen zu sein.

Oder vielleicht war das bloß Wunschdenken.

Wie dem auch war, ich hatte ihm meine Seele offenbart, wie ich es noch nie zuvor getan hatte.

„Selbst wenn Melek sich in Bezug auf ihr Potenzial als Königin irrt, schwebt Camillia in Gefahr", fuhr ich fort.

„Denn wenn ich implodiere, werden Azazel und Melek genauso davon betroffen sein."

„Was Cami ebenfalls spüren und wahrnehmen wird", überlieferte er.

„Und du genauso", bemerkte ich. „Hass mich ruhig, so viel du willst, Ajax, aber du brauchst mich. Und ich dich."

Sein Ausdruck schien ein kleines Stück sanfter zu werden. „Na gut. Und du glaubst, Cami eine dunkle Seele auslöschen zu lassen, sollte ihre erste Übung sein?"

Ich nickte. „Ja. Das Ziel ist, ihr beizubringen, wie sie ihre Kraft auf ein gewisses Ziel leiten und ihre Kontrolle darüber meistern kann. Außerdem handelt es sich dabei um eine einfache Aufgabe, die sie problemlos ausführen können sollte. Was, wenn ich richtig liege, ihr Selbstbewusstsein stärken wird. Und das hat sie meiner Meinung nach bitter nötig."

Er musterte mich einen Augenblick, dann nickte er zustimmend. „Na gut. Ich sehe, worauf du hinauswillst."

„Also wirst du meine Trainingsübung unterstützen?"

„Inwiefern?", wollte er wissen.

„Indem du mein Wärter bist", erwiderte ich. „Ich werde auf Camillias Kräfte konzentriert sein und sicherstellen, dass sie nicht außer Rand und Band geraten. Was bedeutet, dass du dich um den Gefangenen kümmern musst."

„Ich gehe davon aus, dass du einen bestimmten Gefangenen im Sinn hast?", fragte Ajax mit hochgezogener Augenbraue.

Auf meinen Lippen breitete sich ein Lächeln aus. „Ganz recht." Der perfekte Gefangene, dessen Tod Ajax bezeugen sollte. „Erinnerst du dich daran, was ich über diese dunklen Seelen gesagt habe? Wie ich sie zur Strafe in einer albtraumhaften Form gefangen halte?"

„Und sie mich unter dem Vorwand, dass alle Albtraumfeen gezähmt werden müssten, hast bewachen lassen?“ Jetzt zog dieser misstrauische Ausdruck wieder auf. „Wie könnte ich das vergessen?“

„Der sarkastische Tonfall geschieht mir recht“, gab ich zu. „Aber irgendwann wirst du meine Entschuldigungen ernst nehmen müssen.“

„Oh, dass ich sie nicht ernst nehme, ist nicht das Problem“, flötete er. „Das Problem ist, dass ich sie dir nicht glaube.“

„Ich glaube nicht, dass sie mir zu glauben das Problem ist“, konterte ich. „Meiner Meinung nach ist sie anzunehmen die Schwierigkeit.“ Ich ahmte seine defensive Haltung nach und verschränkte meine Arme vor der Brust. „Du bist wütend, und das mit gutem Grund. Ich hätte dir von Anfang an sagen sollen, wen du bewachst. Das habe ich unterlassen. Ich gestehe den Fehler ein. Und jetzt werde ich ihn wiedergutmachen.“

„Indem du mich anständig ausbildest“, murmelte er. „Ja, habe schon verstanden.“

An meinen Mundwinkeln zupfte ein Lächeln. „Nein. Indem ich dir eine dunkle Seele anbiete, deren Auslöschung du, wie ich glaube, sehr genießen wirst.“

Jetzt wanderte seine Augenbraue noch weiter nach oben, was mich irgendwie an mich selbst erinnerte.

Vielleicht war es das, was mich an Ajax von Anfang an angezogen hatte – dass wir uns so ähnlich waren. Ich erkannte mich in seinem Leid wieder. Er war wütend. Ich war auch wütend gewesen.

Zur Hölle, ich war es *immer noch*.

Aber ich hatte diese Wut in Kraft und Schutz umgewandelt. Und ich ahnte, dass er dasselbe tun würde, jetzt, wo er jemanden in seinem Leben hatte, der ihm am Herzen lag. Mehrere *Jemande*, um genau zu sein. Ich hatte keinen Zweifel daran, dass er Azazel und Camillia mit derselben Wildheit und Leidenschaft beschützen würde.

„Es gibt da jemanden, den ich hier festgehalten habe. Eine Seele, die Zakkai und Shade einsperren und auf einzigartige Weise foltern lassen wollten. Ich bin nicht sicher, ob sie es jemals jemand anderem erzählt haben. Deinem derzeitigen Ausdruck nach zu urteilen nicht“, fuhr ich fort, als mir Ajax’ neugieriger Blick auffiel. „Zakkai hat ihre Lebensquelle von der Mitternachtsfeenquelle getrennt, und sie stattdessen an die Quelle der Höllenfeen gekoppelt.“

„*Sie*?“, wiederholte Ajax.

„Na ja, wie du bereits bemerkt hast, sind ein paar der Albtraumfeen in deinem Verlies Frauen, oder etwa nicht?“, fragte ich, was den Wärter die Augen verdrehen ließ.

„Ja, die Sirenen sind extrem nervtötend.“

Ich grinste. „Die Sirenen sind nicht die einzigen Frauen. Ich halte dunkle Seelen in allen möglichen Formen gefangen.“

Ich hielt inne und realisierte, dass das hier auch eine gute Lerngelegenheit war.

„Vor den Höllenfeen-Brautproben waren einige der dunklen Seelen, die du bewacht hast, die einzigen weiblichen, die ich in mein Reich gelassen habe“, erklärte ich. „Die anderen Frauen in meinem Reich sind Gefährtinnen von hochrangigen Feen, denen ich voll und ganz vertraue, und es gibt nur sehr wenige von ihnen. Aber die dunklen Seelen, die hier festgehalten werden, werden von der Quelle eingeschätzt. Und ich habe viele von ihnen in albtraumhafte Formen gesteckt, die den Sünden ähneln, die sie begangen haben.“

In diesem Fall hatte ich eine Unseelie gewählt, weil sie für ihre List bekannt waren. Auch Schönheit stand bei ihnen hoch im Kurs, was nicht direkt als Sünde galt, es aber werden konnte, wenn man eitel genug war.

Und die Frau, die Zakkai und Shade mir gebracht hatten, war für ihre Eitelkeit bekannt.

Eine Schatzsucherin. Eine Verräterin. Eine Möchtegern-

Schwarze-Witwe ohne die nötige Kraft oder das nötige Können um jemanden zu ermorden.

Als ich Ajax all das sagte, starrte er mich bloß an. „Wen haben sie dir ausgeliefert?"

„Eine Mitternachtsfee namens Dakota."

Ajax erstarrte sichtlich. „Sie hat Constantine geholfen ..." Er verstummte und auf seinem Gesicht zog ein trauriger Ausdruck auf. Er musste den Satz nicht zu Ende führen. Ich wusste, was er sagen wollte. *Sie hat Constantine geholfen, meine Eltern zu töten. Sie hat Constantine geholfen, Emelyn zu töten.*

Zwar war ich an diesem dunklen Tag nicht vor Ort gewesen, wusste aber alles über die Hinrichtungen, die Constantine im Mitternachtsfeen-Dorf abgehalten hatte.

Er hatte mehrere Feen mit einem Bann belegt und sie festgehalten, während er ihren Liebsten das Leben nahm. Alles unter dem Vorwand, der Rat der Mitternachtsfeen hätte ihre Schicksale besiegelt.

„Dakota hat mehrere der Beschuldigten auf dieses Podium geführt", sagte ich leise. „Und das war nach all den anderen manipulativen Taten, die sie im Auftrag von Constantine begangen hatte. Heute ist ihr jüngster Tag."

„Dieses Miststück hielt sich zehn verdammte Jahre lang in meinem Kerker auf?", schnauzte Ajax, der jetzt aus seiner Starre zu kommen schien und sich kopfüber in die Wut stürzte.

Ich sah seine Faust kommen, noch bevor er den Arm überhaupt bewegt hatte.

Trotzdem ließ ich seine Knöchel auf meine Wange treffen, war bereit, seine Brutalität hinzunehmen. Er hatte allen Anlass, wütend zu sein. Vielleicht nicht auf mich, aber ich würde ihm ein Ventil bieten, wenn er eines brauchte.

Typhos, wisperte Az in meine Gedanken. *Warum will Ajax dich plötzlich kaltmachen?*

Ist schon gut.

Das war nicht meine ...

Ist schon gut, Azazel, erwiderte ich, als Ajax seinen Zauberstaub hervorholte.

„Du hast dieses verräterische Miststück in eine Unseelie-Form gesteckt und mich sie *bewachen* lassen?", zischte die Mitternachtsfee, kochend vor Wut. „Ich sollte ..."

„Sie holen und sie Camillia ausliefern, damit sie sie zerstören kann?", fiel ich ihm ins Wort und formulierte den Satz mehr als Vorschlag als Forderung.

Er kniff die Augen zusammen. „Ich werde dieses Miststück nicht in Camillias Nähe lassen."

„In ihrem derzeitigen Zustand kann sie ihr nicht viel anhaben. Und du wirst sicherstellen, dass es dabei bleibt." Ich begann, den Flur entlangzulaufen, und machte mir nicht die Mühe, Ajax zu sagen, dass er mir folgen sollte, weil er mir bereits dicht auf den Fersen war.

„Du hast keine Ahnung, was diese verrückte Fee getan hat."

„Oh, ich bin über *alles* im Bilde, was sie getan hat", konterte ich. „Darum habe ich ihre Seele von Zakkai angenommen. Sie hat sich ihr Schicksal hier mehr als verdient."

Was eine weitere Lektion für Ajax war.

Ein Jahrzehnt lang hatte er gedacht, seine Aufgabe wäre, die skrupellosen Albtraumfeen zu bewachen. Er hatte ja keine Ahnung, dass diese Abtrünnigen nicht wirklich Albtraumfeen, sondern Feen anderer Abstammung waren, die ich in dieses Gefängnis gesteckt hatte, damit sie ihre schlimmsten Ängste ausleben mussten.

Darum waren so viele von ihnen auch gefährlich und wütend.

Das Paradigma war zu einer Art Hof geworden, während

wir uns auf die Brautproben vorbereitet hatten. Das hatte zwei Zwecke erfüllt.

Zum einen hatte es einigen meiner Gefängnisinsassen erlaubt, von der Freiheit zu kosten und ihre Hoffnung darauf zu schüren, dass sie entkommen könnten. Diese Freiheit und diese Hoffnung waren ihnen dann aber wieder entrissen worden.

Und zum anderen hatte es als Trainingsgelände für die Spiele gedient.

Ich hatte einige der dunklen Seelen frei herumstreifen lassen, um festzustellen, welche Kandidatinnen die Schimären durchschauen konnten, und auch, um zu prüfen, ob die Bräute eine gute Seele hatten oder nicht.

So viele weibliche Feen wollten sich dem Reich der Höllenfeen anschließen – wie all die Vereinbarungen, die ich getroffen hatte, bewiesen. Diese erlaubten es ihnen, an den Spielen teilzunehmen. Einige der Vereinbarungen waren zwischen ihren Eltern und mir geschlossen worden, aber die meisten hatte ich mit den Feen direkt ausgefertigt.

Selbstverständlich hatte ich keinem ihrer Motive geglaubt.

Und das hatte mich dazu bewegt, all den dunklen Seelen, die in den Kerkern verweilten, einen Sinn zu geben.

Ajax' Zorn flaute etwas ab, als ich das alles erklärte, während wir weiterliefen, und jetzt sah er mich wieder neugierig an.

„Wie leben sie ihre schlimmsten Ängste aus?“, wollte er wissen und ging auf dieses Informationsschnipsel ein.

„Auf alle erdenkliche Arten. Jede Zelle wird auf den Insassen zugeschnitten. Wie die Zelle, in die du Camillia mit den verzauberten Möbeln gesteckt hast“, erwiderte ich und erinnerte mich ganz klar an diese Begebenheit. „Sie sollte dafür sorgen, dass sie es ungemütlich hatte.“

Zwar hatte ich nicht persönlich vorbeigeschaut, wusste aber, was unternommen worden war.

Und mir war auch bewusst, dass mein kleiner Prinz versucht hatte, die Einrichtung zu verbessern. *So viele Schachzüge. So viele Spielchen. Alles davon ergibt jetzt viel mehr Sinn. Hm.*

Ich kann hören, dass du an mich denkst, mein König, murmelte der erwähnte Mann in meine Gedanken.

Immer, erwiderte ich und unterlegte das Wort mit Zuneigung und einem Versprechen. Denn jetzt stand mir plötzlich der Sinn nach Bestrafung.

Was mich Camillias Training heute Nachmittag nur umso freudiger entgegenblicken ließ.

Ist sie bereit?, fragte ich ihn.

So bereit, wie sie sein kann, glaube ich.

Gut, erwiderte ich und hielt vor Dakotas Zellentür an. *Bis bald, kleiner Prinz.*

„Camillia war in diesem Verlies nur zu Gast, keine permanente Insassin", sagte ich zu Ajax. „Du hast ihre Zelle genauso leer gesehen wie sie. Aber wie du gelernt hast, sind Schimären in diesem Reich ein mächtiges Werkzeug. Dein Kerker ist da keine Ausnahme."

Je mehr ich ihm anvertraute, desto bewusster wurde mir, wie sehr ich es vermasselt hatte.

Ich hatte ihm die Kontrolle über ein Gefängnis übertragen, das er nicht vollends verstanden hatte. Ich hatte ihn nur dem Namen nach zu einem Wärter gemacht, während meine Kraft der eigentliche Aufseher war. Er war sozusagen nur hier positioniert worden, um sicherzustellen, dass keiner einfiel oder flüchtete. Aber ich hatte ihm keine Gelegenheit eingeräumt, seine Führungsqualitäten unter Beweis zu stellen.

Das würde sich ab sofort ändern.

Mit einem einzigen Gedanken lichtete ich den Schleier und ließ ihn das Gefängnis als das sehen, was es war: ein Verlies voller Albträume. Jeder von ihnen war auf den Gefangenen in der Zelle zugeschnitten.

Für Dakota war es eine Bühne.

Mir war klar, dass er sie umgehend wiedererkennen würde.

„Das Dorf", flüsterte er, ehe er einen Schritt zurückmachte, als die Umgebung, die in ihre Wand geritzt worden war, Form annahm.

Ein Meer aus Gesichtern starrte die Unseelie in der Mitte des Zimmers an. Einige sprachen Zauber, andere schrien. Und eine ganz spezifische Fee fluchte, was das Zeug hielt.

Diese Frau erhaschte Ajax' Aufmerksamkeit und ließ ihn einen Schritt in Richtung Tür machen.

„Emelyn."

KAPITEL 13

AZ

Vor einigen Minuten

„*Heilige Scheisse!*“ Ich schüttelte die Hand aus und funkelte meinen grinsenden Halbbruder an.

Ich hatte selbst nach meinem Ringkampf mit Ajax noch immer etwas Energie auszuschütten und hatte mich dummerweise dafür entschieden, Maliki als Ventil zu benutzen.

Wie es scheint, war ich nicht der Einzige, der auf einen Kampf aus war, dachte ich und kniff die Augen zusammen.

„Woher hast du diesen Trick?“, wollte ich wissen und musterte die magische Schranke, die er um sein Gesicht herum geschaffen hatte.

Ein Gesicht, in das ich gerade zu schlagen versucht und das mir eine schmerzende Faust beschert hatte.

„Ich habe gefragt, ob du Grenzen definieren wolltest, und du hast Nein gesagt“, meinte er achselzuckend. „Du kannst mir nicht die Schuld für deine Entscheidung geben.“

„Und deine Antwort ist keine wirkliche.“

„Hast du eine Frage gestellt?“, wollte er scheinheilig wissen.

Ich knurrte. „Na gut. Behalt deine Geheimnisse für dich. Ich will sie ohnehin nicht erfahren.“ Aber es war gut zu wissen, wie er spielte.

An meinen Fingerspitzen wanderten schwarze Flammen hoch, die meine Hände einnahmen, was meinem Bruder ein vorfreudiges Grinsen aufs Gesicht zauberte.

Er ging in die Hocke.

Und ich griff an.

In seinen Händen materialisierten sich Klingen, sobald ich auf ihn einschlug. Er wirbelte die tödlichen Dolche durch die Luft und schlitzte mich auf, während ich ihn in Phönixfeuer hüllte. Er blockte meine Angriffe mit seinen Klingen ab und sandte sie in meine Richtung, woraufhin meine Haut sie absorbierte.

Ich kniff die Augen zusammen. Es war eine Weile her, seit wir zuletzt gekämpft hatten. Mittlerweile zog ich es vor, mit Ajax zu sparren. Aber die jüngsten Ereignisse hatten mich nostalgisch gemacht. Oder vielleicht hatte unsere letzte Begegnung ganz einfach meine Neugier geweckt.

Etwas an Maliki hatte sich verändert. Etwas Großes. Vielleicht war es mir nicht bestimmt, mehr zu erfahren, aber meine Neugier war geweckt. Also hatte ich beschlossen, vorbeizuschauen, mit ihm zu sparren und vielleicht ein paar Antworten auf meine Fragen zu bekommen.

Aber wie es schien, wollte mein Bruder nur kämpfen.

Mir soll’s recht sein.

Ajax hatte mich mit all seinem Gegrübel und der heruntergeschluckten Wut auf die Palme gebracht. Er vertraute Typhos nicht. Obwohl ich das anders sah – denn ich konnte Typhos’ derzeitige Absichten hören –, konnte ich Ajax’ Gesinnung nachvollziehen.

Und leider lag es an Typhos, sich Ajax' Vertrauen zu verdienen.

Womit er derzeit beschissene Arbeit leistete, wie mir die mörderischen Gedanken verrieten, die ich vernahm, wann immer ich mich mit Ajax' Gedanken verband.

Typhos hatte ihm vieles vorenthalten.

Ich schätzte, ich genauso. Ajax und ich würden das zu einem späteren Zeitpunkt ausdiskutieren müssen. Aber es hatte nicht an mir gelegen, die Gefängnisabteilungen und die Magie zu offenbaren oder zu erklären. Diese Zellen und die Seelen darin gehörten Typhos.

Trotzdem verspürte ich eine gewisse Schuld, weil ich Ajax in den vergangenen zehn Jahren unserer Freundschaft so viel vorenthalten hatte. Ich hatte es nicht mit Absicht getan, sondern instinktiv.

Typhos war mein Gefährte, und deswegen beschützte ich ihn und bewahrte seine Geheimnisse.

Aber Ajax gehörte jetzt genauso zu mir, und das auf ganz andere Weise als Typhos. Vermutlich ...

An meinem Kiefer breitete sich ein Schmerz aus, als Maliki mir mit der Faust ins Gesicht schlug.

Nein. Das war nicht seine Faust. Das war sein verdammter *Fuß*.

„Ich dachte, wir kämpfen", flötete er. „Aber du träumst nur vor dich hin."

Ich knurrte und spuckte einen Mundvoll Blut zu Boden. „Du bist ein Arschloch."

Er breitete seine Arme aus und auf seinen Lippen zog ein arrogantes Grinsen auf. „Ich habe nie behauptet, ein Heiliger zu sein, großer Bruder."

„Na gut." Ich rief mein Schwert herbei. Die verzauberte Klinge materialisierte sich so mühelos wie mein Phönix.

In Malikis goldfarbenen Iriden schwirrte eine ähnliche Macht und kurz darauf tauchte seine eigene Waffe auf, die vor flackernden goldenen Funken nur so strotzte, während mein Schwert von violetten Flammen umsäumt wurde.

„Regeln?“, fragte er und räumte mir damit erneut Gelegenheit ein, die Bedingungen festzulegen.

„Keine“, erwiderte ich mit einem Knurren. Er hatte zwar ein paar neue Kniffe gelernt, ich aber auch. *Dank Ajax und Cami.*

Ich kauerte mich hin und wartete darauf, dass Maliki seinen Zug machte.

Das Grinsen in seinem Gesicht verblasste und dann verschwand er in einem dunklen Nebel. Seine Essenz lag über dem leeren Seelenhof verteilt, in dem wir kämpften. Das hier war sein Spielplatz und das an einen Friedhof erinnernde Feld war voller schauriger Magie, die durch die Luft flimmerte.

Aber anders als die geisterähnlichen Stränge alter Seelen, die herumschwirrten, strotzte der Geist meines Bruders nur so vor Leben.

Und war mit meinem verbunden, wie es kein anderer war. Denn er war mein Fleisch und Blut, was es erleichterte, sich auf seine gespenstische Form zu konzentrieren, als es sein sollte.

Ich schwang mein Schwert nach links, dann zurück nach rechts und kollidierte mit seiner Klinge, woraufhin violette und goldfarbene Funken durch die Luft sausten.

Er verschwand abermals und unser Tanz ging in die nächste Runde, woraufhin ein weiterer Blitz gen Himmel schoss.

Ich achtete nicht darauf, wohin der Blitz sauste, hörte ihn aber irgendwo hoch oben in den Wolken explodieren.

Bald schon würden wir ein Publikum haben, weil unsere Lichtschau ohne jeden Zweifel vom nahegelegenen Schloss aus zu sehen war. *Lass sie kommen*, dachte ich. *Ich werde sie das Fürchten lehren.*

Einige dieser Arschlöcher hatten vor einigen Tagen

versucht, mich umzubringen. Ob beeinflusst oder nicht, die Wunde war geschaffen.

Klar, ich wäre wiedergeboren worden. *Glaube ich, zumindest.*

Aber das war nicht der springende Punkt, verdammt.

Sie hatten mich angegriffen, und ich war *nicht* besonders angetan davon. Offensichtlich mussten sie daran erinnert werden, wer ich war. Der Kommandant der Höllenfeen. Ich musste ihnen klarmachen, was das bedeutete.

Und Maliki war das perfekte Werkzeug, um mir dabei zu helfen, ihnen eine Lektion zu erteilen.

Unsere Schwerter kollidierten erneut, was meinem wahnsinnigen kleinen Bruder ein verrücktes Lachen entlockte. Er verzehrte sich nach dem Tod. Genoss die Empfindung, die ein Leben am Abgrund ihm verschaffte – nie zu wissen, ob er seinen letzten Atemzug nahm.

Einige hätten sogar behauptet, er sehnte sich nach dem Tod.

Verrückter Mistkerl, dachte ich und ahmte jede seiner Bewegungen nach, sodass wir über den Hof der Seelen parierten. Maliki sprang über einen der Metallbolzen im Boden, dann bediente er sich an seiner Leichenfeen-Energie und sauste durch die Seelen, die aus der Kaverne unter uns gen Himmel strömten.

Ich nahm die Verfolgung auf, doch dann breitete sich ein Schmerz in meinem Körper aus.

Ein Schmerz, der mir nicht von einem Außenstehenden zugefügt wurde, sondern von *innen* kam.

Ich stand am Abgrund einer steilen Klippe und vor mir waberte ein eiskalter Nebel.

In der nächsten Sekunde materialisierte sich Maliki und riss mich mit besorgter Miene zurück. „Was ist los?“, wollte er wissen, als hätte ich einen Laut von mir gegeben oder einen

Ausdruck im Gesicht, der meinen plötzlichen Schmerz offenlegte.

„Ajax“, flüsterte ich und konzentrierte mich auf die Pein meines Gefährten.

Worte und Bilder zogen vor seinem inneren Auge auf, allesamt Erinnerungen an seine Vergangenheit. *Constantine. Dakota. Emelyn. Anrika.* Als die Namen seiner Eltern folgten, ließ ich Maliki allein zurück und teleportierte mich mittels meiner Aschewolke direkt ins Verlies.

Alles, während ich Typhos ununterbrochen verfluchte.

Er hatte den Schleier gelichtet und Ajax das Innenleben von Dakotas Zelle gezeigt. Es war ihre ganz persönliche Hölle, die von Schreien jener Leben durchzogen war, die zu nehmen sie Constantine geholfen hatte.

Leben, die Ajax etwas bedeutet hatten.

Schreie, die ihm das Herz brachen.

Die ihn zwangen, in eine Zeit zurückzukehren, in der er nicht mehr leben wollte.

Ihn dazu brachten, diesen schicksalshaften Tag erneut zu durchleben ...

Camis Stimme hallte durch meine Gedanken. Sie schrie Ajax’ Namen und ihre Energie verband sich mit meiner, während wir beide Ajax zu Hilfe kamen.

Typhos zeigte keine Reaktion, fast so, als hätte er unsere Ankunft erwartet. Einen Augenblick später bestätigte er mir dasselbe in Gedanken.

Das hier war das Training.

Seine abgefuckte Art, Ajax die Wahrheit zu offenbaren, während er Cami einen sicheren Ort bot, an dem sie darauf reagieren und ihre Kraft anwenden konnte.

Ich ballte meine Hände zu Fäusten. *Typhos.*

Warts ab, sagte er mir. Seiner Stimme schwang ein befehlshaberischer Tonfall mit.

Melek sah genauso besorgt aus, als er eine Sekunde später ankam. Seine glitzernden Federn verschwanden im Handumdrehen. „Ich dachte, wir würden uns im Hof des Palastes treffen."

„Planänderung", erwiderte Typhos leise.

„Was zur Hölle soll das?", verlangte Cami zu wissen. „Was machst du mit ihm?"

„Ich zeige ihm die Wahrheit", antwortete Typhos bloß.

„Und die wäre?", fragte sie so wütend, dass ich ihren Zorn spüren konnte. Sie war an Ajax' Stelle wütend. Wütend, dass er litt. Wütend darüber, dass sie nichts dagegen ausrichten konnte. Wütend darüber, dass sie nicht ganz verstand, was Typhos zu tun beabsichtigte. „*Du tust ihm weh.*"

Typhos runzelte die Stirn. „Nein, tue ich nicht. Sein vergangener Schmerz hat nichts mit mir zu tun. Wenn überhaupt, habe ich ihm geholfen."

„Und wie?" Sie warf die Arme über den Kopf. „Indem du ihm die Verantwortung über dein kleines Horrorkabinett übertragen hast?"

Typhos stieß sich vom Türrahmen ab und ließ die vor der Brust verschränkten Arme zur Seite sinken, während er auf meine kleine, temperamentvolle Gefährtin hinabstarrte. „Horrorkabinett?", wiederholte er mit hochgezogener Augenbraue. „Dieser heilige Ort hat einen sehr spezifischen Verwendungszweck, Camillia. Einen, den ich Ajax gerade demonstrieren wollte. Hier werden dunkle Seelen bestraft."

Das ließ sie ein abschätziges Schnauben ausstoßen. „Du meinst wohl Seelen, die du hinters Licht geführt und dazu gebracht hast, eine Vereinbarung mit dir einzugehen. Eine, die so entwickelt ist, dass sie zu deinen Gunsten ausfällt. Und jetzt bestrafst du sie dafür, dass sie gegen die Bedingungen verstoßen haben oder sie nicht erfüllen konnten."

Er presste die Lippen aufeinander. „Diese

Zusammenfassung ist nicht nur unzutreffend, sondern auch mangelhaft.“

Cami machte einen Schritt auf ihn zu. In ihren Augen flackerte die Kraft eines nahenden Unwetters. „Es ist mir egal, ob du sie für zutreffend erachtest oder nicht. Ajax leidet. Bieg das wieder hin“, sagte sie mit zusammengebissenen Zähnen.

Er musterte sie eine lange Zeit, dann lehnte er sich wieder mit gelangweilter Miene gegen den Türrahmen. „Warum biegst du es nicht für mich hin?“, schlug er vor. „Benutz meine Quelle. Schöpfe meine Kraft ab. Und beseitige die Wurzel seines Elends.“

Typhos, sprach ich in seine Gedanken.

Lass mich unterrichten, Azazel, entgegnete er.

Das hier hat nichts mit Unterricht zu tun. Er brachte sie auf. Bevor ich die Gelegenheit hatte, ihm das zu sagen, sprach er in meine Gedanken.

Nur weil du sie nicht auf dieselbe Art unterrichten würdest, heißt das nicht, dass das hier der falsche Weg ist, nur ein anderer. Und andere Methoden sollten respektiert werden.

Ich seufzte. *Na gut.* Er hatte nicht unrecht. Aber richtig war es allemal auch nicht.

Denn der Anblick, der sich Ajax bot, zerriss ihn und die Schreie brachen sein Herz in Millionen Stücke, während er, ganz wie Dakota in ihrer Zelle, starr dastand.

Natürlich war Dakota in dieser Form nicht wiederzuerkennen.

Und offen gesagt hätte ich nicht gewusst, wer die Seele in dieser Kreatur war, wenn ich nicht mit Typhos’ Gedanken verbunden gewesen wäre.

Nach außen hin sah sie aus wie ein zerlumpter Unseelie. Flügel, die in Fetzen geschnitten worden waren. Die Haare waren an gewissen Stellen herausgerissen und an einigen Strähnen hingen Dreckklumpen. Ein wilder Ausdruck in den

Augen, trockene Lippen, die aufgerissen waren und einen Schrei von sich gaben, den niemand hörte.

Vermutlich, weil ihre Stimme versagt hatte.

Zehn Jahre in diesem Verlies raubten den meisten Feen den Verstand.

Typhos war in vielen Dingen herausragend und eine seiner Spezialitäten war die Folter.

Er hatte diese ‚Realität' so geschaffen, dass Dakota all ihren dunkelsten Sünden wieder und wieder ins Auge blicken musste. Sie musste sich das Flehen und die Schreie jener anhören, die ums Leben gekommen waren, während sie einem Monster dabei geholfen hatten, ein Reich an sich zu reißen. Was man aber nicht sehen konnte, waren die Empfindungen, die mit den Schmerzensschreien einhergingen.

Typhos zwang sie nicht nur, alles zu bezeugen, sondern auch jeden ihrer Tode zu erleben. Ihre Beklemmung, ihre Angst, ihre *Pein* zu spüren.

Jede Zelle in diesem Kerker war ein Unikat, und das hier war der persönliche Albtraum, den er für Dakota geschaffen hatte. Er hatte sich viel Zeit damit gelassen, weil er wollte, dass sie mehr als die meisten anderen litt.

Es war ein Albtraum, den er in den vergangenen zehn Jahren mehrmals besucht hatte, um ihn zu perfektionieren, wie ich seinen Gedanken jetzt entnahm.

Er hatte sichergestellt, dass diese Seele für ihre Sünden doppelt und dreifach bezahlte. *Für Ajax*, realisierte ich.

Und für dich, wisperte Typhos mir zu. *Er hat dir immer schon viel bedeutet, und deswegen bedeutet er mir auch viel.*

Er hauchte die Worte in meine Gedanken, während sein Blick auf Cami ruhte.

Sie sah aus, als wollte sie Typhos töten. Es war erst eine Minute seit unserer Ankunft vergangen – höchstens zwei. Aber sie hatte in den vergangenen sechzig Sekunden so viel mehr Misstrauen entwickelt. „Was für ein Spielchen ist das hier?", verlangte sie zu wissen. „Du zwingst mich, Ajax leiden zu sehen, während du mir einen Handel anbietest, der sich um deine Kraft dreht? Sagst, dass du sie mich benutzen lassen wirst ..., das aber seinen Preis hat?"

„Wir verhandeln nicht, Camillia De la Croix."

„Was tun wir dann?", fragte sie mit zusammengebissenen Zähnen.

„Ich beobachte", flötete er. „Und du scheinst Zeit zu schinden, während Ajax leidet."

Ihre Gesichtszüge entgleisten.

Melek schüttelte den Kopf.

Und ich ... ich stieß bloß einen Seufzer aus. Schon wieder. „Cami ..."

„Nein", fiel Typhos mir ins Wort und warf mir einen eindringlichen Blick zu. „Das hier ist eine Angelegenheit zwischen Cami, Ajax und mir."

Melek stellte sich neben mich. Seine Kraft schien direkt unter seiner Haut zu wabern. Trotzdem beobachtete er den Austausch des Höllenfeen-Königs und unserer Gefährtin stumm.

Ich biss die Zähne zusammen. *Sie versteht nicht.*

Das ist mir bewusst, erwiderte Typhos. *Und es ist meine Aufgabe, diese Bürde zu schultern, nicht deine.*

Ich schüttelte den Kopf. Er würde alles nur noch schlimmer machen. Aber dann fiel mir wieder ein, was er vorhin gesagt hatte. Obwohl ich die Sache anders angehen würde, hieß das nicht, dass seine Methode falsch war.

Na gut.

Mit erhobenen Händen machte ich einen Schritt zurück und ließ ihn das Kommando übernehmen.

Du hast zwei Minuten, sagte ich ihm. *Dann greife ich ein.*

Ich werde höchstens eine brauchen, versprach er mir.

Das würden wir ja sehen.

Denn wenn es so weiterging, würde Cami versuchen, ihn

zu verprügeln, bevor sie ihm Gehör schenkte. Wir konnten beide Ajax' wirre Gedanken hören. Er stand direkt vor uns, aber wirklich *bei uns* war er nicht.

Er war wieder im Reich der Mitternachtsfeen.

Stand auf einer Bühne.

Gefangen von einem Zauber.

Und musste allen, die er liebte … *beim Sterben zusehen.*

KAPITEL 14
AJAX

„SALAYLA UND TOR von den Todesfeen haben Abscheulichkeiten im Reich der Mitternachtsfeen wissentlich Hilfe geleistet und begünstigt", verkündete Constantine Nacht, dessen Stimme vom Wind über den Dorfplatz getragen wurde.

Ich konnte ihn hören.

Konnte ihn verstehen.

Ihn *sehen*.

Aber ich ... ich spürte seine Kraft nicht. Seine Energie. Sein Daseinsgefühl.

Weil er nicht echt ist, sagte ich mir. *Er ist nicht hier.*

Aber seine Worte ... seine Worte waren *durch und durch* echt.

„Salayla und Tor von den Todesfeen haben sich überdies mit den Malaisebluten alliiert", fuhr er fort, was die Menge wütend brüllen ließ.

Sie schrien nicht Constantine an, sondern Salayla und Tor.

Meine Eltern.

Ich blinzelte und versuchte, meinen Blick abzuwenden, aber mein Fokus verblieb auf der Bühne. Auf Constantine. Auf dem Scheinprozess.

Aber innendrin wollte ich *schreien*. *Brennen*. Jeden verdammten Verräter auf diesem Platz auslöschen.

Das hier ist falsch, dachte ich. *So verdammt falsch.*

Warum kann ich mich nicht bewegen?

Constantines Zauber …

Das Flüstern der Magie füllte mein Ohr aus. Seine Magie paralysierte mich und zwang mich, die Hinrichtung meiner Eltern zu bezeugen. *Und Emelyns …*

Woher weiß ich das?, fragte ich mich.

Weil ich diesen Tag schon einmal durchlebt habe, realisierte ich mit dem nächsten Atemzug. *Nichts hiervon ist echt.*

Ja, es war vor langer, langer Zeit wirklich geschehen.

Dieser Zauberstab, der voller roter Magie leuchtete. Die Worte, die folgten, und das Schicksal meiner Eltern besiegelten. Der Zauber, der die Haut meiner Eltern zu Marmor werden ließ, während sie die Menge auf den Knien anflehten, sie zu retten.

Ich erschauderte innerlich, als das lebhafte Bild mir durch den Kopf ging.

Aber Constantine sprach weiter. Zählte weiterhin Verstöße auf, die auf dieser verdammten Schriftrolle in seinen Händen aufgelistet waren.

„Basierend auf den Aussagen ihres Sohnes, Ajax …“

Ich hörte nicht mehr zu und kniff die Augen zusammen.

Ich hatte keine Aussagen gemacht. Das war alles frei erfunden. Ein mentaler Mindfuck, der mich brechen sollte. Der meinen Eltern das Herz brechen sollte. Der *wehtun* sollte.

Und das hatte es.

Oh, verdammt, und *wie* weh es getan hatte.

Gefolgt von Emelyns …

Ich schluckte hart und mein Blick wanderte zu ihrem Rücken. Sie stand einige Schritte entfernt wie versteinert vor mir – festgehalten vom selben Zauber.

Bald würden sie sie auftauen, ganz wie meine Eltern, und dann …

Ich kniff die Augen zusammen, weigerte mich, den Augenblick erneut zu erleben.

Das ist nicht echt.

Es ist nur eine Illusion.

Geschaffen von … von Luzifer.

Ich runzelte die Stirn. Denn dieser letzte Gedanke ließ mein Herz schneller pochen.

Luzifer.

Wir waren in seinem Kerker. Er zeigte mir Dakotas Zelle. Ihr persönliches Gefängnis. Ihre Hölle. Ihren *Albtraum*.

Er zwang sie, ihre Sünden erneut zu erleben, aber es reichte tiefer als das. Ich konnte … ich konnte es durch Cami spüren.

Ihr Gesicht zog vor meinem geistigen Auge auf, und die wunderschönen, engelsgleichen Züge raubten mir den Atem. *Meine Cami.*

Ich bin hier, sagte sie zu mir. *Ich bin bei dir, Ajax.*

Ich wollte sie anschauen und öffnete die Augen, starrte aber nicht in Camis, sondern in Emelyns. Dunkle Iriden. Dunkles Haar. Ein angst- und schmerzverzerrtes Gesicht.

Meine letzte Erinnerung an sie, wurde mir mit schwerem Herzen bewusst. *Daran möchte ich mich nicht entsinnen.*

Ich wollte an ihr geheimes Lächeln denken. An ihr Lachen, das niemand außer mir gehört hatte. Ihre Freude, die niemand außer mir je gesehen hatte.

Meine erste Liebe.

Aber … diese Bezeichnung fühlte sich nicht mehr richtig an.

Emelyn hatte mir viel bedeutet. Ich hatte ihre

Freundschaft zu schätzen gewusst und ihre Gesellschaft genossen. Es hatte mir gefallen, dass ich ihr in einer dunklen Zeit Freude hatte bereiten können.

Aber als ich sie in diesem herzlosen Bild so betrachtete und ihren Tod von Neuem erlebte, tat mir das Herz ein kleines bisschen weniger weh, weil es jetzt jemand anderem gehörte.

Macht mich das selbstsüchtig?, fragte ich mich und starrte Emelyn an. *Ist es selbstsüchtig, jemand anderen zu lieben? Jemand anderen … mehr zu lieben?*

Ich konnte ihr die Frage nicht stellen, weil sie nicht wirklich hier war. Aber plötzlich wusste ich, was sie sagen würde. *Du verdienst es, geliebt zu werden, Ajax. Du verdienst so viel mehr als das …*

Die Worte stammten aus der Vergangenheit.

Sie hatte mir das einmal während eines Waldspaziergangs gesagt.

Sie hatte nie verkündet, dass sie diejenige sein würde, die mich lieben würde, wie ich es verdiente, und jetzt … jetzt verstand ich, warum.

Denn unsere Liebe war überhaupt nicht mit dem zu vergleichen, was ich für Cami empfand. Und auch nicht mit dem, was ich für Az fühlte.

Sie waren meine Gefährten. Mein Lebenssinn. Mein *Herz*. Ich atmete für sie. Meine Seele gehörte in jeglicher Hinsicht ihnen.

Und dank Emelyn hatte ich diesen schicksalhaften Weg eingeschlagen.

Sie verloren zu haben, bedeutete mehr als mir je bewusst gewesen war. Denn ohne diesen Verlust wäre ich nicht hier. Ich wäre nicht zu Luzifers Wärter geworden. Wäre Az nie begegnet. *Wäre Cami nie begegnet.*

Ich gab mich sonst den Gedanken an Schutzengel oder prädestinierten Wegen nicht hin. Das war Shades Ding, nicht meines.

Aber jetzt verstand ich. Sah das große Ganze. Realisierte, dass alles, was mir widerfahren war, mich zu der Fee gemacht hatte, die ich für Cami und Az sein musste. Damit ich ihr Gefährte sein konnte.

Emelyn blinzelte und schloss die Augen ein letztes Mal.

Aber so war es an diesem schicksalhaften Tag nicht gelaufen. Sie hatte mir direkt in die Augen gesehen, als sie gestorben war. Sie hatte mir bis zum letzten Atemzug in die Augen geschaut.

Aber in dieser Simulation schloss sie ihre Augen ... *friedlich.*

Was hatte Luzifer noch mal gesagt? Die Zellen wurden für die Insassen verhext. Sie wurden geschaffen, um höllische Landschaften zu kreieren, um die Gefangenen zu quälen.

Warum verändert sich die Illusion dann?, fragte ich mich.

Weil du keine dunkle Seele bist, flüsterte Az in meine Gedanken. *Typhos hat dieses Zimmer entwickelt, um Dakota zu bestrafen ... für dich.*

Ich zog die Stirn kraus und sah, endlich wieder mit Gefühl in den Gliedmaßen, zurück zu Luzifer. „Warum?"

„Weil ich dir Constantine nicht geben konnte", sagte er leise, und beantwortete damit auf wundersame Weise meine Frage. Vielleicht lag es an Azazel. Vielleicht hatte er die Frage erwartet. Ich wusste es nicht. Und es war mir auch egal.

Typhos kam auf mich zu und die Kraft, die in seinen saphirblauen Augen schwirrte, verunmöglichte es mir, meinen Blick abzuwenden.

„Du warst so eingenommen von Schmerz und Wut, als wir uns zum ersten Mal begegnet sind. Ich musste etwas tun, um dich zu rächen. Etwas, um es richtigzustellen. Als Zakkai und Shade sie mir gebracht haben, wusste ich, was zu tun war. Und jetzt ist es Zeit, dass du entscheidest, was als Nächstes geschieht. Willst du ihr Leiden beenden? Es verstärken? Sie weitere zehn Jahre foltern?"

Ich starrte ihn völlig baff an.

Als er mir gesagt hatte, er wollte sich mit mir in diesem Kerker treffen, war ich davon ausgegangen, dass es sich dabei um eine magere Lektion darüber handeln würde, die richtige Kreatur für Cami auszusuchen, an der sie ihre Magie erproben konnte. Obwohl ich langsam zu verstehen begonnen hatte, dass dunkle Seelen als Albtraumfeen maskiert wurden – also, dass keines der Wesen hier wirklich eine Albtraumfee war –, hatte ich keine Ahnung, wie tief die Magie reichte und wie verschachtelt alles war.

„Du hättest mir diesen Ort schon vor langer Zeit erklären sollen", sagte ich jetzt zu ihm, verärgert und zugleich fasziniert. „Du hast mich praktisch zu einem Babysitter für dein Herzensprojekt gemacht."

„Ja, habe ich", räumte er ein. „Und jetzt will ich dich zu einem echten Wärter machen, dir mein Meisterwerk anvertrauen und dich damit machen lassen, was immer du willst."

„Warum?", fragte ich. „Warum gibst du mir das?"

„Weil ich meine Kräfte zu sehr erschöpft habe. Ich brauche Hilfe." Er wandte seinen Blick von mir ab und schaute jemanden an, der direkt hinter mir stand.

Cami, dämmerte mir. Ich spürte ihre Wärme und vernahm ihren blumigen Duft. Sie hatte gesagt, dass sie hier war. Das hatte ich gewusst. Und doch war ich so eingenommen von Luzifer gewesen, dass es mir fast entfallen war.

„Melek hat dir gesagt, dass ich die Spiele entwickelt habe, um eine Gefährtin zu finden. Oder eine Königin, glaube ich." Typhos' Blick wanderte zu Melek, dann zurück zu Cami. „Vielleicht habe ich das. Vielleicht auch nicht. Der Grund ist unwichtig. Du bist jetzt Teil dieses Zirkels, ganz egal, was für Gefühle du für mich hegst." Er ließ seinen Blick zu mir wandern.

„Und du auch. Das heißt, wir müssen ein Gleichgewicht finden und sicherstellen, dass dieses Reich überlebt. Dich zu einem echten Wärter machen, ist der offensichtliche nächste Schritt.“

Ich musterte ihn einen Augenblick lang und dachte über alles nach, was er in den vergangenen sechzig Minuten – *verdammt, war es erst eine Stunde her?* –, gesagt hatte.

Mich beschlich das Gefühl, dass mir der Wissensschatz eines ganzen Lebens binnen eines Tages vermittelt worden war.

Aber etwas, das er mir gesagt hatte, bevor wir bei der Zelle angekommen waren, ging mir jetzt erneut durch den Kopf und erinnerte mich daran, warum wir alle hier waren: Camis Training.

Er wollte eine dunkle Seele aussuchen, die sie auslöschen konnte. Wollte ihr helfen, Kontrolle zu erlernen und mir gleichzeitig ein Geschenk machen.

Dakotas Tod.

Sie hatte meine Eltern auf diese Bühne gebracht. Und Emelyn auch.

Ich konnte ihr höhnisches *Lachen* immer noch hören.

Jetzt war ihr das Lachen vergangen. Tatsächlich wirkte sie halb tot. „Kann sie überhaupt noch einen kohärenten Gedanken fassen?“, fragte ich.

„Sag du es mir“, erwiderte Luzifer, der seine Rolle als Lehrer allem Anschein nach sehr ernst nahm.

Anstatt nachzuhaken, konzentrierte ich mich auf Dakota. Doch dann überlegte ich es mir anders. „Cami?“

„Ja?“

Ich warf einen Blick zu ihr zurück. „Kannst du etwas spüren? Bei Dakota, meine ich?“

Cami legte die Stirn in Falten und stellte sich neben mich. „Ich ...“ Sie verstummte und schluckte hart. „Ich spüre nur Dunkelheit in ihr.“

„Was spürst du in Ajax?“, wollte Luzifer mit sanfter Stimme wissen.

Cami warf ihm einen finsteren Blick zu, der verriet, dass sie überhaupt nicht zufrieden mit ihm war. „Schmerz. Deinetwegen.“

Luzifer grummelte. „Schau tiefer, Camillia.“

„Warum?“, schoss sie zurück. Ihre übellaunige Energie ließ ein Lächeln an meinen Mundwinkeln zupfen. Nur Camillia De la Croix schaffte es, mich in einer so düsteren Situation zum Grinsen zu bringen.

„Weil er versucht, dir etwas beizubringen“, unterbrach Melek. „Das hier ist zwar nicht der ursprüngliche Ort, an dem Ty die heutige Lektion abhalten wollte, aber er improvisiert eben.“

Cami verschränkte die Arme vor der Brust. „Und das soll ich einfach so akzeptieren?“

„Führst du dich absichtlich so görenhaft auf?“, fragte Luzifer mit hochgezogener Augenbraue. „Denn ich neige dazu, Gören in die Schranken zu weisen.“

Das brachte Cami nur dazu, ihre Augen noch fester zusammenzukneifen. „Ich führe mich *nicht* auf wie eine Göre.“

Melek hüstelte.

„Tue ich nicht!“ Sie ließ die Arme an die Seite fallen und wirbelte zu mir herum. „Luzifer hat dir wehgetan und mir dann gesagt, dass ich seine Kräfte dazu benutzen soll, deinem Leiden ein Ende zu bereiten.“

„Er wollte, dass du Dakota tötest“, überlieferte ich nickend. „Das ist das Ziel des heutigen Trainings. Eine dunkle Seele auszulöschen.“

Ihr klappte die Kinnlade herunter und sie ließ die Arme an die Seite fallen. „Er will, dass ich jemanden *umbringe*?“ Sie drehte sich zu Luzifer um. „Warum zum Teufel würde ich jemanden *umbringen* wollen?“

Ich zuckte zusammen.

Als Luzifer und ich unsere Pläne besprochen hatten, hatte ich nicht bedacht, dass sie *so* reagieren könnte. Trotzdem überraschte mich ihr Zorn nicht sonderlich.

Cami war keine Mörderin, und eine Henkerin schon gar nicht.

Scheiße, dachte ich. *Das wird echt übel werden …*

KAPITEL 15
AJAX

WÄHREND ICH IN GEDANKEN DURCHGING, wie ich die Situation retten konnte, fuhr Luzifer fort.

Denn offensichtlich spürte er Camis steigende Wut nicht.

„Du willst einen Grund?“, fragte er gelangweilt. „Okay. Der Grund ist, dass *jemand* deinem Gefährten wehgetan hat. Du hast seinen Schmerz gespürt. Sie war Teil der Bewegung. Und wenn du in ihre Seele blickst, wirst du erkennen, wie dunkel und niederträchtig sie ist. Dass es von dem, was sie getan hat, kein Zurück mehr gibt. Technisch gesehen, verdient sie es also, für die Ewigkeit Schmerzen zu erleiden. Aber ich biete dir die Gelegenheit, ihrem grausamen Dasein ein Ende zu bereiten, wenn du das willst.“

„*Grausam* ist ein ziemlich ironischer Begriff von dir. Du bist es doch, der dieses *grausame Dasein* zu verantworten hat“, erwiderte sie.

„Nein, Dakota hat es selbst zu verschulden“, sagte ich, bevor Luzifer sich erklären konnte. „Alle Zellen werden gemäß den Albträumen der Insassen geschaffen. Ihre Erinnerungen und Sünden erschaffen die Illusion. Luzifers Magie erweckt sie bloß zum Leben.“

Sie blinzelte mich an. „Moment mal. Du … du *stimmst* seiner Lektion *zu*?“

„Ich stimme ihm insofern zu, dass Dakota sterben sollte“, antwortete ich bestimmt. „Aber wenn du sie nicht umbringen möchtest, werde ich es selbst tun.“

Sie blinzelte mich an, dann wanderte ihr Blick zur Unseelie, die erstarrt vor uns stand. Sie hatte sich keinen Zentimeter bewegt, obwohl die Zellentür sperrangelweit offen stand. Sie konnte sich buchstäblich nicht bewegen, weil ihr Albtraum sie gewissermaßen in eine Statue verwandelt hatte – ganz wie Constantines Magie mich damals.

„Okay, also … verdient sie den Tod vielleicht“, räumte Cami ein, nachdem sie eine lange Denkpause eingelegt hatte. „Aber was ist mit den anderen? Wie viele von diesen *dunklen Seelen* sind hier wegen Vereinbarungen, die sie nur unterzeichnet haben, weil du sie mit einem Trick dazu gebracht hast?“ Diese Fragen schienen an Luzifer gerichtet zu sein, denn sie sah ihn und nicht etwa mich an. „Wir beide wissen, dass deine Handel nie gerecht sind.“

„Tun wir das?“, konterte er. „Oder glaubst du ganz einfach, alles über *meine* Vereinbarungen zu wissen?“

„Kannst du mir das Gegenteil beweisen?“, verlangte sie mit forderndem Tonfall.

„Ja“, erwiderte er, ohne zu zögern, was sie die Lippen aufeinanderpressen ließ. Allem Anschein nach hatte sie nicht erwartet, dass er so schnell antworten und bejahen würde. „Und ich glaube, wir werden dorthin gehen, wenn wir hier fertig sind. Denn ganz offensichtlich musst du dringend lernen, wie ich Vereinbarungen aufsetze.“

Sie machte einen Schritt zurück von ihm, realisierte dann aber, dass sie das in Dakotas Zelle befördern würde, und hielt mitten im Schritt inne. „Ich …“ Mit gerunzelter Stirn kehrte sie an ihren Platz an meiner Seite zurück. Ihr Blick verweilte aber auf Luzifer. „Du bist bereit, mir deine Vereinbarungen zu zeigen?"

„Ja." Seine Antwort hatte denselben Effekt wie vorhin und Cami blinzelte ihn wortlos an.

Er zog eine Augenbraue hoch und blickte sie jetzt genauso herausfordernd an, wie ihr Tonfall vorhin gewesen war.

Sie erwiderte nichts.

„Ich höre?", stichelte er. „Was siehst du in Dakota? Ist sie noch zu retten?"

Der Muskel in Camis Kieferknochen zuckte, aber anstatt zu antworten, sah sie zur vormaligen Mitternachtsfee. Nur wenige Sekunden später antwortete sie: „Nein, ist sie nicht."

„Warum nicht?", hakte Luzifer nach. „Liegt es an Ajax' Abneigung ihr gegenüber?"

Cami schüttelte bedächtig den Kopf. „Sie trägt kein Licht in sich."

„Und was ist mit Ajax? Wie viel Licht trägt er in sich?"

Cami richtete ihren Blick auf mich und musterte mich. „Er hat ein paar graue Kleckse, aber seine Seele ist rein und seine Absichten sind bewundernswert."

„Und jetzt schätze mich ein", forderte Luzifer.

„Nein", antwortete sie.

„Wieso nicht?"

„Weil ich noch nicht bereit bin, mir deine Seele anzusehen", flüsterte sie.

Luzifer verstummte einen Augenblick, dann nickte er. „Kannst du eine der anderen dunklen Seelen hier spüren? In diesem Kerker?"

Sie antwortete nicht umgehend, aber irgendwann nickte sie schließlich.

„Wie schneiden sie im Vergleich zu Dakota ab?", wollte er wissen.

Es folgte eine weitere Stille, während sie über seine Frage nachdachte. Mehrere Antworten schossen ihr durch den

Kopf, als sie all die Seelen, die sie spüren konnte, analysierte. Es war faszinierend mitanzusehen. Ihre Gabe war so anders als meine.

Ich konnte Dunkelheit und hier und da eine Absicht spüren, aber sie konnte ihre Auren beinahe *schmecken*.

Weil sie ein Siphon ist, dämmerte mir. Es war faszinierend, wie ihre Fähigkeit funktionierte.

Sie nahm sich eine kleines Stückchen von jeder Seele, schätzte ihre Kraft ein und wie sie in der Vergangenheit eingesetzt worden war ... und wie sie verwendet werden würde, wenn sie aus diesem Höllenloch befreit würden.

Zu vielen von ihnen tat es nicht leid, darunter Dakota. Das Einzige, worauf sie aus war, war Ansehen, und es war ihr egal, wem sie wehgetan hatte, um es zu ernten.

Ihrer Seele fehlte es an Mitgefühl. Sie nahm keine Rücksicht auf andere. Sie war nur interessiert an ihrem eigenen Glück.

Was in Ordnung gewesen wäre, hätte ihre Glückseligkeit nicht bedingt, dass jene, die ihrer Meinung nach weniger wert waren als sie, verletzt wurden.

Sie hat kein Gewissen, hörte ich Cami denken. *Nicht die Spur.*

Einige andere machten denselben Eindruck und eine Handvoll anderer gefiel es, anderen wehzutun.

Als Cami ihre Einschätzung beendete, fröstelte sie und schüttelte den Kopf. „Ich will hier weg."

Melek machte einen Schritt nach vorn, aber Luzifer hielt eine Hand hoch und stoppte ihn. „Camillia."

Sie schaute ihn an, und was auch immer er in ihrem Gesicht sah, ließ ihn verstummen. Weil ich ihre Gedanken hören und ihre Angst davor spüren konnte, was dieser Ort hier repräsentierte, konnte ich das verstehen.

Es war zu viel. Sie war nicht bereit, jemanden umzubringen – nicht einmal eine dunkle Seele. Nicht, solange sie nicht vollends verstand, wie diese Seelen so bösartig geworden waren.

Ein Teil von ihr zweifelte Luzifers Vereinbarungen nach wie vor an, obwohl sie tief drinnen zu akzeptieren schien, dass sie einen Teil davon falsch eingeschätzt hatte.

Aber bis sie sich sicher war, konnte sie nicht weitermachen.

„Bitte“, flüsterte sie.

Luzifer streckte ihr seine Hand hin, bevor jemand von uns ihm zuvorkommen konnte. „Komm. Du und ich werden diese Lektion in meinem Arbeitszimmer fortführen“, sagte er.

Sie bewegte ihre Hand auf seine zu, dann hielt sie inne. „Nur du und ich?“

„Ja“, erwiderte er. „Ich möchte dir zeigen, wie meine Vereinbarungen ihre Wirksamkeit entfalten, und der Wärter hat noch etwas zu erledigen.“ Er warf mir einen wissenden Blick zu. „Der Kerker gehört offiziell ihm.“ Sein Blick wanderte zu Azazel. „Ich glaube, du solltest ihm helfen.“

Az – der während dieser ‚Lektion‘ interessanterweise kein Wort gesagt hatte – nickte bloß. „Wir haben so einiges zu besprechen.“

Das ließ mich die Stirn runzeln. *Was denn?*

Dinge eben, erwiderte er in Gedanken.

„Was ist mit Melek?“, hakte Cami nach und erhaschte meine Aufmerksamkeit, bevor ich darüber nachdenken konnte, warum Az so vage antwortete. „Nein. Lass mich umformulieren. Ich werde mitkommen, aber nur, wenn Melek sich uns anschließt.“

Auf Luzifers Lippen tauchte ein Lächeln auf. „Du verhandelst mit mir? Nachdem du mich gerade für meine Vereinbarungen kritisiert hast?“

Sie starrte ihn an. „Darf er mitkommen oder nicht?“

Das Lächeln des Höllenfeen-Königs wurde noch breiter.

„Melek darf gehen, wohin er will, Kleine. Er ist mit gutem Grund mein Prinz."

„Ich gehe nur mit in dein Arbeitszimmer, wenn Melek mitkommt", formulierte sie um.

Luzifer musterte sie neugierig. „Hast du noch andere Bedingungen?"

„Melek *bleibt* bei mir. An meiner Seite. Bis ich etwas anderes sage."

„Das sind viel bessere Bedingungen", lobte Luzifer.

„Ganz egal, wohin wir gehen – Melek wird mich hinbringen. Nicht du."

„Glaubst du, ich würde dich an einen gefährlichen Ort entführen?"

„*Höhle* ist ein sehr weitgefasster Begriff", bemerkte sie, woraufhin Luzifers Lächeln zu einem ausgewachsenen Grinsen heranwuchs.

„Da hat wohl jemand die Kunst des Handels studiert."

„Jemand hat vor Kurzem versucht, mir meinen Gefährten zu entreißen", informierte sie ihn. „Ich war gezwungen, zu lernen."

Luzifers Belustigung schwand etwas, als er zu mir blickte, weil er wusste, dass sie vom Gefährtenritual sprach, das er mir aufzudrängen versucht hatte. „Dann war dieser Jemand ein Narr. Aber anders als die anderen Seelen in diesem Gefängnis versucht er, errettet zu werden." Jetzt wieder mit nüchternem Ausdruck ließ er seine Hand fallen und sah zu Melek. „Du weißt ja, wo ich hingehe."

Er wartete nicht darauf, dass Melek bestätigte, sondern löste sich einfach in Luft auf und ließ nur eine einzelne verbrannte Feder zurück, die ihre Form veränderte und sich zu einem goldenen Schlüssel formte.

Ich starrte ihn an, erschrocken über die Magie und wofür sie stand.

Er hatte gesagt, dass der Kerker offiziell mir gehörte.

Und er hatte es auch so gemeint.

Ich konnte spüren, wie die Kraft sich auf meiner Haut ausbreitete und mich als ihren neuen Meister ansah. Er hatte weder seinen Schutz noch seine krummen Zauber entfernt, sondern sie für mich zurückgelassen, damit ich sie ausüben und handhaben konnte, als wäre sie meine eigene.

Ich konnte die Energie über meine Haut streifen spüren, was mir eine Gänsehaut bescherte.

Es war ... belebend. Erschreckend. *Verdammt noch mal elektrisierend.*

„Ajax?“, fragte Cami, was mich zu ihr blicken ließ. „Packst du das?“

Ich sah ihr kurz in die Augen und ließ mir ihre Frage durch den Kopf gehen.

Jahrelang hatte ich ähnliche Fragen mit sarkastischen Aussagen erwidert oder murmelnd zugestimmt. Ich hatte mir beigebracht, mir nichts daraus zu machen, denn tief drinnen war es mir überhaupt nicht gut gegangen. Ich hatte Schmerzen gehabt. War zerstört gewesen – innerlich wie äußerlich.

Aber dann hatte eine kleine Rebellin alles verändert.

In diesem verdammten Kerker.

Sie hatte mich herausgefordert. Hatte mich gerufen. Hat mich sie sehen lassen. Und ich hatte mich in sie verliebt.

Und Az war das Rückgrat von allem gewesen, hatte uns zum Spielen getrieben und uns auf alle erdenklichen Arten verführt.

Die beiden hatten meine Seele wachgerüttelt, mich gezwungen, das Leben voll auszuschöpfen, und mir gezeigt, wie ich heilen konnte. Ich war noch nicht ganz an diesem Punkt angelangt, aber auf dem besten Weg dorthin. Auf einem Weg, der zu einer strahlenden Zukunft führte. Eine Zukunft, in der ... es mir gut gehen würde.

Mehr als gut.

Fantastisch sogar.

Denn ich hatte sie. Ich hatte eine Familie. Ich hatte *das hier*.

Ich beugte mich vor, um den Schlüssel aufzuheben, im Wissen, dass er so viel mehr bedeutete als das, wonach er aussah. Der springende Punkt war nicht, dass ich der Wärter, sondern, dass ich eine Höllenfee war.

Darum, dass ich zu Luzifers innerem Zirkel gehörte. Dass ich als verlängerter Arm seiner Kraft zählte. Dass ich ... mit dem Höllenfeen-König verbunden war.

Vielleicht nicht in romantischer oder intimer Hinsicht, sondern durch meine Bänder mit seinen Gefährten. *Cami mittels Melek und Az direkt.*

Wir waren jetzt ein Zirkel. Miteinander vereint. Vielleicht noch nicht komplett, aber auf dem besten Weg dorthin.

Und deswegen ... „Ja", meinte ich schließlich zu Cami. „Ja, ich packe das."

Ich zog sie an mich und küsste sie, ließ sie meine Gedanken hören, meine Gefühle spüren und in meine Seele blicken.

Danke, Cami, flüsterte ich ihr zu. *Danke.*

Ich habe gar nichts getan, entgegnete sie, während ich meine Zunge in ihren Mund gleiten ließ.

Ganz im Gegenteil, kleine Rebellin. Du hast alles und so viel mehr getan. Sie verstand es nur noch nicht. *Du hast mein Herz wieder zum Schlagen gebracht. Hast mir gezeigt, was Liebe wirklich bedeutet. Und ich werde die Ewigkeit darauf verwenden, sicherzustellen, dass du weißt, wie dankbar ich dir bin.*

Aber zuerst musste sie eine Lektion lernen und ich einen Kerker inspizieren.

Wenn du fertig bist, mit Vereinbarungen zu spielen, lass es mich wissen, murmelte ich mittels unserer Verbindung. *Ich will dich mit meiner Zunge verehren.*

Sie erschauderte. *Wir könnten es auch direkt jetzt tun …*

Ich lächelte an ihren Mund gelehnt und schüttelte den Kopf. „Ich weiß, dass du eine Rebellin bist, Camillia De la Croix, aber selbst du kannst einen Vertrag mit dem Teufel nicht brechen. Jetzt geh und führe deine Lektion fort."

„Ich habe gar nichts zugestimmt", bemerkte sie.

„Und er hat dich nicht dazu gezwungen", erwiderte ich. „Also hab etwas Vertrauen in ihn und lass die Dinge auf dich zukommen."

Sie weitete die Augen. „Willst du mir etwa sagen, ich soll ihm vertrauen?"

„Ich schlage nur vor, dass du ihm einen Vertrauensvorschuss einräumst und herausfindest, was er dir zeigen will."

Sie zog die Augenbraue hoch. „Hat er dir etwas eingeflößt?"

Der Schlüssel in meiner Hand erwärmte sich und auf meinen Lippen breitete sich ein Lächeln aus. „Nein. Er hat mir nur die Wahrheit vor Augen geführt." Ich blickte über ihre Schulter in die Zelle dahinter – zu Dakota, die starr dastand, und zu den Gesichtern an der Wand. „Und jetzt bin ich bereit, zu heilen."

Luzifer hatte Dakota lange genug bestraft.

Es war an der Zeit, ihre Seele weiterziehen zu lassen.

Und es war Zeit, dass ich endlich losließ.

KAPITEL 16

CAMI

AJAX unten im Kerker zu lassen, fiel mir nicht leicht, aber ich konnte seinen Gedanken entnehmen, was er tun musste. Und ich konnte ihm nicht dabei zusehen, wie er Dakota hinrichtete.

Hatte sie ihr Schicksal verdient? Ja.

Wollte ich ihren Tod bezeugen? Nein.

Und außerdem lag es nicht an mir, ihr das Leben zu nehmen. Ajax brauchte seine Rache, damit er heilen konnte. Irgendwie schien Luzifer das gewusst zu haben. Oder zumindest hatte ich das den Gedanken meiner Gefährten entnommen.

Luzifer hatte diesen Albtraum für Dakota geschaffen, um sie damit dafür zu bestrafen, Ajax wehgetan zu haben.

Weil Ajax ihm am Herzen lag. Schon von Anfang an.

Und Luzifer kümmerte sich um jene, die ihm am Herzen lagen.

Zur Hölle, es schien, als ob Luzifer sich um *alle* kümmerte. Nicht nur um jene, die zu seinem inneren Zirkel gehörten, sondern um das gesamte Reich.

Az, dachte ich und schlang die Arme fester um Melek.

Ist schon gut, kleine Kämpferin, murmelte mein Phönix-Gefährte in meine Gedanken. *Ich werde auf unseren Wärter aufpassen.*

Natürlich wusste er, dass ich genau das hatte sagen wollen. Er konnte all meine Bedenken hören und mein Unbehagen vermutlich spüren. Und das bedeutete, dass Ajax es auch konnte.

Danke, flüsterte ich zurück.

Bedanke dich nicht für etwas, das ich ohnehin tun würde, entgegnete Az. *Er ist auch mein Gefährte. Und außerdem haben wir so einige Dinge auszufechten.*

Mein Blut geriet in Wallung, als ich die sinnliche Drohung, die seinem Tonfall mitschwang, vernahm. *Vielleicht sollte ich zurückkommen …*

Sein darauffolgendes Lachen ließ mein Blut noch mehr in Wallung geraten. *Du darfst dich uns jederzeit anschließen, kleine Kämpferin.*

Ich habe daran gedacht, dass ich gern zusehen würde, gab ich zu, und stellte mir die beiden dabei vor, wie sie ihre Probleme *ausfochten*.

Hm, summte er. *Das könnte auch ganz witzig sein.*

„Ich weiß nicht, was du Azazel einflüsterst, aber ich glaube, es gefällt mir", meinte Melek an mein Ohr gepresst.

„Du kannst spüren, dass ich mich mit Az unterhalte?"

„Ja, kann ich", murmelte er. „Und offensichtlich handelt es sich um ein Gespräch, bei dem ich gern Mäuschen spielen würde."

Weil er meine Reaktion auf Az' Bemerkung spüren konnte. Richtig. *Wenn ich nicht aufpasse, wird Melek vielleicht auch zusehen wollen.*

Ich bin mir nicht sicher, ob Ajax das gefallen würde, meinte Az.

Dir aber schon?

Heute? Nein. Zu einem anderen Zeitpunkt … vielleicht.

Hm … interessant. *Verstehe.*

Überrascht dich das, kleine Kämpferin?

Ja, gab ich offen zu.

Ich habe nicht gesagt, dass ich Melek ficken will, aber wenn er mir dabei zusehen will, wie ich dich und Ajax nehme, hätte ich nichts dagegen einzuwenden.

Nur heute nicht?, erwiderte ich.

Heute nicht, nein, wiederholte er. *Der heutige Tag … gebührt ganz allein Ajax.*

Oh, flüsterte ich zurück, und mir ging plötzlich ein Licht auf. *Weil ihr beiden … Dinge* auszufechten *habt.*

Ganz recht.

Ich nickte, obwohl er mich nicht sehen konnte. Ich war … Ich sah mich um. Na ja, ich war irgendwie in Meleks Flügel eingekuschelt. Die goldenen Federn um uns beide geschlungen, brachte er uns zu Luzifer.

In seine Höhle, hatte er gesagt. Was auch immer zum Teufel *das* zu bedeuten hatte.

Ich stieß einen Seufzer aus und fühlte mich plötzlich ganz erschöpft von dem, was Melek mir heute offenbart hatte, und von dem, was gerade im Kerker vorgefallen war. Ich war mir nicht sicher, ob ich es in mir hatte, Luzifer in seiner *Höhle*, oder wo auch immer wir uns mit ihm trafen, anzuschließen.

An meinen Armen breitete sich Gänsehaut aus und ein ungutes Gefühl meldete sich in meinem Magen. Mehr ertrug ich im Augenblick nicht, nachdem ich all diese *Seelen* in diesem heißen Gefängnis gespürt hatte.

Heilige Feen, ich hatte vergessen, wie sehr die Hitze da unten loderte.

Wie unangenehm es sich anfühlte, allein die Flure entlangzugehen.

Wie schrecklich mein erstes Mal da drinnen war …

Aber meine Zelle war im Vergleich zu Dakotas geradezu harmlos gewesen. Sie lebte wahrhaftig im Fegefeuer.

„Technisch gesehen, verdient sie es also, für die Ewigkeit Schmerzen zu erleiden. Aber ich biete dir die Gelegenheit, ihrem grausamen Dasein ein Ende zu bereiten, wenn du das willst.“

Luzifers Aussage ging mir durch den Kopf, während die bekannten Palastwände um mich und Melek herum aufzogen. Die strömende Lava war ein willkommener Anblick. Denn er bedeutete, dass wir an keinen ausgefallenen Ort gingen, sondern nach Hause.

Ich erstarrte. *Nach Hause*, wiederholte ich in Gedanken. *Ist das denn mein Zuhause?*

Es ... es fühlte sich gemütlich an. Und die Gerüche erinnerten mich an meine Gefährten.

Minze.

Die Glut eines schwelenden Lagerfeuers.

Sünde.

Unterlegt mit brennendem Zimt.

Ich atmete tief ein und runzelte die Stirn, als mir der letzte Gedanke durch den Kopf schoss. *Zimt*. Der gehörte zu Luzifer. Ich sah mich umgehend nach ihm um. Zwar konnte ich ihn nirgendwo entdecken, wusste aber ganz genau, wo er war. Er stand hinter der Doppeltür, die direkt vor uns emporragte.

Eine Doppeltür, die mir bekannt vorkam.

Das ist das Vertragszimmer.

Melek hatte es mir schon einmal gezeigt. Jetzt zogen sich aber keine Ketten über die Tür und der Verschluss in Totenkopfform spie keine Flammen mehr, wie anlässlich meines letzten Besuchs noch. Die Metalltüren standen außerdem einen Spalt breit offen – fast so, als wollten sie uns hereinbitten.

„Das hier nennt er seine Höhle?“, wollte ich mit hochgezogener Augenbraue wissen.

„Das Zimmer schließt sozusagen an sein Büro an“, erwiderte Melek.

Ich sah ihn verwirrt an. „Im buchstäblichen oder übertragenen Sinne?“

„Beides und keines von beidem!“, rief Luzifer hinter der Tür hervor. „Ich sehe es als Erweiterung meines Arbeitszimmers, und zwischen den beiden gibt es eine Tür, die sie verbindet. Aber es ist nicht im typischen Sinne angrenzend.“

Aha. Überhaupt nicht rätselhaft.

Anstatt mich darauf zu konzentrieren, was Luzifer gerade gesagt hatte, schnitt ich ein anderes Thema an. Eines, das ich als Ablenkung dafür benutzte, was sich hinter diesen schweren Türen abspielen würde.

„Hast du uns hierhergeflogen?“, fragte ich Melek. „Denn für gewöhnlich sind wir viel schneller.“ Und es hatte sich angefühlt, als wäre ich mehrere Minuten, nicht nur wenige Sekunden, in seine Federn gehüllt gewesen.

„Ich habe mir Zeit gelassen“, erwiderte er. Die kryptische Aussage hing zwischen uns.

„Will ich überhaupt wissen, was das zu bedeuten hat?“

„Er hat dich in seinen Duft eingehüllt“, antwortete Luzifer, der jetzt in der Tür stand und seinen Kopf durch den Spalt steckte. „Und versucht, dich noch verlockender zu machen, als du es ohnehin schon bist.“ Der Blick in seinen saphirblauen Augen wanderte zu Melek. „Die kurzen Shorts und das eng anliegende weiße Oberteil waren nicht genug?“

Melek zuckte mit den Achseln. „Dir schien die Kleiderwahl nicht aufgefallen zu sein, also habe ich ihre Haut zum Schimmern gebracht.“

Meine Haut zum ... Schimmern gebracht? Ich ließ den Blick an mir herabwandern und fluchte, als ich goldenen Glitzer auf meinen Armen entdeckte.

„Melek!“ Ich war über und über von seinem goldenen Glitzer überzogen. „Bäh!“ Jetzt brauchte ich ein Bad. Oder eine Dusche. Oder ... oder ich musste in einen verdammten

Ozean getunkt werden. „Dieses Zeug lässt sich nur sehr schwer abwaschen."

„Oh, das ist mir auch schon aufgefallen", meinte Luzifer, der meinen Ausraster komplett ausblendete. „Mir entgeht *nichts*." Die Anspannung in seiner Stimme ließ die Härchen an meinen Armen zu Berge stehen und meinen Blick zu ihm zurückwandern.

Der Strudel in seinen dunkelblauen Augen ließ mich hart schlucken. Seine intensive Art machte ihn nur noch schöner.

Das ist nicht der Ozean, in den ich getunkt werden wollte, ging mir durch den Kopf, während ich unablässig in seine Augen starrte. *Aber ich könnte mich in diesen ozeanblauen Augen problemlos verlieren.*

Es folgte ein langer Augenblick der Stille und die Anspannung in der Luft schien zu knistern. Oder vielleicht waren das die Feuerwände. Ich konnte es nicht recht sagen. Ich ... ich war hypnotisiert vom Ausdruck, der in Luzifers Gesicht stand.

Doch dann, in der nächsten Sekunde, verflüchtigte er sich und machte, den Rücken dem Vertragszimmer zugewandt, einen Schritt zurück. „Komm herein, Camillia. Es gibt da etwas, das ich dir zeigen möchte."

Er verschwand hinter den Türen, bevor ich Fragen stellen konnte. Vermutlich hätte er sie mir ohnehin nicht beantwortet.

Seufzend machte ich einen Schritt nach vorn, doch dann erstarrte ich in der Tür. Nicht weil ich Angst hatte, sondern weil die verzogene Reflexion in der metallenen Tür mich daran erinnerte, dass ich wieder aussah wie eine verdammte Discokugel.

„Du wirst diesen Scheiß von meiner Haut schrubben", sagte ich Melek. „Und dann wirst du dich entschuldigen, indem du mich in der Wanne mit Erdbeeren fütterst, die mit Schokolade überzogen sind."

„Mh, abgemacht“, erwiderte Melek und drückte mich an seine Seite. „Vielleicht wird unser König sich uns anschließen.“

Moment mal. Wie bitte? Ich …

„Nur wenn Camillia lernt, wie man sich benimmt“, erwiderte Luzifer hinter der Tür. „Ich belohne keine verzogenen Gören. Ich bestrafe sie.“

Ich blinzelte verblüfft und mir ging seine Aussage – dass ich mich aufführte, wie eine Göre – von vorhin durch den Kopf, was mich die Augen zusammenkneifen ließ.

„Ich habe mich nicht wie eine verzogene Göre aufgeführt“, wandte ich ein und lief in sein Vertragszimmer. „Deine Lektion, oder wie auch immer du nennen willst, was sich im Kerker abgespielt hat, hat Ajax wehgetan. Ich habe angemessen reag…“ Ich verstummte mitten im Satz, als ich die Türschwelle überquerte.

Denn … *wow*.

Ich wusste nicht, was ich erwartet hatte, aber ganz bestimmt nicht das. „Heilige Feen!“, keuchte ich und ließ meinen Blick an den endlosen Wänden voller Ordner hochwandern. Es … es ging immer weiter. Es gab kein Dach. Nur einen Himmel, an dem Papiere herumschwirrten.

Und goldfarbene Federkiele.

Ich sprang zurück, als einer davon an meinem Kopf vorbeisauste und damit eine Erinnerung an das letzte Mal freisetzte, als ich einen von ihnen gesehen hatte. Es war während Meleks Rundgang gewesen. Er hatte mir gesagt, dass ich mich davon fernhalten sollte. Etwas von wegen, dass er unberechenbar war.

Die reinste Untertreibung. Hier drinnen wimmelt es nur so vor unberechenbarer Magie.

Und Luzifer war die unberechenbarste Konstante von allen.

Er stand in der Mitte des Raumes, neben einem

Schreibtisch. Ansonsten befanden sich keine Möbel darin. Nicht einmal einen Stuhl. Nur ein simpler Holztisch.

„Du behauptest, viel über meine Vereinbarungen zu wissen“, meinte Luzifer, als die Türen sich hinter Melek schlossen. Das darauffolgende Rasseln von Ketten ließ darauf schließen, dass wir gerade hier drinnen eingeschlossen worden waren. „Erleuchte mich, Camillia. Was denkst du jetzt?“

„Ich weiß, dass ich nicht zugestimmt habe, eine Braut zu sein“, sagte ich ihm. „Dass du ohne meine Zustimmung eine Vereinbarung über mein Leben mit meinem Vater getroffen hast.“ Ich verschränkte die Arme vor der Brust. „Es ist absolut gerechtfertigt, zu glauben, dass es andere gibt, denen es wie mir ergangen ist. Die versucht haben, sich von einer deiner Vereinbarungen zu befreien. Und wie du schon sagtest, gefallen dir Bestrafungen, also ...“

Ich machte eine Handbewegung und ließ die Aussage zwischen uns hängen.

Luzifer musterte mich einen Augenblick lang. „Das ist alles? Das ist die Zusammenfassung deiner Erkenntnisse?“

„Außerdem hast du versucht, Ajax unter Zwang zu deinem Gefährten zu machen“, ergänzte ich. „Sollen wir uns noch einmal darüber unterhalten?“

Er antwortete nicht umgehend, starrte mich bloß an. „Du hältst nicht besonders viel von mir.“

Das ... stimmte nicht. Tatsächlich hatte ich angefangen, ihn ein kleines bisschen zu respektieren. Aber ich verspürte nicht das Bedürfnis, das laut auszusprechen. Also sah ich ihm bloß in die Augen und wartete darauf, dass er fortfahren würde.

„Na gut.“ Er schnippte mit den Fingern. Das unerwartete Geräusch ließ mich zusammenschrecken.

Er presste die Lippen aufeinander und kniff seine Augen leicht zusammen, dann materialisierte sich auf dem Tisch vor ihm ein Stück Papier. Bis auf das Papier war die dunkle Holzoberfläche leer.

Daneben erschien ein Federkiel.

„Fangen wir noch einmal von vorn an", murmelte er, nahm die Feder in die Hand und kritzelte etwas auf das Papier.

Ich zog die Stirn kraus, konnte ihm nicht folgen. Aus dieser Entfernung konnte ich nicht erkennen, was er schrieb, also machte ich einen Schritt nach vorn.

Die Runzeln an meiner Stirn wurden tiefer, als mir bewusst wurde, was er mit dem Schnippen herbeigezaubert hatte. „Das ist mein Vertrag."

„Technisch gesehen, ist es *mein* Vertrag", erwiderte er. „Ein Vertrag, den ich mit deinem Vater geschlossen habe. Und jetzt", das Schriftstück fing an den Rändern zu brennen an, „ist er nicht mehr gültig."

Ich blinzelte. „Nicht mehr ..." Das Pergament ging in Flammen auf und die flackernden roten Enden glitzerten voller Magie.

Staunend sah ich dabei zu, wie das Papier verschwand und die Unterschrift meines Vaters sich in Funken auflöste, die durch die Luft schwirrten.

„Ich ..." Mein Blick wanderte zu Luzifer hoch. „Was hat das zu bedeuten? Wird mein Vater dafür bestraft werden?"

Moment mal ...

Mein Vater konnte nicht bestraft werden. Er war tot. Zumindest, wenn man den Aussagen meiner Mutter Glauben schenkte.

Was bedeutete, dass die Vereinbarung ohnehin ungültig war.

Und daher bedeutete das alles nichts. Es war nur Show. „Du versuchst, mich hinters Licht zu führen", sagte ich, bevor er meine vorangegangenen Fragen überhaupt hatte beantworten können. „Warum? Was soll ich daraus lernen?"

Er zog die Stirn kraus. „Ich versuche nicht, *dich hinters*

Lichts zu führen, Miss De la Croix. Ich versuche, einen Neuanfang zu wagen, indem ich den Vertrag zerstöre, der dich an mein Reich kettet. Und was deinen Vater angeht … Er hat seinen Teil der Vereinbarung eingehalten und seine Tochter an den Brautproben teilnehmen lassen. Daher ist und bleibt seine Seele losgelöst von meiner Quelle.“

Ich schnaubte höhnisch. „Ja, weil er tot ist.“

Luzifers Blick wanderte von mir zu Melek. „Konnten wir das bestätigen?“

„Nein, weil ich bisher noch nichts davon gehört hatte.“ Melek stellte sich neben mich und legte seine Hand an meinen unteren Rücken. „Warum hältst du ihn für tot, Engelchen?“

„Meine Mutter hat mir gesagt, dass er tot ist“, erwiderte ich, etwas erschrocken darüber, dass ich meinem Gefährten nichts davon gesagt hatte.

Ist es normal, nicht zu sehr an den Tod eines Elternteils zu denken? Den Verlust nicht wirklich zu betrauern?

Vielleicht war zu viel geschehen, um zu verarbeiten, was meine Mutter gesagt hatte. Oder vielleicht … vielleicht war ich einfach nicht normal.

„Verstehe.“ Luzifers Stimme schlug einen tieferen Tonfall an. „Ich habe ihn als Teil unserer Vereinbarung von meiner Quelle losgelöst, also kann ich die Behauptungen deiner Mutter nicht so einfach überprüfen. Aber ich werde mich persönlich darum kümmern.“

„Glaubst du, sie hat gelogen?“, fragte ich, jetzt noch erschrockener.

„Möglich ist es“, erwiderte er. „Es ist auch möglich, dass er die ganze Zeit über ihre Puppe war. Das hätte mir auffallen sollen, als er mir seinen Vorschlag unterbreitete.“

„Du konntest nicht ahnen, dass er unter Engelsfeen-Einfluss stand, Ty“, warf Melek ein. „Das kannst du dir nicht anlasten.“

„Er war meine Verantwortung und ich habe ihn im Stich gelassen. So einfach ist das, kleiner Prinz.“

Luzifer ließ seine Hand durch die Luft gleiten und beschwor damit ein unbeschriebenes Blatt Pergament herauf. „Aber wir sind nicht hier, um meine Versäumnisse zu besprechen. Es geht hier um Camillias Training. Und damit ich sie ausbilden kann, muss sie verstehen, wie ich Handel abschließe.“ Sein Blick wanderte zu Melek. „Also zeigen wir ihr, wie es geht, kleiner Prinz. Mach mir ein Angebot, das ich nicht ablehnen kann.“

KAPITEL 17

CAMI

ICH GAFFTE DEN HÖLLENFEEN-KÖNIG FASSUNGSLOS AN. Er hatte gerade nicht nur angedeutet, dass mein Vater zum Zeitpunkt des Vertragsschlusses vielleicht unter dem Einfluss meiner Mutter gestanden hatte, sondern schien auch zu glauben, dass meine Mutter in Bezug auf den Tod meines Vaters gelogen hatte.

Und er wollte der Sache nachgehen – *persönlich*.

„Warum?", platzte mir heraus und fiel damit Melek ins Wort. „Warum machst du dir etwas daraus?"

Aber diese Frage hatte er doch schon beantwortet. *Er war meine Verantwortung und ich habe ihn im Stich gelassen*, hatte Luzifer gesagt.

„Glaubst du wirklich, dass er unter dem Einfluss meiner Mutter gestanden hat?", ergänzte ich, bevor er auf meine anderen Fragen eingehen konnte.

Denn ich kannte die Antworten bereits.

Ich ... ich tat mich nur schwer damit, sie zu verdauen.

„Würde das nicht bedeuten, dass deine Vereinbarung mit ihm ohnehin ungültig ist?", fuhr ich fort. „Oder ... oder hätte das keinen Einfluss? Würdest du ihn trotzdem bestrafen?"

Gibt es andere Unschuldige, die in seinem Kerker sitzen? Seelen, die eigentlich gut waren?

Nein, dachte ich mit dem nächsten Atemzug. Ich hatte sämtliche Kreaturen, die in diesen Zellen eingesperrt waren, gespürt. Sie waren keine guten Seelen.

„Warum hast du Vereinbarungen mit ihnen geschlossen?“, murmelte ich, mehr zu mir selbst als zu Luzifer. Aber … eigentlich interessierte mich die Antwort. „Wenn du wusstest, dass sie bösartig waren, oder wenn du wusstest, dass sie unter dem Einfluss einer Engelsfee standen, warum …?“ Ich verstummte und rätselte an den Informationen herum, die mir heute offenbart worden waren.

Ich redete wirres Zeug. Das wusste ich. Aber ich … ich haderte damit, die Lage meines Vaters mit jener der dunklen Seelen im Verlies zu vergleichen.

„Warum sind sie mir bisher nicht aufgefallen?“, fragte ich mich. „Ich war vor ein paar Monaten in diesem Kerker und habe sie damals nicht gespürt.“

Vielleicht, weil ich nicht aufmerksam gewesen war. Ich war etwas zu eingenommen von meiner eigenen Gefangenschaft gewesen.

Weil mein Vater mein Leben an die Höllenfeen-Brautproben verhökert hat.

„Hättest du die Seele meines Vaters nicht gespürt?“, fragte ich und sah erst jetzt zu Luzifer.

Er starrte mich mit gemischten Gefühlen an, die ich nicht ganz entziffern konnte. Vielleicht Belustigung mit einem Hauch Verwirrung? Ich hatte mich nicht besonders eloquent ausgedrückt.

Luzifer antwortete nicht umgehend. Vermutlich, weil er abwarten wollte, ob ich ihn mit noch mehr Fragen löchern würde.

„Ich kann die Absichten aller in meiner Umgebung erkennen – gute wie böse“, meinte er schließlich, wählte seine

Worte mit Bedacht. Vermutlich erwartete er, dass ich ihm ins Wort fallen würde. Oder vielleicht versuchte er, eine schlüssige Antwort zu formulieren.

Was es auch war, es genügte nicht.

Also schaute ich ihm in die Augen und wartete.

„Niemand hat durch und durch eine reine Seele“, fuhr er fort. „Die meisten haben Grautöne. Einige sind nur reiner als andere.“

„Und was ist mit der Seele meines Vaters?“, wollte ich wissen.

„Sie war nicht dunkel“, erwiderte er. „Ich hätte nicht zugelassen, dass jemand mit einer dunklen Seele eine Vereinbarung in Bezug auf die Höllenfeen-Brautproben eingeht. Nur Personen, mit guten Absichten durften sich oder ihre Töchter anbieten.“

„Und trotzdem hast du deine Brautproben so entworfen, dass sie die Absichten der Bräute auf den Prüfstand stellten“, meinte ich und erinnerte mich daran, was Melek gesagt und ich selbst herausgefunden hatte.

„Ja. Denn Absichten können sich jederzeit ändern, und ich habe getan, was ich tun musste, um das Reich der Höllenfeen zu beschützen.“ Er neigte den Kopf zur Seite. „Eines musst du verstehen, Miss De la Croix: Kein Handel ist wie der andere. Angebote unterscheiden sich. Ziele sind verschieden. Und mit wem ich verhandle, ändert sich täglich.“

Ich verschränkte die Arme vor der Brust. „Aber die Verhandlungen gehen immer gleich aus, habe ich recht? Nämlich so, dass die andere Partei in irgendeiner Weise in deiner Schuld steht.“

„Die Vereinbarung selbst ist für gewöhnlich die Schuld“, erwiderte er rundheraus. „Jemand gelangt mit einem Angebot an mich, ich nenne ihnen den Preis. So einfach ist das.“

„Und wenn sie ihr Wort nicht halten, werden sie in eine Albtraumfee verwandelt und zur Strafe eingesperrt.“

Er kniff die Augen zusammen. „Nein. Nur dunkle Seelen ereilt dieses Schicksal. Das weißt du bereits, weil du ihre Absichten in diesem Kerker gespürt hast."

Ich spitzte die Lippen. Er hatte recht. Ich hatte das Böse an diesem Ort gespürt. Aber was war mit Kandidatinnen wie mir? Diejenigen, die nicht an den Brautproben teilnehmen wollten? „Einige deiner Vereinbarungen beinhalten Unschuldige", legte ich nach. „Unschuldige wie mich."

Sein Blick wanderte interessiert an mir herab. „Als *unschuldig* würde ich dich nicht bezeichnen, Camillia."

Ich war nicht sicher, ob ich beleidigt oder ... angeheizt sein sollte. Denn dieses Funkeln in seinem brodelnden Blick deutete darauf hin, dass er eine Liste sinnlicher Bezeichnungen durchging, die ich mir möglicherweise anhören wollte. Bevorzugt in mein Ohr gehaucht. Während er ...

Ich räusperte mich, wollte diesem Gedankengang nicht folgen.

Er ist der Teufel. Er hasst mich. Und er hat ein Gefängnis voller buchstäblicher Albträume.

„Viele Arten von Feen gelangen mit Angeboten an mich, aber es gibt drei, die öfter zu mir kommen als andere", sagte er leise und blickte mir abermals in die Augen. „Es gibt jene, die verzweifelt und willens sind, alles zu tun, um zu bekommen, was sie brauchen. Dann gibt es jene, die des Nervenkitzels wegen einen Handel eingehen. Und zu guter Letzt wären da jene, die einen persönlichen Nutzen daraus ziehen wollen. Meiner Erfahrung nach ist es für gewöhnlich die letztgenannte Gruppe, die gegen die Bedingungen unseres Vertrags verstößt."

Ich schluckte hart. „Und was ist mit meinem Vater? Zu welcher Gruppe gehört er?"

Er dachte einen Augenblick lang mit nichtssagender Miene nach. „Er hat dein Leben für seine Freiheit geopfert. Für gewöhnlich würde ich das als selbstsüchtig bezeichnen.

Aber wenn deine Mutter ihn mit Engelsfeenmagie beeinflusst hat, war die Situation einzigartig."

„Beurteilst du die Seele von jemandem, bevor du einen Handel mit ihnen eingehst?", fragte ich. Ich wollte wissen, ob er sich die Absichten meines Vaters zu Gemüte geführt hatte, während er mit ihm verhandelte.

„Ich schätze vielmehr Ziele als Seelen ein", erwiderte er und ging um den Tisch herum, bevor er sich dagegenlehnte. Seine langen Beine waren ausgestreckt und an den Knöcheln übereinandergeschlagen, während er seine Hände in die Taschen seiner dunklen Hose verschwinden ließ. „Das Ziel deines Vaters war klar: Er wollte seine Verbindung zu meiner Quelle kappen, damit er mit deiner Mutter zusammen sein konnte. Ich habe nicht daran gedacht, tiefer zu graben. Er war weder die erste noch die letzte Höllenfee, die einen solchen Antrag gestellt hat."

„Haben die Feen vor und nach ihm dir auch das Leben ihrer Töchter angeboten?", fragte ich. Den abschätzigen Tonfall konnte ich mir nicht verkneifen.

Seine Lippen zuckten. „Nein, Camillia. Dein Fall war einzigartig. Die meisten boten mir einen Auftrag oder eine Dienstleistung an, damit ich sie von der Höllenfeen-Quelle erlöste. Aber dein Vater schien zu glauben, mir ein besseres Angebot machen zu müssen, was ich damals ziemlich amüsant fand."

Er wandte seinen Blick ab und starrte nachdenklich in die Ferne. „Rückblickend betrachtet, hätte ich infrage stellen sollen, warum er so einen hohen Preis für angemessen erachtete. Es ist schließlich nicht so, als ob meine Höllenfeen Gefangene sind."

Ich stieß ein höhnisches Schnauben aus. „Sind wir nicht? Denn es hat sich während der Bratproben definitiv so angefühlt."

„Für dich vielleicht", murmelte er und sah zu mir zurück.

„Die Höllenfeenbraut-Kandidatinnen wurden zur Beobachtung und für Testläufe in ein Paradigma gebracht, also ja, du warst eine Gefangene. Aber meine Höllenfeen – jene, die sich in meinem Reich frei bewegen können, sind es nicht. Freier Wille ist mir sehr wichtig. Niemals würde ich jemanden zwingen, hierzubleiben, wenn sie nicht hier sein wollten."

„Es sei denn, es handelt sich um Brautkandidatinnen."

„Das ist eine komplett andere Situation."

„Für dich vielleicht", bemerkte ich. „Für mich aber nicht."

„Weil du meine Welt nicht verstanden hast", entgegnete er. „Und bisher warst du zu engstirnig, um es zu versuchen."

Ich riss die Augenbrauen hoch. „Ich stehe doch hier, oder etwa nicht?"

„Ja, und hast eine Haltung eingenommen, die meine Hand zucken lässt", schoss er zurück. „Hier sein und offen sein, etwas zu lernen, sind zwei sehr verschiedene Dinge."

Ich biss die Zähne zusammen. Ich hatte nicht die geringste Ahnung, was er mit der Bemerkung, dass seine Hand zuckte, sagen wollte, und ich wollte nicht zu eingehend darüber nachdenken. Also konzentrierte ich mich stattdessen auf den letzten Teil seiner Aussage.

„Ich bin lernfreudig", sagte ich ihm. „Ich will dieses Reich verstehen. Aber ich kann nicht einfach vergessen, dass ein Handel – bei dem ich kein Mitspracherecht hatte – der Grund ist, aus dem ich hier bin. Und ich kann auch nicht einfach vergessen, was ich in diesem Kerker gespürt oder was ich als Brautkandidatin erlebt habe. Wenn ich also eine *gewisse Haltung* an den Tag lege, dann, weil du es verdienst."

„Weil ich auf ein Angebot eingegangen bin, aus dem du am Ende den größten Nutzen gezogen hast?", fragte er mit hochgezogener Augenbraue.

Ich knirschte noch ärger mit den Zähnen und mir lag ein Gegenargument auf der Zunge.

Aber er war noch nicht fertig.

„Du bist mit meinem Prinzen, meinem Kommandanten *und* meinem Wärter verbunden.“ Er stieß sich vom Tisch ab und richtete sich auf. „Dir wurde Zugriff auf die Untiefen *meines* Reichs gegeben. Du stehst an einem heiligen Ort und bist umgeben von geheimen Vereinbarungen. Ich habe dich sogar in meine Höhle gebracht. Ein Ort, den außer die Personen meines inneren Zirkels *noch keiner* betreten hat. Und trotzdem willst du weiter auf einer Vereinbarung herumreiten, für die ich gar nicht verantwortlich war. Ein Handel, den abzulehnen, töricht gewesen wäre. Ein Handel, den mir *dein Vater* unterbreitet hat.“

„Ty …“

„Nein!“, gab er zähneknirschend und den Blick immer noch auf mich gerichtet von sich. „Ich muss die Sache geradebiegen. Das sehe ich ein. Aber wir können nicht weitermachen, solange zwischen uns diese Gefühle brodeln.“ Er näherte sich mir und schlang seine Hand um meinen Hals. „Du bist wütend auf mich? Fein. Du willst mich für die Entscheidungen deines Vaters bestrafen? Nur zu. Aber denk darüber nach, was das mit deinen Gefährten anstellt, Camillia. Was es mit *uns* anstellt. Denn ich kann dir nichts beibringen, wenn du nicht lernen willst.“

Ich funkelte ihn an. „Ich will lernen.“ Und ich hatte es echt satt, dass er immer wieder das Gegenteil behauptete.

„Dich und deine Motive anzuzweifeln, ist eine völlig normale Reaktion auf die Situation, Typhos. Ich kann dir nicht einfach blind vertrauen. Nicht, nach allem, was wir durchgemacht haben.“

„Du meinst wohl eher, du *wirst* mir nicht blind vertrauen, Camillia. Zu vertrauen, ist eine Entscheidung, kein Gefühl. Ich habe dein Vertrauen in mich geschwächt. Ich verstehe das. Aber wir können die Vergangenheit nicht ändern. Wir können nur die Zukunft besser machen. Entweder *entscheidest* du dich also, mir zu vertrauen, oder nicht. Die Wahl liegt ganz bei dir, werteste Königin. Nicht bei mir."

Die Worte *werteste Königin* gingen mir durch den Kopf und ließen alles andere, was er gesagt hatte, in den Hintergrund rücken. Das Einzige, was ich hören konnte, war das Wort Königin von seiner Zunge. Und er hatte es als Spitznamen und nicht etwa als beschreibendes Nomen verwendet.

Warum?, wunderte ich mich. *Warum nennt er mich so?*

Weil er dein Potenzial zu erkennen beginnt, flüsterte Melek zurück, der meine Gedanken offensichtlich mitgelauscht hatte. Oder vielleicht hatte ich sie ihm auch geschickt. *Er respektiert dich, Engelchen. Kann sein, dass du das nicht siehst, ich aber schon. Diese Lektion beweist es. Er zeigt sich geduldig und übernimmt Verantwortung für seine Fehler. Alles, während er versucht, deine Fragen zu beantworten. Ty will es wiedergutmachen. Aber er hat recht. Seine Bemühungen werden nur erfolgreich sein, wenn du annimmst. Entweder lässt du ihn Wiedergutmachung leisten, oder hasst ihn weiterhin.*

Ich hasse ihn nicht, erwiderte ich mittels unserer mentalen Verbindung.

Und er dich auch nicht, murmelte er mit sanfter Stimme. Sieh in seine Augen. *Sieh bewusst hin. Und du wirst erkennen, dass alles andere als Hass in ihnen wabert.*

Ich schluckte nervös und richtete meinen Blick wieder auf den Mann, der viel zu nahe vor mir stand. Er sah mich mit dominantem Ausdruck an, der mein Herz einen Satz machen ließ.

„Die meisten meiner Vereinbarungen sind so aufgesetzt, dass sie dem Reich der Höllenfeen zugutekommen", informierte er mich. Seine Stimme schien mit jedem Wort sanfter zu werden. „In Vereinbarungen liegt Kraft, spezifisch gesagt, in den erfolgreichen. Du hast die dunklere Seite meiner Welt erfahren – die Vereinbarungen, die aus selbstsüchtigen

Gründen geschlossen wurden. Angebote, wie jenes deines Vaters und jenes, das ich Ajax unterbreitet habe. Aber die meisten Vereinbarungen sind harmlos und einvernehmlich."

Er drückte mit der Hand, die um meinen Hals geschlungen war, zu, dann ließ er mich los und wandte sich der endlosen Regalwand zu.

„Das hier sind all meine aktiven Vereinbarungen", fuhr er fort. „Jede Schriftrolle ist ein aktiver Handel und jede Vereinbarung nimmt Platz in meinem Kopf ein, weil ich den Ausgang aller persönlich überprüfe. Es gibt einige, denen ich mehr Aufmerksamkeit schenke als anderen. Einigen, von denen ich glaube, dass sie scheitern werden."

Er machte eine Handbewegung, woraufhin die Papiere aus dem Nichts erschienen und auf den Tisch schwebten.

„Ich schließe Handel mit dunklen Seelen nur aus einem einzigen Grund ab. Damit ich Kontrolle über sie habe. In seltenen Fällen tut eine dunkle Seele Buße. Aber für gewöhnlich versucht die dunkle Seele, mich in einen Handel zu verwickeln. Er oder sie lernt dann schnell, dass ich das Spiel der List schon vor langer Zeit gemeistert habe."

Die Dokumente auf dem Holztisch schichteten sich wie durch Zauberhand in einen Stapel, bestehend aus rund zehn oder zwölf Seiten, auf.

Luzifer legte die Hand auf sie und sah mir wiederholt in die Augen. „Das hier sind die aktiven Verträge, die ich mit jenen geschlossen habe, von denen ich glaube, sie werden ihren Teil der Abmachung nicht einhalten. Alle anderen Vereinbarungen in diesem Zimmer werden auf die ein oder andere Weise erfüllt werden, und die Mehrheit dieser Erfolge wird den Anbietenden zugutekommen, nicht mir."

Er griff nach einem der Papiere und ließ den Blick über die Worte darauf wandern. Dann las er sie laut vor. Der Handel betraf ihn und eine weibliche Lunarfee.

Es dauerte nur ein paar wenige Sekunden, bis ich begriff,

warum er sich für diesen Handel entschieden hatte. Die Frau hatte ihm ihre drei Söhne im Austausch dafür angeboten, dass er ihr sichere Passage durch das Reich der Sterblichen bot.

„Sie ist in Los Angeles“, ergänzte er. „Und hat kein Interesse daran, den Ort zu verlassen. Sie giert nach Ruhm und Reichtum, und sie ist gewillt, alles und jeden zu zerstören, der sich ihr in den Weg stellt.“ Er holte einen Spiegel hervor, in dem eine mir bekannte Frau erschien.

Ich zog die Augenbraue hoch. „Ist das nicht ...?“ Ich verstummte, weil der Name, nach dem ich suchte, mir entglitt. Ich hatte ihn dutzende Male in den Medien gelesen, aber ich schenkte bekannten Menschen nur wenig Beachtung.

Offensichtlich war sie überhaupt gar kein Mensch, sondern eine Lunarfee.

„Sie ist eine Sängerin“, fuhr ich fort. „Aber mir ist ihr Name entfallen.“

Luzifer nannte ihn mir, dann ergänzte er ein höhnisches Lachen. „Du hast ja keine Ahnung, wie viele Sterbliche sie auf ihrem Weg verletzt hat. Normalerweise sind sie nicht meine Sorge, aber ich finde, es spricht Bände über den Charakter, wie man mit geringeren Wesen umgeht.“

Dem hatte ich nichts entgegenzusetzen, also nickte ich. „Und ihre Söhne?“

„Befinden sich derzeit in meinem Königreich. Sie sind Halbblute und ihre jeweiligen Väter entstammten verschiedenen Feenarten.“ Er legte das Stück Papier hin und die Tinte darauf schien unter seiner Berührung über die Seite zu kriechen. „In Wahrheit hat sie sie nur eingetauscht, damit sie ihre vielen vormaligen Affären vertuschen konnte, weil sie eine Adelige ist. Wenn das Rudel von ihren verbotenen Beziehungen erfahren würde, würde sie von ihrem Gefährten, dem Alpha-König, umgebracht.“

„Oh“, meinte ich blinzelnd. „Und du hast ihr zur Flucht verholfen, weil ...“

„Sie glaubt, dass ich ihr zur Flucht verholfen habe", erwiderte Luzifer, und auf seinen Lippen breitete sich ein schmales Lächeln aus. „Ihre Söhne sind gemäß Lunarfeen-Standards Abscheulichkeiten. Sie wären umgebracht worden, wenn sie entdeckt worden wären. Ich habe sie als Bezahlung angenommen, damit ich sie retten konnte, und ich warte seither darauf, dass sie gegen unsere Bedingungen verstößt, damit ich sie für ihre Grausamkeit einsperren kann."

„Aber sie hat dir ihre Söhne ausgeliefert. Das hat sie doch versprochen, oder?"

„Im Austausch für sichere Passage durch das Reich der Sterblichen. Aber sie ist nicht durch es hindurchgereist. Sie ist dort geblieben. Das hebt die geschlossenen Bedingungen auf." Er tippte auf das Pergamentpapier, woraufhin ich mich nach vorn beugte und den Text mit eigenen Augen las.

„Ist ihr bewusst, dass sie eure Vereinbarung gebrochen hat?", fragte ich mich und musterte die Worte, die in seiner eleganten Handschrift zu Papier gebracht worden waren.

„Natürlich nicht. Sie glaubt, gewonnen zu haben, und ist zu beschäftigt damit, ihren vermeintlichen Erfolg zu feiern, um etwas anderes zu denken." Luzifer zog seine Hand zurück, was die Buchstaben sich ein weiteres Mal winden ließ. Aber sie veränderten sich nicht. Sie bewegten sich nur.

„Wann wirst du sie in Kenntnis setzen?"

„Wenn ihre Söhne bereit sind." Er ließ den Spiegel mit einem Fingerzeig verschwinden. „Sie entwickeln derzeit ihren Albtraum. Er hat etwas mit einem Loch in der Erde zu tun, wo sie mit nicht als Speiseresten gefüttert wird."

Ich zog die Augenbrauen hoch. „Sehr speziell."

„So sind ihre Söhne aufgezogen worden – versteckt vor dem Rudel und behandelt wie Ratten in einem Loch, in dem sie ihre Sünden versteckte." Etwas machte sich in seinen Augen bemerkbar. Ein Gefühl, das in Dunkelheit und Wut wurzelte. „Sie waren wilde Welpen, als sie sie vor meiner Tür abgeladen hat. Einer meiner Höllenhunde hat sich ihnen angenommen. Es hat Jahre gedauert, sie zu rehabilitieren, während sie sich im Reich der Sterblichen herumgetrieben, Chaos gestiftet und andere verletzt hat.“

Mein Blick wanderte von ihm zum Schriftstück, dann zurück zu ihm. „Also hat diese Vereinbarung dein Reich bereichert, weil du mehr Feen gewonnen hast“, sagte ich bedächtig und versuchte, zu verstehen. „Aber in Wirklichkeit hast du ihnen geholfen, zu überleben. Und du wirst eine dunkle Seele bestrafen, um sie zu besänftigen.“

„Ich werde eine dunkle Seele bestrafen, weil es mir einen Grund gibt, einen neuen Verwendungszweck für ihre Lebenskraft zu finden“, antwortete er. „Die Tatsache, dass dieser Akt einen Teil ihrer Fehler wiedergutmachen wird, ist nur ein netter Vorteil. Die eigentliche Belohnung – der Grund, warum diese Vereinbarungen mich begünstigen – ist, dass sie mir Anlass geben, meine Fähigkeiten anzuwenden. Ich schöpfe sozusagen Energie von der dunklen Seele ab und leite sie in meine Quelle, die mein Reich beschützt.“

„Abschöpfen“, wiederholte ich. Der Ausdruck traf einen Nerv.

„Ja. Ich war einmal ein Siphon, wie du. Aber ich habe diese Fähigkeit vor langer Zeit stillgelegt.“ Er legte die Stirn in Falten. „Na ja, *stilllegen* ist nicht der richtige Begriff. Nachdem ich eingesehen hatte, dass Vereinbarungen Kraft bargen, habe ich meine Fähigkeiten restrukturiert und umgeschrieben, damit ich meine Gabe zum Schutz anderer anstatt für zerstörerische Zwecke einsetzen konnte.“

„Du bist auch ein Siphon?“, fragte ich schockiert.

„Ich war einmal einer“, wiederholte er mit einem kleinen Lächeln auf den Lippen. „Aber technisch gesehen, ja. Meine Kraft hat sich nur weiterentwickelt, wie ich schon gesagt habe.“

Ich blinzelte ihn an. „Oh.“ *Sieht er mich deshalb nicht länger als eine Bedrohung an? Weil er meine Fähigkeit versteht?*

Deshalb möchte er dich ausbilden, Cami, antwortete Melek auf meinen Gedankengang. *Und deshalb nennt er dich in Gedanken immer wieder Königin.*

Ich schluckte schwer, weil ich nicht wusste, was ich darauf erwidern sollte. Stattdessen konzentrierte ich mich auf alles, was Luzifer gerade über seine Vereinbarungen und was er mit den Seelen – der *Energie*, die er von ihnen schöpfte – machte.

So treibt er das Reich der Höllenfeen an, dämmerte es mir.

Ganz genau, antwortete Melek, obwohl ich die Bestätigung nicht brauchte.

Ich sah Luzifer in die Augen und sagte: „Du hast im Lauf deines Lebens also viel Kraft absorbiert und dieses riesige Universum voller Königreiche geschaffen, in dem du deine Albtraum- und Höllenfeen beschützt. Und die Quelle ist so groß geworden, dass sie potenziell nicht mehr zu kontrollieren ist.“

Ich sah Melek an, um meine Vermutung zu bestätigen, weil ich meine Einschätzung mehrheitlich von seinen Erklärungen abgeleitet hatte, aber er antwortete nicht. Stattdessen starrte er Luzifer an, sodass mein Blick zurück zum König der Höllenfeen wanderte.

„Das ist die Einschätzung meines Prinzen“, meinte Luzifer nach einem langen, spürbar angespannten Augenblick. „Und langsam … fange ich an, ihm zu glauben.“

Auf Meleks Gesicht zog ein überraschter Ausdruck auf.

„Ich stehe in deiner Schuld, kleiner Prinz“, fuhr Luzifer fort. „Würdest du den Gefallen gern jetzt einlösen oder willst du lieber später spielen?“

Melek musterte ihn lange, dann zeichnete sich an seinen Mundwinkeln ein Lächeln ab. „Ich bin immer zum Spielen aufgelegt, mein König.“

„Ich weiß.“

„Und du hast mir gesagt, dass ich dir ein Angebot unterbreiten soll“, ergänzte Melek.

„Ja, habe ich.“

„Hm.“ Seine vielfarbigen Augen glitzerten und die hinterhältige Energie schien in unserem Band zum Leben zu erwachen. Zwar konnte ich seine Gedanken nicht hören, aber ich konnte spüren, dass er etwas Sinnliches zusammenreimte.

Etwas Gefährliches.

Etwas, das mich involvierte.

Melek, meinte ich warnend.

Schhh, flüsterte er, sein Blick immer noch auf Luzifer gerichtet, obwohl er in Gedanken ganz offensichtlich auf mich konzentriert war. *Ich denke nach, Engelchen.*

„Das alles hat seinen Anfang mit der Vereinbarung zwischen dir und Pierre De la Croix genommen“, fuhr Melek hörbar fort. Seine Worte ließen mir den Atem stocken. „Es scheint mir naheliegend, dass wir ähnliche Bedingungen aushandeln. Zu schulischen Zwecken, versteht sich.“

Ich gaffte ihn ungläubig an. „Ähnliche Bedingungen?“

„Sei still, Camillia“, sagte Luzifer. „Das hier ist eine Angelegenheit zwischen mir und Melek.“

„Bei der es sich um mich dreht.“ Ich konnte mir den entnervten Tonfall nicht verkneifen. „Das kann nicht dein Ern…“

Luzifer presste seinen Mund auf meinen, ehe ich den Satz zu Ende führen konnte. Er forderte mich mit seinem Kuss auf, still zu sein. Mich unterzuordnen … ihm *alles* von mir zu geben.

Alles ging so schnell, so unerwartet. Und ich … ich hatte mich untergeordnet.

Ich ließ mich von ihm in den Armen halten. Mich küssen. *Anspruch von mir ergreifen.*

Denn er war ein König.

Ein Gott unter den Feen.

Typhos Luzifer.

Und ich war der Kraft, die seine Lippen auf meine ausübten, untergeben.

Wie …?, dachte ich atemlos. *Wieso?*

In der einen Sekunde hatte ich ihm den Hals umdrehen wollen. Hatte ihn gehasst. Hatte protestierend schreien wollen. Aber jetzt … jetzt fühlte ich mich besessen.

Als er mich wieder losließ, konnte ich kaum noch klar denken. Er hatte nicht einmal seine Zunge in meinen Mund gesteckt, nur seine Lippen benutzt. Seine Aura. Seine *Kraft*.

„Das hier ist eine Vertrauensübung, süße Königin", sagte er. Der Kosename machte mich abermals sprachlos. Nicht, dass ich ausreichend Sauerstoff in der Lunge gehabt hätte, um Worte von mir zu geben. „Sieh zu und lerne. Und, was am wichtigsten ist: Vertraue darauf, dass dein Gefährte dich beschützen wird."

Er strich wiederholt mit seinen Lippen über meine, dann ließ er mich so plötzlich los, wie er mich gepackt hatte.

Bevor ich zurückstolpern konnte, spürte ich eine breite Brust hinter mir und wie zwei starke Arme um meine Taille geschlungen wurden. Dann strich Melek mit seinen Lippen über mein Ohr. „Ich glaube, du hast erwähnt, dass du baden oder duschen willst", murmelte er mit seidiger Stimme, die meine Sinne liebkoste. „Setzen wir unsere Verhandlungen dort an."

KAPITEL 18

AJAX

DEN BLICK auf den Aschehaufen auf dem Zellenboden gerichtet, verschränkte ich die Arme vor der Brust.

Dieser Haufen war einmal Dakota gewesen.

Oder zumindest das, was von ihr übrig gewesen war.

Ich hatte Luzifers Zauber aufgelöst – ein Trick, den Az mir kurz nachdem der König der Höllenfeen gegangen war, gezeigt hatte – und darauf gewartet, dass Dakotas Gedanken wiederaufsteigen würden. Aber sie hatte sich nicht bewegt. Hatte nichts gesagt. Sie hatte nur mit leerem Blick eine Wand angestarrt, als wäre sie noch immer in der Vergangenheit gefangen.

Ich hätte einen Bann sprechen können, der sie aus ihren Gedanken gerissen hätte, und sie zwingen, zurück zur Gegenwart zu finden und sich mir entgegenzustellen. Aber sie vor mir zu sehen – jetzt, da ihre Unseelie-Tarnung weg war, nachdem ich Luzifers albtraumhaften Bann aufgelöst hatte – hatte mir nichts gebracht.

„Du wirkst enttäuscht", sagte Az. Der große Mann lehnte sich neben mich gegen die Wand. Er war der Inbegriff von Gelassenheit, hatte einen Knöchel über den anderen geschlagen, und seine Haltung wie auch sein Ausdruck deuteten darauf hin, dass der Todesbann, den ich gerade vor ihm ausgeführt hatte, ihn komplett kaltließ.

„Schätze, ich habe erwartet, mehr zu spüren“, sagte ich ihm. „Aber ich empfinde fast nichts – außer vielleicht Erleichterung.“ Was seltsam war.

Immer, wenn ich mich meiner Vergangenheit bisher gestellt hatte, hatte ich sonst immer Schmerzen gehabt. Manchmal war ich traurig. Und ich war immer wütend.

Aber ... jetzt verspürte ich diesen Frieden. Als hätte ich gerade ein Buch geschlossen, an dessen Ende ich angelangt war.

„Cami hat alles für mich verändert“, flüsterte ich leise, wusste, dass sie der Grund für meine Zufriedenheit war. Oder vielleicht für mein persönliches Wachstum. Ich war nicht ganz sicher, wie ich es nennen sollte, aber ich erkannte, was sie mir bedeutete. Wie sie mir geholfen hatte, mit allem umzugehen. „Ich glaube, es war nicht ihre Absicht, aber das hat sie.“

„Sie hat alles für uns alle geändert“, erwiderte Az amüsiert. „Ich habe Melek noch nie etwas so ernst nehmen sehen. Und ich habe Typhos sich auch noch nie entschuldigen hören. Aber beides ist allein in der vergangenen Woche mehr als nur einmal passiert. Und was mich angeht ...“ Er verstummte und dachte nach. „Sie gibt mir das Gefühl, am Leben zu sein, wie ich es noch nie zuvor verspürt habe.“

Ich nickte, wusste, was er damit sagen wollte. „Sie hat mir gezeigt, was wahre Liebe ist“, sagte ich, dann zuckte ich zusammen, weil sich das Gesagte so schnulzig anhörte.

Aber es stimmte.

Emelyn Jyn war meine erste Liebe gewesen.

Camillia De la Croix meine wahre.

Erstgenannte hatte mir gezeigt, wie man fühlte, wie man sich um andere kümmerte, wie man sein Herz öffnete und gelegentlich etwas Zärtlichkeit in einer sonst gefühlskalten

Welt erfuhr. Ihr Tod hatte meine Seele für zehn sehr lange Jahre in ein eisiges Grab gesteckt, bis Cami mit ihrer rebellischen Ader und ihrer verlockenden Art durchgebrochen war.

Sie hatte mich verdammt noch mal wachgerüttelt und kopfüber in ihre feurige Welt gerissen. Und seither hatte ich versucht, aufzuholen.

Ich starrte den Aschehaufen ein weiteres Mal an, wartete darauf, dass sich mir eine tiefschürfende Erfahrung erschließen würde. Vor wenigen Augenblicken lauerte in diesen Wänden ein Albtraum, den ich oft in Gedanken wiedererlebte. Aber den Bann aufzulösen, hatte sich irgendwie erleichternd angefühlt. Als könnte ich das Kapitel abschließen. Als könnte ich endlich mit meinem Leben weitermachen und in der Gegenwart, anstatt in der Vergangenheit leben.

Macht mich das zu einer schlechten Mitternachtsfee?, fragte ich mich, nach wie vor auf die Überreste von Dakota konzentriert. *Oder macht mich das zu einem guten Wärter der Höllenfeen?*

Ich ging die Fragen durch, ließ sie mir durch den Kopf gehen und beschloss, dass keine davon ganz richtig war. Mit meinem Leben weiterzumachen, hieß nicht, dass ich eine schlechte Mitternachtsfee war, und es machte mich auch nicht direkt zu einem guten Höllenfeen-Wärter. Ich war ganz einfach ich. Ajax. Eine Mitternachtsfee, die ans Reich der Höllenfeen gebunden war.

Wegen meines Phönixfeen-Gefährten und unserer wunderschönen kleinen Rebellin.

Ich schloss die Augen und verband mich in Gedanken umgehend mit Cami. Sie war verloren in einem Meer aus Kraft, fasziniert von Luzifers Erklärung seiner Vereinbarungen. Mehrere Emotionen flitzten durch unser Band. Wut. Erregung. Angst. Neugier.

Ich fragte um ein Haar, ob sie gerettet werden musste, dann aber spürte ich diese gewisse Entschlossenheit durch unsere Verbindung jagen.

Eine Entschlossenheit, zu *vertrauen*.

Ich war nicht sicher, was sie dazu gebracht hatte, und ich wollte auch nicht weiter stören.

Also zog ich mich zurück und widmete mich wieder Dakotas lebloser Zelle. Ich hatte darüber nachgedacht, sie in eine Statue zu verwandeln – wie es Constantine mit meinen Eltern und Emelyn getan hatte. Aber ich hatte mich dagegen entschieden und stattdessen einen Exsanguinationsbann angewendet.

Antiklimaktisch und schnell.

Vermutlich das komplette Gegenteil von dem, was sie verdiente. Aber ich hatte keinen Grund gesehen, die Sache in die Länge zu ziehen. Dakota hatte ohnehin ausgesehen, als hätte sie ihren Verstand mehrheitlich verloren.

Ich drehte den Zauberstab in meinen Händen und musterte die Zelle vor mir. Sie war jetzt, da der Bann gewichen war, minimalistisch eingerichtet und ziemlich leer. Luzifer hatte nichts davon gesagt, dass ich sie für einen weiteren Insassen bereit machen sollte, also beschloss ich, sie fürs Erste einfach komplett auszuräumen.

Mit einem leise gemurmelten Zauber zog ich ein Muster mit meinem Zauberstab und beobachtete die goldenen Funken, die um meine violette Magie tanzten. „Ich weiß nicht, ob ich dir für die Phönixfeen-Verbesserungen danken oder dir ins Gesicht schlagen sollte, weil du sie mir aufgezwungen hast", sagte ich Az.

In seinen violetten Augen tauchte ein schwarzer Hauch auf und sein Tier spähte hervor. „Du könntest beides machen. Mir ins Gesicht schlagen und dann deiner Dankbarkeit Ausdruck verleihen, indem du mir den Schwanz lutschst."

Ich zog eine Augenbraue hoch. „So dankbar bin ich dir nun auch wieder nicht."

Az stieß sich von der Wand ab. Sein Phönix beäugte mich ein weiteres Mal. „Bist du dir da sicher?"

Ich kniff die Augen zusammen. „Ich bin mir verdammt sicher."

Er neigte seinen Kopf auf diese vogelähnliche Art zur Seite, wie er es oft tat, und presste seine Brust an meine.

Doch ich gab nicht klein bei und starrte ihm direkt ins Gesicht. Wir waren etwa gleich groß. „Ich werde mich dir nicht unterordnen, Az. Nicht jetzt, vielleicht nie wieder." Denn ich war noch immer nicht ganz darüber hinweg, was zwischen uns vorgefallen war.

Klar, ich verstand es, und ich fühlte mich sogar schlecht dafür, ihn mir mit Engelsfeenmagie unterworfen zu haben. Aber es gab alte Wunden, die noch nicht verheilt waren.

Az sah mir suchend in die Augen, fast so, als versuchte er Antworten tief in meiner Seele zu finden. Er würde nicht weit suchen müssen, weil unser Band ihm meine Gedanken öffnete. Ein Umstand, an dem ich nichts ändern konnte, selbst wenn ich es wollte.

Was ... was nicht der Fall war.

Tief drinnen wusste ich das auch.

Az war mein Freund. Vielleicht sogar mein bester. Ich liebte Shade wie einen Bruder. Uns verband eine Geschichte und er kannte und verstand mich besser als die meisten.

Aber Az war in den dunkelsten Stunden meines Lebens an meiner Seite gewesen. Er hatte mir auf seine eigene Art geholfen, zu heilen. Hatte mir ein Ventil für den Schmerz geboten. Er hatte nie in der Wunde gestochert oder nachgehakt, sondern war immer ein fester Bestandteil an meiner Seite gewesen.

Ja, er hatte mir wehgetan. Sehr sogar. Dennoch konnte ich seine Schuldgefühle spüren, und seine Beweggründe nachvollziehen. Sie waren vielschichtig und verkorkst. Und führten mich zu einer unvermeidbaren Schlussfolgerung: Ich musste ihm vergeben.

Ich war mir nur nicht sicher, wie wir dieses Ziel erreichen konnten oder wann ich dafür bereit war.

Az presste seine Hand an meine Wange. Seine Berührung fühlte sich für seine Verhältnisse seltsam sanft an und stand in komplettem Widerspruch mit dem Feuer, das in seinem Blick loderte.

„Tut mir leid, Ajax", sagte er. „Es tut mir leid, dass ich dich mit meiner Kraft eingesperrt habe. Es tut mir leid, dass ich dich gezwungen habe, Cami leiden zu sehen. Es tut mir leid, dass ich meine Treue gegenüber Typhos über meine Treue zu dir gestellt habe. Und es tut mir leid, dass ich dich nicht nur als meinen besten Freund, sondern auch als Gefährten im Stich gelassen habe. Es fühlte sich damals falsch an, und ich habe nicht begriffen, warum. Aber jetzt verstehe ich es. Ich verdiene Schlimmeres als einen Schlag ins Gesicht. Darum nehme ich die Angriffe auf mein Herz mit offenen Armen an. Das habe ich mir durch meine Taten verdient."

Stirnrunzelnd sah ich ihn an. „Geht es dir gut?" Denn ich hatte ihn noch nie so schuldbewusst, ganz zu schweigen so emotional gesehen. *Angriffe auf sein Herz?* Was für poetischer Mist war das denn?

„Du warst es, der gesagt hat, dass Cami dir beigebracht hat, wie man liebt."

„Ich sagte, sie hat mir gezeigt, was wahre Liebe ist."

„Ist doch ein und dasselbe."

„Es erklärt dein Geschwätz aber nicht", entgegnete ich.

„Bist du dir da sicher?", fragte er. An seinen Mundwinkeln zupfte ein Lächeln und er strich mir mit dem Daumen sanft über die Wange. „Vielleicht hat Cami uns beide weichgekocht."

„Ich bin nicht weichgekocht."

Er presste mich gegen die Wand und drückte seine Lippen auf meine. „Nein, du bist immer noch so hart und heiß wie zuvor“, stimmte er zu. „Jetzt hör auf, das Thema wechseln zu wollen, und hör auf das, was ich gesagt habe.“

Ein Knurren ging durch meine Brust. „Ich habe dir schon gesagt, dass ich mich nicht unterordnen werde, Az. Ich habe es so gemeint. Also forciere es nicht.“

„Ich sage dir nicht, dass du dich unterordnen musst, Ajax. Ich bitte dich, mir *zuzuhören*. Dir meine Entschuldigung anzuhören, damit du weißt, wie leid es mir tut, verdammt. Damit du realisierst, dass ich willens bin, alles zu tun, damit du mir vergibst.“ Er legte seine Stirn an meine und sein minziger Atem strich über meine Lippen. „Wir verleihen unseren Gefühlen mit unseren Körpern Ausdruck, Ajax. Nicht mit unseren Worten. So war es immer schon bei uns. Also zerstöre mich verdammt noch mal, wenn du es tun musst. Ich werde es hinnehmen. Aber …“ Er verstummte und stieß einen Seufzer aus, der mich dazu brachte, ihn von mir stoßen zu wollen.

Dieser emotionale Mist sah uns überhaupt nicht ähnlich.

Wir kämpften. Wir fickten. Und dann kämpften wir von Neuem.

Miteinander reden und Gefühle einräumen?

Das … es war …

Ich biss die Zähne zusammen, konnte diese Augenblick unmöglich in Worte fassen. Er fühlte sich angreifbar und zugleich überwältigender an als noch eben, als ich mich meiner Vergangenheit gestellt hatte.

Was zur Hölle ist bloß los mit mir?, fragte ich mich. *Warum geht mir das hier näher als Dakotas Tod?*

Weil es hier um Az geht, wisperte ein Teil von mir. *Hier geht es um die Zukunft. Die Gegenwart. Wie die Dinge von nun an sein werden.*

Wir waren durch seinen Phönix miteinander verbunden. Verpaart fürs Leben.

Und wir teilten uns Cami.

Ein Gefährtenzirkel.

Der auch Melek einschließt, dachte ich widerwillig. *Und Luzifer.*

Verdammt, das war alles zu viel. Ich wollte toben, wüten, etwas ... *etwas schlagen.*

Nein, nicht *etwas. Jemanden.*

Az.

Und irgendwoher hatte er es gewusst. Er hatte gewusst, dass er das emotionale Ventil war, das ich für meine Emotionen brauchte. Der Kampf, den ich begehrte. Die unvermeidbare Explosion, nach der ich mich tief drinnen sehnte.

Nicht meiner Vergangenheit oder Dakota oder der Tode von Emelyn und meiner Eltern wegen.

Sondern wegen *dem hier* – der brodelnden Leidenschaft zwischen mir und Az. Das Summen meines Bandes mit Cami. Die Wut, die ich auf Luzifer hegte, weil er mich zu lange im Dunkeln hatte tappen lassen. Der verbleibende Zorn, den ich gegenüber Az empfand, weil er mich auf Distanz gehalten hatte.

Seine Gründe zu verstehen, war das eine. Sie zu akzeptieren, etwas ganz anderes.

Az hatte recht. Wir brauchten das hier – unser Ventil. Eine Kommunikation zwischen unseren Körper. Ein Kampf zwischen unseren Seelen.

„Verflammt, ich hasse, wie gut du mich kennst", sagte ich ihm. „Und ich habe das Gefühl, rein gar nichts über dich zu wissen."

„Du weißt mehr als die meisten", räumte er ein. „Aber du darfst mich gern besser kennenlernen."

Grummelnd schubste ich ihn weg. „Wie? Indem wir uns unterhalten?"

„Nein", erwiderte er, kam direkt wieder auf mich zu und rammte mich gegen die Wand. „Indem wir kämpfen", knurrte er, bevor er an meiner Unterlippe knabberte und Blut fließen ließ.

Knurrend versuchte ich abermals, ihn von mir zu stoßen.

Daraufhin packte er mich am Hals und drückte so fest zu, dass ich nicht mehr atmen konnte. „Indem wir *ficken*", fuhr er fort. „Was immer du willst, Ajax. Was immer du brauchst. Mein Körper gehört dir. Mein Geist und meine Seele genauso. Also bring mich in dein Zimmer und mach, was immer du mit mir machen willst."

Az' Griff verflüchtigte sich, sodass ich ein heiseres Lachen ausstoßen konnte. „Fick dich, Az", gab ich keuchend und mit den Zähnen knirschend von mir. „Wir beide wissen, dass du dich in dieser Hinsicht nie unterordnen wirst."

Sein Phönix spähte abermals durch seine Augen zu mir, dann verschwand er komplett und ließ nur violette Flammen zurück. Die Hand, die um meinen Hals geschlungen war, führte er an die Seite meines Halses und strich mir mit dem Daumen über die Wange. „Lass mich dir beweisen, dass ich es ernst gemeint habe. Ich möchte mich bei dir entschuldigen – auf die einzige Weise, die ich kenne. Indem ich dir alles gebe."

Ich erschauderte und seine Worte ließen etwas in mir hervorbrechen. Denn ich konnte seinen Gedanken anhören, dass er es ernst meinte. Alles davon. Jedes Versprechen. Jeden Funken Verlangen.

Das hier war Az' Art, mir Kontrolle einzuräumen. Ein Geschenk, das er noch keinem willentlich gemacht hatte. Außer vielleicht Cami, und selbst dann, hatte er ihr tief drinnen gesagt, was ihm gefiel.

Aber jetzt ... jetzt übergab er mir die Zügel. Er sagte mir, dass ich tun sollte, was immer ich wollte. Gab mir die Erlaubnis, zu spielen.

Ich starrte ihn an, sah ihm tief in die Augen, bis ich in seine Seele blicken konnte, und machte das Einzige, was mir einfiel. Ich küsste ihn.

Innig.

Vereinnahmte ihn mit meinem Mund und meiner Zunge. Kostete. Leckte. *Beanspruchte.*

Und er ließ es geschehen.

Es gab kein Tauziehen. Keinen Kampf. Az ordnete sich mir unter und ließ mich führen.

Als ich zurückwich, sah er mich mit einem Ausdruck in den Augen an, der aus einer Mischung aus Erregung und Schmerz zu bestehen schien. Das hier ging völlig gegen Az' Natur. Er brauchte Kontrolle, um aufzublühen. Um gegen seine Vergangenheit anzukämpfen. Um sicherzustellen, dass er nie wieder verletzt wurde.

Aber für mich war er bereit, das Unbehagen hinzunehmen, das damit einherging, sich jemandes Kraft zu unterwerfen.

Weil er mir vertraute. Und weil er mich in gewisser Hinsicht liebte.

Vielleicht nicht so wie Cami, aber dann wiederum waren meine Gefühle für ihn auch anders als jene für sie. Az und ich hatten ein tief reichendes Band zusammen geschmiedet, das auf Bruderschaft und Freundschaft beruhte. Und dieses Band war mit gegenseitiger Anziehung unterlegt.

Wir fickten einander gern.

Wir kämpften gern miteinander.

Aber unter der Oberfläche waren wir einander auch sehr wichtig. Cami hatte diese Zuneigung verfestigt und sie zu so viel mehr gemacht. Dann hatte Az' Phönix sichergestellt, dass wir für die Ewigkeit aneinandergebunden waren.

Jetzt wollte ich den Gefallen erwidern.

Ich hatte bereits angefangen, ohne einen Gedanken daran zu verschwenden, und unabsichtlich mit meinem Kuss Blut fließen lassen.

Aber es waren nicht meine Zähne gewesen, die die Haut durchbrochen hatten, sondern seine. Vielleicht war es auf die Wucht zurückzuführen, mit der ich ihn beansprucht hatte. Oder vielleicht hatte er es instinktiv als Geschenk getan.

Was immer es war, spielte keine Rolle.

Denn das Einzige, was ich jetzt noch begehrte, war *eine Beanspruchung*.

Zwischen meiner und Az' Seele.

Angetrieben von meinen Mitternachtsfeen-Instinkten.

Sein Phönix hatte mich gebissen.

Jetzt war es an mir, ihn zu beißen.

Und ihn zu meinem zu machen.

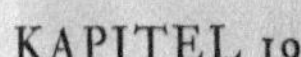

KAPITEL 19

AZ

Ich spürte, was Ajax vorhatte, einen Bruchteil von einer Sekunde, bevor er seine Eckzähne in meinen Hals bohrte. Ich atmete scharf aus, der Atem gefolgt von einem Ächzen, als durch meine Adern floss, was sich wie flüssiges Feuer anfühlte.

„*Verflammt*“, zischte ich, ehe ich mich in Ajax’ vampirischem Kuss verlor. Wie zum Teufel hatte ich ein Jahrzehnt ohne dieses Gefühl leben können? Hätte ich gewusst, wie gut es sich anfühlt, hätte ich ihn dazu gebracht, mich zu beißen, als ich ihn zum ersten Mal gefickt hatte.

Ajax wich zurück und in seinen blauschwarzen Augen stand ein hungriger Ausdruck. „Dein Blut war immer schon kraftspendend, aber das …“ Er verstummte und wandte sich der anderen Seite meines Halses zu, biss hinein und sandte damit einen weiteren Schuss Feuer durch meinen Körper.

„Verdammt“, gab ich zähneknirschend von mir und lehnte mich an seine Hand. Ich brauchte mehr. „Das macht mich so verdammt hart.“

Auch wenn ich bereits einen Steifen hatte, bevor er überhaupt angefangen hatte.

Ihn Dakota zerstören zu sehen, hatte mich angeheizt, was

komplett verrückt war, aber es war ein Genuss, zu beobachten, wie er ihr Todesurteil fällte. Ich wünschte mir nur, dass er sie ein bisschen gefoltert hätte.

Aber das war nicht gewesen, was er gebraucht hatte.

Und ich respektierte seine Entscheidung, wie er mit der Situation umgegangen war.

Genau wie ich seine Entscheidung, mich mit seinen Zähnen zu beanspruchen, respektierte. „Verflammt, ich will, dass du das an meinem Schwanz machst", gab ich mit einem weiteren Stöhnen zu. Ich wusste, dass es wehtun würde, seine Zähne in mein hartes Glied dringen zu spüren, aber ich war auf das Verlangen aus, das folgen würde. „Vermutlich würde ich kommen."

Ajax stieß ein Knurren aus und löste seinen Mund von meinem Hals. „Ich werde dir nicht den Schwanz lutschen."

„Ich habe dich nicht gebeten, mir den Schwanz zu lutschen. Nur, dass du in ihn beißt", erwiderte ich.

Das ließ ihn die Augen zusammenkneifen. „Du willst, dass ich auf die Knie vor dir sinke."

„Ja, tue ich", räumte ich ein. „Aber nur, wenn du es willst."

„Immer musst du die Kontrolle haben", erwiderte er, was mich zusammenzucken ließ.

„Ajax …"

Er presste seinen Mund auf meinen, bevor ich meine Antwort formulieren konnte. Nicht, dass ich eine genaue Vorstellung gehabt hatte, was ich sagen wollte. Er hielt das Zepter in der Hand; ich teilte ihm nur meine Bedürfnisse mit. Aber ich verstand, warum er dachte, ich würde versuchen, die Zügel in die Hand zu nehmen.

Weil ich normalerweise genau das tat. Es war die instinktive Reaktion von mir und meinem Phönix.

Aber ich versuchte, mich ihm unterzuordnen. Ihn mich beanspruchen zu lassen und …

Ajax zuckte an mich gepresst zusammen, als das Fundament unter unseren Füßen von einem Beben heimgesucht wurde. Ich riss meinen Mund von seinem und mein Blick schnellte umgehend zum Flur des Kerkers.

„Was zum Teufel war das?“, wollte ich wissen und suchte nach der Kreatur, die das kleine Erdbeben ausgelöst haben könnte.

„Ich weiß es n…“ Ein weiteres Beben ließ Ajax verstummen und wir beide blickten in entgegengesetzte Richtungen den Flur hinab. Sein Rücken war an meinen gepresst und jegliche Gedanken ans Ficken waren umgehend vergessen.

Da war etwas im Anflug, aber die ungleichen Beben machten es schwierig, festzustellen, aus welcher Richtung dieses Etwas kam.

„Der Zapfenstreich ist noch mehrere Stunden hin“, sagte Ajax skeptisch. „Im Augenblick sollten draußen keine Gefangenen frei herumlaufen.“

Ich knurrte. „Es sei denn, den Höllenhunden ist ein Fehler unterlaufen. Garmr hat während deiner Abwesenheit die Rolle des Wärters übernommen.“

Ajax stieß ein Geräusch aus, das mir sagte, was er davon hielt. Garmr war nicht inkompetent, aber er hatte zu viele Hüte auf, was bedeutete, dass er Aufgaben an seine Höllenhund-Lakaien delegierte.

Und diese Lakaien … waren oft inkompetent.

„Verdammt“, murmelte Ajax. „Zeit zu jagen.“

Auf meinen Lippen breitete sich ein Lächeln aus. „Hört sich fantastisch an.“

„Sagt der Kommandant“, flötete Ajax, sein Blick immer noch in die eine Richtung des Flurs gerichtet, während ich meine Seite im Auge behielt.

Aber was immer im Anmarsch war, schien verschwunden zu sein.

Oder hat sich über den Erdboden begeben.

Ich ließ den Blick nach oben wandern. „Du glaubst doch nicht …?"

„Verdammt", wiederholte Ajax, der meinem Gedankengang offensichtlich gefolgt war.

Wir beide lösten uns zeitgleich in Luft auf. Ajax wandelte durch die Schatten, ich bediente mich meiner Aschewolke, und zusammen materialisierten wir uns vor dem Kerker. Ein Blick auf das Hauptquartier der Kandidatinnen bestätigte meine Befürchtungen. Die Gefangenen waren ausgebüxt.

Und zwar nicht nur eine Handvoll, sondern ziemlich viele.

Ajax holte umgehend seinen Zauberstab hervor und in meiner Hand formte sich mein Schwert.

„Ich kümmere mich um den Minotaurus", informierte ich Ajax.

„Welchen?", wollte Ajax wissen, was mich das Gesicht verziehen ließ.

Ich sah ihn an und stellte fest, dass er auf die nahegelegene Arena konzentriert war, wo sich zwei stierähnliche Albtraumfeen und mehrere andere herumtrieben. „Das ist unmöglich", flüsterte ich ungläubig. „Typhos würde niemals so viele Gefangene mit Albtraumfeen-Schimären maskieren."

„Ganz zu schweigen davon, dass es nur einen Minotaurus in den Zellen gab, als ich das letzte Mal nachgesehen habe", stimmte Ajax zu. „Nicht zwei."

Scheiße. Irgendetwas stimmt hier nicht.

Dieser Gedanke bestätigte sich, als mehrere Albtraumfeen aus der Arena rasten und direkt auf die mit Schlangenreben behangenen Wände zuhechteten, die die Bibliothek und die Schlafsäle der Bräute umsäumten.

Weibliche Schreie sausten durch die Luft und ließen mir die Nackenhaare zu Berge stehen.

Hier herrscht das reinste Chaos, flüsterte ich und spürte, wie sich Magie im Paradigma ausbreitete. *Typhos*, sagte ich und richtete meine Gedanken an den König der Höllenfeen.

Stille. Eine schaurige Stille, die meine Instinkte feuern ließ.

Cami, versuchte ich als Nächstes.

Nichts.

Az, sprach Ajax in meine Gedanken, was meinen Blick zu ihm wandern ließ. *Ich kann Cami nicht hören.*

Ich auch nicht. Und Typhos genauso wenig.

Ajax biss sichtlich die Zähne zusammen. *Vivaxia?*

Schön möglich, erwiderte ich und diese statische Energie gewann an Kraft. *Vermutlich.*

Ajax schwang seinen Zauberstab. *Wie lautet dein Plan, Kommandant? Ein paar Bestien mit mir zähmen? Oder willst du durch deine Aschewolke reisen und Unterstützung anfordern?*

Und dir den ganzen Spaß überlassen?, entgegnete ich mit einem mentalen Lachen. *Auf keinen Fall.* An meinem Schwert züngelten violette Flammen und mein Biest ging erwartungsfroh in mir auf und ab. *Das hier ist unser liebstes Vorspiel, Wärter.*

„Bei dir hat immer alles mit Sex zu tun“, sagte Ajax.

„Sex und Blut passen gut zusammen“, schoss ich zurück und sah bewusst auf seinen Mund und das bisschen meiner Essenz, das an seinen Lippen klebte.

Er leckte sich das Blut ab und warf mir dann ein eiskaltes Lächeln zu. „Ich kümmere mich um die Tore vor der Bibliothek. Du übernimmst die Schlafsäle.“

„Alles klar“, stimmte ich zu und wandelte, ohne ein weiteres Wort, durch meine Aschewolke.

Und zuckte umgehend zusammen, als ich im nächsten Augenblick von einem Strudel nervöser Energie umgeben war.

Mehrere Brautkandidatinnen hatten sich in Erwartung des nahenden Kampfes hier zusammengeschart.

„Oh!“ Eine Frau mit knallrotem Haarschopf versuchte,

mich mit einem Feuerball voller klebriger Magie zu erwischen, den ich mit meinem Schwert entzwei schnitt. Sobald sie mich mit ihren haselnussbraunen Augen ansah, gab sie atemringend eine Entschuldigung von sich, die ich mit einem leichten Nicken meines Kopfes erwiderte.

Als eine zweite Frau um ein Haar mit ihrem seltsamen, flammenden Schläger auf mich zielte, knurrte ich. „Geh mir aus dem Weg! Ich kümmere mich darum."

Aber als ich durch die Menge schritt und durch das Tor blickte, musste ich feststellen, dass nicht nur ein paar Minotauren und Mantikore in unsere Richtung trabten.

Sondern auch Zentauren.

Mehrere Banshees.

Zwei Nagas.

Und ein verdammter Meeresdrache.

Was zum Teufel ist hier los?, fragte ich mich mit aufgerissenen Augen, als ein Unseelie sich der Truppe anschloss.

Wir befinden uns unter Beschuss, erwiderte Ajax. *Und sie stammen nicht aus dem Gefängnis, Az.*

In der Nähe öffnete sich eine Portaltür, deren Energiespur meine Sinne streifte und Ajax' Vermutung bestätigte. *Das hier ist ohne jede Frage Vivaxias Werk*, sagte ich ihm.

Aber das brauchte ich nicht.

Wir beide wussten, was hier vor sich ging. Ein weiterer Bann. Doch der hier lag auf allen ankommenden Albtraumfeen.

Und verwandelte sie in wilde Bestien.

Ich konnte es ihren Gesichtern ansehen, als sie auf uns zustürmten, ihre Blicke auf die Bräute hinter mir gerichtet.

Sie werden alle zerstören, informierte ich Ajax.

Dann müssen sie erst an uns vorbei, erwiderte er.

Ganz genau. Ich ging in die Hocke, bereitete mich auf

einen Kampf vor. Mir war klar, dass es zu viele für uns beide waren. Und mehr von ihnen waren auf dem Weg hierhin.

Die Bräute würden kämpfen müssen. Und einige der Höllenfeen in der Nähe auch. Vorausgesetzt, Vivaxias Zauber infizierte sie nicht vorher.

Verflammt. Wir brauchten Typhos, und zwar sofort. „Wer von euch kann sich teleportieren?“, wollte ich von den Kandidatinnen und den Höllenfeen im Raum wissen, den Blick auf die näherkommenden Albtraumfeen gerichtet.

Ein Chor aus Stimmen meldete sich.

„Begebt euch alle in den Palast im Königreich der Höllenfeen. Und schreit nach Luzifer.“ Ich drehte mich nicht um, um nachzusehen, ob sie meinen Befehl befolgten.

Jemand würde auf mich hören.

Hoffentlich mehr als nur eine Person.

Und hoffentlich würden sie in der Lage sein, ins Königreich der Höllenfeen zu gelangen. Denn wer wusste, mit was für einem Zauber Vivaxia dieses Paradigma belegt hatte? Was immer es auch war, ich hoffte, Typhos würde es spüren. *Und zwar bald …*

KAPITEL 20

CAMI

Vor einigen Minuten

„Goldbänder?“, wiederholte Luzifer und sah Melek mit hochgezogener Augenbraue an. „Ich dachte, du wolltest rotes Seil verwenden.“

„Nur, wenn es sich um ein Geschenk für dich handelt, mein König“, schnurrte Melek. „Das hier ist für mich.“

„Und was habe ich von diesem *Handel*, hm?“

„Du darfst zusehen“, erwiderte Melek, was meine Wangen ganz heiß werden ließ.

Ich kann einfach nicht fassen, dass du ihm anbietest, mich vor seinen Augen zu fesseln, wisperte ich in seine Gedanken. *Ohne meine Zustimmung.*

Dein Körper stimmt zu, Engelchen, erwiderte Melek, dessen Arme fest um meine Taille geschlungen waren und der sein Kinn auf meine Schulter gelegt hatte.

Mir rann ein kalter Schauer über den Rücken, als er meinen Hals küsste. Die liebevolle Geste war dazu bestimmt, Luzifer und mich zu verführen. Ich konnte hören, was in seinem Kopf vorging. Was für ein Spiel er derzeit spielte.

Alles hatte damit angefangen, dass ich an ein Bad oder an eine Dusche gedacht hatte, und mit Luzifers Bemerkung, dass er keine frechen Gören belohnte.

Offensichtlich sah Melek das als goldene Gelegenheit an, zu verhandeln. „Ich sehe nicht, was das mit Unterricht zu tun hat“, murmelte ich.

„Er zeigt dir, dass Verhandlungen eine Drittpartei beinhalten können“, erwiderte Luzifer und verschränkte die Arme vor seiner breiten Brust, sein Blick auf Melek gerichtet, obwohl er mit mir sprach. „Normalerweise gehe ich auf eine derartige Unterhaltung nur ein, wenn der Anbieter einen Anspruch auf was oder wen er anbietet hat.“

„Also behandelst du Gefährten wie Besitztümer“, folgerte ich. „Und ich schätze, dasselbe lässt sich von Kindern behaupten, da mein Vater dir im Austausch für seine Freiheit mich – jemanden, auf den er Anspruch hatte – angeboten hat.“

„Nein.“ Jetzt wanderte sein Blick zu mir. „Verhandeln ist eine Kunst. Eine, die ich anwende, um abzuschätzen, wie gut jemand ist.“

Ich sah ihn stirnrunzelnd an, konnte ihm nicht folgen.

Zum Glück war er noch nicht am Ende seiner Erklärung angelangt.

„Ich lasse meine Untertanen als Pfand einsetzen, was immer sie möchten, weil ihre Entscheidungen mir viel über sie verraten. Im Fall deines Vaters hat mir, dass er mir dich angeboten hat, gezeigt, dass er nicht nur selbstsüchtig, sondern auch ein schlechter Elternteil war. Denn jeder, der freiwillig seine Tochter zu seiner Selbstbereicherung aufgibt, ist ganz klar kein guter Vater. Was bedeutete, dass die Tochter – eine Mischfee – vermutlich einen Vorteil daraus ziehen würde, in meinem Reich aufgenommen zu werden.“

Ich zog die Stirn kraus. So hatte ich das noch gar nie

gesehen. „Du dachtest, man müsste mich vielleicht retten. Deswegen hast du den Handel abgeschlossen."

„Nicht ganz. Ich dachte, du würdest vielleicht Führung brauchen oder einen sicheren Ort, an dem du dich vor anderen Feen verstecken kannst. Also sah ich den Handel als förderlich an. Ich wollte nicht, dass eine Höllenfee, die seinen Nachwuchs einfach so weggeben konnte, an meine Quelle gekoppelt war, und die Gelegenheit tat sich im Anfangsstadium meiner Auswahl von Kandidatinnen für meine Höllenfeen-Brautproben auf. Deshalb habe ich das Angebot angenommen."

Ein pragmatischer Ansatz. Einer, den ich nicht honorieren wollte. Aber seine Überlegungen ergaben Sinn.

„Kann sein, dass du meine Methoden nicht begrüßt, aber das Ergebnis war gewinnbringend, Camillia." Er blickte bewusst zu Melek, was mein Herz pochen ließ.

Denn er hatte nicht unrecht.

Ohne die Vereinbarung mit meinem Vater wäre ich nicht ins Reich der Höllenfeen gebracht worden. *Wo wäre ich dann jetzt? Noch immer auf dem College? Würde ich mir einen nutzlosen Abschluss erarbeiten?*

Nein.

So ein Leben war mir nie bestimmt gewesen.

Es war immer schon mein Schicksal gewesen, hier zu landen – als Kandidatin oder als etwas anderes. Ich war geschaffen worden, um Luzifer zu begegnen. *Ihn zu zerstören*, dachte ich mit einem Schaudern.

Alles nur wegen *Vivaxia* und ihrer jahrtausendealten Vendetta.

„Jetzt macht mir dein Gefährte ein Angebot. Und dazu noch ein verlockendes", fuhr Luzifer fort und ließ seinen Blick zu mir wandern. „Anders als andere Angebote, stammt dieser von einer Person, der ich vertraue. Ich kenne seine Absichten.

Und tief drinnen tust du das auch. Melek wird dir nicht wehtun und dich auch zu nichts zwingen, was du nicht tun willst. Aus diesem Grund ziehe ich dieses Spiel überhaupt in Betracht. Es sei denn, du möchtest diese Lektion nicht weiter verfolgen?“

„Oh, ein Safewort!“, murmelte Melek, der meine bebende Halsschlagader mit seinen Lippen koste. „Willst du mir eines nennen, Engelchen? Ein Wort, das dieses wunderbare Spiel beenden wird?“

Ich erschauderte und erinnerte mich an das letzte Mal, als ich mit jemandem über ein Safewort gesprochen hatte. *Mit Az und Ajax.*

Der Gedanke an sie ließ mich wundern, ob sie ihre Probleme bereits bereinigt hatten. Oder ob sie noch immer mittendrin waren. Die Versuchung, mich mit ihnen zu verbinden und nachzufragen, war groß, aber ich wollte die beiden nicht stören.

Auch wenn der Gedanke daran, dass die beiden fickten, mein Blut in Wallung brachte.

Ja, bitte!

„Camillia?“, fragte Luzifer und zog meine Aufmerksamkeit zurück auf sich. Er musste etwas nach Melek gesagt haben, das mir entgangen war, weil meine Gedanken zu Az und Ajax abgeschweift waren.

Ich räusperte mich und sagte: „Mein Safewort lautet *Camping*.“

Er zog eine Augenbraue hoch. „Camping?“

„Ich *hasse* Camping“, betonte ich. Und mir war jetzt wirklich nicht danach, auf den Grund einzugehen. Stattdessen sagte ich: „Dieses Wort benutze ich mit Az und Ajax.“

In seinen ozeanblauen Iriden erwachten blaue Flammen und der angeheizte Ausdruck in ihnen ließ mich nervös schlucken.

Wow, seine Augen waren echt schön. Und hypnotisch. Zwei Lachen der brennenden Lust.

Weil er … sich mich mit Az und Ajax vorstellt? Aber er steht doch gar nicht auf die beiden … oder?

Hm, das vielleicht nicht. Aber auf dich allemal, flüsterte Melek in meine Gedanken, bevor er seine Lippen wieder über meinen Hals streifen ließ. *Und unser König sieht gern zu, Camillia.*

„Goldbänder", fuhr Melek hörbar fort. „Für dich werde ich ihre Arme hinter ihrem Rücken fesseln. Und ihr die Haare flechten. Alles, während du zusiehst."

Ohne seinen Blick von mir abzuwenden, erwiderte Luzifer: „Was willst du im Gegenzug dafür, kleiner Prinz?"

„Ich will, dass du sie badest", sagte er. „Sie ist kein Fan von meiner goldenen Berührung, und du weißt, wie man den Glitzer wegwäscht. Also … ich werde sie für dich fesseln und du wirst sie dann sauber machen."

„Hm", summte Luzifer, machte einen Schritt nach vorn und drückte seine warme Brust gegen meinen Körper.

Wenn es die Versuchung in Person gab, dann Typhos Luzifer.

Großgewachsen.

Breite Schultern.

Eine schmal zulaufende Taille.

Und er trägt einen perfekt gebügelten Anzug.

Ich wollte ihn nicht begehren, doch ich bezweifelte, dass jemand sich seiner Anziehungskraft entziehen konnte. Er war schlichtweg die Sünde in Person und seine Rolle als König der Höllenfeen war ihm nicht nur würdig, sondern auch angemessen.

„Du willst mir dabei zusehen, wie ich sie streichle", meinte Luzifer bedächtig. „Und im Austausch dafür wirst du sie für mich fesseln."

„Ganz genau."

„Das Bad ist für sie gedacht", ergänzte Luzifer und trat

noch näher an mich heran. „Weil du ihre Bedürfnisse auch berücksichtigst."

„Ganz genau", wiederholte Melek und löste seine Arme von mir, bis ich nur noch spürte, wie er meinen Bauch flüchtig mit seinen Händen berührte.

„Siehst du, wie es funktioniert, kleine Verführerin?", fragte Luzifer mit sanfterer Stimme, bevor er seine Hand ausstreckte und mit einem Finger über meine Wange strich. „Dein Gefährte macht mir ein Angebot, das dich involviert, aber er stellt auch sicher, dass du zufrieden mit dem Endergebnis bist. Das zeichnet eine Fee mit guten Absichten aus." Er neigte seinen Kopf zur Seite, woraufhin seine langen Haare über eine seiner Schultern fielen. „Soll ich das Angebot annehmen? Oder soll ich ihm ein Gegenangebot machen?"

Ich versuchte zu schlucken, aber meine Kehle hatte sich zugeschnürt. Ich ... ich stand wie angewachsen zwischen den beiden. Melek hielt mich an den Hüften fest und Luzifer strich mir mit den Fingern sanft über die Wange.

So viel Hitze.

So viel Kraft.

So viel *männliches Feen-Mojo*.

Ihr Götter, ich war zuvor schon zwischen Az und Ajax eingeklemmt gewesen, aber das hier fühlte sich anders an. Irgendwie intensiver ... beängstigender? Aber auf eine gute Art. Nichts davon ergab irgendeinen Sinn, aber ich war mir nicht sicher, ob ich vernünftige Gedanken im Augenblick überhaupt verarbeiten konnte.

Irgendwie gefiel mir die Idee, mich einfach ... unterzuordnen.

Mich von Melek fesseln zu lassen.

Und Luzifers Hände auf meinem Körper zu spüren.

„Ich höre?", flüsterte Luzifer, dessen Blick auf meinen Mund wanderte. „Was würdest du an meiner Stelle tun?

Würdest du annehmen oder einen Gegenvorschlag unterbreiten?“

„Wenn ich du wäre?“, keuchte ich. Endlich gelang es mir, zu schlucken. „Ich würde ein Gegenangebot unterbreiten.“ Denn ich konnte mir nur schwer vorstellen, dass Luzifer einen Handel beim ersten Anlauf annahm.

Einer seiner Mundwinkel wanderte nach oben. „Ich weiß ein gutes Gegenangebot zu schätzen. Irgendeine Idee, was ich verlangen sollte?“

„Ich ...“ Ich war nicht sicher, ob ich die Frage verstand. Wenn er meine Lippen so anstarrte, konnte ich an nichts anderes denken als daran, wie er mich küsste.

Was mich daran erinnerte, wie sich das anfühlte.

Denn jetzt hatte ich Erfahrung aus erster Hand.

Es war nicht länger nur ein Traum, sondern eine *echte* Erfahrung, von der ich zehren konnte.

„Wie lange soll ich sie baden?“, wollte Luzifer wissen und strich ganz sanft mit dem Daumen über meine Unterlippe.

„So lange, wie es dauert, meinen goldenen Glitzer von ihrer Haut zu waschen“, erwiderte Melek, was Luzifer zum Lachen brachte.

„Oh, kleiner Prinz, da musst du mir schon etwas Besseres bieten.“ Er löste seinen Blick von meinem Mund und schaute über meine Schulter zu Melek. „Unter diesen Bedingungen könnte ich sie stundenlang im Wasser behalten, also würde ich sie genauso lange streicheln müssen.“

Meleks Belustigung machte sich als warmes Gefühl in meinem Kopf breit. „Willst du mir etwa erzählen, dass dir das nicht gefallen würde, mein König?“

„Doch, das würde es bestimmt, aber wir müssen uns auf eine gewisse Zeitspanne einigen. Immerhin ist das hier ein Handel.“

Bei den Göttern, ich kann nicht fassen, dass das gerade wirklich geschieht, dachte ich, ganz benommen von ihrer

Unterhaltung. Oder vielleicht waren es ihre Berührungen, die mir ganz schwindlig werden ließen. Die beiden strotzten nur so vor verruchten Absichten, die wie eine Droge auf meine Sinne wirkten.

Ich wollte in ihnen ertrinken.

Was komplett verrückt war.

Luzifer und ich ... Ich schloss um ein Haar die Augen und der Gedanke verblasste, bevor ich ihn zu Ende denken konnte. Ich wusste nicht, wie ich meine Beziehung zum König der Höllenfeen definieren sollte. Sie war angespannt. Heiß. *Entflammbar.*

„Eine Stunde", sagte Melek, was meine Aufmerksamkeit zurück auf ihre Verhandlungen lenkte. „Aber gefesselt wird sie nur dreißig Minuten sein."

Luzifer zog eine Augenbraue hoch. „Du willst ihr die Freiheit einräumen, mich zu berühren?"

„Wenn sie das will, ja. Aber ich will auch dafür sorgen, dass sie schrittweise an alles herangeführt wird. Eine Stunde lang gefesselt zu sein, ist zu lange für jemanden, für den die Fesseln neu sind."

Der Höllenfeen-König ließ seinen Blick zu mir zurückwandern. „Siehst du? Er denkt bei den Verhandlungen an dich und deine Bedürfnisse, kleine Königin."

Bei den Feen, dieser Kosename gab mir den Rest. „Ja", gab ich kaum hörbar von mir. Etwas an dieser ganzen Situation war einfach so verdammt heiß. Wie die beiden Bedingungen schufen, was sie mit mir anstellen würden – *zusammen.*

Und hier ging es nicht einmal um Sex.

Sondern nur um ein Bad.

In dem ich nackt sitzen und Luzifers an meinem Körper spüren würde ...

Mir rann ein kalter Schauer über den Rücken, der in krassem Kontrast zu der Hitze an meinem Bauch und an meinem Rücken stand. Ich presste die Lippen aufeinander, als unsichtbares Eis sich auf meiner Haut ausbreitete. Fast so, wie die Todesmagie im Reich des Jenseits.

Ich erschauderte. Das eiskalte Gefühl füllte meine Adern mit alarmierender Geschwindigkeit.

„Camillia?“, fragte Luzifer, dessen Hand an meine Wange gelegt war.

Er war warm. Ich wusste, dass er warm war. Und doch ... konnte ich ihn plötzlich überhaupt nicht mehr spüren. Und Melek auch nicht. Alles fühlte sich so kalt an.

Was ist hier los?, fragte ich mich und sah mich mit langsamen Bewegungen um. *Warum ... warum fühle ich mich ... tot?*

„*Camillia!*“, versuchte Luzifer erneut, und sein scharfer Tonfall brachte mich zum Blinzeln.

Ist mir etwas entgangen? Worte? Eine Frage? Ich ... Ich starrte ihn an und mir fiel der brennende Ausdruck in seinen Augen auf. So intensiv. Und doch loderte dieses Feuer aus einem anderen Grund als noch eben. Nicht mehr aus Erregung, sondern aus Wut.

Nein.

Nein, nicht Wut.

Angst.

Meine Zähne begannen zu klappern und dieses Taubheitsgefühl breitete sich weiter aus.

Ich ... ich sollte versuchen ... mich ... zu *bewegen*.

Doch da war auch diese Freude, die durch mich wusch und keinen Sinn ergab, weil ich doch jetzt am ganzen Leib zitterte.

„Es ist, als könnte sie mich nicht hören“, meinte Melek und erinnerte mich damit daran, dass er direkt hinter mir stand. Seine Arme waren um meinen Oberkörper geschlungen und er hielt mich fest.

Und er ... er *brannte*.

Ich konnte sie spüren, diese Hitze. Diese wunderbare Hitze, die einen Teil dieses Eises wegschmolz.

Was zum Teufel ist hier los?, fragte ich mich benommen. *Warum ... warum bin ich ...?*

Ich blinzelte, als noch mehr von dieser Wärme meinen Oberkörper füllte. Sie stammte von Luzifer. Denn auch seine Arme waren jetzt um mich geschlungen. Fest. Und sein Mund ... sein Mund befand sich direkt neben meinem Ohr. Er flüsterte mir etwas zu, das ich nicht verstand. Vielleicht ein Bann?

Auf meiner Haut breitete sich Magie aus und löste tief in mir ein Kribbeln aus. Dann *knackte* etwas. Vielleicht nicht physisch, aber ich hörte es ganz klar.

Und konnte plötzlich wieder *fühlen*.

Hören.

Wahrnehmen ...

Mit wild pochendem Herzen riss ich die Augen auf.

Denn das, was ich spürte, war nicht hier, sondern irgendwo anders. Es war ... es war *in meiner Seele*.

„Ajax", keuchte ich, als seine eiskalte Essenz durch mich sauste. „Etwas stimmt nicht mit Ajax!"

Luzifer hielt mich auf, bevor ich verschwinden konnte. Mein Instinkt, an die Seite meines Gefährten zu gelangen, überwältigte jeden logischen Gedanken. Aber irgendwie gelang es dem Höllenfeen-König, mich an Ort und Stelle zu behalten. Seine Kraft drückte mich nieder. „Konzentriere dich", verlangte er. „Sag mir, was du spürst."

„Ich ... ich weiß es nicht", stammelte ich und zitterte wegen seiner dominanten Haltung.

Ich wollte nicht sehnlicher tun, als zu Ajax zu gelangen.

Doch seine Gedanken waren stumm.

Genau wie Az', realisierte ich. „Es ist wie damals, als ich bei Vivaxia und meiner Mutter war", flüsterte ich und mir dämmerte, dass ich schon wieder auf seltsame Weise von meinen Gefährten abgespalten war. „Was passiert mit mir? Ist Vivaxia hier?“

„Irgendwo ist sie ganz bestimmt“, knurrte Luzifer. „Und sie benutzt dich als eine Art Gefäß.“

„Was willst du damit sagen?“

„Wir müssen ins Paradigma“, unterbrach Melek. „Garmr hat bestätigt, dass alles abgeschnitten wurde. Die Höllenhunde können weder hinein noch heraus mit ihrer Aschewolke. Was bedeutet, dass Az und Ajax ...“

„Ebenfalls dort feststecken.“ Luzifers Flügel traten in Erscheinung. Die verbrannten Federn ließen mich nach Atem ringen. „Also reisen wir auf altmodische Weise. Nimmst du Camillia mit oder soll ich?“

KAPITEL 21

AJAX

VOR EINIGEN MINUTEN

Az' Fluchen füllte meine Ohren aus und zog meinen Blick auf einen Schwall explodierender Flammen, der aus dem Himmel in der Nähe der Schlafsäle der Bräute drang. *Was zur Hölle ist das?*

Ein extrem wütender Höllenhund, knurrte er zurück. *Keiner kommt aus dem Paradigma.*

Was? Ich sah zu den Portalen, die sich überall vor der Arena öffneten. *Ins Paradigma zu reisen, scheint auf jeden Fall kein Problem zu sein.*

Offensichtlich handelt es sich dabei um einen Einzelfahrschein, erwiderte er.

Verdammt.

Das kannst du laut sagen, entgegnete er. *Dein Kerker wird bald übervoll mit wütenden Albtraumfeen sein.*

Mit zusammengebissenen Zähnen musterte ich das Feld von meiner Position vor den Toren der Bibliothek. *Ja*, war alles, was ich erwidern konnte, während ich beobachtete, wie sich drei neue Portale im Paradigma öffneten. Az hatte alle

Hände voll mit den Bräuten zu tun, also musste ich einen Plan entwickeln. Ich musste mir überlegen, wo wir anfangen sollten.

Denn das hier war nicht wie die Spielchen zum Zapfenstreich, wo Albtraumfeen sich herumtrieben und sich der ein oder andere weigerte, in seine oder ihre Zelle zurückzukehren.

Das hier war ein albtraumhaftes Chaos.

Der Name meines Zauberwesens lag mir auf der Zunge. Um ein Haar hätte ich um Unterstützung gebeten. Angesichts der sich mehrenden Feen konnten wir alle Hilfe brauchen, die wir bekommen konnten. Aber ich wollte nicht riskieren, dass Kuro mit uns zusammen im Paradigma feststeckte, also ließ ich es bleiben.

Da sind sie, sagte Az, bevor ein Feuerschwall über den oberen Rand des Paradigmas hinwegrauschte. Ich hatte absolute Vertrauen in Az, dass er das Chaos in den Schlafsälen in Schach zu halten wusste, während ich mir einen Plan überlegte, aber es hörte sich an, als hätte er den ganzen Spaß allein.

Zum Glück wurde ich nicht außen vorgelassen. Zwei Minotauren und Mantikore schlitterten um die Ecke, entdeckten mich und ließen den Boden mit ihren Hufen brüllend erzittern. Mit meinem Finger zog ich einen Kreis und flüsterte ein paar Worte, die dazu gedacht waren, zu verteidigen und nicht zu konsumieren.

„*Hamaya Fuquay.*"

Wie ich angesichts ihrer stierähnlichen Tendenzen bereits erwartet hatte, griffen die Minotauren mich an. Sie stießen gegen meinen Verteidigungsbann, der daraufhin einen Riss bekam, aber standhielt.

Der Mantikor stürzte sich in die Lüfte. Seine beklauten Flügel hoben ihn vom Boden ab und gaben ihm einen Vorteil – ganz wie sein Skorpionsschwanz. Ein Treffer mit dem

Schweif könnte meinen Zauber zerstören. Stattdessen schnellte er auf die Schranke zu und benutzte anstelle seiner natürlichen Waffen sein Gewicht, was mich die Stirn runzeln ließ.

So etwas hatte ich einen Mantikor noch nie tun sehen.

Wie geht es den Bräuten?, fragte ich. *Alles klar?*

Die Mehrheit von ihnen steckt hinter einer eingestürzten Mauer fest, aber denjenigen, die hier sind, geht es mehr als nur gut, erwiderte Az mit anerkennendem Tonfall. *Ihre Ausbildung macht sich wirklich bezahlt. Sie wissen sich zu verteidigen – vorerst, zumindest. Aber wenn es so weitergeht, werden wir überrannt. Wir brauchen Typhos.*

Nur konnten wir Typhos nicht erreichen. Was bedeutete, dass Vivaxia verhindern wollte, dass er hier war.

Was hast du vor?, fragte ich mich, ehe mein Blick zu den flackernden Feuern in der Nähe der Schlafsäle wanderte. Staub und Gestein wirbelten durch die Luft, dann fiel eine weitere Mauer. Das verriet mir, dass sie das Ziel verfolgte, uns aufzutrennen und dann einen um den anderen zu erledigen. *Die Bräute? Ist das alles, was du willst?*

Die verbleibenden Albtraumfeen hielten aber nicht direkt auf das Camp der Bräute zu. Mehrere Gruppen von ihnen blieben an Ort und Stelle, zerstörten Gebäude und zerfetzten Höllenhunde.

Vivaxia griff das gesamte Paradigma an.

Warum?

Alles zu verwüsten, schien … kleinlich. Und unsinnig.

Soweit ich verstanden hatte, waren Vivaxia Schachzüge immer bestens kalkuliert, also entging mir etwas Entscheidendes.

Die Mantikore auf festem Boden waren es langsam leid, die Schranke anzugreifen, aber wenn sie weitermachten, würde sie vermutlich einstürzen. Einer von ihnen begann zu graben und wirbelte Steine und Dreck auf. Der andere starrte mich bloß mit geblähten Nasenflügeln, wildem Ausdruck und voller … Schmerz an.

Du willst das hier nicht tun, richtig?

Dieser Angriff schien unkoordiniert und nicht einmal ansatzweise überdacht. Am Himmel zeichnete sich aufgrund der Feuersäulen, die sich über der Bibliothek ausbreiteten, ein rotes und schwarzes Glühen ab. Es folgte ein Knurren der Höllenhunde, als die Albtraumfeen in die Flammen schritten. Einer der Höllenhunde sah mich an, und ich nickte ihm zu. Es war eine Geste, die ihm bedeuten sollte, dass ich die Sache unter Kontrolle hatte.

Der Höllenhund ging mit seiner Truppe davon, um sich um die freigebrochenen Albtraumfeen zu kümmern, die die Straße hinabrasten. Da es sich dabei um eine Drachenbrut handelte, würden vermutlich einige Höllenhunde vonnöten sein, um sie einzufangen. Hinter ihnen schoss eine Feuerwand hoch.

Als fühlte er sich von der Feuersbrunst angezogen, drehte sich der mich von oben angreifende Mantikor mit den Flügeln schlagend zum Spektakel um, ehe er auf das sich bewegende Ziel zuschoss.

Er schnellte direkt mitten in die Flammen. Es war ihm egal, dass er womöglich verbrannt würde. Mantikore und ihre fledermausähnlichen Flügel konnten hohe Temperaturen aushalten, aber nicht pures Höllenfeuer. Die Minotauren folgten ihnen brüllend, was wiederum komplett ungewöhnlich für die Kreaturen war. Sie jagten nicht als Rudel.

Es ist, als wären sie alle … völlig wildgeworden. Das war der Begriff, den ich Az' Schlussfolgerung entnommen hatte. So etwas war mir noch nie untergekommen.

Zwei kleine Portale öffneten sich direkt vor mir. Aus einem trat eine Sirene – vermutlich aus dem Unterwasser-Königreich –, aus dem anderen ein Naga aus dem Marschland.

Über seine Schuppen huschten jedoch Schatten, als er hindurchstieg.

Beide waren Furcht einflößend, aber es war die Sirene, die mein Interesse erhaschte.

Denn … denn die Sirene war ein *Mann*, keine Frau.

Es gibt männliche Sirenen?, dachte ich, mehrheitlich zu mir selbst.

Az musste mich gehört haben, denn er erwiderte: *Ein paar wenige.*

Oh. Ich hatte noch nie eine gesehen. Die Sirenen in meinem Kerker sahen alle weiblich aus.

Natürlich waren sie auch keine *echten* Sirenen, sondern dunkle Seelen, die eine albtraumhafte Maske trugen.

Diese Sirene, aber, war durch und durch echt. Und er hatte, wie alle anderen Albtraumfeen, bisher mit Luzifer zusammengearbeitet und begierig auf die neuen Bräute gewartet.

Warum habt ihr euch dann auf die falsche Seite geschlagen?, fragte ich mich und nahm mir kurz Zeit, der Sirene in die milchigen Iriden zu blicken.

Wieder konnte ich den Augen einen schmerzerfüllten Ausdruck entnehmen, der nicht zum Grinsen auf seinem Gesicht passte.

Der Naga nutzte mein Zögern aus, griff mich an und durchbrach dabei meinen Verteidigungsbann. Ein lautes *Plopp* rauschte durch die Luft, als die Fee sich mit den Klauen einen Weg hindurchbahnte.

Ich schaffte es nur gerade so, noch rechtzeitig auszuweichen. Mir war nicht entgangen, dass der Naga keinen Frontalangriff gestartet hatte, was für diese Spezies ungewöhnlich war. Nagas waren Höllenfeen, keine Albtraumfeen, also agierten sie weniger instinktiv, sondern gingen bedacht vor. Und sie waren gerissen. Sie griffen nicht einfach blind an wie ein Minotaurus.

Und es war seltsam, dass diese Schatten noch immer an ihm klebten.

Was ist das?

Etwas traf von hinten gegen meinen Kopf und ließ mich kurz Sterne sehen. Ich war es nicht gewohnt, mehrere Albtraumfeen auf einmal abwehren zu müssen.

Zischend legte ich die Hand auf die blutende Wunde, bevor ein zweiter Felsbrocken mich zu Boden gehen ließ.

Bist du schon auf den Knien?, stichelte Az. Trotz der verspielten Aussage konnte ich seine Besorgnis spüren. Er war besorgt genug, um unser Band zu benutzen und meinen Geist anzuzapfen, damit er meinen Fortschritt einschätzen konnte. Ein Band, das jetzt viel stärker war, nachdem ich ihn gebissen hatte. Zweimal.

Zerbrich dir meinetwegen nicht deinen schönen gefiederten Kopf, schnurrte ich, als ich die männliche Sirene einen kleinen Felsen hochheben sah. Er warf mir ein zahniges Grinsen zu – oder war es ein entschuldigendes? –, bevor er einen weiteren Felsstein in meine Richtung schleuderte.

Ich glaube, ich mache mir mehr Sorgen um ihn, erwiderte Az. *Was hat eine Sirene hier draußen zu suchen?*

Ich mochte Sirenen nicht, versuchte aber, meine persönlichen Differenzen mit ihnen beiseitezuschieben, weil Az recht hatte. Eine Sirene hatte an Land nichts zu suchen. Sie konnten für kurze Zeitspannen außerhalb ihres Wasserkönigreichs existieren, aber hier, an Land, würde er nicht lange durchhalten.

Etwas stimmt hier nicht, sagte ich Az. Und damit meinte ich nicht nur die Portale und den Zustand, in dem sich das Paradigma befand.

Ich kannte Albtraumfeen-Verhalten und das hier passte überhaupt nicht zu ihnen. Selbst die dunklen Seelen, die ich gejagt und gehandhabt hatte, verfügten über einen gewissen Selbstschutz.

Die Kiemen der Sirene öffneten und schlossen sich wieder. Er versuchte, den Sauerstoff aufzunehmen. Zwar konnte er atmen, das aber nur mit größter Mühe. Er wandte viel zu viel Energie auf, indem er seinen mächtigen Schwanz dazu benutzte, sich aufrechtzuhalten und sich mir entgegenzustellen.

Ich näherte mich ihm und beobachtete, wie er sichtlich haderte.

„Warum wirfst du Felsbrocken?“, fragte ich ihn. „Kannst du nicht singen? Und was hast du hier draußen zu suchen?“

Er fauchte mich an.

Stirnrunzelnd zog ich meinen Zauberstab aus dem Stiefel, brannte mit rauer Magie ein Loch in den Boden und füllte es mit Salzwasser, das nicht verdunsten würde. „Komm schon. Spring rein!“, sagte ich ihm.

Er fauchte ein weiteres Mal und blendete das Wasser komplett aus, was keinen Sinn ergab.

Und der Schmerz, den ich nach wie vor in seinen Augen erkennen konnte, auch nicht. Es war, als wäre er in seinem eigenen Kopf gefangen.

Was ... mir bekannt vorkam.

Ich riss die Augen auf, als mir bewusst wurde, was hier vor sich ging.

Vivaxia wendet ihre Magie auf die Albtraumfeen an, sagte ich Az. *Es ist dieser verdammte Zähmungsbann.*

Ein Schmerz streifte meine Sinne. Mir war bewusst, dass das ein heikles Thema für Az war und ich bereute es immer noch, dass ich den Zauber auf ihn angewandt hatte. Auch wenn ich über die Vergangenheit nicht im Bilde gewesen war – oder das Trauma, das ich wiedererweckt hatte –, hätte ich ihm seinen freien Willen nicht entreißen sollen.

Aber jetzt ... jetzt verstand ich, wie verkommen Vivaxia war. Sie sah die Albtraumfeen wie Azazel als Haustiere an, die man nach Lust und Laune kontrollieren konnte.

Sie machte sich nichts aus freiem Willen.

Ich weiß, erwiderte Az mit sanfterer mentaler Stimme als üblich. *Ich erkenne ihn wieder. Und ich sehe auch, dass das keine dunklen Seelen sind. Zumindest nicht alle von ihnen.*

Meine Zähne taten weh, weil ich sie so arg zusammenbiss. Natürlich konnte Az zwischen unschuldigen und bösartigen Seelen unterscheiden. Er hatte diese Fähigkeit schon immer besessen, er hatte sie mir nur noch nie erklärt.

Ich war im Dunkeln gelassen worden. Nicht nur von Luzifer, sondern auch von Az.

Jetzt tappst du nicht mehr im Dunkeln, versicherte Az, der vermutlich meinen Gedankengang mitbekommen hatte. *Jetzt teile ich alles mit dir. Das ist ein Versprechen.*

Und ich wusste, dass er es so meinte. Der erbitterte Tonfall, mit dem er die Worte sprach, ließ ein Verlangen nach ihm aufflammen. Ich wollte nicht nur da weitermachen, wo wir aufgehört hatten, sondern ihm mit meinem Körper zu zeigen, dass ich seine Entschuldigung annahm.

Dass ich *ihn* annahm. Und das würde ich ihm bald schon zeigen, indem ich ihn ein drittes Mal biss.

Mmh, schnurrte Az in meine Gedanken, der meine Absichten wohl gehört hatte. *Wird Cami zusehen?*

Wenn wir das hier überleben, wird sie mehr als nur zusehen, versprach ich.

Unser Vorspiel würde darin bestehen, diese Biester zu zähmen. Zusammen. Nicht, indem wir sie besiegten, sondern indem wir sie retteten – zumindest diejenigen, die es verdienten, gerettet zu werden.

Als ich die Albtraumfee umkreiste, damit ich sie eingehender analysieren konnte, erkannte ich den Unterschied zwischen der Sirene und dem Naga.

Der Naga verfügte über eine dunkle Aura, die ich für einen ungewöhnlichen Schatten gehalten hatte. Aber das war kein Schatten, sondern die Aura seiner Seele.

Um die Sirene herum waberten nicht dieselben Schemen.

Diese Fähigkeit hatte ich vorher nicht besessen. Dann wiederum war ich bisher auch nur dem Namen nach der Wärter gewesen.

Luzifer hatte mir den Schlüssel überreicht – ein Symbol für die Macht, die mit der Position einherging.

Jetzt war ich wahrhaftig Teil seines inneren Zirkels.

Die Sirene war eine von Luzifers geschützten Bewohnern und Vivaxia versuchte, uns zu verwirren, damit wir einander angriffen. Ich konnte ihm den Schmerz, der in seinen Augen stand, nachfühlen.

Er wollte nicht hier sein. Das hier war also ein Unschuldiger, der von Vivaxias Kraft eingenommen wurde.

Verdammt.

Der Naga griff erneut an, als ich meine Magie dazu benutzte, die wilde Sirene in die Lache zu schubsen, die ich geschaffen hatte, und ihn darin einzusperren. Ich war abgelenkt gewesen, was dem Naga Gelegenheit geboten hatte, mir mit der Klaue das Bein aufzuschlitzen. Das Blut wurde vom Stoff meiner Hose aufgesogen und die brennende Hitze, die durch meine Adern rauschte, machte mich ganz benommen.

Ajax, hakte Az nach. Diese Hitze wurde stärker und rauschte durch meine Psyche, während ich Az' Gedanken anzapfte, was mich den Kampf spüren ließ, der noch immer in den Schlafsälen wütete. *Es wird immer schlimmer hier drüben. Sag mir, was ich tun soll, denn im Augenblick halte ich sie bloß hin.*

Az versuchte nach wie vor, mich führen zu lassen, aber bisher hatte ich einen miserablen Job dabei hingelegt.

Verdammt, wie biege ich das wieder hin?

Ich konnte keinen Plan schmieden, bis ich mir überlegt hatte, wie ich die dunklen Seelen von den gutartigen unterscheiden konnte – und jetzt brannte mein Bein wie verrückt. Nagas konnten Gift in ihre Angriffe fließen lassen, also murmelte ich rasch einen Gegengift-Zauber, der aber keine Wirkung zu zeigen schien. Die heißkalte Empfindung des Gifts kletterte an meinen Hüftknochen hoch und löste ein Stechen in meiner Seite aus.

Wie lautet der Plan, Wärter?, hakte Az nach. Er wollte mir Gelegenheit einräumen, zu führen, also lag es an mir, die Situation zu entschärfen.

Az wusste, was ich brauchte, damit ich meine Rolle als wahrer Wärter annahm, und ich würde ihn nicht enttäuschen.

Versuch jene, die unter Vivaxias Zähmungsbann stehen, kampfunfähig zu machen oder einzufangen, bis wir wissen, wie wir ihnen helfen können, erwiderte ich. Az hatte den Bann durchbrochen, also sollten die Änderungen, die sie vorgenommen hatte, auch zu brechen sein.

Wir müssen sie alle im Kerker zusammenscharen. Sobald wir sie alle dorthin gebracht haben, trennen wir die guten von den bösen Seelen.

Mein Verlies würde nicht mehr bloß ein Kerker voller Albträume sein. Luzifer hatte sein Vertrauen in mich als seinen Wärter gelegt, und jetzt würde ich einige Änderungen vornehmen.

Ich würde ihn nicht nur mit jenen füllen, die gefoltert, sondern auch mit jenen, die wieder eingegliedert werden mussten.

Aber ich würde mir überlegen müssen, was wir mit den dunklen Seelen machten, wenn wir sie erst einmal in ihre Zellen gesperrt hatten.

Dakota zu töten, hatte einen Zwiespalt in mir aufgetan, den zu evaluieren ich jetzt keine Zeit hatte. Aber als offizieller Wärter der Höllenfeen musste ich mir Gedanken darüber machen, denn jetzt besaß ich die Macht, den Schleier von Schimären zu lichten und die dunklen Seelen zu zerstören, die in diesen Zellen gefangen waren. Ich musste mir nur überlegen, wie ich weiterverfahren wollte, und wer welche Strafe verdiente.

Einige Seelen waren aber unschuldig. Befleckt von einer Magie, die beeinflussen und zerstören wollte. Sie verdienten es nicht, in diese Verlies gesperrt zu werden.

Also würde ich sie rehabilitieren. Diejenigen, die es verdienten, gerettet zu werden, würden gerettet werden.

So war es richtig.

Das war der Wärter, der ich sein wollte.

Ich flüsterte einen Bann, der die Luft um mich herum verdichtete, dann gab ich ein Pfeifen von mir. Das Geräusch erhaschte die Aufmerksamkeit mehrerer Albtraumfeen, die Chaos stifteten, Höllenhunde, die mit einem Meeresdrachen rangen, sowie drei anderer unkontrollierter Feen.

Und sie stürzten auf mich zu.

Wie ich schon erwartet hatte, machte ihr Geisteszustand sie gegenüber lauten Zielen aufmerksamer.

„Hier entlang, ihr Wilden", lockte ich sie vorfreudig. Das Brennen an meiner Seite hatte etwas abgenommen, oder vielleicht bildete ich mir das auch bloß ein. Es spielte keine Rolle. Das hier würde bald schon vorbei sein. Luzifer hatte mir den Schlüssel überreicht, der jetzt in meiner Tasche brannte, und versprach, den Wärter mit Kraft zu versehen. *Mich*. „Folgt dem Geräusch."

Das hier war keine gewöhnliche Jagd, aber ein kranker Teil von mir genoss die Herausforderung, die sich mir stellte.

Ich musste die Feen einfangen, anstatt sie zu töten. Sobald wir die Biester gezähmt hatten, würde jede Seele beurteilt werden.

Und sobald die wild gewordenen Feen in den Kerker gelockt waren, würde ich die Kraft anwenden, mit der Luzifer mich betraut hatte, um sein Volk zu beschützen.

Unser Volk.

Ich erschrak, als sich direkt vor meiner Nase ein weiteres

Portal öffnete. Anstatt zu kämpfen, beschwor ich mit einem Fingerzeig einen weiteren Verteidigungszauber herauf.

Was zum Teufel machst du da?, verlangte Az zu wissen, als ich lauter pfiff, während die Neuankömmlinge gegen meine Schutzschranke rammten. *Ich kann das Pfeifen bis hierhin hören.* Der Geräuschbann funktionierte besser als angenommen, vermutlich, weil Vivaxia etwas mit diesem Paradigma angestellt hatte, damit es sich wie eine Echokammer verhielt.

Ich locke sie in Richtung Kerker, informierte ich Az, erhielt aber keine Gelegenheit, näher darauf einzugehen, weil ein schrilles Echo meines Pfeifens mich erfasste und mich die Hände auf die Ohren pressen ließ, ehe meine Schranke wie Glas zerbarst.

Az!, dachte ich, als der Meeresdrachen seinen mächtigen Körper um mich schlang. Das statische Rauschen, das pausenlos durch die Luft sauste, nahm an Kraft zu, bis nur noch das erdrückende Dröhnen der unbekannten und falschen Magie zu hören war.

Was auch immer mich von Cami abgekapselt hatte, stand jetzt zwischen Az und mir. Ich konnte ihn weder spüren noch hören.

Auf meinem Körper machte sich eine neuartige Empfindung breit. Mir war eiskalt, obwohl ich meinen Zauberstab dazu verwendete, den Meeresdrachen dazu zu bringen, mich loszulassen.

Eiskalt, wie Vivaxias Herz, dachte ich mit klappernden Zähnen und sah zum aufgebrochenen Himmel hoch, während ich stolpernd zu rennen begann.

Der Himmel war buchstäblich aufgebrochen. Überall formten sich Risse an der Oberfläche des Paradigmas, als würde es gleich auseinanderspringen.

„Verdammt!“, fluchte ich, leitete Kraft in meine Beine und

rannte weiter, denn die Albtraumfeen waren mir immer noch dicht auf den Fersen.

Und zwar alle von ihnen.

Ich versuchte, durch die Schatten zu wandeln und etwas Distanz zwischen uns zu bringen, aber meine Magie versagte und pulsierte wie gegenpolige Magnete, die zwischen zwei eisernen Handspindeln festhingen.

Der Schmerz meiner Wunde am Oberschenkel erinnerte mich an Frostbeulen und ließ meine Extremitäten ganz taub werden.

So ein Naga-Gift war mir noch nie untergekommen.

Weil das kein Gift ist, dachte ich, während alles zusehends verschwamm und dann in ein gleißendes Licht gehüllt wurde. *Das ist sie.*

Vivaxia hatte nicht nur einen Weg ins Reich gefunden, sie bohrte sich in die Geister der unschuldigen Albtraumfeen und versuchte, uns alle auseinanderzutreiben.

Angefangen mit Cami und ihren Gefährten. Ich ahnte, dass der Rest nur ein Bonus war.

Wenn sie die Bräute umbrachte, würde Luzifer um Jahrhunderte zurückgeworfen.

Mich als Wärter zu untergraben, wäre eine Riesenschande und würde noch mehr Misstrauen säen und Chaos stiften.

So würde sie gewinnen. Indem sie alles auseinandernahm, das Luzifer aufgebaut hatte.

Indem sie sein Herz angriff.

Ich war jetzt Teil dieses Herzens, ob ich nun bereit dafür war oder nicht. Ich war mit Az verbunden, was mich indirekt zu einem Teil von Luzifers innerem Zirkel machte.

Zwar war ich nicht in der Lage, Az zu spüren, aber er war immer noch da drinnen. Ganz wie Cami auf der anderen Seite der unsichtbaren Schranke war, die diesem Paradigma das Leben aussaugte. Vivaxia wollte mich ihr fernhalten, mich ersticken, aber an der Sache gab es einen Haken.

Du verstehst nicht, wie mächtig Liebe ist, Vivaxia.

In mir breitete sich ein ungewöhnlich friedliches Gefühl aus und es gelang mir, eine weitere Schutzschranke zu schaffen. Auch wenn die Albtraumfeen um mich herum wüteten, fauchten und drohten, mich zu überwältigen, konnte nichts und niemand an dieser Tatsache rütteln.

Ich hatte geglaubt, ich würde Liebe verstehen, und sogar, sie erfahren zu haben. Aber das war nichts im Vergleich zur wahren Liebe gewesen.

Camillia war mein Herz und meine Seele, und selbst die geballte Kraft von Himmel und Hölle konnte uns nicht auseinanderhalten.

Ich blickte, von meinen Instinkten getrieben, zur Decke des Paradigmas. Das strahlende weiße Licht, das ich am Firmament ausbreitete, war nicht nur die invasive Magie, die durch meine Adern rauschte.

Es war Liebe.

Gläsern schimmernde und glühende goldfarbene Sterne brachen durch den Käfig, der das Paradigma umgab, und durch die Kluft strömte Camis Liebe.

Melek hielt sie in den Armen und breitete seine beeindruckenden Flügel aus, sodass es aussah, als würde Cami am Himmel entlangschweben.

Wie ein Engel.

Mein Engel.

Unser Engel, schien eine Stimme zu sagen, bevor das lebensprühende Sternenzelt sich schwarz zu färben begann.

Und die wilden Feen angriffen.

KAPITEL 22

CAMI

„*Melek*", keuchte ich und hielt ihn an, schneller zu fliegen, diesen elenden Bann zu überwältigen und uns an Ajax' Seite zu teleportieren, denn mein Gefährte war gerade unter einem Berg aus Monstern *verschwunden*. Oder zumindest sahen der Drache und die anderen beiden riesigen Albtraumfeen wie ein Berg aus.

Ich hatte Az um ein Haar verloren und würde dasselbe nicht mit Ajax durchmachen.

„Ich bin im Sinkflug", versprach er mir. Der krasse Höhenabfall drehte mir den Magen um, aber es fühlte sich trotzdem an, als würde der Campus, der am zerbrochenen Horizont zu erkennen war, viel zu langsam näherkommen. „Wir müssen vorsichtig sein, Engelchen. Vermutlich handelt es sich um eine Falle", warnte mich Melek, der sich Zeit dabei ließ, ins Paradigma zu schweben.

Vivaxias Magie war überall, vieles davon war eine harmlose Schimäre. Einige der Schranken waren echt gewesen und hatten uns davon abgehalten, das Paradigma zu betreten, aber sobald ich Ajax' Schmerz gespürt hatte, wusste ich, wo ich suchen musste.

Typhos schien jetzt, da ich mein Band zu Ajax dazu verwendet hatte, uns durch die flackernde Illusion zu ziehen, nicht weiter beunruhigt über den Bann. Die Luftspiegelung hatte ein zartes Netz verborgen. Oder vielleicht … hatte ich ein Loch in es gestanzt, indem ich es absorbiert hatte. Ich war nicht ganz sicher.

Unabhängig davon hatte der Höllenfeen-König die Gelegenheit ergriffen, sich eines Problems in seinem Königreich anzunehmen. Ein Zischen durchfuhr die Luft, als er in seiner mächtigen Gestalt vorbeirauschte und sein Selbstvertrauen kreierte greifbare Flammen, als er landete.

Gesteinsbrocken und Erde sprühten in die Luft, doch die Landung war kalkuliert. Kein einziger Kieselstein hielt auf mich zu, und als Melek landete, landete ich stolpernd auf den Füßen und tastete meine Hüfte nach einer Klinge ab.

Natürlich hatte ich keine dabei. Ich hatte gerade eben nicht mit Waffen trainiert. Viele Jahre lang hatte ich immer eine Waffe bei mir getragen. Sogar, als ich Kurse an der Uni besucht hatte, trug ich eine versteckte – für den Fall, dass ein übernatürlicher Plagegeist mir einen Besuch abstatten würde oder mich mein Vater mit sonst einem Mist überraschte. Aber wie es schien, war ich, seit ich meinem Schicksal zugeführt worden war, durchweg unbewaffnet zu sein.

Du brauchst keine Waffe, Engelchen, versicherte mir Melek in Gedanken. *Du bist eine.*

Als er das sagte, wanderte mein Blick zu Typhos, weil ich ein Siphon und kreiert worden war, um *seine* Kraft abzusaugen.

Und was für eine geballte Ladung an Kraft das war.

Der Höllenfeen-König teilte die Albtraumfeen-Horde mit einer einzigen Handbewegung. Ich hatte bisher mindestens sechs entdeckt, und die Feuer und das Chaos in der Ferne deuteten darauf hin, dass mehr folgen würden.

Die Kreaturen in seiner direkten Umgebung wehklagten

und duckten sich in seiner Anwesenheit und eine seltsame, flackernde Energie zog wie eine Flutwelle über sie hinweg.

Was ist das?

Alle Biester im Reich der Höllenfeen verneigten sich vor ihrem König. Selbst die wildgewordenen. Zumindest war Typhos davon ausgegangen. Der anfängliche Schock über unsere Ankunft hatte sie durcheinandergebracht, das aber nur für einen kurzen Augenblick.

Dann schnellte diese unbekannte Energie zurück an ihren Platz, woraufhin die Kreaturen hochschossen.

„Cami!", schrie Melek, hörbar und auch in Gedanken. Meine Seele beherzigte die Panik in seiner Stimme und ich wich geduckt aus, als eine Wand aus schuppiger Haut in den Boden rammte und auf die Stelle traf, an der ich eben noch gestanden hatte.

Ist das ein Drache?

„Aufhören!", brüllte Typhos. Die Kraft, die dem Wort mitschwang, traf mich mitten in die Brust und mein Körper welkte dahin, als wollte er ihm gehorchen, obwohl der Befehl gar nicht an mich gerichtet war.

Die Gruppe, die aus mindestens sechs Albtraumfeen bestand, und einige Höllenfee-Arten, warfen sich gleichzeitig auf den König der Höllenfeen. Er verschwand außer Sichtweite, aber kurz darauf schoss ein Schwall Höllenfeuer gen Himmel. Die Hitze rauschte hoch in die Wolken, weil sie nicht auf die Feen abzielte, sondern dafür sorgen sollte, sie auseinanderstieben zu lassen.

Er tat ihnen nicht weh, scheuchte sie bloß zurück, damit wir mit ihrer schieren Zahl klarkamen. Obwohl es nicht unbedingt viele waren, waren Albtraumfeen ... riesig.

Zum Glück wusste der König mit ein paar Bestien umzugehen. Immerhin war das hier sein Gebiet.

Überzeugt davon, dass Luzifer klarkommen würde, ließ ich meinen Blick über den rissigen Boden wandern und suchte nach dem Gefährten, der mich hierhergezogen hatte. Derjenige, den ich noch immer überhaupt nicht spüren konnte.

Ajax.

Ich sah ihn zusammengekrümmt und blutüberströmt am Boden liegen und riss die Augen auf. Plötzlich fühlte sich meine Brust ganz eng an. Ich konnte ihn nicht spüren, aber das bedeutete nicht, dass …

Im nächsten Augenblick versenkte jemand seine scharfe Kralle in meinem Rücken. Dann vernahm ich einen Schrei, der aber nicht von mir kam.

Vor mir kam eine Todesfee zu einem abrupten Halt und sah mich mit wildem und völlig falschem Ausdruck an.

Moment mal … Das ist keine Todesfee, stellte ich mit gerunzelter Stirn fest.

Ein schrilles Kreischen füllte meine Ohren aus und ließ den Schmerz in den Hintergrund rücken, während ich versuchte, die Maske dieser Kreatur zu durchschauen. Ihr Kreischen fühlte sich echt an und ließ meine Knie ganz weich werden. Das bedeutete aber nicht, dass sie eine echte Todesfee war. Dunkle Seelen waren gezwungen, Albtraumfeen-Gestalten anzunehmen, und sie hatten auch Zugriff auf einige der Fähigkeiten der jeweiligen Art.

Diese Fähigkeiten waren zur Verteidigung gedacht.

Die Albtraumfeen waren nicht böse. Ganz im Gegenteil, wenn ich das richtig verstanden hatte. Dieses Biest, aber, trug eine dunkle Seele im Leib. Ihre grausamen, eisigen Absichten stimmten nicht mit dem überein, was ich bisher über die Spezies gelernt hatte, die Luzifer in seinem Reich beschützte.

Jetzt ergab es Sinn, dass Luzifer gesagt hatte, seine Quelle würde keine unverpaarten Frauen annehmen.

Weil es in seinem Reich *keine* weiblichen Albtraumfeen gab. Keine echten. Es handelte sich dabei um maskierte Gestalten, die als Schleier für die dunklen Seelen dienten.

Sehen aber ungeheuer echt aus.

Die barbusige Kreatur vor mir hatte zottiges Haar und spindeldürre Flügel, die über bauschige Daunen am Bogen in der Mitte verfügten und mit Flecken übersät waren, sowie lange, verbogene Krallen, die aus den menschlichen Fingern drangen.

Als ich sie mir genauer ansah, erkannte ich die wahre Fee dahinter. Das verzogene Gesicht einer Fee mit spitzen Ohren und blassblauen Augen schimmerte hindurch.

Ich wusste nicht, wer sie war, aber sie gehörte nicht zu Luzifers Albtraumfeen. Sie blähte die Nasenflügel und setzte einen Fuß vor den anderen, um sich mir zu nähern.

Eine Sekunde später war ihr Kopf weg, abgetrennt von einem goldenen Blitz, der mein Gesicht mit Blut bespritzte.

Ich zuckte zusammen, dann sah ich zu Melek, der ein Schwert in den Händen hielt, das ich ihn nicht einmal hatte heraufbeschwören sehen.

„Geh zu Ajax“, sagte er. Ich hatte ihn noch nie einen so ernsten Tonfall anschlagen hören. Sein Blick verweilte auf dem kopflosen Körper, der zu Boden sackte.

„Melek ...“

Er sah mich mit seinen vielfarbigen Augen an. „Ich weiß. Ich habe deine Gedanken gehört. Darum habe ich sie getötet, bevor sie ...“ Er biss die Zähne zusammen. „Geh zum Wärter. Ich werde sie in Schach halten.“

Ich blinzelte. Dass Melek einer Kreatur wehtat, war untypisch für ihn. Sonst war er immer die Sinnlichkeit in Person und brütete allerhand Unheil aus.

Aber offensichtlich konnte er auch tödlich sein. Die messerscharfe Klinge in der rechten Hand des Königs.

„*Geh, Cami*“, wiederholte er und riss mich aus meinen Gedanken.

Okay. Ich rannte in Ajax’ Richtung, verlangsamte aber, als mir die schimmernde Schranke ins Auge stach, die ihn umgab. *Ist das ein Schutzbann?*

Ja, bestätigte Az. Wie es schien, hatte ich die Frage an all meine Gefährten weitergeleitet.

Und ist das da eine Sirene?, fragte ich als Nächstes.

Niemand antwortete.

Aber das brauchten sie nicht.

Denn meine Augen sagten mir alles, was ich wissen musste.

Die Kreatur war von einer ähnlichen Schranke umgeben. Diese schien das Wesen aber in einer verzauberten Wasserlache festzuhalten.

Ein Blick verriet mir, warum. *Dieses Wesen ist nicht von Dunkelheit umgeben.* Aber sie schien Schmerzen zu haben. In seinen milchigen Augen war ein Ausdruck zu erkennen, der auf qualvolle Schmerzen hindeutete.

Panik, dämmerte mir.

Aber sie war doch in Sicherheit?

Ich sah zu Ajax, fasziniert über die Zurschaustellung seiner Macht. Nicht nur seine Demonstration mit der magischen Blase, sondern auch, dass er offensichtlich darauf gekommen war, dass dieses Wesen keine dunkle Seele war.

Ich sprach ihm in Gedanken ein Lob aus, verstummte aber augenblicklich, als ich Ajax' kreidebleiches Gesicht sah.

Er sieht …

Ich ließ meine Gedanken nicht weiter spekulieren, aber es war klar, warum Melek mich gedrängt hatte, zu Ajax zu gehen.

Obwohl … ich nicht sicher war, was er von mir erwartete.

Ich war nicht einmal sicher, was geschehen war.

Ajax, flüsterte ich und ging auf ihn zu.

Doch dann wurde mir von einer weiteren Albtraumfee der Weg abgeschnitten. Dieses Mal war es ein Zentaur, dessen graziles, gebogenes Geweih in den Himmel ragte und der Boden unter seinen Hufen erzitterte.

Was aber am auffallendsten war, war, dass ihn keine dunkle Aura umgab.

Er ist eine gute Albtraumfee, erkannte ich.

Doch dann ballte er wütend die Fäuste und blähte die Nasenflügel.

Cami, sagte Melek.

Ich packe das schon, versprach ich ihm.

Aber Ajax …

Das Brüllen des Biests schnitt Melek das Wort ab. Der Laut hörte sich so panisch an, wie der Ausdruck in den Augen der Sirene ausgesehen hatte.

Er hört sich schmerzerfüllt an, realisierte ich. *Als wollte er das hier nicht tun … und keine andere Wahl hätte.*

Ich konnte es den zögernden Bewegungen seiner Hufe ansehen. Als versuchte er, sich davon abzuhalten, auf mich zuzugaloppieren.

Stirnrunzelnd ging ich auf ihn zu, wie ich es bei einem wilden Tier tun würde.

Er fletschte wütend die Zähne, griff mich aber nicht an.

Dieses Zähnefletschen verwandelte sich in ein ausgewachsenes Knurren, als ich seinen Oberkörper berührte. Ich war nicht ganz sicher, warum ich mich ihm auf diese Art genähert hatte. Es … es fühlte sich ganz einfach richtig an.

Aber was ich unter meiner Hand spürte, fühlte sich überhaupt nicht *richtig* an. Seine Haut war eiskalt.

Die Kreatur versuchte, zurückzuweichen, doch ich folgte ihr, entschlossen, dem eiskalten Strang aus Magie zu folgen, der um sie herumschwirrte.

Der Tod, dachte ich stirnrunzelnd. *Aber irgendwie auch nicht.*

Es … es erinnerte mich irgendwie an die Kraft, die ich im Reich des Jenseits abgeschöpft hatte. Aber auch die war anders.

Vivaxia, dachte ich. Es war ihr manipulativer Bann

gewesen, den ich damals absorbiert hatte. Nur hatte ich zu viel davon in mir aufgenommen und dabei auch ein paar Albtraumfeen-Seelen eingesaugt.

Unschuldige Albtraumfeen-Seelen.

Das durfte mir nicht noch einmal passieren.

Aber wenn diese Feen von ihrem Zauber kontrolliert wurden, musste ich etwas dagegen unternehmen. Denn diese Magie gehörte nicht hierhin. Sie war falsch.

Sehr falsch sogar …

Ich versuchte, tiefer zu dringen und nach ihren spezifischen Magiesträngen zu suchen. Die Luft war von einem Surren erfüllt, als umgäbe mich ein riesengroßer Bienenschwarm, und ließ mir die Haare zu Berge stehen.

Aber ich musste diesen Strang finden … Musste … musste das hier *wieder geradebiegen*.

Der Zentaur stieß ein weiteres Knurren aus.

„Ich versuche, dir zu helfen", sagte ich ihm.

Für einen flüchtigen Augenblick zog ein verständnisvoller Ausdruck in seinen Augen auf, gefolgt von einem verrückten Funkeln, das nicht dorthin gehörte. Ein verrücktes Funkeln, das von Vivaxias Magie stammte.

Fast geschafft, dachte ich und löste die unsichtbaren Stränge mithilfe meiner Gedankenkraft auf.

Doch dann ging hinter mir ein lauter Knall los.

Ein Knall, der Feuer durch meine Adern schießen ließ und mir den Atem verschlug.

Ich will das, dachte ich. *Diese Kraft … Ich will … sie* an mich reißen …

Fieberhaft sah ich mich nach der Kraftquelle um.

Typhos.

War ja klar, dass mein innerer Siphon sich nach seiner Kraft verzehrte.

Er hatte zwei Albtraumfeen in magische Ketten gelegt und eine Leine aus Höllenfeuer um ihre Hälse geschlungen.

Stränge aus zischendem Strom waren um den Hals eines Meeresdrachen und das Bein eines Mantikoren geschnürt, der mit den Flügeln schlug. Es war ein faszinierender Anblick. Typhos war es gelungen, nur die Angreifer einzufangen und die Unschuldigen, die in krallenartigen Griffen festsaßen, zu verschonen.

Funken sprühten in die Luft, dann materialisierte sich Az und fing eine weitere Kette aus Feuer ab, die ihm von Typhos zugeworfen wurde. Die beiden arbeiteten nahtlos zusammen und fingen die Albtraumfeen ein.

Aber … mehrere von ihnen waren keine dunklen Seelen.

Zum Beispiel der Zentaur, dachte ich, auf dessen bebende Brust meine Hand noch immer gedrückt war.

Als ich zu ihm zurückblickte, konnte ich in seinen Augen fast schon einen flehenden Ausdruck erkennen, als würde er einen inneren Kampf verlieren.

„Du versuchst, mich nicht anzugreifen“, realisierte ich und mein Herz setzte einen Schlag aus.

Er blinzelte mich an, als wollte er meine Aussage bestätigen, und dabei blitzte einen Teil dieses Lichts erneut hervor, ehe es in der nächsten Sekunde wieder von Chaos eingenommen wurde.

Heilige Götter … das ist der Zähmungsbann, dämmerte mir plötzlich. *Oder zumindest eine Version davon.*

Ich war nicht einmal sicher, ob das die offizielle Bezeichnung war.

Und es spielte auch keine Rolle.

Denn diese Kreaturen litten.

Alles bloß wegen Vivaxia.

Ich musste ihnen helfen. Musste … das hier *geradebiegen*.

Indem ich den Bann aus ihnen sauge, dachte ich mit aufgerissenen Augen. *Ich kann die Magie absaugen.*

Wie ich es im Reich des Jenseits versucht hatte – mit diesem Todesstein. Aber ich … ich war ein Siphon.

Ich musste nicht ausschließlich Typhos' Energie absaugen, oder?

Ich konnte auch ... Vivaxias Bann absorbieren.

In meinen Fingerspitzen breitete sich ein Kribbeln aus, als ich die Stränge im Zentaur erneut zu lokalisieren versuchte.

Nicht seine Seele, dachte ich. *Nicht seine Kraft. Sondern ... die* Krankheit, *die nicht hierhergehört.*

Ich hatte keine Ahnung, was ich da machte. Ich ... war ganz einfach auf der *Jagd*.

Sonderte aus.

Verfolgte die Dunkelheit. Die Kälte. Dieses ... bekannte, kalte Gefühl.

Ich war dieser Energie mehr als nur einmal ausgesetzt gewesen, aber mein Verständnis von ihr reichte tiefer als meine eigene Erfahrung. Es ... es war fast so, als wäre sie tief in meiner Psyche verankert.

Weil es sich dabei um Engelsfeen-Magie handelt, wurde mir bewusst. *Und ich bin ... eine Engelsfee. Ein Siphon.*

Ich war buchstäblich geschaffen worden, um zu *absorbieren*.

Also werde ich genau das tun ... Ich hängte mich an den dunkelsten Strang, der nicht hierhergehörte, und begann daran zu ziehen. Aufzutrennen. Zu *absorbieren*.

Zunächst langsam und zögerlich.

Mit jeder Sekunde schien der Schmerz des Zentauren zu schwinden und sein Blick wurde klarer und klarer, bis ... er blinzelte.

„Danke", keuchte er. „*Danke!*"

Ich machte einen Schritt zurück und mein Körper strotzte plötzlich förmlich voller fremder Magie. Sie schwirrte um mich herum, durch mich hindurch, *in* mir. Als suchte sie nach einem Ventil, einem Ort, an dem sie sich festsetzen konnte.

Der Zentaur rannte davon und ich wandte mich einigen

anderen Albtraumfeen zu. Ich fragte mich, ob ich sie von dem giftigen Bann erlösen konnte, ohne sie berühren zu müssen.

Es dauerte nur ein paar wenige Sekunden, bis ich die Quelle fand – diesen tintenschwarzen Strang – und ihn auflöste.

Das Surren um mich herum wurde noch stärker. Die intensive Energie ließ mich erschaudern, aber ich suchte weiter nach dem Zauber und saugte ihn allein mit meinem Blick aus jeder einzelnen Albtraumfee.

Es war belebend. *Befähigend.* Trotzdem ... war ich nicht sicher, wohin ich die ganze Kraft senden sollte. Sie ... sie sammelte sich in mir wie ein elektrisch geladener Ball.

Er verwandelte sich.

Wirbelte herum.

Krümmte sich.

Bedrohte.

Als Nächstes widmete ich mich der Sirene, die Ajax mittels seiner Magie gefangen hielt, erlöste sie von Vivaxias Zauber und achtete dabei darauf, die Schranke um sie herum stehenzulassen.

Als die letzte Schwade sich um mich legte, erschauderte ich. Die Kraft brannte zu heiß in mir.

Ich wollte tiefer graben.

In mich gehen.

An diese Stelle ... die mich mit ihr *verbindet.*

Nein. Ich ... Dazu durfte ich es nicht kommen lassen.

Aber die ganze Kraft in mir behalten, konnte ich auch nicht.

Sie würde mich bei lebendigem Leibe verbrennen. Mich ersticken. *Mich töten.*

Ich ... ich musste sie an einen anderen Ort bugsieren.

An einen sicheren Ort.

Mein Blick schnellte zu Typhos, der mithilfe seiner brennenden Kraft seine Biester unter Kontrolle brachte.

Oder bei jemand *sicherem*, dachte ich. *Seine Quelle …*

Ich dachte nicht nach, ich handelte. Ich öffnete mein Herz und verband mich mühelos mit Typhos.

Zu mühelos.

Ich war geschaffen worden, um ihm sein Licht zu rauben.

Aber ich würde gegen diesen Drang ankämpfen und das Gegenteil von dem machen, was Vivaxia von mir wollte. Ich würde alles, was ich ihr genommen hatte – diesen schrecklichen Zauber – an ihre Nemesis weiterreichen.

An Typhos.

An seine Quelle.

Ich spürte seinen Blick auf mir ruhen, weigerte mich aber, ihn anzusehen. Weigerte mich, ihm *zuzuhören*.

Er konnte die Kraft annehmen. Teufel, das musste er. Denn ich würde Vivaxia nichts davon abgeben. Wenn sie die Feen in diesem Reich verhexen wollte, musste sie riskieren, die eingesetzte Magie zu verlieren.

Jetzt gehört sie Typhos, Miststück, dachte ich in ihre Richtung.

Sie konnte mich zwar nicht hören.

Aber das war mir egal, verdammt.

Ich saugte weiter ab und leitete die Kraft weiter.

Saugte ab und leitete weiter.

Saugte ab und …

Cami!, schrie Melek in meine Gedanken. *Mach mal halblang. Atme tief durch.*

Ich blinzelte, wusste nicht, was ihm Sorgen bereitete. Es ging mir gut. Ich fühlte mich energiegeladen.

Ich nehme nur Vivaxias Banne auf, sagte ich ihm, überzeugt davon, das Richtige zu tun. *Keine unschuldigen Seelen.*

Alle Stränge, an denen ich gezogen hatte, waren dunkle, kranke Schwaden gewesen – manipulativ bis in ihre ausgefransten Enden.

So viel Dunkelheit, dachte ich und wirbelte herum.

Dann fiel mein Blick auf Ajax.

Er war immer noch bewusstlos.

Verborgen von seiner Blase.

Ajax, keuchte ich und kam kurz ins Wanken, als mir bewusst wurde, dass ich ihn leiden lassen hatte. *Ajax!*

Ich rannte auf ihn zu. Wann hatte ich mich so weit von ihm entfernt?

Habe ich mich bewegt, während ich all diese Banne abgesaugt habe?, fragte ich mich.

Aber mir blieb keine Zeit, zu versuchen, meine eigene dämliche Frage zu beantworten.

Das Einzige, was zählte, war Ajax.

Und die Unmengen von dunkler Magie, die seinen Körper verbargen.

Heilige Götter … Wie konnte mir das nur entgehen?

Oder vielleicht konnte ich die magischen Stränge jetzt nur besser erkennen, weil ich mich so sehr auf sie konzentrierte.

Das *Wie* spielte keine Rolle. Tatsache war, dass ich sie sehen konnte und Ajax mit mehreren Strängen infiziert war.

Das hier … könnte schwierig abzusaugen sein.

Er strotzte nur so vor Kraft. So sehr, dass er allein mich komplett wahnsinnig machen und mich zwingen könnte, dieses Ventil in mir zu öffnen.

Nein, beschloss ich. *Ich schaffe das. Ich* muss *es schaffen.*

Ich würde ganz einfach … ich würde einfach noch mehr Kraft an die Quelle der Höllenfeen leiten. Wenn ein Teil von mir sich dabei verabschiedete, dann war es nun mal so.

Ich legte meine Hand auf Ajax' schaurig kalten Körper und versuchte, all die magischen Stränge, die sich um ihn schlangen, mental aufzulösen.

„Camillia", sagte der Höllenfeen-König, dessen Stimme trotz des Chaos klar zu vernehmen war. Er stand in der Nähe der Tore, ich immer noch nahe der Bibliothek, wo Ajax zu

Boden gegangen war, aber es fühlte sich an, als würde Typhos seine Lippen an mein Ohr pressen. Ein bisschen wie damals, als ich seine Stimme in der Arena gehört hatte, mit dem Unterschied, dass er mir jetzt seine ungeteilte Aufmerksamkeit schenkte.

Er war umgeben von übernatürlichen, feurigen Ketten, an deren Enden mehrere Albtraumfeen hingen.

Er hatte angefangen, sie für mich in einer Linie aufzustellen.

Az und Melek hatten dasselbe getan.

Denn ihnen war klar geworden, was ich getan hatte, und jetzt hielten sie die Feen in Schach.

Und warten darauf, dass ich sie vom Bann befreie. Der Gedanke ließ mir ganz warm ums Herz werden.

Typhos hatte nicht nur erkannt, was ich machte, er hatte auch beschlossen, mit mir zusammenzuarbeiten.

Und wenn er mir böse war, dass ich seine Quelle berührte, zeigte er es nicht.

Sein Ausdruck schien eher besorgt, was mich verwunderte, weil wir als Team gerade so viel erreicht hatten.

Er sagte etwas, das ich nicht vernehmen konnte, weil meine Gedanken plötzlich wieder vollends bei Ajax waren.

Die Dunkelheit, dämmerte mir und spürte sie von Ajax an meinen Armen hochwandern. *Sie breitet sich aus.*

Weil sie sich wahrhaftig wie eine Krankheit verhielt.

Aber ich verfügte über das Gegenmittel.

Mich.

Ajax zuckte zusammen, als ich die unsichtbaren dunklen Stränge aufzulösen begann, die ihn gefangen hielten.

Du packst das schon, dachte ich zu ihm. *Ich ... ich muss nur ...* Ich schluckte. Der erste Schwall Kraft brachte mich beinahe aus dem Gleichgewicht. *Moment ...*

Ich war nicht sicher, ob ich das zu ihm oder zu mir selbst

gesagt hatte, weil es sich plötzlich anfühlte, als würde ich fliegen. In die Lüfte schweben. *Zu hoch.*

Bei den Göttern, das ist ein verdammt starker Bann … Er würgte mich praktisch, als ich die erste Schicht zurückstreifte, und das Gift schien direkt in meinen Geist zu fließen und auf diesen verbotenen Ort zuzuhalten – der Verbindung zu Vivaxia.

Nein, knurrte ich und leitete ihn in Typhos' Quelle um.

Doch sie begann, sich ihren Weg zurückzuklauen und drohte, stattdessen zu Vivaxia zurückzukehren. *Durch mich. Als wäre ich ein verdammter Leiter.*

Nein!, schrie ich erneut und schob ihn mit derartiger Wucht aus mir, dass mir der Atem stockte.

Aber das war mir egal.

Ich würde *nichts* davon zurück zu Vivaxia senden. Denn wenn ich diese Verbindung öffnete, wer wusste, was sie dann erreichen würde? Ich musste durchhalten. Von mir *stoßen. Auftrennen … und … loslassen.*

Ich schloss die Augen. Ein Rauschen füllte meine Ohren aus. Es war so laut, dass mein Herz zu pochen begann.

Jemand schrie mir in Gedanken etwas zu, aber ich blendete sie aus, war zu konzentriert auf Ajax.

Nächste Schicht, dachte ich. *Fast … geschafft …*

Ich zwang mich, einen Atemzug zu machen und Vivaxias eiskalte Kraft ließ mich erschaudern.

Sie versenkte sich in meiner Seele, saugte aus und drang tiefer mit ihren Krallen.

Cami!, schrie jemand erneut.

Aber ich … ich war verloren im Netz aus Kraft. Saugte Schicht um Schicht von Ajax ab. Zusammen mit … mit anderen Bannen. Allesamt dunkler Natur. Allesamt von *ihr*.

Es war schwierig.

Intensiv.

Erdrückend.

Alles in mir fühlte sich eiskalt an, als hätte man mich plötzlich unter einen mächtigen Wasserfall gezogen. Die vielen kraftvollen Wellen, die über meinem Kopf hereinbrachen, brachten mich zum Schlottern.

Der Bann, realisierte ich. *Er bricht …*

Nicht nur in Ajax, sondern in allen um mich herum.

Im gesamten verdammten Paradigma.

Ich absorbierte alles davon. Ertrank darin. *Ließ diese eiskalten Klauen am Ventil kratzen, die nach Vivaxia suchten und sich danach verzehrten …*

Nein!, schrie ich und schubste dieses Etwas abermals aus mir.

Doch die Wucht war erdrückend. Zog an mir. *Brach mich.*

Ich durfte nicht zulassen, dass sie zurück zu Vivaxia ging, also … schob ich so viel ich konnte in die Quelle der Höllenfeen. Alles, was ich zu geben hatte. *Jedes letzte bisschen.*

Mir wich alle Luft aus der Lunge und meine Seele schien sich von meinem Körper zu lösen.

Aber ich konnte nicht aufhören. Ich *würde* nicht aufhören. Nicht jetzt. Niemals.

Ich musste weitermachen.

Ich darf sie nicht gewinnen lassen.

Ich werde *sie nicht gewinnen lassen.*

Diese Kraft … gehört … jetzt Luzifer.

Alles davon. Die ganze Magie. Die Energie. Sogar … sogar ich.

Von mir blieb nichts übrig.

Alles, was ich bin … ist weg.

Jedes bisschen.

Jeder Zauber.

Jeder Atemzug.

Und ließ mich mit nichts zurück. Machte mich zu nichts. Schuf … *nichts.*

Trotzdem leitete ich weiter. Ich musste alles davon zur

Quelle fließen lassen. Zu Luzifer. Zu den Höllenfeen. In dieses Reich.

Nichts davon durfte sich seinen Weg zu den Engelsfeen bahnen. Zu *ihr.*

Ich werde keine Kraft für dich abschöpfen, Vivaxia, dachte ich, während ich meine Umgebung nur noch flackernd wahrnahm. *Lieber finde ich den Tod … Und. Zwar. Jedes. Verdammte. Mal.*

KAPITEL 23

TYPHOS

„VERDAMMT!" Entweder konnte Camillia mich nicht hören, oder sie war zu stur, um mir Gehör zu schenken. Vielleicht war es eine Mischung aus beidem, aber wenn sie nicht aufhörte, würde sie sterben.

Ich schloss die Distanz zwischen uns und nahm sie in den Arm, dann zwängte ich die Energie der Quelle zurück in ihre Brust.

Aber die kleine Göre leitete sie direkt wieder zurück und lehnte mein Angebot ab. Weigerte sich, sie *aufzusaugen*. Stattdessen gab sie sich voll und ganz dem Reich der Höllenfeen hin.

Sie opfert sich für meine Feen, wie es eine Königin sollte.

Ich biss die Zähne zusammen. „Wir müssen sie zurück in den Palast bringen", sagte ich, bevor ich meinen Höllenhunden den Befehl auferlegte, die bewusstlosen Albtraumfeen in ihre Reiche zurückzubringen. Dann löste ich mich in Luft auf und ließ Camillias Gefährten uns zurück in meine Gemächer begleiten.

Die Reise dauerte nur wenige Sekunden, aber in dieser kurzen Zeitspanne war Camillias Haut kreidebleich und eiskalt geworden. In ihrer Seele war kaum noch Lebenskraft übrig.

„Du und ich werden uns ernsthaft unterhalten, wenn ich damit fertig bin, dich wiederzubeleben, Kleine“, knurrte ich.

Eine Unterhaltung, während der ich andere Methoden anwenden würde.

Denn ich hatte es satt, der langsame und geduldige Lehrer zu sein. Camillia De la Croix brauchte eine feste Hand. Andernfalls würde sie sich umbringen.

Dazu würde ich es nicht kommen lassen.

„Sie atmet nicht“, meinte Az, der sich neben mir materialisierte und die Luft mit dem Geruch von Asche und Feuer erfüllte.

Ajax tauchte als Nächster auf. Die Mitternachtsfee schien etwas außer Atem, aber ansonsten wohlauf zu sein. Alles dank Camillia, die den Engelsfeenzauber aus ihm gesogen hatte. Leider hatte ihr das den Rest gegeben. Vivaxias mächtige Magie hatte einen Sog kreiert, den Camillia aus der Bahn geworfen hatte.

„Ich kann sie nicht hören“, sagte Ajax, der ganz offensichtlich konzentrierter auf seine Gefährtin war als auf seine verweilenden Verletzungen.

Melek erschien direkt hinter dem Wärter und durchbohrte mich mit seinem schmerzerfüllten Ausdruck. Er verbarg ihn umgehend, aber nicht schnell genug.

Verdammt, dieser gequälte Ausdruck würde mir für immer in Erinnerung bleiben. Ich wollte ihn *nie* wiedersehen. Obwohl ... etwas sagte mir, dass ich bald auch schon so dreinblicken würde, wenn ich keinen Weg fand, diesen Schlamassel zu beheben.

Camillia hatte alles gegeben, um mein Reich zu beschützen – um *mich* zu beschützen. Wie damals an diesem Interreichsfeenball.

Diese Frau war das Gegenteil einer Bedrohung. Sie war ein

Leuchtfeuer der Hoffnung, verdammt. Eine götterverdammte *Königin*. Und ich hatte ihr in vielerlei Hinsicht Unrecht getan.

Zum Beispiel während unseres Trainings. Ich war zu langsam, zu *sanft* vorgegangen, obwohl ich es besser hätte wissen sollen. Da Vivaxia uns bedrohte, war keine Zeit für eine sanfte Herangehensweise geblieben.

Camillia musste ihre Kräfte meistern. Und zwar *sofort*.

„Sie weist meinen Kraftfluss ab", sagte ich, nicht nur wütend auf Camillia, sondern auch auf mich selbst. Ich konnte das Gefühl nicht abschütteln, dass ihre Abfuhr auf Misstrauen beruhte. Aber darüber würden wir uns unterhalten, sobald sie das hier überstanden hatte. Ich legte sie auf mein Bett und drehte mich zu meinem Kommandanten um. „Azazel, du musst ..."

Er presste die Hand auf sein Herz, woraufhin elektrische Funken durch die Luft wirbelten. Die Phönixfee in ihm war bereits aufgeladen und startklar, bevor ich meinen Befehl überhaupt zu Ende führen konnte. Er strotzte nur so vor Macht und die spürbare Energie raubte mir den Atem.

Die Blässe auf Camis Haut ließ nach und an ihren Platz rückte einen cremefarbenes Glühen. *Dank sei ...*

Das kleine bisschen Farbe verblasste, bevor ich den Gedanken zu Ende führen konnte und meine Seele erwärmte sich, bevor meine Quelle von einem tosenden Feuer erfasst wurde.

Cami sah wieder totenblass aus.

Ich knurrte.

Azazel versuchte es erneut. „Verflammt!", zischte er, als nach wenigen Sekunden dasselbe noch einmal passierte.

Wenigstens wissen wir jetzt, dass sie die Kraft nicht ablehnt, dachte ich und ein unbekannter Teil von mir war kurz beruhigt. Dieses Gefühl vorübergehender Erleichterung schluckte ich aber herunter, weil wir immer noch ein riesiges Problem hatten.

„Wir müssen sie in ihrer Kraft ertränken“, beschloss ich, noch während sich der Gedanke in meinem Kopf festsetzte. Es blieb keine Zeit, nachzudenken. Wir mussten handeln. „Und wir müssen sie ablenken – ihr etwas anderes bieten, worauf sie sich konzentrieren kann –, damit sie die ganze Kraft nicht einfach wieder zurück in mein Reich leitet.“

Dann, sobald sie wieder bei Besinnung war, würde ich die Kontrolle übernehmen und ihr zeigen, wie ein König eine Königin in die Schranken wies.

Azazel ließ seine Hand über ihrer Brust schweben und fragte: „Was für eine Ablenkung?“

„Alles, was ihren Fokus von der Energie wegzieht, die durch sie kursiert“, erwiderte ich.

„Sie ist hyperfokussiert darauf, die Energie zurückzusenden, auch wenn sie bewusstlos ist. Wenn wir ihre Aufmerksamkeit auf etwas anderes lenken können, sollte ich imstande sein, sie zu erden.“

Mein Kommandant nickte, dann blickte er zu Ajax. „Beiße sie.“

Der Wärter zog eine Augenbraue hoch. „Du willst, dass ich mich an ihr labe, während sie in so schlechter Verfassung ist?“

„Ich will, dass du ihren Körper zum Leben erweckst, während Typhos, Melek und ich sie mit Kraft fluten“, sagte Azazel und übernahm die Führung.

Ajax warf ihm einen skeptischen Blick zu. „Glaubst du, das wird genügen?“

„Nach dem, was ich in diesem Kerker bezeugt habe?“ In Azazels Augen tauchten goldfarbene Zwillingsflammen der Lust auf. „Ja. Ja, glaube ich, verdammt.“

In der ganzen Aufregung hatte ich nicht realisiert, was zwischen den beiden vorgefallen war. Bis jetzt. Sie hatten ihre Verbindung gefestigt. „Ajax hat dich gebissen.“

„Zweimal“, sagte Azazel, ohne mich eines Blickes zu

würdigen. „Und jetzt ... beiß Cami, Ajax.“ Er riss ihr das kleine Tanktop vom Körper und entblößte ihren BH, der in der nächsten Sekunde in Flammen aufging. Er brannte in ihr vom Körper. „Heize sie an. Bring sie um den Verstand. Mach sie so wild, dass sie an nichts anderes denken kann als daran, unsere Schwänze in ihr zu haben.“

Ajax setzte sich in Bewegung, noch bevor Azazel zu Ende gesprochen hatte. Er legte seine Hand auf eine ihrer Titten und presste seinen Mund auf die andere. Azazel brannte den Rest ihrer Kleidung weg. Der Anblick hätte mir gefallen, wenn sie nicht starr, wie eine Leiche gewesen wäre.

Götterverdammt noch mal, Camillia, dachte ich in ihre Richtung, wütend darüber, dass sie sich opferte. Aber ein Teil von mir war auch ungeheuer erregt. Ein ziemlich verwirrendes Gefühl.

Ich sollte sie nicht bestrafen wollen. Nicht so. Nicht jetzt.

Und doch wollte ich nichts lieber tun, als sie über meine Knie zu ziehen und ihr den blassen Arsch zu versohlen, bis sie schrie.

Ich packte sie am Hals und presste meinen Daumen gegen ihre schwächer pochende Halsschlagader. Melek schloss sich mir an, kniete sich neben ihrem Kopf aufs Bett und strich ihr durchs Haar. Dann beugte er sich nach unten und pustete Luft in ihren Mund.

Luft, die mit Kraft versehen war.

Ich spürte ihre Wärme an meiner Hand, während ich meine eigene Energie hinzufügte.

Dann presste Azazel seine Lippen mit einem leisen Knurren auf Camillias Innenschenkel, das durch das Schlafzimmer hallte. Um ihn herum schwirrte Energie und der Phönix in ihm kreierte einen Kraftstrudel, der uns alle verbrennen würde. Es war mir egal, solange es die Frau, die leblos in meinem Bett lag, überwältigte.

„Auf mein Zeichen“, gab Azazel zähneknirschend von

sich, ehe er Camillias Beine ausbreitete, damit er sich zwischen sie legen konnte. Er ließ seinen Mund nach oben, an die Stelle zwischen ihren Beinen, wandern und verweilte über ihrer kleinen, süßen Klitoris. Vor meinem geistigen Auge breitete sich ein Bild aus. Wie er sie an dieser Stelle verschlang. Sie schreien zu hören, war ein intrinsisches Verlangen, das Kraft durch mich schießen ließ.

Sie verdiente das Brennen.

Kleine Verführerin, dachte ich. *Du tust deinen Gefährten weh, wenn du dich zum Opferlamm machst. Wehe, sie lassen dich dafür nicht bezahlen, Camillia. Wenn sie es nicht tun, dann ich.*

Sie konnte meine Drohung nicht hören.

Schließlich waren wir nicht miteinander verbunden.

Etwas beunruhigt über diese Tatsache sah ich ihren Gefährten dabei zu, wie sie Camillia mit vereinten Kräften wiederzubeleben versuchten. Als ihr Höllenfeen-König konnte ich ihnen unter die Arme greifen, aber wenn ich Camillias Gefährte gewesen wäre, wäre ich einiges hilfreicher gewesen.

Ich biss die Zähne zusammen. *Das wird nicht passieren. Auch wenn sie die perfekte Königin ist.*

Nicht, weil ich mich nicht mit ihr verbinden wollte, sondern weil sie zweifelsohne nicht zu meiner Gefährtin werden wollte. Sie vertraute mir nicht, konnte mich nicht leiden. So viel hatten ihr Körper und ihre Seele klargemacht, indem sie meine erneuernde Energie abgestoßen hatten.

Es sei denn ... es sei denn, sie weist mich nur ab, weil sie es nicht kontrollieren kann.

Ich schüttelte den Kopf. Meine Gedanken verwandelten sich zusehends in einen Strudel aus rhetorischem Nonsens.

Camillia De la Croix musste einen Atemzug machen, verdammt.

Dann ... könnte ich alles Weitere regeln.

An Azazels Rückgrat breiteten sich Flammen aus, die sich durch sein Hemd fraßen und Stofffetzen durch die Luft fliegen ließen. Er blendete es aus, sein Phönix immer noch beschäftigt damit, ein Inferno aus vernichtender Lebenskraft zusammenzubrauen. Nie hatte ich etwas Vergleichbares von meinem Kommandanten gesehen. Seine Magie schwirrte durch die Luft und schien von seiner neuen Mitternachtsfeen-Verbindung gestärkt zu werden.

Violette und goldfarbene Funken tanzten um ihn herum, während er seine Hände an Camillias Beinen hoch und wieder herunterwandern ließ. Zwischen ihren Beinen eingeklemmt, sah er mir mit wildem Ausdruck in die Augen. „Jetzt", sagte er.

Er zählte nicht bis drei.

Gab uns keine Vorwarnung.

Nur ein Befehl, den ich umgehend befolgte.

Zwischen uns fünf erwachte ein heißer Wirbelwind zum Leben und der elektrische Sog ließ mir die Haare an meinen Armen zu Berge stehen. Es folgte Feuer. Die violetten Flammen nahmen uns ein wie ein Inferno, das hätte brennen sollen, es aber nicht tat.

Denn ich hielt mit meiner eigenen Kraft dagegen, milderte das Feuer und sorgte für unsere Sicherheit, während Azazel all seine Kraft in seine Gefährtin fließen ließ.

Melek ächzte.

Ajax knurrte.

Und ich genoss das Strahlen unseres Zirkels.

Es war intensiv. Wunderschön. Überwältigend. *Perfekt.*

Heilige Feen, ich wollte mehr davon. Wollte es jeden verdammten Tag für den Rest meines Lebens spüren. Wollte in dieser Blase aus feurigen Funken existieren, mich in den Flammen ausruhen und einen neuen Thron für uns alle schaffen, den wir teilen konnten.

Camillia eingeschlossen, realisierte ich. Mein Herz klopfte wie wild, als ich spürte, wie sie die Kraft zurück in meine Quelle schleuste. Aber es war zu viel für sie. Sie konnte sie nicht ausgleichen, absorbieren und weiterleiten. Es war zu viel, um alles *abzuschöpfen*.

Denn wir alle fluteten ihre Adern mit Lebenskraft, zwangen sie, Kraft zu schöpfen und *verdammt noch mal aufzuwachen*.

Sie schlug ihre großen Augen auf und öffnete schreiend ihre Lippen. Der Laut war so wunderbar, dass ich Melek aus dem Weg schubsen und sie selbst beanspruchen wollte.

Aber er war bereits bei ihr und atmete in ihren Mund. Seine Essenz hatte die Wirkung eines lustvollen Kusses, der ihre Schreie im Handumdrehen in ein Stöhnen verwandelte.

Oder vielleicht lag es auch an Ajax und Azazel. Vielleicht war es eine Kombination aus allem.

Unser Wärter hatte sich der anderen Brust zugewandt und kleine Blutspuren am gegenüberliegenden Nippel zurückgelassen. Und unser Kommandant hatte sich zwischen ihre Beine gelegt und seine Lippen auf ihre Klitoris gepresst, während er all seine Kraft in ihren Körper gestoßen hatte.

Jetzt trieb er sie mit seiner Zunge in den Wahnsinn, zwang sie, sich auf die Empfindungen zu konzentrieren und ihre Absorbierungskräfte zu ignorieren. Alles, während wir sie mit unserer magischen Essenz vollpumpten.

Wenn es doch nur unser Sperma wäre, dachte ich und stand kurz davor, mit der Hand, die um ihren Hals geschlungen war, fester zuzudrücken. Ich wollte sie in Lustsaft gebadet vor mir haben, markiert von all ihren Gefährten. *Und mir …*

Verdammt, was für ein unerwartetes Verlangen. Oder vielleicht auch überhaupt nicht unerwartet.

Ich hatte dieser verbotenen Anziehung widerstreben wollen, hatte Camillia Melek und den anderen überlassen wollen … Aber ihr dabei zuzusehen, wie sie angesichts der

Berührungen ihrer Gefährten den Verstand verlor, ließ mich ein lusterfülltes Keuchen ausstoßen.

Ich. Der König der Höllenfeen … keuchte, verdammt.

So etwas hatte es noch nie gegeben.

Melek wusste, wie man mich anheizte, wie man mich härter als Obsidiangranit machte und dafür sorgte, dass ich mich nach seinem heißen Mund verzehrte. Aber das hier war ein ganz anderes Maß an Lust. Eine zerstörerische Sehnsucht, die mich in ein sinnliches Netz zog, das mir den Verstand zu rauben drohte.

Ich musste dafür sorgen, dass Ordnung herrschte.

Musst die *Kontrolle* bewahren.

Musste die Kraft dieser Frau dominieren.

Aber ihr *Geruch* drang in jede einzelne meiner Poren und außer ihrem Stöhnen konnte ich nichts mehr hören. Ich wollte ihre Macht ertränken, und jetzt wollte ich nur noch in ihr ertrinken.

Verfeet … Ich konnte meinen Blick nicht von der sündhaften Szene abwenden, die sich vor mir abspielte. Kraft, Leidenschaft und fleischliche Gelüste blühten auf.

Camillia war jetzt wach und trunken von der Energie, die ihr Leben spendete.

Nicht nur das, sie war zudem auch abgelenkt von ihren Gefährten. Verloren in ihren Berührungen. Sie schloss die Augen abermals und genoss Meleks Kuss, während sie Ajax' Haar in ihrer Hand zerknüllte und ihn an ihre Brust presste.

Alles, während Azazel *leckte*.

Und ich … ich sah zu. War gefesselt. Stand wie angewachsen und meine Hand um ihren Hals geschlungen da. Konnte meinen Blick nicht vom hemmungslosen, liederlichen Anblick abwenden.

„Verdammt, kleine Kämpferin", stöhnte Azazel an ihre Muschi gepresst. „Ich muss in dir sein." Seine Kleidung war weg – die Flammen hatten sich durch den Stoff gefressen.

Und sein Schwanz war hart. Bereit. *Pulsierte* voller Verlangen.

Ajax ließ von Camillias Brust ab und fokussierte sich mit zusammengebissenen Zähnen auf Azazel.

Der Kommandant und der Wärter starrten einander eingehend an und schienen eine Unterhaltung zu führen, die Camillia dazu brachte, die Laken an ihren Seiten erwartungsfroh zu zerknüllen. Endlich wich Melek zurück, woraufhin sie die mit dichten Wimpern umsäumten Augen aufschlug. Aber sie starrte nicht meinen Prinzen an.

Sondern mich.

Ein intensiver Sturm waberte in ihren Augen und sie durchbohrte mich mit intensivem Blick, während ein energetischer Wirbelsturm zwischen uns wütete.

„Wenn du noch mehr in meine Quelle leitest, werde ich dich ersticken“, warnte ich sie. „Und zwar nicht mit meiner Hand, sondern, indem ich meinen Schwanz in deinem Rachen versenke.“ Denn ich hatte es satt, nett zu sein. Wenn sie Sex brauchte, auf den sie sich konzentrieren konnte, würde ich ihn ihr geben. Verdammt, ich würde ihr *alles* geben.

Sie öffnete ihre geschwollenen Lippen, was ich als Einladung interpretieren wollte, aber ich ahnte, dass es bloß eine Reaktion auf meine Drohung war.

Obwohl ... es überhaupt nicht als Drohung gemeint war, sondern als Versprechen.

In diesem Augenblick wollte ich nichts sehnlicher tun, als ihr goldbraunes Haar in meine Hand zu nehmen und ihren Mund an meinen pulsierenden Schwanz zu führen.

Aber dafür waren wir noch nicht bereit. Verdammt, ich war nicht sicher, ob sie für irgendetwas davon bereit war.

Das hielt mich jedoch nicht davon ab, fester zuzudrücken und mich zu ihr zu beugen, bis wir uns in die Augen starrten. „Nur zu, fordere mich heraus“, warnte ich sie. „Dann wirst du dein höllisches Wunder erleben.“

Sie schluckte hart.

Melek summte zustimmend und strich mit seinen Fingern über meine Hand, bevor er sie nach unten wandern ließ und mit ihrem malträtierten Nippel spielte. „Ty gibt nie leeren Versprechen ab, Engelchen. Aber es könnte Spaß machen, ihn in Versuchung zu führen, findest du nicht?“

Sie senkte die Wimpern auf ihre röter werdenden Wangen und ihre Pupillen weiteten sich, als sie mir abermals in die Augen sah. In diesen hübschen Iriden wütete ein Kampf. Ein Ringen zwischen Gehorsam und Widerspenstigkeit.

Zwar hatte sie aufgehört, meine Quelle mit Kraft zu fluten, aber jetzt dachte sie daran, es zu tun, nur, um mich zu ärgern.

Ich konnte es ihrem Gesicht ansehen und Meleks Belustigung anhören, der ihre Gedanken las.

„Wenn du meinen Schwanz willst, frage danach“, sagte ich ihr. „Bring mich nicht auf die Palme, nur damit ich dich ficke.“

Sie kniff die Augen zusammen. „Vielleicht will ich ihn ja gar nicht.“

Ich zog eine Augenbraue hoch und strich ihr mit dem Daumen über die jetzt pochende Halsschlagader. „Was willst du dann, kleine Verführerin? Dass ich Azazel dabei zusehe, wie er dich nimmt?“

Ich lehnte mich zu ihr, um ihr Blickfeld komplett einzunehmen.

„Oder vielleicht möchtest du, dass dich alle drei deiner Gefährten gleichzeitig ficken“, fuhr ich fort. Mein Mund war ihrem so nahe, dass ich ihren Atem über meine Lippen streifen spürte. „Ajax in deinem Arsch. Melek in deinem Mund. Azazel in deiner feuchten Muschi.“ Ich musterte ihr Gesicht und bemerkte, wie sie die Nasenflügel blähte. „Mh, das würde dir gefallen, nicht wahr, süße Königin? Dass alle drei deiner Löcher gefüllt werden, während ich zusehe.“

Das Schaudern, das sie daraufhin durchfuhr, bestätigte meine Aussage und zauberte mir ein Lächeln auf die Lippen, ehe ich mich langsam wieder aufrichtete.

„Na dann", murmelte ich und sah Melek in die Augen, bevor ich zu Azazel und Ajax blickte. „Zeigt mir, was mir entgeht. Macht mich eifersüchtig. Oder noch besser ... Bringt mich dazu, auf Knien zu *flehen*."

Das schien mir eine gute Bestrafung zu sein.

Ein Weg, Wiedergutmachung für mein dämliches Verhalten in den vergangenen Monaten zu leisten.

Vielleicht würde mir Camillia am Ende vergeben.

Oder sie würde die Ewigkeit darauf verwenden, mich meine Entscheidungen bereuen zu lassen.

Und für immer ... *meine verbotene Frucht* sein.

KAPITEL 24

CAMI

HEILIGE FEEN …

Ich hatte keine Ahnung, wie dieser Traum angefangen hatte, aber ich hoffte, dass er nie enden würde. Das Letzte, woran ich mich erinnerte, war, dass ich mich dem Inferno in mir gebeugt und geschworen hatte, niemals ein Siphon für Vivaxia zu sein.

Aber jetzt …

Jetzt liege ich nackt in einem Bett und bin vier unverschämt heißen Feen ausgeliefert.

Und einer von ihnen hat gerade gesagt, dass er dabei zusehen wollte, wie alle drei meiner Gefährten mich fickten.

Ein Teil von mir wusste, dass das hier gerade wirklich geschah und nicht etwa meiner Fantasie entsprang. Trotzdem war es zu unglaublich, um es fassen zu können. Vor allem, weil Typhos hier war und sinnliche Bemerkungen abgab.

Als er drohte, mich mit seinem Schwanz zu ersticken, wäre ich um ein Haar gekommen.

Dann war er arrogant geworden und hatte mich mit der Frage, was ich wollte, geneckt. Ich konnte nicht zugeben, dass ich wollte, dass er seine Drohung wahrmachte. Das machte mich … machte mich … Na ja, ich war nicht sicher. Es stellte auf jeden Fall *etwas* mit mir an.

Denn ich sollte ihn nicht wollen.

Aber mir wollte nicht recht einfallen, *warum* ich ihn nicht wollen sollte.

Erst recht, wenn er mich *so* ansah. Bisher war er auf meine Gefährten konzentriert gewesen, aber jetzt starrte er wieder auf mich herab, die Hand noch immer um meinen Hals geschlungen. „Azazel wird sich hinlegen und du wirst dich rittlings auf ihn setzen“, trug er mir auf.

Ein Teil von mir wollte sich gegen den Befehl auflehnen, nur um zu erfahren, was er tun würde.

Doch dann begann sich Az zu bewegen und plötzlich war ich hypnotisiert vom schönen Mann vor mir. Sein muskulöser Körper war definiert, war voll mit hervortretenden Sehnen und angespannten Muskeln. Und dieses Phönix-Tattoo auf seiner Brust … heilige Feen, es sah fast aus, als wäre es *lebendig*.

Ich streckte meine Zunge heraus und befeuchtete die Lippen, als ich einen Blick auf die beeindruckende Lanze zwischen seinen Beinen erhaschte. Das Verlangen, von ihm zu kosten, traf mich mitten in die Brust. Heilige Feen, ich wollte den Lusttropfen von seiner Eichel lecken und die Kraft genießen, die Az auszeichnete.

Aber Ajax kam mir zuvor.

Sobald sich Az auf seine Ellbogen zurücklehnte, beugte sich Ajax nach unten und schlang seinen Mund mit Blick zu unserem Gefährten um die Spitze.

Mein Herz klopfte wie wild und das Atmen fiel mir plötzlich ganz schwer. Denn, *verdammt*, war das vielleicht heiß. Aber … *Es geht dir gut, oder?*, dachte ich in Ajax’ Richtung.

Es geht mir mehr als nur gut, kleine Rebellin, erwiderte er mit warmer Stimme, bevor er Az noch tiefer in seinen Mund gleiten ließ. *Es geht mir fantastisch.*

Ich schluckte hart und ließ meinen Blick über seinen nackten Körper streifen. Ich war nicht sicher, wann er sich ausgezogen oder … oder wann ich dasselbe getan hatte. Ich ahnte, dass Az seine Finger im Spiel hatte.

Alles fühlte sich an wie ein Traum. So unecht. *Vier sexy Feen …* Ich schloss um ein Haar meine Augen und fragte mich, ob gleich mein Wecker klingeln würde oder ich vielleicht gestorben war.

Da war so viel Kraft.

Zu viel Kraft.

Ich … ich hatte sie nicht vollends zügeln können.

Und Vivaxia …

Schhh, flüsterte Ajax in meine Gedanken. *Bleib in der Gegenwart. Bei uns, Cami. Und denk gar nicht erst daran, unsere Kraft abzustoßen.*

Eure Kraft …?, wiederholte ich und erschauderte angesichts der elektrischen Strömung, die über meine Haut schnellte. Erst einen Augenblick später wurde mir klar, dass es Meleks Finger gewesen war, der Schockwellen durch mein Wesen sandte, während er mich eindringlich ansah.

„Du hast zu viel in die Quelle geleitet“, murmelte er und beantwortete damit meinen Gedankengang. „Ty hat uns aufgetragen, dich mit Energie zu fluten und dich dazu zu bringen, sie in dir zu behalten.“ In seinen vielfarbigen Augen stand ein heißer Ausdruck. „Jetzt stellen wir sicher, dass du sie in dir behältst.“ Er führte seine Lippen an meinen Bauch und sah mich mit teuflisch amüsiertem Ausdruck an, ehe er begann, einen Pfad nach unten zu küssen.

Jede Berührung steckte meine Haut in Flammen. Seine Kraft schwirrte um mein Wesen und kroch dann in meinen Geist. „Ich wusste gar nicht, dass du dazu imstande bist“, flüsterte ich. Alles in mir fühlte sich so unglaublich lebendig an.

Melek hatte mich zuvor schon geküsst. Und auch berührt.

Aber das hier ... das hier war mit mächtigen Beben unterlegt, die meine Seele einen zufriedenen Seufzer ausstoßen ließen.

Az zischte, was meine Aufmerksamkeit auf ihn zog. Ajax ließ seine Zähne an seinem Schaft hochwandern. „Du spielst mit mir“, schuldigte meine Phönixfee ihn an.

„Ich dominiere dich“, entgegnete Ajax. „Bleib schön sitzen und genieße es.“

Meine Schenkel spannten sich lusterfüllt an, doch dann breitete Melek meine Beine aus und begab sich zwischen sie. „Ty und ich werden sie vorbereiten, während ihr beiden euch amüsiert“, sagte er, sein Mund ganz nahe an meiner heißen Mitte.

Ty und ich, wiederholte ich in Gedanken, und mein Blick schnellte hoch zum Höllenfeen-König. Er saß neben mir auf der Matratze. Sein Anzug war zerknittert, ansonsten aber unberührt.

Der Rest von uns war nackt – Melek inbegriffen –, was mir erst jetzt, als ich meinen Blick über die Tattoos streifen ließ, die seinen muskulösen Oberkörper zierten, auffiel, ehe ich meine Aufmerksamkeit wieder auf Typhos richtete.

Er neigte seinen Kopf zur Seite, als würde er über etwas nachsinnen.

Dann lehnte er sich zu mir und presste seinen Mund auf meinen, während Melek zwei Finger in mich schob. Ich zuckte zusammen, weil die beiden Empfindungen von einem feurigen Stromschlag begleitet wurden, als sie mich in ihren Auren ertränkten.

So viel Kraft, staunte ich und erschauderte dann. *Wenn Vivaxia ...*

Nein, unterbrach Melek. *Denk nicht an sie. Konzentriere dich auf das hier – auf uns.*

Aber wenn sie ...

„Nein, Engelchen“, sagte Melek, jetzt wieder hörbar. „Wir

sind hier in Sicherheit. *Du* bist hier in Sicherheit. Lass uns deine Seele heilen."

„Hier kann uns niemand etwas anhaben", ergänzte Typhos an meinen Mund gelehnt, der der Unterhaltung folgen zu können schien, obwohl sie ihren Anfang in meinem Kopf genommen hatte. „Meine Quelle ist dank dir stärker als jemals zuvor, kleiner Siphon. Also entspann dich, genieße die Fahrt und lass dich von deinen Gefährten verehren, während ich euch alle beschütze."

Die gewichtige Aussage ließ mich erzittern. Den Dankesworten schwang ein lobender Tonfall mit, aber auch ein befehlshaberischer, der den letzten Teil unterstrich.

Kann ich darauf vertrauen, dass er uns beschützt?, fragte ich mich und starrte dabei in seine Augen.

Er hatte aufgehört, mich zu küssen, damit er sprechen konnte, blieb aber an meine Lippen gelehnt. Und jetzt sah er mich mit einer Wildheit an, die mir den Atem raubte.

Er verlieh dem Begriff Dominanz einen ganz neuen Namen.

Plötzlich wollte ich ihn führen lassen. Wollte seinem Verlangen nach Kontrolle nachgeben und das hier genießen, wie er es mir aufgetragen hatte.

Mein Vertrauen in ihn anzuzweifeln, war überflüssig.

Immerhin hatte ich die Antwort bereits. Natürlich würde er uns beschützen. Genau das tat Typhos Luzifer. Er beschützte alle in seinem Reich – *allem voran* seinen inneren Zirkel.

Anstatt ihm verbal zu antworten, neigte ich meinen Kopf zur Seite und küsste ihn. Es war fast dieselbe Bewegung, die ich neulich in seinem Bett gemacht hatte, als ich glaubte, ich würde träumen.

Aber das hier war mehr als nur eine Fantasie.

Ich beugte mich dem König der Höllenfeen und sprach

ihm meine Dankbarkeit für seine Führung aus. Für seine Anleitung. Dass er mich – *uns* – beschützte.

Ich wollte nicht länger gegen diese Anziehung ankämpfen. Ich wollte nicht mehr gegen *ihn* ankämpfen. Ich wollte einfach nur im Augenblick leben und, was immer das hier war, geschehen lassen.

Er legte sanft seine Hand an meine Wange.

Doch diese Sanftheit kam ihm kurz darauf abhanden.

Er hatte mich zunächst das Tempo bestimmen lassen.

Aber es war der König der Höllenfeen, der die Kontrolle hatte.

Er ließ seine Zunge in meinen Mund gleiten, verlangte Erwiderung und Gehorsam, bevor er Besitz von mir ergriff, wie es nur Typhos konnte. Ich ließ es geschehen. Oh, und wie ich es *geschehen* ließ.

In meinen Adern breitete sich ein Brennen aus und seine Kraft wirbelte in mir, während Melek mich mit einem dritten Finger dehnte und seine Lippen um meine Klitoris schloss.

Ich stöhnte, doch der Laut wurde von Typhos' Mund gedämpft. *Meinem König*, dachte ich und ergab mich seinem Befehl, während ich mich an Melek presste. *Mein Prinz.*

Ein Ächzen von Az ließ mich hinzufügen: *mein Kommandant ... und mein Wärter.* Denn ich konnte *spüren*, wie Ajax Az mit seiner Zunge und seinem Mund verwöhnte, ihn folterte und neckte.

Etwas an ihrer Liebkosung hatte sich geändert.

Weil Ajax jetzt das Kommando hat. Sonst bestimmte Az immer, wo es langging. Aber das hier ... das hier war Ajax' Entscheidung. Er befahl Az, was er machen sollte. Nicht mittels Worten, sondern mit seinen Taten.

Und ich konnte die Absichten hören, die ihm durch den Kopf gingen.

Sein Verlangen, die Kontrolle zu haben und Az zu zwingen, sich *unterzuordnen*.

Das hier war ein Kampf der Willen.

Aber Az lehnte sich nicht dagegen auf.

Er ließ Ajax das Zepter übernehmen.

Das ist … so … heiß.

Und es wird gleich noch heißer, erwiderte Ajax mit amüsiertem Tonfall.

Beinahe fragte ich, was er damit meinte, doch dann rauschte Kraft durch das Zimmer … *weil Ajax zugebissen hat.* Az' darauffolgendes Knurren sandte ein Beben durch mein Wesen und Typhos ließ seine Hand an meinen Hals wandern, ehe er mich weiter verschlang.

Ich keuchte.

Wand mich.

War derart eingenommen von der magnetischen Anziehungskraft, dass mir der Atem stockte.

Du hast dich gerade mit Az verbunden … Ich gab die Worte mit einem Keuchen von mir und konnte wegen der chaotischen Strömung in der Luft kaum erfassen, was vor sich ging.

Ganz genau. Er gehört mir. Und ich ihm. Und du, meine süße, kleine Rebellin, gehörst uns. Dieses letzte Wort hallte durch meinen Kopf, oder aber er hatte es laut gesagt. Ich … ich wusste nicht mehr recht, was mental kommuniziert wurde und was nicht. Und es war mir auch egal. Die Empfindungen in mir, die Melek auslöste, waren wichtiger. Irgendwann hatte er angefangen, meinen Arsch zu erforschen und verwöhnte mich auf wunderbare Art und Weise, während Typhos meinen Mund plünderte.

Heilige Feen, ich verbrenne am lebendigen Leib, dachte ich und stöhnte in den Mund des Höllenfeen-Königs, während ich versuchte, meine Hüften zu bewegen. Doch eine Hand presste mich auf die Unterlage.

Typhos' Hand …

Ein Teil von mir registrierte, dass ich ihn nicht mehr als *Luzifer* bezeichnete, sondern als *Typhos*. Dann überwältigte ein anderer Teil von mir den Instinkt, zu fragen, warum, und zwang mich stattdessen, mich auf seinen Mund zu konzentrieren.

Lass einfach los, sagte ich mir. *Hör auf, nachzudenken … und genieße es.*

„Mh, du bist so ein braves Engelchen, wie du dich von uns verwöhnen lässt“, lobte Melek zwischen meinen Beinen. „Warts nur ab, bis unsere Schwänze in dir stecken und wir dich von innen beanspruchen.“

Das jagte ein Schaudern durch meinen Körper und jeder logische Gedanke wurde unter der Unmenge an Empfindungen und intrinsischem Verlangen begraben.

Ich konnte spüren, wie Az’ Lust stetig zunahm und dass Ajax’ Biss ihm beinahe einen Höhepunkt verschafft hatte. Aber der Wärter ließ das nicht zu. Er zwang Az, zurückzuhalten und zu warten, bis er in mir war. Alles, während er sein Verlangen schürte und ihn unheimlich heiß machte, nur um ihn dann wieder nicht kommen zu lassen.

Er wollte, dass Az’ Explosion die mächtigste, potenteste Energie ausstoßen würde. Wollte mich zwingen, sie in mir aufzunehmen und zu behalten.

Ich schluckte hart, unsicher, ob ich das packen würde. *Wenigstens kann ich …*

Typhos drückte mit der um meinen Hals geschlungenen Hand zu und fuhr mit seinen Zähnen über meine Unterlippe.

„Das habe ich gespürt, kleine Verführerin“, hauchte er gegen meinen Mund. „Denk gar nicht dran, meine Quelle anzurühren.“ Er strich mir mit dem Daumen über den Hals und wich dann zurück, um mich anzustarren. „Ich will, dass du mit so viel Energie vollgepumpt wirst, dass du strahlst wie ein Stern. Und ich will den Samen deiner Gefährten aus all deinen Öffnungen rinnen sehen. Hast du verstanden, Camillia?“

Seine Worte raubten mir den Atem. Zur Hölle, sie ließen mein Hirn einen Kurzschluss erleiden. Noch nie hatte jemand etwas Vergleichbares zu mir gesagt.

Und jetzt konnte ich an nichts anderes mehr denken, als *vollgepumpt* zu werden.

„Benutz deine Stimme, Camillia“, sagte Typhos und kniff die Augen zusammen. „Sag mir, dass du mich verstanden hast.“

Ich schluckte einige Male hart und mein Herz klopfte so schnell, dass ich überrascht war, ihn trotz des schnellen, lauten Pochens, das meine Ohren ausfüllte, hören zu können. „Ich … ich habe verstanden.“ Das stimmte doch, oder? Ich verstand, was er wollte – meinen Gefährten dabei zusehen, wie er mich fickte.

Aber ich … ich war nicht sicher, *warum*.

Spielt das überhaupt eine Rolle?, fragte ich mich.

„Hm, nicht perfekt, aber wir werden an deinem Gehorsam arbeiten, Kleine“, murmelte er und streifte meine Lippen kaum merklich mit seinen.

„Du hast ihr aufgetragen, keine förmlichen Anreden zu verwenden, mein König“, sagte Melek, dessen Lippen meine Mitte streiften und ein Prickeln in jeden Zentimeter meines Körpers ausstrahlen ließen.

„Ich will nicht, dass sie förmliche Anreden benutzt.“

„Trotzdem denkst du darüber nach, wie sie dich ihren König nennt“, entgegnete Melek mit belustigtem Tonfall. „Und ich muss dir recht geben … Es würde sich wirklich vorzüglich von ihren Lippen anhören, hm?“

„Immer spinnst du irgendwelche Fäden, kleiner Prinz“, erwiderte Typhos.

„Es hat mir doch eine Orgie in unserem Bett eingebracht,

oder etwa nicht?“ Melek schloss seine Lippen um meine sensible Knospe, bevor ich überhaupt verarbeiten konnte, was er gesagt hatte.

Aber Typhos hatte ohne jeden Zweifel verstanden.

Und es brachte ihn zum Lachen, bevor er meinen Mund wieder ganz ungestüm beanspruchte.

Wieder wurde mein Körper von Flammen eingenommen, die wiederum von der Erregung und der erwartungsfrohen Haltung meiner Gefährten geschürt wurden. Melek saugte fest an meiner Knospe und brachte mich an den Rand des Wahnsinns, ehe er abrupt zurückwich.

Dann wiederholte er das Ganze, während Typhos seine Lippen auf meine presste und mich daran hinderte, einen frustrierten Schrei von mir zu geben.

Ich krallte meine Finger in die Laken. Meine Knöchel hatten sich bestimmt schon weiß gefärbt, weil ich den seidenen Stoff so erbittert umklammerte.

Wieder und wieder folterte Melek mich.

Alles, während Ajax Az’ *Flammen schürte.*

Es war qualvolle Leidenschaft und machte mich so feucht, dass Lustsaft aus mir *rann.*

Az sagte mir in Gedanken, wie hart er war und wie sehnsüchtig er kommen wollte.

Doch Ajax lenkte nicht ein und brachte Az mit seinem Mund an seine Grenzen. Er wollte herausfinden, ob Az brechen und die Kontrolle übernehmen würde.

Az ließ Ajax aber bewusst führen. Dass er sich beugen wollte, war ein Geschenk, das in eine unausgesprochene Entschuldigung verpackt war.

Als Ajax realisierte, dass unser Phönixfeen-Gefährte die Zügel nicht in die Hand nehmen würde, ließ er ihn endlich los.

„Dir ist schon klar, dass so lange auszuharren auch eine

Form von Kontrolle ist, oder?“, fragte Ajax. „Du stellst deine eigene Zurückhaltung unter Beweis.“ Er küsste Az’ Lanze – etwas, das ich eher mittels des Bands spürte als mit eigenen Augen sah. „Also gibst du die Kontrolle nie wirklich ab, aber ich weiß deine Bemühungen zu schätzen. Und jetzt lass uns unsere kleine Rebellin ficken.“

KAPITEL 25

MELEK

ICH LÄCHELTE an Camis feuchte Muschi gepresst und meine Vorfreude nahm stetig zu. Ich hatte sie mit meiner Zunge und meinen Fingern gefoltert und darauf gewartet, dass Az und Ajax ihr kleines Spiel beendeten, und wie es schien, waren sie endlich bereit, zu *ficken*.

Ty sah mir in die Augen. In seinen blauen Iriden stand ein erregter Ausdruck, den ich nur zu gut kannte. Jetzt schien er irgendwie tiefer zu reichen, noch potenter als jemals zuvor.

Doch aus irgendeinem Grund ließ er dennoch von Cami ab und lehnte sich zurück, um zuzusehen.

Ajax' Bemerkungen zu Az über Kontrolle schienen hier ebenfalls Anwendung zu finden, denn Ty stellte seine extreme Stärke unter Beweis, indem er imstande war, sich von der Versuchung auf dem Bett zu lösen. *Du bestrafst dich selbst*, wurde mir klar. Ich sandte ihm die Worte mittels unserer Verbindung.

Nein, kleiner Prinz. Du, Camillia, Ajax und Azazel werdet diese Bestrafung ausführen.

Weil du dich weigerst, dich uns anzuschließen, bestätigte ich.

Ich darf sie nicht anrühren, erwiderte er. *Noch nicht.*

Die letzten beiden Worte waren nichts weiter als eine geflüsterte Bemerkung, die mein König mir nicht hatte offenbaren wollen. Der kleine Ausrutscher war das Einzige, was mich davon abhielt, anzumerken, dass er sie technisch gesehen bereits berührt hatte, indem er sie geküsst hatte.

Natürlich würde Ty das anders sehen. Ein Kuss war seiner Meinung nach eine unschuldige Liebkosung. Mit *berühren* meinte er etwas ganz anderes.

Es ist mir nicht bestimmt, sie zu beanspruchen, hatte er eigentlich sagen wollen. Gefolgt von: *Noch nicht.*

Weil ich wusste, wie es ihm ging, war ich umso begieriger darauf, vor seinen Augen mit Cami zu spielen. Ich wollte unseren König necken, ihn grün vor Neid machen und ihm zeigen, was für Erfahrungen seine Sturheit ihm vorenthielt.

Camillia war nicht länger seine Zukunft, sondern seine Gegenwart. Er musste nur das Schicksal annehmen und es genießen.

Genau das demonstrierte ich, indem ich gemächlich über Camis bebende Mitte leckte und dann an ihre Klitoris gepresst summte. Ihr darauffolgendes Stöhnen ließ Ty scharf einatmen. Sein innerer Kampf wurde offensichtlich, weil er sich zwang, die Kontrolle zu bewahren.

„Bist du bereit, von uns gefickt zu werden, Engelchen?“, fragte ich, an ihre feuchte Mitte gepresst, und sah in ihr wunderschönes Gesicht. Sie hatte die Augen geschlossen, den Kopf leicht in den Nacken gelegt, und versuchte, ihre Hüften nach oben zu drücken und ihre Mitte gegen meinen Mund zu pressen.

Doch Az legte seine Hand auf ihren Bauch und drückte sie auf die Unterlage. Jetzt, da er sich aufrichtete, hatte er wieder die volle Kontrolle. Seine andere Hand schlang er um Ajax’ Hals und dann zog er ihn zu sich, um ihn wild zu küssen.

Cami erschauderte.

Und ich lächelte abermals.

Ich blendete Az' Hand, die auf ihrem Bauch ruhte, aus und krabbelte hoch. Ich musste sie einfach küssen.

Sie legte die Arme um meine Schultern und umschlang meinen Unterkörper, der zwischen ihren gespreizten Schenkeln lag. Wenn sie Bedenken hatte, dass Ty hier war, zeigte sie es nicht und dachte auch nicht daran. Stattdessen genoss sie den Augenblick mit ihren Gefährten und die Kraft, die durch ihre Adern schoss.

So ein braves Engelchen, lobte ich sie in Gedanken. *Wie du dich von deinen Gefährten umsorgen lässt.* Ich hatte dasselbe bereits laut ausgesprochen, aber die Worte waren es wert, wiederholt zu werden. *Ich bin stolz auf dich, Cami.*

Ich glitt ohne Vorwarnung in sie und belohnte sie mit einem strafenden Stoß, der sie an meine Lippen gepresst nach Atem ringen ließ. Ty hatte gesagt, dass Az ihre Muschi als Erster ficken wollte, aber ich hatte sie für unsere Beanspruchung vorbereitet. Aus diesem Grund würde ich sie als Erster nehmen.

Der Kommandant spannte seine Hand an, die zwischen meinem und Camis flachem Bauch eingeklemmt war. Er hätte sie wegziehen können, tat es aber nicht.

Was für mich in Ordnung ging.

Az und ich hatten uns zwar noch nie miteinander amüsiert, aber es gab für alles ein erstes Mal.

Und ich liebte es verdammt noch mal, dass Cami der Star dieses ersten Mals war.

Sie keuchte an mich gepresst und begann sich zu bewegen, krallte ihre Finger in meine Schultern, während ich auf die intimste aller Arten Besitz von ihr ergriff.

Meine, sagte mein Körper.

Unsere, schien Az' Hand zu sagen.

Mh, dachte Ty, als würde er über unsere Worte

nachdenken. Oder vielleicht gefiel es ihm schlichtweg, dabei zuzusehen, wie Camillia gefickt wurde.

Ich blendete ihn aus und konzentrierte mich darauf, sie mit meinen Händen, meinem Mund und meinem *Schwanz* zu verehren.

Heilige Götter, sie war phänomenal. So verdammt perfekt. *Meine Süße*, dachte ich und flüsterte die Worte in ihre Gedanken. *Du bist der Schlüssel zu allem.*

Um die Kraft im Reich der Höllenfeen auszugleichen.

Vivaxia ein für alle Mal zu besiegen.

Ein Grund zum Leben.

Ein Grund zum Atmen, verdammt.

Ich wusste nicht recht, wie ich all diese Gründe übermitteln sollte, also leitete ich sie ganz einfach in meine Berührungen. Ihre Muschi zog sich um meine Lanze herum zusammen und wieder drohte ein Orgasmus, sie zu überwältigen.

Sie presste ihre Fußknöchel auf meinen Arsch und versuchte, mich damit dazu zu zwingen, mich zu bewegen und sicherzustellen, dass ich nicht zurückweichen würde.

Aber sie hatte hier nicht das Sagen.

Hier ging es um einen Kraftaustausch. Darum, so viele Empfindungen in ihr auszulösen und sie mit so viel Energie zu fluten, dass sie nicht einmal daran denken konnte, sie zurückzugeben.

Und genau deshalb glitt ich aus ihr, bevor sie explodieren konnte.

Sie stieß einen frustrierten Schrei aus und ließ mich mit ihren Fingernägeln bluten, als wären sie Krallen.

„*Melek.*“

„Du hast dir das Recht, zu kommen, noch nicht verdient, kleiner Siphon“, unterbrach Ty. „Belohnungen verdient man sich. Jetzt lass dich von deinen Gefährten nehmen und arbeite für deine Erlösung.“

Cami riss ihre Lippen von meinen und funkelte Ty an. „Du hast hier gar nichts zu melden.“ Sie sagte die Worte mit belegter Stimme, was die Wirkung ihrer Aussage untergrub.

„Habe ich nicht?“, konterte er mit hochgezogener Augenbraue.

Er war das Sinnbild eleganter Langeweile, lehnte sich gegen das Kopfteil neben ihr und schlug die Beine an den Fußknöcheln übereinander. Aber ich konnte die Leidenschaft, die unter dem Anzug brodelte, spüren.

Seine Kontrolle hing am seidenen Faden.

Er ließ es sich nicht anmerken, aber ich konnte es fühlen. Sein Verlangen machte sich als brandheiße Empfindung in unserem Band bemerkbar, die mich von innen her verbrannte.

Wenn Cami nicht aufpasste, würde er all seine Selbstbeherrschung verlieren und sie auf die Matratze drücken – etwas, das ich unbedingt bezeugen wollte.

Also krabbelte ich vorsichtig zurück und befreite sie. Sie setzte sich schnurstracks auf. Ihre Brüste waren wunderschön geschwollen und baumelten. „Ich könnte dir befehlen, dass du dich verziehen sollst“, informierte sie Ty.

„Ja, könntest du“, stimmte er zu. „Möchtest du, dass ich gehe?“

Mein Herzschlag verlangsamte sich. Mit verkrampftem Magen und einer Empfindung, die ich nicht benennen wollte, wartete ich ab.

„N...nein“, stammelte sie. „Ich wollte nur sagen, dass ...“

„Du wolltest nur sagen, dass ...?“, fragte er und zog seine Augenbraue noch höher.

„Dass ich über die Macht verfüge, dich zum Gehen zu bringen“, sagte sie mit leiser werdender Stimme, bis die Aussage nur noch als Flüstern zu vernehmen war.

„Natürlich tust du das“, murmelte er und hob seine Hand hoch, um sie an ihre Wange zu legen. „Dein Safewort sorgt dafür, dass die Kontrolle die ganze Zeit über bei dir bleibt.

Aber das bedeutet nicht, dass du das Sagen hast, Camillia De la Croix. Ein Szenario anzuhalten und es zu lenken, sind zwei sehr verschiedene Dinge."

„Hast du ihm dein Safewort verraten, Cami?", fragte Az, der ihr mit dem Finger über ihr zierliches Rückgrat strich.

„Ja", lautete die Antwort.

„Sag es", verlangte Az, jetzt mit hörbar dominanter Stimme.

Sie schluckte hart, ihr Blick immer noch auf Ty gerichtet. „Camping."

„Braves Mädchen", meinte ich und lehnte mich zu ihr, um ihr einen Kuss auf die Schulter zu drücken.

„Wie sieht dein nonverbales Safewort aus?", fuhr Az fort und ignorierte mich.

Cami hob ihre Hand in die Luft und ballte sie zu einer Faust, woraufhin sich ein Lächeln auf den Lippen des Kommandanten ausbreitete. „Jetzt kannst du sie loben, Melek."

„Ich kann sie loben, wann immer mir danach ist", erwiderte ich. „Sie ist perfekt und wunderschön und ich verehre sie."

„Wir", korrigierte er.

„Klar", stimmte ich zu. „Aber ich darf sie loben, wann immer ich will." *Und ich werde dich jeden Augenblick eines jeden Tags loben,* ergänzte ich mittels unseres Bandes. *Weil du geradezu engelhaft bist, Cami.*

Ich habe dir immer noch nicht dafür vergeben, dass du mir meine Orgasmen verwehrt hast, erwiderte sie, ohne zu zögern.

Ich werde versuchen, es wiedergutzumachen, Engelchen, versprach ich.

Doch bevor ich das tun konnte, setzte sich Az in Bewegung, versenkte seine Finger in Camis Haar und zog sie von Ty weg. „Ich weiß, dass Typhos gesagt hat, dass ich deine Muschi nehmen soll, aber ich will deinen Arsch. Und dann wird Ajax deine süße Muschi ficken, während du in meinem Schoß sitzt.“

Cami riss die Augen auf. Ihre Pupillen weiteten sich, dann zog Az sie an ihren Haaren zu sich. Die unerwartete Bewegung veranlasste mich dazu, nach ihr greifen zu wollen und sicherzustellen, dass es ihr gut ging, aber das Stöhnen, das ihr über die Lippen kam, verriet mir, dass sie Az’ raue Behandlung nicht nur billigte, sondern sie sogar *mochte*.

Hm, summte ich Ty mental zu. *Das dürfte dich freuen, mein König.*

Er erwiderte nichts, was meinen Blick zu ihm wandern ließ. Aber er sah nicht mich, sondern Cami an. Der Anblick, der sich ihm bot, ließ ihn die Nasenflügel blähen, was meinen Blick gerade rechtzeitig zurück zu unserem Engelchen schweifen ließ, um mitzubekommen, wie Az in ihren Arsch glitt.

Und zwar nicht sanft.

Er war nicht einmal testweise in sie gestoßen, um abzuwägen, ob sie bereit war. Er nahm sie so, wie er sie nehmen musste, und die wilde Bewegung ließ Cami scharf einatmen.

Dann setzte er sich auf seine Fersen und zog sie in seinen Schoß, wie er es angedroht hatte.

Alles, während seine Hand in ihrem Haarschopf versenkt war.

Ein lüsterner, erfreuter Ausdruck zog in ihren Augen auf.

Ein Ausdruck, der noch intensiver wurde, als er die blonden Strähnen losließ und nach ihren Beinen griff.

Er verlor keine Zeit, breitete die Schenkel aus, damit wir alle ihre feuchte Muschi bestaunen konnten.

Verdammt, ging Ty durch den Kopf. Das Fluchwort hallte durch unser Band. Aber nach außen hin ließ er sich bis auf einen etwas angeheizten Ausdruck nichts anmerken.

Seine schwindende Kontrolle brachte mich zum Grinsen.

Ich hatte ihn noch nie so gesehen, und es überraschte mich überhaupt nicht, dass es Cami war, die ihn an seine Grenzen brachte.

„Nimm sie“, sagte Az zu Ajax, während er seine Hände auf Camis Innenschenkel presste und sie uns wie ein erotisches Geschenk präsentierte. „Sie ist mehr als bereit.“

Ajax kniete sich, die Hand um seinen Schwanz geschlungen, vor die beiden hin und massierte sich. „Sie ist immer bereit, verdammt.“

Az lachte. „Das stimmt.“ Er drückte ihr einen Kuss auf den Nacken. „Du liebst es, gefickt zu werden, nicht wahr, Cami?“

Sie erzitterte merklich und spannte ihre Schenkel an, als wollte sie sie schließen und Reibung erzeugen. „Ja“, keuchte sie. „Nimm mich, Ajax.“

Der Wärter grinste. „Az hat dich gut ausgebildet, kleine Rebellin.“

Ganz recht, dachte ich mit klopfendem Herzen, während Ajax sich zwischen Camis Beine begab und seinen Schwanz an ihre Öffnung führte.

Sie stieß einen wunderbaren Laut aus, als er in sie glitt. Ein Laut, der dazu führte, dass sich meine Eier anspannten. Ich wollte mich ihnen anschließen, und der Blick, der Az mir zuwarf, verriet mir, dass ich das tun könnte. Nicht nur das … Er freute sich darauf.

Das hier war ein ganz neues Spiel. Eine neue Erfahrung. Eine Seltenheit für jemanden in unserem Alter.

Cami stöhnte abermals und ließ ihren Kopf an Az’ Schulter sinken. Er ließ von ihren Schenkeln ab, führte eine seiner Hände an ihre Hüfte und griff mit der anderen nach ihrem Kinn. „Du hast den Höllenfeen-König gehört, Cami. Er will sehen, wie du alle drei deiner Gefährten in dir aufnimmst. Also öffne deinen Mund und lass Melek als Nächster ein.“

Der Blick in ihren verlockenden meeresgrauen Augen

landete auf mir. Ihr Ausdruck ließ sie aussehen wie ein Sukkubus. *Du bist wie der Engel der Lust*, sagte ich mittels Gedankenkraft. *Nicht einmal ein Heiliger könnte dich in diesem Zustand abweisen.*

Camis Wimpern trafen auf ihre geröteten Wangen und sie befeuchtete ihren schönen Mund mit der Zunge. „Melek", bat sie mit sinnlicher Stimme, die vor Sex nur so strotzte. „Lass mich deinen Schwanz lutschen."

Ty knurrte – nicht verbal, sondern mental –, was meinen Schwanz als Antwort auf seine Lust und Camis Worte pulsieren ließ. „Für dich tue ich alles, Engelchen", murmelte ich und bewegte mich auf sie zu.

Auf den Knien strich ich ihr mit den Fingerknöcheln über die Wange.

Eine Berührung, die offensichtlich zu sanft für Az' Geschmack war, denn er packte sie abermals und presste ihr Gesicht in Richtung meiner Lenden. „Leck ihn ab", verlangte er. „Koste von der Mischung deines süßen Nektars und seinem Lustsaft und gib uns, was wir alle wollen. Verschaff uns ein lustvolles Spektakel."

„Ich dachte mir immer schon, dass es witzig wäre, dir und Ty dabei zuzusehen, wie ihr euch einen Kampf um Dominanz liefert", sinnierte ich. Meine Worte waren an Az gerichtet, doch mein Blick verweilte auf meinem Engel und ihrem verlockenden Mund. „Jetzt glaube ich, es wäre sogar noch spaßiger, euch beiden dabei zuzusehen, wie ihr Cami dominiert."

Dann würde sie ihr Safewort auf jeden Fall brauchen.

Denn vielleicht würden sie sie mit ihrer autoritären Art zerstören.

Aber wenn es jemand ertragen konnte, dann Cami.

„Sie kann mit meiner Art der Dominanz nicht umgehen", sagte Ty, was Cami, deren Lippen sich meinem Schwanz näherten, die Stirn in Falten legen ließ. „Ich habe ihr gesagt, was ich sehen will, und sie hat mir immer noch nicht gehorcht. Und du weißt, was ich von frechen Gören halte, kleiner Prinz."

Ich musste beinahe schmunzeln. „Du liebst eine gute Bestrafung", erinnerte ich ihn und ließ meine Hand von Camis Gesicht an ihren Hinterkopf wandern. Az ließ von ihr ab, ließ mich übernehmen und sah Ty dabei in die Augen. „Also, ja, wir beide wissen, wie sehr du görenhafte Subs liebst."

Ich presste meinen Schwanz an Camis Schmolllippen.

„Beweise ihm das Gegenteil, Engelchen. Zeig dem Höllenfeen-König, wie perfekt du bist, indem du meinen Schwanz lutschst." *Und treib ihn vor Eifersucht in den Wahnsinn*, ergänzte ich in Gedanken. Die Worte waren ganz allein für sie bestimmt.

Ich spürte den Funken Interesse – ihr Verlangen danach, eine Show abzuliefern und Ty wünschen zu lassen, sie gehörte ihm.

Denn Cami liebte Herausforderungen.

Und Ty hatte sie mit seinen Bemerkungen provoziert.

Lasst das sinnliche Spiel beginnen ...

KAPITEL 26

CAMI

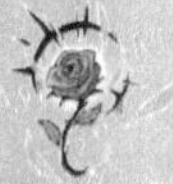

ICH WAR NICHT SICHER, warum ich Typhos' Aussage so verstand, dass er mich anzweifelte, aber das tat ich. Er schien zu denken, dass ich nicht mit meinen Gefährten umgehen konnte, was mich nur dazu anhielt, sie umso mehr zu verwöhnen.

Wenn Typhos währenddessen etwas eifersüchtig wurde, sah ich das als Bonus.

Oder vielleicht ist das sogar mein Ziel, dachte ich und öffnete meine Lippen, um Meleks Schwanz einzulassen. *Vielleicht will ich den König der Höllenfeen zum Kriechen bringen …*

Genau wie er es vorhin gesagt hatte, als er meinen Gefährten auftrug, mich zu ficken. Mich mit ihren Schwänzen und ihrem Samen zu füllen. *Damit er den Lustsaft aus all meinen Öffnungen rinnen sehen kann …*

Zwar hatte die Formulierung nicht exakt so gelautet, aber das Konzept ging mir jetzt, während alle drei Männer in mich und aus mir zu gleiten begannen, durch den Kopf.

Heilige Feen, wie ich bloß aussehen muss, dachte ich und erschauderte, als Melek tiefer in meinen Mund glitt.

„Wie eine Göttin“, sagte der Prinz, der seine Finger in meinem Haar versenkt hatte und an den bereits schmerzenden Haarwurzeln zog.

Az war ziemlich rau mit mir umgegangen, weil sein Phönix ihn beherrscht hatte, nachdem er von Ajax mit seinem vampirischen Biss geneckt worden war. Jetzt fickten mich beide Männer, als wäre ich unzerstörbar. Ihre Schwänze drangen so tief in mich, dass ich hätte schwören können, sie würden mich entzweireißen.

Aber das war mir egal.

Denn es fühlte sich so gut an.

So mächtig.

So *richtig*.

„Du siehst aus wie eine Göttin“, wiederholte Melek mit einem lobenden Tonfall, während er mit anbetendem Blick auf mich hinabsah.

Die Gedanken daran, wie ich wohl aussehen musste, waren mir bereits schon wieder entfallen. Trotzdem war es schön, seine Bemerkung zu hören. Ich streckte vor Stolz beinahe die Brust raus, doch dann ließ mich ein besonders herber Stoß von Az ein Stöhnen von mir geben.

„Verträgt sie noch mehr?“, wollte Typhos gelangweilt wissen. „Oder ist das schon alles?“

Ich blähte die Nasenflügel und krallte meine Fingernägel in Ajax’ Hüften. Ich hatte mich an ihm festgeklammert, um das Gleichgewicht zu halten, ließ ihn und Az mit ihren Bewegungen führen, während ich auf Meleks Schwanz in meinem Mund konzentriert war. Aber jetzt wollte ich Typhos ins Gesicht schlagen.

„Sie nimmt mich gut auf“, sagte Melek zu ihm. Seiner Aussage schwang noch immer dieser lobende Tonfall mit und er sah mir unentwegt in die Augen.

„Dein Schwert ist noch nicht einmal zur Hälfte in ihrem Mund“, entgegnete Typhos. „Sag ihr nicht, dass sie es gut macht oder eine Göttin ist, wenn sie nicht einmal versucht, dich in ihrem Rachen aufzunehmen. Das ist keines Lobs würdig, Melek. Es erfordert eine *Lektion*."

Melek stieß einen Seufzer aus und richtete seinen Blick auf Typhos. „Ihre Zunge fühlt sich verdammt noch mal himmlisch an, Ty. Ich ..."

Er verstummte fluchend, als ich ihn tiefer in mir aufnahm – bis in meinen Rachen, um genau zu sein.

Scheiß auf Typhos.

Und scheiß auf seine Kommentare.

Ich kann mehr vertragen, dachte ich. *Ich kann alles vertragen, was mir meine Gefährten geben.*

Und genau das stellte ich unter Beweis, indem ich Melek den Verstand raubte und mich dabei an Ajax festhielt, um meine Hüften nach hinten zu treiben und gegen Az zu pressen.

Es folgten Knurrlaute und meine Männer reagierten auf meine Bewegungen, indem sie ihre Becken nach vorn pressten. Sie zwangen mich, jeden Zentimeter von ihnen aufzunehmen und ihnen im Gegenzug alles von mir zu geben.

Mich zu bewegen.

Zu schlucken.

Mich komplett im sinnlichen Tanz zu verlieren, den meine Gefährten angestimmt hatten.

„Fuck, Cami", gab Melek zähneknirschend von sich und spannte die Muskeln an seinem Hals an, während sein Schwanz mich zum Würgen brachte. *Genau wie Typhos mir angedroht hat*, ging mir durch den Kopf. *Aber stattdessen ist es Meleks Lanze, die in meinem Mund steckt.*

Und ich genoss es, dem Höllenfeen-König zu zeigen, was ihm entging.

Ajax packte mich an den Hüften und ermutigte mich, mich schneller zu bewegen, während Az eine meiner Brüste mit der einen Hand massierte und die andere zwischen meine Beine schob, um mit meiner Klitoris zu spielen.

An meinem Rückgrat breitete sich ein aufgeregtes Prickeln aus und mein Körper fühlte sich in jeglicher Hinsicht besessen an.

So voll, staunte ich. *Ich bin so .... voll.*

Mit Ajax. Az. Und Melek.

Ich schluckte, der Schwanz des Höllenfeen-Prinzen noch immer tief in meinem Rachen vergraben, während ich mit meiner unteren Körperhälfte meinen Wärter und Kommandanten melkte. Ich fühlte mich *belebt*. Wiedergeboren. So verdammt *lebendig*.

Ich konnte mich nicht erinnern, wie alles seinen Anfang genommen hatte, und ich machte mir auch nichts daraus. Das Einzige, was zählte, war dieser Augenblick. Diese Beanspruchung. Diese *Erfahrung*.

Ich war umgeben von männlichem Verlangen, das sich in den Berührungen und den Gedanken meiner Männer zeigte. Ich konnte ihre Lust förmlich schmecken. Konnte ihren nahenden Höhepunkt spüren. Ihr brennendes Verlangen fühlen.

Sie schürten meine eigenen fleischlichen Gelüste und steckten mich von innen in Flammen. Ich verlor meinen Verstand an unsere wilde Liebkosung.

So viel Hitze.

So viel Manneskraft.

So viel Energie.

Letzteres schwirrte durch die Luft und drohte, mich in seiner mächtigen Aura zu ertränken. Und ich hieß diese Möglichkeit willkommen. Nahm den vernichtenden, finalen Akt dieses Wahnsinns mit offenen Armen entgegen. Akzeptierte, dass meine Gefährten wild von mir Besitz ergriffen.

Denn es waren sie gewesen, die dieses tosende Inferno

geschaffen hatten. Ihre gemeinsamen Sehnsüchte hatten einen Wirbelsturm aus heißem Verlangen und sengender Intensität heraufbeschworen.

Ich würde explodieren.

In Flammen aufgehen.

Vielleicht würde mich der explosive Ausbruch sogar umbringen.

Aber ich vertraute darauf, dass meine Gefährten mich erden würden. Dass sie mich wiederbeleben würden. Dass sie mich *lieben* würden. Denn unter den brutalen Bewegungen konnte ich ihre Verehrung spüren. Ihr Verlangen, mich zu beschützen, auch wenn sie mich entweihten.

Alles, während er zusieht. Der Gedanke führte dazu, dass ich und alles in mir anspannte. *Typhos wird mich kommen sehen.*

Mir lief ein Schauer über den Rücken – eine Mischung aus Beklommenheit und etwas anderem. Etwas Elektrisierendes. Etwas Ermächtigendes.

„Versteck dich nicht, Camillia", sagte er, was meine Nervenenden auflodern ließ.

„Öffne deine Augen und nimm das hier an. Denn du bist die kleine Verführerin, die all ihre Gefährten verzaubert hat. Und jetzt werden sie dich in ihrer Kraft und ihrem Sperma baden."

Alles in mir bebte erwartungsfroh und seine Worte schürten das Feuer in mir umso mehr. Ich gehorchte ihm.

Ich konnte einfach nicht glauben, dass er hier war und zusah. *Mir* zusah.

Und ich konnte auch nicht glauben, dass meine Gefährten mich teilten.

Ich konnte nicht fassen, dass das hier meine Realität war. Mein Leben. Mein *Schicksal.*

Aber ich hätte es um nichts in den Reichen eingetauscht.

Das hier war meine Welt. Meine Gefährten. *Mein Leben.*

„Melek hatte recht“, flüsterte Az mir ins Ohr. „Du bist eine verdammte Göttin, Cami.“

„Eine Königin“, ergänzte Ajax, ehe er im Gleichtakt mit Az in mich stieß.

„Eine göttliche Königin“, stöhnte Melek, der seinen Kopf in den Nacken legte und sich in meinen Rachen zwängte. „Eine, die besser schluck…“

Melek kam in meinen Mund. Sein warmer Samen floss meinen Rachen hinab und ich tat genau das, was er mir hatte auftragen wollen: Ich *schluckte*.

Ich schluckte jeden einzelnen Tropfen von Meleks mächtiger Essenz.

Ich schluckte, obwohl ich einen Atemzug machen musste.

Ich schluckte, bis nichts mehr übrig war.

Bis jemand seine Hand um meinen Hals schlang und mich innehalten ließ, ehe ich von Melek weggezogen wurde. Dann glitt eine Zunge in meinen Mund und weiter unten pulsierte Energie.

Az, stellte ich selbst mit geschlossenen Augen fest.

Typhos hatte mir gesagt, dass ich sie aufschlagen sollte, und ich hatte gehorcht, aber sobald Melek seinen Höhepunkt erfahren hatte, hatte ich sie wieder geschlossen.

Und jetzt war ich vollends verloren in Az’ Kuss.

Ajax ließ sich nicht übertrumpfen und ließ seine Eckzähne über meinen Hals wandern, bevor er sie in meiner Haut versenkte.

Gerade, als Melek meine Klitoris streifte – eine Berührung, die ich anhand seiner lodernden Kraft wiedererkannte. Seine Energie rauschte durch mich, ließ mich meine Schenkel aneinanderpressen, während Ajax und Az mich in die Vergessenheit fickten.

Ich verlor den Verstand, mein Wesen eingenommen von all diesen Empfindungen, bis mich meine Wonne mit einer Wucht überrollte, die mir den Atem raubte.

Die Orgasmen, die Melek mir vorhin verwehrt hatte, schienen sich zu einem katastrophalen Höhepunkt vereint zu haben, der alles in mir zerstörte.

Ich konnte keine Luft holen. Konnte nicht denken. Konnte nichts *sehen*.

Aber durch meinen Körper rauschte Kraft, die mich in einem Meer der Lust ertränkte, das mich in seinen Tiefen gefangen hielt.

Um mich klauend versuchte ich mich vom Strudel, der mich umgab, zu befreien. Doch dann ließ ein weiterer Stoß mich fallen und ich wand mich im obsidianartigen Abgrund.

Aber, oh, wie gut sich das anfühlte. Als würde ich wiedergeboren. Aufgeladen. *Besessen*.

All meine Gefährten waren hier. Ihre Auren schwirrten auf erotische, beanspruchende Weise um mich herum.

Ich seufzte.

Schrie.

Zitterte.

Und dann schwebte ich höher und höher gen Himmel, sonnte mich im wunderbaren Nachglühen, das in einen weiteren Höhepunkt mündete.

Es war wie keine andere Liebkosung, die ich jemals erfahren hatte, und befriedigte mich wie nichts zuvor.

Als ich mich von meinem Hoch erholt hatte, war ich ein verschwitztes, glänzendes Durcheinander.

Voll mit einer weiteren Ladung von Meleks goldenem Glitzer.

Und Ajax' und Az' Lustsaft rann aus mir.

Ich blutete wegen Ajax' Biss.

War überwältigt von Az' Explosion.

Erschöpft, weil ich all ihre Schwänze in mir hatte.

Und …

Und erschrocken über den Ausdruck, der auf dem Gesicht des Höllenfeen-Königs aufgezogen ist …

Ich blinzelte ihn an und musste entsetzt feststellen, dass er unglaublich nahe bei mir war. Und als ich realisierte, dass er mich nicht nur anstarrte, sondern auch in den Armen hielt, zuckte ich zusammen.

Ich sah mich um und suchte nach Melek, Az und Ajax, aber sie waren nirgends zu sehen. Weit und breit nichts als Marmorwände.

Eine Dusche, dämmerte mir, ehe ich meine Augen weit aufriss und zu Typhos zurücksah.

Er hatte seinen Anzug abgelegt.

Tatsächlich ... tatsächlich sah ich überhaupt gar keine Kleidung mehr an seinem Körper.

„Ich schulde dir ein Bad, kleiner Siphon", sagte Typhos. Seine tiefe Stimme hallte durch meinen Kopf.

„Aber du bist voll mit Sperma und Meleks Mal, also fangen wir stattdessen in der Dusche an."

KAPITEL 27

TYPHOS

CAMILLIA SAH EINERSEITS VERWIRRT, andererseits besorgt aus. Zwei Empfindungen, die ich nicht auf ihrem Gesicht sehen wollte.

„Entspann dich einfach“, sagte ich ihr. „Ich möchte mich um dich kümmern.“

Sie war von ihren Gefährten ordentlich genommen worden. Das Spektakel zu bezeugen, war das reinste Vergnügen gewesen, aber so ein Maß an Intensität erforderte auch ein gewisses Maß an Nachsorge. Und die war ich freiwillig bereit, zu übernehmen.

Na ja, ich hatte mich nicht freiwillig gemeldet. Viel eher hatte ich die Gelegenheit am Schopf gepackt, während Melek, Ajax und Az sich im Nachglühen ihrer Höhepunkte gesonnt hatten.

Als ihnen bewusst wurde, dass ich ihnen ihre Gefährtin stahl, war es bereits zu spät gewesen. „Sie verdient eine Belohnung“, hatte ich sie informiert. „Und die werde ich ihr geben.“

Camillia hatte meine Ankündigung nicht mitbekommen,

weil sie zu eingenommen von der Energie war, die durch ihren Körper und ihre Seele rauschte.

Aber ihre Gefährten hatten es verstanden.

Und nicht versucht, mich aufzuhalten. Nicht einmal Ajax.

„Ich verstehe dich nicht", murmelte Camillia, was meinen Blick auf ihre geschwollenen Lippen zog. „In der einen Sekunde hasst du mich und in der nächsten ..." Sie verstummte und zuckte zusammen, vermutlich, weil sie das nicht hatte laut aussprechen wollen.

„Ich habe dich nie gehasst, Camillia", murmelte ich zurück, etwas perplex über ihre Erklärung. Ja, ich hatte mich von ihr bedroht gefühlt, aber sie hassen? „Ich glaube nicht, dass ich dir gegenüber so eine Empfindung hegen könnte."

„Aber du ..." Sie verstummte abermals.

„Aber ich, was?", fragte ich und stellte das Wasser an.

Sie schmiegte sich an mich, als fürchtete sie sich vor dem kalten Sprühregen, doch das Wasser wurde umgehend warm – einer der Vorteile des Königreichs der Höllenfeen.

Camillia bewegte sich nicht umgehend, aber sobald sie realisierte, dass das Wasser bereits Temperatur hatte, entspannte sie sich wieder.

„Du bist nackt", flüsterte sie, was mich meine Augenbraue hochziehen ließ.

Ich bezweifelte stark, dass das die Fortsetzung des unvollendeten Satzes von vorhin war, gab jedoch keine Bemerkung dazu ab und konzentrierte mich stattdessen auf das, was sie gesagt hatte.

„Ich bin nicht komplett nackt", informierte ich sie mit sanfter Stimme. „Ich habe nur die meisten meiner Sachen ausgezogen, weil zu duschen sonst ziemlich ungemütlich wäre."

Und Zweck der Sache war, ihr dabei zu helfen, sich zu erholen.

„Oh.“ Sie schloss die Augen und lehnte sich an meine Brust, als dachte sie darüber nach, ein Schläfchen zu machen.

Es war irgendwie süß, sie so zu sehen. Fast, als würde sie mir vertrauen.

Sobald ich mich jedoch auf die Duschbank sinken ließ, erstarrte sie. Ich versuchte, sie so auszurichten, dass sie unter dem Wasserstrahl saß, weil ich glaubte, ihr wäre kalt. Trotzdem blieb sie erstarrt in meinem Schoß sitzen.

„Sprich mit mir, Camillia“, meinte ich und gab mein Bestes, einen ruhigen Tonfall zu bewahren. „Ich kann deine Gedanken nicht lesen.“ Was so nicht ganz stimmte. Ich konnte versuchen, mittels ihrer Bänder mit Azazel und Melek in ihre Gedanken zu blicken, weigerte mich aber, derart in ihre Privatsphäre einzudringen.

Als sie immer noch nichts sagte, seufzte ich.

„Ich kann dir nicht helfen, dich zu erholen, wenn du nicht mit mir sprichst, kleine Königin.“

Das ließ sie erschaudern. „Warum?“

„Weil deine Aussagen mir dabei helfen, in Erfahrung zu bringen, was für Bedürfnisse du hast“, erklärte ich.

„Nein, ich .... ich meine ... Warum bist du so nett zu mir?“

Das ließ mich die Stirn in Falten legen. „Warum würde ich nicht nett zu dir sein?“

„Weil du mich nicht leiden kannst.“

Ich schnaubte lachend und setzte sie mit dem Rücken zur Wand auf die Bank, ihre Beine immer noch auf meinen Oberschenkeln ausgebreitet. Ihr Blick wanderte augenblicklich auf meinen nackten Oberkörper und hinab zur schwarzen Boxershorts, wo er an der Erektion hängenblieb, die vom eng anliegenden Stoff verborgen war.

Ein ängstlicher Ausdruck stand in ihren Augen und ließ mein Lachen ersterben.

„Ich werde dich nicht ficken, Camillia.“

Zumindest nicht heute, ergänzte ich in Gedanken.

Ihr ängstlicher Ausdruck blieb bestehen und drohte meine gutmütige Stimmung umschlagen zu lassen.

„Warum glaubst du, ich könnte dich nicht leiden?", fragte ich schließlich, weil ich wieder Kontrolle über meinen Verstand nehmen musste, bevor ich etwas tat, das wir beide bereuen würden – zum Beispiel, sie innig zu küssen, bis der angsterfüllte Ausdruck ihren schönen grauen Augen wich.

Eine blöde Idee, die vermutlich nicht den gewollten Effekt erzeugen würde. Aber ihr Ausdruck ließ mich verzweifeln und ich war bereits ganz heiß davon, ihr dabei zugesehen zu haben, wie sie drei Schwänze auf einmal in sich hatte.

Sex schien mir ein wunderbares Ventil für den Stress, den ihr Ausdruck auslöste.

Aber das stand in direktem Widerspruch mit dem Versprechen, das ich gerade abgelegt hatte.

„Du wolltest mich umbringen", murmelte sie. „Was ... was ich verstehen kann. Und außerdem schienst du auch nicht besonders beeindruckt von mir."

Ich legte die Stirn in Falten. „Du glaubst, ich wäre nicht beeindruckt von dir?"

Sie machte ein Geräusch, das sich wie ein verächtliches Schnauben anhörte. „Verträgt sie noch mehr, oder ist das schon alles?" Sie sagte das mit so tiefer Stimme, dass es mich fast zum Lachen brachte, und versuchte, mich nachzuahmen.

Ich grinste. „Du glaubst, dass ich damit ausdrücken wollte, ich wäre nicht beeindruckt?"

Erst jetzt sah sie mich mit diesen sturmgrauen Augen an. Die Angst war jetzt von einer Emotion ersetzt worden, die ich weitaus erregender fand: Wut. „Ja."

Ich verbarg mein darauffolgendes Lächeln nicht. „Sieh dir meinen Schwanz an, Camillia. Er ist zwar von meiner Unterhose verborgen, aber ich bin mir sicher, dass dir nicht entgangen ist, wie *beeindruckt* ich bin."

„Anziehung ist etwas anderes als ... als ... na ja, *beeindruckt* zu sein, eben“, meinte sie. „Ich bin nackt. Ist doch klar, dass dein Körper darauf reagiert. Aber das ist nicht dasselbe wie mich für gut genug oder würdig zu befinden, oder was auch immer ich für dich sein muss.“

Okay, jetzt runzelte ich wieder die Stirn. „Camillia, du faszinierst mich immer wieder aufs Neue. Und das bringt mich dazu, dich auf die Probe zu stellen.“

Ein Verlangen, das aufgeflammt war, als ich sie mit ihren Gefährten spielen sah.

Es hatte physischer Zurückhaltung bedurft, sich gelangweilt zu geben und meine Hände bei mir zu behalten. Aber ihre Bewegungen, ihr Stöhnen, ihre Erregung hatten mich verdammt noch mal in den Bann gezogen.

„Alles, was ich wollte, war, die Kontrolle zu übernehmen und dich zwingen, meinen Schwanz in dir aufzunehmen“, vertraute ich ihr an, im Wissen, dass meine Erklärung sich mit meiner vorherigen Aussage nicht ganz vertrug.

Diese Frau drohte mir den Verstand zu rauben. „Ich habe diese Dinge gesagt, um mein Verlangen zu maskieren. Sie waren nicht dazu gedacht, deinen Wert anzuzweifeln oder anzudeuten, dass ich dich nicht leiden kann, Camillia.“

Sie starrte mich an und an ihrer Stirn zeichneten sich feine Runzeln ab.

„Es macht mir Spaß, dich herauszufordern“, ergänzte ich. „Ich will dich an deine Grenzen bringen und herausfinden, wie viel du ertragen kannst.“

Obwohl ... jetzt, da ich sie so musterte, wurde mir klar, wie sehr ich mich in den vergangenen Monaten zurückgehalten hatte. Und wie mich zurückzuhalten meine Verlangen im Schlafzimmer beeinflusst hatte.

„Ich war zu nett zu dir“, gab ich mit leiser Stimme zu, die vom herabrieselnden Wasser beinahe übertönt wurde. Das Geständnis war eher an mich selbst als an sie gerichtet. „Nicht direkt nett, aber ... aber auch nicht unbedingt schroff. Offen gesagt, warst du ziemlich schwierig zu meistern.“ Was meine Neugier weckte und mich zugleich verängstigte.

Ich ließ meine Hand an ihrem Bein hoch- und herunterwandern, war mir ihres nackten Körpers mehr als nur bewusst. Und auch, wie nahe ihre Waden meinem pulsierenden Schwanz waren.

Aber ich war zu sehr auf dieses Gespräch konzentriert, um mich von ihren weiblichen Vorzügen ablenken zu lassen. Trotzdem massierte ich, geleitet vom Verlangen, eine Art Nachsorge zu bieten, ihre verspannten Muskeln.

Währenddessen gab ich ein paar wohlüberlegte Worte von mir.

„Ich muss bestimmter mit dir sein“, sagte ich ihr. „Vivaxia wird mir keine Zeit einräumen, dich angemessen auszubilden. Ich wusste das und trotzdem habe ich dich geschont. Habe versucht, ganz von vorn anzufangen und dir alles zu erklären. Aber so sind wir nicht, Camillia. Ich *treibe dich an* und du gibst Gegensteuer.“

So war es schon, seit sie in meinem Reich angekommen war. Zur Hölle, es hatte sogar vorher begonnen, als sie meine Höllenhunde herausgefordert und Ajax gezwungen hatte, sie zu jagen.

Dann hatte sie Meleks Interesse erhascht, war im Kerker meines Wärters gelandet und jeder verdammten Herausforderung entgegengetreten.

Genau das sagte ich ihr jetzt und ging über zu dem, was dann geschehen war.

Dass sie in mein Buch gefallen war, wie mein Kommandant und mein Wärter sie aufgespürt hatten und wie es ihr gelungen war, sie in ihr Netz zu ziehen. Die unausweichliche Bestrafung …

„Damit wollte ich dich und alle anderen antreiben“, vertraute ich ihr an. „Ich wollte deinen Mut auf die Probe stellen und beobachten, wie Ajax, Azazel und Melek darauf reagierten. Und ich muss zugeben, dass dieses Kleid mich genauso bestrafen sollte. Damit ich anhimmeln musste, was ich nie haben könnte." Ich hob meine Hand hoch und strich ihr mit dem Daumen über die Wange. „Meine verbotene Frucht."

Sie hatte seit meiner Bemerkung zu ihrem Wert kein Wort gesagt, sodass ich meine Antwort ausführen konnte. Sodass ich ihr erklären konnte, für wie würdig ich sie empfand, und Gelegenheit hatte, meine Fauxpas und Fehltritte einzuräumen.

Das war ganz schön viel. Unsere Vergangenheit strotzte nur so vor lebensverändernden Augenblicken und Missverständnissen.

Aber alles davon war nötig gewesen.

Genauso wie unsere nächsten Schritte. „Vivaxia wird erneut angreifen, und zwar bald. Sie benutzt ihre Verbindungen zu dir, um mein Reich mit uralten Zaubern zu füllen. Deshalb ist es unabdinglich, dass ich dir zeige, wie du sie aufhalten kannst. Und zwar nicht, indem du deine Kraft in meine Quelle leitest."

Das war Camillias Lösung im Paradigma gewesen – sämtliche Energie in mein Reich zu leiten, nachdem sie Vivaxias Zauber durchbrochen hatte.

„Mir schwant, Vivaxia wollte, dass du die Kontrolle verlierst, ähnlich wie es im Jenseits geschehen ist. Und ich glaube, sie macht sich auch deine Emotionen zunutze. Sie hat gesehen, wie du auf Azazels Verletzungen reagiert hast, und hat versucht, dasselbe mit Ajax zu tun. Aber heute hast du etwas gespürt. Etwas, das dich dazu gebracht hat, die eingehende Kraft umzuleiten. Und es ist dir gelungen, ihren Bann ohne die Albtraumfeen-Essenz zu absorbieren."

Was extrem beeindruckend war. Aber genauso frustrierend, weil sie sich wie eine verdammte Märtyrerin aufgeführt hatte.

„Du hättest diese Energie stattdessen benutzen sollen, um

eine Waffe zu schmieden, die du durch deine Verbindung zu Vivaxia hättest leiten und sie damit verletzen können. Aber daran werden wir noch arbeiten.“ Denn jetzt, da ich wusste, dass Camillia die Verbindung spüren konnte, konnte sie sie nutzen.

„Du weißt, dass sie mich benutzt“, wisperte Camillia. „Ich … ich habe nicht einmal … Ich habe es gespürt und reagiert.“

„Ich weiß.“

„Aber *woher* weißt du es?“, wollte sie wissen und blinzelte mich an. „Wie hast du …?“

„Ich habe es gespürt“, sagte ich ihr. „Und die Verbindung war auch klar zu vernehmen, sobald du in mein Reich zurückgekehrt bist. Sie hat etwas in dir aktiviert. Etwas, das mit deinen Siphon-Fähigkeiten zu tun hat. Mir wurde klar, was es war, sobald du deine Kraft in mein Reich und mich zurückgeleitet hast.“

„Ich wusste nur, dass ich sie dir vom Hals halten musste.“

„Also hast du dich an das einzig andere Ventil geklammert, das du finden konntest – deine Verbindung zu meiner Quelle“, ergänzte ich. „Was kein Problem gewesen wäre, hättest du nicht deine verdammte Seele hineingesteckt.“

Sie zuckte zusammen. „Ich war vollends darauf konzentriert, gegen Vivaxia anzukämpfen. Und ich hatte keine Ahnung, wie ich an der Kraft festhalten sollte, also … habe ich sie einfach ins nächstbeste Ventil geleitet, dem ich vertraute.“

„Meine Quelle“, murmelte ich und ließ meine Hand an ihrem Oberschenkel hoch zu ihrer Hüfte gleiten.

„Deine Quelle“, wiederholte sie, was ein kleines Lächeln auf meinen Lippen aufziehen ließ.

„Ja. Aber was das Festhalten der Kraft anbelangt … Du kannst es und du hast es auch schon getan.“ Ich neigte meinen Kopf zur Seite und sah ihr in die Augen. „Azazel hat eine zerstörerische Menge an Energie in dich geleitet, und du hast sie nicht nur angenommen, sondern sie *behalten*. Du bist also imstande dazu, Camillia. Du brauchst nur etwas Übung, die ich dir mit Freuden geben werde. Denn leider weiß Vivaxia jetzt, wozu du imstande bist, und sie wird bereit sein, deine Umleitung während ihres nächsten Angriffs zu durchkreuzen."

„Und der wird schon bald stattfinden", murmelte sie argwöhnisch.

Ich nickte. „Vermutlich hast du sie geschwächt, indem du ihre Zauber absorbiert und sie ins Reich der Höllenfeen geleitet hast, aber sie wird sich sehr schnell erholen."

„Also müssen wir herausfinden, wie ihr nächster Schachzug aussieht, bevor sie ihn macht", erwiderte Camillia.

„Und sicherstellen, dass du darauf vorbereitet bist", ergänzte ich. „Was mich auf meine Rolle in alledem zurückbringt. Ich muss hart zu dir sein. Nur so kann ich dich auf das wahre Ausmaß von Vivaxias Kraft vorbereiten."

Camillia sah mich stirnrunzelnd an und in ihren sturmähnlichen Augen lauerte ein nachdenklicher Ausdruck.

Ich wartete ab, im Wissen, dass ich sie mit einer Unmenge an Informationen überhäuft hatte, obwohl sie ohnehin schon erschöpft war.

Aber ihre geröteten Wangen und der wache Ausdruck in den Augen, sagten mir, dass es ihr nichts ausmachte. Sie dachte über alles, was ich gesagt hatte, nach – und vielleicht über mehr.

„Warum macht sie sich die Mühe und greift in kleinem Umfang an?", wollte sie nachdenklich wissen. „Welches Ziel verfolgt sie wirklich? Wenn sie mächtig genug ist, sich dir gegenüberzustellen, wozu dann der ganze Zirkus?"

„Weil sie nicht über genug Macht verfügt, um sich mir zu stellen", sagte ich ihr. „Du bist ihr Leiter. Sie arbeitet durch dich und versucht, *dich* zu provozieren, damit du erreichst, was ihr misslungen ist."

„Sich mit dir zu verbinden?"

An meinen Mundwinkeln zupfte ein Lächeln. „Nein. Sie will, dass du mir das Licht stiehlst und es ihr zuführst. Aber du stellst dich als kleine Rebellin heraus, Miss De la Croix. Und ich bin mir sicher, dass das deine Großmutter fürchterlich ärgern muss."

Camillia knurrte. Der Laut wanderte direkt in meinen Schwanz. „Nenn sie nicht *so*."

Ich lächelte. „Geht dir der Verwandtschaftsgrad gegen den Strich?" Ich führte meine Hand an ihren schlanken Hals. Sie passte perfekt darum. „Er ist reiner Zufall, wenn auch ein unglücklicher."

Sie kniff die Augen zusammen und sah mich misstrauisch an. „Wie meinst du das?"

„Deine Familienlinie macht dich zur perfekten Höllenfeen-Königin."

Ihr Misstrauen wurde von Staunen abgelöst. „Wie bitte?"

„Du hast richtig gehört, Camillia", murmelte ich und mein Blick wanderte auf ihre Lippen. „Aber falls du nicht verstanden hast, was ich gesagt habe, werde ich dir demonstrieren, was die Worte zu bedeuten haben ... Indem ich dich als dein Höllenfeen-König verwöhne."

KAPITEL 28

CAMI

HÖLLENFEEN-KÖNIGIN.

Die drei Worte gingen mir im Kopf herum, während Typhos meine Beine von seinem Schoß entfernte, damit er aufstehen und sich über eine der Duschbrausen lehnen konnte.

Ich ... starrte ihn bloß an. Bewunderte seinen Rücken. All die Muskeln. Die geballte Kraft. Dann, als er sich umdrehte, musterte ich seinen Oberkörper und mein Mund fühlte sich plötzlich ganz trocken an, als ich die definierten Muskeln erblickte.

Er war ein Kunstwerk.

Und er hat mich gerade eine Höllenfeen-Königin genannt.

Er hatte *Königin* bisher als Kosename benutzt, und sogar einige Male gesagt, dass er mich zu einer machen wollte. Aber nie hatte er *Höllenfeen-Königin* gesagt. Und er hatte sich selbst auch nie als *mein* Höllenfeen-König bezeichnet.

Trotzdem ...

Lass mich dir zeigen, was die Worte zu bedeuten haben – indem ich dich als deinen Höllenfeen-König verwöhne.

Ich leckte mir die Lippen. Was er in Aussicht stellte, schien meinen Körper zum Leben zu erwecken. Es spielte keine Rolle, dass ich mich noch von dem erholte, was Az, Ajax und Melek mit mir angestellt hatten. Mein Blut geriet allein beim Gedanken daran, was in dieser Dusche passieren könnte, in Wallung.

Aber Typhos' Unterhose blieb, wo sie war. Er machte lediglich einen Schritt auf die Duschbrause zu und begann, mein Haar zu befeuchten.

Okay, vielleicht schwebt ihm etwas Versautes vor …

Fehlanzeige.

Er shampoonierte bloß mein Haar.

Und massierte dann eine Spülung in meinen Haarschopf.

Ich presste die Lippen aufeinander und versuchte zu erfassen, dass der Höllenfeen-König mich *wusch*.

Okay, ja, er hatte vorhin etwas Dahingehendes erwähnt. Und er hatte behauptet, vorzuhaben, mich zu verwöhnen. Vielleicht hatte er das damit gemeint? Indem er mich eingehend sauber machte?

Als er nach der Seife griff und sich vor mich hinkniete, wurde mir bewusst, dass ich mit dieser Annahme richtig lag. „Du kümmerst dich um mich", flüsterte ich staunend.

„Ich habe doch gesagt, dass ich das tun würde", erwiderte er und sah zu mir hoch. „Überrascht es dich, dass ich es auch so gemeint habe?"

„Es … überrascht mich nur, dass du das tun *willst*."

Der Blick in seinen saphirblauen Augen verdüsterte sich und seine Pupillen glichen jetzt zwei Ozeanen. „Es überrascht dich, dass ich dich berühren will, Camillia?" Er presste das Seifenstück gegen meinen Bauch, bevor er es hoch an meine Brüste wandern ließ. „Du bist meine verbotene Frucht, kleine Verführerin. Die erste Frau, die ich seit Äonen begehrt habe. Und ich habe mir eingeschärft, dass ich dich nicht haben kann."

„Warum nicht?", fragte ich mit schneller gehendem Atem.

Ich versuchte, ihn zu verstehen – nachzuvollziehen, wie wir *hier* gelandet waren. In diesem intimen Augenblick, in dem wir unsere Begierden offenlegten.

Ich hatte wochenlang von ihm geträumt. Oder waren es Monate? Dieses Reich raubte einem jegliches Zeitgefühl.

Und die ganze Zeit über hatte ich mir eingeredet, dass ich ihn nicht wollte. Aber das war eine Lüge. Es war immer schon eine Lüge gewesen.

Ganz wie ich die Lüge, dass er mich hasste, geglaubt hatte.

Melek hatte mir immer wieder eingeschärft, dass das nicht stimmte, aber ich hatte mich geweigert, ihm zu glauben. Denn wenn ich ihm geglaubt hätte, hätte ich mit dem Gedanken leben müssen, dass Typhos auch etwas für mich empfand.

Aber jetzt versteckte sich der Höllenfeen-König nicht länger. Er legte seine Verlangen offen und versuchte gar nicht erst, sich zurückzuhalten.

Aber er hat doch eben gesagt, dass er mich nicht ficken würde …

„Hörst du mir zu, Miss De la Croix?“, fragte Typhos, was mich zum Blinzeln brachte.

„Ich, ähm …“ Ich leckte mir die Lippen und legte die Stirn in Falten.

„Hm“, meinte er. „Das habe ich mir schon gedacht. Du hast mich gefragt, warum ich mir eingeredet habe, dass ich dich nicht haben könnte, und ich habe gerade zugegeben, dass ich dich nicht anrühren sollte.“ Er streifte meinen Nippel mit dem Seifenstück, was mich nach Atem ringen ließ. „Du gehörst Azazel, Ajax und Melek. Und sie dir.“

Ich schluckte hart, als er meine Brust mit dem Seifenstück zu massieren begann und den Schaum darauf verteilte.

„Aber Melek wollte, dass ich dich bade und dir zeige, wie man sein Mal entfernt. Also, schätze ich, gehörst du vorübergehend mir“ – er widmete sich meiner anderen Brust – „damit ich dich verwöhnen kann.“

„Nur vorübergehend?“, wiederholte ich flüsternd.

„Es sei denn, du begehrst etwas anderes“, murmelte er. „Dann, ja, nur vorübergehend.“

„Und was ist mit deinen Bedürfnissen?“, fragte ich. „Warum liegt die Entscheidung bei mir?“

„Weil du unsere Königin bist, Camillia“, erwiderte er. „Das bedeutet, dass du das Zepter in der Hand hältst.“

Ich sah ihn mit hochgezogener Augenbraue an. „Im Schlafzimmer hast du aber noch einen ganz anderen Ton angeschlagen.“

„Weil ich dort das Zepter in der Hand halte“, entgegnete er und ließ das Seifenstück an meinen Unterleib gleiten.

Ich sah ihn bewusst an. „Ich bin mir ziemlich sicher, dass du überall das Sagen hast, Typhos.“

An seinen Mundwinkeln zupfte ein Lächeln. „Ein guter König weiß, wann er sich seiner Königin unterordnen sollte.“

„Bin ich das denn?“, fragte ich, versuchte noch immer, unsere veränderte Beziehung nachzuvollziehen. „Deine Königin?“

Er hielt inne und sah mir in die Augen, während er das Seifenstück gegen meinen Unterleib presste.

Ich erschauderte, denn dass er vor mir kniete, fühlte sich unglaublich intim an. Er hatte mich auf der Bank sitzen lassen, mich lediglich umpositioniert und die Brause benutzt, um das Shampoo und die Spülung aus meinem Haar zu waschen.

Jetzt benutzte er dieses Seifenstück aber wie ein sinnliches Spielzeug, massierte meine überhitzte Haut und kniete zwischen meinen ausgebreiteten Beinen.

Sein Standort bot ihm freie Sicht auf meine Mitte, doch er sah mir unablässig ins Gesicht.

„Ja.“

Eine einsilbige Antwort.

Keine Erläuterungen.

Er hatte das mit einer Entschlossenheit gesagt, die ein

Beben durch mein Wesen sandte. „Okay", flüsterte ich. Das war das Einzige, was mir über die Lippen kam. Nichts weiter als ein Einverständnis, das er, wie ich wusste, hören musste.

Und ich schätzte, genau das war der Punkt. Er hatte gesagt, dass ich das Zepter in der Hand hielt, dass die Entscheidung, ob das hier vorübergehender oder permanenter Natur war, bei mir läge. Und es hatte nur ein paar Sekunden eines Gesprächs bedurft, um zu erkennen, worauf er hinauswollte.

Er sah mich als seine an. Die Entscheidung, ob ich ihn für mich beanspruchen wollte, lag bei mir.

Aber wir waren doch bereits mittels unserer Gefährten verbunden.

Was mich zu einer Höllenfeen-Königin macht, wurde mir bewusst. Nicht nur meiner Bänder wegen, sondern meiner Siphon-Fähigkeiten wegen.

Eine Gabe, die von meiner Engelsfeenseite stammte.

Eine Gabe, die Typhos' Fähigkeiten ähnelte.

Eine Gabe, die mich zu einer idealen Gefährtin für ihn machte.

„Unsere Seelen sind kompatibel", meinte ich staunend, als mich die Wahrheit mitten in die Brust traf. „Das waren sie schon immer."

Er nickte und setzte seine Bemühungen fort und führte das Seifenstück an meiner Hüfte entlang hinab an meinen Oberschenkel. „Melek hat es gespürt, sobald er dich Vita in der Bibliothek hat lesen sehen. Er wusste sofort, dass es dir bestimmt war, unsere Königin zu sein. Und ich glaube, er hat dich seit diesem Augenblick geliebt."

Ich schnaubte höhnisch. „Lieben ist vielleicht etwas übertrieben." Zwar gab es für einige Feen Schicksalsgefährten, aber längst nicht für alle. Und definitiv nicht für mich.

„Vermutlich ist *besessen von dir* der passendere Begriff", stimmte Typhos zu. „Aber er hat dein Potenzial als Gefährtin erkannt, während ich die Möglichkeit abstritt. Ich weiß, dass er glaubt, ich hätte die Brautproben ins Leben gerufen, um eine ideale Partie zu finden, und vielleicht habe ich das auch. Aber nicht bewusst. Offen gesagt, war ich zu eingenommen von den Bedürfnissen meines Reichs, um überhaupt einen Gedanken an meine zu verschwenden."

Nach allem, was ich mit Typhos durchgemacht hatte, glaubte ich ihm. „Du stellst alles und jeden immer über dich."

„Und du genauso", erwiderte er mit suchendem Blick. „Du konntest deine abgesaugte Energie nicht kontrollieren, weil du dich darauf konzentriert hast, dafür zu sorgen, dass alle anderen überleben, anstatt auf dich selbst. Eine selbstlose Tat, die nur eine Königin vollbringen kann. Aber wenn du in deiner Position überleben willst, musst du die Kunst des Gleichgewichts erlernen."

Er führte das Seifenstück an meinem Innenschenkel hinab zu meinem Knie und dann an mein Schienbein, was mich kurz von unserem Gespräch ablenkte.

„Kannst du aufstehen?", fragte Typhos nach einer langen Stille, seine Hände jetzt in der Nähe meiner Fußknöchel.

Er wich nicht zurück, sah mich nur still, aber mit erwartungsfrohem Ausdruck an.

Ich schluckte hart, griff nach seinen Schultern und stützte mich an ihm ab, bevor ich von der Bank rutschte und mich aufrichtete. Das sorgte dafür, dass meine Mitte nur wenige Zentimeter von seinem Mund entfernt war.

Trotzdem sah er immer noch nicht auf die intime Stelle, sondern zu mir hoch, während er auf meinem Fußknöchel Kreise zog und seine Finger dann sinnlich an meiner Wade hochführte.

Ich krallte meine Finger in seine Haut und unser erotischer Tanz gab mir den Rest.

Früher hatte ich Vorbehalte, was Typhos anging. Hatte

Zweifel daran, ob ich ihm trauen konnte, und fürchtete mich davor, was er mit mir anstellen könnte ... mit Ajax ...

Aber den Höllenfeen-König so auf seinen Knien zu sehen ... Das ...

Ich schluckte hart und mein Herz hämmerte wie wild. Die Worte, um meine Gefühle zu umschreiben, kamen mir abhanden. Alles war durcheinander. Ein chaotischer Wirrwarr der Gefühle. Der Begierden. Der *Verlangen*.

Und diese sanfte Berührung, dachte ich, die Augen halb geschlossen, als er sich dem anderen Bein zuwandte. *Heilige Götter, ich wusste gar nicht, dass Typhos so sanft sein kann ...*

Ich erwartete beinahe, Melek in meinem Kopf zu hören. Dass er mir sagen würde, er hätte es immer schon gewusst. Doch meine Gefährten waren ungewöhnlich still.

Eine Einsicht, die mich die Stirn in Falten legen und mich umgehend mental nach ihnen suchen ließ. *Ajax?*, flüsterte ich zuerst. Sein Name und die Verbindungen zu ihm ergaben im Augenblick am meisten Sinn.

Denn er vertraute Typhos nicht.

Oder, na ja, zumindest hatte er das bisher nicht. Aber jetzt ... jetzt war ich mir nicht mehr so sicher.

Hey, kleine Rebellin, erwiderte er mit sanftem Tonfall. Seine mentale Stimme hörte sich schläfriger an, als ich erwartet hatte.

Wo bist du?, fragte ich ihn verwirrt.

Im Bett, in dem ich dich eben gefickt habe, murmelte er. Jetzt hörte er sich etwas munterer an. *Alles in Ordnung?*

Ich ... Ich blinzelte und sah zu Typhos. Erst jetzt wurde mir klar, dass ich den Blickkontakt abgebrochen hatte. Aber er starrte jetzt nicht mehr zu mir hoch, sondern konzentrierte sich auf meine Beine. Die Leidenschaft und Intensität von vorhin waren verpufft. Fast so, als hätte er sich entschlossen, eine Maske aufzusetzen.

Habe ich ihn verletzt?, fragte ich mich. Eine seltsame Frage.

Eine, von der ich nie für möglich gehalten hätte, dass ich sie mir stellen würde, was Typhos betraf. Und doch ... ließen die zusammengebissenen Zähne darauf schließen ...

Cami?, hakte Ajax nach und zog meine Aufmerksamkeit zurück auf unsere mentale Unterhaltung.

Alles bestens. Ich ... habe bloß versucht, in Erfahrung zu bringen, warum ihr alle so still seid, gab ich zu.

Luzifer sagte, er wollte sich um dich kümmern, also geben wir euch etwas Privatsphäre. Aber wir können dich hören, Cami. Du bist im Badezimmer, keine fünf Meter entfernt von uns.

Oh. Das war mir klar gewesen. Oder, na ja, ich hatte es zumindest angenommen. Es vermutet? Ich schüttelte um ein Haar meinen Kopf, um den dämlichen Gedanken abzuschütteln. *Danke*, sagte ich zu Ajax.

Dann ließ ich eine von Typhos' Schultern los, damit ich nach seinem Kinn greifen und seinen Blick zu mir zurückführen konnte. Der Blick in seinen Augen war genauso leer wie der Ausdruck auf seinem Gesicht, weshalb ich nicht abschätzen konnte, was in ihm vorging.

Irgendwie konnte ich aber trotzdem spüren, dass er unter der Oberfläche verletzt war. Vielleicht leitete Melek das Gefühl an mich weiter. Oder vielleicht ... vielleicht wusste es meine Seele einfach.

Trotzdem hatte ich das Gefühl, „Tut mir leid“ sagen zu müssen.

Er legte die Stirn in Falten. „Du brauchst dich nicht bei mir zu entschuldigen, Camillia. Ich verstehe, warum du mir misstraut hast. Nicht nur das, ich habe es sogar verdient, dass du mir nicht traust.“

„Ich ...“ Jetzt war ich es, die die Stirn runzelte. „Nein. Ich misstraue dir nicht. Ich war nur abgelenkt von der Stille in meinem Kopf. Sie hat mich dazu gebracht, nach meinen Gefährten zu suchen und sicherzustellen, dass sie immer noch da sind und es ihnen gut geht." Ein Instinkt, der vermutlich von den wenigen Augenblicken rührte, in denen ich von ihnen abgeschnitten gewesen war.

Nicht, dass ich glaubte, Typhos hätte mich von meinen Gefährten abgetrennt, aber wegen Vivaxias endloser Psychospielchen, war es mir wichtig gewesen, mich nach ihrem Zustand zu erkundigen.

Wer wusste, wann sie erneut angreifen würde? Oder wie?

Typhos hatte die Vermutung angestellt, dass ich sie durch das Absaugen und Weiterleiten ihrer Magie an die Quelle vielleicht geschwächt hatte, doch ich ahnte, dass das ganz und gar nicht stimmte.

Vermutlich tüftelte sie bereits an ihrem nächsten Angriff herum.

Wie könnte er aussehen?, fragte ich mich.

„Woran denkst du?", wollte Typhos wissen. Meine Gedanken waren schon wieder abgedriftet. Aber dieses Mal hatte ich ihm in die Augen gesehen, während ich über Vivaxias Pläne nachgesonnen hatte.

„Ihren nächsten Schachzug", flüsterte ich. „Vivaxias, meine ich."

Er führte seine Hand an meine Hüfte hoch, dann richtete er sich langsam auf. Mein Blick folgte ihm und ich legte den Kopf in den Nacken, damit ich ihm in die Augen schauen konnte.

Ihr Götter, manchmal vergaß ich, wie groß gewachsen Typhos war, aber jetzt spürte ich es.

Er war über dreißig Zentimeter größer als ich – ein Fakt, der mir früher Angst gemacht hatte. Aber jetzt fühlte ich mich sicherer als jemals zuvor. Denn dieser Mann verströmte Stärke und Schutz. Ich ahnte, dass es immer schon so gewesen war – ich war bisher nur nicht offen dafür, sie anzunehmen.

Zwischen uns hatte sich alles verändert.

Ein Teil von mir sollte vermutlich immer noch Angst

haben, aber das nervöse Flattern in meinem Bauch hatte nichts mit Furcht zu tun, sondern mit Interesse.

„Du könntest deine Verbindung zu ihr vermutlich benutzen, um ihren nächsten Schachzug zu ermitteln“, meinte Typhos. Seine Bemerkung stand in krassem Kontrast zu meinen Gedanken, erinnerte mich aber daran, was ich vor wenigen Sekunden von mir gegeben hatte.

Heilige Götter, ich scheine in seiner Nähe komplett den Verstand zu verlieren, dachte ich und erschauderte innerlich. Die verschiedenen Themen in meinem Kopf machten mich ganz benommen. „Wie soll ich das anstellen?“, fragte ich ihn. „Soll ich versuchen, der Verbindung zu folgen, die sie geschaffen hat, und ... in ihren Gedankenpalast eindringen?“

Ich legte die Stirn in Falten, als mir ein weiterer Gedanke kam.

„Wenn ich das bei ihr kann, kann sie das bei mir?“ Ich erstarrte und mein Herz setzte einen Schlag aus. „Kann sie ...?“

„Atme durch, Camillia“, fiel Typhos mir ins Wort. Seine Hände lagen jetzt plötzlich auf meinen Wangen und er zog mich unter den Wasserstrahl.

Ich spuckte und stotterte, als das Wasser auf mein Gesicht traf, und ich hätte ihn am liebsten weggeschubst. Aber er hatte mich gegen die Duschwand gepresst, bevor ich überhaupt nachvollziehen konnte, was passierte. „Beruhige dich. Für mich“, befahl er.

„*Mich beruhigen?*“, wiederholte ich kreischend. „Du hast gerade versucht, mich zu ertränken!“

„Ich habe dich nur aus deinem panischen Anfall gerissen“, meinte er zähneknirschend.

Ich knurrte.

Und er erwiderte den Laut.

„Du bist einfach nicht zu fassen!“, grummelte ich ihn an.

„Dasselbe könnte ich von dir behaupten, Camillia De la Croix.“

„Was zur Hölle ist überhaupt passiert?“, schrie ich beinahe. „Gerade warst du noch sanft und jetzt … jetzt …“

„Übernehme ich das Steuer?“, fragte er mit hochgezogener Augenbraue.

Ich versuchte, die Arme vor der Brust zu verschränken, doch er stand zu nahe bei mir, um sie hoch an meine Brust ziehen zu können.

Heilige Götter, er drückt mich gegen die Wand … Es war mir nicht einmal aufgefallen, aber seine Hände lagen auf der Steinwand hinter mir und hielten mich zwischen seinem muskulösen Körper und der harten Oberfläche gefangen.

Ich funkelte ihn an.

Und er funkelte zurück. „Du musst lernen, Kontrolle zu bewahren, Camillia.“

„Und das willst du mir beibringen, indem du mich dominierst?“

„Ganz genau.“

Ich stieß ein humorloses Lachen aus. „Schon klar.“ Wieder versuchte ich, die Arme vor der Brust zu verschränken, doch es misslang mir. Was mich … total wütend machte. „*Wie?*“, verlangte ich.

„Indem ich dich dazu bringe, gegen mich zu kämpfen, meine Königin“, murmelte er und auf seinen Lippen tauchte ein neckisches Lächeln auf.

Dann küsste er mich, bevor ich etwas erwidern konnte. Er steckte seine Zunge in meinen Mund, um mich zu dominieren, und raubte mir den Atem.

Denn, *heiliger Feenstaub*, das hatte ich nicht erwartet. Vermutlich hätte ich das nach all seinen Berührungen sollen.

Aber … er hatte doch gesagt, dass er mich nicht ficken würde.

Ihr Götter, dieser Mann bringt mich auf die Palme.

Die gemischten Gefühle in mir aber auch. Angst vermischt mit Sehnsucht. Wut vermischt mit intrinsischem

Verlangen. *Ein Hass, der gar nie Hass war ...,* sondern verborgene Lust.

Ich schlang die Arme um ihn und krallte meine Nägel jetzt aus ganz anderem Grund in seine Haut. Ich wollte an seinem großen Körper hochklettern und mich an seinen wunderschönen Körper pressen.

Doch er führte seine Hände an meine Hüften und drückte mich gegen die Wand, während er meinen Mund weiter plünderte.

Er neckt mich, realisierte ich. *Er fängt mich mit seiner Kraft, seinem Körper, seinem Wesen ein.*

Weil er wollte, dass ich *kämpfte.*

Ich hatte keine Ahnung, wie es dazu gekommen war, wie er meine Panik vorausgesehen hatte, bevor sie überhaupt an die Oberfläche gekommen war, aber es war mir egal.

Alles, was ich wollte, war, ihn mit meinen Berührungen zu vernichten und ihn mit meinem Mund in die Knie zwingen – beweisen, dass ich wahrhaftig eine Königin war. Eine, die nicht nur kompatibel mit ihm, sondern auch imstande war, ihm die Stirn zu bieten, wenn es die Situation erforderte.

Er fuhr mit seinen Zähnen über meine Unterlippe und aus seiner Brust schien ein zustimmendes Summen zu dringen. „Du gefällst mir, wenn du so bist“, sagte er mir. „So temperamentvoll und wütend.“

„Ich weiß nicht einmal, warum ich wütend bin“, gab ich zu. „Aber ich bin es.“

„Weil ich dich aus einer Abwärtsspirale gezogen habe“, erwiderte er, den Mund an meinen gepresst. „Wenn du dir Sorgen machst, wie tief Vivaxia in deinen Kopf eindringen kann, wirst du den Weg für sie ebnen, damit sie deinen tiefsten Gedanken lauschen kann. Stattdessen solltest du die Verbindung in dir aufspüren und sie für dich nutzen. Aber um das zu tun, muss ich dir beibringen, wie man das macht.“

Ich erstarrte und seine Aussage ließ meine Zweifel wiederaufleben. „Aber was, wenn sie bereits …?“

„Schhh“, meinte er. „Wenn sie es bereits getan hat, ist es zu spät, sie aufzuhalten. Also sollten wir sie nicht einlassen und stattdessen einen Weg finden, sie auszusperren.“

Mir schwirrte der Kopf. „Wie?“, fragte ich. „Wie bekomme ich sie aus meinem Kopf?“

„Das ist die große Frage, nicht wahr?“, murmelte er und berührte meine Nase sanft mit seiner, was in krassem Kontrast zu seiner rauen Art von eben stand. „Das ist ein Rätsel, das wir zusammen lösen werden. Aber du wirst mir vertrauen müssen, Camillia. Kannst du das für mich tun? Kannst du mir vertrauen?“

Ich schaute in seine Augen und antwortete, ohne zu zögern. „Ja.“ Denn das tat ich bereits.

Es war verrückt und vielleicht sogar an der Grenze zu lebensmüde.

Aber ich vertraute diesem ärgerlichen Mann. Dem Höllenfeen-König.

Mit meinem Herzen und meiner Seele … „Ich vertraue dir, Typhos Luzifer.“

„Dann lass uns beginnen, Camillia De la Croix …“

KAPITEL 29
CAMI

Einige Tage später

Wenn Typhos mich mit einem weiteren Kraftschub trifft, bin ich …

Mir entwich ein wütender und schmerzerfüllter Schrei, als mein Wesen von feuriger Energie eingenommen wurde.

„Ty …“

„Halt dich da raus, kleiner Prinz“, wandte Typhos ein, und seinem Tonfall schwang eine eisige Note mit, die in krassem Kontrast zu der Hitze stand, die durch meine Adern schoss.

„Typhos hat recht“, ergänzte Az. „Das ist eine Angelegenheit zwischen den beiden.“

Elender Verräter, dachte ich mit einem innerlichen Knurren. Eine neue Welle tosender Energie verunmöglichte es mir, einen klaren Gedanken zu fassen. Das Einzige, wozu ich imstande war, war die Kraft zu *absorbieren* und sie angestrengt wieder *auszustoßen*.

Das war der springende Punkt dieser Lektion: Typhos’ Kraft abzuschöpfen, ohne sie zurückzugeben.

Und sie nicht an Vivaxia weiterzuleiten.

„Es ist wichtig, die Quelle ihrer Verbindung abzukapseln", hatte Typhos neulich morgens gesagt, als diese Hölle ihren Anfang genommen hatte. „Um das zu tun, musst du herausfinden, wo sich diese Verbindung in dir befindet."

„Okay", hatte ich nachdenklich erwidert. „Also, wie soll ich diese Verbindung finden?"

Meine Frage wurde bloß mit einem Lächeln erwidert. Dann hatte Typhos drei Worte von sich gegeben, die seit fast einer Woche in meinem Kopf herumgeisterten. „*Indem du überlebst.*"

Jegliche Sanftheit, die er mir an jenem Tag in der Dusche entgegengebracht hatte, war mittlerweile hinter der Maske des Höllenfeen-Königs verschwunden und hatte mich daran erinnert, warum ich meine Lust vormals mit Hass verwechselt hatte.

Zumindest bis die Folter ein Ende nahm. Dann trat wieder derselbe Mann hervor – der Mann, der sich um mich gekümmert, mir Mitgefühl entgegengebracht hatte, und verwirrte mich damit wieder komplett.

Aber in diesem Augenblick ... in diesem Augenblick *hasste* ich ihn. Und das wusste er auch, denn ich ließ es ihn wiederholt wissen.

Leider interessierte ihn das nicht.

Wie das Inferno, das um mich herum an Stärke gewann, bewies.

Ich konnte Meleks steigende Beunruhigung spüren. Anders als in den vergangenen Tagen hatte Typhos beschlossen, unsere heutige Übungsstunde eskalieren zu lassen und auf ein katastrophales Level zu bringen.

Alles im Hof des Höllenfeen-Palastes.

Wo jeder sieht, wie er mich mit seiner Kraft alle macht.

Wo jeder sieht, wie du zur Höllenfeen-Königin wirst, korrigierte Ajax mich in Gedanken mit ausdrucksloser

Stimme. *Sie schauen dir alle fasziniert zu, Cami. Zeig ihnen, wozu du imstande bist, indem du die Kraft aufnimmst.*

Als wäre das so einfach, dachte ich knurrend in seine Richtung.

Du hast Az' Schwanz heute Morgen problemlos schlucken können, wandte er ein. *Und wir beide wissen, wie mächtig seine Explosionen sind.* Der belustigte Tonfall hätte mich an einem anderen Tag zum Grinsen gebracht.

Aber nicht heute. *Wie nett, dass du der Sache etwas Humor abgewinnen kannst.*

Nur so komme ich mit der Situation klar, kleine Rebellin. Ansonsten wäre ich versucht, Luzifer ins Gesicht zu schlagen.

Das hört sich doch mal nach einem Plan an, dachte ich und wob, in einem Versuch, mich zu erden, unsichtbare Kraftstränge um meine Arme und Beine.

Typhos erwiderte etwas darauf. Worte, die sich verdächtig nach einem *Lob* anhörten.

Aber ich war derzeit nicht interessiert daran, von ihm gelobt zu werden. Ich wollte ihm zeigen, dass ich das packte.

Und ihn dann in einer heißen Welle ertränken, beschloss ich.

Ich ahnte, dass das den Zweck der Übungsstunde verfehlen würde. Er würde mir anlasten, all die Kraft in seine Quelle geleitet zu haben.

Mir kam ein weiteres Knurren über die Lippen und meine Frustration nahm zu, als er mich *erneut* traf.

Ein Teil von mir wollte sich öffnen. Eine Kaverne, die ich verzweifelt füllen wollte. *Ein Ort, den ich gemieden habe …* Meine Verbindung zu Vivaxia. Oder zumindest die Anfänge davon.

Ich konnte sie jetzt ganz klar spüren, wusste aber nicht, wie ich damit umgehen sollte. Oder ihr entgegenwirken sollte. Oder sie *brechen* sollte.

Aber ich wusste, wie man sie blockierte. Immerhin ein

Anfang. Nur hatte ich keine Ahnung, wohin ich die überschüssige Kraft leiten sollte. Und Typhos pumpte zu viel davon in mich.

Ich kann das nicht, dachte ich und spürte, wie alles in mir zu *brennen* begann. *Ich werde explodieren.*

Du schaffst das, erwiderte Az. Seine mentale Stimme erinnerte mich etwas zu sehr an Typhos. *Er hat dich heute nur ein kleines bisschen weiter getrieben als gestern.*

Ich habe das gestrige Training schon fast nicht überstanden, gab ich zähneknirschend zurück.

Was mir ein höhnisches Schnauben vom Kommandanten bescherte. *Redest du vom Training mit Typhos oder all den Orgasmen, die ich dir gestern verschafft habe?*

Ich knurrte ihn durch unser Band an.

Gleichzeitig wurde mir jetzt aus ganz anderen Gründen heiß.

Denn, ja, er und Ajax hatten mir abwechselnd Höhenflüge beschert und versucht, Melek grün vor Neid zu machen.

Neulich hatten zwar all meine Gefährten sich mit mir amüsiert, aber es blieb dennoch ein Hauch Rivalität zurück, wenn auch nur aus Jux. Denn sobald Ajax und Az fertig gewesen waren, hatte mich Melek in die Arme gehoben und mir ein Bad eingelassen.

Ein Bad, das Typhos beaufsichtigt hatte.

Mir rann ein kalter Schauer über den Rücken, der sich in direktem Widerspruch mit der Hitze befand, die durch mich rauschte. Aber der Gedanke an Typhos und Wasser brachte mich dazu, mich nach einer anderen Erfahrung zu sehnen.

Eine, in der wir mehr taten, als einander bloß zu küssen.

Denn das war alles, was wir in der vergangenen Woche getan hatten. Aber oh, der Mund dieses Mannes war absolut himmlisch. Ich war süchtig nach ihm.

Was bedeutete, dass ich ihn nicht komplett hasste.

Nicht einmal, als er mich mit einer weiteren gnadenlosen Welle übergoss.

Aber nahe dran war ich, denn das war ... einfach *zu viel*.

Ich brauchte ein Ventil. Einen Ort, an den ich die überschüssige Kraft leiten konnte. *An einen Ort, der nicht mit Vivaxia verbunden ist*, schärfte ich mir ein.

Das Ziel dieser Übung war, mich Magieeinflüssen auszusetzen, meine Siphon-Gabe zu kontrollieren und zu versuchen, einen Weg zu finden, Vivaxia permanent abzudrängen.

Ziemlich viele Lernziele. Ich brauchte aber auch ein Verteilzentrum, das ich beherrschte.

Wie Typhos mit seiner Quelle, dachte ich. *Und mit Vita ...*

Er ließ Erinnerungen und Kraft in Vita fließen und bediente sich daran, wenn er sie brauchte. Das Buch diente als eine Art Pforte, die vermutlich weniger Kraft absorbierte als seine Quelle.

Also brauche ich eine Vita, beschloss ich.

Nur blöd, dass ich keine hatte.

Vielleicht könnte Typhos mir helfen, eine zu schaffen ...

Ich dachte kurz darüber nach, während das Inferno in mir immer mächtiger wurde und wie ein heißer Wirbelsturm toste, der drohte, mich in die Lüfte zu heben.

Vielleicht nicht buchstäblich.

Oder vielleicht werden mir Flügel wachsen, sinnierte ich benommen.

„Ty“, hörte ich Melek abermals sagen – dieses Mal mit einer Spur Bedrängnis.

„Ich sehe es“, erwiderte Typhos enttäuscht. Der Tonfall gefiel mir überhaupt nicht. Ich wollte etwas daran ändern, indem ich etwas Unerwartetes tat. Indem ... indem ich ihn *überraschte.*

Aber ich kann nicht all seine Energie in mir behalten ... Mir war ganz schwindlig davon. So schwindlig, dass ich fürchtete, zu stürzen, und das trotz der Wurzeln aus Kraft, die ich um meine Gliedmaßen herum geschaffen hatte. *Denk nach, Cami. Denk nach ...*

Aber ich hatte bereits eine Idee, die Wellen schlagen würde. Eine Idee, die ich erklären konnte, wenn ich Typhos um Hilfe bat ...

Was kann er mir schon anhaben?, dachte ich höhnisch. *Mir einen Rüffel geben?*

Oder vielleicht wird er mich bestrafen, zog ein Teil von mir mit einem erwartungsvollen Schaudern in Betracht.

Okay, das reicht jetzt, sagte ich mir und konzentrierte mich stattdessen auf meinen Plan.

Es war höchste Zeit, Vita zu rufen. Dieses elende Buch tauchte immer im ungünstigsten Augenblick auf, hatte mir Ärger eingehandelt und mich auf unerwartete Reisen mitgenommen.

Jetzt konnte es auch einmal etwas für mich tun.

„Cami", sagte Az. „Tu das n..."

Aber es war zu spät, um auf ihn oder jemand anderen zu hören. Ich nahm die Zügel in die Hand und tat, was ich mit all der überschüssigen Energie tun musste.

Und ich würde Typhos beweisen, dass ich nicht nur mit einem Ventil umgehen, sondern es auch kontrollieren konnte.

Hoffte ich, zumindest.

Ich schob die Zweifel beiseite und konzentrierte mich auf Vita. *Komm her, du Unruhestifter*, verlangte ich.

„Camillia", knurrte Typhos.

Ich blendete ihn aus, wünschte mir nichts sehnlicher herbei als sein Buch.

Welches kurz darauf vor mir auf dem Boden erschien. Die Seiten waren bereits aufgeschlagen und zeigten ein Schlafzimmer.

Vermutlich will ich nicht wissen, was es damit auf sich hat, dachte ich zu Vita.

Diese Vorahnung bestätigte sich, als sich eine tintenschwarze Haarlocke daraus erhob und mich zu sich lockte. Sie war zu dunkel, um Typhos zu gehören, und von Melek stammte sie schon gar nicht.

Ich überging das verstörende Bild – zweifelsohne eine vormalige Liebschaft –, kniete mich hin und presste meine Handfläche auf die Seiten, bevor ich alles in das Buch leitete, was Typhos in mich hatte fließen lassen.

Sein wütender Schrei füllte meine Ohren aus.

Doch das hielt mich nicht auf.

Es war seine Kraft, also konnte er sie auch zurücknehmen. *Vielleicht wird das eine Erinnerung schaffen*, dachte ich düster. *Eine Erinnerung, in der ich mein Training selbst in die Hand nehme und beweise, dass all diese Machtspielchen sinnlos sind.*

Az und Melek sprachen wie aus einem Mund, doch was sie sagten, rückte in den Hintergrund, als ich die Augen schloss.

Denn dieses Unterfangen erforderte volle Konzentration.

Ich wollte Typhos keinen Teil von mir geben, nur die Kraft, die er mir heute eingeflößt hatte. Das bedeutete, dass ich seine Energie von meiner unterscheiden musste, was mir – wie ich feststellte – erschreckend leichtfiel, weil ich die Kraftstränge sehen konnte. Die Bänder waren warm und kraftgeladen, ganz wie ihr Besitzer.

Ich löste seine Essenz von meiner, führte sie vorsichtig Vita zu und stieß ein Stöhnen aus, als meine Seele wieder ins Gleichgewicht fand.

Sobald der letzte Strang aus meinen Fingerspitzen floss, wich ich triumphierend zurück. „*Na bitte!*“, verkündete ich lächelnd. „Ich habe nicht zu viel abgegeben, nur gerade genug.“

Doch als ich zu Typhos hochblickte, stand in seinen Augen kein stolzer Ausdruck, sondern ein skeptischer. „Das ist nicht der Verwendungszweck von Vita, Camillia.“

„Ist er nicht?“, fragte ich mit hochgezogener Augenbraue. „Aber Melek hat gesagt, dass du deine Erinnerungen im Buch aufbewahrst, und Erinnerungen bergen Kraft, oder etwa nicht?“

Er presste die Lippen nachdenklich aufeinander und fasste sich an den Nacken. „Ja, ich schätze, das tun sie, aber Vita ist trotzdem nicht dafür gedacht. Sie beherbergt Erinnerungen, weil ich zu lange gelebt habe, um sie alle in meinem Kopf aufzubewahren. Die Kraft, die ich ihr zuführe, ist an diese Erfahrungen gekoppelt, nicht an alltägliche Energieaustausche.“

Ich legte die Stirn in Falten. „Okay, aber du benutzt es – ich meine *sie* – trotzdem als Ventil, oder?“

Er kniff sich in den Nacken, als versuchte er, ein Knötchen wegzumassieren, ehe er seine Hand sinken ließ und vor Vita und mir in die Hocke ging. „Sie ist ein Ventil für meine Gedanken, nicht für meine Kraft. Das sind zwei verschiedene Austausche.“

„Oh.“

„Oh“, wiederholte er mit einem sanften Lächeln, das an seinen Mundwinkeln zupfte. „Aber eine clevere Idee war es, kleine Königin.“

Ich zog die Augenbrauen hoch. „War das gerade ein Kompliment?“

„Wäre es dir lieber, wenn ich dich zurechtweise?“, konterte er und erwiderte meinen Blick mit einer hochgezogenen Braue.

„Na ja, ich meine … Melek hat mir gesagt, dass du auf Bestrafungen stehst …“ *Heilige Götter, ich flirte mit ihm*, realisierte ich mit heißen Wangen. *Ich flirte mit dem Höllenfeen-König.*

Und ich könnte nicht stolzer auf dich sein, flötete Melek in meine Gedanken. *Ich bin mir sicher, dass es Ty nicht entgangen ist, dass du bereits vor ihm kniest, Engelchen.*

Typhos' heißer Blick deutete darauf hin, dass Melek recht hatte.

Oder vielleicht hatte dem Höllenfeen-König bloß meine nicht ganz so unschuldige Bemerkung gefallen.

„Wie ich sehe, ist dir heute nach einer etwas anderen Lektion zumute", murmelte Typhos, ehe sein Blick zu meinem Tanktop und der Jeans wanderte.

Er trug selbstverständlich eine Anzughose mit einem Hemd, dessen Ärmel hochgerollt waren, sodass ich uneingeschränkte Sicht auf seine wohlgeformten Unterarme hatte.

Langsam frage ich mich, ob dich Exhibitionismus scharf macht, flüsterte Ajax in meine Gedanken.

Denn so, wie du Luzifer gerade ansiehst, lässt darauf schließen, dass du vor den versammelten Höllenfeen eine ganz andere Show abliefern möchtest.

Ich schluckte hart, wusste, dass seine Bemerkung mich aus meinen Gedanken reißen sollte. Doch das tat sie nicht. Stattdessen ... gefiel mir die Idee, Typhos vor all diesen Feen zu küssen. *Ich verliere den Verstand.*

Oder du findest ganz einfach heraus, wer du wirklich bist, erwiderte Az. *Deine Zukunft steht vor dir, Cami. Wir. Und ich glaube, du nimmst dieses Schicksal endlich an.*

Ja, das glaube ich auch, stimmte ich zu, bevor ich mich zu Typhos lehnte.

Ein Räuspern brachte ihn dazu, seinen Blick von mir weg und zu einem Höllenhund in der Nähe wandern zu lassen. Eine Sekunde später erhob er sich und ging auf den Neuankömmling zu.

Payan, wurde mir bewusst und ich musste mir auf die Unterlippe beißen, um mir ein Lächeln zu verkneifen. Denn anders als letztes Mal, als wir am selben Ort waren, sah er mir jetzt direkt in die Augen. Und der Ausdruck darin sagte mir, dass er mich *ohne jeden Zweifel* wiedererkannte.

Mutig winkte ich ihm leicht zu. „Höllenhunde regenerieren sich, oder?“, fragte ich mit unschuldigem Ausdruck.

Typhos funkelte mich an. „Warum fragst du? Spielst du etwa mit dem Gedanken, Payan wieder einen Dolch in die Eier zu rammen?“

Dieses Mal konnte ich das Lächeln nicht verbergen. „Habe ich einen Grund dazu?“

„Hattest du einen beim ersten Mal?“, konterte Typhos mit kaum hörbarem, neckischem Tonfall.

„Ich finde schon“, meinte ich rundheraus.

„Hm“, meinte er und in seinen intensiven blauen Augen flackerte die Spur von Belustigung auf, die aber verschwand, bevor sein Blick zurück zu Payan wanderte. „Ich höre?“

Der Höllenhund starrte mich eine weitere Minute an und ich erwiderte den Blick. Nur weil ich auf dem Boden kniete, hieß das noch lange nicht, dass ich mich unterordnen würde.

Zumindest nicht ihm.

Mit einem Räuspern wandte Payan seinen Blick ab. „Sie werden im Reich der Träume gebraucht, Eure Majestät.“ Payan sah sich um, dann ergänzte er mit leiser Stimme: „Es geht um König Nos, Sir. Man munkelt, ihm blieben nur noch wenige Stunden.“

Ein paar verweilende Höllenfeen, die in der Nähe standen und Payans Neuigkeiten offensichtlich vernommen hatten, tuschelten miteinander.

Typhos warf dem Trio einen tödlichen Blick zu. „Hört auf, zu lauschen, und macht euch nützlich“, verlangte er. Dann richtete er seine Aufmerksamkeit wieder auf Payan. „Danke. Ich übernehme dann jetzt.“

„Selbstverständlich, Mylord“, erwiderte Payan und verbeugte sich so tief, dass ich glaubte, er würde Luzifer gleich die Anzugschuhe küssen. Bevor das aber geschehen konnte, löste er sich in Luft auf.

„Nos ist schon einige Zeit krank, aber ich habe gehört, dass sich sein Zustand in den vergangenen paar Wochen weiter verschlechtert hat“, meinte Melek, der sich vor Typhos stellte. „Ich nehme an, dass es mit dem Verschwinden seines Sohnes, Sabre, zu tun hat.“

Typhos stieß einen tiefen Seufzer aus und strich sich mit der Hand übers Gesicht. „Dieser elende Ausflug an die Nacht der Monster hat jede Menge Probleme heraufbeschworen, verdammt.“

„Ich glaube, wir haben noch nicht einmal an der Oberfläche gekratzt“, stimmte Az zu, der seine Arme vor der Brust verschränkte. „Maliki weiß mehr, als er preisgegeben hat. Und Hades genauso.“

Typhos schüttelte den Kopf. „Wir kümmern uns um sie, wenn die Zeit reif ist. Wie es aussieht, ist Nos am Ende seiner Kräfte, weshalb ich unser Training heute ausfallen lassen muss.“ Er sah mich mit der Spur eines entschuldigenden Blicks an. „Ich hatte eigentlich vor, dich und Ajax mit ins Reich der Träume zu nehmen und euch in die Politik der Albtraumfeen in diesem Reich einzuführen, aber ich fürchte, dass ich mich allein um die Angelegenheit kümmern muss.“

Ich nickte verständnisvoll. „Ist schon gut. Wir kommen nächstes Mal mit.“

Er legte seine Hand an meine Wange und strich mir mit dem Daumen über die Unterlippe. „Melek wird für mich übernehmen, solange ich weg bin.“ Sein Blick wanderte zu unserem Prinzen, der wie immer perfekt gekleidet in einem Anzug dastand. „Bring ihr alles bei, was du über Vita weißt – unter anderem, woher du das Buch hast.“ Er sah zu Vita, die auf dem Boden lag. „Es gibt einen Grund, aus dem sie Camillia diese Szene in Vivaxias Schlafzimmer gezeigt hat. Finde ihn.“

Melek ging in die Hocke und hob das Buch auf, klappte es

zu und steckte den Ledereinband unter den Arm. „Wird gemacht, mein König."

Typhos grinste, dann wanderte sein Blick zurück zu mir und dem Daumen, den er in der Nähe meines Munds hatte verweilen lassen. „Wenn ich zurückkomme, will ich, dass du mich nackt und willig auf deinen Knien erwartest, Camillia. Ich glaube, es ist an der Zeit, dass du lernst, was ich mit verzogenen Gören mache."

Meine Gesichtszüge entgleisten. Seine unerwartete Bemerkung überraschte und erregte mich zu gleichen Teilen.

Dann, bevor ich mir überhaupt überlegen konnte, was ich darauf erwidern sollte, verschwand er.

Und er nennt mich *eine Verführerin*, dachte ich, während mich ein angenehmes Schaudern durchfuhr. Ich hatte das Gefühl, seine Finger immer noch spüren zu können.

Nur eine Verführerin könnte einen König in die Knie zwingen, Engelchen, murmelte Melek mittels unseres Bands. Dann ergänzte er hörbar: „Hör auf, dich in deinen Tagträumen zu verlieren und folge mir zurück in den Palast. Es ist Zeit für eine Vorlesung von Professor Melek."

Ajax grummelte. „Wenn Professor Melek in der dritten Person über sich spricht, passe ich."

„Das macht nichts", unterbrach Az. „Professor Azazel hat selbst eine Unterrichtsstunde zu geben." Sein Blick wanderte zu Ajax. „Und ich werde dich ohne jede Frage in die Knie zwingen, Wärter."

Mein Blut geriet aus völlig anderen Gründen in Wallung, als ich Ajax seine Augen herausfordernd zusammenkneifen sah.

„Du willst kämpfen?"

„Ganz genau", erwiderte Az.

„Irgendwelche Regeln?"

„Keine."

Ajax zog eine Augenbraue hoch. „Hört sich nach einer spaßigen Lektion an."

„Finde ich auch", flötete Az, bevor er mich packte und innig küsste. „Komm zu uns, wenn dir unsere lustvollen Spielchen besser gefallen als die strafenden von Typhos. Du weißt ja, wo du mich findest."

Ja, tat ich.

Sie hatten mich über einen der Innenhöfe des Palastes geführt, der sich in Typhos' privatem Flügel befand. Oder jetzt wohl *unserem* privaten Flügel.

Ein seltsamer Gedanke.

Aber ich würde mich daran gewöhnen ... irgendwann.

Wie Az gesagt hatte, begann ich mich hier langsam wie zu Hause zu fühlen.

Trotzdem hatte ich noch viel zu lernen.

Weshalb ich mich zurück zu Melek umdrehte und nach seinem ausgestreckten Arm griff. „Na gut, *Professor*. Bring mir mehr über Vita bei."

KAPITEL 30

MELEK

Camillia sprudelte nur so vor Aufregung, die – wie ich vermutete – eher auf Typhos' liederliche Versprechen zurückzuführen war als auf meine bevorstehende ‚Vorlesung'.

In Tat und Wahrheit war es gar keine Vorlesung, sondern eine Geschichte.

Denn obwohl Vita zweifelsohne Typhos' Geheimnis war, wusste ich genug, um ihr Hintergrundinformationen und wichtigen Kontext zu liefern.

Ich führte sie in eine meiner liebsten Lesenischen in unserem Privatflügel, machte es mir auf einem oft benutzten Zweisitzer bequem und tätschelte die leere Stelle neben mir. „Setz dich, Engelsschülerin."

Sie stieß ein abschätziges Lachen aus, als sie den lächerlichen Spitznamen hörte. „Ich werde dich nicht *Professor* nennen, Melek."

„Nicht dein Ding?", fragte ich. „Denn es war nicht zu übersehen, dass dir das Konzept, von Typhos dominiert zu werden, gefallen hat. Und ich kann dir sagen, dass Professor-Schüler-Beziehungen von einer Machtdynamik geprägt sind."

Sie sah mich eindringlich an. „Ich werde dich *meinen*

Prinzen nennen, aber das ganze Schulmädchen-Zeug ist nichts für mich. Und außerdem ... Wenn du die Professoren auf meinem College gesehen hättest, wüsstest du auch, warum mich der Gedanke nicht scharf macht.“

An meinen Lippen zupfte ein Lächeln. „Alles klar, Engelchen.“ Ich lehnte mich zu ihr und strich ihr mit den Lippen sanft über die Wange. „Also, wo sollen wir anfangen ...?“

„Vielleicht damit, dass du das Lehrbuch aufschlägst“, schlug sie vor und sah bewusst auf das Buch, das immer noch unter meinen Arm geklemmt war. Dann ergänzte sie in einem verführerischen Tonfall: *„Mein Prinz.“*

Ich sah sie mit zusammengekniffenen Augen an.

Jetzt verstand ich, warum Typhos sie immer wieder *kleine Verführerin* nannte. Mir war auch klar, warum er sie für eine verzogene Göre hielt. Ihr singender Tonfall und wie sie ihren Fuß jetzt an meinem Bein hochwandern ließ, lenkten mich ab.

Und waren absolut entzückend.

Ich werde Ty später ohne jede Frage dabei helfen, dich zu bestrafen, sagte ich ihr. *Vielleicht werde ich dich für ihn fesseln.*

Er hat mir gesagt, dass ich nackt auf dem Boden knien soll, erinnerte sie mich.

Daran brauchte sie mich nicht zu erinnern. Mir war klar, was er gesagt hatte. E*r hat keine anderen Bedingungen genannt, also sind Bänder erlaubt. Aber ich schweife ab ...*

„Du solltest Vita kein Lehrbuch nennen, Engelchen“, meinte ich und wechselte von unserer mentalen Unterhaltung zu einer verbalen. „Vita ist so viel mehr als ein einfaches Buch. Ich würde sie sogar als einzigartig bezeichnen.“

Cami verschränkte die Arme vor der Brust und starrte den magischen Wälzer, den ich in meinen Schoß gezogen hatte, stirnrunzelnd an.

„Dank der Reise durch Typhos’ Erinnerungen habe ich eine Ahnung, *wie einzigartig*“, meinte Cami ausdruckslos.

An meinen Mundwinkeln zupfte ein Grinsen. *Du hast wirklich etwas von einer verzogenen Göre, hm?*

Sie erwiderte nichts, zog bloß ihre Augenbraue hoch, als wollte sie mich herausfordern, das noch einmal laut zu sagen.

Ich tat es nicht.

Stattdessen strich ich mit meiner Hand über Vitas Buchdeckel. Sie pulsierte voller Kraft, die vermutlich von Camis Explosion rührte. Oder vielleicht gefiel ihr unsere Unterhaltung. Bei Vita konnte man nie wissen.

„Na ja ... Mit *einzigartig* meine ich damit eher ihren Ursprung. Sie war nämlich kein Lehrbuch, sondern ein Tagebuch.“ Und ein sehr bedeutendes dazu.

„Okay, es ist also ein Tagebuch.“ Cami zog die Stirn kraus. „Ich meine *sie*. Aber ähm, warum ist sie weiblich?“

Dann riss sie die Augen auf. „Moment mal, sie ist doch nicht etwa eine arme Seele, die man wegen eines gescheiterten Handels in einen leblosen Gegenstand verwandelt hat, oder?“

Ein Lachen sprudelte aus mir heraus. „Nein, sie ist keine dunkle Seele.“ Ich legte Vita auf den gläsernen Wohnzimmertisch vor uns und schlug sie – jetzt mit etwas ernster Miene – auf. „Sie ist eher eine ... Erinnerung.“

Sie war ein Buch voller Erinnerungen; so viel hatte Cami bereits erfahren.

Aber sie wusste nur von Typhos’ Erinnerungen. *Nicht jener der ehemaligen Besitzerin ...*

Ich wartete darauf, dass Vita uns offenbaren würde, was ich Cami zeigen wollte, und wusste, dass meine Gedanken ein Bild heraufbeschwören würden.

Aber ... die Seiten blieben leer.

Eigenartig.

Ich legte die Stirn in Falten.

Vita zeigte einem immer etwas, sogar mir. Aber jetzt glühte das Pergamentpapier bloß voller Überreste von Kraft und sprühte rote und goldene Funken.

Hm. Vielleicht erholte sie sich immer noch vom Energieschub, was nicht nur Sinn ergab, sondern mich auch besorgte. *Ich sollte mit Ty darüber sprechen, wenn er zurück ist.*

In der Zwischenzeit würde ich Cami etwas beibringen, wie er es verlangt hatte.

„Vita gehörte Typhos' Mutter“, begann ich und ein Lächeln huschte über mein Gesicht. „Es war ihr Tagebuch. Darum spreche ich auch in weiblicher Form von ihr.“

„Ach so“, flüsterte Cami. Jetzt war der spielerische Tonfall gewichen, doch in ihren sturmgrauen Augen stand trotzdem die Spur eines interessierten Ausdrucks, der mich anhielt, weiterzusprechen.

„Vor langer, langer Zeit hat Typhos mich gebeten, das Tagebuch für ihn zu beschaffen. Er sagte, dass es ihm sehr wichtig und randvoll mit Erinnerungen war, die er nie vergessen wollte. Und ich glaube, deshalb ist sie irgendwann auch zu seiner Erinnerungsträgerin geworden. Aber sein Verständnis vom Tagebuchführen wich etwas von dem seiner Mutter ab.“

Cami lächelte. „Irgendwie ist das ziemlich süß.“

In meinem Herzen machte sich ein amüsiertes Gefühl breit und ich hätte fast angefangen, zu lachen. Denn *Ty* und *süß* passten normalerweise nicht zusammen.

Aber unrecht hatte sie nicht.

Ty hatte seine Mutter in Ehren halten wollen, und das hatte er. Auf eine sehr spezielle Art und Weise.

„Wie war seine Mutter?“, fragte Cami leise.

„Ich bin ihr nie begegnet“, gab ich zu. „Aber dank der Erinnerungen, die ich durch Ty bezeugt habe, weiß ich, dass sie eine gute Mutter war.“

„Sie ist gestorben?“, fragte Cami und zog die Stirn kraus. „Engelsfeen ... können sterben?“

„Nicht im gewöhnlichen Sinne“, sagte ich zu ihr. „Nur ein sehr mächtiger Vorfall kann die Seele einer Engelsfee ausradieren. Und selbst dann kann man ihre Energie nicht wirklich zerstören."

Dafür hatte ich keinerlei Beweise. Obwohl Typhos' Unfall definitiv einen Hinweis darauf gegeben hatte, was eine Engelsfee im Jenseits erwartete.

„Meine Art wird nicht ohne Grund oft mit Engeln verglichen", sinnierte ich und beendete damit nicht nur meine Antwort auf Camis Frage, sondern auch meinen Gedankengang.

„Will ich überhaupt wissen, was mit seiner Mutter geschehen ist?", fragte sie misstrauisch, und ihre Gedanken verrieten mir, dass ich schon wieder in Rätseln sprach.

Das war aber keine Absicht. Ich ... ich hatte nur nicht alle Antworten, was den Tod von Engelsfeen anging.

Aber die Antwort auf ihre letzte Frage wusste ich.

Und ich wollte sie nicht laut aussprechen.

Leider musste Cami es erfahren, weil der Vorfall Tys Leben definiert hatte. Sein Sinn und Lebenszweck in diesem Reich. „Ty ..." Ich verstummte und schluckte hart, dann stieß ich einen Seufzer aus und zwang mich, den Satz auszuspucken. „Ty hat seine Mutter umgebracht."

Cami riss die Augenbrauen schockiert hoch. *„Er hat was?!"*

„Es war ein Unfall", ergänzte ich. „Er war noch jung und wusste nicht, was er machte." Ich presste die Lippen aufeinander. Wir waren vom eigentlichen Thema abgekommen. Ich hätte wissen sollen, dass das passieren würde, wenn ich Vitas Ursprung erwähnte. „Eigentlich sollte Ty dir diese Geschichte erzählen ..."

Aber der Ausdruck in Camis Augen verdeutlichte mir, dass diese Verantwortung gerade auf mich übergegangen war.

Sie hatte erst kürzlich Vertrauen in ihn zu fassen begonnen.

Ich durfte nicht zulassen, dass ihr Vertrauen *wegen dieser*

Sache zu schwinden anfing. Erst recht, weil es nicht sein Fehler gewesen war.

„Du erinnerst dich daran, wie er gesagt hat, dass er ein Siphon ist wie du?“, fragte ich.

„Ja“, meinte sie und erblasste, weil sie wohl ahnte, was ich gleich sagen würde. Sie hatte vor Kurzem beinahe ein Dutzend oder mehr Feen im Reich des Jenseits getötet. Sie wusste, wozu ihre Kraft imstande war. „H…hat … er die Kontrolle verloren?“

„Er besaß sie nie“, erwiderte ich. „Er wusste nicht einmal, dass er ein Siphon war. Er wusste nur, dass, was immer er machte, seine Eltern schwächte, bis … bis sie schließlich nicht mehr existierten.“

„Seine Eltern?“, wiederholte sie. Erst jetzt realisierte ich, dass ich mich des Tagebuchs wegen bisher nur auf seine Mutter beschränkt hatte.

„Ja. Er hat die Energie seiner Mutter und seines Vaters abgeschöpft, bis nichts mehr von ihren physischen Körper übrig blieb“, erklärte ich. „Ich war zwar nicht dabei, aber wenn ich das richtig verstanden habe, sind ihre Seelen in Stücke gebrochen und jetzt … für immer ein Teil von Typhos.“

Es war keine schöne Geschichte.

Und auch keine, die ich detailreich erzählen konnte, weil ich nicht dort gewesen und auch kein Siphon war.

Aber ich fuhr trotzdem fort und legte ihr offen, was ich wusste.

Zum Beispiel, dass Ty sich als Kind jahrelang an ihrer Energie gelabt und seine Seele ihre als Nahrung konsumiert hatte. Und obwohl sie ganz offensichtlich im Bilde darüber gewesen waren, was vor sich ging, hatten sie nicht versucht, ihn aufzuhalten.

„Im Tagebuch seiner Mutter ließen sich mehrere Einträge darüber finden“, sagte ich und erklärte Cami, wie wichtig Vita war. „Viele dieser Einträge waren in der Form von Briefen, die an Ty gerichtet waren, verfasst. Briefe, von denen sie wusste, dass er sie eines Tages brauchen würde. Briefe voller Vergebung und Verständnis. Und Rückversicherungen, dass sie weiterleben würde – durch ihn – und immer bei ihm wäre. Aber dass sie aus physischer Sicht tot war und sie sich nie wieder persönlich unterhalten würden. Darum ist das Tagebuch auch so wichtig."

Cami führte eine Hand an ihren Mund und ihr stiegen Tränen in die Augen. „Das ist ja schrecklich!"

„Es nennt sich Liebe", konterte ich. „Die Liebe von zwei Eltern, die willens waren, ihrem Kind alles zu geben, was es zum Überleben brauchte – selbst ihre eigenen Leben. Einige würden es als das ultimative Opfer bezeichnen."

„Oder extrem bedauerlich", entgegnete Cami. „Warum haben sie ihm nicht geholfen?"

„Sie wussten nicht, wer ihm unter die Arme greifen könnte", erwiderte ich achselzuckend. „Und niemand wollte helfen. Engelsfeen schöpfen, und viele empfanden Tys Fähigkeit als zerstörerisch, was gegen unsere Natur geht."

Ich presste die Lippen aufeinander und mir ging immer wieder durch den Kopf, was für schreckliche Schmerzen er damals hatte durchleiden müssen.

„Aber in Wahrheit ist er eine neue Art", fuhr ich nachdenklich fort und ging meine Aussage durch, noch während ich die Worte sprach. „Ty kann Energie an sich reißen und etwas komplett Neues *erschaffen*. Er kann alles *transformieren*." Und genau das hatte er mit sich selbst getan. Am Tag seines Falls hatte er seine Engelsfeen-Energie in etwas ganz anderes umgewandelt.

An jenem Tag war er König geworden.

„Und, was ist passiert? Nach dem Tod seiner Eltern, meine ich? Hat ihm ... niemand geholfen?"

„Zunächst nicht, nein", offenbarte ich traurig darüber, die Geschichte erneut erzählen zu müssen. „Seine Familie hatte kein königliches Blut und er hatte keine Verwandten. Also musste er allein mit dem Verlust fertig werden und hat das Reich irgendwann verlassen, woraufhin er mir begegnet ist. Und ... Vivaxia."

Cami starrte mich an. „Er muss echt traurig gewesen sein."

„Traurig. Wütend. Verbittert. Gebrochen." Ich zuckte zusammen, hasste es, das letzte Wort benutzen zu müssen, aber es war eine passende Beschreibung. „Typhos verspürte eine Vielzahl an Gefühlen, aber die mächtigste Empfindung dürften Schuldgefühle gewesen sein. Tatsächlich haben diese Schuldgefühle ihn schließlich dazu bewegt, seine Quelle zu erschaffen."

„Schuldgefühle?", wiederholte Cami.

Ich nickte. „Ganz recht. Er wollte einen Siphon finden, mit dem er Gutes bewegen konnte, um für seine vergangenen Sünden Wiedergutmachung zu leisten. Und das tat er, indem er ein Ventil für seine Kraft heraufbeschwor. Ein Ventil, das all sein *Licht* absorbieren konnte. Aber der springende Punkt war, dass er diese Energie nicht benutzte. Stattdessen schenkte er sie anderen. Vor allem jenen, die Schutz benötigten."

„Den Albtraumfeen", schlussfolgerte sie.

„Ganz genau. Jetzt sind es die Albtraumfeen. Damals waren es die Engelsfeen und andere, die einen Kraftschub brauchten." Ich zuckte mit den Achseln. „Was du heute siehst, ist mehrere tausend Jahre alt. Du kannst mir glauben, wenn ich sage, dass er klein angefangen hat. Aber mächtig war er immer schon."

„Wie hat er sein Handwerk erlernt?", wollte Cami wissen. „Von seinen Eltern offensichtlich nicht. Nicht, weil sie das nicht wollten, sondern, weil sie allem Anschein nach nicht in der Lage dazu waren. Also ... wer hat ihm geholfen?"

„Vivaxia", erwiderte ich. „Zumindest auf Umwegen."

„Oh", meinte Cami mit düster werdendem Ausdruck.

„Sie hat ihm beigebracht, wie er seine Kraft abschöpfen kann ... um Gutes zu bewirken?“

„Nicht direkt.“ Ich hielt inne und überlegte mir, wie ich das Ganze erklären sollte. „Nach allem, was mit seinen Eltern geschehen ist, hat er seine Siphon-Fähigkeiten sozusagen gedrosselt. Aber das war keine permanente Lösung, weil die Kraft nach wie vor in ihm existierte. Also hat er sich ein neues Ventil gesucht – geboren aus den Lektionen von Vivaxia, in denen er lernte, wie man Handel aufsetzte. Obwohl das Ventil vielleicht nicht der Zweck dieser Lektionen war, hatte er sich das selbst beigebracht, während er die Kunst des Handels mit anderen verfeinert hat.“

„Also hat sie ihm gar nicht dabei geholfen, seine Siphon-Gabe zu meistern“, erwiderte Cami.

„Nein. Ich bin nicht einmal sicher, ob sie darüber im Bilde ist. Ty sagt, sie wisse nichts davon.“ Aber ich hatte mich tief drinnen immer schon gewundert, ob sie die Wahrheit kannte und ob es seine Fähigkeit, Kraft abzusaugen, war, die sie ausnutzen wollte. Denn es war diese Gabe, die es ihm erlaubte, seine kreative Energie anzuzapfen.

„Das ergibt viel mehr Sinn, wenn du mich fragst“, meinte Cami nachdenklich. „Aber auch wenn sie ihm die Kunst des Handels beigebracht hat, gehe ich davon aus, dass sie einen Hintergedanken bei der Sache hatte.“

„Oh, ganz offensichtlich hatte sie den. Wie du weißt, begehrte sie sein Licht. Aber sie hat ihm geholfen, seine Gabe zu meistern, und zugesehen, wie seine Macht wuchs. Sie hat ihn und seine Fähigkeit also praktisch herangezogen – immer mit der Absicht, sie ihm irgendwann zu nehmen.“

„Aber der Handel ging nach hinten los“, meinte Cami.

„Ganz genau. Und dieser Handel bringt mich zurück zu Vita“, murmelte ich, zufrieden darüber, dass wir endlich zum springenden Punkt gelangten. Endlich konnte ich ihr Vitas Geschichte erzählen, wie Ty es gewollt hatte. „Er hat den berüchtigten Handel mit Vivaxia an jenem Tag unterzeichnet, an dem ich das Buch aufgespürt habe."

Cami rutschte etwas nach vorn, als wollte sie mehr erfahren.

„Ty hat mir aufgetragen, das kleine Buch aufzuspüren. Er sagte, er wollte es aus nostalgischen Gründen. Natürlich wusste ich, dass der Grund tiefer reichte. Zu diesem Zeitpunkt hatte er seine Fähigkeiten perfektioniert und die Handel dazu benutzt, seine Quelle anzutreiben."

„Indem er Schulden eintreibt", meinte Cami flüsternd.

„Ganz genau", erwiderte ich, ehe ich meinen Arm hinter ihr auf der Lehne des kleinen Sofas ausstreckte. „Ich dachte, er wollte das Tagebuch, um einige seiner Handel darin aufzuführen, oder vielleicht einfach als Andenken. Erst später ist mir gedämmert, dass sie ein Ort war, der seine Erinnerungen bewachte und sicherstellte, dass niemand an seine Gedanken herankam."

Auf ihrem Gesicht zog ein verwirrter Ausdruck auf, der mir verriet, dass ich näher darauf eingehen musste, was ich gerade gesagt hatte. Was wiederum der springende Punkt dieser Lektion war und wovon Ty wollte, dass sie es verstand.

„Er lebt schon sehr lange und im Alter steigt das Risiko für unsterblicher Wahnsinn. Vita bietet ihm einen sicheren Ort, an dem er einen Teil seines weitreichenden Wissens und seinen Erfahrungsschatz lagern kann, was für jemanden in seiner Lage unerlässlich ist."

„Für dich aber nicht?", wollte sie wissen.

Ich lächelte. „Ich muss nicht ein ganzes Reich allein beschützen."

„Ja, aber du bist mit demjenigen verbunden, der diese Pflicht erfüllt", bemerkte sie.

„Das stimmt", antwortete ich. „Und wenn ich eines Tages spüre, dass meine Psyche nachlässt, könnte ich mir ein ähnliches Ventil suchen. Ty hat sich nur sehr früh für seine

Methode entschlossen, was angesichts seiner Verpflichtungen absolut Sinn ergibt.“

Sie musterte mich. „Also hätte er Vita noch gar nicht gebraucht?“

„Vielleicht, vielleicht auch nicht. Der springende Punkt ist, dass er sie geschaffen hat, für den Fall, *dass* er sie braucht. Denn die Sicherheit des Reiches wird immer an erster Stelle stehen. Und er weiß, wie wichtig es ist, seine Gedanken zu schützen.“

„Und genau das macht Vita für ihn. Für ihn ist Vita kein Mittel zum Kraftaustausch, sondern ein Ort für seine Erinnerungen, der es ihm erlaubt, ähm, Neuem gegenüber aufgeschlossen zu sein.“

Ihre treffende Beschreibung brachte mich zum Lächeln. „Tatsächlich stimmt das. Genau das ist Vita für ihn. Aber ich wusste an jenem Tag nicht, dass das ihr Zweck sein würde. Damals waren wir noch nicht vollständig miteinander verbunden, also konnte ich weder seine Gedanken lesen noch seine Absichten erkennen.“

Eine Tatsache, die mir damals überhaupt nicht gefallen hatte, ich aber nachvollziehen konnte.

„Ty konnte sich nicht vollständig mit mir verbinden, bis er seine Kräfte gemeistert hatte“, fuhr ich fort. „Er wollte nicht riskieren, mir wehzutun.“

Cami schluckte hart. „Er hatte bereits seine Eltern verloren – er wollte dich nicht auch noch verlieren.“

„Ganz genau“, stimmte ich zu, und in meiner Brust breitete sich eine angenehme Wärme aus.

Diese Wärme verging umgehend, als ich ihr offenbarte, was danach geschehen war ... *Nachdem* ich das Tagebuch gefunden hatte.

Ich erzählte ihr, wie Ty mir eine Wegbeschreibung gegeben hatte, sodass ich das Buch bloß suchen und zurückbringen musste. „Aber während ich weg war, hat er diese Vereinbarung mit Vivaxia geschlossen."

Eine Vereinbarung, in der er sich bereiterklärt hatte, sich mit ihr zu verbinden.

Eine Vereinbarung, die mir das Herz gebrochen hatte … für ein paar wenige Sekunden. Bis ich seine wahren Absichten durchschaute.

Er hatte Az befreien wollen. Und sich selbst auch. Damit er endlich mit mir zusammen sein konnte.

Also hatte ich mitgespielt und so getan, als würde ich ihn verraten. Ich hatte das Tagebuch auf Vivaxias Nachttisch geworfen, nachdem ich ihm gesteckt hatte, mit ihr geschlafen zu haben. Dann war ich gegangen.

„Und noch am selben Tag ist er gefallen", schloss ich, nachdem ich ihr alles, was geschehen war, offengelegt hatte.

Cami schaute mich wortlos an und schien das Gehörte zu verdauen.

„Damit du ihn retten konntest, hast du seinen Fall herbeigeführt", bemerkte sie schließlich.

Alles, was geschehen war, war auf das zurückzuführen, was ich in dieser Nacht in Gang gesetzt hatte.

Vivaxia hatte Ty so weich gekocht, dass er glaubte, er würde gewinnen.

Aber ich hatte gewusst, dass das Spiel manipuliert war.

Also hatte ich getan, was getan werden musste.

„Manchmal sehen wir erst im Dunkeln das Licht", sagte ich. Plötzlich war mir nach einem Drink zumute.

Ich stieß mich vom Sofa ab und mein Blick wanderte zu Vita, deren Seiten nach wie vor leer waren.

Seltsam.

Ich klappte den Buchdeckel zu und fragte mich, ob ihr das helfen würde, den Kraftschub besser zu verarbeiten. Dann lief ich zur Bar, die sich in einer anderen Nische befand.

Cami folgte auf leisen Sohlen. Trotzdem konnte ich sie spüren.

„Hey!“, keifte sie, was mich die Stirn runzeln und mich zu ihr umdrehen ließ, woraufhin ich einen Federkiel an ihrem Gesicht vorbeiflitzen sah. „Bäh. An dieses Ding erinnere ich mich noch. Du hast mir gesagt, ich solle es nicht anrühren.“ Sie duckte sich, als das Ding um sie herumschwirrte, und an meinen Mundwinkeln zupfte ein Lächeln.

„Ganz wie Vita strotzt der da genauso vor Magie. Er muss uns über Ty und Vivaxias Handel sprechen gehört haben.“

Cami zog eine Augenbraue hoch. „Wie bitte?“

„Das ist die Schreibfeder, die sie benutzt haben“, erklärte ich, als der Federkiel abermals um sie herumschwirrte.

„Oh.“ Sie erstarrte. „Kein Wunder, dass du mir gesagt hast, ich solle mich von ihm fernhalten.“

„Ganz recht. Er ist sehr eigensinnig.“ Wie die meisten Gegenstände aus dem Reich der Engelsfeen. Aber der hier schien uns etwas sagen zu wollen, was ungewöhnlich war.

Die Schreibfeder kreiste vor Camis Gesicht, was mich meine Augen zusammenkneifen ließ. Sie machte immer Tricks und die Magie verfügte über eine spürbare Persönlichkeit.

Ähnlich wie Vita, ging mir mit Blick auf das Buch durch den Kopf. Ich hatte Vita geschlossen auf dem Tisch liegen lassen, doch jetzt waren ihre Seiten wieder aufgeschlagen.

Immer noch leer.

Was ist hier los? Sie hatte mittlerweile genug Zeit gehabt, um sich zu erholen.

Und Vita hatte immer etwas zu sagen.

Weil sie eigensinnig ist, sagte ich mir. Etwas an diesem Umstand nagte an mir. Sie war immer schon ein einzigartiges Stück und immer an Ty gebunden gewesen.

Und die Schreibfeder ... Ich sah sie erneut an. Mir fiel auf, dass sie sich immer schneller drehte, während Cami zurückwich. *Die Schreibfeder ist mit Vivaxia verbunden.*

Ty hatte sie benutzt, um ihre legendäre Vereinbarung zu unterzeichnen, aber sie hatte ihm gehört, nicht ihr. Dasselbe galt für Vita.

Aber sie hat beide berührt. Ich riss die Augen auf. *Sie hat* beide *berührt.*

„Ach du Scheiße“, keuchte ich, als die Puzzleteile an ihren Platz fielen. Puzzleteile, die offensichtlich hätten sein sollen, ich aber nicht gesehen hatte. Denn ich hatte nie daran gedacht, dass sie ihr Mal ...

Der explosive Schmerz, der sich in meiner Brust ausbreitete, ließ meinen Gedankengang abrupt verstummen und meinen Blick nach unten wandern.

Wo das berüchtigte Schreibutensil sich gerade in ... *meine Brust* gebohrt hatte.

KAPITEL 31
CAMI

„MELEK!" Meine Knie schlugen auf dem harten Boden auf.

Die Schreibfeder wirbelte in seiner Brust herum und schien mich mit ihren goldenen Federn zu sich locken zu wollen.

Melek hatte mir einmal gesagt, dass ich sie nicht anrühren sollte – und mich vor wenigen Augenblicken daran erinnert.

Scheiß drauf. Das Ding hatte auf ihn *eingestochen*!

Ich packte die herumwirbelnde Waffe und riss sie aus ihm, was ich angesichts des Bluts, das aus der Wunde strömte, wohl besser hätte lassen sollen. Aber er würde doch bestimmt heilen, oder? Er ... er war unsterblich. Richtig?

Er sah mich mit panischem Ausdruck in den vielfarbigen Augen an. Es war ein Ausdruck, den ich nie erwartet hätte, in seinem Gesicht zu sehen. Ein Ausdruck, der mich meine Finger noch fester um den Federkiel schlingen ließ, während dieser versuchte, sich aus meinem Griff zu winden. Ich fürchtete, er würde erneut auf ihn einstechen.

Cami, flüsterte Melek in Gedanken zu mir. *Vivaxia ... hat den ... und Vita ... berührt. Cami ... Du musst ... Ty warnen ...* Er verstummte und seine Augen rollten in den Hinterkopf.

„Melek?“ Ich streckte meine Hand nach ihm aus, sah das Blut aus seiner Brust strömen und zuckte zusammen, als dieser elende Federkiel versuchte, aus meiner anderen Hand zu schlüpfen. Er schien ganz versessen darauf, wieder zu fliegen, aber ich war nicht in Stimmung, ihn loszulassen.

Dann wurden die Kanten seiner goldenen Federn plötzlich scharf und versuchten, sich ihren Weg freizuschlitzen.

„O nein, das wirst du nicht tun!“, knurrte ich das verdammte Ding an. Meine Siphon-Fähigkeiten traten an die Oberfläche und ich begann, die Magie der Feder aus ihren metallischen Kanten zu saugen.

Es geschah instinktiv.

So instinktiv, dass ich kurz darauf die Stirn in Falten legte, weil ich ... die Essenz *wiedererkannte.*

Vivaxia, ging mir blinzelnd durch den Kopf. Melek hatte gesagt, dass das der Federkiel war, mit dem Typhos den Handel mit ihr unterzeichnet hatte. *Spüre ich sie deshalb?*

Nein. Es ... es reichte tiefer als das. Ihre Kraft ruhte im verzauberten Gegenstand. Fast so, als hätte sie ihn selbst geschaffen ...

Ich riss die Augen auf. *Az! Ajax!*, schrie ich und überprüfte, ob unsere Verbindung noch existierte.

Nichts.

Verdammt!

Sie war zurückgekehrt, und dieses Mal hatte sie beschlossen, Melek wehzutun. *Um mit meinen Gefühlen zu spielen*, realisierte ich innerlich knurrend.

Das musste Melek mir zu sagen versucht haben – dass ich Typhos warnen sollte.

Aber ... Ich zog die Stirn kraus. *Was hat das mit Vita zu tun?*

Ich saugte das letzte bisschen Energie aus dem Federkiel und ließ damit den goldenen Schein in meinen Händen erlöschen, bevor ich den Gegenstand zu Boden schmiss. Er wurde nicht länger von Kraft angetrieben und die glitzernde Magie ruhte jetzt in mir anstelle des Schreibutensils.

Anstatt sie auszustoßen, behielt ich sie in mir und wusste, dass ich diesen Energieschub vermutlich brauchen würde, um gegen den Bann anzukämpfen, mit dem Vivaxia das Höllenfeen-Königreich belegt hatte.

Aber was ist mit Vita?, wunderte ich mich abermals und hatte Meleks Worte immer noch ganz klar im Kopf.

Er lag bewusstlos auf dem Boden, seine Wunde immer noch frisch.

Ich kaute auf meiner Unterlippe herum und sah abwechselnd zu ihm und dem Buch. *Er ist unsterblich. Er kann nicht sterben.*

Aber das war kein gewöhnlicher Stift gewesen.

Was, wenn …?

Nein. Ich konnte ihn immer noch spüren. So in der Art, jedenfalls. Ich konnte ihn nicht hören, aber ich … ich konnte seinen Lebensstrang in mir wahrnehmen. *Aber … verliert er an Kraft?* Ich schluckte hart, versuchte angestrengt, den Verstand zu bewahren. Ruhig zu bleiben. Denn dass ich die Kontrolle über meine Emotionen verlor, war Vivaxias Ziel.

Greift sie Az und Ajax auch an?

Ihre Lebensstränge waren genauso lebendig in mir.

Aber das bedeutete nicht, dass sie nicht verletzt waren.

Verdammt. Ich schloss die Augen und beruhigte meinen Atem. *Lass dich nicht von ihr durcheinanderbringen. Denk … denk einfach nach, Cami.*

Höllenfeenregel Nummer drei: Kenne deinen Feind, bevor du dich ihm stellst.

Höllenfeenregel Nummer dreizehn: Nichts ist, wie es scheint.

Ich schlug die Augen auf. Meine Eltern hatten mir diese Regeln beigebracht. Eltern, denen ich nie vertraut hatte. Eltern, denen ich nie vertrauen würde.

Aber meinen Gefährten ... ihnen vertraute ich. Und Typhos auch.

Und sie lebten nach ihren eigenen Regeln, trafen Entscheidungen je nach Ausgangslage.

Höllenfeenköniginnenregel Nummer eins, dachte ich. *Es gibt keine Regeln.*

Ich musste aufhören, mich in meinem Denken einzuschränken, und anfangen, ein Problem aus allen möglichen Winkeln zu beleuchten.

Melek ist unsterblich. Eine Engelsfee. Er kann nicht sterben.

Er wurde von einem verhexten Engelsfeen-Gegenstand verletzt. Diese Magie ruhte nun in mir, was bedeutete, dass ich in der Lage sein sollte, herauszufinden, was der Bann bezwecken sollte.

Abermals schloss ich die Augen, richtete den Blick nach innen und rief diesen Magiestrang zu mir, bevor ich ihn nach tödlichen Eigenschaften absuchte. Das Einzige, was ich fand, war eine Spur Schöpferkraft. Und einen Hauch Leidenschaft.

Wie der Zähmungsbann, dämmerte mir. *Vivaxia hat den Gegenstand ganz einfach verhext, damit sie ihn aus der Ferne benutzen kann. Aber er ist nicht tödlich. Er ist nur ... ein sehr scharfer Federkiel.*

Einer, der Meleks Herz mit seinem ganzen Herumgewirbel zerstört hatte.

Blinzelnd sah ich auf seine Brust. *Er wird überleben.*

Dessen war ich mir jetzt sicher.

Okay. Was ist mit ...? Mein Blick wanderte zurück zu Vita und ich zwang mich, einen Atemzug zu machen, was mir schwerfiel, vor allem, weil meine Gefährten wieder von meinen Gedanken abgeschnitten waren. Aber wenn ich etwas aus meinem neuen Leben hier gelernt hatte, dann, wie man sich auf eine Sache konzentrierte.

Melek hatte Vita erwähnt. Er hatte mir etwas sagen wollen. Etwas Wichtiges. *Vivaxia hat den ... und Vita berührt ...*

„Hast du von der Schreibfeder gesprochen?", fragte ich mich. „Die Schreibfeder … und Vita?"

Er hatte mir gerade gesagt, dass das Buch in ihrem Zimmer gelegen hatte.

Und Vita hatte mir dieselbe Szene gezeigt.

Darin musste es etwas gegeben haben, das es – *sie* – mir offenbaren wollte.

„Was ist jetzt?", fragte ich und lief auf sie zu. „Hast du jetzt auch etwas Nützliches für mich?"

Doch als ich beim Folianten ankam, blickte ich auf leere Seiten.

Ich zog eine Augenbraue hoch und beugte mich hinunter, um das Buch aus nächster Nähe zu mustern. Und fuhr erschrocken zurück, als mein Finger auf eine eiskalte Seite traf.

Was zum Teufel?, dachte ich. „Warum …?"

„Cami!", hörte ich Az irgendwo in der Ferne schreien. „Wo zur Hölle bist du?!"

„Ich bin hier!", rief ich zurück. Mein Herz begann wegen des panischen Tonfalls, der seiner Stimme mitschwang, und dem eiskalten Buch auf dem Tisch wild zu klopfen. „Vivaxia …" Ich verstummte, wusste nicht recht, wie ich den Satz beenden sollte. Und ich wollte meine Vermutungen auch nicht laut aussprechen. Klar, wir waren hier in unseren Privatgemächern, aber ich war nicht restlos überzeugt, dass sie nicht zufällig irgendwo in der Nähe lauerte. Oder zumindest, dass einer ihrer verzauberten Lakaien hier positioniert worden war.

Bisher hatte sie das Reich nicht betreten. Typhos Aussagen zufolge, hätte er das gespürt.

Und das glaubte ich ihm auch.

Ganz wie er verströmte sie auch Magie.

Ich hatte diese Energie um sie herumschwirren *gespürt*. Sie am eigenen Leib erfahren. *Ich habe sie auch jetzt erkannt,* dachte ich stirnrunzelnd. *Warum fühlt es sich an, als ob sie überall in diesem Zimmer ist?*

Noch nie hatte es sich so angefühlt. Oder … oder vielleicht doch, und es war mir bisher bloß nie aufgefallen?

„Cami“, keuchte Az und schien direkt vor mir zu stehen. Ich war nicht sicher, ob er sich durch seine Aschewolke fortbewegt hatte oder er … er einfach nur sehr schnell gelaufen war.

Im nächsten Augenblick hatte er mich jedoch in die Arme gehoben und strich mit den Händen über meinen Körper, als wollte er sich versichern, dass ich wirklich hier war.

Ajax schloss sich ihm im nächsten Augenblick an und in der darauffolgenden Sekunde spürte ich wie er meinen Kopf küsste. „Verdammt, kleine Rebellin“, flüsterte er. „Wir … wir konnten dich nicht hören …“

„Wir dachten …“, ergänzte Az und verstummte dann. „*Melek*.“ Er ließ mich runter und rannte auf den gefallenen Prinzen zu. „Was zum Teufel ist passiert?“

„Der Federkiel hat auf ihn eingestochen“, sagte ich wie benommen. „A…aber ich glaube, er lebt noch?“ Die Aussage kam mir als Frage über die Lippen. Alles fühlte sich so unecht an. *Wie ein Traum*, staunte ich blinzelnd. „Vivaxia hat etwas mit ihm gemacht.“ Ich konnte nicht definieren, was, aber ich spürte es.

Stirnrunzelnd versuchte ich die Energiestränge aufzuspüren – diejenigen, die mit jeder Sekunde stärker zu werden schienen – und starrte Vita abermals an.

Warum bist du so kalt?, fragte ich mich, nachdem ich mich aus Ajax’ Armen befreit und mich neben den Tisch gekniet hatte.

Ich hob meine Hand hoch und ließ meine Finger ungefähr zwei Zentimeter entfernt über dem kalten Buch schweben. „Ich kann Typhos nicht spüren“, flüsterte ich. Was eigenartig war. Immer, wenn ich dieses Buch bisher berührt hatte, hatte ich eine gewisse Wärme spüren können. Ich hatte *ihn* spüren können.

Aber im Augenblick nahm ich rein gar nichts wahr.

Nur … eine Eiseskälte.

Die Runzeln an meiner Stirn vertieften sich, als ich – entschlossen, dieses Rätsel zu lösen – meine Hand flach auf die Seiten presste.

Az und Ajax sagten etwas auf meine Erklärung, oder vielleicht auch zueinander. Ich war nicht ganz sicher, weil ich sie des rhythmischen Klopfens meines Herzens wegen nicht hören konnte.

Bum.

Bum.

Bum.

Kalt.

Kalt.

Kalt.

Es ergab keinen Sinn. Ich hatte eben noch all diese Energie in Vita geleitet. Sie hätte vor Leben nur so sprühen sollen. Stattdessen war sie eiskalt.

Ich blätterte um und suchte nach etwas Nützlichem, doch sie offenbarte mir nichts.

Warum kann ich dich nicht lesen?, wollte ich wissen, schloss das Buch und starrte den Buchdeckel grimmig an.

Ein Buchdeckel … der abgenutzt und alt aussah. *So, so alt …*

Und so anders als die Vita, die ich kannte.

Sie … sie sah aus wie ein gewöhnliches Buch.

Nein, wie ein Tagebuch, dachte ich. Mein Herz geriet ins Stolpern, dann füllte ein Sausen meine Ohren aus. *Nein …*

Ich öffnete das Buch erneut und musterte die erste Seite.

Eine Seite, auf der eine uralte Sprache in der Handschrift von jemandem zu sehen war, den ich nicht kannte. *Die Notizen von Typhos' Mutter*, ging mir blinzelnd durch den

Kopf. „Das ist unmöglich“, flüsterte ich. Es war, als hätte Vita sich zurück in ihre Originalform verwandelt. „Wo sind Typhos’ Erinnerungen?“

Und was war mit der Energie geschehen, die ich in sie geleitet hatte?

Vivaxia ... hat den ... und Vita berührt ... hatte Melek zu mir gesagt.

Vivaxia hat den Federkiel und Vita berührt, fügte ich zusammen. *Du musst ... Ty warnen ...*

„Sie hat etwas mit Vita gemacht.“ Und Vita hatte versucht, es mir zu sagen. „Deswegen hat sie mir das Schlafzimmer gezeigt.“ Und die schwarze Haarsträhne.

Vivaxia hat schwarze Haare.

Meine Gesichtszüge entgleisten.

Was, wenn ich nicht der erste Siphon war?

Was, wenn ... was, wenn sie etwas in Vita versteckt hat?

Etwas, das ich aktiviert hatte ...

Indem ich das Buch mit Energie flutete.

„Ach du Scheiße!“, keuchte ich und blickte zu Az hoch.

Er stand neben Ajax und die beiden sahen mich eingehend an. „Was ist los, Cami?“, fragte Az.

„Kannst du Ty spüren?“, fragte ich ihn.

Az schüttelte den Kopf. „Ich kann keinen von euch spüren. Ganz offensichtlich stellt Vivaxia das Reich der Höllenfeen auf den Kopf, wie sie es im Paradigma gemacht hat.“

„Oder sie spielt mit dem gesamten Reich“, sagte ich ihm. Die Kälte des Buches füllte meine Adern. „Etwas stimmt nicht mit Typhos.“

Das war die einzige Erklärung dafür, wie sie so schnell so viel Energie aufgenommen hatte.

„Sie ist irgendwo hier“, fuhr ich fort. Darum konnte ich sie jetzt auch spüren und ihre Magie im ganzen Palast wahrnehmen. „Sie hat das Reich infiltriert.“ Ich schluckte hart. „Und ich … ich glaube, es liegt daran, dass ich ihr den Zugriff gegeben habe, den sie brauchte, um die Tore zu durchbrechen."

Indem ich als Schlüssel fungiert habe, realisierte ich.

Melek hatte mich zuvor schon so genannt.

Wenn er doch nur gewusst hätte, wie treffend diese Bezeichnung gewesen war …

Denn ich hatte Typhos' Gedanken freigeschaltet, indem ich seine Erinnerungen freigelassen hatte.

Weil ich seine Essenz absorbiert … und in Vita geleitet hatte.

Vivaxias ursprünglicher Siphon …

KAPITEL 32
TYPHOS

VOR EINIGEN MINUTEN

MEINE ZARTEN FLÜGEL VERSCHWANDEN, sobald ich im Königreich der Träume – spezifischer gesagt direkt vor dem Palast der Strigoi – landete.

Obwohl ich davon ausging, dass Nos irgendwo da drinnen auf mich wartete, hatte ich mich entschieden, einen Umweg zu nehmen. Das erlaubte mir, mich in den Griff zu bekommen und eine kurze Atempause einzulegen, die ich dringend brauchte.

Denn irgendwie fühlte ich mich nicht gut.

Vielleicht lag es am Energieschub, den Camillia durch Vita geleitet hatte.

Oder daran, dass ich weiß, was mir bevorsteht, dachte ich, im Wissen, dass ich diesem Reich viel zu lange ferngeblieben war. Vor allem der Strigoi-Seite.

Es hatte jede Menge Aufruhr hier gegeben.

Aufruhr, der daher gerührt hatte, dass nicht genug Gefährten vorhanden waren.

Strigoi brauchten Sigillen, um aufzublühen, und meine

Quelle – *die Tore zu meinem Reich* – hatten das ziemlich schwierig gemacht, weil Frauen der Eintritt in dieses Reich typischerweise verwehrt blieb.

Seufzend musterte ich den Hof, in dem ich mich befand.

Der verstörende Geruch von verwelkenden Blumen stieg mir in die Nase. *Blutgetränkte Rosen*, stellte ich fest, und musterte den hochragenden Brunnen in der Mitte der makaberen Szenerie. Ein blutroter Mond hing am Firmament und rahmte das grausame Bild ein, das einem vampirischen Spielplatz ähnlich sah.

Ich musterte es stirnrunzelnd. Die Strigoi waren in gewisser Hinsicht wie Vampire, weil sie sich an Blut labten, aber für gewöhnlich waren sie nicht so ... makaber.

Alles um mich herum fühlte sich schwermütig und düster an.

Krank.

Mein Brustbereich fühlte sich plötzlich ganz eng an. Es würde nur noch schlimmer werden, sobald Nos starb. Er war der König der Strigoi, einer meiner kostbaren Leutnante.

Obwohl ... in letzter Zeit war er nicht besonders verlässlich.

Wann hat er zuletzt überhaupt an einem der virtuellen Besprechungstermine mit meinen Leutnants teilgenommen? Zu Anfang der Brautproben, vielleicht?

Ich war nicht sicher.

Was ... was vielsagend war, wie ich mich in letzter Zeit als König der Höllenfeen geschlagen hatte.

Mir kam ein weiterer Seufzer über die Lippen und ich folgte dem blütenbedeckten Weg um den Palast zum Vordereingang. Die Blumen schienen unter meinen Schuhen zu zerbröseln und füllten meine Ohren mit einem schaurigen Knistern aus.

Seit wann machen Rosen überhaupt solche Geräusche?, fragte ich mich und blickte über meine Schulter. Der Boden war mit blutigen Fußspuren überzogen, was mich die Lippen verwirrt aufeinanderpressen ließ.

Das kann kein gutes Zeichen sein ...

Verdammt. Es würde ein langer und erschöpfender Besuch werden.

„Eure Majestät", grüßte ein Strigoi-Wachmann, als ich bei den kathedralenähnlichen Türen des Palastes ankam. In seinen dunklen Augen war nicht einmal die Spur des charakteristischen Rottons zu erkennen, das in ihnen hätte weilen sollen, was darauf schließen ließ, dass er Hunger litt. „König Nos hat nach Euch verlangt. Er ist im Thronsaal." Die Tür öffnete sich krächzend, ohne dass er sie berührt hatte. „Wenn Ihr mir bitte folgen würdet."

Im Thronsaal?, fragte ich mich. *Wenn sie glauben, dass er heute stirbt, warum wurde er nicht auf sein Totenbett gebettet?*, dachte ich, während ich vom Wachen durch die untypisch leeren Flure des düsteren Palastes geführt wurde.

In meiner Erinnerung war er ... anlässlich meines letzten Besuchs lebendiger gewesen.

„Wo sind alle?", fragte ich den Wachmann, nachdem er mich mehrere Treppen hochgeführt hatte. Der Thronsaal befand sich in der Nähe der Spitze des Palastes, wenn ich mich recht erinnerte.

Der Wachmann hielt vor einer kunstvoll verzierten Tür inne und legte die Hand auf die Türklinke.

„Die Strigoi sterben, Eure Majestät. Die Blutfelder verwelken wegen des Fäulniskrauts, weshalb viele von uns gezwungen sind, in anderen Reichen zu jagen. Und, na ja, die meisten Strigoi konnten keine anderen erfolgreichen Überlebensmethoden entwickeln." Er schloss die Finger um die Klinke, woraufhin seine matten Adern hervortraten. „Jetzt, da Ihr hier seid, wird sich das hoffentlich ändern."

In meiner Brust machte sich abermals dieses Engegefühl breit, als ich das hörte. Strigoi operierten wie ein Bienenstock.

Ihre Adeligen waren ihre zentrale Energiequelle. Und die Blutfelder trieben diese Blutlinie an.

Wenn sie von einer Seuche befallen waren, wie dieser Wachmann behauptete, dann waren die Strigoi vom Aussterben bedroht. Wenn ihre adelige Blutlinie starb, würden sie auch verenden.

Warum hat Nos das mit keinem Wort erwähnt?, wunderte ich mich.

Ich hatte das Königreich der Träume und das Königreich des Jenseits nach der ganzen Sache mit der Nacht der Monster bestraft, indem ich sie von den Höllenfeen-Brautproben disqualifiziert hatte. Der Gedanke dahinter war jener gewesen, dass sie nicht länger brauchten, was ich anbot, weil sie in ein anderes Reich gereist waren, um sich ihre eigenen Gefährten zu suchen.

Das mag grausam gewesen sein, aber auch ein logischer Schritt.

Einige meiner Leutnante hatten sich beschwert.

Nos aber nicht.

Tatsächlich hatte ich von ihm überhaupt nichts gehört.

Was seltsam war, weil sein Sohn Sabre, der Erbe des Strigoi-Throns, offenbar in eine neue Dimension übergesiedelt war. Eine Entwicklung, in die mich Hades – nicht etwa Nos – eingeweiht hatte.

Warum hast du das alles geheim gehalten?, fragte ich mich, als der Wachmann die verzierten Türen öffnete. Dahinter kam Nos zum Vorschein, der allein auf seinem Thron saß.

Ich blinzelte, erschrocken über den Anblick, der sich mir bot. Erinnerungen tanzten durch den mir bekannten Raum. Es war bizarr. Als würden Hunderte Seelen durch den Raum tanzen. Aber in Wirklichkeit war er leer. *Und so ... leblos.*

Der blutrote Schein des Strigoi-Monds erhellte den Staub, der durch die Luft stob, als befänden wir uns in einer Gruft.

Das Zimmer erinnerte eher an einen Friedhof als einen Thronsaal.

So sollte das nicht sein. Wir waren hier schließlich nicht im Königreich des Jenseits, sondern im Land der Träume.

Das Reich der Träume konnte der Wahrnehmung Streiche spielen, aber das hier war keine Illusion. Der trostlose Anblick vor meinen Augen war das Ergebnis eines Strigoi-Königs, der das Reich vernachlässigt hatte.

Als Anführer der adeligen Strigoi-Linie war es seine Aufgabe, die Blutfelder zu unterhalten, ihr Überleben zu sichern und für ihr Erblühen zu sorgen, um im Gegenzug dazu Unmengen an Energie zu ernten.

Aber ganz offensichtlich hatte er seine Pflicht nicht erfüllt.

Und vieles andere, dachte ich, während ich einen Schritt ins Zimmer machte.

Der Gestank von verwelkten Blumen umgarnte mich, obwohl wir jetzt weit entfernt vom Hof waren. Ich sah mich nach weggeworfenen Blumensträußen um, entdeckte aber nur ein riesiges Podest am Ende des Raums. Silberfarbene Ranken woben sich durch den nackten Marmor. Diese Ranken schlangen sich um etwas Rotglühendes, das am Boden, direkt zu Nos' ruinierten Stiefeln saß.

Ich bekam Gänsehaut und meine Nervenenden feuerten mit jedem Schritt, den ich machte.

Seit ich hier angekommen war, hatte sich alles mächtig falsch angefühlt.

Zur Hölle, ich war mir ziemlich sicher, dass dieses Gefühl schon vor meiner Ankunft da gewesen war. *Als Camillia Vita verändert hat.* Es hatte sich angefühlt, als hätte ein Blitz meine Psyche durchbohrt. Die Energie war aus der falschen Richtung in mich gedrungen und hatte mich aus dem Gleichgewicht geworfen.

Ich hatte gehofft, dass der längere Flug und der

Fußmarsch mir dabei helfen würden, den Nebel in meinem Kopf etwas zu klären, stattdessen wurde er immer dichter.

Und die fallende Temperatur im Zimmer war auch keine Hilfe.

Meine Anzugschuhe klackerten gegen den Boden der Kammer und die kalte Luft streifte über meine nackte Haut. Das Königreich der Träume war für gewöhnlich nicht unbedingt *warm*, aber ich war mir sicher, dass es nie zuvor so kalt gewesen war.

Nos beobachtete mich mit seinen roten Augen, während ich näher kam. Er sah überhaupt nicht so aus, als stünde er dem Tod nahe. Tatsächlich *glühte* er praktisch.

Weil er die geballte Kraft seines Gebiets aufgenommen und sein eigenes Volk abgewürgt hat, um zu überleben, wurde mir klar. Das war die einzig schlüssige Erklärung.

Und jetzt saß er auf dem Thron, den ich den Strigoi geschenkt hatte. Den ich mit meiner Magie geschaffen hatte, um als Kraftquelle zu dienen, weil keine Sigille vorhanden war.

„Wer auch immer auf dem Thron sitzt, führt die Adelslinie der Strigoi an", hatte ich vor langer Zeit verkündet.

Dann hatte ich es den Strigoi überlassen, ihr eigenes Schicksal zu schmieden.

Nos war in jüngster Zeit der Triumphierende gewesen. Vor ihm hatten viele schon auf dem Thron gesessen.

Aber den Strigoi-König jetzt so zu sehen – unersättlich und reuelos –, ließ mich meine Entscheidung bereuen, die Situation vor Ort über die Jahrtausende hinweg nicht genauer betrachtet zu haben.

Ich glaubte an freien Willen. Erlaubte meinen Albtraumfeen, aufzublühen. Aber das hier hatte nichts mit Aufblühen zu tun, sondern mit dem *Tod*.

Ich habe meine Rolle als Anführer und Beschützer hier mächtig vernachlässigt.

Ich war zu beschäftigt gewesen. Zu überlastet, um zu erkennen, dass mir die Strigoi unter der Nase wegstarben.

Und jetzt glühte das Wenige, das von der Energie dieses Gebiets noch übrig war, zu Nos' Füßen – scheinbar der letzte Funke Leben auf einem ansonsten zugrunde gehenden Gebiet.

Zumindest bis er die Illusion verblassen ließ, in die er das Zimmer gehüllt hatte. Eine Illusion, die ich, zusammen mit den verweilenden Seelen, gespürt hatte.

Sie waren echt.

Und ohne jede Frage tot.

Dutzende Leichen kamen unter dem sich lichtenden Schleier zum Vorschein. Allesamt gefallene Strigoi. *Und eine einzige Frau*, stellte ich fest. *Stammt sie von der berühmt-berüchtigten Nacht der Monster?*, fragte ich mich.

„Endlich erweist du mir die Ehre, Eure Majestät", meinte Nos mit höhnischem Tonfall, der mich eine Augenbraue hochziehen ließ.

Er mochte zwar nicht auf seinem Sterbebett liegen, aber das ließ sich im Handumdrehen ändern.

Natürlich wusste ich nicht recht, ob es irgendwelche Strigoi gab, die den Thron übernehmen konnten.

Dieser Gedanke beruhigte mich etwas und ich sah ihn mit zusammengekniffenen Augen an. „Was hast du getan, Nos? Warum hast du deinem Volk das angetan?"

Denn für mich bestand keine Frage, dass er für das ‚Fäulniskraut' verantwortlich war, das der Wachmann erwähnt hatte.

Aber es bin ich, der für ihn verantwortlich ist, ging mir mit schmerzendem Herzen durch den Kopf.

Ein Schmerz, der immer stärker wurde, anstatt zu schwinden. Derselbe Schmerz, der mich geplagt hatte, seit Camillia die Energie in Vita geleitet hatte.

Stirnrunzelnd streichelte ich meine Quelle, konnte aber nichts Ungewöhnliches feststellen.

Trotzdem fühlte ich mich … geschwächt.

Liegt es an diesem Zimmer? Dem faulenden Gebiet?

„Du hast ganz schön Nerven … Mich zu fragen, warum ich das hier getan habe, obwohl du wusstest, dass die Strigoi verhungerten“, gab Nos zähneknirschend von sich und zog damit meine Aufmerksamkeit zurück auf sich. „Du hast nichts getan, um unseren Hunger zu stillen – *meinen* Hunger. Nichts, um unsere Felder zu heilen oder dich um unsere Schwachstellen gekümmert. Vielleicht habe ich mir etwas von dir abgeschaut, hm? Vielleicht habe ich *meine Bedürfnisse* über die aller anderer gestellt.“

„Ich habe Onyx angewiesen, Ersatz für die Schäden zu liefern, die die Leichenfeen möglicherweise an euren Feldern verursacht haben“, erinnerte ich ihn. Ich entsann mich der Unterhaltung, wie auch der Lösung des Problems, ganz klar. „Aber ich bezweifle, dass das die Wurzel des Übels ist.“

Irgendetwas stimmte hier nicht.

Etwas, das Nos und seine falsche Handhabung der Rolle als Strigoi-König überstieg.

Payan hat gesagt, dass er im Sterben läge, dachte ich. *Er hat es sich anhören lassen, als hätte er nur noch wenige Stunden zu leben.*

Was ganz offensichtlich eine Lüge gewesen war.

Aber warum? Warum hatte er mich hierhergelockt? Weil er wusste, dass die Sache aus dem Ruder gelaufen war? Oder hatte jemand Payan darauf angesetzt?

Was es auch war, das Gebiet brauchte meine Hilfe. Etwas, das ich hätte bemerken sollen, lange bevor es an diesen Punkt gelangt war.

Fuck. Melek hatte recht gehabt. Ich verzettelte mich und es waren meine Feen, die deswegen litten.

Nos presste die Finger kirchturmartig aneinander, sodass seine langen Fingernägel aneinander tippten.

„Ja. Die fünfminütige Unterhaltung mit dem König der Leichenfeen war ein solch großzügiges Geschenk deiner kostbaren Zeit."

Ich kniff die Augen abermals zusammen. „Willst du mich anfeinden, Nos?", fragte ich ihn. „Willst du mich herausfordern, damit du etwas Kraft abschöpfen kannst? Denn ich kann dir versprechen, dass das eine sehr schlechte Idee ist."

Er lächelte. „Nein, Eure Majestät. Ich spiele nur meine Rolle und lenke dich ab."

Wie bitte? Ich sah mich um und spürte, wie die Härchen an meinem Nacken sich sträubten.

Alles hatte sich falsch angefühlt, seit ich hier angekommen war. Noch *vorher*, sogar.

Und ich hatte geglaubt ... es hätte etwas mit Vita zu tun.

Aber das ... das stimmte überhaupt nicht.

Es hing mit der Schimäre zusammen, die Nos hier geschaffen hatte.

Eine Illusion, die sich jetzt zu verändern begann. „Mit wem arbeitest du zusammen, Nos?", fragte ich argwöhnisch.

Mir schwante, dass ich es bereits wusste.

Ein verwundeter König war die perfekte Beute für *sie*.

„Mit mir", murmelte eine Frauenstimme, die mich an lange Nächte erinnerte, die ich zwischen den Laken verbracht hatte.

Eine Verführerin.

Eine Hexe.

Ein bösartiges Miststück.

Und jetzt stand sie höchstpersönlich vor mir.

Direkt hinter Nos' Thron.

Das Reich der Träume war bekannt für seine Visionen und Nachtschrecken, aber die niederschmetternde Vision von

Vivaxia war zu echt, um einem Traum zu entspringen, selbst an einem Ort wie diesem.

Dunkle Haare rahmten das vermeintlich engelhafte Gesicht ein, das seit unserer letzten Begegnung keinen Tag älter geworden war. Aus ihrem Rücken drangen breite Flügel und die Gold gesprenkelten Enden wechselten zwischen Weiß und Schwarz. Ein Bild war echt, das andere eine Illusion. Ihr Herz war tiefschwarz, weshalb ich Vivaxias wahres Gesicht kannte, ganz egal, wie sehr sie auch versuchte, es zu verbergen.

Was ich hingegen nicht wusste, war, wie sie es verdammt noch mal geschafft hatte, mein Reich zu betreten.

„Wie zum Teufel konntest du durch meine Tore brechen?", wollte ich wissen. Der Gestank von verwelkten Rosen wurde immer stärker.

Vivaxias Geruch.

Er war jetzt überall und bestätigte, dass das hier nicht ihr erster Besuch war.

Nein, sie war schon lange vorher hier gewesen.

Hatte ihre Spielchen getrieben. Mit den Gedanken meiner Feen gespielt. *Einfluss auf meine Leutnante genommen.*

„Oh, ich brauchte deine Tore nicht zu durchbrechen, Typhos", schnurrte sie. In ihren grauen Augen stand ein triumphanter Ausdruck. „Ich brauchte nur einen *Schlüssel.*"

KAPITEL 33

AZ

Vor einigen Minuten

„Cami?“, flüsterte ich und musterte ihre ungewöhnlich blasse Haut. „Du hast gesagt, du hättest Vivaxia Zugriff gegeben, damit sie die Tore durchschreiten kann. Erklär mir, was du damit gemeint hast.“

„Es ist das Buch“, sagte sie und sah mich mit glasigen Augen an. Es sah fast so aus, als wäre sie im Wachzustand eingeschlafen, und sie sah mich mit seltsam verträumtem Ausdruck an. „Vita, Az. Ich habe all die Energie in Vita geleitet und Vita war der ursprüngliche Siphon.“

Mit gerunzelter Stirn versuchte ich zu entziffern, was sie damit meinte.

Aber es war Ajax, der sagte: „Ich verstehe nicht. Wie kann ein Buch ein Siphon sein?“

„Typhos hat es in einen verlängerten Arm seiner Kraft verwandelt, die seine Erinnerungen in sich tragen sollte. Aber das Buch befand sich in Vivaxias Besitz, *bevor* er es verzaubert hat.“ Sie ernüchterte etwas und der glasige Film auf ihren Augen verebbte. „Was, wenn sie eine Art Trigger zurückgelassen hat? Wie jener, den sie in mir platziert hat? Etwas, das … das sich *öffnen* und die Kraft direkt zu ihr leiten würde …“

„Wenn es einen Energieschub abbekommt, der stark genug ist“, beendete ich den Satz an ihrer Stelle und verstand ihren Gedankengang jetzt. „Du glaubst, Vivaxia hat einen alten Zauber zurückgelassen.“

Cami nickte.

„Den du aktiviert hast“, ergänzte ich.

Ein weiteres Nicken, gefolgt von einem leichten Zucken. „Das Buch ist nicht länger verhext“, flüsterte sie. „Es … es hat sich in das Tagebuch seiner Mutter zurückverwandelt.“

Stirnrunzelnd warf ich einen Blick auf das erwähnte Buch. Ajax machte es mir nach.

„Das ist Vita?“, wollte Ajax mit skeptischem Tonfall wissen. „In meiner Erinnerung sah sie anders aus.“

„Weil sie früher in Typhos’ Essenz gehüllt war“, sagte ich mit sanfterem Tonfall als beabsichtigt, weil ich komplett schockiert war. „Cami hat recht.“ Und nicht nur in Bezug auf Vita, sondern mit allem, was sie gesagt hatte. „Etwas stimmt nicht mit Typhos.“ Genau das hatte sie mir eben auch gesagt, aber jetzt vernahm ich es in meiner Seele. „Ganz und gar nicht.“

Denn ich spürte ihn nicht länger in mir.

Der Palast wurde von einem Beben heimgesucht, als wollte er unserer Einschätzung beipflichten. Oder vielleicht warnte er uns vor einer nahenden Katastrophe.

„Meleks Wunde ist bloß eine Ablenkung“, meinte Cami, deren Blick auf dem Höllenfeen-Prinzen verweilte. „Sie wollte mit meinen Gefühlen spielen und eine Reaktion provozieren. Alles nur, um zu verbergen, was sie wirklich im Schilde führt.“

„Woher weißt du das?“, kam von Ajax.

„Weil sie das schon die ganze Zeit über macht", erwiderte Cami. Ihre Stimme wurde etwas stärker und jetzt drückte ein frustrierter Tonfall durch. „Die Portale, das Chaos, dich und Az zu verletzen ... Das waren alles nur Ablenkungsmanöver. Oder vielleicht handelte es sich dabei um verschiedene Ebenen ihres Plans, um Misstrauen in anderen zu säen. Was es auch ist, sie hat schon eine lange Zeit darauf hin geplant."

Cami zeigte auf das Buch, dann auf den Federkiel am Boden.

„Vivaxia hat nie aufgehört, dieses Spiel mit Typhos zu treiben", fuhr sie fort und hörte sich mit jeder Sekunde wütender an. „Und was auch immer sich jetzt gerade abspielt, ist, was sie wirklich will. Denn sie ist hier. Sie ist *allgegenwärtig*." Dem letzten Satz schwang ein Knurren mit.

Ich musterte Cami besorgt. „Sag mir, wie es sich anfühlt, Cami. Denn ich kann sie überhaupt nicht wahrnehmen." Was bedeutete, dass Camillia entweder etwas aufschnappte, das mit ihrer Verbindung zu Vivaxia zu tun hatte, oder aber damit zusammenhing, was mit Vita geschehen war.

Wie konnte uns das entgehen?, fragte ich mich. *Wenn Vivaxia etwas im Buch zurückgelassen hat, warum hat es keiner von uns gespürt?*

Weil wir geglaubt hatten, es wäre vorbei.

Typhos war gefallen und sie war in ihrem kostbaren Reich der Engelsfeen geblieben. Erst vor Kurzem hatten wir überhaupt realisiert, dass sie hinter all den Portalangriffen steckte.

Sie schien auf Rache zu sinnen, doch Typhos hatte sich gefragt, ob sie vielleicht nur einen langen Atem hatte.

Was Camis Einschätzung in Bezug auf Vita nur noch glaubwürdiger machte.

„Cami?", fragte Ajax, als in ihren Augen wieder dieser verträumte Ausdruck aufblitzte.

Nichts. Als hätte sie ihn gar nicht gehört.

„Wir müssen Melek aufwecken“, sagte er kurz darauf.

Ich sah ihn an, dann wanderte mein Blick zu Melek, der regungslos am Boden lag. „Wie willst du ihn aufwecken?“

„Indem wir ihn mit Energie fluten“, erwiderte Cami, die plötzlich wieder bei uns war. „Hilf mir, Az.“

Das war keine Bitte, sondern ein Befehl. Und es kam mir vor, als hätte sie meine Frage und Ajax’ Einwand gar nicht registriert.

„Ich kann einen Teil der Magie zurück in ihn fließen lassen, die ich vom Federkiel absorbiert habe, aber ich weiß nicht, ob das genügen wird. Also musst du mithilfe deines Phönixes mit voller Wucht auf ihn schießen, okay?“ Sie blickte mich nicht an, während sie sprach, doch es war klar, dass die Worte an mich gerichtet waren.

„Okay“, antwortete ich, obwohl ich nicht ganz verstand, was sie mit dem *Federkiel* gemeint hatte. *Wollte sie damit etwa sagen, der Federkiel hat auf Melek eingestochen?*, fragte ich mich und musterte den antiquierten Stift auf dem Fußboden. Die Federn schienen herunterzuhängen, als wäre der Gegenstand unlängst gestorben. *Weil sie den Zauber aus ihm gesogen hat.*

Moment mal …

Mein Blick wanderte in die Ecke und ich riss die Augen auf.

Das war nicht irgendeine Schreibfeder, das war *die* Schreibfeder. Diejenige, mit der Typhos den Handel mit Vivaxia unterzeichnet hatte.

Eine Schreibfeder, die schon seit Ewigkeiten mit Magie versehen gewesen war.

Genau wie Vita …

Blinzelnd setzte ich mental die Puzzleteile zusammen und realisierte, was Cami uns zu sagen versucht hatte. Vivaxia hatte die beiden Gegenstände verhext, sie dann am offensichtlichsten Ort zurückgelassen und ... was? Darauf gewartet, dass sie ihren letzten Zug machen konnte?

Den letzten Zug, den Cami ihr ermöglicht hatte ... dämmerte mir langsam. *Weil sie die Energie in Vita geleitet hat ...*

Ach, du Scheiße.

Es war schlüssig. *Zu schlüssig.*

Vivaxia liebte Schachzüge wie diesen. Ihre unsterbliche Psyche machte sich nichts aus dem Lauf der Zeit. Sie konnte eine Ewigkeit warten, wenn sie am Ende gewinnen würde.

Sie war von Anfang an auf Typhos' Licht aus. Seine Siphon-Fähigkeit war so einzigartig, dass sie vermutlich eine der mächtigsten Gaben des Universums war.

Denn sie ging über die Schöpfungskraft hinaus.

Er hatte negative Energie buchstäblich in etwas Positives umgewandelt. In etwas *Lebendiges.*

Seine Quelle.

Sie bestand aus roher Energie, die eine ganz neue Welt geschaffen hatte. Etwas, wozu Vivaxia nie imstande sein würde.

Oder zumindest hatte ich das geglaubt.

Ich war davon ausgegangen, dass sie deswegen so fasziniert von Typhos war – warum sie sich nach seiner Kraft verzehrte.

Eine Kraft, die vermutlich noch umfangreicher war, als wir alle wussten, denn er hatte den Großteil davon weggeschlossen, nachdem er seine Eltern ungewollt getötet hatte.

Typhos verwendete seine Gabe jetzt auf Vereinbarungen, von denen er Kraft für das Gemeinwohl abschöpfte und sie an jene weiterleitete, die sie am meisten brauchten.

So hatte er die Quelle der Höllenfeen geschaffen.

Eine Kraftquelle, die langsam so enorm geworden war, dass er sie nicht mehr allein handhaben konnte. Melek und ich hatten das Ungleichgewicht gespürt, aber darauf vertraut, dass Typhos das Kind schon schaukeln würde.

Und bisher hatte er das auch.

Aber Vivaxia ... Sie hatte auf diesen Augenblick gewartet, um ihm alles zu nehmen. Hatte gewartet, bis sein Licht so hell brennen würde, dass es explodierte. Und sie würde da sein, um die Trümmer zusammenzukehren.

Sie hatte nur einen Auslöser gebraucht.

Und dieser Auslöser war Camillia De la Croix.

Ein Siphon, der geschaffen worden war, um seine Kraft zu stehlen. Ein Wesen, das fast genauso mächtig war wie er. Eine Fee, in der Vivaxia ihren eigenen Samen gepflanzt hatte, damit sie alle Fäden in der Hand hielt.

Aber meine Reaktion auf Cami oder jene von Melek, Ajax und Typhos hätte sie nicht voraussehen können.

Was bedeutete, dass ihr Plan nicht absolut narrensicher war.

Daher rührte auch Camis jetzige Reaktion. Sie ließ nicht zu, dass Vivaxia ihre Emotionen oder ihre Reaktionen kontrollierte. Stattdessen konzentrierte sie sich darauf, das Problem zu lösen.

Aber dieser verträumte Ausdruck in ihren Augen ... Der Gedanke ließ mich hart schlucken. Ich war besorgt darum, was das vielleicht bedeuten könnte. *Kämpft sie gegen Vivaxias Kontrolle an?*

Typhos hatte gesagt, dass Vivaxia das Ventil in ihr platziert hatte, aber was, wenn da mehr war? Was, wenn es eine Art Schalter gab, den keiner von uns spüren konnte? Nicht einmal Camillia selbst?

„Auf drei“, sagte Cami, die sich meiner außer Kontrolle geratenen Gedanken nicht gewahr war. „Eins, zwei ...“

Ich rief meinen Phönix an die Oberfläche, dessen Kraft sich augenblicklich an meinen Fingerspitzen sammelte.

Doch dann erzitterte der Boden und brachte mich aus dem Gleichgewicht.

Gefolgt von einem Geräusch von Krallen, die über Marmor kratzten.

Verdammt.

„Höllenhunde", murmelte Ajax, der seinen Zauberstab heraufbeschwor. „Ich werde mich darum kümmern. Belebt ihr den Prinzen wieder."

Doch als sie um die Ecke bogen, blickte ich nicht in wild gewordene Wolfsgesichter, sondern in panische. Ich stand auf, damit sie Melek nicht sahen.

Natürlich konnten sie ihn nach wie vor riechen.

Doch als Kommandant war es meine Aufgabe, einzuspringen – erst recht, wenn ihr König und ihr Prinz handlungsunfähig waren. „Bericht", verlangte ich, woraufhin Garmr sich in seine menschliche Gestalt verwandelte.

„Wir werden von einem unbekannten Wesen angegriffen", informierte er mich mit kiesiger Stimme.

„Von einem unbekannten Wesen?", wiederholte ich.

Er nickte. „Wir können es nicht sehen, aber ... aber draußen explodieren Gebäude, als wären Bomben in ihnen gepflanzt worden. Und einige der Königreiche behaupten, ihr Himmel würde einstürzen."

„Aufgrund von Portalen?", riet Ajax. „Ähnlich wie das, was sich im Unterwasser-Königreich zugetragen hat?"

Ein Kopfschütteln von Garmr. „Nein, Wärter. Das hier ... das hier ist anders."

„Es ist die Quelle", meinte Cami. „Sie ... sie zerstört sich selbst."

Blinzelnd blickte ich über meine Schulter zu ihr. „Was willst du damit sagen?"

„Spürst du es denn nicht?", fragte sie verwirrt. „Kannst du nicht wahrnehmen, was sie macht?"

„Nein, Cami, tue ich nicht. Das Einzige, was ich

wahrnehme, sind die Beben, die den Palast heimsuchen." Ich sagte das nicht mit abfälligem Tonfall, nur sehr direkt. „Ich spüre Vivaxia überhaupt nicht."

Sie starrte mich an und schluckte nervös. „Ich spüre sie überall."

„Ja, das hast du bereits erwähnt. Was soll das heißen?"

„Ich weiß es nicht", erwiderte sie flüsternd. „Ich ..." Sie legte die Stirn in Falten und ihr Blick wanderte zu Melek. „Du musst aufwachen", sagte sie ihm, bevor sie ihm die Hand auf die Brust legte. „Ich brauche dich hier. Bei Bewusstsein. Auf der Stelle, *verdammt.*"

Ein elektrischer Stromschlag zischte durch die Luft, ausgelöst durch Camis Kraftexplosion.

Verdammt. Ich machte einen Schritt nach vorn, bereit, einzugreifen, doch ihre Kraft hielt mich zurück.

Ajax fluchte lauthals und wir beide versuchten, zu ihr zu gelangen.

Im nächsten Augenblick wurde alles still.

Und Melek schlug die Augen auf.

Ich starrte ihn, dann seine blutende Brust schockiert an. Er ließ die Hand zur Wunde schnellen und zuckte mit den Schultern. „Verdammt, kleiner Engel", gab er krächzend von sich. „Das hat echt wehgetan."

„Tut mir leid", wisperte sie. „Aber ich brauche dich. *Wir* brauchen dich."

Der Palast erzitterte abermals, als wollte er ihre Aussage bestätigen.

Melek, aber, grinste bloß und erwiderte: „Es ist schön, gebraucht zu werden, Engelchen."

Natürlich machte es ihm nichts aus, ins Leben zurückgerissen zu werden, während er sich von einer Brustwunde erholte. „Wie zum Teufel hat ein Federkiel überhaupt so viel Schaden anrichten können?", wollte ich mit Blick auf das ganze Blut wissen.

„Er hat sich gedreht“, erwiderte Melek. „*Und zwar extrem schnell.*“

„Ich habe die Magie aus ihm gesaugt“, informierte Cami ihn. „Er wird dir nie wieder wehtun.“

Melek zog eine Augenbraue hoch, dann warf er ihr ein weiteres Lächeln zu. „Meine kleine Heldin.“

Ajax griff sich an den Nacken und atmete schwer aus. „Okay, also, Melek geht es offensichtlich gut. Was unternehmen wir gegen den ganzen anderen Kram?“

„Wir verlassen uns auf Camis Instinkte“, antwortete ich, ohne zu zögern. „Sie meint, dass es von der Quelle kommt und Vivaxia etwas mit ihr oder Typhos anstellt. Also würde ich sagen, wir sollten Typhos aufspüren. Und zwar als Team. Wir dürfen uns nicht aufteilen, weil wir nicht mental miteinander kommunizieren können. Und Cami muss uns den Weg weisen.“

Sie starrte mich kurz an, schluckte abermals und nickte. „Hat Typhos es ins Reich der Träume geschafft?“ Sie riss die Augen auf, nachdem sie die Frage zu Ende geführt hatte. „Ja. Ja, hat er. Deswegen fühle ich mich so eigenartig. Im Reich wimmelt es nur so vor Traumkreaturen, oder?“

„Nicht direkt“, hustete Melek.

„Strigoi traumwandeln, sind aber auf Blut angewiesen, um zu überleben. Ein bisschen wie Vampire. Und Ghule fressen vorwiegend Albträume“, ergänzte ich, kam dann aber wieder zurück auf unser eigentliches Thema zu sprechen. „Was meinst du mit *eigenartig*?“

„Alles fühlt sich so ... gedämpft an“, sagte sie mir mit gerunzelter Stirn. „Als wäre ich zu ruhig. Als wäre alles, na ja, nur ein *Traum*. Ich ...“ Die Runzeln an ihrer Stirn vertieften sich. „Az, ich glaube, die Quelle versucht, mir zu sagen, dass das Reich der Träume in Gefahr schwebt. Ich kann nicht erklären, woher ich das weiß. Ich ... ich tue es einfach.“

„Die Instinkte einer Königin“, murmelte ich nickend.

Dann tauschte ich einen weiteren Blick mit Ajax aus. „Spürst du etwas?"

„Nicht im Geringsten." Sein Blick wanderte zu den Höllenhunden. „Habt ihr etwas vom Königreich der Träume gehört?", fragte er Garmr.

Der führende Höllenhund schüttelte den Kopf, sodass sein langes, silberfarbenes Haar über seine nackten Schultern tanzte. „Soll ich versuchen, herauszufinden, was dort los ist?"

„Nein", erwiderte ich, riss das Gespräch an mich und sah ihm jetzt direkt in die Augen. „Aber ich will, dass du uns hilfst, einen sicheren Übergang ins Reich des Jenseits zu finden."

Von dort aus würden wir mittels des Tunnels ins Reich der Träume gelangen.

Denn wenn Ty in Schwierigkeiten steckte, ahnte ich, würden wir nicht in der Lage sein, mittels meiner Aschewolke dorthin zu gelangen. Wir mussten bedacht an die Sache herangehen. Die Situation abschätzen. Und unseren nächsten Schritt planen.

Vivaxia mochte auf ihrer Seite des Spielbretts eine Königin sein und unseren König gefangen genommen haben.

Aber wir hatten unsere eigene Königin, die wir aufs Spielfeld schicken konnten. Eine, die Vivaxia vermutlich unterschätzen würde. Sie hatte Cami geschaffen und sah sie in diesem Spiel nur als eine weitere Puppe an.

Aber wir kannten die Wahrheit.

Camillia De la Croix war unsere Höllenfeen-Königin.

Und als ihre Beschützer war es unsere Aufgabe, sie durch das Reich zu geleiten. Sie unversehrt dorthin zu bringen. Und zwar vollständig aufgeladen.

Und bereit für den Kampf.

Es war an der Zeit, Vivaxia ein für alle Mal zu Fall zu bringen.

KAPITEL 34
TYPHOS

WÄHRENDDESSEN …

VIVAXIA LIESS IHRE MANIKÜRTEN FINGERNÄGEL AN NOS' Thron hinabstreifen. Ein Thron, der einst voller Kraft geglüht hatte. Kraft, die ich den Strigoi verliehen hatte, damit sie aufblühen konnten.

Jetzt verkörperte er den *Tod*.

Wie passend, dass Vivaxia ausgerechnet dieses Relikt streichelte. Vielleicht war das Ganze prophetischer Natur.

Melek, sprach ich in Gedanken. *Vivaxia ist im Strigoi-Palast.*

Ich wartete auf eine Reaktion – darauf, dieselbe Überraschung in ihm wahrzunehmen, die ich verspürte.

Dass sie hier war, hätte nicht möglich sein sollen. Sie hatte behauptet, einen *Schlüssel* zu besitzen.

„Was für einen Schlüssel?“, fragte ich sie, wusste aber, dass ich keine klare Antwort erwarten sollte. Oder überhaupt eine.

Vivaxia liebte Rätsel und Lügen.

Also musste ich dieses Rätsel selbst lösen.

Ich konnte nur davon ausgehen, dass sie sich auf die Magie bezog, die sie in Camillia zurückgelassen hatte. Trotzdem wunderte ich mich, ob noch andere Elemente im Spiel waren. Denn ihre Anwesenheit hier fühlte sich ... *permanent* an. Als verweilte sie schon viel länger als nur ein paar wenige Minuten in diesem Reich.

Nos hatte gesagt, er hätte versucht, mich *abzulenken*. Was hatte er damit sagen wollen? Und warum würde er mit Vivaxia zusammenarbeiten?

Sie hatte so viele der Albtraumfeen in diesem Reich erschaffen. Albtraumfeen, die sie und das, was sie ihnen vor so langer Zeit angetan hatte, verachteten.

Vielleicht war die Warnung seiner Ahnen nicht deutlich genug gewesen, weshalb er ihrem Einfluss erlegen war.

„Hm“, summte Vivaxia und ließ ihre langen Nägel nach wie vor über den Thron wandern, während Stromschnellen durch die Luft zappten.

Eine Energie, die ich wiedererkannte.

Noch mehr Illusionen.

Mehr Tricks.

Mehr Psychospielchen.

Das warf die Frage auf, ob sie überhaupt wirklich hier war. Dieses Königreich war für seine Illusionen bekannt. Vielleicht spielte mir jemand einen Streich.

Aber wer? Und warum?

Meine primäre Feindin war die Frau, die nur wenige Meter entfernt vor mir stand. *In meinem Reich*, dachte ich erneut. *Weil sie einen Schlüssel gefunden hat.*

Selbstverständlich ging sie nicht auf meine Frage ein. Stattdessen neigte sie den Kopf verspielt zur Seite, was ihr schwarzes Haar über ihre Schultern fallen ließ. „Ich habe dir ein Geschenk mitgebracht. Ein verspätetes Einzugsgeschenk, wenn man so will.“

Ich zog eine Augenbraue hoch und verschränkte die Arme vor der Brust. „Ich bin nicht interessiert an deinen *Geschenken*, Vivaxia." Denn sie hatten immer einen Preis.

Ein Preis, den zu bezahlen ich nicht bereit war.

Melek, versuchte ich erneut.

Seine ausbleibende Antwort war ungewöhnlich für ihn. Das ließ mich tiefer graben und seinen mentalen Zustand überprüfen.

Als ich nichts spürte, bekam ich das kalte Grausen.

Azazel, dachte ich und konzentrierte mich auf meine Verbindung zu ihm.

Aber sein Geist war genauso stumm. Genauso *starr*.

Ich presste die Lippen beinahe aufeinander und mein Herz geriet ins Stottern. *Ist das das* Geschenk, *das sie erwähnt hat? Hat sie meinen Gefährten etwas angetan?*

War das hier ein weiterer ihrer Zauber, ähnlich wie das, was wir neulich erlebt hatten?

Oder hatte sie etwas Schlimmeres getan?

Meine Seele fühlte sich nicht sonderlich verwundet an, was mir sagte, dass Melek und Azazel sehr wohl am Leben waren. Das tat meiner Sorge um sie aber keinen Abbruch.

Vivaxia hatte schon monatelang mit meinem Reich gespielt – vielleicht sogar länger. Dass sie leibhaftig hier war, deutete darauf hin, dass wir auf die letzte Runde ihrer Spielchen zusteuerten.

Es sei denn, sie fängt gerade erst an, dachte ich. Der Gedanke ließ mir das Blut in den Adern gefrieren. Nichts war je endgültig, wenn Vivaxia darin verwickelt war. Das hatte ich durch ihre Vereinbarungen auf die harte Tour gelernt.

Und eine davon schien sie jetzt mit einer Bewegung ihrer zierlichen Hand heraufzubeschwören.

Auf dem Pergament fehlte zwar meine Unterschrift, ihre verschnörkelte Handschrift erkannte ich aber sofort. „Wie es scheint, sind dir nicht alle deine Feen so treu", murmelte sie und sandte das Dokument mittels einer magischen Strömung, die aus ihren Fingerspitzen floss, in meine Richtung.

Ich nahm ihr das Stück Papier beinahe nicht ab, weil ich wusste, dass sie es vermutlich verhext hatte. Doch dann fiel mir das Datum am oberen Rand auf, woraufhin ich das Dokument aus der Luft griff.

Denn an dieses Datum erinnerte ich mich.

Camillias Geburtstag.

Mein Blick wanderte zu Nos – der den Handel *unterzeichnet* hatte –, ehe ich zurück auf die Vereinbarung blickte. Mit hochgezogener Augenbraue las ich die Bedingungen. Sie waren geradezu lächerlich. „Du hast mich im Austausch für eine Königin verraten?“ Ich sah zu ihm. „Eine Königin, deren Überlebenschancen in diesem Reich praktisch bei null stehen?“

Meine Quelle war sehr wählerisch, wem sie Kraft zuführte. Jemanden hierherzubringen, der nicht hierhergehörte, hatte für die meisten Feen den Tod zur Folge. Nicht weil ich den Eindringling umbringen würde – oder den Verantwortlichen, der den erwähnten Eindringling eingelassen hatte –, sondern weil meine Quelle sie nicht aufblühen ließ.

Feenreiche und die Feen, die sie bewohnten, brauchten Energie, um zu gedeihen.

So funktionierten unsere Welten nun einmal.

„Meine Tore wurden geschaffen, um zu beschützen, Nos. Sie behalten ungebetene Gäste draußen, stellen aber auch sicher, dass nur jene, die meine Quelle versorgen kann, eingelassen werden“, fuhr ich fort. „Und dass du das nicht verstanden hast, hat deinen Tod besiegelt.“

Was auch den offiziellen Grund für die Fäulnis in seinem Gebiet erklärte.

Meine Quelle hatte aufgehört, ihm Lebenskraft zu spenden, weshalb er die Seelen aller anderen in seiner Umgebung hatte stehlen müssen. Darunter auch jene der

Frau, die er – wie ich annahm – als Königin beansprucht hatte und die jetzt tot zu seinen Füßen lag.

Oder vielleicht war sie schlichtweg ein weiteres Opfer.

Es spielte keine Rolle.

Er hatte mich hintergangen.

Und wie es schien, kam dem Tag, an dem er beschlossen hatte, es zu tun, eine besondere Bedeutung zu.

Es war am Tag, an dem Camillia geboren wurde. Am Tag, an dem sie erschaffen wurde.

Das war ganz offensichtlich kein Zufall.

Aber jetzt fragte ich mich, ob Camillia nur eine Ablenkung gewesen war und Vivaxia es auf dieses Reich abgesehen hatte.

Auf Nos' Thron, dachte ich und bemerkte, wie sie ihre Hand zurück zum Leiter geführt hatte, als bräuchte sie ihn, um hinter meinen Toren bei Kräften zu bleiben.

Es war auch möglich, dass alles einen Zweck erfüllt hatte. Dass Camillia nicht nur ein Lockvogel, sondern vielmehr fester Bestandteil von Vivaxias Plänen war.

Sie war immer mehrere Schritte voraus. Dieser Umstand hatte mich vor so langer Zeit in Bann gezogen. Aber ich hatte ihre Tricks erlernt, sie gemeistert und fest vor, sie anzuwenden, um ihr derzeitiges Spiel zu durchschauen.

Eines ließ mir jedoch keine Ruhe.

Ein zaudernder Gedanke.

Eine ... Ich legte die Stirn in Falten. *Eine tief vergrabene Erinnerung.*

Etwas von wegen Vereinbarungen zur rechten Zeit am rechten Ort abschließen.

Warum ist das wichtig?, fragte ich mich. *Und warum kann ich die Kernaussage dieses Gedankens nicht recht erfassen?*

„Was ist denn los, Ty?“, wollte Vivaxia wissen. Dass sie den Spitznamen verwendete, mit dem Melek mich sonst ansprach, ging mir mächtig auf die Nerven. „Fällt es dir schwer, mein

Geschenk nachzuvollziehen? Brauchst du Hilfe, um es zu entschlüsseln?“

Der herablassende Unterton, der ihren Fragen mitschwang, entlockte mir ein Knurren. Es war, als säße sie in meinem Kopf und würde mit mir mitlaufen, während ich ihre Absichten entschlüsselte.

Ich hatte diese Empfindung schon immer gehasst, und sie war eine der wenigen Personen, die mir dieses Gefühl je gegeben hatte.

Trotzdem schien es jetzt irgendwie noch schlimmer zu sein. Was unmöglich war. Ich hatte tausende Jahre von ihr getrennt verbracht. Sie hatte nicht die geringste Ahnung, wozu ich mittlerweile imstande war.

„Ich muss schon sagen“, fuhr sie fort, „überrascht bin ich nicht. Du hast derart an deinen Kräften gezehrt, dass du kurz davorstehst, dich selbst zu zerstören.“ Sie hörte sich betrübt an, als würde ihr wahrhaftig etwas an mir liegen. Aber mir entging der schadenfrohe Ausdruck in ihren eiskalten, grauen Augen nicht. Als sie zu Nos blickte, war der Ausdruck verschwunden. „Ich meine, er hat nicht einmal bemerkt, dass du dich nicht gemeldet hast. Irgendwie typisch, findest du nicht?“

Sie gab ein „Ts, ts, ts“ von sich, das durch den stillen Raum hallte, ehe sie Nos mit den Fingernägeln über den Hals strich.

Darauf folgte ein Gurgeln, was mich die Augenbraue hochziehen ließ.

Dann floss Blut aus einer Schnittwunde, die weitaus tiefer ging, als eine so zarte Berührung hätte auslösen sollen.

„Danke für deine Dienste, Nos“, sagte sie, die Lippen jetzt ganz nahe an seinem Ohr. Ich hatte sie sich nicht einmal zu ihm beugen sehen. Es war, als wäre sie an zwei Orten gleichzeitig.

Weil sie mit Illusionen spielt, wurde mir bewusst, während sie meinem sterbenden Leutnant etwas einflüsterte.

Ich wollte einen Schritt nach vorn machen, doch meine Füße bewegten sich nicht.

Stirnrunzelnd blickte ich an meinen Beinen hinab, verwirrt darüber, dass sie sich meinem Befehl entzogen.

„Liegt es daran, dass du dich nicht bewegen kannst?“, fragte Vivaxia mit sanfter Stimme. „Oder willst du dich vielleicht nicht bewegen?“

Mein Blick wanderte zu ihr zurück und ich biss die Zähne zusammen. „Hör auf, mit meiner Wahrnehmung zu spielen.“

„Jetzt bin ich also schuld?“ Sie verkörperte das Sinnbild von Unschuld, als sie Nos ungläubig anschaute. „Ist der zu fassen?“

Nos stieß einen gequälten Laut aus, der mich mit den Zähnen knirschen ließ. „Ich habe es gerafft, Vivaxia. Er hat mich hintergangen. Aber es ist nicht an dir, ihm das Leben zu leben.“

„Tatsächlich …“ Sie zog das Wort in die Länge. „Ist es das.“ Sie zeigte auf den Vertrag, den ich immer noch umklammerte. „Ich habe ihm eine Königin und einen Erben geschenkt. Im Gegenzug hat er eingewilligt, mein zu sein. Wir haben die Vereinbarung mit einem Bann besiegelt, an den du dich vielleicht – vielleicht aber auch nicht – erinnerst.“

Ich ballte meine Hände beinahe zu Fäusten, war wutentbrannt.

Denn ja, der Bann war mir bekannt. Bestens sogar. Es war derselbe, mit dem sie Az belegt hatte, um ihn zu ihrem persönlichen Sklaven zu machen.

Sie hatte Kontrolle über sein Leben gehabt.

Über jede seiner Bewegungen.

Über jeden seiner Atemzüge.

Sein Recht auf Willensfreiheit.

Ich hatte für seine Freiheit gekämpft und unzähligen Vereinbarungen zugestimmt, bis ich schließlich den perfekten

Handel ausgefertigt hatte. Aber langsam begann ich an meinem Triumph zu zweifeln.

Was vermutlich genau das war, was Vivaxia bezwecken wollte.

Das war der Sinn ihres Briefs gewesen, in dem sie angedeutet hatte, ich hätte ihr kein anständiges Blutopfer geboten.

Aber hast du geblutet, wie ich es wollte, süßer Typhos? Oder wurdest du zu einem Wesen, das so viel mehr zu verlieren hat? So viel mehr zu ***opfern****?*

Die Erinnerung an unseren Handel tauchte an die Oberfläche. Ich kannte die Bedingungen auswendig und würde sie nie vergessen.

Aber jetzt ... fühlte sich die Erinnerung irgendwie verschwommen an.

Was seltsam war. Ich rüttelte diese Erinnerungen oft mithilfe von Vita wach. So stellte ich sicher, dass nie wieder etwas Vergleichbares geschah.

Jede Vereinbarung, die ich abschloss, beinhaltete spezifische Bedingungen. Die meisten von ihnen stammten von meinen Erfahrungen. Diejenigen mit Vivaxia waren die wichtigsten von allen.

Warum hadere ich dann jetzt damit, mir den wichtigsten Handel in unserer langen Geschichte in Erinnerung zu rufen?, fragte ich mich stirnrunzelnd.

Weil dieses Miststück in meinem Kopf sitzt, dämmerte mir im nächsten Augenblick.

Aber wie? Wie zum Teufel ist es ihr gelungen ...? Ich riss die Augen auf. *Vita.*

Vita beheimatete all meine Erinnerungen.

Und Camillia hatte die ganze Energie in ....

„Ich habe euch doch gesagt, dass er euch nicht helfen würde“, hauchte Vivaxia. Das sanfte Murmeln riss mich aus meinen Gedanken.

Das Zimmer hatte sich mit Nebel gefüllt.

Einem tödlichen.

„Ich habe euch alle gewarnt, oder etwa nicht?", fuhr sie fort. Die Worte waren scheinbar bewusst gesprochen und der Smog wurde dichter. „Und jetzt könnt ihr es mit eigenen Augen sehen. Euer König *schwächelt*."

Wie bitte? Mit wem redete sie überhaupt? Mit Nos?

Er war so gut wie tot.

Und das nicht der Schnittwunde an seinem Hals wegen.

Sondern dank Vivaxias *Kraft*. Sie war jetzt im Besitz seiner Seele. Seinem Wesen. Und sie löschte seine Essenz mittels reiner Willenskraft aus.

Ein schrecklicher Tod.

Und ein schmerzhafter dazu.

Obwohl er es nach dem, was er den Feen unter seiner Herrschaft angetan hatte, vielleicht verdiente, war es nicht an ihr, ihn zu bestrafen.

Aber ich konnte mich nicht bewegen. Ich war gezwungen, ihr dabei zuzusehen, wie sie seine Seele vor meinen Augen zerlegte.

Was zum Teufel ist hier los?, staunte ich. *Warum fühlt es sich an, als hätte sie Kontrolle über mich?*

Ich hatte keinem ihrer Zähmungsbanne zugestimmt und ich war auch kein Wesen, das unter ihrer Kontrolle stand. In unserer Vereinbarung ging es nie um *Besitz*. Nur um ein Seelenband. Eines, das meine Seele abgelehnt und damit die Vereinbarung ungültig gemacht hatte.

Weshalb ihre Klausel über das *Blutopfer* zum Tragen gekommen war.

Das verlieh ihr aber noch lange keine Kontrolle über meine Seele. *Warum kann ich mich dann nicht bewegen?*

„Seht ihr, wie er sich abmüht?", meinte Vivaxia mit trübseligem Tonfall. „Es ist wirklich enttäuschend, findet ihr nicht?"

Der Nebel begann sich zu lichten und das Zimmer trat wieder in Erscheinung.

Und mit ihm die Strigoi darin.

Atmende Strigoi, realisierte ich. Mehr als die Hälfte der Leichen lag nicht mehr am Boden. Sie standen im Zimmer und sahen mich mit schockiertem Ausdruck an.

„Was für ein Spielchen treibst du?“, verlangte ich zu wissen.

„Es ist weniger ein Spiel als vielmehr eine Probe“, erwiderte sie. „Eine Prüfung deiner Kraft. Und ich glaube, du fällst gerade durch, süßer Typhos. Genauso, wie es dir misslungen ist, diese Portale in den anderen Reichen auszuschalten. Genauso, wie du das ganze Debakel mit der Nacht der Monster nicht richtig handhaben konntest. Genauso ...“

Genauso, wie ich meine Gedanken nicht habe beschützen können, dachte ich und ignorierte, was immer sie hinzufügte. Sie redete weiter, doch ich hörte nicht länger zu.

Denn ich ahnte, dass das hier auch nur eine weitere Ablenkung war. Darum war Nos auch noch nicht tot. Sie hätte ihn binnen Sekunden in Stücke reißen können.

Sie wollte das hier in die Länge ziehen, was darauf hindeutete, dass diese hinausgezögerte Scharade einen üblen Zweck erfüllte.

Was führst du wirklich im Schilde?, fragte ich mich und versuchte, hinter ihre Motive zu blicken.

Die Feen im Raum schienen alle echt zu sein, wurden aber offensichtlich fremdgesteuert. Vielleicht durch Vivaxias Verbindung zu Nos?

Sie hat ihn mit diesem Zähmungsbann belegt und sie sind durch das Schwarmbewusstsein an ihn gekettet.

Oder hatte Vivaxia sie sich untertan gemacht?

Engelsfeen waren Schöpfer. Sie besaßen die Fähigkeit, über

jedes Wesen, das sie in der Vergangenheit geschaffen hatte, zu verfügen. Darunter auch ihre Albtraumfeen.

Aber die Strigoi waren nicht durch Vivaxias Hand geschaffen worden, sondern durch jene einer anderen Engelsfee.

Wie ist es ihr dann gelungen, Kontrolle über sie zu nehmen?, wunderte ich mich und blendete nach wie vor aus, was sie den Versammelten verkündete.

Was sie sagte, war unwichtig.

Ihre Taten, hingegen, sprachen Bände.

Es war ihr irgendwie gelungen, ihr mich und all diese Strigoi untertan zu machen.

Ich musterte sie, suchte nach Hinweisen und stellte wiederholt fest, dass sie den Thron mit diesen tödlich aussehenden Fingernägeln streichelte. *Mein Leiter.*

Ich hatte vorhin schon darüber nachgedacht und festgestellt, dass sie bewusst mit Nos verbunden war. *Weil er anstatt einer Sigille meine Kraft benutzt*, ging mir durch den Kopf.

Aber es musste tiefer reichen als das. Ich hatte ihm nicht genug Energie gespendet, um mich kontrollieren zu können. Also holte sie sich ihre Kraft von einem anderen Ort. Etwas Mächtigerem.

Etwas wie Vita, dachte ich. Mir blieb das Herz stehen. *Camillia hat meine Essenz in Vita geleitet und ...*

Ich legte die Stirn in Falten und meine Gedanken verblassten.

Das ergab keinen Sinn.

Es war, als hätte mein Kopf eine undurchdringbare Wand geschaffen.

Vita ... Etwas wegen Vita.

Etwas mit diesen Feen.

Etwas von wegen Vivaxia, die alles und jeden in diesem Zimmer kontrolliert.

Nicht nur mittels der Kraft des Throns, sondern ..., sondern mittels der Kraft von mehreren Engelsfeen.

Ich blinzelte. Die letzte Eingebung schien aus dem Nichts gekommen zu sein.

Aber jetzt spürte ich sie – die Energiestränge, die sie in den Händen hielt. Stränge, die ihr nicht gehörten. Oder die es zumindest nicht sollten.

Es war, als hätte sie die Essenzen anderer *absorbiert*.

Wie ich es bei meinen Eltern getan habe, realisierte ich. Die Erinnerung traf mich wie ein Schlag.

Diese Erinnerung war einst sicher in Vita verwahrt gewesen. Ich hatte sie unlängst freigelassen, aber nicht so. Die Vision traf mich mitten ins Herz.

Offensichtlich musste ich merklich auf den unsichtbaren Angriff reagiert haben, denn Vivaxia stieß einen tadelnden Laut aus, der mich an das Geräusch erinnerte, das Fingernägel machten, wenn man sie über die Wandtafel zog. „Ich frage mich, wie viele von euch noch fallen müssen, bevor er überhaupt versucht, zurückzuschlagen“, meinte sie, was meine Aufmerksamkeit wieder auf den Raum und die drei neuen Leichen auf dem Boden zog.

Einer von ihnen war Nos. Seine verschrumpelte Haut erinnerte an eine Hülle.

Der Anblick ließ mir den Atem stocken und dann prasselte eine weitere Erinnerung auf mich ein.

Eine Erinnerung an meine eigenen Eltern in einem ähnlichen Zustand. Sie hatten auch wie Hüllen ausgesehen. Hüllen, die von einer sanften Brise zerrissen worden waren und deren Überreste vom Wind davongetragen wurden.

Als wollte sie mich an diesen Augenblick erinnern, beugte sich Vivaxia hinunter und pustete leicht in Nos’ Richtung, sodass sich kleine Stücke von ihm von seiner vertrockneten Gestalt lösten. Dann stürzte ein vierter Körper zu Boden. Der Strigoi fasste sich an den Hals und schrie kläglich.

Der Wachmann, erkannte ich und sah ihm in die Augen.

In seinen Iriden stand ein Ausdruck des Leids und Verrats. Mir gingen seine Worte von vorhin durch den Kopf.

„Jetzt, da Sie hier sind, wird sich das hoffentlich ändern.“

Sein Gesicht verriet mir, dass ich versagt hatte, und es schien, als wollten ihm Anschuldigungen über die Lippen kommen.

Warum unternimmst du nichts?, schien er zu fragen. *Warum hilfst du mir nicht?*

Ich knirschte mit den Zähnen und tief in mir flackerte Kraft auf.

Die dann aber von einer Welle unbekannter Energie ausgelöscht wurde.

Energie, die nicht da sein sollte.

Energie, die zu *Vivaxia* gehörte.

Mein Blick schnellte zu ihr.

„Du hast seit deinem Fall so viel Kraft angesammelt, Typhos“, sagte sie, und in ihren Augen standen herzlose Absichten. „Sie ist wahrhaftig zu deinem Herzen geworden, hm?“

In meiner Brust machte sich ein Engegefühl bemerkbar, als hätte sie ihre Hand um meine Organe geschlungen und als würden ihre Fingernägel in mich dringen, ohne dass sie sich bewegt hatte.

Realität oder Illusion?, fragte ich mich. *Physischer Schmerz oder Mindfuck?*

Ich konnte es nicht sagen.

Plötzlich war sie überall und verschlang mich mit ihrer Essenz mit Haut und Haar.

Vita, dachte ich erneut. *Sie … sie …*

Da war etwas. Etwas, wonach ich greifen wollte. Etwas … etwas, das mir abermals entglitt.

Der Wachmann machte einen letzten Atemzug und seine

Seele schrie mir zu, dass ich einschreiten sollte. Dass ich *helfen* sollte.

Ich konnte es tief in meinem Kopf hören, vernahm meine Quelle, die nach einer Gelegenheit schrie, zu reagieren. Etwas zu erwidern. Zu *bestrafen*.

Wie sie Nos bestraft hatte.

Denn tief drinnen hatte meine Kraft den Verrat und die Infektion, die dieser Verrat mit sich gebracht hatte, erkannt.

Irgendwie hatte gewusst, dass sie die ganze Zeit über hier gewesen war. Dass sie mein Reich mit Magie verdorben, meine Feen befleckt und sie durch ihre Verbindung zu ihren Seelen manipuliert hatte, damit sie ihre Befehle ausführten.

Schöpfungsmagie.

Schöpfungsmagie, die sie von anderen abgesaugt *hat.*

Sie ist ein Siphon. Wie ich. Wie Camillia.

Ist das überhaupt möglich?, dachte ich benommen. Mein Herz fühlte sich an, als befände es sich in einem Schraubstock. *Hat Vivaxia meine Kraft von Anfang an verstanden? Hat sie sich mich deshalb ausgesucht? Mir deswegen alles über Vereinbarungen beigebracht? Weil sie sich in mir wiedererkannt hat?*

Genau das hatte sie zuvor gesagt und mir erzählt, ich hätte das Potenzial, so mächtig wie sie zu sein, wenn nicht sogar mächtiger. Und mir war dieser Funke Neid in ihren Augen nie entgangen, wann immer sie das von sich gegeben hatte.

Damals war ich davon ausgegangen, sie hätte von meinem inneren Licht gesprochen. Von der Kraft, die ich besaß und anderen half. *Eine Kraft, die aus meiner Fähigkeit geboren worden war, Energie abzuschöpfen und zu kontrollieren.*

Sie hatte sich im Lauf meines Lebens verändert. Der Tod meiner Eltern hatte als Katalysator gedient, meine Gabe in etwas Neues zu verwandeln. Mein Fall hatte die brennende Energie verstärkt, weil ein Teil der Engelsfeen-Quelle zu meiner wurde. Dann hatte ich sie über die Jahrtausende hinweg gepflegt und gehegt und sichergestellt, dass sie das Reich der Höllenfeen beschützte.

Und jetzt wollte Vivaxia, was aus der Kraft geworden war. Oder vielleicht war sie immer schon darauf aus gewesen. Aber sie hatte abgewartet, bis ich die ultimative Quelle geschaffen hatte, ehe sie einschritt, um sie mir zu entreißen.

Und die Quelle ist mein Herz. Mein Kern. Mein Lebenszweck.

Sie hatte versprochen, mich bluten zu lassen. Das hatte sie damit gemeint. Dass sie mich zwingen würde, ihr dabei zuzusehen, wie sie das Leben von allem und jedem, der unter meinem Schutz stand, auslöschte und währenddessen mein Licht absorbierte.

Die ultimative Konsequenz eines aufgelösten Handels.

Aber sie war nicht die Einzige, die erkannte, wie wichtig vielschichtige Pläne und Notfallstrategien waren.

Immerhin war sie eine gute Lehrerin gewesen.

Dank ihrer niemals endenden Spielchen wusste ich, das ich nie eine Vereinbarung eingehen durfte, ohne mehrere Schritte vorauszudenken.

Hier war es nicht anders.

Und genau das schien ihr jetzt zu dämmern, denn ihr Lächeln schwand etwas. „Typhos ..."

Sie musste meine Absicht in meinem Kopf gehört oder dem hoffnungsfrohen Ausdruck in meinen Augen entnommen haben. Ich war nicht sicher, woran es lag, hielt aber nicht inne, um darüber nachzudenken. Ganz offensichtlich war sie in meinen Kopf eingedrungen, aber ich würde niemals zulassen, dass sie Zugriff auf meine Quelle erhielt.

Lieber starb ich.

Ich schloss die Augen und aktivierte das Protokoll, dass ich für diesen Augenblick tief in mir versteckt hatte.

Und ließ meine Quelle *in Aktion treten.*

Vivaxia schrie, als der Raum von einem gleißenden Licht geflutet wurde, das hinter meinen geschlossenen Lidern aussah wie Feuer.

Ich ließ mich von ihm einhüllen. Teil von mir werden. *Mich antreiben.*

Dann entspannte ich mich in Erwartung dessen, was folgen würde. Ich hieß den Schmerz willkommen und gab mich der Dunkelheit des Falles hin.

Es war der einzige Weg, das Reich zu beschützen.

Meine Gefährten zu beschützen.

Camillia zu beschützen.

Denn Vivaxia konnte mir meine Quelle nicht nehmen, wenn ich nicht mehr bei Bewusstsein war.

Aber als Mitglied meines inneren Zirkels – als Gefährtin meiner Gefährten – konnte Camillia das. Sie konnte alles absorbieren. Ihr eigenes Licht erschaffen. *Und uns alle retten.*

KAPITEL 35
CAMI

Vor einigen Minuten

Mir lief es kalt den Rücken hinunter, als wir den Hof des Jenseits überquerten. Überall waren Bäume. *Skelettbäume*. Ihre knochigen Äste ächzten im Wind, der vom turbulenten Himmel über unseren Köpfen aufgerüttelt wurde. Das Dorf, das uns umgab, war buchstäblich eine Geisterstadt.

„Die Leichenfeen verstecken sich alle in den Gruften", sagte Maliki, der neben uns herlief. „Und die Todesfeen sind in ihrem Schloss. Ich glaube, das ist das erste Mal, dass ich diesen Ort hier leer gefegt sehe."

Er hatte sich vor der Höhle des Todes mit uns getroffen, nachdem er Melek dabei beobachtet hatte, wie er uns alle in den Krater – das Zuhause des Königreichs des Jenseits – flog.

Oder vielleicht hatte er Ajax' beschützerische Energie gespürt. Er hatte einen riesigen Schild um Melek erschaffen, um sicherzustellen, dass das Königreich des Jenseits ihm nicht zu viel Kraft rauben würde. „Wir wollen doch nicht, dass deine Schwingen mitten im Flug den Geist aufgeben", hatte er zu meinem Engelsfeengefährten gesagt.

„Danke“, hatte Melek geantwortet und Ajax angelächelt. „Sobald wir den Tunnel erreicht haben, packe ich das schon.“

Das war das Ende der Unterhaltung gewesen, weil wir alle zu betrübt gewesen waren, um auf unserer Reise zu plaudern.

Ganz anders Maliki, der unsere melancholische Stimmung nicht im Geringsten zu teilen schien.

Der wandte sich jetzt Az zu und fragte: „Also, willst du mir sagen, was los ist, Bruderherz? Oder soll ich raten?“

„Du solltest Hades rufen und herausfinden, ob er uns dabei helfen will, eine Engelsfee zu erledigen“, entgegnete Az.

Maliki dachte kurz darüber nach und tippte sich dabei mit dem Finger gegen das Kinn. „Hm. Nein, ich glaube, er wird nicht von großer Hilfe sein. Er ist gerade wegen irgendetwas total durcheinander. Aber Morpheus könnte interessiert sein. Ich habe vor einiger Zeit beobachtet, wie er sich im Tunnel herumgetrieben hat.“

Az hielt inne und sah seinen Bruder an. „Sitzt du den lieben langen Tag auf einem Berggipfel und belauerst alles und jeden?“

„Wenn mir langweilig ist, ja. Machst du nicht dasselbe in deiner Vogelform?“

„Es ist ein Phönix, kein Vogel, und ...“

„Ein Phönix hat Federn, ergo ist er ein *Vogel*“, fiel Maliki ihm ins Wort.

„... nein, tue ich nicht“, beendete Az seinen Satz, ohne auf die Zwischenbemerkung seines Bruders einzugehen.

„Hör zu, wenn du nichts Hilfreiches beizutragen hast, kannst du dich verziehen, okay?“, meinte Ajax erschöpft. Das ließ mich wundern, ob er, ganz wie ich vorhin, auch das Gefühl hatte, zu träumen. Aber ein Blick zu ihm verriet mir, dass er nicht physisch erschöpft, lediglich mit den Nerven am Ende war.

„Wir versuchen, unbemerkt ins Königreich der Träume zu

gelangen“, ergänzte Az mit einer Geduld, die tief in mir nachhallte.

Denn trotz des Chaos, das sich am Himmel ausbreitete, glaubte ich, auf dem richtigen Weg zu sein. Was nur ein weiterer Beweis dafür war, dass ich von der Quelle geführt wurde.

Jetzt hatte ich nicht länger das Gefühl, zu träumen, und auch diese Schläfrigkeit von vorhin war vergangen. Jetzt war ich fokussiert.

Ich hatte nicht mehr das Gefühl, überwältigt zu sein. Verspürte keine Angst. Keine Sorge. Ich hatte ein Ziel vor Augen. *Und spürte, dass es richtig war, es zu verfolgen.*

Hier musste ich sein.

Bei meinen Gefährten.

Gewillt, mich Vivaxia entgegenzustellen.

War ich bereit dafür? Vermutlich nicht. Aber angesichts ihres Alters und ihrer Erfahrung würde ich nie wirklich bereit dafür sein.

Trotzdem hatte ich etwas, das sie nicht hatte: *Liebe.*

Und es war diese Liebe, die mich antrieb.

Die mir einen Lebenssinn gab. Ein *Ziel.*

Dieses Reich zerfiel.

Alles, was Typhos für seine Albtraum- und Höllenfeen geschaffen hatte. Ich konnte es zerfallen spüren, konnte hoch oben am Himmel einen Riss erkennen. Ajax hatte Garmr gefragt, ob sich Portale aufgetan hatten, und irgendwie ähnelten die Löcher am Firmament ihnen auch. Diese Löcher, aber, führten ins Nichts. In eine gähnende Leere. *Die Zerstörung des Reichs der Höllenfeen.*

Ich konnte spüren, wie es um mich herum zerfiel, was mich dazu anhielt, schneller voranzugehen.

Vivaxia absorbierte das hier alles. *Schöpfte es ab.* Kreierte ihr eigenes ... *etwas.*

Eine neue Engelsfeen-Quelle? Ihr ganz eigenes Licht?

Ich wusste es nicht.

Ich wusste nur, dass ich es zurückerobern musste.

Und Typhos finden.

Wie hat sie dich verwundet?, fragte ich mich und blendete aus, was auch immer Maliki zu Az sagte. *Wie hat sie die Oberhand gewonnen? Liegt es an dem, was ich mit Vita gemacht habe?*

Ich hatte eine Unmenge an Kraft in dieses Buch geleitet.

Ich hatte etwas kaputtgemacht. Einen Schleier zerbrochen. Vivaxia genau das geliefert, was sie gebraucht hatte.

Ein Teil von mir fragte sich, ob das von Anfang an der Plan gewesen war. Ob der Schieber, den sie in mir platziert hatte, von Anfang an eine falsche Spur gewesen war.

Es ergab Sinn. Wir waren alle so konzentriert darauf gewesen, keine Kraft mittels dieser Verbindung an Vivaxia zu leiten, dass wir keine anderen potenziellen Bedrohungen besprochen hatten.

Wenn die Portale alle eine Ablenkung waren, dachte ich, *dann war ich vielleicht auch eine Ablenkung.*

Ich war nicht ganz sicher, ob die Portale nur als Ablenkungsmanöver gedacht gewesen waren, es … die Vermutung fühlte sich ganz einfach richtig an. Vielmehr als ein vorübergehend etwas Chaos zu stiften, hatte sie damit nicht erreicht.

Na ja, und Typhos' Ruf als Beschützer zu schaden, ging mir durch den Kopf, während ich den Hof hinter mir ließ und in etwas hineinmarschierte, das nach einem weiteren Dorf aussah. Oder vielleicht handelte es sich dabei um dieselbe Siedlung, die sich um den Hof ausbreitete.

Was es auch war, die flackernden blauen Flammen vor uns wurden immer dunkler, was darauf hindeutete, dass wir uns dem Ende dieses sehr langen Pfades näherten.

Und hoffentlich einen Tunnel betreten würden.

„Sie verlieren ihren Glauben daran, dass er sie anführen kann, Az“, sagte Maliki. Die leise gesprochenen Worte erhaschten meine Aufmerksamkeit. „Die Zwischenfälle mit den Portalen waren auch keine Hilfe.“

„Für einen von denen du verantwortlich bist“, erinnerte Az ihn knurrend.

„Ja, aber das hatte nichts mit Vivaxia zu tun.“

Az musterte ihn einen langen Augenblick. „Wehe, ich finde jemals etwas Gegenteiliges heraus, Mal. Bruder hin oder her, ich wäre gezwungen, Typhos’ Urteil zu unterstützen.“

„Das solltest du auch“, erwiderte Maliki mit ernsterer Stimme als jemals zuvor. „Aber um darauf zurückzukommen, was ich eben gesagt habe … Sie verlieren ihren Glauben. Der Vorfall in der Höhle hat für viele Leichenfeen das Fass endgültig zum Überlaufen gebracht. Mit diesem Bann belegt zu werden …“

„Verändert einen“, meinte Az, als Maliki den Satz nicht zu Ende führte.

„Ganz genau.“ Malikis Miene verdüsterte sich.

Ich legte die Stirn in Falten und fragte mich, ob Maliki eine ähnliche Erfahrung wie Az gemacht hatte. Aber Az’ Aussagen zufolge, war sein Bruder im Reich der Höllenfeen geboren, nicht im Reich der Engelsfeen. Vielleicht hatte er also etwas anderes erlebt.

Ich hätte Az gefragt, wenn ich mich mit ihm hätte verbinden können, aber unsere mentalen Bänder schienen immer noch unterbrochen zu sein. Ich war nicht sicher, worauf das zurückzuführen war, weil es sich mehr wie eine Schutzschranke und weniger nach einem Bann anfühlte. Als würden unsere Gedanken absichtlich nicht miteinander sprechen.

Woher ich das wusste, war mir nicht klar, aber wie Az zuvor schon gesagt hatte, vertraute er meinen Instinkten, also tat ich dasselbe.

Bisher schien es zu funktionieren.

„Und jetzt das“, fuhr Melek, jetzt noch leiser, fort. „Es sieht nicht gut aus, Az.“

„Das ist mir bewusst.“

„Die Stimmung ist ohnehin bereits im Keller ...“

„Mal“, fiel Az ihm ins Wort und hielt neben mir an. *„Ich weiß*. Verdammt, *wir* wissen es. Und es gibt nichts, was ich im Augenblick dagegen unternehmen kann. Wir müssen Typhos finden.“

Maliki starrte ihn kurz an, dann nickte er. „In Ordnung. Ich ... ich werde sehen, wie ich euch hier von Hilfe sein kann.“

Az zog eine Augenbraue hoch. „Wirklich?“

Sein Bruder neigte den Kopf zur Seite und auf seinen vollen Lippen tauchte ein eingebildetes Grinsen auf. „Habe ich dich je im Stich gelassen?“

„Tausende Male.“

Malikis Grinsen wurde noch breiter. „Dann werde ich dich dieses Mal vielleicht überraschen.“

Az gab einen mürrischen Laut von sich.

Maliki zwinkerte ihm zu, dann löste er sich in Luft auf.

„Wow, der war ja echt hilfreich“, meinte Ajax ausdruckslos.

„Tatsächlich war es das“, meinte ich nachdenklich und ließ mir Malikis Aussagen alle noch einmal durch den Kopf gehen. Er hatte bemerkt, dass die Stimmung im Keller war, was mich wiederholt über den Sinn und Zweck der Portale und Vivaxias Angriffe nachsinnen ließ.

Anstatt etwas zu sagen, ließ ich die Gedanken treiben, während wir unseren Weg zum Tunnel fortsetzten, der das Reich des Jenseits mit dem Reich der Träume verband.

„Inwiefern war es hilfreich, Engelchen?“, wollte Melek nach ein paar Minuten der Stille wissen. Seiner Stimme schwang kein zweifelnder Tonfall mit, sondern ein interessierter.

„Ich bin noch nicht sicher", gab ich zu, im Wissen, dass ich mich vermutlich etwas verrückt anhörte. „Ich habe noch nicht alle Puzzleteile zusammengefügt. Vivaxia hat es auf Typhos' Licht abgesehen. Das war immer schon ihr Ziel. Aber wozu hat sie Misstrauen in diesen Feen gesät? Damit sie sich gegen ihn wenden?"

Am Ende des Pfads angekommen, hielt ich inne und drehte mich zum stillen Dorf um.

„Wenn sie einen Aufstand anzetteln wollte, glaube ich, ist sie gescheitert. Die Albtraumfeen scheinen nicht wütend, sondern verängstigt zu sein. Sie sinnen nicht auf Rache. War das vielleicht gar nicht ihr Ziel?" Ich sah zu Melek. „Und wenn das nicht ihr Ziel war, wozu hat sie dann all diese Portale kreiert? War das wirklich alles nur ein Ablenkungsmanöver?"

Mir war bewusst, dass ich mich wiederholte, aber ich musste ihre Motive verstehen. Jeden Trick durchschauen. Alle Details aufdecken.

Denn so tickte Vivaxia.

Sie hatte tausende Jahre lang mit Typhos Luzifer gespielt, und soweit ich das beurteilen konnte, hatte sie ihn in jedem Zug ausmanövriert.

Jetzt ist es nicht anders, ging mir durch den Kopf.

„Sie wollte ihren Glauben an Ty zerstören", murmelte Melek, in dessen Iriden eine Mischung aus Wut und Trauer wütete.

„Ja, deshalb hat sie auch die Bräute angegriffen", ergänzte Az. „Typhos hat ein Jahrtausend damit verbracht, diese Veranstaltung zu planen. Alles nur, um seine Feen zu besänftigen. Und sie hat sie untergraben und es aussehen lassen, als würde er die Kontrolle verlieren."

„Noch ein Versuch, ihren Glauben zu zerstören", bemerkte Melek.

„Ganz genau", meinte Az.

„Aber wozu?", hakte ich nach. „Welches Ziel verfolgte sie damit?"

„*Schuldgefühle*", antwortete Melek rundheraus. „Das Vertrauen seiner Feen zu verlieren, gibt ihm das Gefühl, ein Verlierer zu sein, was *Schuldgefühle* in ihm hervorruft."

Ich legte die Stirn in Falten. „*Schuldgefühle*."

Er nickte. „Wenn es etwas gibt, worin Vivaxia gut ist, dann, die Schuldgefühle anderer auszunutzen. Und Schuldgefühle sind eine von Typhos' Schwächen. Er enttäuscht andere nur ungern, weil er eine Ewigkeit darauf verwendet hat, seine vermeintlichen Sünden reinzuwaschen."

Die Tode seiner Eltern, wurde mir bewusst. Das war der Auslöser dafür gewesen, dass er seine Kraft in etwas anderes umgewandelt und seine Gabe darauf verwendet hatte, anderen zu helfen, anstatt ihnen wehzutun. Darum sah er sich nicht mehr als Siphon an, obwohl er weiterhin Kraft absorbierte ... nur auf eine ganz andere Art.

Melek hatte gesagt, dass Vivaxia nichts von seiner Gabe wusste, oder zumindest, dass Typhos *glaubte*, sie wüsste nichts davon. Langsam begann ich mich aber zu wundern, ob das stimmte.

Sie hatte ihn in die Kunst des Handels eingeführt und er hatte das erworbene Wissen darauf verwendet, seine energieabsorbierenden Kräfte zu stärken. Das war ihr doch bestimmt aufgefallen?

Und wir alle wussten, dass sie ihm nicht aus Herzensgüte geholfen hatte.

Sie hatte gewollt, dass er seine Gabe meisterte, damit er mehr Kraft sammeln konnte.

Kraft, die zu seinem inneren Licht geworden war.

Ein Licht, das sie ihm rauben wollte.

Und jetzt realisierte ich, dass sie zum Schluss gekommen war, dass der schnellste Weg zum Ziel durch seine Schwäche – *Schuldgefühle* – führte.

Schuldgefühle waren ein Grundstein seiner Quelle. Sein Verlangen danach, andere mit seiner Kraft zu beschützen, entstammte seinem Drang, seine Sünden wiedergutzumachen.

Vivaxia hatte ihn tausende Jahre lang in Ruhe gelassen und ihn das ultimative Licht erschaffen lassen. Sie hatte abgewartet, bis er vor Kraft fast platzte und um ein Haar aus dem Gleichgewicht geraten war, um aufzutauchen und ihren finalen Schachzug auszuführen.

Und sie hat ihren letzten Schachzug unter Berücksichtigung seiner Schuldgefühle geplant.

Ich starrte in den Tunnel. Plötzlich klopfte mir das Herz bis zum Hals.

Was auch immer uns erwartete, würde wehtun. Ich konnte es tief in meiner Seele spüren.

Wir kommen, wollte ich Typhos sagen, als wir unsere Reise fortsetzten, jetzt aber schneller. *Wir kommen!*

Ich begann zu rennen, verspürte plötzlich diese Dringlichkeit, die ich nicht ganz definieren konnte. Aber Az hatte gesagt, ich sollte …

Die Welt drehte sich, als ich in den Tunneleingang fiel, und ich hob die Hände schützend vor mich, um meinen Sturz zu bremsen, bevor ich mit dem Gesicht auf den Pflastersteinweg aufschlug. „Aua!“, ächzte ich. Mein Fuß schmerzte, weil ich irgendwo hängen geblieben war.

Az und Ajax eilten an meine Seite und riefen meinen Namen im Chor. Ich zuckte zusammen, fühlte mich wie ein kompletter Tollpatsch.

Neue Höllenfeenköniginnenregel Nummer eins, dachte ich. *Pass. Auf. Wo. Du. Hintrittst.*

Man könnte meinen, das gehörte zum gesunden Menschenverstand, aber offensichtlich hatte ich mich von meinen Emotionen leiten lassen … *Schon wieder.*

Vielleicht sollte das *die erste Regel sein*, sinnierte ich. *Werde nicht emotional.*

Eigentlich hätte es gar keine Regeln geben sollen.

Aber in Gedanken war ich ganz klar konzentriert darauf …

„Sie ist über den Todesstein gestolpert“, sagte Melek, unterbrach meine mentale Gymnastik und ließ mich die Stirn runzeln.

„Was?“ Der Todesstein war in tausend kleine Stücke zersprungen, nachdem ich ihn benutzt hatte. „Ich bin über Kieselsteine gestolpert?“ Und warum zum Teufel lagen sie auf diesem Pfad verstreut?

„Er hat sich wieder zusammengefügt“, erklärte Melek, der um mich herum und dann vor mir in die Hocke ging. Ich hatte mich auf meine Unterarme gestützt und sah aus wie ein echter Tollpatsch. Sobald ich den Stein erblickte, war mein Sturz jedoch vergessen.

Denn Melek hatte recht.

Der Stein hatte sich wirklich wieder *zusammengefügt.* „Oder ist das ein neuer Stein?“, wisperte ich mit krausgezogener Stirn. „Was ist das da?“ In seiner Hand konnte ich ein kleines Etwas erkennen, das aussah wie ein Schmierpapier.

„Eine Notiz“, antwortete Melek.

Er rappelte mich und ich kniete mich hin, woraufhin er mir die „Notiz“ hinstreckte. Sie war winzig und erinnerte mich an eine Visitenkarte.

Aber die Worte darauf waren klar zu erkennen, weil sie wie Feuer auf dem weißen Pergament glühten.

„Ich bin froh, dass dich meine Nachricht endlich erreicht hat, Königin Camillia“, las ich laut vor. „Ein gemeinsamer Freund hat mich gebeten, dir das hier zu geben. In Träumen, M.“

Ich runzelte die Stirn.

„Was zum Teufel soll das denn heißen? *In Träumen?* Und was für eine Nachricht meint er oder sie? Und wer zur Hölle ist M? Maliki?“ Ich stand auf und wirbelte herum, um nach der aufdringlichen Fee zu suchen.

„Morpheus“, sagte Melek, was mich innehalten ließ. „Die Notiz strotzt nur so vor seiner Essenz.“

„Das erklärt die traumähnlichen Empfindungen“, ergänzte Az.

„Wie bitte?“ Ich sah zu ihm. „Was meinst du damit?“

„Er ist der Gott der Träume, und er lebt im Reich der Träume, weil ... na ja, weil es *ihm* gehört. Er muss versucht haben, dich mit seiner Magie hierherzulocken“, meinte Az verärgert.

Dieses Gefühl teilte ich. „Warum hat er mich nicht einfach gerufen?“

„So sind die Mythosfeen nicht“, erwiderte Melek mit belustigtem Tonfall. „Sie sind kryptische Wesen.“

„Dann seid ihr bestimmt dicke Freunde“, meinte Ajax ausdruckslos.

„Morpheus und ich? Nein. Aber ich kann ihn gut leiden“, erwiderte Melek. „Obwohl ... ich interessierter an diesem *gemeinsamen Freund* bin, den er erwähnt hat. Ich nehme an, er hat von Zenaida gesprochen?“

„Da er Cami einen Todesstein dagelassen hat, der entweder derselbe ist, den Zenaida uns gegeben hat, oder ähnlich, dann ja, würde ich dir zustimmen.“ Ajax fuhr sich mit den Fingern durch das dichte Haar und seine Miene verdüsterte sich. „Oder Shade könnte dahinterstecken. Mir scheint, er würde sich aus Spaß mit einer Fee wie Morpheus anfreunden.“

Ich biss die Zähne zusammen. Meine Gedanken kreisten.

Wenn Morpheus uns hierhergelockt hatte, hatte es nichts mit Typhos’ Quelle zu tun.

Warum fühlt sich dieser Gedanke falsch an?, fragte ich mich und bekam Gänsehaut. *Denn ich kann seine Quelle immer noch rufen spüren ...*

Vielleicht ... vielleicht stimmte beides.

Morpheus hatte dieses Traumgefühl herbeigeführt, während die Höllenfeen-Quelle nach mir gerufen hatte.

Das könnte die Ruhe erklären, die über mich gekommen war. Der Drang, meine Emotionen im Zaum zu halten und *nachzudenken*.

Oder vielleicht war das bloß ich gewesen und ich lernte langsam, was es bedeutete, eine Führungsposition einzunehmen.

Eine Königin zu sein.

Nicht nur irgendeine Königin – sondern die Höllenfeen-Königin.

Ich nahm Melek den Stein ab. „Lasst uns gehen."

Wir konnten den ganzen Tag lang darüber nachgrübeln, was er zu bedeuten hatte, oder aber wir konnten zur Tat schreiten.

Und irgendetwas sagte mir, dass wir Typhos zuliebe zur Tat schreiten mussten ... und zwar *sofort*.

KAPITEL 36
MELEK

Cami rannte den Tunnel entlang, was den Rest von uns zwang, ihr zu folgen.

Sie hatte keine Ahnung, in welche Richtung sie ging, galoppierte aber so schnell davon, als würde sie diesen Tunnel jeden Tag durchqueren. Geschickt wich sie nach rechts aus, um einer Grube voller Totenschädel auszuweichen, dann sprintete sie weiter, während Az sich mithilfe seiner Aschewolke mehrere Meter vor ihr materialisierte.

Ihr kam ein lautes Ächzen über die Lippen, als sie in seine Arme rannte. Dann versuchte sie knurrend, ihn zu umgehen, wurde aber von ihm an den Hüften gepackt und in die Luft gehoben.

„Jetzt hörst du mir zu, kleine Kämpferin“, begann er.

„Lass mich runter!“

„Cami, in diesem Tunnel wimmelt es nur so von Gefahren“, sagte Ajax, der sich den beiden mit einem entnervten Seufzer anschloss. „Wir müssen vorsichtig sein hier unten. Wer weiß, in welches Loch du fallen könntest.“

„Oder Portal“, fügte Az hinzu. „Es gibt eines da drüben, das ins Reich der Sterblichen führt und rege genutzt wird.“

„Ja, das. Und vergiss nicht, dass der Tunnel sich teilt.“

„Der Tunnel teilt sich?“, wiederholte Cami mit einem Hauch Verärgerung.

Ich konnte ihr Gesicht in der Dunkelheit kaum ausmachen. Die flackernden blauen Kerzen in der Nähe warfen nur gerade genug Licht, um den verzauberten Pfad zu erkennen, der durch den Berg führte, ich konnte mir aber denken, dass sie mich finster anblickte.

Den Versuch, sich von Az zu befreien, hatte sie aufgegeben.

„Die Hälfte des Tunnels liegt unter dem Jenseitsmassiv. Die andere Hälfte teilt sich in zwei verhexte Pfade auf. Einer davon führt zu den Ghulen, der andere zu den Strigoi“, erklärte Az. „Anders als die Leichen- und Todesfeen, verbringen sie keine Zeit miteinander. Und, na ja, das Reich der Träume ist ... groß.“

„Eine krasse Untertreibung“, murmelte Ajax.

Cami stieß einen Seufzer aus. „Na gut. Dann gehst du voran, Kommandant.“

Az setzte sich nicht umgehend in Bewegung. Vermutlich dachte er darüber nach, wie er auf den ungeduldigen Tonfall reagieren sollte, der Camis Stimme mitschwang.

Kurz darauf beschloss er, der Klügere zu sein, und lief den Tunnel entlang.

An jedem anderen Ort und in jeder anderen Situation hätte er vermutlich unsere Gefährtin herausgefordert, weil sie ihn herumkommandiert hatte.

Aber wir machten uns alle Sorgen um Ty.

Und das mit gutem Grund.

Ich konnte die Machtverschiebung in der Luft spüren. Das hier war mächtiger als all die vorherigen Zwischenfälle zusammen, gleichzeitig aber auch viel weniger *blutrünstig*.

Das allein sagte mir, dass es sich hier nicht um irgendeinen beliebigen Angriff handelte.

Nach all den Jahren schien es, als würde Vivaxia ihren letzten Zug machen.

Oder vielleicht war das erst der Anfang.

Ihre Schachzüge vorauszusehen, war schwierig. Sie gab nie etwas preis und ihre Pläne waren immer vielschichtig.

Und der Lauf der Zeit bedeutete ihr gar nichts.

Ich ballte meine Hände zu Fäusten und mein Magen verkrampfte sich. Ty hatte sich weiterentwickelt und seine Kraft war immens.

Aber Vivaxia war älter als er. Rachsüchtiger. Und bereit, jedes Opfer zu bringen, das die Situation erforderte.

Das war der Unterschied zwischen den beiden.

Vivaxia ging das Leben an, als hätte sie nichts zu verlieren. Weil sie nichts zu verlieren hatte. Sie hatte keine Beziehung zu irgendwem oder irgendetwas, außer zu sich selbst.

Ty hingegen ... Ty hatte überall Wurzeln geschlagen. Sie umgaben uns jetzt, in diesen verzauberten Tunneln. Jede einzelne Faser aller Königreiche war aus seiner Kraft geboren worden. Kreiert allein, durch seine Willenskraft. Beschützt von seinem Herzen.

Genau das würde Vivaxia gegen ihn verwenden.

Sie würde *alles* gegen ihn verwenden.

Sie würde wehtun, wem immer sie wollte. Würde jede arme Kreatur foltern, die sich ihr in den Weg stellte. Seine wunderschöne Schöpfung vor seinen Augen auseinandernehmen.

Denn genau das tat Vivaxia. Das war ihr wahres Gesicht.

Eine Tatsache, die noch klarer wurde, als wir das Reich der Träume betraten.

Die weitläufigen Felder, die Besucher aus dieser Richtung sonst antrafen, waren wegen eines dichten, kalten Nebels, der sich ausgebreitet hatte, nirgends zu sehen. Ich konnte nicht einmal die dunklen Türme des Strigoi-Palastes erkennen, nur den Hauch von rötlichen Wolken, die vom Blutmond am Himmelszelt erhellt wurden.

Der Gestank von verwelkenden Rosen überwältigte meine Sinne, als ich aus dem Tunnel trat. Ein Geruch, der mir bestens bekannt war.

Vivaxia hatte nicht immer nach einem verwelkten Blumenstrauß gerochen. Irgendwann einmal hatte sie einen ziemlich angenehmen Geruch versprüht. Aber je klarer ihre Absichten wurden, desto penetranter wurde auch ihr natürlicher Duft.

Sie war durch und durch verdorben.

Trotzdem hatte sie sich als Engel maskiert und viele Engelsfeen mit ihrer Schönheit verleitet, sich auf ihre Seite zu schlagen.

Zumindest, bis sie alle das Böse gesehen hatten, das sich unter der blassen Haut verbarg.

Aber dann war es für gewöhnlich zu spät gewesen. Ihre berühmt-berüchtigten Vereinbarungen hatten die Feen bereits fest im Griff. Vereinbarungen, die immer zu Vivaxias Gunsten ausfielen.

Ty hatte von der Besten gelernt, sich aber entschlossen, sein Wissen für einen guten Zweck einzusetzen. Deshalb hatte Camis fiese Bemerkung über seine Handel ihn auch so getroffen. Er wollte nicht, dass man ihn im selben Licht sah wie seine vormalige Mentorin. Er wollte ein Anführer sein, der von seinen Feen respektiert und nicht etwa gefürchtet wurde. Und er wollte, dass sie ihm vertrauten.

„Riecht es hier immer so?“, wollte Cami mit leiser Stimme wissen.

„Nein. Vivaxia ist hier“, erwiderte ich und suchte die vernebelte Umgebung erneut ab.

Das hier war kein natürlicher Nebel, aber auch nicht heraufbeschworen. Er fühlte sich an wie eine ominöse Wolke des Todes.

Das kann nichts Gutes bedeuten ..., ging mir durch den Kopf. Die Worte hörten sich eher wie etwas an, das Ty von sich geben würde, als ich. Irgendwo tief in meiner Seele spürte ich, dass er kürzlich denselben Gedanken gehabt hatte.

Wo bist du, mein König?, fragte ich ihn. *Warum kann ich dich nicht spüren?*

Ich konnte mich nicht erinnern, je wirklich abgeschnitten von ihm gewesen zu sein. Es bereitete mir Sorgen, aber ich konnte auch Cami nicht spüren. Und sie war wohlauf und stand direkt vor mir.

Also geht es Ty vermutlich auch gut, redete ich mir ein.

Tief drinnen wusste ich aber, dass das nicht stimmte.

Der Himmel und der Nebel waren Beweise dafür. Seine Quelle zerbrach und seine Kraft sandte Beben durch den Boden unter unseren Füßen.

Az führte unsere Gruppe nach wie vor entschlossenen Schrittes an und brachte uns in Richtung Strigoi-Gebiet.

Ty war losgezogen, um sich mit Nos zu treffen. Zuletzt hatte man ihn also hier gesehen. Und weil das gesamte Königreich jetzt nach toten Rosen roch, hatte ich das Gefühl, am richtigen Ort zu sein.

Es sei denn, Vivaxia spielt mit uns ...

Ich kniff die Augen zusammen und verlangsamte.

Cami musste es aufgefallen sein, denn sie ließ sich zurückfallen und sah mir in die Augen.

„Mich nicht mit deinen Gedanken verbinden zu können, ist ganz schön unpraktisch“, murmelte sie.

An meinen Mundwinkeln zupfte ein Lächeln. „Vermisst du meine Gedanken, Engelchen?“ Ich trat näher an sie heran. „Die schmutzigen Bemerkungen? Die verruchten Versprechen? Vielleicht mein Lob?“

Das ließ sie die Augenbrauen hochziehen. „Echt jetzt? Du flirtest mit mir? Jetzt?“ Sie deutete auf den schaurigen Nebel, der immer dichter zu werden schien. *„Hier?“*

„So bin ich nun einmal, Liebste“, murmelte ich. Außerdem war mit ihr zu flirten eine nette Ablenkung von der Dunkelheit, die sich in meinem Kopf zusammenbraute.

Leider verging mir das Grinsen kurz darauf.

Denn diese Dunkelheit wurde immer dichter, als der rote Mond über unseren Köpfen sich in einen verschwommenen Kreis verwandelte und sich wie eine kranke Wolke am Himmel ausbreitete. *Das erklärt die fehlenden Feen*, dachte ich mit Blick zum unbewachten Tunnelausgang.

Ich schluckte hart. „Ich weiß nicht, ob Vivaxia wirklich hier ist oder sie uns das nur glauben machen will.“

Cami folgte meinem Blick gen Himmel und schien selbst nervös zu schlucken. „Ich nehme an, dass das da in diesem Reich sonst auch nicht vorkommt.“

Ich schüttelte den Kopf. „Für gewöhnlich sind die Nächte hier klar und werden nur vom Blutmond am Firmament erhellt. Aber das hier ist das Reich der Träume, also sind Illusionen nicht selten.“

„Und du glaubst, Vivaxia könnte eine Illusion ihrer Präsenz heraufbeschworen haben?“, fragte Cami.

„Möglich ist es“, legte ich nach und blickte über ihre Schulter in Az’ Augen, in denen ein tödlicher Ausdruck stand. „Was meinst du?“

„Ich glaube, es gibt nur einen Weg, es herauszufinden, und zwar nicht, indem wir hierstehen und mögliche …“

Ein Knacken durchfuhr die Luft, gefolgt von Dutzenden Blitzen, die sich am Himmel ausbreiteten.

Mir klappte die Kinnlade herunter.

Und mir blieb das Herz stehen.

Denn ich *kannte* dieses Knacken. Ich hatte es zuvor schon einmal vernommen. Hatte die Folgen davon erfahren. *Sah eine Engelsfee fallen …*

Bevor ich überhaupt wusste, was ich da machte, trugen mich meine Beine davon. Meine Seele schrie voller Qualen nach meinen *Gefährten*. Cami schrie meinen Namen, ihre Panik eine unsichtbare Schlinge, die sich um meine Mitte legte und mich um ein Haar ins Straucheln geraten ließ, weil meine Seele buchstäblich in zwei Stücke gerissen wurde.

Eine Hälfte wanderte zu Ty.

Die andere zurück zu Cami.

Mein König.

Meine Königin.

Ich … ich … Ich begann am ganzen Leib zu zittern. Alles fühlt sich … so verdammt kalt an. Und gleichzeitig so warm.

Die Hitze kommt von Cami, realisierte ich, als ihre Hände plötzlich auf mein Gesicht trafen. *Die Kälte von Ty.*

Mein Engel schlang die Arme um mich und sah mich mit ihren großen Augen schockiert und besorgt an. Sie musste dasselbe wie ich gespürt haben. Wusste … Verstand …

Aber …

Ich runzelte die Stirn. *Warum sind ihre Hände blutgetränkt?*

Und ihre Haare auch.

Ich packte sie, getrieben von der Angst. „Du bist verletzt“, flüsterte ich und suchte nach der Ursache für ihre Wunden.

Sie schüttelte den Kopf. „Nein. Das liegt am Regen.“

„Am Regen?“, meinte ich blinzelnd. „Was …?“ Mein Blick wanderte nach oben und ich zuckte zusammen, als mir ein Tropfen ins Auge fiel. Das … das war kein Regen. Nicht im traditionellen Sinne, jedenfalls. Denn die Tropfen bestanden nicht aus Wasser.

Ich wischte die Flüssigkeit weg und sah auf meine *blutbeschmierte* Hand.

Ich kannte dieses Blut.

Wusste, wem es gehörte.

Hatte das Blut *gekostet*.

„*Ty*“, flüsterte ich schmerzerfüllt. „*Ty*!“

Aber ich … ich konnte nicht zu ihm rennen. Ich war an

Cami gedrückt und ihre Wärme war die einzige Konstante in meinem Leben. Das Einzige, was mich noch aufrechthielt.

Sie griff nach meiner Hand und sagte etwas, das ich nicht hörte. Denn der Regen – *das Blut* – hatte begonnen, in Strömen vom Himmel zu prasseln.

Es war laut.

So. Verdammt. Laut.

Und plötzlich das Einzige, was ich noch hören konnte.

Trotzdem fand ich die Kraft, loszurennen. *Dank Cami.* Ihre Hand lag in meiner und ihr Körper zog mich auf ein Schicksal zu, dem ich nicht ins Auge blicken wollte.

Nicht schon wieder. Heilige Feen, nicht schon wieder.

Aber es war unumgänglich.

Ich wusste es. Spürte es. *Fühlte* es.

Aber nichts hätte mich auf den Anblick vorbereiten können, der sich mir im nächsten Augenblick bot. Das Bild, das mich schon Ewigkeiten in meinen Albträumen heimgesucht hatte ...

Der Hintergrund hatte sich verändert.

Anstatt makelloser Schlösser mit Wänden, die etwas zu weiß waren, war ein gotischer, Kathedralen ähnlicher Palast zu sehen, vor dem sich ein Hof ausbreitete ... wie der Hof in meiner Erinnerung. Aber anstatt des von Grün gesäumten und mit Kieseln und kristallähnlichen Blumen verzierten Hofes traf ich ... auf einen *toten*.

Schwarz.

Um einen blutigen Brunnen angelegt.

Ein zerschlagener Blutbrunnen, dachte ich mit verkrampftem Magen. *Zerschlagen vom Fall eines Königs ...*

Die Hälfte davon war in ein Loch gerissen worden.

In einen Krater.

In eine Grube.

Cami sagte etwas, das ich aber nicht hörte, weil meine Gedanken irgendwo in der Gegenwart und der Vergangenheit feststeckten. Ich sah ein schwarzes Loch, das einem Vortex ähnelte, der meinen Intendierten in die Tiefe hinabgezogen hatte …

Nur war er jetzt nicht mehr mein Intendierter.

Er gehörte *mir*. Er war mein Gefährte.

Ich konnte auch diesen Vortex hier nicht definieren. *Weil er nicht echt ist*, dämmerte mir.

Das waren nur zerbrochene Felsen. Tote Blumen. *Und Blut.*

So. Verdammt. Viel. Blut.

Ty … Tys Flügel waren während seines Falls fast gänzlich in Asche verwandelt worden. So schlimm zugerichtet, dass sie nicht mehr zu retten gewesen waren. Aber ich … ich erinnerte mich nicht daran, so viel Blut an der Einsturzstelle gesehen zu haben.

War da so viel Blut?, fragte ich mich, versuchte, mich zu entsinnen.

Aber mein Erinnerungsvermögen entsagte mir. Es war, als hätte man mir die Erinnerung gestohlen oder vielleicht *blockiert*.

Oder gestohlen, ging mir durch den Kopf. Ich wiederholte das Wort bewusst, weil es wichtig schien. Es erinnerte mich an etwas.

An … an *Vita*.

Ich riss die Augen auf. „Als du die Energie in Vita geleitet hast …“ Ich blickte zu Cami, doch sie stand nicht mehr da, wo sie eben noch gewesen war, und sie hatte auch ihre Hände von meinem Gesicht weggezogen.

Und außerdem rannten wir nicht mehr.

Wir hatten am Rand des Hofes innegehalten. Oder vielleicht hatte nur ich angehalten. Denn jetzt konnte ich Cami nirgends mehr sehen. Sie war verschwunden.

Az und Ajax genauso.

Ich wirbelte herum und sah mich nach ihnen um.

„Es sind Tys Erinnerungen!“, schrie ich und hoffte innig, dass sie mich hören konnten. „Vita hat seine Gedanken beschützt, aber Vivaxia hat einen Ablauf darin versteckt. Einen Ablauf, den Cami aktiviert hat, als sie Vita mit Kraft versehen hat!“

Niemand antwortete.

Es war, als hätten sie mich allein in diesem Hof zurückgelassen. Aber ich wusste, dass sie das niemals tun würden.

Das hier ist eine weitere Illusion, dämmerte mir. *Bedeutet das, dass der Krater nicht echt ist? Ist das hier mein persönlicher Albtraum?*

Knurrend kniff ich die Augen zusammen. „Du und deine elenden Tricks“, sagte ich Vivaxia.

„Ich erinnere mich daran, dass du sie einmal sehr gemocht hast“, wisperte die Hexe mir ins Ohr.

Ich wirbelte herum und versuchte, sie aufzuspüren, doch mir stob nur noch mehr Nebel ins Gesicht.

Noch mehr Blutregen.

Noch mehr *Leere*.

Und dieser verdammte Krater.

„Erinnerst du dich an das letzte Mal, als wir dieses Spiel gespielt haben?“, fragte ich mit neckischem Tonfall. „Ich glaube, es hat damit geendet, dass ich einen Dolch in dein Herz gerammt habe.“ Direkt, bevor ich Ty hinterhergesprungen und ihm buchstäblich in die Hölle gefolgt war.

Vivaxia war physisch gestorben, aber das war nur von vorübergehender Natur gewesen. Es war nicht derselbe Tod, den Tys Eltern widerfahren war – herbeigeführt durch seine Siphon-Fähigkeit, nicht durch eine Klinge.

Darum hatte Vivaxia sich regenerieren und ihre greifbare Form zurück ins Leben rufen können. Aber in diesem

Augenblick hatte sich die Engelsfeen-Quelle für immer verändert.

Sie war zerbrochen.

Hatte all die Reiche kreiert.

Und wurde zu einem Teil von Ty.

Er hatte immer gesagt, dass es daran lag, dass ich sie getötet hatte, um ihn zu rächen. Aber das war seine einfache Erklärung. Tief drinnen kannten wir die Wahrheit. Die Engelsfeen-Quelle war *für ihn* zerbrochen.

Ich warf einen weiteren Blick auf den mir bekannten Krater und kniff die Augen zusammen, als die Vergangenheit scheinbar mit der Gegenwart verschmolz.

Es gab nur einen Weg, herauszufinden, ob das hier eine Illusion war oder nicht.

Einen Weg, die Schimäre zu *durchbrechen*, die Vivaxia in meinem Kopf geschaffen hatte.

Indem ich meiner Angst ins Auge blicke.

Ich dachte nicht nach, ich rannte los.

Schloss die Augen.

Und sprang.

KAPITEL 37

CAMI

„Az!“, schrie ich. Meine Lunge brannte wegen des Mangels an Sauerstoff. „Ajax! Melek!“

Ich konnte sie nirgendwo sehen. Konnte sie nicht hören. Konnte sie nicht *spüren*.

Im einen Augenblick waren wir auf den Hof zu gerannt und dann ... *ist das Chaos ausgebrochen.*

Eine andere Beschreibung gab es nicht. Die schaurige Stimmung hatte den Weg für Dutzende kämpfende Albtraumfeen geebnet, die alle um ein Loch versammelt gewesen waren, das einem Krater ähnelte.

Als ich herumgewirbelt war, um dem Kampf vor mir zu entgehen, hatte ich festgestellt, dass ich allein war. Das ergab keinen Sinn. Ich hatte Meleks Hand gehalten. Meine Fingerspitzen waren immer noch ganz warm.

Aber er war verschwunden.

Ich kniff die Augen zusammen. *Das muss irgendeine ...*

Ich duckte mich, um einem Flammenwirbel zu entgehen, der direkt auf meinen Kopf zuschoss.

Der aus dem Maul eines Drachens gekommen ist, dachte ich, als die Bestie auf mich zurannte.

Jetzt kniff ich die Augen aus einem ganz anderen Grund zusammen. „Das war wirklich sehr unhöflich von dir!“, sagte ich zur Albtraumfee. Ich ging davon aus, dass das hier ein Luftdrachen war, da er gerade eine Feuersäule aus seiner Schnauze gestoßen hatte. Oder vielleicht waren Wasserdrachen auch dazu imstande.

Ich wusste es nicht.

Und es spielte keine Rolle.

Denn keine der Kreaturen gehörte ins Reich der Träume.

Ganz wie die Nagas und Greife, die wenige Meter entfernt hinter dem nahenden Flammenwerfer kämpften.

Ein weiterer Feuerschwall raste auf mich zu und zwang mich, nach links auszuweichen. Die plötzliche Bewegung ließ mich beinahe zu Boden gehen, aber ich schaffte es, in letzter Sekunde mich zu fangen, indem ich unabsichtlich einen Sprung machte.

Die Feuer speiende Kreatur flackerte leicht, was mich die Stirn runzeln ließ. Denn er … er verschwamm immer wieder kurz. Fast so, als wäre er ein Hologramm.

Was um alles in der …?

Ich drehte mich um und neigte den Kopf zur Seite, was vermutlich total seltsam aussah, aber daraufhin flackerte die Albtraumfee erneut.

Ich richtete mich auf. „Das ist eine Schimäre“, flüsterte ich. „Wie in der ersten Brautprobe.“

Keiner hörte mich. Oder wenn mich jemand hörte, reagierten sie nicht.

Sind sie überhaupt hier?, fragte ich mich.

Das mussten sie.

Aber vielleicht nicht in dieser Illusion. Vielleicht sahen sie etwas komplett anderes.

Das hier war das Land der Nachtschrecken und Träume. Wer wusste schon, was echt und was Illusion war?

Etwas sagte mir jedoch, dass diese Schimäre nichts mit

den Strigoi oder den Ghulen dieses Reiches zu tun hatte, denn sie waren nicht die Einzigen, die gern falsche Realitäten schufen.

Auch Vivaxia brillierte in dieser Disziplin. Ich hatte ihre Version davon im Reich der Engelsfeen gesehen, als sie dieses falsche Nirgendland geschaffen hatte.

Ein Nirgendland, das ich durchschaut und damit die verrottende Welt darunter freigelegt hatte.

Sie hatte die Vision einige Male angepasst, aber mir waren genug Schnipsel der Wahrheit aufgefallen, um zu erkennen, dass ihre Version eine Lüge war.

Genau wie das hier, dachte ich und sah mich um.

Der Blutregen und das Massaker waren echt. Ich sah ihn in beiden Visionen – im angeblichen Kampf und was ich als Realität wähnte.

Und der Hof schien ebenfalls echt zu sein.

Dasselbe galt für das kraterähnliche Loch in der Nähe des Brunnens.

Also, wie breche ich durch die Illusion?, fragte ich mich und entging einem weiteren Feuerball, indem ich beiseitesprang. Obwohl die Vision nicht komplett echt war, wollte ich meine Theorie nicht auf die Probe stellen, indem ich mich verbrutzeln ließ.

Ich musste dafür sorgen, dass dieser elende Drache aufhörte, mich anzugreifen.

Mit finsterem Blick richtete ich meine Siphon-Fähigkeit auf ihn, um herauszufinden, ob es einen Weg gab, seine Flammen vorübergehend auszulöschen.

Und stellte fest, dass er in Vivaxias Magie gehüllt war, die ich dank des Banns, den ich im Paradigma absorbiert hatte, wiedererkannte. Aber dieser Zauber fühlte sich echt an. Er beruhte nicht auf Zwang, wie jener, der auf dem Zentaur gelegen hatte. Das hier ... das hier fühlte sich ... schwerer an. Tief sitzender.

Mit einem Stirnrunzeln zog ich an der Essenz und erschrak, als die Welt um mich herum daraufhin erzitterte.

Es fühlt sich tief sitzender an, weil der Zauber an diese Schimäre gekettet ist … Ich riss erneut an den magischen Strängen, woraufhin alles um mich herum erzitterte.

Der Drache brüllte verärgert, oder vielleicht war das auch Vivaxia, die da knurrte. Was es auch war, ich zog ein weiteres Mal fest daran, sodass das Biest umfiel.

Ich wartete nicht darauf, dass er sich aufrichtete oder Vivaxia sich etwas Neues für ihr Spiel der Illusionen einfallen ließ. Stattdessen aktivierte ich meine Siphon-Gabe und begann, die gesamte Energie in mein Wesen zu ziehen.

Ein Kreischen füllte meine Ohren aus und die Feen vor mir verschwammen immer wieder. In der nächsten Sekunde breitete sich in meinem Herzen ein Schmerz aus, der mich erstarren ließ.

Ich bringe sie um, wurde mir bewusst. Die Einsicht ließ mir den Atem stocken. *Wie im Königreich des Jenseits.*

Ist das …? Ist das hier echt?

Ich …

Ich schluckte hart und meine Gabe verlor den Halt um die magischen Stränge, sodass die Schimäre wieder aufzog.

Die Feen schienen erleichterte Seufzer auszustoßen, und dann drehten sie sich alle mit hasserfüllten Blicken zu mir um. Ich hatte ihnen wehgetan und jetzt würden sie mich dafür bezahlen lassen.

Aber … aber geschieht das hier gerade wirklich?, fragte ich mich, während ich zurückstolperte. *Habe ich mich geirrt? Ist das hier keine …?*

Der Boden erzitterte, als die Feen auf mich zurannten. Zusammen verfügten sie über eine derartige Kraft, dass ich ängstlich die Augen aufriss. *So viel Wut. So viel* Hass. *Und sie rennen alle auf mich zu …*

Es war wie ein wahrgewordener Albtraum.

Und meine Beine ... meine Beine *weigerten sich, sich in Bewegung zu setzen.*

Ich wedelte mit den Armen, als würde das meiner unteren Körperhälfte irgendwie helfen, doch meine Füße blieben fest auf dem bebenden Boden verankert.

Mir stieg ein Schrei in den Hals und meine panischen Gedanken drohten, alle Logik zu überwältigen.

Ich muss wegrennen! Kämpfen! Muss ... Die Gedanken verblassten, als die Illusion erneut ins Wanken geriet und mich daran erinnerte, dass das hier ... nicht echt war. Es konnte nicht echt sein.

Ich hatte mit meinen Gefährten nach Typhos gesucht. Es war unmöglich, dass diese Kreaturen einfach aus dem Nichts *aufgetaucht* und zu kämpfen begonnen hatten. Wir hätten sie bestimmt kommen hören.

Zähneknirschend griff ich wiederholt nach den magischen Strängen und schöpfte die Energie ab.

Daraufhin schnellten Schreie durch die Luft und die Albtraumfeen warfen mir ängstliche Blicke zu. Ihnen kamen Worte über die Lippen. Sie flehten und beschuldigten mich.

Ich schloss meine Augen, blendete sie aus und *konzentrierte* mich. Denn ich konnte spüren, dass das hier eine Schimäre war. *Das hier sind keine unschuldigen Seelen. Sie sind keine unschuldigen Feen. Tatsächlich* ... Ich schlug die Augen auf und legte die Stirn in Falten. „Gibt es hier gar keine Seelen“, wisperte ich mir selbst zu.

Sie verfügten weder über dunkle noch über helle Auren, was meine Analyse bestätigte.

„Ihr seid nicht echt“, sagte ich ihnen. Das tat meinen Schuldgefühlen aber keinen Abbruch, als ich ihnen dabei zusah, wie sie verschwanden. Denn ein kleiner Teil von mir fragte sich trotzdem: *Was, wenn ...?*

Was, wenn ich falsch liege?

Was, wenn sie echt sind?

Was, wenn ich Unschuldige töte?

Doch dann verblasste die Szene komplett und die Realität rückte ins Licht.

Oder was ich für die *Realität* hielt, zumindest. Es hätte genauso gut eine weitere Illusion sein können. Aber anders als vorhin, spürte ich Vivaxias Zauber jetzt nicht mehr in der Luft hängen. Stattdessen waberte sie tief in mir – voller Kraft, die darum flehte, freigelassen zu werden.

Aber ich hielt sie gefangen, ließ sie meine Schritte antreiben, während ich auf den Hof zusteuerte, der mit toten Rosen gefüllt war, die um einen blutigen Brunnen und dem Krater daneben verteilt waren.

Wahrheit oder Fiktion?, ging mir durch den Kopf, während ich auf Zehenspitzen auf das klaffende Loch mit verbranntem Rand zuschlich. Ich hatte schon einmal etwas Ähnliches gesehen ... in einem Traum. Oder was sich wie ein Traum angefühlt hatte. Es war Luzifers Erinnerung gewesen. Eine, die Vita mich gezwungen hatte, aus erster Hand zu bezeugen.

Der Tag seines Falls.

Vorsichtig näherte ich mich und spähte über den Rand in einen ominösen Abgrund.

Scheint mir der perfekte Zeitpunkt für eine neue Regel, beschloss ich. *Höllenfeenköniginnenregel Nummer zwei: Spring nicht.*

Heilige Götter, ich verlor langsam den Verstand.

Das hier konnte trotzdem noch eine Schimäre sein. Das hätte erklärt, warum meine Gefährten nirgendwo zu sehen waren.

„Az!“, brüllte ich. „Ajax! Melek!“

Stille.

War ja klar.

Das hier ist nur eine weitere Illusion.

Zähneknirschend machte ich einen Schritt zurück vom

schwarzen Loch und suchte die düstere Umgebung nach Energieschwaden ab. Ich musste nicht lange suchen, denn Vivaxia war überall.

In den verwelkten Rosen.

Im Brunnen.

Im Blut, das vom Himmel fiel.

Auf den gepflasterten Wegen.

Und vor allem in diesem Palast, wurde mir klar, als ich die gotischen Türme der kathedralenähnlichen Struktur betrachtete, die an den Hof anschlossen. *Der Strigoi-Palast.*

Warum war Vivaxias Präsenz besonders stark an diesem Ort zu spüren? Hatte sie sie alle verhext, damit sie ihr untertan waren? Vielleicht waren sie der Grund für die Illusionen.

Das würde zu den anderen Vorfällen passen, in denen sie Albtraumfeen verzaubert hatte, damit sie ihre Befehle ausführten – wie eine Puppenspielerin, die ihre Lakaien kontrollierte.

Was darauf hindeutete, dass den Palast zu betreten, eine dumme Idee war.

Aber meine Füße hatten sich aus eigenem Antrieb in Bewegung gesetzt, weil ein Teil von mir wusste, dass das der Ort war, an den ich gehen musste. Die Quelle der Höllenfeen hatte mich so weit gebracht. Warum sollte ich ausgerechnet jetzt aufhören, meinen Instinkten zu folgen?

Was auch immer hier vor sich ging, es ging vom Palast aus. Ich spürte das mit jedem Schritt mehr und mehr. Die Energie schien über meine Haut zu sausen, als wollte sie mich warnen und mir sagen, dass ich zurückbleiben soll.

Kommt nicht infrage.

Ich wollte diese Illusion durchbrechen. Und ich wollte meine Gefährten zurück, verdammt!

Ich hasste es, sie nicht spüren zu können. Sie gehörten *mir*. Dieser blockierende Bann – oder was auch immer mich von ihnen abgespalten hatte – musste entfernt werden.

Aber ich konnte keine verweilenden Zauber mehr in mir spüren. Na ja, zumindest keine *neuen* Banne. Das Ventil war immer noch da, auch wenn es sich jetzt etwas stiller anfühlte. Weniger begierig. Seltsam. Ich hatte doch gerade eine große Menge Energie in mir aufgenommen?

Vielleicht hatte sich die ganze Arbeit, die Typhos diese Woche in mich gesteckt hatte, bezahlt gemacht.

Oder vielleicht wird der Ablauf nicht mehr gebraucht, ging mir durch den Kopf. Ich stupste ihn an und folgte dem Weg zur Vorderseite des Palastes. Ich hatte das Gefühl, ein Déjà-vu zu erleben, als hätte ich das hier erst kürzlich schon einmal erlebt. Das war unmöglich. Ich war noch nie zuvor hier gewesen.

Trotzdem hätte ich schwören können, dass ich diese Türen irgendwann schon einmal gesehen hatte. Dass ich diese bedrückende Atmosphäre um mich herum schon einmal gespürt hatte. *Dass ich die Falschheit dieses Königreichs schon einmal vernommen hatte.*

Mit gerunzelter Stirn hielt ich inne und sah zum Blutmond hoch. Er war jetzt klar zu erkennen. Der Nebel schien sich gelichtet zu haben und es regnete nicht mehr.

Trotzdem fragte ich mich, ob das, was ich sah, überhaupt echt war. Denn ich konnte die Magie, die in der Luft waberte, spüren. Die Präsenz bedrohte meinen Verstand.

Ich sehne mich danach, euch in meinem Kopf zu haben, dachte ich zu meinen Gefährten. *Sogar dich, Melek.*

Ein unangebrachter Scherz hätte mir ein besseres Gefühl gegeben. Und ein verächtliches Schnauben von Az oder einen neckischen Kommentar von Ajax.

Leider kam nichts zurück.

Ich konnte unsere Bänder nicht einmal mehr spüren. *Wie damals, als meine Mutter mich zu Vivaxia gebracht hat.*

Zähneknirschend stieg ich die Stufen hoch und erschrak, als der Stein in meiner Hosentasche sich an meinen

Oberschenkel gedrückt erwärmte. Ich holte ihn hervor, bereit, ihn wegzuwerfen, hielt aber inne, als der Stein in meiner Hand kühler wurde.

Was um alles in der Welt …? Vor wenigen Sekunden war er brandheiß gewesen. Jetzt war er eiskalt. *Hat er bloß versucht, mich daran zu erinnern, ihn zu benutzen? Oder wollte er mich warnen?*

Ich hatte diese Feen im Jenseits bei meiner letzten Verwendung dieses Steins beinahe umgebracht. Er hatte meine Kraft so viel potenter gemacht, dass mir die Kontrolle entglitten war.

Versucht er, mir zu sagen, dass mir dasselbe noch einmal passieren könnte?

Wenn dem so war, warum hatte Morpheus den Stein dann im Tunnel für mich platziert?

Ich blickte den Stein stirnrunzelnd an. Auf Morpheus' Notiz hatte gestanden, dass ein gemeinsamer Freund ihm den Stein gegeben hatte, damit er ihn mir aushändigte. Ich war davon ausgegangen, dass er von Zenaida gesprochen hatte.

Aber … ich war der Schicksalsfee noch nie begegnet.

Ist sie wirklich der gemeinsame Freund? Ich riss die Augen auf. *Oder hat er damit Vivaxia gemeint?*

Mein Herz setzte einen Schlag aus und ich ließ den Stein um ein Haar fallen.

Das könnte alles nur ein Trick sein. Ich kannte Morpheus nicht. Wir waren uns nie begegnet. Warum würde er mir helfen?

Aber keiner meiner Gefährten war der Auffassung gewesen, dass er mir etwas Böses wollte. Wenn sie etwas Derartiges geahnt hätten, hätten sie mich den Stein nicht behalten lassen. Und Melek hatte gesagt, dass er ihn mochte, was etwas heißen wollte.

Ich biss die Zähne abermals zusammen. *Das ist doch lächerlich.* Ich musste mich auf meine Instinkte verlassen.

Weitermachen. Diese verdammte Schimäre beseitigen. Und meine Gefährten finden.

Das bedeutete, dass ich durch diese Türen schreiten musste. Denn die Quelle der Kraft befand sich in diesem schaurigen Palast.

Wohl eher eine Spukvilla, dachte ich und erschauderte, weil der Palast sich so karg anfühlte. Es war, als würde er ausschließlich von Geistern bewohnt.

Ein Gefühl, das mir wiederum sehr bekannt war.

Es war so seltsam, zu wissen, dass ich nie zuvor hier gewesen war, mir aber plötzlich klar wurde, was ich auf der anderen Seite der Schwelle finden würde.

Etwas – oder *jemand* – führte mich.

In den Thronsaal, dachte ich und blinzelte, als meine Beine sich abermals aus eigenem Antrieb in Bewegung setzten. *Ich muss in den Thronsaal.*

Mir war nicht klar, woher ich das wusste, ich tat es einfach.

Nur war ich nicht sicher, ob ich jetzt von der Quelle … oder von Vivaxia geleitet wurde.

Es gibt nur einen Weg, es herauszufinden …

KAPITEL 38

AZ

ALLES WAR DUNKEL.

Zu dunkel.

Der Phönix in mir ging auf und ab, verstört über unsere Umgebung. Dieser endlose Tunnel fühlte sich an wie ein Käfig, der schmerzhafte Erinnerungen an unsere Vergangenheit weckte.

Dass ich meine Gefährten nicht spüren konnte, verstärkte das Gefühl, völlig verloren zu sein.

Ich konnte mich auch nicht daran erinnern, wie ich hierhergekommen war. Im einen Augenblick war ich noch mit Cami, Ajax und Melek zusammen gerannt und ehe ich mich versah ...

War ich hier aufgewacht.

Allein.

Tief unter dem Erdboden.

Es war kalt. Feucht. Und *beengt*. Ein Tunnel mit niedriger Decke, die an meinem Kopf scheuerte, und Wänden, die von beiden Seiten meine Arme streiften, während ich lief.

Ein Albtraum, wurde mir bewusst. *Einer, der aus meiner Vergangenheit rührt.*

Ich war nicht sicher, wie ich an diesem beengten Ort gelandet war. Und ich war entschlossen, ihm zu entkommen. Meine Gefährten zu finden. *Frei* zu sein.

Mir lief es kalt den Rücken hinunter und das Wort *frei* ging mir durch den Kopf. *Frei.* Ich hatte mich vor vielen Monden nach Freiheit gesehnt, als ich von Vivaxias Bann eingenommen gewesen war.

Seither hatte ich eine Kostprobe von Unabhängigkeit erhalten und mir war erlaubt worden, einen freien Willen zu haben.

Aber jetzt ... jetzt fühlte es sich wieder an, als würde ich niedergedrückt werden. Als hätte sie ihre Schlinge wieder um mich gelegt und zugezogen.

Ich kniff die Augen zusammen. *Nein.* Ich würde ihr *nie wieder* gehören.

Sie konnte spielen. Paradieren. *Bedrohen.* Aber ich war mein eigener Phönix. Eine eigenständige Fee. Ein eigenständiger *Mann.*

„Wenn du mich einsperren willst, musst du dir schon etwas mehr Mühe geben“, sagte ich Vivaxia. Ich hatte keinen Zweifel daran, dass sie hinter diesem Albtraum steckte.

Ich hatte ihre Präsenz gespürt, sobald wir das Königreich der Träume betreten hatten. Es war, als hätte sie die Kontrolle übernommen. Ihre Aura war klar im sich ausbreitenden Duft in der Luft zu spüren gewesen und hatte mich zum Würgen gebracht. Melek war der Geruch auch aufgefallen. Ich hatte es seinem Gesicht ansehen können.

Wir beide erkannten die Handschrift ihres unsterblichen Wahnsinns.

Und diese Schimäre, die sie kreiert hatte, war nur der Anfang ihrer Spielchen.

Verdammt, ich hoffe, Ajax und Cami geht es gut. Sie hatten sich noch nie in Vivaxias mentalen Labyrinthen zurechtfinden müssen. *Wenn sie ihre Tricks nicht durchschauen können ...*

Nein, daran durfte ich nicht denken.

Cami hatte sich während der Brautproben als äußerst fähig herausgestellt, Schimären zu durchschauen. Sie würde erkennen, was das hier war.

Und Ajax … Ich presste die Lippen aufeinander. Ajax sollte in der Lage sein, dahinterzukommen. Vor allem als Wärter. Typhos hatte seine Kraft irgendwie verstärkt. Das würde doch bestimmt …

Vor mir tanzte eine Energieschwade, die mich zurückweichen ließ. Das gleißende Licht blendete meine sensiblen Augen.

„Den Feen sei Dank." Ajax' bekannte Stimme ließ mich verwirrt blinzeln, meine Sicht immer noch vom unerwarteten Licht behindert. „Ich dachte schon, Kuro hätte seinen Verstand verloren."

Es folgte ein Schnauben, dann das unverkennbare Geräusch eines Vogels, der sein Gefieder sträubte.

Ich blinzelte abermals, bis die Welt langsam wieder klarer zu erkennen war.

Ajax stand direkt auf der anderen Seite des Portals, den Zauberstab in der einen Hand, und sein Zauberwesen auf der Schulter des anderen Arms.

Ich blickte die Eule stirnrunzelnd an. „Seit wann ist er hier?"

„Seit ihr euch alle in Luft aufgelöst habt", erwiderte er. „Vivaxia hat auch versucht, mich in ihren Bann zu ziehen, aber meine Instinkte haben sich gemeldet, bevor sie mich in ihren paradigmenartigen Zauber einlullen konnte.

Paradigmenartig, wiederholte ich. „Sie hat eine Schimäre geschaffen."

„Ganz genau. Eine, die ich zwar nicht sehen, aber spüren konnte." Er sah sich um. „Schätze, dich hat sie bloß einen Stock tiefer gesandt. Das hier ist nämlich echt, keine Illusion. Darum konnte ich dich auch finden.

Oder Kuro, zumindest. Er kann dich immer noch spüren."

Ich starrte die Eule an. Er blickte mit gleichgültigem Ausdruck in den goldfarbenen Augen zurück. „Und ich dachte, du könntest mich nicht leiden."

Die Eule stieß ein weiteres Schnauben aus, als wollte sie sagen: „Tue ich auch nicht."

„Wir müssen zurück an die Oberfläche", meinte Ajax, der mein Starrwettbewerb mit seinem Zauberwesen ignorierte. „Cami ist irgendwo da oben. Du musst mir helfen, sie aufzuspüren."

Mein innerer Phönix ermunterte und war umgehend bereit.

Moment mal ... nein. Das stimmte nicht ganz. Mein Phönix hatte ohnehin bereits versucht, jemanden aufzuspüren.

Typhos.

Ich hatte ihn zusammen mit Melek, Ajax und Cami über dem Erdboden gesucht und seine Kraft zu orten versucht. Sobald wir den Hof des Strigoi-Palastes erreicht hatten, hatte sich alles verändert.

Vivaxias Einfluss war überall zu spüren gewesen und dann waren diese Wände hochgeschnellt.

Weil mein Phönix mich tief unter den Erdboden gebracht hat.

Das war nicht Vivaxia gewesen, sondern mein Tier. Er hatte uns *mittels Aschewolke* hierhergebracht. Um mich zu beschützen. Und um unsere Jagd fortzusetzen.

Aber warum hast du Cami zurückgelassen?, fragte ich ihn verwirrt.

Er schnurrte in mir, während Ajax etwas sagte, das mir entging, weil ich zu beschäftigt damit war, mein Biest nachzuvollziehen.

Wir müssen Typhos finden.

So viel hatte ich verstanden.

Aber ich raffte nicht, warum er Cami zurückge...

Meine Seele wurde mit Kraft geflutet und Flammen explodierten aus meinen Fingerspitzen. Ajax wich fluchend zurück, ich aber konzentrierte mich auf dieses innere Feuer. *Typhos' Quelle.*

Mein Phönix ging wiederholt auf und ab, drängte mich, mich in Bewegung zu setzen. Sein Eifer war tief in mir zu spüren.

Das war seine Art, Cami zu helfen – *wir müssen Typhos und seine Quelle finden ... für Cami.*

Ich war nicht sicher, woher er das wusste, aber der Energieschub schien die Aussage zu bestätigen. Wenn ich es nicht besser gewusst hätte, hätte ich gesagt, dass die Quelle zu meinem Phönix sprach.

Ganz so, wie sie mit Cami kommuniziert hatte, als sie uns ins Reich der Träume geführt hatte.

„Typhos hat sein Notfallprotokoll aktiviert", wurde mir bewusst. Ich war über seine Pläne im Bilde, weil ich ihn gut kannte. Ich war schon so lange in seinem Kopf, dass ich wusste, wie er *dachte*. „Wir müssen ihn finden." *Deswegen* hatte mein Phönix darauf bestanden, uns unter den Erdboden zu bringen. Er hatte mich zu Typhos geführt, bis Ajax unsere Jagd mit seinem Portal unterbrochen hatte.

Es sei denn, Vivaxia spielt mit meiner Wahrnehmung, ging mir im nächsten Augenblick durch den Kopf.

Den schüttelte ich aber kurz darauf. Nein, dieser Gedanke fühlte sich zu richtig an. Typhos' Quelle hatte die Kontrolle übernommen. Sie befand sich im Überlebensmodus. Ich konnte es jetzt, da meine Kraft in mir schwirrte und sich mittels eines einzigen Gedankens mit dem Leuchtfeuer der Macht verband, ganz klar spüren, wie ich es schon immer konnte.

Typhos hatte mir diese Gabe verliehen und mir ein Ventil geboten.

Sie mochte nicht *meine* Quelle sein, aber wir kannten einander sehr gut, weil ich genauso verbunden mit ihr war wie mit Typhos.

Und Cami auch.

„Ich kann sie spüren“, flüsterte ich, als mir auffiel, wie ihre Energie sich in Typhos’ Quelle ringelte. „Ich kann Cami spüren.“

„Wo ist sie?“, wollte Ajax wissen.

Ich schüttelte den Kopf, konnte ihm keine Antwort liefern. Das Einzige, was ich sagen konnte, war: „Es geht ihr gut.“ Ich sah ihn an und wiederholte: „Wir müssen Typhos finden. *Sofort*.“

Ich wartete nicht auf eine Antwort von ihm, sondern rannte in die Dunkelheit.

Ajax fluchte hinter mir, dann sprach er einen Bann, der eine Art Glühwürmchen voraussandte, das den Tunnel erhellte.

Er wusste, wie mein Biest gestrickt war. Sobald wir eine Fährte hatten, konnte uns nichts mehr aufhalten. Vorhin war ich wie benommen gewesen, und hatte nicht verstanden, wie ich in den Tunneln gelandet war. Vielleicht hatte ich sogar einen Hauch von Vivaxias Magie abgewehrt – der ich nur knapp entkommen war, und das nur dank meines Phönix, der mich rechtzeitig weggeholt hatte.

Was auch immer es war, jetzt war mein Kopf geklärt, und ich wusste, wohin ich gehen musste.

Das hier waren die Kavernen, die Typhos nach seinem ersten Fall geschaffen hatte. Das Land tief unter dem Reich der Höllenfeen, das außer ihm keiner durchquerte.

Außer vielleicht Melek. Ich ahnte, dass Typhos ihm erlaubte, sich hier unten herumzutreiben. Aber wie ich Melek kannte, hatte er dem Ort nicht viele Besuche abgestattet.

Und ich … ich war erst ein einziges Mal hier unten gewesen – am Tag von Typhos' Fall.

Dass er sich jetzt unter dem Erdboden befand, war kein gutes Zeichen, weil das darauf hindeutete, dass er gefallen war. *Schon wieder.*

Ich beschleunigte mein Tempo, entschlossen, ihn zu finden. Mein Oberkörper rebellierte und die engen Wände scheuerten gegen meine nackten Arme, aber ich ging weiter.

Die Zeit lief uns davon.

Ich konnte es in meinen Knochen spüren. In meinem Herzen. *In meiner Seele.*

Ein Countdown hatte begonnen.

Die Quelle glich einer tickenden Zeitbombe.

Sie wird explodieren.

Und wenn das geschieht, bevor Typhos aufwacht …, wird das ganze Reich mit ihr in die Luft fliegen.

KAPITEL 39

CAMI

Auf in den unverschämt schaurigen Palast, dachte ich, während ich die Stufen hochschlich. *Weil es ja total normal ist, sich an einem Ort, an dem ich noch nie war, auszukennen.*

Vermutlich gab es eine Regel, die ich mir in Erinnerung rufen sollte, aber zurückgehen konnte ich ja schlecht. Ich war zu nahe dran, zu erfahren, was für eine Kraft mich hierherzog. *Und wer …*

Die Flure waren wie leer gefegt, und der Geruch von verwelkenden Rosen lag in der Luft. Nicht das angenehmste Aroma, aber es lockte mich zu sich und ich schlich auf leisen Sohlen weiter.

Moment mal, das stimmte nicht.

Ich bewegte mich nicht auf leisen Sohlen fort. Ich huschte durch den Palast und das leise Schlurfen meiner Schritte füllte meine Ohren aus. Was seltsam war. *Ich schlurfe doch nicht, warum also …?*

Ich verlangsamte und blieb schließlich stehen. Der Gedankengang verblasste und das Geräusch lullte mich abermals ein. Ich war die Treppe gerade allein hochgestiegen.

Ohne Begleitung. Unter hinter mir hatte ich auch nichts gespürt. *Woher kommt dann dieses Geräusch?*

Ich drehte mich um und suchte die Umgebung nach der Geräuschquelle ab, erkannte aber bis auf ein paar niedrig brennende Kerzen und verstaubte Kaminsimse nichts.

Das verweilende Flüstern ließ mich die Augen zusammenkneifen. *Vielleicht kann ich es nicht sehen …*

Der Gedanke brachte mich auf die Idee, dass das hier eine weitere Schimäre war – eine Eingebung, die mich meine Augen noch fester zusammenkneifen ließ. Denn ich hatte das hier gehörig satt. Und Vivaxia auch.

Wiederholt steuerte ich auf mein Ziel zu – das Leuchtfeuer aus Energie, die all meine Sinne betörte. Ein kalter Luftzug von hinten, der von diesem Geräusch begleitet wurde, ließ mich innehalten …

Ich wirbelte herum und versuchte, die Ursache zu erhaschen, konnte aber nur wieder die flackernden Kerzen erkennen und biss die Zähne zusammen. Entweder spielte mir ein Geist einen Streich oder mir war irgendeine Pforte entgangen.

Zum Beispiel ein Portal, ging mir durch den Kopf, während ich die kahlen Wände nach Hinweisen absuchte.

Mein Vater hatte mir alles über Portale beigebracht – dass sie sich in alles einfügen konnten, vor allem im Reich der Höllenfeen. Es gab sogar Codes, mittels denen man versteckte Portale aktivieren konnte. Für andere brauchte man überhaupt keine Passwörter. Es kam ganz darauf an, wohin das Portal führte.

Auf Zehenspitzen schlich ich zurück und horchte, ob ich dieses Geräusch erneut vernehmen konnte und erstarrte, als eine Brise durch mein Haar wehte. Stirnrunzelnd folgte ich der Quelle des Luftzugs, bis ich bei einem spiegelartigen Schimmern oben an der Treppe ankam. Ein spiegelartiges Schimmern, das nicht da gewesen war, als ich vor wenigen Augenblicken die Treppe hochgestiegen war.

Es verflüchtigte sich, als ich darauf zuging, und erschien dann wieder, sobald ich vor ihm stand.

Überrascht starrte ich auf das Bild, das mich auf der anderen Seite erwartete. Das bekannte Gesicht schien den Stein in meiner Hand pulsieren zu lassen. Oder vielleicht war das mein eigener Herzschlag, den ich da spürte, weil ich den Stein fester umschlang als ich sollte.

Aber ich konnte es mir nicht verkneifen.

Denn es war meine Mutter, die zu mir zurückstarrte und etwas Unverständliches sagte.

Kurz darauf hielt sie ihre Hand hoch und presste sie gegen den Spiegel.

Ich musterte das Glas misstrauisch.

Das hier war ohne jede Frage ein Trick – eine Ablenkung, die mich dem Ort fernhalten sollte, an dem ich sein sollte.

„Du hast mir beigebracht, nie auf so eine Masche hereinzufallen“, sagte ich ihr mit verschränkten Armen und umklammerte den Stein noch fester. „Höllenfeenregel Nummer acht: Wenn es zu gut scheint, um wahr zu sein, ist es das vermutlich auch. Oh, und Höllenfeenregel Nummer dreizehn: Nichts ist, wie es scheint.“

Sie blähte die Nasenflügel, was darauf schließen ließ, dass sie mich verstehen konnte. „Camillia“, schien sie zu sagen. „Vertrau. Mir.“

Ich schnaubte verächtlich. „Wohl kaum, *Mutter*. Das letzte Mal, als ich dir *vertraut* habe, bin ich einem falschen Nirgendland gelandet und meiner *Großmutter* begegnet.“ Bei der Erwähnung dieses Begriffs durchfuhr mich ein Schaudern. Ich wollte ihn nie wieder in Verbindung mit Vivaxia benutzen.

Sie ist meine Erzfeindin. Nichts mehr und nichts weniger, dachte ich.

„Camillia“, meinte meine Mutter erneut. Doch der Spiegel

verschwand einen für langen Augenblick, und als er wieder auftauchte, war auf der anderen Seite ein Bild zu sehen, das meine Kinnlade aus einem ganz anderen Grund hinunterklappen ließ. Die Aussicht, die sich mir bot, war … dystopisch. Ein Brachland. Tote Bäume – und nicht wie jene, die ich im Königreich des Jenseits oder im Reich der Mitternachtsfeen gesehen hatte. Diese Bäume waren ausgedörrt und nichts weiter als ein paar Aschestränge.

Federartige graue Schwaden tanzten um sie herum, die mich das Gesicht verziehen ließen. Sie … sie sahen irgendwie aus wie *Geister*.

Ein seltsames Bild.

Doch als meine Mutter wieder in Erscheinung trat, wurde mir bewusst, was ich da sah. *Seelen*. Sie hielt ihren Arm hoch – oder was davon noch übrig war – und zeigte mir den durchsichtigen Strang, an dessen Stelle eigentlich ein Handgelenk und eine Hand sein sollten.

Ihr blondes Haar wurde von einem weiteren Windstoß zurückgepustet, woraufhin mehrere Strähnen davongetragen wurden. Aber es waren ihre Flügel, die meine Aufmerksamkeit erhaschten.

Anlässlich unserer letzten Begegnung waren sie strahlend weiß gewesen und ihr Anmut hatte mir beinahe die Sprache verschlagen. Jetzt sahen sie aus wie skelettähnliche Zweige mit rauchigen Enden.

„Ich …“ Ich verstand nicht. „Ist das echt?“ Blickte ich in das wahre Engelsfeenreich? Nicht in die Illusion, die Vivaxia geschaffen hatte, sondern in die wahren Überreste dessen, was von ihrer prächtigen Welt noch übrig war?

Eine Erinnerung trat an die Oberfläche. In ihr sah ich Vivaxias Flügel. Die zerfledderten Enden vermischten sich mit ihrem wunderschönen Federkleid. In einer Illusion besaß sie wunderschöne weiße Flügel mit goldgesprenkelten Enden. In der nächsten schienen ihre Federn abgenutzt und tot.

Ganz wie die meiner Mutter, dachte ich und schluckte hart, als eine weitere Brise noch mehr von ihrem Wesen davontrug. Die Rauchschwaden schienen jetzt an ihrem Unterarm hochzuklettern und ließen ihre Haut wie eine Hülle wirken.

Ein trauriger Ausdruck stand in den eisblauen Augen meiner Mutter, die ausgeblichener wirkten als sonst. „Renn weg!“, formte sie mit ihren rissigen Lippen und an ihrer Wange kullerte eine Träne hinunter. „Camillia ... *Renn weg*!“

Der Spiegel zerbarst, nachdem sie die beiden letzten Worte gesprochen hatte. Ich riss die Arme gerade rechtzeitig hoch, um mich vor den Glasscherben zu schützen, die sich im Flur verteilten.

Darauf folgte ein eisiger Wind, der den Flur auf und ab rauschte.

Und ein tadelndes Geräusch, dessen Echo mir das Blut in den Adern gefrieren ließ. Denn dieses „Ts, ts, ts“ war von *hier* gekommen. Nicht hinter einem Schleier hervor oder durch ein Portal, sondern aus diesem Korridor.

Und als ich zwischen meinen Armen hindurchblickte, sah ich, von wem der verurteilende Laut gekommen war. *Vivaxia*.

Der Stein in meiner Hand begann sich zu erwärmen, als wäre er wütend. Aber als ich daraufhin meine Finger etwas löste, kühlte er sich umgehend wieder ab. Vielleicht hatte er mich nur an seine Anwesenheit erinnern wollen. Oder aber er war ein fühlendes Wesen wie Vita.

Mittlerweile konnte ich nichts mehr ausschließen, darunter auch meine eigene Wahrnehmung. Denn obwohl Vivaxia echt schien, konnte das hier auch einfach nur ein weiterer Trick sein.

Die Schnitte an meinen Armen fühlten sich aber allemal echt an.

„Mystika war immer schon dramatisch“, flötete Vivaxia mit enttäuschtem Tonfall. „Wenigstens hat sie ihren Zweck erfüllt.“ Mit dieser Aussage trat sie über eine Schwelle und verschwand.

In den Thronsaal, wusste ich aus irgendeinem Grund. *Ein Thronsaal, in dem Geheimnisse lauern.*

Ich runzelte die Stirn, als eine Erinnerung hochkam, in der Vivaxia hinter einem Thron stand, auf dem ein sterbender Strigoi-König saß. Es war ein lebendiges Bild, das sich anfühlte, als hätte ich es mit eigenen Augen gesehen, obwohl ich wusste, dass ich noch nie zuvor hier gewesen war.

Wie ist es möglich, dass ich mich daran erinnere? Langsam ließ ich die Arme, den Stein immer noch in der Hand, an die Seiten sinken.

Noch mehr Details dieser Erinnerung breiteten sich in meinem Kopf aus. Sie zeigte mir den Tod des Strigoi-Königs – durch Vivaxias Hand. Aber es war nicht die Schnittwunde am Hals gewesen, die ihn das Leben gekostet hatte, sondern Vivaxias Kontrolle über ihn. *Der Zähmungsbann.*

Sie hatte Besitz von seiner Seele genommen ..., weil er einen Handel mit ihr eingegangen war.

Ein Handel, der ihr Zugang auf den Thron bot, wenn sie ihm im Gegenzug eine Königin schenkte.

Ich blinzelte. Das waren zu viele Details, als dass die Erinnerung nur meiner Fantasie entsprang. Trotzdem konnte ich das Wissen abrufen, als wäre es mein eigenes.

War Melek hier?, fragte ich mich.

Nein. Das fühlte sich nicht richtig an.

Diese ... diese Illusion und die Informationen, die mit ihr einhergingen, fühlten sich an, als kämen sie von Typhos. *Warum wird mir das plötzlich bewusst ...?* Die Frage wurde von einem anderen Gedanken ersetzt. *Vita.*

Ich hatte die ganze Energie in Vita geleitet und damit eine Art Schloss in ihr geknackt, was dazu geführt hatte, dass all die Erinnerungen an Vivaxia übergegangen waren. Oder vielleicht hatte sie ganz einfach die Kraft geerbt.

Aber ich war auch mit Vivaxia verbunden.

Und mit Typhos' Quelle.

Also hatte ... etwas zu einer Rückkoppellungsschleife geführt. Oder vielleicht war es die Quelle, die mir diese Details schickte. Oder aber Vita, die sich ihren Weg zurück zu Typhos kämpfte, indem sie sich meine Verbindung zu Vivaxia zunutze machte.

Ganz egal, wie oder warum es geschah, ich konnte die Energie jetzt durch mich kursieren spüren. Die Stränge waren zu mächtig, um meine zu sein. Und sie waren nicht mit dem Bann verbunden, den ich draußen abgesaugt hatte.

Nichtsdestotrotz konnte ich die Nachwirkungen dieser Magie noch immer in meinem Blut spüren. Und ich konnte die Überreste davon in diesem Palast sehen.

Die Stränge schienen sich um mich zu ringeln, als ich mich bewegte, und meine Beine trugen mich wie aus eigenem Antrieb zur Schwelle, die Vivaxia überquert hatte.

Es überraschte mich nicht, sie auf dem Podium stehen und mit den Fingerspitzen den verbrauchten Thron streicheln zu sehen. Ein Bild in meinem Kopf offenbarte mir, wie das opulente Machtsymbol aussehen sollte, und es ähnelte diesem kaputten Stuhl vor mir nicht im Geringsten. Sogar die blutigen Adern, die die Bühne säumten, schienen vertrocknet und das einst polierte Gold hatte einen tiefen Bronzeton angenommen.

Diese Bühne sah überhaupt nicht so aus, wie sie einmal gewesen war.

Dasselbe ließ sich von den Strigoi in der Nähe sagen. Ihr vampirisches Aussehen war gewichen. Stattdessen sahen sie aus wie Geister.

Sie waren zwar noch am Leben – ich konnte sehen, wie ihre Seelen sich an ihren greifbaren Formen festklammerten –, aber sie standen an der Schwelle zum Tod.

Alles nur ihres Königs wegen – demjenigen, der eigentlich *führen* sollte. Er hatte sie im Stich gelassen.

Er hatte eine Vereinbarung mit dem wahren Teufel geschlossen. Mit *Vivaxia*. Und die Quelle hatte sich als Antwort darauf gegen ihn gerichtet.

Ich konnte die Bestrafung tief in mir schlummern spüren und verstand umgehend. Denn genau so sollte es sein. Er hatte Luzifer und das Reich der Höllenfeen hintergangen. Warum würde die Quelle nach so einer Tat ihn und sein Volk weiterhin mit Kraft versorgen?

Ich nickte um ein Haar, als wollte ich einem Fantasiewesen in meinem Kopf zustimmen.

Vielleicht tat ich das auch. Vielleicht hatte ich meinen verdammten Verstand verloren. Trotzdem hatte ich in meinem bisherigen Leben nie das Gefühl gehabt, so viel zu wissen, wie jetzt.

Es war, als wäre in mir etwas aufgebrochen und die Details dieser Welt würden in die Membranen meines Geistes fließen – und in meine Seele.

Die Quelle der Höllenfeen versorgt mich mit Kraft, wurde mir klar. *Oder vielleicht sauge ich die ganzen Informationen ab …*

Nein. Ich hatte diesen Teil meiner Selbst nicht aktiviert. Das kam von einem Ort, den ich nicht definieren konnte. Eine Verbindung, von der ich nicht gewusst hatte, dass sie existierte. Eine *Verbindung*, die von meiner Seele kreiert worden war.

Wenn Vivaxia sie sah, ließ sie es sich nicht anmerken. Stattdessen pustete sie den Staub – der einst ein König war – vom Thron und ließ sich seufzend darauf sinken.

Sie braucht den Leiter, um in diesem Reich bleiben zu können, schloss ich. *Das ist Typhos' Kraft und sie dient als Leiter.*

Zumindest vorerst.

Denn ich konnte sehen, wie sie die Kraft von allem und jedem in ihrer Umgebung absorbierte, konnte spüren, wie sie auch meine Aura mit ihrer Fähigkeit streifte.

Ich leitete ihren mentalen Versuch um. Ihre Energie fühlte sich beunruhigend greifbar in meinem Geist an. Wie alles andere um uns herum auch. Ich konnte nicht recht bestimmen, ob ich mehr im Einklang mit meiner Siphon-Fähigkeit war oder es sich dabei um eine Gabe handelte, die mir Typhos' Quelle verlieh.

Vivaxia zog eine Augenbraue hoch. „Das ist neu." Sie schlug die langen Beine übereinander und lehnte sich zurück. Ihre Flügel waren nicht zu sehen. Augenscheinlich erholte sie sich von etwas.

Hat der Spaziergang den Flur entlang sie Kraft gekostet? Das ergab durchaus Sinn, da der Thron doch ihr Leiter war. *Was passiert, wenn dem Leiter die Kraft ausgeht?*

Er schien am Fuß zu verpuffen und Typhos' Kraft klammerte sich nur mit größter Mühe noch daran.

Was würde passieren? Würde sie die Seelen der Strigoi absorbieren? Waren sie deshalb hier?

Mir schwante, dass sie einen Verwendungszweck für Typhos hatte. Aber er war nirgends zu sehen.

Weil er gefallen ist, dämmerte mir mit Blick auf das Loch in der Wand. Ein Loch, das von Brandspuren gesäumt war, die jenen vom Krater neben dem Brunnen ähnelten.

Die Puzzleteile schienen sich vor meinem inneren Auge zusammenzufügen. Typhos hatte sich das Bewusstsein geraubt und seine Kontrolle über die Quelle aufgegeben. Das hatte seiner Quelle erlaubt, ohne seinen Einfluss zu gedeihen.

Und jetzt sprach seine Quelle zu mir.

Versorgte mich mit Wissen.

Gab mir Zugriff auf Typhos' Erinnerungen.

Verwandelte mich in eine lebendige Version von Vita.

Aber es war mehr als das. Mit jeder Sekunde fühlte ich

mich mächtiger. Als würde mich die Quelle der Höllenfeen zwingen, Energie zu absorbieren, wie Typhos diese Woche, als er mich diese Woche an meine Grenzen trieb, getan hatte.

Das hier ging aber schrittweise vonstatten. *Zielgerichteter.*

Trotzdem hatte ich keine Ahnung, was ich damit anfangen sollte. Wenn die Quelle mir zu viel einflößte, würde ich Gefahr laufen, diese tief liegende Verbindung zu Vivaxia in mir zu öffnen.

Geht es genau darum?, fragte ich mich. *Steckt sie dahinter?*

Lauter Theorien schwirrten durch meinen Kopf, sodass mir entging, was sie sagte.

Mehrere Dinge, tatsächlich.

Sie hatte die ganze Zeit über geredet, und ich war zu versunken in meinen Gedanken gewesen, um ihr zuzuhören.

Und der wütende Ausdruck auf ihrem Gesicht verriet mir, dass ihr das gehörig gegen den Strich ging.

Ich neigte den Kopf zur Seite. „Es gefällt dir nicht, übergangen zu werden, was?“ Ich war nicht sicher, warum mir die neckische Bemerkung über die Lippen kam, aber sie fühlte sich richtig an.

Dieses Miststück hatte mich geschaffen, um mich als ihr persönliches Spielzeug zu benutzen. Ihren *Siphon*. Und ich hatte kein Interesse daran, mitzuspielen.

Meine Eltern hatten mir beigebracht, mich Autoritätspersonen zu widersetzen. Nur an mich zu denken. Mich an erste Stelle zu setzen.

Höllenfeenregel Nummer sechs: Sei dir selbst der Nächste.

Darauf folgten lauter weitere Regeln.

Höllenfeenregel Nummer drei: Kenne deinen Feind, bevor du dich ihm stellst.

Höllenfeenregel Nummer vier: Vertraue niemandem.

Höllenfeenregel Nummer fünf: Sei auf alles vorbereitet.

Höllenfeenregel Nummer eins: Stirb nicht.

Die letzte Regel ging mir am lautesten durch den Kopf. Es war eine Regel, die mir zu Herzen zu nehmen ich fest vorhatte.

Schätze, die Regeln finden doch noch Anwendung, dachte ich.

Vielleicht hatte meine Mutter gesehen zu haben, ihr mehr Bedeutung eingehaucht. Vielleicht lag es ganz einfach an meiner rebellischen Natur. Oder vielleicht brauchte ich die Erinnerungen, um mich im Augenblick zu erden.

Die ganze Kraft, die um mich herum schwirrte, gab mir das Gefühl, Millionen von Kilometer weit weg zu sein. Als wäre ich in eine Energieschnelle gefallen und aus der ich nie wieder auftauchen könnte.

Ich musste mich konzentrieren.

Musste Typhos finden.

Musste das Reich der Höllenfeen retten.

Der letzte Gedanke ließ mich um ein Haar blinzeln. Er war aus einem tief vergrabenen Teil von mir gekommen. Der Teil, der mit Typhos' Quelle verbunden war.

Was auch immer Vivaxia mit diesem Thron anstellte, bedrohte das gesamte Reich. Typhos' Quelle. Typhos selbst.

Und das bedeutete, dass es auch meine Gefährten bedrohte.

Und mich.

Ich kniff die Augen zusammen. „Du gehörst nicht hierhin, Vivaxia."

Sie stieß ein überraschtes Lachen aus. „Du bist genauso undankbar wie deine Mutter", ließ sie mich wissen und ihre Stimme schien in jede Ecke des Zimmers zu wandern.

Der Stein in meiner Hand fing erneut zu brennen an und reagierte auf ihre Stimme. Oder vielleicht auf das, was sie gesagt hatte.

Wieder wunderte ich mich über die empfindsame Reaktion, war aber zu konzentriert auf Vivaxia, um weiter darüber nachzugrübeln.

„Ihr beide existiert nur, weil ich euch erschaffen habe“, fuhr sie mit gebieterischem Tonfall fort. „Das bedeutet, dass ihr beiden mir gehört. Eure Seelen. Eure Geister. Eure *Kraft*.“

Als ihr das letzte Wort über die Lippen kam, breitete sich in meiner Brust ein Schmerz aus. Der Begriff schien mich physisch mitten ins Herz zu treffen.

„Du gehörst *mir*, Camillia De la Croix. Genau wie Nos und all seine Strigoi. Genau wie Azazel. Genau wie jede andere Kreatur, die ich geschaffen habe.“

Meine Knie drohten einzuknicken, als sie ihre Kontrolle über mich verstärkte. Die Schutzschranke, die ich mir eingebildet hatte, existierte nicht länger.

Es war, als wäre sie mit nur einem einzigen Gedanken in mein Wesen gedrungen.

Weil sie genau das getan hatte.

Weil sie es *konnte*.

Typhos’ Kraftschub hatte mich derart verführt, dass ich mich unbesiegbar gewähnt hatte. Vivaxia hatte diesem naiven Gedanken mit einem einzigen Wort den Garaus gemacht.

Mein Wesen wurde von Schmerzen eingenommen, als sie den Kopf zur Seite neigte. Die simple Bewegung schien ihre Kraft in mir noch weiter zu stärken. „Es ist ziemlich simpel, Schätzchen“, murmelte sie mit mütterlichem Tonfall. „Ich bin deine *Göttin*, die du verehren solltest. Der du *dienen* solltest. Es bedarf nur eines Gedankens, um dich vergessen zu lassen, einen Atemzug zu nehmen.“

Ich fasste mir mit der Hand an den Hals, weil meine Lunge keinen Sauerstoff mehr aufnahm.

Alles, während der Todesstein in meiner anderen Hand pulsierte und mich daran erinnerte, dass er da war. Ich wusste nur nicht, inwiefern er mir helfen sollte, weil ich weder ein- noch ausatmen konnte.

„Ein weiterer Gedanke könnte dafür sorgen, dass dein Herz zu schlagen aufhört“, fuhr sie mit gelangweiltem Tonfall fort. „So einfach ist das. Und ich kontrolliere nicht nur meine Schöpfungen, sondern auch jede einzelne, die meine gefallenen Engelsfeen ins Leben gerufen haben." Ihr entwischte ein leises Kichern und sie hob die Hand, woraufhin ein Strudel grauer Energie in Erscheinung trat. „Ihre Essenzen ruhen jetzt in mir – ganz wie die Verbindungen zu ihren albtraumähnlichen Puppen."

Es dauerte einen Augenblick, bis ich begriff, was sie da sagte. Meine Gedanken waren zu beschäftigt mit dem Mangel an Sauerstoff in meiner Lunge.

Langsam, aber sicher begann ich die Worte mit dem zu verbinden, was ich vom Engelsfeenreich gesehen hatte. *Und meine Mutter.*

Ein Teil von ihr hatte ausgesehen wie ein Geist.

Eine Hülle.

Das war das Flüstern gewesen, das ich gehört hatte. Die *Hüllen* der gefallenen Engelsfeen.

Ähnlich wie jene ganz in der Nähe von mir. Die eingeäscherten Überreste gehörten aber zum Strigoi-König.

Sie absorbiert ihre Kräfte und vernichtet ihre physischen Formen.

Wie Typhos es mit seinen Eltern getan hatte.

Nur machte sie es *absichtlich.*

Und offensichtlich hatte sie kein Interesse daran, ihre Kräfte für das Gemeinwohl einzusetzen.

Sie war eine dunkle Seele.

Ein bösartiges Wesen.

Ein wahres Monster.

Und ich habe nicht den blassesten Schimmer, wie ich sie aufhalten soll.

KAPITEL 40
AJAX

KURO, der auf meiner Schulter saß, erschauderte. Seine alarmierte Haltung sagte mir, dass etwas nicht stimmte.

Az erstarrte mit mir und neigte seinen Kopf zur Seite, was mir verriet, dass sein Phönix überhandgenommen hatte. „*Cami*“, keuchte er und in meiner Brust breitete sich ein gleißender Schmerz aus.

Er wirbelte herum. Sein riesiger Körper ähnelte einem Schatten, weil das Licht in seinem Rücken war. Aber ich brauchte ihm nicht ins Gesicht blicken zu können, um zu wissen, dass sein Herz brach.

Ganz wie meines.

Unsere Gefährtin schwebte in Gefahr.

Wir hätten nicht hier unten bleiben sollen. Trotzdem war ich Az’ Führung gefolgt, wie ich es immer tat, verdammt.

Das ist jetzt nicht der richtige Zeitpunkt, jemanden zu beschuldigen, dachte ich. *Wir müssen zusammenhalten und unsere Gefährtin finden, verdammt.*

„Kuro“, sagte ich. Mein Zauberwesen wusste ganz genau, was ich brauchte.

Mit meinem Zauberstab kreierte ich, geleitet von seinen

Instinkten, wie schon vorhin – als ich Az vor wenigen Augenblicken zu orten versucht hatte – und trat, ohne zurückzublicken, durch die Öffnung.

Ich konnte Az' Phönix an meinem Rücken spüren. Er löste dieses feurige Brennen aus. Wir beide trugen immer noch kein Hemd, weil wir vorhin gekämpft hatten. Wir hätten uns umziehen können, bevor wir ins Reich des Jenseits gereist waren, hatten uns aber nicht die Mühe gemacht. Und Cami hatte auch keine Zeit darauf verwendet, ihr blutverschmiertes Tanktop zu wechseln.

Verflammt, hoffentlich ist ihr ist nichts zugestoßen. Aber ich konnte in meiner Seele spüren, dass es ihr gut ging. Sie brauchte uns, und wir …

„Wir befinden uns immer noch unter dem Erdboden", meinte Az. Er hörte sich genauso verwirrt an wie mir zumute war. „Ich verstehe nicht …"

„Wach auf!" Der Befehl schnitt Az das Wort ab und brachte uns beide dazu, in die Richtung der Stimme zu rennen. *Melek.*

Az betrat die Kaverne als Erster. Ich folgte ihm, sprang aber zurück, als eine Flammenwand direkt vor mir in die Höhe schoss. Eine weitere Feuersäule folgte zu meiner Seite und ein paar weitere vor mir. Az bemerkte sie entweder nicht oder machte sich nichts aus ihnen. Als Schwarzer Phönix war er praktisch feuerfest.

Ich hingegen nicht.

Ein weiterer Geysir voller flüssigem Magma schoss in die Höhe. Das Rauschen übertönte beinahe Meleks Flehen, der Az um Hilfe bat.

Das Feuerlicht erlaubte mir zu sehen, womit er Hilfe brauchte. Luzifer lag bewusstlos am Boden, sein Anzug an mehreren Stellen angekokelt und sein Gesicht und sein Körper blutüberströmt.

„Was zum Teufel ist passiert?", keuchte ich und sah mich

in der tobenden Kaverne um, ehe ich nach oben in ein schwarzen Loch blickte.

„Er ist gefallen“, gab Melek zähneknirschend von sich. *„Absichtlich.“*

„Er beschützt seine Quelle“, erwiderte Az.

„Das weiß ich. Aber Cami ...“ Melek sah Az mit einem ängstlichen Ausdruck an, den ich noch nie gesehen hatte. „Er muss aufwachen und Cami helfen!“

Ein weiterer Schmerz durchbohrte meine Brust, und ließ mich ein weiteres Mal mit dem Zauberstab wedeln, um ein zweites Portal zu schaffen. Aber es führte nur zurück an diesen Ort. „Verdammt noch mal, Kuro!“

„Melek hat recht. Wir brauchen Typhos“, sagte Az zu mir. „Deine Eule weiß es auch.“

Ich knurrte. „Cami hat Schmerzen.“

„Ich spüre sie auch“, meinte Az mit Blick zu mir. „Aber wir brauchen Typhos’ Hilfe. Also beweg dich hier rüber und hilf uns, ihn mit Kraft zu versehen.“

Ihn mit Kraft versehen?, wiederholte ich in Gedanken. Doch es blieb keine Zeit, um darüber zu diskutieren oder nachzusinnen, was das bedeutete.

Cami war in Schwierigkeiten. Ich konnte es in meiner Seele spüren. In meinem Herzen. *In meinem ganzen Wesen.*

Und ich würde tun, was immer ich tun musste, um sie zu retten.

„Sagt mir, was ich tun soll“, meinte ich zu Az und Melek, während ich mich in die Kaverne zwängte. Zu meiner Rechten schossen Flammen in die Höhe, die ich mit einem Bann auslöschte.

An meiner Stirn perlte Schweiß und mein Körper fühlte sich plötzlich überhitzt an. Trotzdem preschte ich voran und kniete mich neben Az an Luzifers Seite.

Kuro erschauderte. Ihm gefiel das Feuer augenscheinlich

genauso wenig wie mir, aber er hatte uns hierhergebracht, also fand ich die Strafe nur gerecht.

„Beiß ihn." Az' Befehl ließ meinen Blick zu ihm hochschnellen.

„Wie bitte?"

Er wiederholte sich nicht. Stattdessen legte er Luzifer die Hand aufs Herz und ließ Energie in ihn fließen. Fast so, wie er es bei Cami nach dem Vorfall im Paradigma getan hatte.

Das Phönix-Tattoo auf seiner Brust kräuselte sich und die Höhle füllte sich mit Kraft, die auf die bewusstlose Fee abzielte.

„Auch wenn es nicht funktioniert, wird das seine Quelle mit Kraft versehen", meinte Melek, dessen Hände ebenfalls auf Luzifers Körper gelegt waren. „Und die Quelle wird diese Lebenskraft an Cami weiterleiten."

Ich wollte fragen, woher er das wusste, aber mir war klar, dass ich sein Wissen nicht anzweifeln sollte.

Wenn Luzifer zu beißen Cami Kraft verlieh, würde ich es tun. Ich hätte alles getan. *Sogar, mich mit dem König der Höllenfeen verbinden.*

Ich packte ihn am Arm, schob den Ärmel zurück und führte sein Handgelenk an meinen Mund. „Wenn Luzifer mich umbringt, wenn er aufwacht, sagt Cami, dass ich das hier für sie getan habe und sie ... *für immer lieben werde.*"

Ich wartete nicht darauf, dass Az oder Melek meine Aussage bestätigten – ich versenkte meine Eckzähne in Luzifers Adern. Und hoffte inständig, dass wir ihn rechtzeitig aufwecken konnten.

KAPITEL 41

CAMI

DIE WELT DREHTE SICH. Um mich herum regierten Dunkelheit und Chaos.

Dunkelheit und Leben.

Dunkelheit und Tod.

Ich ... ich konnte nichts sehen. Konnte nicht atmen. Aber ich konnte *hören*.

Vivaxias Stimme war überall; in meinen Ohren, meinem Kopf und meiner Seele, verdammt.

Ich ballte die Hände zu Fäusten, woraufhin ein eiskaltes Gefühl an meinem Arm hochschoss. Zunächst verstand ich nicht, was es zu bedeuten hatte. Der plötzliche Temperaturwechsel stand in krassem Kontrast zum Taubheitsgefühl, das meinen Körper einnahm. Aber ein Pulsieren in meiner Hand erinnerte mich daran, dass ich nach wie vor den Todesstein umklammerte.

Und wie es schien, wollte er mir etwas Wichtiges sagen.

Etwas *Entscheidendes*.

Was hat es mit diesem elenden Stein auf sich?, fragte ich mich und fühlte mich ganz benommen, weil ich keine Luft schnappen konnte.

Daraufhin sauste eine Energie durch meine Brust, die sich seltsam bekannt anfühlte. Als wäre es wichtig. Als sollte ich mich auf …

„Du wirst mir später dafür danken", murmelte Vivaxia. Obwohl sie leise sprach, hörten sich ihre Worte in meinem Kopf ohrenbetäubend laut an.

Uff, sie hatte ohne Punkt und Komma vom Reich der Engelsfeen geleiert … wie sie vorhatte, es wieder so schön zu machen, wie es einst gewesen war.

Und wie es schien, war sie noch nicht fertig.

„Ich werde dich und deine Mutter neu erschaffen", fuhr sie fort. „Und dann werdet ihr meine Quelle verehren. Mir gehorchen. Zu meinem Amüsement existieren."

Ich wollte sie mit gerunzelter Stirn ansehen und sie fragen, inwiefern so eine *Existenz* für irgendjemanden erstrebenswert wäre. Doch wie es schien, begehrte Vivaxia nichts mehr, als verehrt zu werden – als eine Art Schöpfungsgöttin. Sie wollte Lakaien, die ihr all ihre Wünsche erfüllten.

Aber nein. Das hatte sie früher gehabt, als sie Az besessen hatte. Als sie versucht hatte, Typhos zu manipulieren.

Ich … ich erinnerte mich bruchstückhaft daran. *Dank Typhos' Erinnerungen …*

Der Stein erdete mit mich mit einem weiteren Pulsschlag, obwohl meine Knie einknickten. Ich war überrascht, so lange durchgehalten zu haben. *Wann habe ich zuletzt einen Atemzug genommen? Wie ist es überhaupt möglich, dass ich noch lebe?*

„Und ich werde in der Quelle sein", fuhr Vivaxia fort. „Ich werde euch mit Kraft versorgen und euch von meinem erhabenen Platz von oben herab beobachten. Es wird wunderbar sein."

Wie bitte?, wollte ich sie fragen. *Erhabener Platz von oben …?*

Das hörte sich göttlich an, als versuchte sie, zu einem

übergeordneten Wesen zu werden. Eine Schöpferin im Himmel. Aber ohne physischen Körper. *Neudefinierte Magie.*

Der letzte Gedanke, der mir durch den Kopf ging, rüttelte etwas tief in mir wach. Ein Wissen. Ein Verständnis. Eine *Einsicht.*

Typhos hat seine Magie umgeschrieben.

Nachdem er die Essenzen seiner Eltern absorbiert hat.

Und sein eigenes Licht kreiert.

Er war der Auffassung gewesen, Vivaxia wüsste nichts von seiner Vergangenheit – dass ihr nicht bewusst war, dass er ein Siphon war.

Aber sie hatte es die ganze Zeit über gewusst.

Sie hatte einen Virus in Vita gepflanzt. Ein manipuliertes Stückchen, das es ihr ermöglicht hatte, Typhos' Gedanken über Jahrtausende hinweg anzuzapfen. Er hatte es nicht gespürt, weil es tief in Vitas Seiten versteckt gewesen war – verborgen in den Einträgen seiner Mutter.

Immer, wenn er eine Erinnerung in Vita hatte fließen lassen, war Vivaxia auch dabei gewesen und hatte sie bezeugt. Und eine Handvoll dieser Erinnerungen – sehr spezifische, die Vivaxia betrafen –, waren weggesperrt worden.

Zum Beispiel der Tag, an dem er realisiert hatte, dass sie über seine Siphon-Fähigkeit im Bilde und selbst auch einer war.

Ein Teil von ihm hatte das selbstverständlich immer gewusst. Er hatte über die Jahre hinweg gespürt, wie sie seine Tore angestupst und mit diesen Portalen gespielt hatte. Aber nie hatte er sie als ernstzunehmende Bedrohung angesehen, weil ihm ein paar wenige Schlüsselmomente ihrer Vergangenheit verborgen geblieben waren.

Erinnerungen an den Tag seines Falls.

Jetzt sah ich sie. Sie spielten sich in Echtzeit vor mir ab.

„Ach, süßer Typhos“, hatte Vivaxia mit liebevollem

Ausdruck, die Hand auf seine Wange gelegt, geflötet. „Ich wusste, dass deine Seele meine abweisen würde."

Typhos hatte nicht geantwortet und sein Ausdruck verriet nicht, was in ihm vorging.

Aber ich war jetzt im Einklang mit seinen Gedanken. Mit seinen Erinnerungen. *Mit seinem Leben.*

Und ich spürte die Verunsicherung in ihm. Der Strang, der sich Sorgen machte, dass ihm ein Detail entgangen war. Denn wenn es um Vivaxia und ihre Spielchen ging, war ihm *immer* etwas entgangen.

Auf ihren Lippen breitete sich ein Grinsen aus, das verriet, dass sie auch in seinen Gedanken war.

„Jetzt schuldest du mir ein Opfer. Ein *Blutopfer.*" Sie fuhr mit ihrem scharfen Fingernagel über seine Wange hinab zu seinem Mund und folgte dem Pfad mit dem Blick in ihren grauen Augen. „Du wirst für mich fallen, Typhos. Du wirst annehmen, dass das der Preis ist, den du zahlen musst. Und ich werde dich das eine sehr, sehr lange Zeit glauben lassen."

Mein Herz setzte einen Schlag aus, als ich zusah – *erfuhr* –, was sich zugetragen hatte. Es ... es war so eigenartig, mitzuverfolgen, was sich abgespielt hatte. Ich wusste, dass ich immer noch im Thronsaal der Strigoi stand, trotzdem folgte ich dieser Geschichte. Erlebte sie von Neuem. Beobachtete sie.

„Deine Kraft braucht einen Feinschliff", fuhr sie fort. „Aber du bist auf einem guten Weg, um zu etwas ganz Großem zu werden, Liebster. Ich kann es in deinem Licht spüren, es in deiner Kraft sehen. Dein Fall wird die Engelsfeenquelle unwiederbringlich verändern. Na ja, das, und die Tatsache, dass Melek seinen Handel mit mir nicht erfüllen wird."

Typhos biss die Zähne zusammen. „Von was für einem Handel redest du da?"

„Der Handel, demzufolge er mir huldigen muss." Sie neigte den Kopf zur Seite. „Im Austausch dafür, dass ich mich nicht mit dir verbinde. Leider hat er nicht realisiert, dass ich bereits wusste, dass unsere Bänder sich nicht vervollständigen würden. Aber er wird sehr traurig sein, wenn du fällst. Und ich erwarte, dass er entsprechend reagieren wird – indem er unseren Handel nicht einhält."

„Dir huldigen?", wiederholte Typhos. „Wie wurde die Bedingung formuliert?"

„Oh, Typhos." Sie strich mit ihren Nägeln über seine nackte Brust. „Du weißt doch, wie ich *gehuldigt* werden will."

Ich biss die Zähne zusammen und das leise Schnurren gegen Ende des Satzes brachte mich dazu, mich von dieser ungewöhnlichen Erinnerung befreien und sie umbringen zu wollen.

Aber sie war noch nicht fertig.

„Das Angebot war auf einmal begrenzt, wann immer ich wollte. Nicht länger als sechzig Minuten. Nur er und ich. Und er hat die Grenzen definiert." Sie zog eine Augenbraue hoch. „Du hast ihm viel beigebracht, Schätzchen. Aber der Handel beinhaltete ein paar Details im Kleingedruckten, die er vermutlich übersehen hat. Zum Beispiel, dass *keine Gewalt* erlaubt ist."

In ihren Augen stand ein triumphierender Ausdruck.

Typhos hingegen verspürte nichts als Angst.

Denn er wusste, wohin das führen würde.

„Er dachte, ich hätte das als Grenze im sinnlichen Spiel definiert", meinte sie lächelnd. „Ist das zu fassen? Ich? Eine Sadistin?" Sie stieß ein leises Lachen aus, das mir gehörig auf die Nerven ging. „Sieht er denn nicht, wie ähnlich wir uns sind? Du und ich?"

Typhos sagte nichts und schaute sie nach wie vor mit ausdruckslosem Gesicht an.

Aber ich spürte, was in ihm vorging. Nahm seinen Gefühlszustand wahr, als wäre es mein eigener. Und doch konnte ich Typhos irgendwie sehen.

Oder vielleicht ...

Vielleicht konnte ich ihn nicht sehen. Vielleicht spürte ich bloß das Bild, das er glaubte, auszustrahlen.

Er verkniff sich nach außen hin jegliche Reaktion und stellte sicher, dass Vivaxia nichts bemerkte. Und darum zeigten ihn seine Erinnerungen auch so.

Trotzdem kam ich nicht darum herum, mich zu fragen, ob das wirklich stimmte. Sein Blickwinkel war in gewisser Hinsicht nicht verlässlich.

Zur Hölle, alles an ihm war unverlässlich. Nicht weil er sich gern geheimnisvoll oder launenhaft gab, sondern weil Vivaxia ihn manipuliert hatte.

Sie hatte mit seiner Wahrnehmung gespielt.

Sogar jetzt konnte ich spüren, was für Folgen ihre Verbindung mit seiner Essenz gehabt hatte. Dass sie diesen Augenblick umgeschrieben hatte.

Und ihn jedes Wort vergessen ließ.

„Wie du sicherlich bereits geschlossen hast, wird unserem süßen Melek bald nach Gewalt zumute sein." Ein Seitenblick. „Und wer hätte es gedacht? Unsere Stunde hat gerade erst angefangen, weil *ich* ihren Beginn festlege. Und das bedeutet, dass selbst der sanfteste Schlag unsere Vereinbarung aufheben wird. Und, na ja, du weißt ja, was die Engelsfeenquelle davon hält, wenn man unsere Schwüre nicht ehrt."

Typhos' Maske begann zu fallen. Ich konnte seine brennende Wut spüren und zitterte innerlich. *Heilige Götter, das fühlt sich total echt an.* Trotzdem konnte ich nach wie vor den Strigoi-Palast um mich herum spüren, selbst, während ich Typhos in der idyllischen Umgebung stehen sah. *Mitten in einem wunderschönen Hof.*

Ein Hof, den ich wiedererkannte.

Denn ich hatte ihn mit meiner Mutter besucht. Während ich in Vivaxias Schimäre festgesteckt hatte.

Ist das nur ein weiterer Trick?

Nein. Nein, das hier fühlte sich überhaupt nicht nach einer Illusion an. Nicht im Geringsten wie diejenigen, die ich gesehen und zuvor erlebt hatte.

„Glaubst du, Melek wird verbannt werden?“, fuhr Vivaxia fort. *„Auf unbestimmte Zeit?* Ich meine, wir sind immerhin friedliche Wesen, oder nicht? Unsere Vereinbarungen beruhen auf dem Grundsatz von Loyalität. Wer seinen Teil eines Handels nicht erfüllt, lässt unser Fundament erzittern.“

Typhos lachte abschätzig, trotz des Chaos, das in ihm wütete und an Auftrieb gewann. „Dieses Spielchen ist eine Angelegenheit zwischen dir und mir, Vivaxia. Lass Melek da raus.“

Sie klimperte mit ihren langen Wimpern und warf ihm einen koketten Blick zu, der die Bösartigkeit verschleierte, die in ihren Augen waberte. „Du hast ihn eingeladen, mitzuspielen, als du ihm aufgetragen hast, nach dem hier zu suchen.“ Sie hielt ein Tagebuch hoch, das ich als die vergangene Version von Vita erkannte.

Dann fiel alles urplötzlich an seinen Platz.

Das hier ist keine Illusion. Das hier hat auch nichts mit Vivaxia zu tun.

Vita steckt dahinter.

Sie zeigt mir ihre Vergangenheit.

Zeigt mir, wie alles begonnen hat.

Denn das ist der Augenblick, der alles veränderte.

Typhos musterte das Tagebuch, verwirrt darüber, wie es in ihre Hände gelangt war. Er hatte es früher am selben Tag von ihrem Nachttisch mitgenommen.

Oder?

Vivaxia liebte Illusionen.

Welches Tagebuch habe ich wirklich mit nach Hause genommen?, fragte er sich, und seine Worte fanden durch unser merkwürdiges Band zu mir, als stünde er jetzt hier und würde genau das denken.

„Du wirst alles verändern, mein süßer Typhos“, murmelte Vivaxia mit zärtlicher und warmer Stimme. Sie legte ihm erneut die Hand auf die Wange und um ihre Augen herum bildeten sich Lachfältchen. „Eines Tages wirst du dich an diesen Augenblick erinnern, Schätzchen. Und du wirst realisieren, dass ich dir die ganze Zeit über zehn Schritte voraus war. Und du wirst auch umgehend verstehen, *warum*.“

Er versuchte, einen Schritt zurückzumachen, aber Vivaxia führte ihre Hand an seinen Nacken, um ihn zu sich zu ziehen.

Dann, als das Tagebuch in seine Hand fiel, zuckte er zusammen und schloss seine Finger automatisch darum.

„Benutze es als Gefäß für deine Gedanken“, flüsterte sie ihm zu. „Du wirst das Ventil wegen all der Kraft, die in dir heranwächst, brauchen. Teile deine Erinnerungen. Schreib deine Sorgen nieder. Lass deine Ängste los. Und wachse.“

Die Worte waren klar und verständlich, aber jedes von ihnen war mit einem Hauch Magie versehen und das Summen eines Banns machte sich bemerkbar.

Ich konnte es schmecken.

Es *sehen*.

Die Stränge gehörten alle zu Vivaxia. Ich konnte die Rauchschwaden problemlos erkennen, Typhos aber scheinbar nicht.

Die Bänder schlangen sich um ihn, beeinflussten seine Entscheidungen und nahmen Kontrolle über ihn, wie Vivaxia es bei so vielen anderen getan hatte. *Das ist eine Version ihres berüchtigten Zähmungsbanns*, dachte ich, und schaute erschrocken dabei zu, wie die Magie in Typhos' Wesen floss und mit seiner Seele verschmolz.

In ihm staute sich Wut an.

Ein Teil von ihm verstand, was da gerade geschah, wusste, dass Vivaxia ihn auf die schlimmsten aller Arten hintergangen hatte. Sie zwang ihre Magie in ihn, erweckte seine Siphon-

Fähigkeit und nötigte ihn, einen Teil ihrer Essenz zu absorbieren.

Damit sie immer bei ihm wäre.

Seine Gedanken einnahm.

Seine Erinnerungen verbarg.

Seinen Hass schürte.

Alles, wozu er geworden war, alles, was er getan hatte, wurzelte in dieser Erfahrung. Sein Misstrauen in Frauen reichte viel tiefer als dieser eine Augenblick des Verrats. Es entsprang einem Samen, den Vivaxia in seiner Seele gepflanzt hatte.

Sie hatte keine Konkurrenz gewollt.

Melek sah sie nicht als Problem. Sie hatte ihm sogar Azazel ausgehändigt.

Aber keine Gefährtin.

Und eine *Königin* schon gar nicht.

Doch dann hatte sie mich zu ihm geschickt. Ich war eine Frau. Weiblich. *Eine potenzielle Gefährtin.*

Gleichwohl hatte sie mich mit ihrem eigenen Licht herangezogen. Hatte mich zu einer Waffe gemacht. Eine, die sie vorhatte, zu benutzen. *Um Vita zu entschlüsseln. Damit sie Zugriff darauf hatte, wenn die Zeit reif war.*

Ich sah alles. Ihre Pläne, ihre Absichten, das niederträchtige Netz, das sie gesponnen hatte.

Denn die Quelle kannte die Wahrheit. Sie hatte ihr Eindringen gespürt. Hatte ihre Absichten vernommen. Wusste, dass sie den perfekten Plan entwickelt hatte, um ihren Meister zu zerstören. Typhos Luzifer.

Und das bedeutete, dass Typhos es auch wusste. Auf einer verborgenen Ebene war er sich bewusst gewesen, wie ihr Endspiel aussah. Und er hatte eine Gegenwehr entwickelt.

Jetzt sah ich alles ganz klar. Dieses Schachspiel. Die Strategie, die hinter allem steckte. Die Kraft.

Doch im nächsten Augenblick war ich wieder im Strigoi-Palast, balancierte auf meinen Knien und holte tief Luft.

Einen Atemzug, den zu tun mir Vivaxia erlaubt hatte.

Nein, wurde mir klar. *Sie hatte nichts davon* erlaubt.

Der Stein in meiner Hand war kalt. Tot. Seine Energie absorbiert.

Weil sie jetzt in mir ruht. Ich konnte spüren, wie die bekannte und doch so fremde Energie meine Adern füllte und mich aufwärmte.

Und Vivaxia … sah mich nicht einmal an.

Wie lange bin ich schon hier?, fragte ich mich. Es fühlte sich an, als wären mehrere Leben vergangen, aber ich ahnte, dass alles nur wenige Sekunden zurücklag.

Die Zeit war entglitt einem, wenn man durch eine vergangene Erinnerung schwamm.

Vivaxias Kraft umschwärmte mich, behielt mich auf den Knien, wie eine Puppe, die sie zu ihrer Unterhaltung aufgestellt hatte. Die Energie übte immer noch Druck auf meine Brust aus und der mentale Griff um mein Herz war nach wie vor klar zu spüren.

Ich konnte diese berüchtigten Stränge wiedererkennen. Die für Vivaxia typischen Rauchschwaden umkreisten mein Wesen.

Die Strigoi in der Nähe waren alle in ähnliche Stränge eingehüllt. Ich konnte die Magie jetzt ganz klar erkennen. Und nicht nur meiner Siphon-Fähigkeit wegen.

Ich konnte sie *sehen*. Die Lebenskraft, die sie in den Händen hielt. Die Schöpfungsgaben. Sie war überall. Erdrückte den Raum. Raubte den Albtraumfeen ihren freien Willen.

Und breitete sich kilometerweit aus.

Über die Grenzen der Königreiche hinweg.

Im gesamten Reich.

Das wusste ich von der Quelle. Konnte es selbst spüren.

Ich kniff die Augen zusammen.

Diese Frau hatte kein Herz. Sie besaß kein Mitgefühl für die Wesen, die sie und ihresgleichen erschaffen hatten. Sah alle als ihre Diener an. Nahm zu ihrem Vergnügen Leben. Und alles nur, weil sie zu einer verrückten Göttin mit einem Schöpferkomplex werden wollte.

Sie hatte die Quelle der Engelsfeen zerstört. Nicht Typhos. Nicht Melek. *Sie.* Mit ihren widerwärtigen Spielchen, die ihresgleichen dazu verlocken sollten, zu *sündigen.*

Und ich habe Typhos Luzifer einst für den Teufel gehalten.

Er war der wahre Engel in dieser Geschichte.

Der Held.

Derjenige, der die Last der Welt schulterte und die Unschuldigen rettete.

Diese Frau – dieses *Miststück* – verdiente es, zu *fallen.* Ein für alle Mal.

Ich stand auf, woraufhin sie mich überrascht ansah und eine ihrer Augenbrauen hochzog. „Wie interessant." Sie neigte den Kopf zur Seite. „Versuchst du etwa, die Gaben, die ich dir verliehen habe, gegen mich anzuwenden?"

Überraschenderweise erwachte der Stein in meiner Hand pulsierend zum Leben, obwohl er vor wenigen Sekunden noch leblos geschienen hatte.

Er versuchte, mir etwas zu sagen.

Energie wirbelte in mir. Energie, die ich wiedererkannte. Energie, die von meinen *Gefährten* stammte.

Sie kam nicht vom Stein.

Aber er leitete einen ähnlichen Strom an meinem Arm hoch, der auf die Kraft traf, die mein Wesen aufwärmte.

Vivaxia sagte etwas von wegen, ich solle mein Bestes versuchen. Ich blendete sie aus und konzentrierte mich stattdessen auf die konkurrierenden Energien in mir.

Meine Gefährten spendeten mir Kraft. Ich konnte sie tief

in mir spüren. Dieses Pulsieren in meinem Herzen vorhin waren sie gewesen. Und etwas daran hatte Typhos' Erinnerungsvermögen aktiviert.

Oder ... oder vielleicht war das der Todesstein gewesen.

Er ist ein Siphon. Typhos ist ein Siphon. Ich bin ein Siphon.

Alles hing miteinander zusammen.

Meine Gefährten leiteten Kraft in Typhos, die wiederum auf direktem Wege zu mir fand. *Mittels der Quelle.*

Was für ein Durcheinander aus Kraft. Aber es erlaubte mir, so viel zu sehen und zu fühlen. Es reichte mir die Schlüssel zu meinem Königreich. Meinem Reich. Als Höllenfeen-Königin.

Vivaxia saß mit königlicher Haltung auf dem Thron und wähnte sich wohl schon als Gewinnerin. Denn all diese Wesen unterstanden ihrem Bann und ihre Seelen waren an sie gekettet. Sie zwang sie, ihre Befehle auszuführen.

Aber was passiert, wenn man die Stränge zerschneidet?, fragte ich mich und streichelte dabei ihre Kraft. *Was passiert, wenn ein Siphon den Bann verschlingt?*

Ich neigte meinen Kopf, wie sie es unzählige Male in Typhos' und sogar in meinen Erinnerungen getan hatte. „Dir ist ein Fehler unterlaufen, Vivaxia", sagte ich ihr. „Und dieser Fehler wird deine Abertausende von Jahren der Planung ungeschehen machen."

Ich wählte meine Worte mit Bedacht und meine Kraft suchte bereits nach allen Strängen, die sie in diesem Reich gewoben hatte. Jedes bisschen Magie, das nicht hierhergehörte. Jedes Stückchen Lebenskraft, das *ihre* war.

„Aha?", fragte sie und lehnte sich nach vorn. „Erzähl mir mehr."

„Ich gehöre dir nicht", erwiderte ich bloß.

Dann riss ich an ihren Bändern, meine Siphon-Fähigkeit in vollem Gange.

Ihr Bann begann an den Enden auszufransen.

Und im nächsten Augenblick trennte sich ihr düsteres Netz auf.

KAPITEL 42

TYPHOS

ICH SCHLUG DIE AUGEN AUF. Um mich herum wirbelte Kraft. Durch mich. *In mir.*

„Camillia!“, keuchte ich und stieß meinen Kopf fast an Meleks, als ich mich aufsetzte. Zum Glück reagierte er schnell und wich, zusammen mit Azazel und Ajax, zurück. Die drei knieten um mich herum. „Was zum Teufel ist hier los?“ Die Frage kam mir mit heiserer Stimme über die Lippen, was mich die Stirn in Falten legen ließ.

Dann erfüllte ein Kreischen die Luft und ein Schmerz sauste durch meinen Kopf.

Ein wütendes weibliches *Kreischen*.

„*Verdammt*“, murmelte ich und hielt mir den Kopf. Hörte sich nach einer Todesfee an. Aber das war es nicht. Es war *Vivaxia*.

Sie war allgegenwärtig. In meinem Kopf. In meiner Seele. In meinem Herzen. *In meinem Reich.*

Aber es war nicht nur sie, die ich spürte – sondern auch Camillia.

Ihre Präsenz war genauso potent wie Vivaxias und ihre

Essenz berührte jeden einzelnen Teil meines Wesens, während sie meinen Kern von unsichtbaren Strängen befreite.

Ich holte tief Luft. Mein Herz schlug wieder voller Kraft und meine Quelle stieß einen merklich erleichterten Seufzer aus.

Ich hatte nicht den leisesten Schimmer, was Camillia De la Croix machte, oder wie sie es anstellte, aber es fühlte sich richtig an. Es fühlte sich *gut* an.

Und die Schockwelle der Wut, die daraufhin von Vivaxia folgte, sagte mir, dass es ihr überhaupt nicht gefiel.

„Wo ist sie?", fragte ich und blickte mich, abermals die Stirn runzelnd, suchend in der dunklen Kaverne um. „Was zum Teufel mache ich hier unten?"

„Du bist gefallen", sagte Melek mit verärgertem Tonfall. „*Schon wieder.*"

„Es war eine Art Notlauf", ergänzte Azazel. „Du ..."

„Ich habe Vivaxia davon abgehalten, ihre Klauen noch tiefer in meiner Psyche zu versenken", unterbrach ich. Jetzt erinnerte ich mich.

Und zwar nicht nur an diesen Vorfall.

Sondern an *alles*. Meine ganze Geschichte mit Vivaxia – und so vieles mehr.

„Dieses Miststück hat schon viel zu lange mit meinen Erinnerungen gespielt", knurrte ich. Die Wut, die meinen Worten mitschwang, gebührte eher mir selbst als Vivaxia.

Denn ich hätte wissen sollen, was sie mit mir anstellte. Ich hätte sie *spüren* sollen. Obwohl ... ich das in gewissem Maße wohl auch hatte. Darum hatte meine Quelle wohl überhaupt auf das Eindringen reagiert.

Nicht nur heute, sondern bei jeder anderen Gelegenheit, in der sie versuchte, mit meinem Reich zu spielen.

Alles nur, um Misstrauen in meinen Feen zu säen und dafür zu sorgen, dass ich immer auf der Hut war. Sie hatte gewollt, dass ich von Emotionen geleitet wurde und unüberlegt handelte.

Und das hatte ich in gewisser Hinsicht auch.

Aber nicht in dem Maß, in dem sie sich erhofft hatte.

Und deswegen hatte sie ihr Endspiel auf die Spitze getrieben. Deswegen hatte sie meinen Strigoi-König manipuliert und ihren letzten Spielzug gemacht.

Nur hatte sie nicht kommen sehen, dass ihr Bauer zu einer Königin werden würde. Und vor ein paar Wochen hätte ich das genauso wenig erwartet.

Doch die Männer, die jetzt um mich geschart waren, hatten mich gezwungen, Camillias Wert, ihr wahres Potenzial, ihre *Kraft* zu erkennen.

Was mich trotz der wütenden Energie, die meine Adern erwärmte, die Lippen aufeinanderpressen ließ. Denn anders als Vivaxia hatte ich gewusst, dass Camillia eine Königin sein konnte. Und nicht nur irgendeine Königin, sondern *meine* Königin.

Eine weitere Welle heißer Energie brach über mir zusammen und entkräftete Vivaxias Aura, bevor sie mich erneut berühren konnte.

Sie versucht immer noch, ihre Krallen in mir zu versenken, realisierte ich, als ich spürte, wie die klauenähnliche Kraft sich durch die Luft krallte.

Ich hatte vergessen, wie mächtig, wie *erdrückend* ihre Energie sein konnte. Sie hatte mir diese Erinnerungen geraubt, sie fundamental verändert und mich zu ihrer Puppe gemacht. Hatte meine Kraft herangezogen. Meine Instinkte geleitet. *Dafür gesorgt, dass ich scheiterte.*

Jetzt spürte ich alles. Ihr Ziel. Ihre Absichten. Ihr Verlangen danach, den Thron zu *besteigen*.

Verdammt, sie war ein verrücktes, unsterbliches Miststück.

Und Camillia kämpft allein gegen sie.

Ich setzte mich panisch auf. Es blieb keine Zeit, alles laut zu erklären, also leitete ich mein Wissen mittels meiner Bänder an Azazel und Melek ... *und Ajax* weiter.

Blinzelnd drehte ich mich um und blickte die Mitternachtsfee mit hochgezogener Augenbraue an.

Er hob die Hände hoch und seine Gedanken verrieten mir, dass er nicht recht wusste, wie ich reagieren würde. „Sie haben mir aufgetragen, dich zu beißen."

Ich zog die Augenbraue noch höher.

„Das war der effektivste Weg, meine Kraft in dich zu leiten."

„Indem du mir ein Band aufgezwungen hast?", fragte ich der Klarheit wegen. Denn er hatte mich mehrere Male gebissen und damit dafür gesorgt, dass wir vollständig miteinander verbunden waren.

Ajax erschauderte. „Es war ja nicht so, als ob ich es tun *wollte*."

Ich kniff die Augen zusammen und meine Gedanken leiteten umgehend seine Wünsche ab. „Das war gelogen, Wärter."

Er biss die Zähne zusammen. „Lass uns später darüber reden."

„Sehr gern", stimmte ich zu.

Mit diesen Worten gewährte ich ihm Zugriff auf meine Gedanken, Gefühle, meine Vergangenheit und alles andere.

Denn es störte mich überhaupt nicht, zu seinem Gefährten gemacht worden zu sein. Was mich störte, war, dass er log und behauptete, er hätte es gegen seinen Willen getan.

Aber wie er schon gesagt hatte: *Wir würden später darüber reden.*

Der blaue Rand um seine Iriden schien zu pulsieren und verdrängte beinahe das Schwarz, das seine Augen mehrheitlich einnahm. Ich sah mein Spiegelbild im wechselnden

Farbenspiel. Meine Kraft hatte ihn ganz offensichtlich auch für sich beansprucht.

Gut.

Er brauchte den Energieschub. Das taten wir alle. „Lasst uns Camillia suchen."

Ich wartete nicht darauf, dass sie zustimmten, sondern flatterte mit den Flügeln, um abzuheben, und erstarrte, als ich die Federn an meinem Rücken spürte.

„Ty!", meinte Melek nach Atem ringend und riss die Augen auf, als er sah, was ich bereits spürte.

Da waren keine Funken oder verbrannten Federn mehr – nur zwei schwarze Flügel mit goldgesprenkelten Enden. *Camillia ... hat meine Flügel geheilt.*

Ich hatte keine Ahnung, wie das möglich war, spürte es aber tief in meiner Seele. Sie hatte mich aus einer Art Netz gezogen, mich von Vivaxias Einfluss befreit und meine Seele erlöst.

Aber, nein ... Moment mal. Es reichte so viel tiefer als das.

Das ist meine Quelle.

Camillia ... veränderte alles.

Sie schrieb meine Kraft um. Mein Reich. Schuf ein neues Gleichgewicht. Eines, das frei von Vivaxias schöpferischer Kontrolle war.

Du wirst diese Feen nie wieder anrühren, hörte ich sie denken. Ihre mentale Stimme zu vernehmen, war Balsam für meine Seele. *Sie stehen jetzt unter unserem Schutz.*

Unserem, wiederholte ich neugierig.

Und dann schien alles stillzustehen. *Typhos*, keuchte Camillia. *Ich ...*

Hör nicht auf, feuerte ich sie an. *Wage es ja nicht, jetzt aufzuhören, Camillia De la Croix. Hör nicht auf, das Reich zu säubern. Rette uns alle.*

Ich hätte schwören können, dass ich ihr Herz einen Satz machen spürte, als sie meine Worte vernahm. Ich konnte den

Schweiß an ihrem Rückgrat hinabperlen spüren. Konnte ihre Verwirrung *schmecken.*

Was aber vielleicht am wichtigsten war: Ich konnte ihre Entschlossenheit wahrnehmen. Ihre Bestimmtheit. Ihre *Kraft.*

Sie prasselten mit der Kraft von tausend Sonnen auf mich ein und verbrannten mich von innen. Und ich badete in diesem Licht. In *ihr.* In ihrer Kraft. Ihrer Präsenz. *Allem* von ihr.

Heilige Götter, das fühlt sich fantastisch an, sagte ich zu ihr. *Mach weiter.*

Ein angenehmer Schauer sauste durch unser neues Band. Ein Band, das ich nicht ganz verstand, aber absolut befürwortete.

Die Welt verschwamm immer wieder und trat dann wieder in Erscheinung, während ich mich in die Lüfte erhob und an ihre Seite schwebte. Ihre Seele war ein Leuchtfeuer, das meine Seele nicht bestreiten konnte.

Sie befand sich an derselben Stelle, wo ich im Thronsaal der Strigoi gestanden hatte, ihr Blick auf eine wütende Vivaxia gerichtet, während Kraft durch den Raum sauste.

Ich streckte eine Hand aus und legte sie Camillia auf die Schulter, um sie zu erden. Es war eine ganz instinktive Handlung – eine Reaktion auf ein Verlangen, das sie nicht laut ausgesprochen hatte, mir aber mit ihrer Seele übermittelte.

Ihre Augen waren geschlossen, ihre Lippen leicht geöffnet. Energie wirbelte um sie herum. Durch sie. *In ihr.*

Ich habe nicht den geringsten Schimmer, was ich hier tue, flüsterte sie.

Du kreierst eine Quelle, sagte ich ihr. *Eine, die scheinbar mit meiner verbunden ist.*

„Was?“, fragte sie. Wie es schien, hatte ich sie aus ihrer Trance gezogen, denn jetzt blickte sie mir in die Augen. „Wie …?“

Kraft jagte durch den Saal und traf Camillia mitten in die Brust, was sie zurückstolpern ließ.

Melek und Ajax materialisierten sich gerade rechtzeitig, um sie aufzufangen, bevor sie gegen die Wand prallen konnte. Auf ihrem Körper breiteten sich Flammen aus und Vivaxias giftige Magie nahm jeden Zentimeter von Camillias Wesen ein.

Azazel stieß kurz nach seiner Landung ein wütendes Brüllen aus und im nächsten Augenblick trat sein Schwert in Erscheinung, das er versuchte, in Vivaxia zu stoßen. Doch sie erhaschte das scharfe Ende, entriss ihm die Waffe und packte ihn am Hals. Alles ging so schnell, dass ich kaum folgen konnte.

Sie war immer schon mächtig gewesen, aber das hier war so viel mehr als das. *Wie viele Engelsfeen-Seelen schwirren in ihr herum?*, fragte ich mich. Ich erkannte die Magie, die ich jetzt durch ihre Aura sausen sah, wieder.

Wie es schien, war sie das Einzige, was vom Reich der Engelsfeen noch übrig war, und ihre Kraft ganz offensichtlich fast genauso robust wie eine Quelle.

Nur war sie nicht in der Lage, sie zu kontrollieren. Sie umkreiste Vivaxia in chaotischen Wellen, von denen sie Energie absorbierte, aber es war nicht ... es war nicht dasselbe wie das, was ich mit meinen Kraftventilen machte.

Leider spendete es ihr dennoch Energie.

Zum Beispiel jetzt. Sie begann einen Zauber zu sprechen, der Azazel bestens bekannt war. Einer, der mich ein wütendes Knurren ausstoßen ließ. Einer, den Camillia ... zum *Schreien* brachte.

Nein. Das lag am *Feuer*, das sie mit Haut und Haaren fraß.

Melek und Ajax schrien etwas, während sie versuchten, die Flammen zu löschen. Aber die Magie, die Vivaxia gewoben hatte, war trotz all ihrer Versuche zu stark. Oder zu fremd.

Azazel stieß ein wütendes Zischen aus, als der Zähmungsbann Wirkung zu zeigen begann. Ein Bann, den es gar nicht geben sollte. Denn er verstieß gegen unseren ursprünglichen Handel, der Azazel befreit hatte.

Was nur eines bedeuten konnte: Vivaxia hatte einen neuen Bann entwickelt, den sie verwenden konnte. Einer, der nicht gegen die Bedingungen unseres ursprünglichen Handels verstieß.

Oder vielleicht macht sie sich ganz einfach nichts mehr aus unseren Bedingungen, dachte ich.

Dann schoss ein weiterer Kraftschub auf Melek zu. Die Flammen legten sich um seinen Hals und rissen ihn von Camillia weg.

Alles geschah so unglaublich schnell. *Zu schnell.*

Mein Herz brach und meine Seele sah sich mit einer unmöglichen Entscheidung konfrontiert. *Melek. Azazel. Camillia.*

Und jetzt auch noch Ajax.

Denn das Feuer war jetzt von Camillia auf ihn übergegangen. Die Flammen waren übernatürlich und wollten *zerstören*.

Das Knurren, das ich ausstieß, wanderte über den Boden und brachte meine Pein zum Ausdruck. Meinen Schmerz. Meine *Wut*.

Vivaxia hatte versucht, mir eine emotionale Reaktion zu entlocken, und jetzt hatte sie es endlich geschafft. Denn meine Gefährten – *alle vier* – leiden zu sehen, ließ mein Herz in tausend Stücke brechen. Und damit auch meine Quelle.

„Du willst mein Licht?“, fragte ich Vivaxia mit tieferer Stimme als jemals zuvor und prall gefüllt mit unausgesprochener *Kraft*. „*Du kannst es haben*.“

Angetrieben von der Quelle, erhob ich zornig die Hände in ihre Richtung und ließ die Energie aus meinen Fingerspitzen fließen.

Mein ganzes Wesen.

All meine Lebenskraft.

Meine gesamte verdammte Seele.

Denn ich war mehr als nur bereit, für meine Gefährten zu sterben.

Camillia würde überleben. Sie würde sie zusammenhalten. Sie würde ihre Königin sein.

Und gemeinsam würden sie ihr als Könige dienen.

Das ultimative Opfer.

Ein wahrer verdammter Fall.

Alles im Namen der Liebe.

Nicht nur für meinen Zirkel, sondern auch für meine Albtraumfeen. Für meine Höllenfeen. *Für mein Reich.*

Ich sterbe für euch, sagte ich ihnen und schloss meine Augen. *Das Einzige, worum ich euch bitte, ist, zu überleben … aus freien Stücken.*

Denn die Tore würden fortan für immer offenstehen.

Es gab keine Regeln mehr. Keine Diskriminierung. Keine falschen Vorwände, das Reich beschützen zu wollen.

Meine Albtraumfeen und Höllenfeen verdienten es, zu *leben*. Aufzublühen. Zu *regieren*.

Ich schloss die Augen. Meine Quelle floss durch mich, dann aus mir, bis sie schließlich ihren Weg zu Vivaxia fand. Und sie überwältigte. Ihr zeigte, wie wahres *Licht* aussah.

Es war ein Geschenk, das sie nie handhaben könnte.

Denn ein Anführer zu sein, hieß, Opfer bringen. Man musste Mitgefühl haben. *Ein Herz.*

Und Vivaxia besaß nichts von alledem.

Sie würde für immer allein sein. In ihre persönliche Hölle aufsteigen. *An einen Ort, an dem sie nicht mehr schöpfen kann.*

Viel Spaß, dachte ich, bevor meine Knie einknickten. *Du hast dir dein Schicksal verdient, und ich mir meines.*

Melek schrie meinen Namen. Azazel machte es ihm nach.

Sie wussten, was ich vorhatte, und wie es enden würde.

Aber es war zu spät, um etwas dagegen auszurichten.

Du hattest recht, kleiner Prinz, flüsterte ich ihm zu, als meine Handflächen auf den Boden trafen. *Camillia ist der Schlüssel. Unsere Höllenfeen-Königin. Bitte, liebe sie an meiner Stelle. Liebe sie mit allem, was du hast. Schätze sie. Beschütze sie. Und … vergiss nicht, dass ich immer da sein werde, kleiner Prinz. Ich werde dir von den Sternen zulächeln. Die Quelle heller strahlen lassen. Für immer in euch allen existieren …*

KAPITEL 43

CAMI

Typhos!

Seine Kraft explodierte um mich herum und ließ die Feuer heißer, rasanter, *intensiver* brennen. Aber sie verbrannten meine Haut nicht. Sie ... sie pulsierten um mein und Ajax' Wesen.

Hinter einer dünnen Schranke aus Feuer ... was im Kampf gegen eine Flamme gegen die Intuition ging. Sie diente als Schild, der uns warmhielt und beschützte.

Hast du den geschaffen?, fragte ich Ajax. Plötzlich waren wir in Gedanken wieder miteinander verbunden.

Aber jetzt fiel mir auf, dass es nicht Vivaxias Magie gewesen war, die unsere Gefährtenbänder blockiert hatte, sondern Typhos' Quelle. Sie hatte sich in Schutzmodus begeben und sichergestellt, dass wir nicht mental miteinander verbunden waren, um uns alle vor Vivaxia zu schützen. Sie war in Typhos' Gedanken eingedrungen, was uns angreifbar gemacht hatte. Die Quelle hatte das gewusst, und entsprechend gehandelt.

Nein, sagte Ajax auf meine Frage nach dem Schild. *Der kommt von dir.*

Ich runzelte die Stirn. *Nein, tut er nicht* … Ich verstummte und folgte der Energie, bis ich bei ihrer Wurzel angelangte: *dem Stein in meiner Hand. Der Todesstein* …

Er bekämpfte Feuer mit Feuer. *Wie ich es auf diesen Campingausflügen gemacht habe* …

Ich schluckte hart, hin- und hergerissen zwischen Gegenwart und Vergangenheit, aber eine weitere brennende Welle, die über mir zusammenschlug, erdete mich wieder in diesem Augenblick.

Typhos explodiert.

Meleks schriller Schrei traf mich mitten ins Herz. Denn ich spürte es auch. Dieses Verlustgefühl. Das Wissen, dass Typhos alles opferte, um uns zu retten.

Seine Quelle.

Sein Leben.

Sein Reich.

Er leitete alles in Vivaxia – mit der Kraft aus Abermillionen von Sternschnuppen –, um ihr zu geben, was sie wollte*: sein Licht.*

Ich verstand seine Logik und auch, dass er dachte, dieser Schachzug würde sie überwältigen und sie zu einer Existenz verdammen, die sie nicht handhaben konnte.

Denn sie zeigte bereits Anzeichen darauf, zu viel absorbiert zu haben.

Die Engelsfeen-Seelen, dachte ich. *Sie hat zu viele in sich aufgenommen und ein Leuchtfeuer der Macht um sich geschaffen, das herumschwirrte und Energie spendete, ohne ihr wirkliche Kontrolle zu verleihen.*

Um eine Quelle handhaben zu können, brauchte man ein Herz. Man musste *lieben* können.

Aber Vivaxia dachte nur an sich.

Sie konnte keine Anführerin sein.

Aber Typhos darf sich auch nicht selbst opfern, beschloss ich. *Ich musste etwas unternehmen. Ihn aufhalten. Ihm* helfen.

Er hatte gesagt, dass ich eine Quelle kreierte – eine Quelle, die sich mit seiner *verbunden* hatte. Der Gedanke hatte mich erschreckt und komplett aus der Ruhe gebracht. Was für eine lächerliche Reaktion ... Denn mit dem nächsten Atemzug hatte ich gewusst, dass es stimmte.

Ich hatte all diese Banne abgesaugt, Vivaxia die Kontrolle über das Höllenfeen-Reich entzogen und die Kraft in eine neue Form gesandt. Ein Leuchtfeuer der Barmherzigkeit. Ein neues Verständnis von Kraft, die den Höllenfeen und Albtraumfeen die Fähigkeit verleihen würde, gegen Vivaxia anzukämpfen.

Es war mein Wunsch gewesen, dass sie einen *freien Willen* hatten. Und dadurch hatte sich meine Kraftkugel mit Typhos' verbunden.

Es war eine ganz natürliche Reaktion gewesen und hatte sich so richtig angefühlt, dass mir nicht einmal aufgefallen war, was ich machte, bis es geschehen war.

Jetzt muss ich dasselbe noch einmal tun, dachte ich und konzentrierte mich auf das Feuer, das mich und Ajax als Erstes einnahm. Es zischte und knackte. Die dunklen Stränge aus Magie versuchten, meiner mentalen Berührung zu entgleiten. Ich spürte, wie sie sich wand, schlängelte und erfolglos versuchte, meinen Siphon-Fähigkeiten zu entgehen.

Ich biss die Zähne zusammen. *Ich werde mich nicht von Feuer besiegen lassen.* Ich war in genug Infernos gewesen, um zu wissen, wie ich das hier beheben konnte.

Anstatt die Energie aufzusaugen, verstärkte ich mithilfe des Todessteins diese dünne Flammenschicht und schleuderte sie davon.

Direkt in Vivaxia.

Sie nahm sie in sich auf, wie sie es mit Typhos' Energie getan hatte.

Jetzt, da ich von ihrem feurigen Gefängnis befreit war, konzentrierte ich mich auf die brennende Leine, die um Melek geschlungen war, und sandte auch sie zurück zu ihrer Schöpferin – Vivaxia.

Azazel war als Nächster dran. Er war nicht in Flammen gehüllt, sondern mit einem Bann belegt worden, der ihn in seine Phönix-Gestalt gezwungen hatte. Er sah mich mit seinen dunklen Augen an. In ihnen brannte unbändige Wut. Er war fuchsteufelswild. Und kämpfte von innen dagegen an. Aber Vivaxia war es gelungen, ihn einzusperren.

Nicht für lange, dachte ich, kniff die Augen zusammen und löste die unsichtbaren Fesseln. Vivaxia nahm sie kampflos zurück und in ihren immer größer werdenden Energieball auf. Es war fast so, als wäre ihr nicht aufgefallen, was sie da in ihrer Seele willkommen hieß. *Kraft* war das Einzige, was sie begehrte. Und es war ihr egal, woher sie kam.

Sie zollte mir keine Beachtung.

Denn für sie war ich nur eine beliebige Spielfigur.

Typhos hingegen sah mich als Königin an. Als *seine* Königin. Und ich würde bald schon an seiner Seite regieren.

Anfangen würde ich damit, den Thron zurückzuerobern, den sie immer noch umklammerte, als würde ihr Leben davon abhängen.

Mittels Gedankenkraft machte ich das Metall und den Stein dem Erdboden gleich, zerstörte den Leiter, über den sie Kontrolle genommen hatte, und lächelte, als sie ins Wanken geriet, und blinzelte, als würde sie aus einer Trance aufwachen.

Ich räumte ihr keine Gelegenheit ein, sich zu erholen. Stattdessen ließ ich eine Portion meines eigenen Lichts auf sie los. Wenn sie so dringend aufsteigen wollte, konnte sie alles aufnehmen und wie ein verdammter Stern explodieren.

Der Todesstein in meiner Hand pulsierte, als wollte er zustimmen, und versah meine Gabe mit so viel Kraft, dass mein Atem ins Stocken geriet.

Er wollte, dass ich ihn benutzte, um Kraft auszuschütten, anstatt sie abzusaugen.

Aber er war ein Siphon, ganz wie ich.

Feuer mit Feuer bekämpfen. Die Flammen noch heißer brennen lassen.

Einen Siphon … mit einem Siphon bekämpfen.

Obwohl es keinen Sinn ergab, verstand ich den Zweck der Sache.

Höllenfeenregel Nummer dreizehn: Nichts ist, wie es scheint.

Ist es möglich, dass meine Eltern mich auf diesen Augenblick vorbereitet haben?, flüsterte ich in Gedanken, und dachte an all unsere gemeinsamen Erfahrungen zurück. All die unpraktischen Lösungsansätze für katastrophale Ereignisse.

Bisher hatte ich geglaubt, dass sie mich auf die Brautproben vorbereiten sollten.

Aber jetzt … jetzt fragte ich mich, ob sie mich vielleicht hierauf vorbereitet hatten. *Um gegen Vivaxia zu kämpfen. Um Typhos zu retten. Um das Reich der Höllenfeen zu erlösen.*

Wussten sie es? Haben sie von Anfang an gegen Vivaxia gekämpft?

Meine Mutter hatte in diesem Spiegel verzweifelt geschienen und mich mit panischem Ausdruck angesehen. Hatte Vivaxia sie bis zu diesem Zeitpunkt kontrolliert? Und meinen Vater auch?

Ich schluckte hart. Mein Kopf war voller Fragen, auf die ich keine Antworten hatte.

Und es blieb keine Zeit, weiter darüber nachzudenken.

Ich musste Typhos helfen.

Er lag völlig ausgelaugt am Boden und sein Licht war fast gänzlich ausgelöscht worden.

Trotzdem bearbeitete er Vivaxia weiter mit Kraft.

Ich rannte an seine Seite, führte meine freie Hand an seine wunderschönen Flügel, die sich wie eine schwarzgoldene Decke um ihn herum entfalteten, und leitete etwas Lebenskraft in ihn.

Du gehörst mir, sagte ich ihm. *Ich werde nicht zulassen, dass du stirbst. Nicht jetzt. Nicht jetzt, da ich …* Ich konnte den Gedanken nicht zu Ende führen. Stattdessen verstummte ich, denn er sandte meine Energie in Vivaxia.

Ich knurrte ihn an und legte meine Finger in seine, damit ich ihn mit einem kräftigeren Schub versorgen konnte.

Kämpf nicht gegen mich an, Typhos, dachte ich zu ihm. *Arbeite mit mir zusammen.*

Meinen Worten folgte ein besitzergreifendes Gefühl, das aber nicht von mir ausging. Es ging von ihm – von seiner *Seele* – aus.

Ich spürte es in mir, um mich herum, tief in meinem Kern. Es war, als hätte seine Essenz ihre Hand ausgestreckt, mein Wesen ergriffen und mich auf einer Ebene beansprucht, die es gar nicht geben sollte.

Aber sie existierte.

Denn meine Seele verbeugte sich vor seiner, nahm seinen Anspruch ohne Frage an.

Zwischen uns ging eine Kraftexplosion los. Unsere Seelen verbanden sich miteinander auf eine bindende Art, die unsere Zukunft sicherte. Unsere Gegenwart. *Unsere Vergangenheit.*

Melek war plötzlich auch da und schlang seine Arme von hinten um mich, gerade als Az – jetzt wieder in seiner menschlichen Form – sich neben Typhos sinken ließ. Ihre Energie vermischte sich mit unserer und kreierte einen Kraftüberschuss aus Energie und Lebenskraft, die in Typhos wirbelte und seine Reserven aufstockte.

Ajax war als Letzter dran. Seine Mitternachtsfeenessenz fühlte sich an wie ein Kuss, der mich im Augenblick erdete, sodass ich mich konzentrieren konnte.

Und genau das tat ich.

Nämlich darauf, Vivaxia in ihr eigenes verdammtes Universum zu pusten.

Ich klammerte mich mit einer Hand an Typhos fest, in der

anderen hielt ich den Todesstein und benutzte die beiden, um meine Siphon-Fähigkeit zu verstärken. Ich absorbierte den Rest von Vivaxias Aura im Reich der Höllenfeen, all die negative Energie, die ich in der Umgebung finden konnte, und mit ihr auch die Gaben, die meine Gefährten mir verliehen.

Ajax.

Az.

Melek.

Und Typhos.

Sie gehörten alle mir und ich ihnen. Genauso wie dieses Reich mir gehörte und ich seine Königin war. Ich wollte die Feen hier beschützen. Sie ehren. *Sie befreien.*

Ich hatte die Tore fallen gespürt, als Typhos begonnen hatte, Vivaxia mit Kraft zu überschütten. Zum ersten Mal seit seiner Erschaffung, hatte Typhos das Reich geöffnet. Die Brautproben zählten nicht. Diese Frauen waren von seiner Quelle auserwählt worden und hatten eine spezielle Bewilligung erhalten, das Reich zu betreten.

Aber jetzt würde dieses Reich allen offenstehen.

Seine Quelle würde jene, die sich entschieden, zu bleiben, beschützen, aber er würde anderen nicht länger den Eintritt verweigern. Vor allem weiblichen Feen.

Denn jetzt sah er ein, dass er sämtliche weibliche Albtraumfeen im Stich gelassen hatte. Er hatte die meisten von ihnen wegen des Samens, den Vivaxia gepflanzt hatte, davon abgehalten, dieses Reich zu betreten.

Jetzt würde er das berichtigen.

Wenn sie überhaupt noch leben, hörte ich ihn im Flüsterton denken.

Wenn sie noch leben, werden wir ihnen mit vereinten Kräften helfen, versprach ich ihm. Der Stein in meiner Hand brannte und ich ließ ihn um ein Haar fallen, als der Kraftrausch an meinem Arm hochsauste.

Es fühlte sich seltsam bekannt an.

Meine Gedanken versuchten zu ermitteln, warum es sich bekannt anfühlte, doch Typhos atmete stockend ein und sein Geist schien immer wieder ins Stottern zu geraten.

Denn er leitete sein Licht immer noch in Vivaxia und behielt nichts für sich.

Es erinnerte mich an meine Erfahrung im Paradigma, als ich ganz versessen darauf gewesen war, all meine Kraft von Vivaxia wegzustoßen und in seine Quelle zu leiten. Jetzt machte er das Gegenteil und versuchte, sie mit seiner Essenz zu überwältigen.

Und opfert sich dabei selbst.

Ich versah ihn mit noch mehr Kraft – Az, Melek und Ajax machten es mir nach. Aber er nahm nichts davon an. Die ganze Energie wirbelte um ihn herum und … *floss zurück in mich.*

Ich kniff die Augen zusammen. *Sturer Bock.*

Ich versuchte es erneut.

Und noch mal.

Und noch mal.

Jedes Mal leitete er sie zu mir zurück und gab das letzte bisschen seines Lichts an Vivaxia ab.

Seine greifbare Form welkte dahin und seine Energie ging über in eine neue Phase des Seins.

Ich schüttelte wutentbrannt den Kopf. Wütend auf mich selbst, dass ich nicht wusste, wie ich ihn aufhalten sollte. Wütend auf Vivaxia, dass sie die Wurzel *allen* Übels war.

Dieses Miststück stand neben dem zerstörten Altar und sah völlig durch den Wind aus, während ihre zerfledderten Flügel in unnatürlichen Winkeln nach hinten aufstanden und ihre Haare in einer nicht spürbaren Brise um ihr Gesicht wehten.

Sie stieg empor, wie sie es gewollt hatte. Ich konnte es

sehen. *Konnte es spüren.* Und ich wusste, dass das der springende Punkt war. Ich ... ich konnte nicht ...

Es muss einen anderen Weg geben.

Aber ich weiß nicht, wie ... Oder was ... Oder ...

Meine durcheinandergeratenen Gedanken wurden von einer Explosion unterbrochen, die mich zusammenschrecken ließ, bevor Kraft durch mich und in Typhos floss.

Was war das denn?, fragte ich mich und sah mich um.

Die Strigoi, erwiderte Az mit erstauntem Tonfall. *Sie ergänzen unsere Energie mit ihrer.*

Ich schlug die Augen auf. Meine Gedanken kreisten. „Aber das können sie nicht“, sagte ich und musterte die geschwächten Strigoi, die sich um uns versammelt hatten. „Ihr müsst aufhören!“, sagte ich ihnen. „Das hier ... das hier wird euch Schaden zufügen. Es könnte euch sogar umbringen!“

Sie waren schon zu lange ausgenutzt und niedergestreckt worden. Ich konnte spüren, wie schwach ihr Königreich war. Konnte die verkümmerten Energiereserven ihrer Seelen erkennen.

Die Wahl liegt bei ihnen, Engelchen, bemerkte Melek in Gedanken. Seine mentale Stimme hörte sich angespannt an. *Sie unterstützen ihren König und ihre Königin.*

Nicht so, dachte ich, bereit, sie zu zwingen, aufzuhören.

Kurz darauf schoss ein weiterer Geysir der Kraft empor, der von jemandem außerhalb heraufbeschworen worden war.

Ghule, wisperte meine Seele. Oder vielleicht war es auch die Quelle. Denn ich konnte ihre Energiestränge jetzt klar sehen und mein Herz erkannte, woher sie kamen.

Ganz, wie ich jetzt die Strigoi sah.

Alles zeigte sich mir in einem Licht- und Farbenspiel. Die wunderschöne und einzigartige Magie schlang sich um uns und floss in ihren gefallenen König.

Ich war kurz völlig fasziniert vom Anblick, konnte nichts

erwidern und staunte noch mehr, als sich Portale öffneten und von draußen weitere Energieschwaden zu uns fanden.

Meine Verbindung zu Typhos und dem Reich der Höllenfeen half mir, ihren Ursprung zu ermitteln. Meine Seele spürte ihre Auren und erkannte sie augenblicklich wieder.

Denn jetzt war ich mit dieser Welt vermählt. Die Gefährtin des Königs der Höllenfeen. Verbunden mit seiner Quelle durch meine eigene.

Es kam alles so unerwartet. Aber ich konnte sie nur annehmen und *anwenden*.

Meine Gedanken verbanden sich mit allen anderen hier und ihre Essenzen flossen in mich, als hielte ich ein Leuchtfeuer in den Händen. Und vielleicht tat ich das auch. Vielleicht war es der Stein. Vielleicht war es ganz einfach ich. Aber ich ließ ihre Kraft zu einem Energiestrudel zusammenfließen, den ich ins Reich zurückschoss – in die Quelle, die ich geschaffen hatte.

Ich kreierte weiter und weiter, schuf ein neues Licht. Einen neuen Sinn. *Einen neuen Stern.*

Aber dieser Stern wollte *mehr*.

Meine Seele brauchte all meine Gefährten.

Auch Typhos.

Denn eine Königin braucht ihren König …

Mit einem wütenden Knurren versenkte ich abermals meine Finger in seinem Federkleid, presste die andere Hand auf seine Brust und führte den Todesstein nahe an sein Herz.

Dann schloss ich meine Augen und befahl meinem Gefährten, zu mir zurückzukehren.

Hierherzukommen.

Aufzuwachen.

Und mein König zu sein, verdammt.

KAPITEL 44
MELEK

Cami war verdammt noch mal umwerfend.

Wie sie Kontrolle über die Situation nahm und die Kräfte meisterte, die sie umgaben. Wie sie sie durch die Luft webte und zu einem atemberaubend schönen Stern aus Kraft formte … Es war einfach *perfekt*.

Ich hielt sie in meinen Armen und spürte ihre Energie mit den Auren aller anderen interagieren. Aus ihnen schuf sie ein Meisterwerk für das Reich der Höllenfeen.

Und währenddessen opferte Ty weiter sein Licht.

Doch ich spürte Camis Absichten und verstand, was sie vorhatte.

Du gehst nirgendwohin, mein König, dachte ich zu ihm. *Unsere Königin braucht dich. Wir brauchen dich. Und Cami wird dich nicht sterben lassen.*

Ich konnte es in ihrer Entschlossenheit spüren. Der König der Höllenfeen hatte in Camillia De la Croix sein Gegenstück gefunden. Sie würde nicht zulassen, dass er sich opferte und zu einem Märtyrer wurde. Sie würde ihn als unseren König wieder einsetzen und ihn zu ihrem Gefährten machen.

Es war der wunderbarste Anblick der Welt. Ich war nicht

sicher, wie es Cami gelungen war – wie *die beiden* sich verbunden hatten, aber ich spürte ihr Band tief in meinem Herzen. Sie waren vereint, nicht nur durch ihre Gedanken oder durch ihre Adelstitel, die ihnen im Reich der Höllenfeen zukamen, sondern durch ihre *Seelen*.

Es war ein Band wie kein anderes, das ich je gesehen hatte. Es entsprach weder den Bändern der Engelsfeen noch jenen der Höllenfeen. Es war schlicht und ergreifend ihre ganz eigene Art eines Bandes.

Ty und Cami.

Unser König und unsere Königin.

Ich küsste Camis Nacken, während meine Flügel in Erscheinung traten und sich wie ein schützender Kokon um uns legten. Ajax kuschelte sich ebenfalls zu uns, legte ihr eine Hand auf die Hüften und die andere auf Tys Oberschenkel.

Zwischen uns allen war das Summen von Kraft zu vernehmen. Selbst Az', der mir gegenüberstand. Er hatte seine Hände auf Tys Körper gelegt, doch der Blick in seinen violetten Augen war auf Cami gerichtet.

Sie war der Mittelpunkt unseres Universums. Unsere Welt. *Unsere Göttin.*

Und sie belebte unseren König wieder.

Ty wehrte sich und seine Energie schwand dahin, doch Cami, die sich nach vorn lehnte und ihren Mund auf seinen presste, hauchte ihm buchstäblich Leben ein.

Er kämpfte gegen sie an und sein Licht erlosch immer wieder. Es leuchtete auf und ging dann wieder aus. Leuchtete auf und ging dann wieder aus.

Ich schluckte hart und mein Herz passte seinen Rhythmus dem seinen an. *Komm schon, Ty. Du bist ein Sadist, kein Masochist.*

Bis auf einen tiefen Atemzug folgte keine Reaktion. Das kaum zu vernehmende Einatmen hörte sich viel zu leise an. Viel zu ominös.

Ty, knurrte ich ihn an. *Ich werde dir nie vergeben, wenn du das tust. Und dass ich Cami für dich liebe, kannst du vergessen. Das ist deine Verantwortung. Sie ist deine Königin. Also wach verdammt noch mal auf und nimm sie, wie ein König es sollte.*

„*Nein*“, meinte Cami, was mich blinzeln ließ. „Das wirst du nicht tun. Ich will das nicht.“ Sie ließ sich auf Ty sinken, presste ihre Brüste gegen seinen Rücken, und die beiden sanken, mit mir zwischen ihnen, zu Boden. Federn, Haut und *Feuer* vermischten sich zu einer mystischen Mischung aus neu definierter Kraft.

Ajax und Az waren auch da.

Wir fünf hatten uns zu einer Art sternenähnlichem Energieschwarm zusammengefügt, der immer mehr Kraft einsog.

Cami bildete den Kern und ihre Essenz wirbelte durch die Luft, stieß wellenartig *Feuerlicht* aus.

Die Quelle, dachte ich fasziniert.

Sie ... sie hatte sie in diesen Raum gezogen – vorausgesetzt, wir befanden uns noch immer in einem Zimmer. Tatsächlich war es gut möglich, dass wir die Räumlichkeiten verlassen hatten. Bis auf den blendend weißen Stern namens Camillia De la Croix konnte ich nichts mehr sehen.

Das Licht wirbelte herum.

Brannte.

Formte einen Wirbelsturm aus intensiver Kraft.

Einer, den sie mit einer derartigen Wucht in Ty stieß, dass er seinen Rücken durchdrückte.

Mit einem scharfen Atemzug wirbelte er sie herum, sodass sie jetzt am Boden lag, und packte Cami am Nacken, seine Augen geöffnet, aber zugekniffen. „Von dir lasse ich mich nicht herumkommandieren, meine Königin“, sagte er ihr, bevor er sich zwischen ihre gespreizten Beine legte.

„Doch, mein König, tust du“, erwiderte sie, bevor sie mit ihrer Hand noch mehr Energie in ihn sandte.

Nein.

Nicht mit ihrer Hand.

Mit dem Todesstein.

Ich sah ihn blinzelnd an, wusste nicht, wie sie es schaffte, ihn auf diese Art zu benutzen. Dieser Stein beherbergte Seelen. Er war buchstäblich ein Gefängnis, das Seelen aus einem greifbaren Wirt saugte und sie im Stein einsperrte.

Sie hatte diesen Stein zuvor schon benutzt, um ihre Kraft zu stärken. Aber das ... das hier war ein ganz neues Level.

Ty knurrte, doch sie flößte ihm weiter Kraft ein.

Er wehrte sie ab.

Also tat sie dasselbe noch einmal.

Die beiden lieferten sich ein Duell der Lebenskraft und ihre Seelen erschufen einen Stern, der so hell leuchtete, dass er mich blendete.

Eine neue Quelle, wurde mir bewusst.

Oder viel eher ... eine *erneuerte* Quelle.

Robuster. Mächtiger. *Ausgeglichener.*

Weil sie aus uns allen bestand.

Az. Ajax. Ty. Cami. *Aus sämtlichen Bewohnern des Königreichs der Höllenfeen.*

Jeder fütterte sie mit seinem Opfer, mit seiner Entschlossenheit, zusammenzuarbeiten – mit der geteilten Liebe zu ihrer Welt und wofür sie stand.

Heilige Feen, ging mir durch den Kopf, während ich das wunderschöne Bild dieser Einheit bewunderte. Des Respekts. Eines Reiches, das von der Kraft gemeinsamer Ziele und Zuwendung zusammengeführt worden war.

Das hier war die Welt, die Ty geschaffen hatte. Eine Welt, in der jeder akzeptiert wurde. Eine Welt, in der jeder *sich etwas aus dem anderen machte.*

Und jetzt zeigten sie ihm, was ihnen das bedeutete.

Sie hatten ihn nie als ihren König angezweifelt. Ja, sie

hatten sich Sorgen gemacht, aber ihre Sorge hatte in der Liebe zu der Fee gewurzelt, die sie ihr Leben lang beschützt hatte.

Es war das selbstloseste und himmlischste Zusammenkommen eines Feenreichs, das ich je gesehen hatte.

So waren die Engelsfeen einmal, realisierte ich und spürte die Wärme der Welt, die jetzt auf uns hinabschien. *Ein Reich der Liebe, des Friedens und der Gleichheit. Unser ganz eigenes Nirgendland.*

Leider deutete das Kreischen in der Ferne darauf hin, dass Vivaxia überhaupt nicht erfreut über diese Entwicklung war.

Sie hatte Tys gesamtes Licht gewollt.

Aber Cami hatte ihn davon abgehalten, ihr das letzte bisschen zu geben, und wie es schien, kehrte die Quelle jetzt mit voller Kraft zu Ty zurück.

Nicht nur zu Ty, dachte ich. *Zu uns …*

Sie belebte jeden einzelnen Teil des Reichs wieder, den Vivaxia beschmutzt hatte.

Und versorgte die Albtraumfeen mit ihrem inneren Licht.

Stärkte Ty.

Und machte Cami mutiger.

Alles, während die beiden auf dem Boden miteinander rangen und mit ihren konkurrierenden Naturen mehr Licht schufen. Mehr Energie. Mehr *Leben*.

Sie waren beide so verdammt stur. Ty, der entschlossen war, sich zu opfern, und Cami, die es sich in den Kopf gesetzt hatte, das nicht zuzulassen.

Ihre Absichten hielten sich die Waage.

Das Erden einer Einheit.

Unsere Höllenfeen-Königin und unser Höllenfeen-König.

Ty knurrte. Cami erwiderte den Laut.

Dann küssten sie sich, versuchten einander mit ihren Mündern zu dominieren.

Ty würde gewinnen, aber Cami würde es ihm nicht leicht

machen, was sie bewies, indem sie eine Hand auf seine Brust legte und sich noch fester an ihn presste.

Daraufhin dominierte er sie mit seiner Zunge und drückte sie zu Boden, bevor eine Flammenwand um die beiden herum hochschoss.

Az lehnte sich zurück und genoss die Show. Ajax machte es ihm nach.

Ich aber blickte unentwegt auf die beiden und versuchte zu bestimmen, *wo* genau wir hier waren.

Nicht in der Kaverne, aber auch nicht mehr im Thronsaal der Strigoi.

Und dieser Boden, gegen den ich glaubte, Ty würde Cami pressen ... war kein Boden. Es war eine Mauer aus Kraft.

Ich riss die Augen auf. *Wir befinden uns im Himmel.*

Meine Flügel schossen urplötzlich aus meinem Rücken und ich presste eine Hand auf Ajax' Arm – bereit, uns beide davonzutragen, wenn es die Situation erforderte. Aber die Quelle kreiste um uns herum, beschützte uns mit ihrem Licht und brachte uns schrittweise zurück auf festen Untergrund.

Wo Ty Cami auf dem wirklichen Boden weiter verschlang.

Entweder konnten sie Vivaxia, deren Kreischen ganz in der Nähe zu vernehmen war, nicht hören, oder sie machten sich nichts daraus.

Ich hob meine Hand hoch, um meine Augen vor dem Licht zu schützen, als die Quelle noch heller wurde. Im nächsten Augenblick verschwand sie blitzartig.

Nein, sie war nicht verschwunden. Sie ... sie war zum Reichskern zurückgekehrt.

Und verbreite Liebe in den Königreichen. Schuf Sicherheit und versorgte ihre Wesen wieder mit Kraft.

Es war belebend, vollkommen und *rechtschaffen*.

Genau wie Cami.

Aber im Augenblick küsste sie Ty alles andere als unschuldig. Sie biss zu und ließ Blut fließen, woraufhin er an ihren Mund gepresst knurrte. „Ich werde mich niemals unterordnen", sagte er an ihre Lippen gedrückt.

„Ich weiß", hauchte sie. „Du bist ein König."

„*Dein* König." Er drückte ihr Küsse aufs Gesicht und bewegte sich dabei an ihr Ohr. „Und das bedeutetet, dass ich mich gelegentlich beugen werde. Für dich."

Das ließ mich eine Augenbraue hochziehen. *Aha? Mir hast du dich noch nie gebeugt, mein König.*

Wir beide wissen, dass das nicht stimmt, kleiner Prinz, erwiderte er postwendend.

Dann küsste er Cami erneut, als wüsste er sich nicht zu helfen. *Vielleicht verstehst du jetzt, warum wir uns alle in sie verliebt haben*, flötete ich.

Sie hat eine magische Muschi, verdammt, erwiderte er. Der amüsierte Tonfall entging mir nicht – und das Ächzen genauso wenig. Er wollte in ihr sein. Sie ficken. Sie *beanspruchen*.

Und sie wollte dasselbe.

Aber in Gedanken nahm sie auch unsere Umgebung wahr und beobachtete die Stromschnellen, die durch die Luft sausten.

Eine Faszination, die in blankes Entsetzen umschlug, als ich spürte, wie Vivaxias Dunkelheit unmittelbar auf Cami und Ty zusteuerte, überwältigte mich.

Ich schrie ihre Namen, aber die beiden hatten sich bereits in Bewegung gesetzt. Ty breitete, die Hände auf Camis Hüften gelegt, seine Flügel aus, legte sie um sie beide und zusammen blickten sie dem nahenden Schwarm wütender Energie entgegen.

Er sah nicht einmal im Entferntesten so aus wie Vivaxia, sondern ähnelte einer chaotischen hornissenförmigen Kugel, die in Form eines wütenden, summenden Schwarms auf uns zukam.

Aber es war sie.

Ihre Essenz.

Ihre *Seele*.

Sie war hier nicht willkommen. Die Tore mochten nicht mehr existieren, aber das Reich beschützte sein Volk dennoch. Und die Quelle der Höllenfeen war das ultimative Leuchtfeuer.

Ein Leuchtfeuer, das Cami und Ty gehörte.

Ein Leuchtfeuer, das Az, Ajax und ich bewachten.

Und dieses Leuchtfeuer stimmte Vivaxias Anwesenheit nicht zu.

Trotzdem konnten wir nicht zulassen, dass die Quelle sie aus dem Reich drängte. Es könnte tausende Jahre dauern, bis sie sich erholte, aber sie würde zurückkehren. Sie war besessen von Tys Licht und Cami würde auch in ihr Fadenkreuz geraten.

Also mussten wir einen Weg finden, sie *einzusperren*. Ihre greifbare Form zu zerstören und ihre Seele einzufangen.

Ty, begann ich.

Doch er bedeutete mir in Gedanken, still zu sein und mich nicht einzumischen. Er half Cami, sich zu konzentrieren.

Ich hörte dabei zu, wie ihr dämmerte, was sie tun musste. Der Stein in ihrer Hand führte sie und Tys Gedanken halfen ihr, zu verstehen, was der Stein zu sagen versuchte. Ich konnte ihn nicht hören, konnte mir aber vorstellen, was er ihr zu übermitteln versuchte.

Das hier ist ein Todesstein, weil er Seelen einsperrt und sie davon abhält, überzugehen.

Was darauf hindeutete, dass sie vielleicht imstande war, Vivaxia darin einzufangen. Eine Einsicht, die Cami jetzt hatte, als der brummende Energiestock auf uns zukam.

Sie zog die Schultern zurück und beobachtete den abscheulichen Anblick, den Stein immer noch fest in der Hand. „Das feurige Portal mit Hitze bekämpfen“, sagte sie. „Höllenfeuer mit Wärme auslöschen. Eine dunkle Seele mit dem *Tod* niederstrecken." Sie hielt den Stein hoch, während sie sprach. Ihre Worte ergaben keinen Sinn für mich, bis ich die Schlüsse sah, die sie in ihren Gedanken gezogen hatte. Ihre Vergangenheit floss mit ihrer Gegenwart zusammen.

All diese Campingausflüge mit ihren Eltern hatten einen Zweck erfüllt.

Höllenfeenregel Nummer dreizehn: Nichts ist, wie es scheint.

Die Regel ging ihr, zusammen mit dutzend anderen, durch den Kopf. Darunter auch jene, die meine Aufmerksamkeit erhaschte und nicht ganz zu den anderen passte.

Höllenfeenregel Nummer sechs: Sei dir selbst der Nächste.

Bei der war es ums Überleben gegangen, aber jetzt realisierte Cami, dass sich um andere zu kümmern war, was die Quelle antrieb. Typhos hatte ein neues Licht erschaffen, das alles und jeden unter seiner Kontrolle unterstützte. Sie hatte diese Kraft mit ihrer gestärkt.

Und das durch die Hand ihrer Eltern. Durch das, was zu werden sie ihr geholfen hatten.

All das hatte in dem Todesstein gegipfelt, den sie jetzt in der Hand hielt.

Wenn du einen Kampf nicht gewinnen kannst, versteck dich in den Schatten. Vivaxia konnte nicht auf althergebrachte Weise besiegt werden, aber ihre Dunkelheit in den *Schatten* festhalten, das war möglich.

Cami hob ihre Hand hoch und um sie herum schwirrte Kraft. Die Stränge konnte ich nicht sehen, hörte aber, wie sie sie in Gedanken durchging. Sie trennte Vivaxias Essenz auf, schöpfte sie ab und leitete sie in den Stein ..., während sie alle Seelen freiließ, die darin festgehalten wurden.

Seelen, die, wissen die Feen wie lange, darin festgesessen hatten.

Energie und Lebenskraft flossen daraufhin aus dem Stein

und die verlorenen Seelen schlossen sich einem neuen Wesen an: der Quelle der Höllenfeen.

Es war ein ganz natürlicher Vorgang und so belebend. Ich konnte ihre Gegenwart spüren und ihrer Existenz kam jetzt ein ganz neuer Sinn zu. Das hier waren Wesen, die gestorben waren und denen es verwehrt geblieben war, überzugehen. Aber sie konnten in unserem Reich existieren, in unserer Kraftquelle, – und *aufblühen*.

Cami erschauderte, als die kühlen Essenzen um sie herumstrichen. Oder zumindest eine spezifische. Eine, die sie wiedererkannte.

Papa, dachte sie mit einer Träne in den Augen.

Doch der wütende Schwarm war ihr zu nahe, um sich lange auf die Seele konzentrieren zu können. Obwohl ich hätte schwören können, dass sie sich wie eine Umarmung um sie schlang und ihre Hand nach oben, in Richtung Vivaxia, führte.

Der Hauch eines Kusses streifte Camis Wesen, was sie ein weiteres Mal erschaudern ließ, dann verschwand die Präsenz und ließ sie die Sache zu Ende bringen.

Mit zusammengebissenen Zähnen kniff Cami die Augen zusammen und musterte die surrende Masse, die durch die Luft streifte.

Sie bestand nicht nur aus Vivaxia, sondern auch aus der Kraft, die sie geschaffen hatte. Die Seelen hunderter oder vielleicht sogar tausender Engelsfeen. Cami konnte sie alle sehen, ihre Schreie hören und ihren Schmerz spüren.

Ty vernahm auch alles davon und seine Wut stieg mit jeder Sekunde an.

Die Quelle versuchte, die wütende Energie zu vertreiben – Vivaxia aus unserem Reich zu vertreiben –, doch jetzt verband Cami sich mittels eines unsichtbaren Stranges mit ihr und zielte mit ihrer eigenen Essenz auf den wütenden Energieschwarm, um ihm die Kraft *auszusaugen*.

Aber anstatt die Energie in sich aufzunehmen, *entwirrte sie sie.*

Sie befreite die Seelen, die nicht zu Vivaxia gehörten, und stellte sicher, dass der dunkelste Strang zurückblieb. Der Schwarm verformte und wand sich, und mit jeder Sekunde wurde er kleiner, bis schließlich nur noch Rauch übrig war.

„Du wirst nie wieder *frei* sein, Vivaxia“, sagte Cami mit entschlossenem Tonfall. Mit der Stimme einer Königin. *Unserer Königin.* „Du wirst keine Wahl haben. Keine Unabhängigkeit. Dich erwartet ein Leben in einem Stein, in dem du dich nicht bewegen, atmen oder *sprechen* kannst. Denn genau das will der Todesstein, und du bist sein neues *Haustier.*“

Der Nebel stieß einen Schrei aus – oder zumindest nahm ich an, dass es sich dabei um einen Schrei handeln sollte. Der Laut erreichte uns jedoch als heiseres Wimmern.

Ein Wimmern, das langsam verstummte, während der Stein jeden einzelnen Strang von Vivaxias Gestalt aufnahm.

Cami bewegte sich eine lange Zeit nicht, ihr Blick auf der Stelle ruhend, an der die Engelsfee eben noch gewesen war. Ihre Stirn war in Falten gelegt, die Lippen zitterten leicht. „Ich ... ich schätze, diese Campingausflüge waren wichtiger, als mir je bewusst gewesen ist. Und doch *hasste* ich meine Eltern für ... für *alles.*“

Ty drehte sie in seinen Armen langsam herum und führte seine Hand an ihre Wange. „Sie standen unter Vivaxias Einfluss, Camillia. Du konntest es nicht wissen.“

Die Worte, die er zu ihr sprach, waren liebevoll, die Gedanken sich selbst gegenüber aber das pure Gegenteil. Denn tief drinnen hatte er das Gefühl, er hätte es spüren sollen. Zumindest in Pierre De la Croix.

Vivaxia hat in deinem Kopf gesessen, mein König, erinnerte ich ihn mit sanftem Tonfall.

Sie hätte ich auch spüren sollen, murmelte er.

Schon möglich, stimmte ich zu. *Aber jetzt ist es vorbei.*

Ja, jetzt ist es vorbei, wiederholte er.

„Deine Eltern sind jetzt frei“, ergänzte er hörbar zu Cami. „Alle Seelen, die Vivaxia eingeschlossen und kontrolliert hat, sind jetzt erlöst. Dank dir.“

„Du meinst wohl, sie sind tot“, erwiderte sie und schluckte traurig.

Ich runzelte die Stirn. *Nicht alle*, erwiderte ich beinahe.

Doch ehe ich das sagen konnte, fuhr sie fort und stellte klar, was sie gemeint hatte. „Ich *spüre* sie, Typhos. Ich spüre meinen Vater ... und meine Mutter. Sie sind ... überall. Ihre *Essenzen*. Ihre Geschichte. Ihre *Gedanken*.“

Unser König schwieg einen Moment lang, während er zu entschlüsseln versuchte, was sie fühlte. Was sie *hörte*.

Ich konnte zwar nicht dieselben Essenzen spüren, weil meine Verbindungen zur Quelle so anders als ihre und Tys waren, aber ich absorbierte die Information von meinem Gefährten. Die Details ließen mir ganz schwer ums Herz werden. Es tat mir so leid für unser Engelchen.

Vivaxia hatte die Seelen so vieler Engelsfeen abgesaugt – darunter auch Camis Mutter, nicht aber die ihres Vaters. Er war im Todesstein eingeschlossen gewesen – bewusst.

Ihre Mutter hatte ihn dort eingeschlossen, um ihn vor Vivaxia zu verstecken. Und dann hatte Mystika den Stein Zen übergeben. Oder besser gesagt: Sie hatte ihn an einem Ort gelassen, wo sie ihn finden würde.

Diese Geschichte – diese *Erinnerung* – ruhte jetzt im Reich der Höllenfeen.

Denn ihre Eltern waren jetzt hier. *Im Geiste.*

Als mir bewusst wurde, was das zu bedeuten hatte, erschauderte ich. Sie hatten ihr Leben für Cami geopfert. Obwohl man sagen könnte, dass ihre Leben ohnehin verloren gewesen waren, weil Vivaxia sie in der Hand gehabt hatte.

Trotzdem ... sie hatten für Cami gekämpft.

Und am Ende hatten sie ihre Tochter gerettet, indem sie ihr die Werkzeuge an die Hand gegeben hatten, die sie brauchte, um eines der mächtigsten Wesen des Universums zu zerstören.

„Mystika und Pierre sind jetzt Teil unserer Quelle, Camillia. Ganz wie meine Eltern“, flüsterte Ty und fasste damit alles zusammen, was ich gerade erfahren hatte. „Und ich kann dir garantieren, dass sie nicht nur in Frieden ruhen, sondern stolz darauf sind, was für eine Königin du geworden bist.“

Er lehnte sich zu ihr und küsste sie erneut. Dieses Mal zärtlicher.

Unsere Königin strotzte nur so vor Kummer und sie verdaute alles, was sie gerade erfahren hatte. Alles, wozu sie geworden war, und die Beziehung zu zwei Feen, die sie nie haben würde, und die so viel wichtiger hätten sein sollen.

Aber das waren sie gewesen. Sie waren so unglaublich wichtig gewesen. Denn sie hatten dafür gesorgt, dass ihre Tochter wusste, wie sie überleben konnte. Und damit hatten sie uns alle gerettet.

Ty wich allmählich von Cami zurück, dann ließ er sie zu Az und Ajax gehen, die sie umgehend in die Arme schlossen.

Ich wäre auch zu ihr gegangen, hätte Ty sich nicht zu mir umgedreht und mich mit einem amüsierten Ausdruck in den blauen Augen angesehen.

Mit hochgezogener Braue sah ich ihn an und blieb in Gedanken mit Cami verbunden. Sobald Az und Ajax aufhörten, sie zu küssen, hatte ich fest vor, für sie zu übernehmen.

Ty musste dieses Verlangen spüren. Und der Ausdruck in seinen Augen verriet mir, dass er es mir nicht verübeln konnte. Sie war jetzt unser Herzstück. Unsere Zukunft. *Unsere Gefährtin.*

„Sieht aus, als hättest du gewonnen, kleiner Prinz", murmelte er.

„Aha?", fragte ich scheinheilig. „Und was für ein Spiel haben wir gespielt, mein König?"

An seinen Mundwinkeln zupfte ein Lächeln und der Schalk in seinen Augen trat noch stärker hervor. „Ein gefährliches, Melek."

„Hm. Würde ich so etwas je tun?"

„Ja, würdest du", erwiderte er. „Wenn der Preis es wert ist."

Jetzt musste ich grinsen. „Mir schweben so einige Belohnungen vor, mein König."

„Das weiß ich."

Ich zog die Augenbraue hoch. „Willst du etwa sagen, es ist Zeit, einzulösen?"

„Vielleicht schon. Und wenn ich mich nicht irre, schulde ich dir etwas", murmelte er, ehe er seine Hand um meinen Hals schlang und mich rau in seine Arme zog. „Ich nehme an, wir werden mit Bändern spielen?"

„Mit roten", bestätigte ich. „Wenn unsere Belohnung bereit ist."

„Wenn unsere Belohnung bereit ist", stimmte er zu und strich mir mit den Lippen über meine. „Vielleicht in ihrer Krönungsnacht."

Mein Herz machte einen Satz. „Hört sich gut an."

„Dass du so etwas sagen würdest, habe ich mir schon gedacht." Er küsste mich weitaus sanfter als erwartet und ging ungewohnt zärtlich mit mir um. Auch seine Gedanken schlugen einen liebevollen Ton an, als sie flüsterten: *Danke, kleiner Prinz. Danke, dass du mich liebst. Danke, dass du mich beschützt – sogar vor mir selbst. Und danke, dass du Camillia De la Croix verführt hast.*

Der letzte Satz brachte mich zum Lachen. *Vertrau mir, das Vergnügen war ganz meinerseits.*

Daran habe ich keinen Zweifel.

Weißt du, sie gehört auch mir.

Tue ich. Er ließ seine Zunge über meine Lippen gleiten und wollte eingelassen werden. *Sie gehört uns.*

Uns, wiederholte ich. *Sie ist unsere Gefährtin.*

Unsere Gefährtin, flüsterte er zurück. *Und jetzt lass uns sicherstellen, dass das Reich sie anständig willkommen heißt. Und dann werden wir ihr zeigen, was es bedeutet, unsere Höllenfeen-Königin zu sein.*

KAPITEL 45
TYPHOS

ICH ZOG MICH ZURÜCK, als Melek Cami küsste und seine Hände über ihren wunderschönen Körper streifen ließ, als wollte er sichergehen, dass jeder Zentimeter von ihr immer noch da war. Az und Ajax hatten dasselbe getan, jetzt standen sie aber neben mir und musterten die kranken Blutfelder der Strigoi.

Mir kam ein Seufzer über die Lippen, als ich den Schaden musterte. „Ich hätte früher vorbeikommen sollen."

„Das hätte nichts am Endresultat geändert", erwiderte Az. „König Nos hat sein Volk hintergangen."

„Und den Tod vieler Strigoi zu verantworten", murmelte ich. Ich musste den Schaden beheben. Musste ihnen helfen. Musste das Königreich wiedererschaffen. Aber ich wollte nicht wieder zu weit gehen.

Ich hatte mittels des Throns dafür sorgen wollen, dass sie ohne eine Sigille auskamen. Obwohl das eine Weile lang gut gegangen war, hatte es ganz offensichtlich auch zu Ressentiment geführt.

Jetzt, da es die Tore nicht mehr gab, stand es ihnen frei, Gefährtinnen zu suchen und eine anständige Hierarchie zu etablieren. Aber ohne eine königliche Blutlinie, die ihre schwarmähnliche Energie am Leben erhielt, würden sie gar nichts erreichen.

Was bedeutete, dass ich ihnen etwas bieten musste, das sie über Wasser halten würde.

Etwas, das ihnen dabei half, aufzublühen und lange genug zu überleben, bis eine Sigille gefunden und als Strigoi-Königin gekrönt wurde.

Cami streifte meine Gedanken mit ihren. Unsere Geister verbanden sich und dann strömte Kraft aus uns in Richtung der geschundenen Felder. Die schwarze Fäulnis reichte in alle Richtungen und die faulenden Pflanzen welkten dahin.

„Sie waren einmal sehr robust, wuchsen in die Höhe und trugen Blutfrüchte an den Enden", sagte ich ihr und gab ihr eine Beschreibung dessen, wie es hier aussehen sollte.

„Unter der Erde liegen Menschen", ergänzte Ajax, der dank seiner vampirischen Sinne ganz klar die lebende Blutbank spürte, die die Felder antrieb. Sie bestanden aus einer Kombination von Menschenleben, die in Stasis verfallen waren, und der Kraft einer Sigille. Wenn eine niederging, gingen alle nieder.

„Sie haben keine Schmerzen", versicherte ich ihm. „Sie sind nur ... eingefroren."

„Weil das ja ein viel besseres Leben ist", murmelte er, ganz offensichtlich nicht erfreut über diese Entwicklung.

„Menschen dienen als Nahrung", erwiderte ich und sah ihn an. „Als Mitternachtsfee wirst du das doch bestimmt verstehen."

Seine schwarzen Augen glitzerten und der blaue Ring um die Iriden herum schien zu pulsieren. „Ich beiße lieber zu."

Auf meinen Lippen breitete sich ein Lächeln aus. „Ja, tust du", meinte ich. „*Gefährte.*"

Cami löste sich von Melek und sah uns beide mit abwägendem Blick an. Ich konnte spüren, dass sie in

Erfahrung zu bringen versuchte, wann und wie Ajax und ich uns verbunden hatten. Ich ließ sie nicht lange suchen und teilte ihr stattdessen mit, dass er mich gebissen hatte, um mich aufzuwecken.

Überraschenderweise stieß das bei Cami auf Gefallen.

Aber kurz darauf machte sich auch ihre Ablehnung bemerkbar, als sie ihren Blick über das Feld streifen ließ. „Menschenleben in Stasis zu behalten, ist nicht in Ordnung."

Ich hatte bereits erwähnt, dass Strigoi Sterbliche als Nahrung ansahen, also sah ich keinen Grund, mich zu wiederholen. Stattdessen verschränkte ich die Arme vor der Brust und starrte meine hübsche kleine Gefährtin an. „Ohne die Blutfelder werden die Strigoi sterben. Und die Blutfelder benötigen zwei Dinge: eine Sigille und die sterbliche Essenz, die den Früchten Energie verleiht. Also, was sollen wir deiner Meinung nach tun?"

Ich wollte sie mit der Frage nicht aufbringen, sondern war ehrlich neugierig. Ich wollte wissen, was meine Königin im vorliegenden Fall tun wollte. Denn ich konnte ihr nicht widersprechen. Der Begriff *barbarisch* ging ihr durch den Kopf, und ... na ja, sie hatte nicht direkt unrecht.

„Gibt es wirklich keinen anderen Weg, ihr Überleben zu sichern?", fragte sie, nachdem sie lange still geblieben war und nachgedacht hatte.

Ich ließ mir die Frage durch den Kopf gehen. „Soweit ich weiß, nein. Aber das bedeutet nicht, dass wir sie nicht darum bitten können, nach einer Alternative zu suchen."

Es musste nicht einmal eine direkte Bitte sein, nur eine angedeutete, die wir mit der Lösung für das Strigoi-Königreich präsentieren würden. Vielleicht würden wir unsere Unterstützung nur für eine begrenzte Zeit anbieten oder die Sache in ein paar Jahrzehnten noch einmal betrachten, wenn sich die Lage in allen Königreichen etwas beruhigt hatte.

Camillias Kraft streifte mich, während sie die Felder mit ihren Gedanken durchkämmte. Ihre Fähigkeit, Energiequellen und Seelen zu spüren, war in vollem Gange und verriet ihr mehr über das Land. Über die Bewohner. *Über die Albtraumfeen, die unsere Hilfe brauchten.*

Viel zu lange schon hatten sie ums Überleben gekämpft.

Aber mit einer Königin an meiner Seite, konnten sie jetzt vielleicht *aufblühen*.

Melek machte einen Schritt zurück, um ihr Platz zu bieten, und sah sie verehrend an. Über diesen Blick hätte ich mich vor wenigen Wochen noch geärgert.

Heute verstand ich ihn.

Zur Hölle, vermutlich hatte ich sogar einen ähnlichen Ausdruck im Gesicht.

Tust du nicht, murmelte er, ganz offensichtlich verbunden mit meinen Gedanken. *Du bist gleichmütig wie immer, mein König.*

An meinen Mundwinkeln zupfte ein Lächeln. *Gleichmütig?* Ich wollte in Camillias Anwesenheit nicht gleichmütig wirken. Ich ... ich wollte in gewissem Maße verehrungsvoll wirken. Unterstützend. Und beschützend. Aber ganz bestimmt nicht *gleichmütig*.

Du hast den königlichen Blick gemeistert, Ty. So bist du nun einmal. Aber deine Gedanken verraten uns allen, wie du wirklich fühlst. Jetzt sah er mich an. *Und deine Augen auch.*

Ich gab ein nachdenkliches Summen von mir, wusste nicht, ob das genügte.

Ich wollte, dass die Reiche wussten, wie sehr ich unserer neuen Königin verfallen war. Ihnen klarmachen, dass sie der Grund – *der Schlüssel* – für unsere Existenz war. Sie hatte das Reich vor einem schrecklichen Schicksal bewahrt. Hatte die Albtraumfeen davor bewahrt, angekettet zu werden. Hatte mich davor bewahrt, mein Licht aufzugeben.

Die Quelle gehörte ihr jetzt zu gleichen Teilen wie mir.

Was sie zu ihrer Monarchin machte. Zu ihrer *Göttin*. Und sie mussten wissen, wie ihr König für ihre Königin fühlte.

Camillias Kraft erwärmte unser Band abermals – diese einzigartige Verbindung, die unsere Seelen geschaffen hatten – und ich spürte, wie sie ihre Lebenskraft an einem Halm in der Nähe ausprobierte. Sie saugte etwas Kraft von der Quelle ab, um die menschlichen Wurzeln zu stärken, und sah zu, wie die Pflanze in die Höhe schoss. Rote Knollen – *Blutfrüchte* – reiften in der nächsten Sekunde heran, was sie den Kopf zur Seite neigen ließ.

„Das hier ist das Reich der Träume", murmelte sie. „Man kann den Menschen wenigstens angenehme Visionen verschaffen, während sie schlafen. Vielleicht sogar ganze Leben. Aber das hier ist nur eine vorübergehende Lösung. Die Strigoi müssen einen anderen Weg finden."

Ihre Worte wurden vom Wind davongetragen und unsere Quelle informierte das Königreich darüber, dass ihre Herrscherin gesprochen hatte. Und nicht nur das – sie hatte eine Art Dekret erlassen.

Die Strigoi würden ihm vermutlich umgehend zustimmen, da die Menschen unter dem Erdboden ohnehin bereits träumten. Aber vielleicht blickten sie Nachtschrecken ins Auge. Vielleicht konnten die Strigoi ihrem menschlichen Treibstoff einen angenehmen Schlaf bereiten.

Wie dem auch war, ich würde den Wünschen meiner Königin entsprechen und sicherstellen, dass die verbleibenden königlichen Blutlinien im Strigoi-Königreich ihre Forderung verstanden – indem ich ihnen ein Schreiben nach Hause sandte.

Vorerst werden wir euch helfen, dachte ich, und formte ihre Worte in einen Text um, den ich später zu Papier bringen würde. *Aber wir werden zurückkommen und erwarten, Veränderungen zu sehen. Also findet eure Gefährtinnen. Spürt eine Sigille auf. Und beansprucht euren Titel, bevor ihr euer Gebiet wiederaufbaut.*

„Die Ghule können sich auch an den Träumen dieser Menschen laben, richtig?“, fragte Camillia, deren Kraft sich jetzt in den Feldern ausbreitete.

Ich nickte. „Ja, die laben sich an Nachtschrecken und Träumen.“

„Okay, dann haben diese Sterblichen also mehrere Verwendungszwecke“, erwiderte sie. „Aber ich erwarte, dass man sie gütig behandelt. Und ich will, dass sie eines Tages alle freigelassen werden.“

„Hast du einen Wunsch, bis wann das geschehen soll?“, fragte ich mit hochgezogener Augenbraue. „Andere Bedingungen, die du hinzufügen möchtest?“

„Setzen wir etwa einen Handel auf?“, erwiderte sie mit Blick zu mir. „Oder erlasse ich ein Dekret?“

Ich lächelte. „Das hängt ganz allein von dir ab, meine Königin.“

Sie kniff die Augen zusammen. „Bedingungen und Zeitrahmen sind Schlagwörter für Handelsangelegenheiten.“

„Ja, aber Dekrete erfordern oft dieselben Eigenschaften.“ Ich ließ die Arme an die Seite sinken und steckte die Hände in die Hosentaschen, die gar nicht wirklich da waren. Denn, wie mir gerade auffiel, war mein Anzug in Stücke gerissen worden.

Vermutlich des Falls und des ganzen anderen Chaos wegen.

Tatsächlich sahen wir alle etwas mitgenommen aus. Cami ebenfalls. Ihr Tanktop war zerrissen und mit Blut bespritzt, ihre Jeans zerfetzt und ihre Mähne ganz wild.

Az und Ajax trugen kein Hemd und ihre Oberkörper waren mit Asche und Blut besudelt.

Sogar Melek sah ausnahmsweise nicht perfekt aus. Sein Anzug war an der Brust aufgerissen und zeigte einige seiner Tattoos, die mit getrockneten Blutsspuren gezeichnet waren.

Hm.

Wir mussten uns dringend duschen und ausruhen.

Und einen guten Fick brauchen wir auch.

Ich hatte lange genug darauf gewartet, meine Gefährtin zu beanspruchen. Aber sie war noch nicht fertig damit, die Grenzen ihrer neuen Rolle auszutesten und herauszufinden, wo ich nachgeben würde und wie weit meine tief sitzende Dominanz reichte.

Ich sah sie mit hochgezogener Augenbraue an und forderte sie heraus, tiefer zu graben. „Was von beidem ist es, Kleine? Ein Dekret oder ein Handel?"

Ihre Kraft breitete sich weiter aus und die Grashalme auf der Ackerfläche erhoben sich Reihe um Reihe in die Höhe. „Ich bin noch nicht bereit, mehr Bedingungen oder eine Frist festzulegen. Vorerst werde ich den Strigoi Zeit einräumen, sich zu erholen und ihr Königreich zu stärken. Aber ich erwarte, dass man respektvoll mit den Sterblichen hier umgeht. Nur weil sie *Nahrung* sind, heißt das nicht, dass sie leiden müssen."

Ich wies sie beinahe darauf hin, dass sie auch jetzt nicht litten und sie lediglich nicht bei Bewusstsein waren.

Aber diese Geschichtslektion würde ich mir für einen anderen Tag aufheben.

Stattdessen nickte ich bloß. „Wie du wünschst, meine Königin."

Jetzt war sie es, die eine Augenbraue hochzog. „Wirklich?"

Lächelnd machte ich einen Schritt auf sie zu. „Möchtest du herausfinden, was du sonst noch von meinem Reich und mir verlangen kannst?"

„Es ist nicht wirklich eine Forderung, sondern ..."

Ich packte sie am Hals und zog sie zu mir. Die unerwartete Handlung verschlug ihr die Sprache. „Es ist ein Geschenk, das du ihnen gemacht hast", formulierte ich um. „Aber du scheinst meine Dominanz auf die Probe stellen zu wollen.

Also, was würdest du gern von deinem König verlangen, Camillia?“

Sie starrte zu mir hoch. „Und ich kann haben, was immer ich will?“

„Immer“, sagte ich ihr und meinte es auch so.

„Solange ich bereit bin, den richtigen Preis zu bezahlen, was?“

Mein Griff um ihren Hals verstärkte sich und mein Schwanz schien plötzlich interessiert an der Richtung, die dieses Gespräch einschlug. „Ich glaube, das hängt ganz von der Forderung ab, meine Königin.“

Ihre Pupillen weiteten sich und das letzte bisschen ihrer Kraft breitete sich auf dem Feld aus. Sie presste eine ihrer Hände auf meine Brust, die andere ließ sie an der Seite hängen. „Unsere Seelen sind miteinander verbunden.“

„Ganz recht.“

„Ich finde, unsere Körper sollten es ihnen gleichtun“, flüsterte sie und sah mir mutig in die Augen.

Auf meinen Lippen breitete sich abermals ein Lächeln aus. „Du bittest mich, dich zu ficken.“

„Nein, ich *befehle* dir, mich zu ficken.“

„Hm.“ Ich ließ meinen Daumen an ihrem zierlichen Hals hinab wandern und schlang meinen Arm um sie. „Möchtest du irgendwelche Bedingungen festlegen?“

Sie zog die Augenbrauen abermals hoch. „Wir verhandeln über Sex?“

„Bei unserem ersten Mal? Natürlich. Ich muss wissen, wo deine Grenzen sind, Camillia. Andernfalls werde ich mit dir anstellen, was immer ich will.“

Ihre Brüste berührten meinen Oberkörper, als sie scharf einatmete, und ihre Wangen färbten sich rot. „Okay.“

„Okay, was?“, fragte sie, als sie dem nichts hinzufügte.

„Du kannst mit mir machen, was immer du willst.“ Sie

neigte den Kopf zur Seite. „Ich habe ein Safewort. Aber ich glaube, davon werde ich keinen Gebrauch machen müssen."

„Aha?"

Sie warf mir ein attraktives Grinsen zu, das eine weitere feurige Welle durch meine Adern sandte. „Ich kann mit dir umgehen, Typhos Luzifer."

Offensichtlich ist unsere Königin bereit, dachte ich zu Melek, und erinnerte mich dabei an unser Gespräch darüber, dass wir warten würden.

Ich glaube, wir sind alle bereit, mein König, erwiderte er. *Aber die Fesselspiele werde ich mir für die Krönungsnacht aufheben.*

Mmh, rote Seide …

Genau das habe ich dir versprochen, erwiderte er.

Angesichts des roten Teints auf Camillias Wangen, der noch stärker hervortrat, ging ich davon aus, dass sie unsere mentale Unterhaltung mitverfolgte oder vielleicht von Melek darüber aufgeklärt wurde.

Was es auch war, es machte mich ganz begierig, zu spielen.

Aber ich würde sie langsam heranführen. Sie hatte behauptet, dass sie mit mir umzugehen wüsste – und ich glaubte ihr auch –, das bedeutete aber nicht, dass ich überstürzt an die Sache herangehen würde.

Ich wollte das Ereignis für uns beide erinnerungswürdig machen.

Ein König, der seine Königin nahm.

Seine Gefährtin beanspruchte.

Und ihre Seelen auf die intimste aller Arten miteinander verschmolz.

Ich griff nach ihrer Hand – derjenigen, die sie hatte sinken lassen – und nahm ihr den Todesstein ab. „Wärter", sagte ich, ohne meinen Blick von Camillia abzuwenden. „Kannst du einen sicheren Ort für unsere Gefangene finden?"

Er stellte sich neben mich und streckte die Hand aus. „Ich glaube, ich kenne da jemanden, den ich um Rat fragen kann."

Zenaida, hörte ich ihn denken.

Ich nickte und legte ihm den Stein in die Hand. „Kannst du ihn begleiten, Azazel?" Zenaida würde Ajax nie etwas zuleide tun, aber es war mir lieber, wenn die beiden zusammen reisten – erst recht, wenn sie die mächtige Schicksalsfeen-Omega besuchten.

„Willst Cami wohl ganz für dich allein haben, was?", fragte Azazel. „Sie gehört nämlich *uns*, Typhos. Du musst teilen."

Ich sah ihn belustigt an. „Ich kann teilen. Aber ihr drei habt euch schon monatelang mit ihr vergnügt. Jetzt bin ich dran."

„Es ist nicht unsere Schuld, dass du so lange gebraucht hast, sie zu beanspruchen", bemerkte er. „Heute Nacht kannst du sie haben, aber ab morgen früh gehört sie *uns*."

Sein Tonfall verriet mir, dass das hier keine Verhandlung war.

Zu seinem Unglück machte ich mir nichts daraus. „Das werden wir ja sehen", sagte ich bloß.

Dann packte ich Camillia und brachte sie in unsere Suite im Palast, bevor mich jemand davon abhalten konnte.

Liebster, murmelte Melek. *Möchtest du gern, dass ich hier ein bisschen Botschafter spiele und sicherstelle, dass es den Strigoi und den anderen gut geht?*

Sehr gern, erwiderte ich, dann ließ ich meine Stirn an Camillias sinken und schloss die Augen. *Aber danach solltest du dich uns anschließen. Bis dahin wird unsere Königin feucht und begierig sein.*

Mit belustigtem und interessiertem Tonfall wisperte Melek: *Viel Spaß, mein König.*

Oh, den werde ich haben, kleiner Prinz, versicherte ich ihm. *Und Camillia auch ...*

KAPITEL 46

AJAX

„ERINNERST DU DICH DARAN, wie wir eine Münze geworfen haben? An die Nacht, in der Payan sich auf die Jagd nach unserer letzten Höllenfeenbrautkandidatin gemacht hat?", fragte ich, nachdem ich mich vor Zenaidas Haus materialisiert hatte.

Kuro folgte und landete direkt auf meiner Schulter. Er war während des Energierauschs im Reich der Träume verschwunden, aber jetzt, da sich der Sturm gelegt hatte, hatte er sich offensichtlich entschlossen, zurückzukehren.

Oder vielleicht wollte er einfach Zenaida besuchen.

„Du meinst den Münzwurf, den du verloren hast?", flötete Az, bevor seine Augen ganz schwarz wurden. Er kniff sie zusammen und schaute dann zu meiner Eule. Wie es schien, pflegten sein innerer Phönix und mein Zauberwesen nach wie vor nicht das beste Verhältnis.

„Ja, diese Wette", sagte ich. Die Erinnerung ließ ein Lächeln an meinen Mundwinkeln zupfen. Es war die Nacht, in der ich unserer Gefährtin begegnet bin. „Jetzt bin ich irgendwie froh, verloren zu haben."

„Aber hast du denn wirklich verloren? Oder war das nur

das Schicksal, das sich eingeschaltet hat?“, fragte eine melodische Stimme, bevor die Tür geöffnet wurde und dahinter Zenaida mit einem Teller ihrer berühmten Kekse hervorkam. „Habt ihr Hunger?“

„Ich bin mir sicher, dass er nach dem Teilen der Energie am Verhungern ist“, erwiderte eine Männerstimme.

Ich verdrehte die Augen. „Ich hätte wissen sollen, dass du auch hier bist“, sagte ich meinem ältesten Freund.

Shade steckte den Kopf hinter seiner Großmutter hervor. „Wie ich sehe, bringst du den Todesstein wieder zurück“, meinte er, anstatt eine Antwort auf meine Bemerkung abzugeben. Sein Blick verweilte auf meiner Hand und er steckte sich einen Keks in den Mund. „Heißt das, dass du dich endlich mit deiner Gefährtin verbunden und mit Zombies gespielt hast?“

Ich blinzelte ihn an und erinnerte mich daran, wie er etwas darüber gesagt hatte, als er mir den Stein in die Hand gedrückt hatte. „Da waren keine Zombies.“

Er legte die Stirn in Falten. „Wie schade. Ich habe so viele lustige Geschichten über das Königreich des Jenseits gehört, dass ich ganz einfach davon ausgegangen bin, es gäbe dort welche.“

„Das sind Todes- und Leichenfeen, keine Zombies“, entgegnete eine kultivierte Stimme hinter uns.

Ich drehte mich um und blickte einen hochgewachsenen Mann mit langem, silberweißem Haar an, der, die Hände hinter dem Rücken gefaltet, dastand und Shade, der im Innern des Hauses war, mit seinen strahlenden Augen ansah.

„Ich werde meinem Cousin deine Ideen weiterleiten“, fuhr er fort, ohne seinen Blick von meinem ältesten Freund abzuwenden. „Ich bin mir sicher, dass Hades absolut fasziniert sein wird.“

Ich riss die Augen auf. *Cousin* und *Hades* konnten nur

eines bedeuten. Das hier war eine Mythosfee. Oder ein Gott, wie die Albtraumfeen oft zu sagen pflegten.

Zenaida stieß einen Seufzer aus. „Na dann ... kommt doch rein, wenn alle da sind."

„Und was hat Morpheus hier zu suchen?", fragte Az. Der Name ließ mir das Blut in den Adern gefrieren.

„Oder sind Kekse wichtiger, als ein Königreich zu regieren?"

„Soweit ich weiß, fallen mir keine *Regierungspflichten* zu", meinte Morpheus, dessen Blick jetzt auf Az ruhte. „Ich bin nur ein Symbol, zu dem man beten kann. Manchmal erhöre ich die Gebete, oftmals nicht." Er sah zu Zenaida. „Wie sagt ihr Schicksalsfeen immer? Dass es verpönt ist, ins Schicksal einzugreifen?" Er zuckte mit den Schultern. „Scheint mir ein ziemlich guter Grund zu sein, findest du nicht?"

Az verschränkte die Arme vor der nackten Brust und sein Phönix-Tattoo schien angesichts seiner steigenden Verärgerung zu zittern. „Du hast eine Engelsfee in unser Königreich gelassen."

„Nein, das war der Strigoi-Thron. Der, wenn ich mich recht entsinne, von Typhos geschaffen wurde. Also hat *Typhos* die Engelsfee ins Reich der Träume eingelassen. Schätze, das sollte mich verärgern, aber ich bin heute in gnädiger Stimmung." Er deutete auf die Tür. „Sollen wir? Wie ich höre, ist das die höfliche Reaktion auf eine Einladung."

Az unterdrückte ein Knurren, das ich in seinen Gedanken hörte.

Dieses Verlangen konnte ich ihm nachfühlen.

„Luzifer wäre beinahe gestorben", sagte ich Morpheus. „Wärst du eingeschritten, wenn es dazu gekommen wäre?"

Die Mythosfee blinzelte mich mit noch intensiverem Ausdruck in den blaugrünen Augen an. Ich erschauderte beinahe, weil er mich so eindringlich anstarrte, und seine Gesichtsmerkmale schienen fast zu perfekt, um echt zu sein.

Plötzlich verstand ich, warum sie diesen Mann den Gott der Träume genannt hatten.

„Ich wäre sehr enttäuscht gewesen, wenn es dazu gekommen wäre", informierte er mich. „Vor allem, da sich der Todesstein in den Händen deiner Gefährtin befand. Zum Glück hat sie herausgefunden, wie man ihn benutzt." Sein Blick wanderte abermals zu Zenaida. „Weißt du, für eine Schicksalsfee, die behauptet, das Schicksal nicht herauszufordern, hast du wirklich ein Händchen dafür, Wege zu finden, um die Pfade zu verändern."

„Ich habe beim besten Willen keine Ahnung, wovon du da sprichst", erwiderte sie.

Natürlich nicht.

Warum würde sie irgendetwas wissen?

Verflammt noch mal, wir sind umgeben von Geheimniskrämern, dachte ich. *Das hier ist die buchstäbliche Hölle.*

Ganz recht, meinte Az, der sich genauso genervt anhörte.

„Vielleicht hast du recht", sinnierte Morpheus, der um Az herum auf das Haus zuging und einen Keks von Zenaidas Teller nahm. „Kein Grund, dich aufzuspielen, Kodiak. Ich hege keine Absichten, heute Nacht mit den Träumen deiner Omega zu spielen."

Aus dem Innern des Hauses drang ein Grummeln, das Zenaida wiederholt einen Seufzer ausstoßen ließ.

Schicksalsfeen-Alphas waren besonders besitzergreifend von ihren Omega-Gefährtinnen.

Und ich schätzte, dass ihr Alpha-Gefährte nicht besonders scharf darauf war, dass ein Mythosfeen-Alpha das Nest seiner Omega betrat.

Ich hoffte beinahe darauf, dass das Treffen in eine Schlägerei ausarten würde. Das wäre ein angemessenes Ende dieses sehr langen Tages.

Dann wiederum ... wollte ich auch einfach nur zurück zu unserer Gefährtin.

Ich vertraute darauf, dass Luzifer sich um sie kümmerte – erst recht, weil ich seine Absichten durch unser neues Gefährtenband spüren konnte. Aber das hielt mich nicht davon ab, Cami zu vermissen.

Wenn überhaupt, begehrte ich sie jetzt noch mehr.

Denn ich konnte hören, *was* er im Augenblick mit ihr anstellte.

Ein Bad, dachte ich belustigt. *Er badet unsere Gefährtin.*

Und füttert sie, ergänzte Az.

Der hat es echt mit verzögerter Befriedigung, was? Denn ich hätte die Geduld, eine nackte Cami zu baden, nachdem ich meine Anziehung zu ihr monatelang verborgen hatte, nicht besessen. *Sie fleht ihn praktisch an, sie zu ficken.*

Ich konnte ihr Verlangen spüren. Konnte ihre mentalen Forderungen vernehmen.

Und seine Antworten darauf auch.

Er bestand darauf, sich zuerst um sie zu kümmern, was Cami dazu brachte, etwas von wegen, sie müsste nicht verhätschelt werden, zu knurren.

Aber Luzifers dominante Haltung überwog, was unsere Gefährtin sich wiederum nach ihm verzehren ließ. *Verdammt, sie bringt mich dazu, auf der Stelle durch die Schatten zu ihr wandeln zu wollen*, gestand ich Az mittels unserer mentalen Verbindung.

Geht mir auch so. Sobald wir hier fertig sind, schließen wir uns ihnen an.

Ich dachte, wir lassen Luzifer eine Nacht mit ihr?, entgegnete ich und sah zu ihm.

Ich habe es mir anders überlegt.

Ich lächelte. *Meine Stimme hast du.*

Das habe ich mir schon gedacht, Wärter. Er machte einen

Schritt weg von mir und betrat Zenaidas Haus. Anders als Morpheus, nahm er sich keinen Keks.

Ich verzichtete ebenfalls, dankte ihr aber mit einem Lächeln, als ich über die Schwelle trat und an ihr vorbeiging. „Ich nehme an, du weißt, warum ich hier bin", sagte ich.

„Ja, tue ich", erwiderte sie, bevor sie mir nach drinnen folgte und die Tür schloss.

Ihr Esszimmer und ihre Küche waren oft Schauplatz für Zusammenkünfte von mehr als acht Wesen und mehr, aber irgendwie fühlte sich der Ort heute kleiner an. Ich ahnte, dass es an den Alphas vor Ort lag.

Morpheus hatte sich gegen die Wand gelehnt und die Hände in die Taschen seiner Anzughose gesteckt.

Kodiak und Vadim – Zenaidas Gefährten – standen in der Nähe der Kücheninsel und funkelten den Gott der Träume an.

Sie hatten sich bisher nicht zu Wort gemeldet, was ungewöhnlich für sie war. Sie waren keine lauten Persönlichkeiten, aber auch nicht direkt die ruhige Sorte. Eigentlich waren sie für gewöhnlich viel freundlicher. Vor allem Kodiak. Aber sein eiskaltes Starren ließ vermuten, dass er Morpheus nicht als einen Freund ansah. Und Vadim ging es offensichtlich genauso.

„Ich weiß nicht genau, warum du hier bist", unterbrach Shade, „aber als ich vernommen habe, dass du zu Besuch kommst, bin ich vorbeigekommen, um nach dir zu sehen. Immerhin wurde deine Gefährtin auf eine andere Existenzebene gesogen, als ich dich zuletzt gesehen habe. Während Afloras Ball, wenn du eine kleine Gedankenstütze brauchst."

Ich zuckte zusammen. „Ja. Tut mir leid."

Er zuckte mit den Schultern. „Florica erschafft täglich Paradigmen voller blutrünstiger Schlangen. Ist schon gut. Aber eine kleine Notiz, dass du in Ordnung bist, wäre nett gewesen.“ Er sah meine Eule eindringlich an. „Dasselbe gilt für dich, Kuro.“

Mein Zauberwesen bauschte sein Federkleid auf und neigte sein Köpfchen leicht.

„Wie dem auch sei … ich bin froh, dass du noch lebst“, fuhr Shade fort. „Oh, und bevor ich es vergesse: Aflora will, dass ich euch und eure Königin zum Abendessen einlade. Aufgrund gewisser Gegebenheiten schlage ich vor, dass wir das eher früher als später tun. Ihr werdet demnächst sehr beschäftigt mit euren neuen Rollen sein.“

Das ließ mich die Stirn in Falten legen. „Warum hört sich das nach einem Rätsel an?“

Er blickte mich mit einem Engelgesicht an, was meine Bedenken nur bestätigte. „Würde ich so etwas je tun?“

„Du bist Zenaidas Enkel, also ja. Ja, würdest du.“

Er lächelte. „Na ja, sag mir einfach Bescheid, wann ihr Zeit habt, okay?“ Sein Blick wanderte zu seiner Großmutter. „Tut mir leid, dass ich nur zum Essen gekommen bin und jetzt einen Abflug mache, Granny. Ich muss Kols dabei helfen, Floricas feurigen Seilen zu entkommen.“

„Ja, ich glaube, du hast ihn lange genug leiden lassen“, erwiderte sie und kniff die Augen zusammen. „Du solltest darüber nachdenken …“

„Nein“, fiel Shade ihr ins Wort. „Keine Prophezeiungen oder Ratschläge heute. Vielleicht morgen. Oder nächstes Jahr.“ Ohne ein weiteres Wort wandelte er durch die Schatten aus dem Zimmer, ganz erpicht darauf, den Fäden seiner Großmutter zu entkommen.

Mir ging es nicht anders.

Darum meldete ich mich rasch zu Wort und sagte: „Ich brauche ein sicheres Versteck für diesen Stein. Da du ihn mir ausgehändigt hast, gehe ich davon aus, dass du vermutlich bereits einen Aufbewahrungsort im Sinn hast.“

Ihre blauen Augen glitzerten daraufhin geradezu und ihr

langes, dunkles Haar schien in einer nicht spürbaren Brise zu wallen. „Tatsächlich habe ich das." Sie sah zum Gott der Träume. „Morpheus wird ihn an sich nehmen."

Anstatt eine Bemerkung abzugeben, streckte er bloß die Hand nach dem Stein aus.

Der Vorschlag ließ mich ein höhnisches Lachen ausstoßen. Ich hatte erwartet, dass Zenaida ein Paradigma empfehlen und mir vielleicht dabei helfen würde, einen Ort zu schaffen, an dem ich den Stein für die Ewigkeit verwahren konnte.

Aber das?

Nein.

„Warum zum Teufel sollte ich dich damit betrauen, diesen Stein zu verwahren, nachdem du Vivaxia erlaubt hast, die Wesen deines Reichs so eklatant zu manipulieren?", wollte ich wissen.

Er zog seine silberfarbene Braue hoch und sein Ausdruck erinnerte mich fast ein bisschen an Luzifer. Vermutlich, weil er hochnäsig aussah und ein königliches Flair ausstrahlte. „Weil ich in meinem Heimatreich Zugriff auf ein Gefängnis habe, das speziell für Unsterbliche wie Vivaxia geschaffen wurde."

Ich verschränkte die Arme vor der Brust. „Erzähl mir mehr über dieses Gefängnis."

„Es handelt sich dabei um die Büchse der Pandora", erwiderte er. Der Name sagte mir nichts. „In ihr hausen die Schlimmsten aller Mythosfeen. Und mein Bruder Ares ist ihr Wärter. Er wird ein passendes Plätzchen für den Todesstein finden."

„Mir fällt gerade auf, dass ihr euch nicht besonders gut kennt", unterbrach Zenaida, bevor ich etwas erwidern konnte. „Aber Morpheus den Stein zu geben, war meine Idee. Er weiß, wie man ihn und seinen Inhalt handhabt."

„Tut mir leid, aber ich habe nicht besonders viel Vertrauen in diese Lösung", knurrte ich. „Er hat sein Königreich dem Tod überlassen."

„Nur weil jemand nicht ins Schicksal eingreift, bedeutet das nicht, dass dieses Wesen sich nichts aus dem Ausgang macht“, erwiderte sie mit einem sanften Lächeln. „Viele von uns haben eine Rolle zu spielen, Ajax. Und meiner Erfahrung nach ist Zuschauer zu sein die schwierigste aller Rollen.“

Die Wortwahl ließ mich zusammenzucken. Ihre Bemerkung holte eine Erinnerung an die Oberfläche. An den Tag, an dem ich gezwungen worden war, *zuzusehen*, wie meine Liebsten umgebracht wurden. Wenn jemand verstand, wie schrecklich das war, dann ich.

Aber mir war nicht klar, warum sie den Drang verspürte, das jetzt anzusprechen.

Versuchte sie andeuteten, dass sich Morpheus mit einer ähnlichen Situation konfrontiert sah?

Ich bezweifelte es. Er war ein allmächtiger Feengott. Er hätte eingreifen können, wenn er es gewollt hätte.

Es sei denn, er hätte damit das Schicksal verändert, dachte ich mit Blick zu ihm. Die heutigen Ereignisse – was in den vergangenen Monaten geschehen war – hatten im Königreich der Höllenfeen alles verändert.

Diese Ereignisse hatten Cami in eine Königin verwandelt. Hatten uns geholfen, unseren Gefährtenzirkel zu finden. Hatte mich zu einem wahren Höllenfeen-Wärter gemacht. Hatten mir erlaubt, mich mit Az und Luzifer zu verbinden und mich Melek anzunähern.

Ich schluckte hart.

Obwohl ich Morpheus hätte vorwerfen können, dass er mehr hätte helfen sollen, kam ich nicht darum herum, mich zu fragen, was anders gewesen wäre, wenn er sich eingemischt hätte. Wäre es zum heutigen Tag gekommen?

Ich hätte mich Tag und Nacht wundern können, aber am Ende hätte es keinen Unterschied gemacht.

Die Veränderungen hatten bereits stattgefunden.

Was jetzt zählte, war, sicherzustellen, dass Vivaxia niemals zurückkehren würde. Und wie es sich anhörte, wusste Morpheus dieses Schicksal herbeizuführen.

Ein Teil von mir wollte die Entscheidung mit Luzifer absprechen.

Aber er hatte mich aus einem triftigen Grund zu seinem Wärter ernannt. Und er hatte mir überdies den Stein anvertraut.

Was bedeutete, dass die Entscheidung bei mir lag.

Ich blickte zu Az.

Er starrte zurück. *Ich stehe hinter dir, egal, wie du dich entscheidest*, gab er mir mit seinem Blick zu verstehen.

Zenaida war viele Dinge, aber sie hatte mich noch nie in die falsche Richtung gelotst. Ich vertraute ihr, auch wenn sie den Hang hatte, rätselhaft zu sein.

Sie war es auch gewesen, die mir den Todesstein überhaupt gegeben hatte. Mittels Shade, versteht sich. Aber das zählte dennoch.

Dieser Todesstein hatte es Cami erlaubt, uns alle zu retten und ihre Siphon-Fähigkeit zu meistern.

Was bedeutete, dass Zenaida uns die ganze Zeit über geholfen hatte, und zwar schon fast seit Beginn mit meiner Zeit mit Cami.

„Du hast Shade damit beauftragt, mir den Stein zu geben, und dann in jüngster Vergangenheit sichergestellt, dass ich wieder in seinem Besitz war“, sagte der Schicksalsfeen-Omega, bevor ich zu Morpheus blickte. „Und du hast ihn zusammen mit dieser Notiz im Tunnel gelassen, damit Cami ihn findet.“

Die beiden sahen mich an, sagten aber nichts. Kein Nicken. Keine Bestätigung. Nur ein erwartungsvoller Ausdruck.

Ich seufzte. „Ich sehe, warum ihr befreundet seid.“

„Sie sind nicht unsere Freunde“, bemerkte Kodiak. „Nur Bekannte, die ähnliche Ziele verfolgen.“

„Einige würden das als Fundament einer Freundschaft

bezeichnen“, meinte Morpheus, der Zenaida ein Lächeln schenkte. „Oder das Fundament eines Bands.“

Kodiak machte einen Schritt nach vorn, doch Zenaida hatte sich ihm bereits in den Weg gestellt. „Bitte nicht“, flüsterte sie.

Der Alpha erschauderte, dann schlang er die Arme um sie und zog sie rücklings in eine besitzergreifende Umarmung. Vadim begab sich in einer flüssigen, raubtierähnlichen Bewegung an ihre Seite.

Warum habe ich das Gefühl, gerade in unsere Zukunft geblickt zu haben?, fragte mich Az mittels unseres Bandes.

Ich glaube, das ist unsere Gegenwart, erwiderte ich und dachte an die Notiz von Morpheus zurück. Er hatte etwas von wegen, er hätte unsere Gefährtin in ihren Träumen gesehen, gesagt. Wehe, das war wirklich so.

Cami hatte vier sehr dominante, ausgesprochen besitzergreifende Gefährten, die alle besessen von ihr waren.

Darunter auch der Höllenfeen-König.

Gott oder nicht, wir konnten dieses Arschloch alle machen.

„Du solltest einen Besuch im Königreich der Höllenfeen vorerst vermeiden“, informierte ich ihn und händigte ihm den Stein aus. „Wir wollen doch nicht, dass du im falschen Traum landest und deine Realität sich in einen Nachtschreck verwandelt.“

Der belustigte Ausdruck in seinem Gesicht verriet mir, dass er ganz genau wusste, von wessen Träumen ich sprach.

„Keine Sorge, Wärter. Ich bin derzeit mit einer hübschen kleinen Träumerin im Reich des Jenseits beschäftigt. Die Gedanken deiner Gefährtin sind vorerst also in Sicherheit.“ Er hielt den Stein hoch. „Ich werde dafür sorgen, dass der hier seinen Weg zu Ares findet, damit er ihn verwahren kann.“ Er ging auf Zenaida zu und nahm sich einen weiteren Keks. „Sie sind köstlich wie immer, Kleine.“

Kodiak stieß ein Knurren aus, aber Morpheus war bereits weg, bevor er überhaupt auf den anzüglichen Kommentar reagieren konnte.

Zenaida erschauderte und ihre Pupillen weiteten sich, als sie den befehlshaberischen Laut von ihrem Alpha vernahm.

„Wir sehen uns bald wieder, Ajax", sagte sie und spürte ohne jeden Zweifel mein Verlangen, zu gehen. *Sofort.*

Ich hatte kein Interesse daran, zu bezeugen, was sich gleich zwischen ihr und ihren Gefährten abspielen würde. Dank der unsterblichen Gene mochte sie wie dreißig aussehen, aber für mich war sie dennoch eine Großmutter.

Igitt.

„Danke, Zen", schaffte ich hervorzuwürgen. Ihr Spitzname war alles, was ich von mir geben konnte, bevor ich durch die Schatten zurück in mein Zimmer im Palast wanderte.

Az folgte mir und lachte in Gedanken.

„Das ist nicht witzig", murmelte ich.

„Doch, ist es", konterte er. „Weil das wirklich unsere Zukunft war. In Tausenden von Jahren werden wir uns genauso angezogen von Cami fühlen. Genauso dominant sein. Genauso besitzergreifend." Seine Stimme wurde mit jeder Aussage tiefer. „Wir werden sie für die Ewigkeit ficken und ich kann es kaum erwarten."

Ich sah ihn an. „Willst du direkt damit anfangen?" Denn ich spürte, dass sie jetzt endlich aus der Badewanne stieg, und ich hätte nichts dagegen, ihr beim Abtrocknen zu helfen.

Az schüttelte den Kopf. „Wir werden Typhos noch ein kleines bisschen mehr Zeit geben. Dann schließen wir uns ihnen an." Er trat an mich heran und presste seine nackte Brust an meine. „In der Zwischenzeit sparren wir."

„Vorspiel?", konterte ich.

„Ganz genau", erwiderte er, was mich die Augen verdrehen ließ.

„Haben die heutigen Abenteuer deinen Hunger nach Gewalt nicht gestillt?“

Er lächelte. „Nicht einmal annähernd.“

Ich starrte in seine Augen und bemerkte das schwarze Flackern, ehe im nächsten Augenblick sein Phönix zu mir zurückblickte. Vivaxia hatte ihn wieder an die Leine genommen. Nur für ein paar Minuten, aber das hatte gereicht.

Az drückte es nicht in Worten aus, aber er brauchte etwas Gewalt, um zu verarbeiten, was geschehen war. Und er wählte mich als dieses Ventil ... um unsere Gefährtin zu beschützen.

„Eine Runde“, sagte ich ihm. „Dann will ich duschen und etwas essen ...“

Er presste seinen Mund auf meinen, ehe ich den Satz zu Ende geführt hatte. Sein Kuss kam so unerwartet und war so schroff, dass Blut floss.

Knurrend küsste ich ihn genauso erbittert zurück.

Dann ließ ich mich von ihm zu Boden ziehen und ergab mich seinen Verlangen.

Denn genau das taten Gefährten füreinander. Wir halfen einander, wenn wir Hilfe brauchten. Wir boten Schutz und einen sicheren Ort, an dem man heilen konnte. *Und wir liebten einander bedingungslos.*

KAPITEL 47
CAMI

ICH FUNKELTE TYPHOS' nackten Rücken an. Die Flügel waren verschwunden, sobald wir hier angekommen waren. Jetzt bildeten seine Muskeln einen erotischen Anblick, der mich meine Schenkel voller Verlangen aneinanderpressen ließ.

Ein Verlangen, das er in der vergangenen Stunde in der Badewanne geschürt hatte.

Und mich währenddessen gezwungen hatte, zu essen.

Obwohl ich nichts lieber hätte tun wollen, als ihn zu verschlingen.

Unsere Quellen hatten sich miteinander verbunden und unser Gefährtenband saß jetzt fest an seinem Platz. Ich musste ihn ficken und unsere Verbindung vervollständigen. Endlich diesen breiten Schwanz in mir spüren.

Aber er zog meine Folter in die Länge, indem er versuchte, sich um mich zu kümmern. Obwohl ich seine Bemühungen zu schätzen wusste, war da diese Stelle an meinem Körper, die zu berühren er vernachlässigte.

Und ich hatte es gehörig satt.

„Ich kann hören, wie du da drüben Trübsal bläst", murmelte er, den Rücken immer noch mir zugewandt. „Ich habe es dir gesagt, Camillia. Es geht hier um Dominanz." Er drehte sich um und schlang sich das Handtuch um die Taille. Das Baumwollmaterial verbarg seine beeindruckende Erektion. „Du kannst mich nicht herumkommandieren, Kleine."

Wieder kniff ich die Augen zusammen. „Du bestrafst mich dafür, dir das Leben gerettet zu haben."

„Das hier ist keine Strafe, kleiner Siphon", erwiderte er, während er auf mich zuschlenderte. „Ich will nur sicherstellen, dass du weißt, dass ich mich um dich kümmern werde." Er legte mir die Hand an die Wange, lehnte sich zu mir und sah mir tief in die Augen. „Ich will, dass du dich daran erinnerst, wie sanft ich mit dir umgegangen bin. Denn wenn ich dich nehme, werde ich alles andere als sanft sein."

Wenn er mir nicht so nahe gewesen wäre, hätte ich die Arme vor meiner nackten Brust verschränkt und ihm einen finsteren Blick zugeworfen. Aber weil er nur eine Haaresbreite entfernt von meinem Mund war, konnte ich nichts weiter tun, als zu entgegnen: „Du neckst mich."

„Nein, ich warne dich", entgegnete er. „Die Dinge, die ich mit dir vorhabe, werden dich meine Absichten anzweifeln lassen. Aber ich will, dass du dir darüber im Klaren bist und daran glaubst, dass ich dich wertschätze. Denn sehr bald könntest du das Gefühl haben, dass dem nicht so ist."

Ich erschauderte. Diesen Worten wohnte eine Drohung inne – eine Drohung, die ich unbedingt in Erfüllung gehen sehen wollte. „Ja, bitte."

Er lachte und ließ seine Lippen kaum spürbar über meine streifen. „Du bist ganz begierig darauf, zerstört zu werden." Dann ließ er seine Hand an meinem Hals hinab wandern und drückte schroff zu. „Wie lautet dein Safewort, Camillia?"

„Camping", erwiderte ich. Die Antwort kam mir etwas gewürgt über die Lippen, weil er so fest zudrückte.

„Und was machst du, wenn du nicht sprechen kannst?“, fragte er und schnitt mir die Luft ab.

Ich hob meine Faust in die Luft. Er musterte sie kurz, als würde er abwägen, ob ihm die Geste gefiel oder nicht.

Nach kurzer Überlegung lockerte er seinen Griff und murmelte: „Braves Mädchen.“ Dann packte er meine Schenkel und breitete sie aus, ehe er mich nach vorn zog, sodass ich auf der Kante saß.

Ich hielt mich an seinen Schultern fest, damit ich mein Gleichgewicht halten konnte.

„Es ist sehr lange her, seit ich eine Frau gefickt habe“, meinte er. „Tausende Jahre, Camillia. Wenn ich also sage, dass ich jeden Teil von dir nehmen werde, meine ich es auch so. Ich will deinen Mund. Deine Muschi. Deinen Arsch. Jede verdammte Öffnung. Und du wirst dich von mir benutzen lassen.“ Er strich mit der Nase über meine Wange zum Ohr. Dort angelangt, knabberte er am Ohrläppchen. „Und du wirst um mehr *flehen*.“

Ich erschauderte und meine Nippel wurden ganz hart. „Ja, mein König.“

„Mh“, summte er mit zustimmendem Tonfall. „Du bist so eine brave kleine Gefährtin. Lässt dich von deinem König dominieren.“

Er ließ seine Lippen an meinem Hals hinab wandern und presste die Zähne gegen meine Haut.

Ich schluckte nervös und mein Herz pochte wie wild.

Er berührte mich kaum und ich war schon kurz davor, meinen Höhepunkt zu erleben. Ich konnte spüren, wie er sich in mir zusammenbraute und verlangte, herausgelassen zu werden.

Heilige Götter, wir hatten erst eine Stunde in der Badewanne gesessen, aber die kurze Zeit fühlte sich an wie ein jahrelanges Vorspiel, das jetzt in den letzten ekstatischen Akt mündete.

So viele Neckereien.

So viel *Sehnsucht.*

So viele Träume.

Aber das hier war echt. Typhos war hier. Berührte mich. *Beanspruchte mich ...*

„Außerhalb dieser vier Wände sind wir gleichberechtigt, Camillia“, flüsterte er. „Aber hier drinnen wirst du auf deine Knie fallen, wenn ich es dir sage. Du wirst diese langen Beine spreizen, wenn ich dich darum bitte. Und meinem Schwanz huldigen, als wäre er dein verdammter Gott.“

Mich durchfuhr ein weiteres Schaudern, dann drückte ich mit den um seine Hüften geschlungenen Beinen zu. „Ja, mein König“, sagte ich ihm, weil ich wusste, dass er eine Antwort wollte.

Ich konnte seine Gedanken hören.

Seine Absichten spüren.

Seine Erwartungen verstehen.

Heilige Feen, er wird mich wahrhaftig zerstören ...

Aber die Quelle – *unsere* Quelle – würde mich wieder zusammenfügen.

Er stieß ein tiefes Knurren aus, das durch jeden einzelnen Zentimeter meines Körpers rauschte. Daraufhin löste er seine linke Hand von meiner Hüfte und klammerte sich an den Marmortresen, sein Mund immer noch an meine bebende Halsschlagader gepresst.

Mit angehaltenem Atem wartete ich ab, was er als Nächstes tun würde.

Doch er atmete bloß tief ein. Dann wieder aus. Und wieder ein.

In meiner Lunge begann sich ein Brennen auszubreiten. Erst jetzt nahm das Verlangen nach Sauerstoff überhand. Gerade, als ich meinen Mund öffnete, *schlug* er zu. Er schlang seine Hand um meinen Hals und versenkte seine Zähne in meiner Haut.

Ich versuchte zu schreien, bekam aber keinen Piep heraus. Er drückte zu fest zu.

Seinen anderen Arm legte er mir um die Taille, um mich noch weiter von der Kante weg und an seinen muskelbepackten Oberkörper zu ziehen. Dann presste er seinen Mund auf meinen und pustete Luft in meine Lunge. *Seine* Luft. Er atmete für mich. Meisterte mich. Machte mich zu *seinem*.

Oh, verdammt ... Seine Dominanz, seine Essenz, einfach alles von ihm ließ mich in Wallung geraten.

Ich wollte diesen Mann besteigen und ihn zu meinem machen. Ihn beißen. Ihn mit meinem Mal versehen. *Ihm gefallen* ...

Er trug mich aus dem Badezimmer ins Bett seiner Suite, seine Lippen ununterbrochen an meine gedrückt. Wir küssten uns nicht, atmeten bloß miteinander. Existierten. *Verbanden* uns.

Heilige Götter, ich konnte ihn in jeder Faser meines Wesens spüren, und doch hatte sich die Stelle zwischen meinen Beinen noch nie so leer angefühlt.

Ein Teil von mir wollte betteln.

Doch Typhos räumte mir keine Gelegenheit ein, zu sprechen oder überhaupt einen klaren Gedanken zu fassen, weil er seine Zunge in meinen Mund steckte. Plötzlich konnte ich nichts weiter tun, als zu versuchen, mit seiner Forderung mitzuhalten. Sein Mund nahm Besitz von meinem, wie ich es noch nie zuvor erlebt hatte.

Ich nahm kaum wahr, dass mein Rücken auf die Matratze traf, weil ich zu eingenommen von seinen Berührungen, seiner Wärme, *seinen Händen* war ... Er ließ seine Finger an meinen Seiten hoch und an meinen Kurven entlangwandern, bis er schließlich bei meinen Brüsten angelangte.

Ich rang laut nach Atem, als er etwas zu fest in meine

Nippel kniff, doch dieser Laut verwandelte sich umgehend in ein Stöhnen, als er den Schmerz wegmassierte.

Er positionierte seine Hüften zwischen meinen Beinen. Dieses elende Handtuch hielt mich davon ab, ihn wahrhaftig zu spüren.

Also ließ ich meine Hände an seinen wohlgeformten Seiten hinab zum Stoff wandern, weil mein Verlangen danach, es ihm vom Körper zu reißen, mich überkam. Doch sobald ich daran zu ziehen begann, packte er meine Handgelenke und wirbelte mich herum.

Mir kam ein Ächzen über die Lippen, als mein Gesicht im Kissen landete.

Dann, als Typhos meine empfindlichen Brüste gegen die Matratze drückte, indem er eine Hand zwischen meine Schulterblätter presste, erstarrte ich.

Was …?

„Wie es scheint, habe ich mich nicht klar ausgedrückt", sagte er, an meinen Rücken gepresst, in mein Ohr. „Ihm Schlafzimmer ordnest *du* dich unter und *ich* führe."

Ein lautes Klatschen durchfuhr die Luft, als seine Hand auf meinem Arsch landete und mich zusammenzucken ließ. *„Typhos!"*

Er machte ein tadelndes Geräusch, ehe er sich zurücklehnte. „Was ist aus *meinem König* geworden, hm?"

Ein weiterer Klaps ließ mich die Schenkel protestierend aneinanderpressen, obwohl sich in mir etwas Heißes zusammenbraute. Etwas … *Aufregendes.*

„Bitte mich darum, es noch einmal zu tun", befahl er und streifte mein Ohr abermals mit seinen Lippen. *„Bettle,* Camillia." Er ließ seine Hand über meinen wunden Po streifen und entlockte mir damit ein seltsames Stöhnen. „Mh, das reicht mir nicht ganz, Kleine." Ich spürte seine Finger an meinen Beinen hinab wandern und die Stelle streicheln, an der ich ihn so sehnlich haben wollte.

Ich rang nach Atem und in mir schien sich alles vorfreudig zusammenzuziehen, als er sich zusehends meiner Klitoris näherte.

„Du bist jetzt schon so verdammt feucht für mich", murmelte er, ehe er seine Finger zurück an meine andere Öffnung führte. „Vielleicht werde ich dir den Hintern versohlen und dich hier wund ficken, nur um dem Verlangen etwas die Schärfe zu nehmen. Vielleicht bist du dann bereit, um mehr zu flehen."

Ich drehte meinen Kopf in seine Richtung, zuckte aber zusammen, als seine Hand auf meine andere Pobacke traf. Das Brennen kletterte an meinem Rückgrat hoch und in meinem Bauch breitete sich ein Kribbeln aus. *Verdammt ...*

„Vertrau mir, Kleine, ich denke darüber nach", erwiderte er. Offensichtlich hatte er gehört, was mir durch den Kopf gegangen war. „Aber wenn du nicht anfängst, zu kooperieren, werde ich sicherstellen, dass dieser *Fick* für mich vergnüglich ist, nicht für dich. Denn ich belohne nur brave Mädchen mit Orgasmen." Er lehnte sich abermals zu mir und führte die Lippen an mein Ohr. „Und du, Camillia De la Croix, hast schon viel zu lange versucht, von unten den Ton anzugeben."

Heilige Götter, ich wusste nicht, ob ich ihm ins Gesicht schlagen oder ihn besteigen wollte.

Az war dominant.

Typhos ... Typhos war ein ganz neues Level. Ein Level, das ich nicht zu kontern wusste. Ich war nicht einmal sicher, ob ich es überhaupt versuchen wollte.

„Kämpf nicht gegen mich an, Camillia", flüsterte er und ließ seine Zähne ganz sanft über meine Ohrmuschel streifen.

Seine Wortwahl brachte mich um ein Haar zum Lachen. Ich hatte fast dasselbe zu ihm gesagt, als er versucht hatte, sich wie ein Märtyrer zu opfern.

Trotzdem ... spürte ich sein Verlangen, in diesem Augenblick führen zu wollen. Dass er mich vollständig dominieren wollte. Und sein Versprechen, dass er sich um mich kümmern würde ..., wenn ich mich unterordnete.

Und seine Drohung, mich in die Unterwerfung zu zwingen, wenn ich ihn weiterhin herausforderte.

Ich erschauderte. Die Gegenüberstellung machte mich aus völlig anderen Gründen heiß. Ein Teil von mir wollte herausfinden, wie weit ich ihn treiben konnte. Ein anderer wollte ihm ganz einfach das Steuer überlassen und die Fahrt genießen.

Typhos ließ seinen Finger an meinem Rückgrat hoch- und wieder herunterwandern und wartete ab, wie ich mich entscheiden würde. Alles, während mein Arsch seiner vorherigen Bemühungen wegen brannte.

„Was wäre dir lieber, kleine Königin?“, fragte er mit sanfter Stimme. „Wirst du dich auf eine Art von mir benutzen lassen, die uns beiden Höhenflüge verschaffen wird? Oder wirst du mich zwingen, dich zu meinem persönlichen Spielzeug zu machen?“ Er ließ seine Finger zwischen meine Pobacken gleiten, um von hinten in mich zu dringen, was ein leichtes Brennen nach sich zog, weil er kein Gleitmittel benutzt hatte.

Ich hob meinen Po in die Luft. Die Empfindung war nicht direkt unangenehm, aber auch nicht so willkommen wie vorhin, als er seine Hand zwischen meine Beine geführt hatte, um meine Klitoris zu berühren.

„Es ist mir egal, ob das hier unser erstes Mal ist“, fuhr er fort. „Ich habe gewisse Erwartungen und du wirst sie erfüllen. Andernfalls werde dafür sorgen, dass du es tust.“

Ich biss ins Kissen, als er einen zweiten Finger in mich schob und das Brennen damit verstärkte.

„Entscheide dich, Camillia“, verlangte er. „Andernfalls werde ich an deiner Stelle eine Wahl treffen.“ Er spreizte seine Finger. Das Wechselbad von Verlangen und Schmerz brachte mich zum Stöhnen.

Verdammt, das hätte mir nicht gefallen sollen. Aber das tat es.

Und zu spüren, wie seine Zähne in meinen Hals drangen, gefiel mir auch. Wie seine Dominanz wie eine heiße, leidenschaftliche Welle über mir zusammenschlug.

Gegen ihn anzukämpfen, machte Spaß. Es fühlte sich richtig an.

Aber das hier ... das war noch besser.

Ich entspannte die Schultern, als der Biss in einen Kuss überging. Dann, als er die Bissspuren mit seiner Zunge nachfuhr, fühlten sich meine Gliedmaßen an wie Wackelpudding.

Heilige Feen ... So etwas hatte ich noch nie erlebt.

Er bewegte seine Finger nach wie vor in mir – drehte und bog sie auf eine Art, die ein Kribbeln in all meine Nervenenden ausströmen ließ. Es tat weh. Aber sein Mund, der an meinen Hals gedrückt war, schien mich vom Schmerz abzulenken.

Trotzdem kehrte das Brennen mit voller Wucht zurück, als er seinen Finger tiefer in mich schob und seine Lippen von meiner Haut löste. Ich zuckte zusammen, als er einen dritten Finger hinzufügte und mich damit so doll dehnte, dass ich meinen Rücken durchdrückte. „*Typhos*!“, zischte ich. Der Schmerz war beinahe zu groß.

„Das ist meine letzte Warnung, Kleine“, knurrte er, ohne nachzulassen. „Ordne dich freiwillig unter, oder ich werde dich dazu zwingen.“

Verdammmmt ...

Ich krallte meine Fingernägel in die Seidenlaken unter mir und mir kam ein Schrei über die Lippen, als er mich zwang, einen weiteren Stoß zu ertragen. Das Brennen war um ein Vielfaches heftiger. So viel *brutaler*.

„*Bitte ...*“, flüsterte ich.

Ich wusste nicht, ob ich um mehr flehte ... oder um etwas anderes.

Denn plötzlich schlug der Schmerz in eine neue Empfindung um. Es tat immer noch weh, fühlte sich aber auch ... gut an.

Heilige Götter, was machst du mit mir?, fragte ich mich, benommen von der schroffen Behandlung und dem sanften Reiben seiner Stoppeln an meinem Hals, als er seine Lippen auf die Stelle direkt unter meinem Ohr presste.

„Ich bringe dir bei, wie man zu mir betet", murmelte er, und sein minziger Atem schien all meine Sinne zu betören. „Ich bin jetzt dein *Gott*, Camillia De la Croix. Wenn du mich verehrst, wie ich es verlange, werde ich dich vielleicht belohnen."

Ein rebellischer Teil von mir wollte ihn für diese Worte verabscheuen und gegen ihre Bedeutung ankämpfen. Aber sobald er mein Rückgrat mit Küssen zu übersäen begann, fand ich nicht einmal mehr die nötige Kraft in mir, überhaupt zu versuchen, ein Wort von mir zu geben.

Denn obwohl er mir sagte, dass ich ihn verehren sollte, fühlte es sich an, als würde das komplette Gegenteil passieren. Dass er mich darauf vorbereitete, verwöhnt zu werden. Um den Verstand gefickt zu werden.

Jetzt hast du es verstanden, summte er in meine Gedanken. *Ich bin dein Gott, aber du bist auch meine Göttin. Also lass dich von mir zu den Sternen bringen, meine Königin.*

Er knabberte an einer der berührungsempfindlichen Pobacken, die wegen seiner Klapse brannte. Aber irgendwie fühlte es sich auch gut an. Die seltsame Mischung aus Leidenschaft und Folter machte mich ganz benommen und ich haderte damit, mich darauf zu konzentrieren, was ich tun oder sagen wollte.

Das Einzige, was ich wollte, war, mich vor diesem Mann zu verbeugen und ihn tun zu lassen, was immer er wollte.

Das wäre so viel einfacher gewesen. Keine Bedenken. Keine Verantwortung. Nur ... Wonne. Seinen Befehlen folgen. Ihn verwöhnen.

Und genauso verwöhnt werden.

Ich erschauderte. Das Beben schien durch mein gesamtes Wesen zu wandern, bis ich schließlich meine Hüften gegen die Laken unter mir presste. Ich brauchte Reibung. Ich ... ich brauchte *mehr*.

Ein weiterer Klaps auf meinen Arsch ließ mich stattdessen den Rücken durchdrücken. „Ich verschaffe dir Lust, Camillia“, sagte Typhos zwischen meinen Beinen. „Und du hast sie dir noch nicht verdient.“

Mir kam beinahe ein frustriertes Knurren über die Lippen, aber irgendwie gelang es mir, die wütende Energie in meine Hände zu leiten und die Laken zu umklammern.

Das musste die richtige Entscheidung gewesen sein, denn er fuhr mit der Zunge über meine Pobacke – direkt dort, wo sie in mein Bein überging. Dann ließ er sie nach oben wandern ... an eine Stelle ... an der ich selbst noch nie gewesen war ... *Heilige Feen!*

Seine Zungenberührung vertrieb das Brennen, das seine Hand geschaffen hatte, umgehend und ließ mein Herz ins Stottern geraten. Denn wow. *Wow*. Ich ... ich wusste nicht, wie ...

Mir kam ein Stöhnen über die Lippen. Noch nie hatte ich so etwas gespürt. Es hatte mehr wehgetan, als mir bewusst gewesen war. Aber jetzt ... jetzt heilte er mich. Wärmte mich auf. Verschaffte mir ein so, so *gutes* Gefühl.

„Typhos“, flüsterte ich. Jetzt kam mir sein Name aus einem ganz anderen Grund über die Lippen. „*Mein König*.“

Er gab ein Summen von sich und war offensichtlich erfreut darüber, dass ich ihn mit seinem Titel angesprochen hatte.

Irgendwann hatte er mir gesagt, dass das überflüssig war,

aber ich konnte seinen Gedanken jetzt entnehmen, dass es ihm gefiel, wenn ich es im Bett sagte. Es ging um Macht. Respekt. Und gegenseitiges Verständnis.

Denn in seinen Augen waren ein König und eine Königin Partner. Keiner war dem anderen untergeben. Sie regierten *gemeinsam*.

Wichtig war also nicht ein Rang oder eine althergebrachte Hierarchie.

Wichtig war die *Führung*.

Als eine Einheit.

Und zu wissen, wann man sich dem anderen unterordnete.

Zum Beispiel hier … im Schlafzimmer. Mein König brauchte meine Unterordnung. Und tief drinnen … musste ich mich unterwerfen. Ihm die Führung überlassen und seine Dominanz akzeptieren.

Ich hatte dem Reich heute alles von mir gegeben. Den Feen. Meinen Gefährten. Dieser Welt. Jetzt war es an der Zeit, mich zu erholen. Meinem König die Gelegenheit einzuräumen, mir zu danken, wie nur er es konnte. Unsere neuen Bänder zu genießen. Und einfach nur zu sein.

Jetzt verstand ich, was für einen Zweck das alles erfüllte. Warum Vertrauen für all meine Gefährten so wichtig war. Warum Typhos darauf bestanden hatte, sich um mich zu kümmern, bevor er mich beanspruchte.

Er wollte, dass ich mich sicher fühlte.

Beschützt.

Geborgen.

Damit er mich an meine Grenzen treiben konnte. Mich zu den Sternen bringen konnte. Und mich ficken konnte, wie es ein König sollte.

„Ich gehöre dir, mein König“, sagte ich ihm und entspannte mich unter ihm. „Du kannst mich nehmen, wie immer dir beliebt. Wo immer du willst. Auf welche Art auch immer."

Er spreizte meine Mitte noch mehr mit seiner Zunge, dann wich er langsam zurück.

„Eine weise Entscheidung", meinte er und koste meine malträtierte Mitte, bevor er sich hinter mir auf die Knie begab. „Jetzt dreh dich um und breite die Beine für mich aus. Ich will deine magische kleine Muschi kosten, die all meine Männer in ihren Bann gezogen hat. Die *mich* in die Knie gezwungen hat."

Jetzt war der drohende Tonfall wieder klar zu vernehmen und seine Stimme verwandelte sich in ein tiefes Knurren, das mich die Zehen krümmen ließ.

„Wenn ich damit fertig bin, mir deine süße Mitte mit der Zunge einzuprägen, werde ich dafür sorgen, dass du für mich kommst, Camillia De la Croix. So viele Male, wie ich will. Denn es ist mir bestimmt, deine Muschi zu verwöhnen. Und du, meine süße Königin, wirst alles nehmen, was ich dir zu geben habe. *Und mehr.*"

KAPITEL 48

TYPHOS

Camillias Unterordnung schmeckte süsser als ich mir je hätte träumen lassen. Meine starke, sture Königin hatte endlich losgelassen und ließ mich wahrhaftig führen.

Es war ein Geschenk. Eines, für das ich sie belohnen wollte.

Aber zuerst wollte ich sie berühren. Sie erforschen. *Alles über sie erfahren.*

Denn götterverdammt, sie war wunderschön anzusehen. Die langen Beine waren gespreizt. Ihre Muschi schimmerte im Licht. Ihre Klitoris war angeschwollen und ganz begierig darauf, stimuliert zu werden.

Es bedurfte Selbstbeherrschung, mich nicht über sie zu beugen und sie zu nehmen. Mit der Zunge in sie zu dringen und ihr Wonne zu verschaffen.

Aber mein kleiner Siphon musste zuerst komplett den Verstand verlieren, bevor ich sie fallen ließ. Nur so konnte ich ihr beibringen, wie schön sich unterzuordnen sein konnte.

Ich kniete mich zwischen ihre Schenkel und griff nach einem Fuß, um ihren Knöchel an meine Lippen zu führen. Sie schloss die Augen, als ich ihr einen Kuss aufdrückte, und dann ließ ich meinen Mund langsam an ihrer Wade hoch zu ihrem Knie und schließlich an ihren Innenschenkel und ihre bebende Mitte wandern.

Anstatt sie zu lecken, wie ich es tun wollte, wiederholte ich dasselbe an ihrem anderen Bein.

Sie wand sich leicht, protestierte aber nicht. Und sie versuchte auch nicht, mich herumzukommandieren. „Du machst das hervorragend, meine Königin", sagte ich mit sanfter Stimme zu ihr und führte den Fuß wieder zurück aufs Bett.

Camillia schluckte hart, ihr Körper vor Erregung gerötet. Es war wunderschön anzusehen, wie die Röte sich an ihren unglaublichen Titten ausbreitete. Mir lief das Wasser im Mund zusammen.

Das Handtuch immer noch um die Hüfte geschlungen, krabbelte ich summend über sie und positionierte mich zwischen ihren gespreizten Beinen. Zwar war das nicht, was ich in Aussicht gestellt hatte, aber ihre Brüste bedurften dringend meiner Aufmerksamkeit.

Also senkte ich meinen Kopf und nahm einen ihrer harten Nippel in den Mund. *Und saugte.*

Sie drückte ihren Rücken durch und krallte die Finger in die Laken, aber meine brave Königin versuchte gar nicht erst, mich dazu zu bringen, etwas anderes zu tun. Sie ließ mich spielen. Erforschen. Lecken. Knabbern. *Zubeißen.*

Ich belohnte sie dafür, indem ich ihre Brüste zärtlich verwöhnte und mir mit meinem Mund jeden Zentimeter ihrer zarten Haut einprägte, bevor ich über ihre steifen kleinen Nippel fuhr.

Sie wimmerte und spannte die Schenkel, zwischen denen ich lag, an. Ich versenkte meine Zähne in ihrer Brust – direkt über der rosafarbenen Spitze – und lächelte, als sie ein Keuchen ausstieß.

Ihre Lust-Schmerz-Toleranz war hoch, was dem Sadisten

in mir gefiel. Ich hatte fest vor, diese Grenzen auszutesten, wenn die Zeit reif war. Fürs Erste übersäte ich ihre Brust jedoch mit kleinen Liebesbissen.

Sie schrak zusammen, als ich nach oben wanderte, um sie zu küssen, und sie so fordernd und erbittert beanspruchte, dass ihr der Atem stockte, als ich zurückwich.

„Du bist so eine brave Königin. Lässt deinen König jeden Zentimeter von dir verehren“, lobte ich sie, griff nach ihrer Brust und drückte ziemlich unsanft zu. „Ich glaube, ich könnte die ganze Nacht lang mit deinen Brüsten spielen, Camillia.“ Dann presste ich meine Lippen an ihr Ohr. „Hast du irgendeine Ahnung, wie lange es her ist, seit ich eine Frau so berührt habe?“

Jetzt führte ich meinen Kopf wieder nach unten, um ihren Hals und ihre Brüste abermals zu kosen, bevor ich mich zu ihrem Bauchnabel begab und dann weiter hinab zu ihrem Hügel wanderte.

„Tausende Jahre“, sagte ich ihr und beantwortete die Frage, die ich ihr gestellt hatte.

Mit meinem Mund direkt über ihrer Klitoris ausgerichtet, schaute ich nach oben und stellte fest, dass sie mit aufgerissenen Augen zu mir hinabstarrte.

Es schien fast so, als überraschte meine Antwort sie, obwohl ich ihr dasselbe bereits vor ein paar Minuten gesagt hatte. Aber vielleicht schockierte sie die Information immer noch.

Melek war seit meinem Fall mein einziger Liebhaber gewesen, was sie meinen Gedanken ohne jede Frage entnehmen konnte.

Und meine Absichten genauso.

Trotzdem fasste ich sie in Worte. „Du wirst Tausende Jahre der Begierde ertragen müssen, Camillia. Denn es ist eine sehr, sehr lange Zeit her, seit ich mich am Körper einer Frau gelabt habe. Und deine Muschi ist die himmlischste von allen.“

Ich räumte ihr keine Gelegenheit ein, das Gesagte zu verarbeiten, denn ich konnte keine Sekunde länger warten, angemessen von ihr zu kosten.

Melek hatte angedeutet, wie süß sie schmeckte, als er mir mit seiner Zunge Lust verschafft hatte. Aber das war gar nichts im Vergleich zum wahren Himmel zwischen ihren Schenkeln.

Heiliges verdammtes Höllenfeuer, dachte ich, und meine Augen rollten beinahe in den Hinterkopf. Camillias Mitte war mein ganz persönliches Ambrosia. Eine verbotene Leckerei, die zu kosten mir nie bestimmt war. Und doch hatten unsere Seelen andere Pläne gehabt.

Unsere Quelle hatte uns für die Ewigkeit aneinandergebunden.

Und der selbstsüchtige Teil von mir war entzückt darüber.

Tief drinnen wusste ich, dass ich sie nicht verdiente. Ich hatte ihr so viel Unrecht getan. Doch ich würde die Ewigkeit darauf verwenden, mich zu entschuldigen – am liebsten auf diese Art –, wenn sie mich dann für ihrer würdig empfinden würde.

Anstatt ihr all das in Gedanken zu sagen, übermittelte ich es ihr mit meiner Zunge an ihre Klitoris gedrückt. Besiegelte das Versprechen mit meinen Lippen. Festigte das Gelübde mit meinen Zähnen. Und machte ihr meine Absichten klar, indem ich meine Finger in sie schob.

In beide Öffnungen.

Ich wollte, dass sie voll war. Aufgewärmt. *Bereit.*

Ich hatte ihr versprochen, sie auf alle Arten zu nehmen, und hatte es auch so gemeint.

Aber zuerst musste sie an meiner Zunge kommen. *Wieder und wieder.*

Viel war nicht nötig. Ihr angespannter kleiner Körper war

schon ganz aufgeputscht von meinen Berührungen und meinen Küssen. Ein wenig Druck auf ihre Klitoris, gekoppelt mit meinen Fingern, die ich in ihr bewegte, und schon stieß meine Königin einen Schrei aus, der von den Wänden unserer Suite widerhallte.

Mein Schwanz pulsierte, war ganz begierig darauf, sich dem Spaß anzuschließen.

Aber ich war noch nicht fertig.

Nicht einmal im Entferntesten.

Ich wollte, dass sie keuchte. Verdammt, ich wollte, dass sie mich *anflehte*, aufzuhören.

Erst dann würde ich in sie gleiten. Ihre angeschwollene, malträtierte Klitoris mit meinen Hüften streifen, während ich mir Lust bescherte und sie zwang, noch mehr auszuhalten. Dafür sorgen, dass sie einen so intensiven Höhepunkt erfuhr, dass sie einen kurzen Augenblick lang ihren Verstand verlor.

Dann würde ich sie noch einmal nehmen.

Von hinten.

Heilige Götter, allein der Gedanke daran sorgte dafür, dass ich beinahe kam. Diese Frau gab mir den Rest. Sie hatte mich in ihren Bann gezogen und ließ mich nicht mehr los.

Aber der Grund dafür interessierte mich nicht mehr.

Jetzt wollte ich unsere Gegenwart genießen und unsere Zukunft annehmen.

Und das beinhaltete, sie wiederholt kommen zu lassen, indem ich in ihre Klitoris biss, während ich mit meinen Fingern tief in sie drang.

Sie drückte den Rücken durch, versuchte, sich zu bewegen, und der Schmerz vermischte sich mit dem Hochgefühl, was ihr wunderbare Laute entlockte.

Als sie versuchte, sich unter mir zu winden, zog ich meine Hand von ihrem Arsch weg und presste sie auf ihren Bauch, um sie an Ort und Stelle zu behalten.

Dann verschlang ich sie mit erneutem Eifer. *Ich habe*

gesagt, dass du stillhalten sollst, Kleine, erinnerte ich sie in Gedanken. *Sei ein braves Mädchen und komm noch einmal für mich.*

Typhos … Ich … ich kann nicht …

Doch, du kannst, versprach ich ihr und biss sie dann erneut, um sie mit sanftem Tonfall zu tadeln.

Sie zuckte zusammen und dann kam ihr mein Name über die Lippen, dicht gefolgt von: „Mein König …"

Ich lächelte und leckte sie sanft. *Schon besser, meine Königin*, erwiderte ich und wandte mich dann wieder ihrer süßen Mitte zu.

Als ich mit ihr fertig war, war sie ein schluchzendes Durcheinander, geflutet von Leidenschaft und komplett um den Verstand gebracht. Der Anblick brachte mich dazu, mir das Handtuch vom Leib zu reißen und an ihrem wunderschönen Körper hochzukrabbeln.

Mein praller Schwanz berührte ihre gut vorbereitete Mitte, sodass sie zusammenzuckte, als die Eichel auf ihrer Klitoris auflag. Ich packte sie, bevor sie mir entkommen konnte, und hielt sie, die Hände an ihren Hüften, fest, während ich durch ihre feuchten Schamlippen glitt.

„Halt dich an meinen Schultern fest", befahl ich ihr.

Sie gehorchte und krallte ihre Fingernägel in meine Haut. „Typhos, ich …"

Ich rammte in sie, bevor sie den Satz zu Ende führen konnte, was sie einen Schrei ausstoßen ließ, der direkt in meine Eier wanderte. „Verdammt, Camillia", flüsterte ich, als ihre enge Muschi gegen mein Eindringen aufbegehrte und sich um meine Lanze herum zusammenzog. Ich wusste, dass ich breit war. Aber heilige Götter, ich konnte mich nicht daran erinnern, dass sich etwas jemals so gut um meinen Schaft angefühlt hatte.

Vielleicht Meleks Mund.

Aber etwas an Camillia brachte diese Erfahrung auf eine

ganz neue Ebene. Es verlieh unserer Verbindung dieses einzigartige, himmlische, *andersweltliche* Gefühl.

Ich zog meinen Schwanz bis zur Eichel aus ihr, dann glitt ich zurück in sie und fragte mich, ob es vielleicht nur der erste Stoß war, der absonderliche Gedanken durch meinen Kopf schwirren ließ.

Aber nein.

Es lag an *ihr*.

Dieser Frau.

Meiner Gefährtin.

Ich konnte nicht genug bekommen. Ich musste sie für die Ewigkeit ficken. In dieser wunderschönen Muschi leben. *Sie mit meinem Samen markieren.*

Sie sagte etwas, das mir wegen des rhythmischen Klopfens ihres Herzens entging, das meine Ohren ausfüllte.

Ich musste mich konzentrieren, um ihr zuzuhören. Sicherstellen, dass es ihr gut ging.

Aber ein Blick verriet mir, dass alles in Ordnung war. Ihre geröteten Wangen und die geschwollenen Lippen waren Hinweise darauf, dass sie befriedigt war. Und dass sie die Fingernägel in meinen Schultern vergrub, sagte mir, dass sie mehr wollte. Und als ich mich nach vorn beugte und sie küsste, gab sie mir mit ihrer Zunge zu verstehen, dass ich mich verdammt noch mal zu *bewegen* anfangen sollte.

Diese Frau kommandierte mich schon wieder von unten her herum. Ich würde sie später dafür bestrafen. Im Augenblick war ich meinen Begierden unterworfen. Das Verlangen erblühte zwischen uns und die Dringlichkeit wärmte unser Band.

Nehmen. Was. Mir. Gehört.

Das war das Einzige, was ich tun konnte.

Es war ein wildes Verlangen, das sich in meinen strafenden Stößen abzeichnete. Doch meine wunderschöne Königin nahm alle meine Bewegungen mit der Anmut und dem Elan einer Gleichgestellten an. Sie nahm mich in sich auf, spannte sich um mich herum an und erwiderte meinen Kuss mit bemerkenswerter Kraft.

Ich hatte versucht, sie in die Besinnungslosigkeit zu ficken, sie zu zwingen, ihren Verstand an die Lust zu verlieren. Trotzdem war es jetzt ich, der in den Abgrund gefallen und kaum noch zu zügeln war. Ich konnte an nichts anderes mehr denken, als uns beide zu den Sternen zu bringen.

Wir keuchten und ächzten, ließen unsere Körper zu unserem eigenen erotischen Rhythmus tanzen.

Es war eine himmlische Verpaarung.

Eine Verbindung, die unserer Quelle Kraft zuführen würde.

Ein so vorzüglicher Fick, dass ich vielleicht sterben könnte …

„Verdammt, Cami“, keuchte ich. Obwohl ich sie sonst nicht so nannte, fühlte es sich im Augenblick richtig an, sie bei ihrem bevorzugten Spitznamen zu nennen.

Sie war meine Königin.

Meine Partnerin.

Meine Gefährtin.

Ich würde tun, was immer sie verdammt noch mal wollte – sie bei dem Namen nennen, der ihr gefiel, solange sie mich für den Rest meiner Tage in dieser unglaublichen Muschi leben lassen würde.

„Heilige Götter, du bist … so … verdammt … *eng*“, keuchte ich und drückte mit den Händen so fest zu, dass ich wohl blaue Flecken an ihren Hüften hinterlassen würde. „Du musst für mich kommen, Cami. Du musst an meinem Schwanz kommen, wie eine brave kleine Königin.“

Sie begann, den Kopf zu schütteln, und übermittelte mir in Gedanken, dass sie fürchtete, sie könnte nicht noch einmal kommen, nachdem ich ihr bereits so viel angetan hatte.

Doch diese Antwort akzeptierte ich nicht.

Meine Gefährtin würde verdammt noch mal kommen,

und wenn es Stunden dauern würde, bis es mir gelang. Ich würde so lange ausharren, wie nötig. Und genau das sagte ich ihr in Gedanken, bevor ich meine Zunge wieder in ihren Mund gleiten ließ.

Einen Teil des Banns, in den sie mich gezogen hatte, schien nachzulassen, und der dominante Teil von mir nahm die Zügel in die Hand, bevor ich sie zwang, noch mehr Lust zu erfahren. Mehr Stöße zu ertragen. Mehr von *allem* anzunehmen.

Mit Tränen in den Augen atmete sie aus und sagte dabei meinen Namen.

Aber sie kannte ihr Safewort.

Wenn sie dem Ganzen ein Ende bereiten wollte, würde sie Gebrauch davon machen.

Ich drang weiter in sie, glitt tief hinein, traf auf diese Stelle in ihr und bewegte meine Hüften so, dass ich ihre Klitoris stimulierte.

Die Bewegung fühlte sich so natürlich an. Als kämen unsere Körper zusammen, um unser Schicksal zu bestätigen. Es war uns immer schon bestimmt, ineinanderzupassen. Zusammen zu sein. Genau so. *Für immer, verdammt.*

Sie spannte ihren Körper an und schien innerlich wie wild zu zucken. Ich spürte ihren Höhepunkt nahen.

Sie begann, den Kopf zu schütteln, als könnte sie nicht ertragen, was gleich passieren würde.

Vermutlich würde ihr Orgasmus so intensiv sein, dass es wehtäte.

Aber ich würde ihr beistehen. Würde sie durch den Schmerz hindurch ficken und das darauffolgende Feuerwerk genießen.

„T…Ty … I…ich …“ Die Augen schienen ihr im nächsten Augenblick in den Hinterkopf zu rollen.

Und dann kam sie.

Hart.

Ihr Körper spannte sich um meinen herum an, während Beben der Lust durch sie schossen. Ihre Stimme versagte, weil sie so laut schrie. Ich machte ununterbrochen weiter und genoss die Beben und die Enge an meinem Schaft, während ich sie noch härter fickte. Diese Stelle in ihr traf, ihre Folter hinauszögerte und sicherstellte, dass sie die wunderbarste Wonne erfuhr.

Tränen liefen über ihre Wangen.

Sie öffnete die Lippen in einem stummen Schrei.

Ihr Körper zitterte wie verrückt.

Ich führte meine Hand zwischen uns und massierte ihre Knospe, um damit den Höhepunkt noch weiter hinauszuzögern, bis sie mich in Gedanken anflehte, aufzuhören.

Das war immer noch nicht ihr Safewort.

Weshalb ich nicht vollständig von ihr abließ und stattdessen ganz einfach Druck auf ihre sensible Klitoris ausübte, während ich meinen Schwanz in ihre feuchte Mitte rammte. „Komm weiter für mich“, verlangte ich. „Ich will, dass du dich windest, während ich in dir komme.“

Sie erschauderte und verneinte in Gedanken. Sie hatte das Gefühl, nicht noch mehr ertragen zu können.

Aber ich zeigte ihr, dass sie falschlag, indem ich sie zwang, mehr von mir aufzunehmen. Zu spüren, wie ich jeden Zentimeter ihrer Muschi einnahm. *Indem ich so tief in ihr kam, dass ich mir sicher war, sie konnte meinen Samen in ihrem Rachen schmecken.*

Dieser Gedanke ließ mich explodieren und ich erfuhr einen so heftigen Orgasmus wie noch keiner zuvor. Er war so intensiv, dass mir fast schwarz vor Augen wurde und mein Körper wie verrückt zitterte.

„*Verdammt*!“, keuchte ich und vergrub mein Gesicht an ihrem Hals. „*Cami* ...“

Ich konnte nicht aufhören, zu kommen.

Es war, als hätte ich Tausend Jahre lang meinen Lustsaft für diese Frau aufgespart. Ich musste sie vollständig mit meinem Samen füllen. Musste sie beanspruchen. *Sie besitzen.*

Ich biss in ihren Hals, um mich zu erden, und schmeckte Blut.

Daraufhin breitete sich ein Summen der Kraft aus. Unser Band schien sich zu vertiefen, als hätte ich sie gerade von Neuem beansprucht. Vielleicht hatte ich das auch. Eine Verpaarung wie unsere hatte es noch nie gegeben. Sie war einzigartig. Ganz wie Camillia.

Was das Ganze verdammt noch mal perfekt machte.

Eine weitere Welle der Lust schlug über meinem Kopf zusammen und mein Körper kam immer noch ununterbrochen.

Ich vernahm ein Kitzeln an meinem Nacken und dann flüsterte mir eine sanfte Stimme ihre Zustimmung zu. *Kleiner Prinz*, schaffte ich kaum zu denken.

Sie ist unglaublich, nicht wahr?

Ich konnte nichts anderes von mir geben als ein Ächzen. Denn ja, das war sie. So viel mehr als unglaublich. Es gab keinen Begriff, der beschreiben konnte, wie brillant Camillia De la Croix war. Sie war schlicht und ergreifend ... eine Göttin.

Ich umarmte die zitternde Frau, deren Körper ausgelaugt und befriedigt war.

Aber sie hatte noch eine weitere Lektion zu lernen.

Ich küsste sie zärtlich, was uns beide beruhigte. Dann rollte ich mich langsam herum, sodass sie, mein Schwanz immer noch in ihr, rittlings auf mir saß.

„Ich habe Melek versprochen, dass du feucht und willig sein würdest, wenn er zurückkommt“, sagte ich ihr mit ruppiger Stimme, die für mich ungewöhnlich war. Es war mir egal. Sie verdiente es, zu hören, was sie mit mir angestellt hatte.

„Feucht ist sie allemal“, murmelte Melek, neben dem Bett stehend.

Camillia sah ihn mit lusttrunkenem Ausdruck an, der mir gut gefiel. Er passte zu ihr, wenn man bedachte, was gleich geschehen würde.

„Öffne dich für ihn, Camillia“, trug ich ihr auf. „Ich will, dass er dich in den Arsch fickt, während ich in deiner Muschi stecke.“

Sie riss die Augen auf, als könnte sie nicht glauben, dass ich so etwas von ihr verlangen würde.

Ich sah sie bloß mit hochgezogener Augenbraue an. *Du hast vier Gefährten, Camillia-Schätzchen. Und wir teilen alle gern.* Tatsächlich konnte ich hören, dass Az und Ajax darüber nachdachten, sich uns anzuschließen.

Das bedeutete, dass unser Mädchen gleich ihre königlichen Fähigkeiten unter Beweis stellen würde ... und zwar die ganze Nacht lang.

Melek zog sich aus. Mir fiel auf, dass der Anzug ein anderer war als der mit Blut besudelte, den er im Reich der Träume getragen hatte. Offensichtlich hatte er sich irgendwo geduscht und frische Kleidung angezogen.

Das hätte er sich sparen können.

Er würde gleich so verdammt schmutzig mit unserer Gefährtin werden.

Seine Tattoos glitzerten sanft, als er sich aufs Bett setzte. Seine Engelsfeenmagie strömte aus den Runen, die in seine Haut eingelassen waren. Eines Tages würde er Camillia die Geschichte hinter den Schutzmalen erzählen.

Vielleicht, wenn er einige davon auf ihren Körper malte.

Ich griff um sie herum und zog die Pobacken auseinander, während er sich hinter ihr positionierte. Camillia riss die Augen noch weiter auf. „Du schaffst das“, versicherte ich ihr. „Du hast alles andere auch ertragen. Mehr als das ... Du wirst es verdammt noch mal *genießen*.“

Melek schlang seine Faust um ihre Haare und neigte ihren Kopf in seine Richtung, damit er ihr einen Kuss auf den Mund pressen konnte. Sie erschauderte abermals, aber ihre hart werdenden Nippel verrieten mir, dass sie keine Angst hatte. Sie war erregt. *Freute* sich sogar.

Und diese Vorfreude verstärkte sich nur noch, als unser Prinz sich an ihrem Hintereingang positionierte.

„Sie ist bereit", sagte ich ihm, im Wissen, dass ich sie vorwiegend hierauf vorbereitet hatte.

Klar, es würde ein wenig brennen.

Zum Glück gefiel unserer Königin ein bisschen Schmerz, was sie jetzt bewies, indem sie stöhnte, als er in sie drang.

Im selben Augenblick tauchten Az und Ajax auf und ihre Blicke schnellten umgehend zum Bett. Camillia reagierte nicht auf sie, aber mir war klar, dass sie die beiden spüren konnte. Und ihre Absichten, sich uns anzuschließen, genauso.

Melek löste sich von ihren Lippen und Az kniete sich aufs Bett. Unser Prinz ließ den Kommandanten übernehmen, der sie daraufhin in einen Kuss zog. Ajax, ließ sich auf der anderen Seite des Betts sinken und streckte die Hand aus, um Camillias Seite zu streicheln, als wollte er sie nach Verletzungen absuchen.

Das Feuer in seinen Augen verlieh seinem Interesse Ausdruck und seine Pupillen weiteten sich voller Vorfreude.

Camillia spannte ihre um meinen Schwanz geschlungene Muschi abermals an, was mir sagte, dass sie sich auf die bevorstehende Nacht freute. Obwohl ... als ich über ihre Klitoris strich, zuckte sie zusammen.

Du wirst dich erholen, flüsterte ich in ihre Gedanken. *Vertraue darauf, dass die Quelle dich wiederherstellen wird, meine Königin. Und vertraue darauf, dass deine Gefährten sich gut um dich kümmern werden.*

Ich strich ein weiteres Mal über ihre Knospe, während Melek sich in ihrem Arsch vergrub und ihre enge kleine

Hintertür in vollen Zügen genoss. Mein Schwanz spannte sich daraufhin an und die dünne Schranke zwischen uns beiden erlaubte es mir, seine Bewegungen zu spüren. Jetzt wollte ich noch mal kommen.

Was ich tun würde. Und zwar bald.

Denn ich würde für den Rest der Nacht in dieser Muschi bleiben.

Ihre Gefährten konnten ihre übrigen Öffnungen benutzen. Ihre Muschi gehörte verdammt noch mal mir.

Und morgen würde ich mir ihren Arsch vornehmen.

Und ihren Mund, dachte ich, als Ajax ihren Kopf in Richtung seines wartenden Schwanzes drehte. Er hatte sich ausgezogen, während Az sie geküsst hatte.

Ich musterte die gepiercte Eichel interessiert und sah dann fasziniert dabei zu, wie sie zwischen Camillias vollen Lippen verschwand.

Sie stöhnte um ihn geschlungen, ganz offensichtlich begeistert vom Metall. Oder vielleicht lag es auch ganz einfach am Geschmack unseres Wärters, der sich auf ihrer Zunge ausbreitete.

Was es auch war, es zeichnete ein wunderbares Bild. „Du siehst so verdammt gut aus, wenn all deine Löcher gefüllt sind, Miss De la Croix“, sagte ich zu ihr. „Aber ich glaube, du wirst noch besser aussehen, wenn du kommst, während wir drei dich ficken.“

Az führte die Hand zwischen uns und löste meinen Daumen ab.

Dann packte ich Camillia an den Hüften und begann, sie erneut zu nehmen.

Wenn ihr das alles zu viel wurde, würde sie es uns wissen lassen.

Aber ich ahnte, dass es unserer kleinen rebellischen Verführerin gut ging.

Sie war hierfür gemacht. Für uns.

Denn sie war unsere ganz eigene … *Höllenfeen-Königin.*

KAPITEL 49
CAMI

Ich bin mir ziemlich sicher, dass ich gestorben bin, dachte ich und schaffte es nicht, meine Augen aufzuschlagen.

Bist du nicht, erwiderte eine tiefe Stimme. *Du hast nur ein paar Stunden lang ein orgastisches Hoch geritten. Aber langsam findest du wieder zur Besinnung.*

Ich runzelte die Stirn. *Typhos?*

Mh-hm, summte er und bestätigte, dass das seine Stimme war, die ich in meinem Kopf hörte.

Im nächsten Augenblick wurde ich in diese Wärme eingehüllt und spürte dann, dass ich im Wasser lag.

Die Runzeln an meiner Stirn vertieften sich. *Sind wir wieder in der Badewanne?*

Ja, sind wir.

Wäre ich in der Lage gewesen, meine Augen zu öffnen, hätte ich geblinzelt. *Weißt du, für einen Höllenfeen-König bist du ziemlich besessen von Wasser. Man würde glauben, du ziehst Feuer oder Schwefel vor.*

Er lachte und ich spürte das Beben an meiner Seite, was darauf hindeutete, dass ich mich in seinem Schoß befand. „Ich mag Feuer", erwiderte er und strich dann mit den Lippen über meine Stirn. „Aber Meleks glitzerndes Mal lässt sich einfacher mit Wasser abwaschen."

Langsam verarbeitete ich, was er eben gesagt hatte, und knurrte. *Er hat mich schon wieder in eine verdammte Discokugel verwandelt, richtig?*

Das Gelächter zweier Männer sauste durch meinen Kopf. Es gehörte zu Ajax und Az, die bestätigten, dass Melek mich mit seinem berüchtigten goldenen Glitzer überzogen hatte.

Na ja, sie hatten es nicht so genannt.

Das war *meine* Bezeichnung für das elende Zeug.

Einige Gefährten beißen zu, murmelte Melek in meine Gedanken, *mir ist Engelsstaub lieber.*

Engelsstaub, wiederholte ich mit einem mentalen, höhnischen Lachen. *Melek, das Zeug bringt mich zum Glitzern.*

Ich weiß. Ich finde es hübsch, meinte er.

Mir kam ein Seufzer über die Lippen. Über dieses Thema ließ sich nicht vernünftig mit ihm reden.

Wenigstens half mir Typhos dabei, das Zeug vom Körper zu schrubben.

Ich genoss seine Berührung eine Weile lang und verlor mich in meinem traumähnlichen Zustand, in dem ich Stunden der Lust in meinen Gedanken erneut aufleben ließ.

Heilige Götter, meine Gefährten waren unersättlich.

Ich konnte sie immer noch in mir spüren. Vor allem Ty ...

Das ließ mich die Stirn krausziehen. *Moment mal.* Ich spannte meine Schenkel an und mir klappte die Kinnlade herunter. Ich saß nicht in seinem Schoß, sondern rittlings auf ihm. Und er steckte immer noch in mir.

Ich spannte meine Mitte an und spürte seinen Schwanz immer noch tief in mir. *Typhos.*

„Tausende Jahre, Cami", erwiderte er. Diesen Spitznamen von seinen Lippen zu hören, war neu.

Typhos hatte mich immer Camillia genannt, was mich

sonst immer gestört hatte, weil ich von meinen Eltern so genannt worden war. Aber meinen vollständigen Namen aus Typhos' Mund zu hören, das hatte mich nie gestört. Bei ihm … klang es irgendwie sexy.

„Ich habe fest vor, bis zur Krönung in deiner Muschi zu stecken. Zur Hölle, vielleicht bleibe ich sogar noch währenddessen in dir", fuhr er fort. „So könnte ich mein ganzes Königreich wissen lassen, dass du mir gehörst."

Okay, offensichtlich musste ich dringend aufwachen.

Ich zwang mich, die Augen aufzuschlagen, und starrte im nächsten Augenblick das Innere einer Badewanne an. Offensichtlich hatte mein Kopf auf seiner muskulösen Schulter gelegen.

Räuspernd orientierte ich mich und wich leicht zurück, damit ich ihm ins Gesicht blicken konnte. „Wenn du versuchst, mich in eines dieser Metallkleider zu zwingen und mich auf einer Bühne zu ficken, werde ich dir einen Dolch in die Eier rammen, wie ich es bei diesem Höllenhund getan habe."

Typhos' saphirblaue Augen glitzerten. „Was, wenn ich dich dann einfach in das Kleid stecke?"

Ich funkelte ihn an. „Dein Schwanz steckt in mir, *Eure Majestät.* Wenn du willst, dass er in einem Stück bleibt, wirst du dir zweimal überlegen, wohin dieses Gespräch führt." Ich spannte meinen Körper an. Nicht, dass das eine besondere Bedrohung für ihn darstellte, aber es fühlte sich an, wie die richtige Reaktion.

Er blähte die Nasenflügel und schien die Zähne zusammenzubeißen. „Ich werde dich dein Krönungsoutfit selbst aussuchen lassen, aber ich will, dass du etwas von mir trägst. Vielleicht einen Ring."

Ich zog die Augenbraue hoch. „Einen Ring?"

Er starrte mich an. „Wenn ich dich nicht mit meinen

Ketten als meine markieren darf, dann ja, will ich, dass du einen Ring trägst."

„Du meinst wohl, wenn ich mich nicht schon wieder von deinen Ketten foltern lasse", korrigierte ich ihn.

Er runzelte die Stirn. „Sie waren nicht dazu gedacht, dich zu foltern, Camillia. Sie sollten dich *anheizen*. Ich dachte, es würde dir gefallen. Ich habe seither gelernt, dass es weder angenehm noch erwünscht war. Und ich habe mich entschuldigt."

„Trotzdem schlägst du jetzt vor, dass ich sie erneut tragen soll", warf ich ein.

„Weil ich realisiert habe, dass die sinnliche Bestrafung nur eine Ausrede für mein darunterliegendes Verlangen war."

Ich starrte ihn an. „Was für ein Verlangen?", fragte ich plötzlich verwirrt.

„Mein Verlangen danach, dich als meine zu markieren", erwiderte er. „Ich habe dich in diese Ketten gehüllt, damit jeder wusste, dass du tabu bist. Damals habe ich mir eingeredet, dass ich es für Azazel und Melek getan habe, aber jetzt weiß ich, dass das nicht ganz stimmt. Diese Ketten waren mit *meiner* Kraft versehen und verfügten deswegen auch über *mein* Mal."

Ich ... ich wusste nicht, was ich darauf erwidern sollte. Das war überhaupt nicht das, was ich von ihm zu hören erwartet hatte. Und es veränderte meine Sicht auf die ganze Erfahrung, weil sie einen gewissen Grad an besitzergreifendem Verlangen hinzufügte, der den ganzen Vorfall etwas weniger schlimm erscheinen ließ.

Was ziemlich verrückt war.

Aber so war mein Leben hier, im Reich der Höllenfeen, nun einmal.

Tatsächlich war es ganz einfach mein Leben. Nichts an meinem Leben war jemals normal gewesen und es war auch nie geradlinig verlaufen. Ich war praktisch von einer chaotischen Erfahrung in die nächste geschlittert.

„Und außerdem habe ich mich damit selbst bestraft", fuhr Typhos fort. „Habe mich selbst mit etwas – mit *jemandem* – geneckt, den ich nicht haben konnte." Er räusperte sich. „Man könnte sagen, dass ich dich an diesem Tag in aller Öffentlichkeit beansprucht habe. Aber ich bin mir ziemlich sicher, dass du mir gehört hast, sobald du in meinem Reich angekommen bist."

„*Uns*", korrigierte Melek, der das Badezimmer mit einem Tablett betrat. „Ich habe *unserer* Gefährtin etwas zu essen gebracht." Er kam näher, sodass sein athletischer Körper in Fokus rückte. Ich musterte die graue Jogginghose interessiert. Der Stoff schien an der perfekten Stelle an seinen Hüften zu hängen. „Oder vielleicht hat sie Lust auf etwas anderes?"

„Die Quelle hat ihr bereits wieder Energie zugeführt", erwiderte Typhos. „Sie könnte definitiv eine weitere Runde vertragen."

Meine Mitte spannte sich an und ich schmiegte mich an Typhos' breite Brust. „Zuerst Kaffee", flehte ich, denn ich konnte das koffeinhaltige Getränk auf Meleks Tablett riechen und wollte mich darüber hermachen.

Typhos lachte und strich mir mit den Fingern durchs Haar. „In Ordnung, Kleine. Aber mein Schwanz bleibt in dir."

Seine Worte ließen ein warmes Gefühl in meinem Bauch erwachen und mich meine Mitte abermals anspannen. Seine Forderung sollte mich nicht so heiß machen, aber wie es schien, war ich genauso unersättlich wie meine Gefährten.

Melek setzte sich, das Tablett auf dem Schoß, neben die Wanne und reichte mir die Tasse mit dampfendem Inhalt. Das Sahnehäubchen ließ ein Lächeln auf meinen Lippen aufziehen. „Irischer Kaffee?", riet ich.

„Mit freundlicher Genehmigung von Ajax", erwiderte er.

„Und die hier“ – er steckte eine Hand in seine Hosentasche und holte eine Halskette hervor – „ist von mir.“

Ich musterte das verzauberte Schmuckstück und erinnerte mich umgehend an die erste, die er mir geschenkt hatte. Und an die letzte Halskette, die ich getragen und die mich ins Reich der Engelsfeen verfrachtet hatte.

„Weißt du, ich hatte nur Pech mit Halsketten, seit ich hier angekommen bin“, erinnerte ich ihn. „Ich bin nicht sicher, ob ich die annehmen will.“

Auf seinen Lippen breitete sich ein Lächeln aus. „Die hier ist anders.“ Er griff nach dem Schmuckstück und hob es hoch, damit ich den Anhänger am Ende sehen konnte. Daran hing ein Schlüssel, der von vier Edelsteinen geschmückt wurde. Jeder davon glitzerte im Schummerlicht des Badezimmers. „Ein Diamant für mich, ein Saphir für Ty, ein blaues Tigerauge für Ajax und ein schwarzer Diamant für Az.“

Ich starrte das glitzernde Herzstück aus gelbem Gold an. „Und was ist mit der Magie, die ich da spüre?“

Er zuckte mit den Achseln. „Sie ist mit unseren Essenzen versehen. Schutz. Liebe. Ein Versprechen auf eine Zukunft. Ein Halskette, die einer Königin würdig ist.“

Ich kniff die Augen zusammen. „Das hört sich ziemlich kryptisch an, Melek.“

„Er markiert dich als unsere“, fügte Typhos mit belustigtem Tonfall hinzu. „Die Halskette wird den Reichen offenlegen, wer sich mit dir verbunden hat. Eine süße, aber sehr bewusste Geste mit einer klaren Absicht.“

„Du kannst deine Lanze nicht für immer in mir vergraben, mein König. Das hier schien mir eine viel praktischere Alternative.“

„Ich habe mit dem Gedanken gespielt, sie dieses Kettenkleid für die Ewigkeit tragen zu lassen“, flötete Typhos. „Aber ich schätze, das ist die gütigere Lösung. Und sie stellt sicher, dass die Vorzüge unserer Königin verborgen sind.“

Er lehnte sich nach vorn und küsste meinen Hals, während ich seine Bemerkung mit einem Knurren erwiderte.

„Beruhige dich, kleine Königin“, murmelte er. „Du bringst mich dazu, dich noch einmal ficken zu wollen.“

„Und du bringst mich dazu, dich umbringen zu wollen“, erwiderte ich postwendend.

„Würde es dir gefallen, wenn ich eine abgeänderte Form deines Kettenkleids zur Krönung trage?“, fragte er, und seine Gedanken verrieten mir, dass das wirklich ernst gemeint war. „Du darfst es für mich anfertigen.“

Ich wich zurück und sah ihn an, während mir allerhand Bilder durch den Kopf schossen. Heiße Bilder von ihm, in einem Kilt aus Metall, der all die kräftigen Sehnen zur Schau trug. Eine bewusst platzierte Kette um seinen Schwanz herum, die mit jeder Bewegung an seinem Schniedel zupfte.

In meinem Bauch machte sich ein heißes Gefühl bemerkbar – eine Empfindung, die Typhos vielleicht sogar vernahm, weil er immer noch in mir steckte.

Doch dann dachte ich daran, dass alle anderen ihn auch in diesen Ketten sehen würden, was mich die Stirn in Falten legen ließ. „Nein.“ Er war nicht der Einzige, der eine besitzergreifende Ader hatte. Auf keinen Fall. „So trittst du nicht vor dein Volk.“

Aber in unserer Suite …, sinnierte ich und malte mir aus, was ich mithilfe dieser Ketten mit ihm anstellen könnte.

Er zog die Augenbraue hoch. „Reißt du wieder von unten die Kontrolle an dich?“

„War doch deine Idee“, gab ich zu bedenken. „Und es wäre eine spaßige Variante, dich zu bestrafen …“

Vielleicht könnte er seinen Club für eine Nacht zu privaten Zwecken schließen und mich meinen Spaß haben lassen.

„Wenn das der Wunsch meiner Königin ist, erachte es für

erledigt“, meinte er mit sanfter Stimme und strich mir abermals mit den Fingern durchs Haar.

„Wirklich?“, fragte ich, überrascht, dass er nicht nur zustimmte, sondern sich dabei auch noch demütig anhörte.

„Ja“, erwiderte er. „Ich werde tun, was immer du willst, Camillia.“

Ich erschauderte. Dass er jetzt wieder meinen vollständigen Namen benutzt hatte, ließ mich erneut dahinschmelzen. Dann stachen mir die glitzernden Edelsteine erneut ins Auge und zogen meine Aufmerksamkeit auf das Geschenk, das immer noch in Meleks Hand lag.

„Im Reich der Sterblichen tragen Gefährten Ringe“, sagte ich ihm.

„Wäre dir das lieber?“, wollte er mit ernstem Tonfall wissen.

Ich schüttelte den Kopf. „Die Halskette fühlt sich symbolischer an.“ Und der Anhänger, der die Form eines Schlüssels hatte, war wunderschön. Nicht nur wegen der Juwelen, sondern auch wegen der Bedeutung, die ihnen innewohnte.

Melek hatte mich immer als Schlüssel zur Errettung des Königreichs und seines Höllenfeen-Königs gesehen.

Jetzt sah er mich als Schlüssel zu ihren Herzen. Das Wesen, das ihre Seelen befreit und ihnen einen neuen Lebenssinn geschenkt hatte.

„Wenn ich daran denke, dass diese Zauberwesen in der Bibliothek das alles ausgelöst haben ...“, sinnierte ich und griff nach seinem Geschenk. „Sie haben mir Vita damals ausgehändigt.“

„Ich weiß“, erwiderte Melek. „Ich habe zugesehen.“

Mich durchfuhr ein weiteres Schaudern und seine Gedanken verrieten mir, dass ich sein Interesse auf den ersten Blick erhascht hatte. „Lag es an der Nummer sechsundsechzig?“, fragte ich und bezog mich dabei auf die

Kandidatinnen-Nummer, die auf diesem doofen Oberteil aufgedruckt gewesen war, das ich hatte tragen müssen. „Oder die bedeutungslosen Sterne?"

Er zog die Stirn kraus. „Die Sterne waren nicht bedeutungslos, Cami. Sie standen für die Gunst der Quelle." Er neigte seinen Kopf zur Seite. „Und nein, ich glaube, es war der eng anliegende Stoff, der sich über deine schönen Titten gedehnt hat."

Mir entfuhr ein Lachen.

„Wir sollten die ‚Keine Unterwäsche'-Regel wieder einführen", fuhr er fort. „Und Cami nur weiße Kleidungsstücke im Schlafzimmer tragen lassen."

„Oder überhaupt nichts", schlug Typhos vor.

Ich verdrehte die Augen. „Ich werde meine Verbindung mit euch beiden kappen."

Typhos griff nach meinem Kinn und zog mich zu sich, um mich zu küssen. „Das wird unsere Quelle nicht zulassen, Camillia."

„Das heißt nicht, dass ich es nicht versuchen werde", entgegnete ich.

Er stieß ein Summen aus und kniff die Augen zusammen. „Dann werden wir dich einfach von Neuem umwerben."

„Ich glaube, du hast mich gar nie umworben", konterte ich neckisch, was ihn überrascht die Augen aufreißen ließ.

„Möchtest du gern, dass ich dich umwerbe, meine Königin?"

Ich zog die Augenbrauen hoch. „Fragt er, während sein Schwanz in mir steckt."

Er lächelte. „Das ist eine andere Art der Umwerbung."

„Wie romantisch", flötete ich.

„Melek ist der Romantiker", bemerkte er, was meinen Blick wiederum zurück zum Geschenk wandern ließ. „Ich bin der, der dich so hart kommen lässt, dass du das Bewusstsein verlierst."

„Ich bin mir ziemlich sicher, dass wir das alle können", meinte Az, der das Badezimmer mit einer Tasse in der Hand betrat.

Und zwar nackt.

Ich beobachtete, wie er näherkam. Sein beeindruckend großer Schwanz war hart. Er stieg auf die Plattform und begab sich dann in die übergroße Wanne hinter mich.

Ajax folgte, aber anders als Az trug er eine schwarze Trainingshose. An seinem Hals hing ein goldener Schlüssel und ein Blick auf das glitzernde Etwas erinnerte mich daran, dass Typhos es ihm gegeben hatte. *Das Symbol, das ihn als Wärter auszeichnete.*

Oder vielleicht hatte dieser Typhos ebenfalls erlaubt, Ajax als seinen Gefährten zu markieren.

Diese Männer waren alle ziemlich besitzergreifend.

Mit Blick auf Meleks Geschenk sagte ich: „Okay, ich werde sie tragen. Aber wehe, das ist ein Leiter. Und wehe, sie besprüht mich mit Glitzer!"

Melek grinste. „Mein Engelsstaub ist nur für Sex reserviert, Engelchen. Versprochen."

Ich schnaubte. Ich glaubte ihm kein Wort. Er hatte mich schon mehrere Male ohne Sex mit seinem Discoglitzer überzogen.

Typhos hob meine Haare an, damit Melek die Kette befestigen konnte.

Der Schlüssel berührte meine Haut und hing direkt über meinen Brüsten. Ich strich über das kühle Metall und die Edelsteine, die den Anhänger säumten. „Sie ist wunderschön, Melek. Danke."

Er strich mir mit der Hand über die Wange. „Du warst immer schon der Schlüssel zu unseren Herzen, Cami. Ich wusste es schon seit jenem Tag in der Bibliothek. Und seither jeden Tag."

Ich schmiegte mich an seine Hand, hypnotisiert von

seinen vielfarbigen Augen. Az strich mir mit dem Finger über das Rückgrat und Typhos ließ seine Hände an meine Hüften wandern.

Alles, während Ajax mit nachdenklichem Blick zusah. „Das war der Tag, an dem du sie Vita hast lesen sehen."

Meleks Blick wanderte zu ihm zurück. „Ganz genau."

„Weil die Zauberwesen ihr Vita ausgehändigt haben", legte Ajax nach.

Melek runzelte die Stirn leicht. „Worauf willst du hinaus, Wärter?"

Aber ich wusste schon, was in Ajax' Kopf vorging. Er fragte sich, ob Vivaxia vielleicht an jenem Tag Einfluss auf die Zauberwesen genommen hatte. In der nächsten Sekunde schüttelte er den Gedanken jedoch ab, weil er wusste, wie hinterlistig die Biester sein konnten.

Sie würden sich nie von jemandem manipulieren lassen, dachte er. *Obwohl … Vivaxia war nicht nur irgendjemand. Er legte die Stirn in Falten. Aber angenommen, sie hat sie in irgendeiner Weise beeinflusst … Wie hätte sie wissen können, was Cami mit Vita machen würde?*

Jetzt runzelte ich die Stirn. Er hatte ein gutes Argument. „Sie hätte es nicht wissen können", antwortete ich. „Nicht einmal ich wusste, was ich tun würde, bis ich mittendrin war."

„Es sei denn, es ist ihr irgendwie gelungen, Kontrolle über dich zu nehmen", erwiderte er und sah mir in die Augen. „Sie hat einen Anker in Luzifers Kopf gepflanzt, und wir wissen, dass sie auch etwas mit dir angestellt hat, als du im Reich der Engelsfeen warst."

„Sie hat den Abfluss in Camillia verstärkt", erwiderte Typhos, der unserer Unterhaltung vermutlich mittels unserer Gedanken offensichtlich folgen konnte. *Weil er jetzt auch mit Ajax verbunden ist.*

Aber nicht so, wie er mit mir verbunden war, wie die sinnliche Beanspruchung im Wasser bestätigte.

„Er bestand bereits“, fuhr er fort. „Aber es ist ihr irgendwie gelungen, mehr Einfluss zu nehmen.“

„Sie sagte, sie würde mich *besitzen*“, antwortete ich und zog die Stirn kraus, als ich mir alles, was sie im Thronsaal der Strigoi gesagt und getan hatte, in Erinnerung rief. „Sie hat mich so in ihren Bann ziehen können, dass ich nicht mehr atmen konnte.“

Was bedeutete, dass es absolut möglich war, dass sie mich dazu gebracht hatte, all die Kraft in Vita zu leiten.

Zur Hölle, es war ziemlich offensichtlich, dass sie der Grund dafür gewesen war, dass ihr Buch überhaupt zu mir gefunden hatte. Sie hatte es im Reich der Höllenfeen platziert und mich dann als ihren persönlichen kleinen Siphon aktiviert.

Soweit ich Typhos' Gedanken entnehmen konnte, war der Vertrag zwischen Nos und Vivaxia am Tag meiner Geburt zustande gekommen, sodass ich im perfekten Alter gewesen war, um an den Brautproben teilzunehmen. Und dann hatte sie meinen Vater geschickt, der ihm ein Angebot gemacht hat, das er nicht ablehnen konnte. Vielleicht war das auch auf Vivaxia zurückzuführen, weil sie Typhos kontrolliert hatte.

Heilige Feen, sie hatte alles bis ins kleinste Detail geplant. Wenn Vivaxia nicht so ein Miststück gewesen wäre, hätte ich sie vielleicht dafür bewundert.

„Sie konnte unmöglich wissen, dass du Cami ausbilden würdest“, bemerkte Melek. „Tatsächlich würde ich wetten, dass sie das nicht hat kommen sehen.“

„Das stimmt“, meinte Typhos. „Aber wir sprechen hier von Vivaxia. Alles, was sie tut, ist vielschichtig. Vita hat sie mit einem Zugangspunkt in unser Reich versorgt – mittels meiner Gedanken und Erinnerungen. Nos war ihr eigentliches Ziel. Die Portale waren eine Ablenkung, die meine Aufmerksamkeit auf sich ziehen und mich davon abhalten sollten, etwas anderes zu spüren. Und Cami war ein Werkzeug, das mir das Licht hätte stehlen sollen."

„Du glaubst also, dass es reiner Zufall war, dass Cami diese Falle in Vita ausgelöst hat", fasste Ajax zusammen.

„Nein, es ist mit Absicht geschehen", entgegnete ich und ließ mir ihre ganze Strategie und alles, was ich bezeugt hatte, durch den Kopf gehen. „Sie hätte nicht wissen können, dass Typhos mich mit zu viel Kraft versehen würde, aber alles, was sie getan hat, hatte das Ziel verfolgt, mich die Kontrolle verlieren zu lassen."

Meine Gefährten wurden still, während ich weiterhin über Vivaxias Absichten und Verlangen nachsann.

„Sie wollte, dass ich Kraft in den Trichter in mir leitete. Aber für den Fall, dass ich das nicht tun würde, hatte sie mir eine offensichtliche Option zurückgelassen – Vita. Ein Buch, das sie mir vorgestellt hatte. Auch wenn sie diese Zauberwesen nicht manipuliert hat, hat sie bestimmt einen Weg gefunden, um dafür zu sorgen, dass das Buch in meinem Schoß landen würde."

Was wiederum erklärte, warum es abermals an unerwarteten Orten aufgetaucht war.

„Sie hat dem Buch aufgetragen, welche Bilder es mir zeigen soll. Obwohl ... ich glaube, Vita hat auch versucht, mit mir zu kommunizieren. Aber Vivaxia hat alles eingefädelt."

Und mich zu ihrer eigenen kleinen Puppe gemacht.

Ihren persönlichen Siphon.

„Aber ich war nicht das Herzstück ihres Plans", fuhr ich fort. „Ich war nur eine ihrer vielen Schichten."

Wie Typhos gesagt hatte ... Vivaxia arbeitete vielschichtig, weshalb ihre Strategie die bessere gewesen war.

„Dass ich all diese Kraft in Vita geleitet habe, hat den Ablauf in ihr überwältigt. Der war aber nur eine von vielen Facetten ihres Plans", schloss ich. „Sie hat uns alle hinters Licht geführt, am Ende aber verloren, weil es ihr an Herz fehlte.“ Und wie ich jetzt wusste, war das der Schlüssel, um das Licht der Quelle aufrechtzuerhalten.

Sich um andere zu kümmern, war entscheidend dafür, das Überleben der Kraft zu gewährleisten. Denn der Kern wurde von Seelen und Sehnsüchten angetrieben. Man musste lieben, um so viel Lebenskraft handhaben zu können.

Das war Typhos’ größte Schwäche am anderen Ende des Spektrums gewesen. Er wurde so sehr geliebt und verehrt, dass er zu viele Seelen gehabt hatte, um sich allein um sie zu kümmern. Deshalb war seine Quelle außer Rand und Band geraten.

Die Bräute ins Spiel zu bringen, hatte ihm den Rest gegeben. Sein Geist hatte eine noch größere Bürde und mehr Verantwortung schultern müssen, als ein Herz konnte.

Aber jetzt hatte er einen Zirkel. Er hatte *mich*. Und zusammen würden wir für die Lebenskraft und Stärke der Quelle sorgen.

Es mochte mehr machthungrige Feen in der Zukunft geben. Wesen, wie Vivaxia, die nehmen anstatt geben wollten. Aber gegen uns würden sie keine Chance haben.

Denn wir regierten mit der Kraft der Liebe.

Und Liebe war die mächtigste Kraft von allen …

EPILOG

CAMI

Ein Monat später

Ich hatte mich für ein dunkelrotes Kleid entschieden.

Und die Unterwäsche weggelassen.

Denn ich wusste ganz genau, was Melek vorschwebte, sobald die Krönungszeremonie ein Ende fand. Ich hatte es ihn wochenlang planen hören. Er hatte in Gedanken Knoten und Bänder um mich geschnürt.

Er hatte vor, mich Typhos heute Abend als Geschenk zu überreichen, und ich würde ihn gewähren lassen.

Der erwähnte Prinz stellte sich hinter mich und drückte mir einen Kuss auf den Nacken, bevor er mir seinen Arm um die Taille schlang. „Habe ich dir schon gesagt, wie schön du bist, Engelchen?“, säuselte er mir mit sanfter Stimme ins Ohr.

Ich lächelte. „Schon einige Male heute Abend“, erwiderte ich. „Aber du darfst es gern noch mal sagen.“

„Du siehst umwerfend aus“, flüsterte er und küsste mich erneut. „Und in ungefähr dreißig Minuten, wenn ich dir dieses Kleid vom Leib reiße, wirst du noch unglaublicher aussehen.“

Mir lief ein angenehmer Schauer über den Rücken. „Du sagst immer so süße Sachen.“

Er lachte, dann stellte er sich neben mich und musterte den Saal mit mir. Ajax und Az standen bei Typhos. Die drei warteten mit mehreren von Typhos’ Leutnanten und einer Handvoll Höllenhunden auf einer Bühne.

Einer dieser Höllenhunde war Payan. Er sah besonders beunruhigt aus, vermutlich, weil er Vivaxias Kontrolle zum Opfer gefallen war. Und er hatte Typhos deswegen fast dem Tod zugeführt.

Zu seinem Glück hatte der Höllenfeen-König Verständnis.

Er machte keine seiner Feen für Vivaxias List verantwortlich, weil er aus erster Hand wusste, wie manipulativ und mächtig sie einmal gewesen war. Wenn überhaupt, machte er sich selbst die größten Vorwürfe, weil er das Gefühl hatte, er hätte früher einschreiten und sie aufhalten müssen.

Das war eine unfaire Einschätzung.

Aber ich konnte sie nachvollziehen.

Und ich verstand auch, was er derzeit machte, als er auf der Bühne stand und sich mit seinen Leutnanten unterhielt.

Na ja, ich schätzte, jetzt waren sie *unsere* Leutnante, weil ich heute Abend zur Höllenfeen-Königin ernannt worden war.

Die Neuigkeiten waren mit großer Freude aufgenommen worden und die Höllenfeen und Albtraumfeen hatten zustimmend gejubelt.

Jetzt hatte sich die Aufregung etwas gelegt und die Feen unterhielten sich über die nächsten Schritte des Reichs der Höllenfeen.

Sie hatten keine Ahnung, dass Typhos noch eine weitere Ankündigung zu machen hatte. Eine große.

Aber zuerst wollte er all seine Leutnante als Zeichen der Solidarität versammeln. Sie wussten, was uns vorschwebte, und hatten den Plänen bereits vor Wochen zugestimmt. Jetzt mussten wir diese Pläne nur noch mit dem Reich der Höllenfeen teilen.

Und mit den Höllenbrautfeen-Kandidatinnen.

Sie waren alle da. Zumindest diejenigen, die nicht verpaart waren. Diejenigen, die während der Brautproben beansprucht worden waren, hielten sich in ihren jeweiligen Albtraumfeen-Königreichen auf.

Typhos hatte sich Zeit genommen, alles mit mir zu besprechen, was er organisiert hatte, und dabei alle sechshundertsechsundsechzig Kandidatinnen berücksichtigt.

Ajax hatte mitgehört und wissen wollen, wer die Frauen waren, die sich freiwillig gemeldet hatten. Er hatte denselben Eindruck wie ich gehabt – nämlich den, dass die meisten Kandidatinnen nicht aus freiem Willen dort waren.

„Ich habe ihre Schreie gehört und ihre Angst gespürt", hatte er irgendwann während des Gesprächs gesagt.

„Einige haben nicht realisiert, wofür genau sie sich gemeldet hatten", lautete Typhos' Antwort. „Andere haben sich aus den falschen Gründen angeschlossen."

Was, wie ich später erfuhr, der Grund gewesen war, aus dem gewisse Bräute aus dem Rennen gezogen worden waren. Wenn die Quelle herausgefunden hatte, dass sie sich aus den falschen Gründen im Reich aufhielten, waren sie nach Hause geschickt worden.

Oder getötet, ging mir mit einem Schaudern durch den Kopf. Denn die Quelle beschützte ihr Volk, was mir jetzt unmissverständlich klar war.

Sie war nicht die Art von Kraft, die zweite Chancen einräumte.

Aber sie tat nur jenen weh, die eine wahre Bedrohung darstellten.

Und leider waren einige dieser Frauen an die Brautproben geschickt worden, um üble Dinge zu tun.

„Es wird immer Feen geben, die unsere Königreiche betreten und Probleme stiften wollen“, hatte Typhos neulich gesagt, als er mit seinen Leutnanten sprach. „Ich habe versucht, sicherzustellen, dass sie nie durch meine Tore schreiten. Aber indem ich das getan habe, habe ich jene, mit dem Wunsch, hier zu sein, außen vorgelassen. Deswegen werden wir einen neuen Prozess im Reich der Höllenfeen einführen, damit ihr selbst entscheiden könnt.“

Die gesamte Dynamik unserer Welt würde sich bald ändern. Auf Gedeih und Verderb, uns stand eine neue Ära bevor. Eine, in der es keine Tore mehr gab und die Quelle jeden annahm, der das Reich betrat.

„Die Königreiche werden sich selbst regieren“, hatte Typhos verkündet. „Mit euch als ihre Könige.“

Wir würden sie mit unserer Kraft unterstützen, ihre Gebiete, wo nötig stärken, aber wir würden nicht über sie herrschen. Es sei denn, das Schicksal verlangte danach, natürlich.

Nur das Königreich der Höllenfeen unterstand unserer Herrschaft. Aber selbst dieses wollte Typhos mehr öffnen und Besuchern, die keine Höllenfeen waren, gegenüber einladender gestalten.

Es war eine Hundertachtzig-Grad-Wendung von seiner bisherigen Führung, unter der er sich sehr stark in die Angelegenheiten der Feen eingemischt und viele Feen davon abgehalten hatte, einzutreten.

Aber das war der alte Typhos gewesen, der von Vivaxia manipuliert worden war.

Jetzt war er frei.

Und er wollte dieses Geschenk mit all seinen Feen teilen.

Er räusperte sich, auf dem Podium stehend, was die Aufmerksamkeit aller Anwesenden umgehend auf sich zog. Obwohl ... einige sahen in meine Richtung, als überraschte es sie, dass ich nicht neben ihm da oben stand.

Aber es lag an ihm, dieses letzte Kapitel zu beenden.

Ich war Teil des neuen Buchs. Ein Buch, das wir zusammen mit unserem Gefährtenzirkel schreiben würden. Vielleicht würden wir einen Weg finden, Vita neu zu schaffen. Oder vielleicht würde ihre Erinnerung zusammen mit seiner Vergangenheit im Tagebuch seiner Mutter ruhen.

In jedem Fall bewegten wir uns auf die Zukunft zu.

Und um das tun zu können, mussten wir einen Strich unter die Vergangenheit ziehen.

Ich nahm an, dass Melek als sein Höllenfeen-Prinz dort oben stehen sollte. Er hatte an der Eröffnungszeremonie für die Höllenfeen-Brautproben teilgenommen, genau wie Az und Ajax.

Ich bin nur zur Dekoration hier, Engelchen, flüsterte er in meine Gedanken. *Die Verehrer können mich nach wie vor sehen, aber ich suche mir selbstständig aus, was ich betrachte. Und im Augenblick gefällt mir meine Aussicht ausgesprochen gut.*

Ich blickte zu ihm und stellte fest, dass er mich anstarrte. *Du sprichst schon wieder in Rätseln.*

Nicht wirklich, erwiderte er. *Mein Rätsel ist ziemlich selbsterklärend.*

„Wir haben noch eine letzte Ankündigung", sagte Typhos, dessen befehlshaberischer Tonfall meine Aufmerksamkeit von Meleks verspieltem Kommentar wegzog. Ich wusste ohnehin nicht, wie ich auf dieses neueste Rätsel antworten sollte.

Oder vielleicht war er auch einfach direkt gewesen, wie er bereits gesagt hatte.

Bei Melek konnte man nie sicher sein. Es war ein Charakterzug, der mich hätte nerven sollen, aber langsam begann ich, mich dafür zu erwärmen, weil er alles frisch behielt.

Und war oft eine dringend benötigte Abwechslung von der Intensität, die Az und Typhos boten. Ihre dominanten

Persönlichkeiten konnten manchmal überwältigend sein, vor allem, wenn sie mich *teilten*.

Mein Bauch spannte sich bei dem Gedanken daran an und ich erinnerte mich umgehend an neulich Nacht, als Az meine Arme festgehalten hatte, während er in mir steckte. Dann hatte er mich nach vorn gezogen, damit Typhos mich in den Arsch ficken konnte.

Unser König versucht, eine Rede zu halten, Cami, flüsterte Melek in meine Gedanken. *Eine Rede, die gleich zu einem abrupten Ende kommen wird, wenn du weiterhin daran denkst, wie er und Azazel dich ficken.*

Ich schluckte hart und sah in Typhos Augen, in denen ein brennender Ausdruck stand. Es erinnerte mich daran, wie er mich in der Arena angesehen hatte. Während der Eröffnungszeremonie.

Wie passend, dachte ich.

Ja, wirklich, erwiderte der Höllenfeen-König. *Du bist so bezaubernd wie immer, Camillia. Und jetzt erwarte ich, dass du dich benimmst, es sei denn, du willst, dass ich dich vor versammeltem Publikum ficke – und ja, ich werde es tun.*

Die Drohung ließ mich meine Schenkel anspannen. *Du würdest es nicht wagen, mich auf diese Weise zu teilen.*

Selbst vom anderen Ende des Raumes konnte ich ihn die Augenbrauen hochziehen sehen. *Du trägst nichts unter diesem engen kleinen Kleid, Miss De la Croix. Es wäre ein Leichtes, es an deine Hüfte hochzuziehen, dich vornüberzubeugen und dich zu nehmen, während Ajax und Azazel Wache stehen. Keiner würde etwas sehen. Aber deine Schreie würden sie allemal hören, meine Königin.*

Melek, der neben mir stand, summte und spürte ohne jede Frage, dass wir uns ein Wortgefecht lieferten. Obwohl meine Gefährten keine Details vernehmen konnten, wenn ich direkt mit einem meiner Männer sprach, nahmen sie die Schwingungen wahr.

Und Typhos verströmte derzeit zweifelsohne strafende Schwingungen.

Ich werde mich benehmen, mein König, sagte ich leise. *Fürs Erste.*

Aber wenn er wollte, dass ich aufhörte, an Sex zu denken, hätte er mit den Drohungen, dass er mich ficken würde, aufhören sollen.

Melek, der neben mir stand, lachte. *Ty zählt mir eine Liste von Dingen für heute Abend auf. Wie es scheint, hast du ihn mit deinen versauten Gedanken aufgebracht, Engelchen.*

Ich verdrehte die Augen. *Ich habe nur an neulich gedacht.*

„Wie ich schon sagte", fuhr Typhos, wieder mit autoritärer Stimme, fort. „Ich habe eine weitere Ankündigung zu machen. Sie betrifft die Höllenfeenbrautkandidatinnen. Zuallererst möchte ich euch meine Dankbarkeit für eure Geduld aussprechen, während wir uns den Ereignissen von neulich angenommen haben."

Er musterte die Menge und sein Charisma nahm den gesamten Ballsaal ein. Er war wahrhaftig ein unglaublicher Anführer. *Und nett anzusehen dazu*, dachte ich, während ich den perfekt geschneiderten schwarzen Anzug begutachtete.

Camillia.

Typhos, erwiderte ich. *Du solltest dich jetzt wirklich auf deine Rede konzentrieren, mein König.*

Er murmelte mir etwas von wegen, dass er zwei Gören im Kopf hatte, führte seine Rede aber fort, als wäre er nicht abgelenkt worden.

„Zweitens will ich den Brautkandidatinnen persönlich dafür danken, dass sie bei den Brautproben mitmachen. Als wir diese Reise angetreten sind, war mein Ziel, das Reich diverser zu machen, indem ich Feengefährtinnen einließ. Die neuesten Ereignisse haben mich aber erkennen lassen, dass meine Herangehensweise nicht ganz richtig war."

Die Menge begann zu tuscheln, die Feen merklich überrascht über Typhos' Geständnis.

Aber dieses Geständnis war, was ihn zu einem guten Anführer machte. Er fürchtete sich nicht davor, für seine Fehler geradezustehen. Und, was noch wichtiger war: Er fürchtete sich nicht davor, sie auszubügeln.

Und genau das tat er jetzt, als er verkündete: „Die Höllenfeenbrautproben sind offiziell beendet."

Das Flüstern wuchs zu einem lauten Raunen heran.

Ein Raunen, dem er mit dem Heben seiner Hand Einhalt gebot.

„Wie ihr wisst, stehen die Tore zu unserem Reich jetzt offen. Das bedeutet, dass es den vormaligen Kandidatinnen freisteht, das Reich zu verlassen, aber ich hoffe, dass ihr bleibt. Dass ihr mit mir zusammen eine neue Ära der Inklusivität einläutet. Dass ihr Teil eines progressiven Zeitalters im Reich der Höllenfeen werdet."

Der Elan von vorhin kehrte zurück und die Feen strotzten nur so vor Vorfreude über diese neue Zukunft.

Diese Vorfreude nahm an Fahrt auf, als Typhos verkündete, dass sein Rat der Könige – vormalig bekannt als seine Leutnante – im wahrsten Sinne des Wortes regieren würde.

„Ich werde da sein, um Führung zu bieten, wo sie gewünscht ist, aber künftig werden eure Könige eure Anführer sein. Wir werden mit ihnen zusammenarbeiten, um eure Zugangsbedingungen auszuhandeln. Eure Portale handhaben. Tut, was ihr tun müsst, um aufzublühen. Immer im Wissen, dass eure Quelle euch bei allem unterstützen wird, was ihr erreichen wollt."

Selbstverständlich gab es gewisse Vorbehalte, von denen ich bereits wusste. In unserem Reich gab es keinen Platz für Grausamkeit. Feen, die so regieren wollten, wie Nos, würden nicht toleriert werden.

Aber grundsätzlich wollten wir, dass die Feen ihren eigenen Weg gingen. Dass sie sich ihre Gefährten selbst aussuchten. Dass sie ihren Lebenssinn fanden. Und aufblühten.

Das beinhaltete die vormaligen Bräute, denen Typhos einen Umzugsservice anbot. Er sagte auch, dass sie im Brautcamp verweilen durften, solange sie wollten. Und dann verkündete er, dass ich Kandidatinnen, die Fragen oder Bedenken hatten, persönlich zur Verfügung stand.

Letzteres hatte ich bereits erwartet und empfing meine erste Aufgabe als Höllenfeen-Königin mit offenen Armen.

Na ja, meine zweite Aufgabe.

Vivaxia zu entfernen, war technisch gesehen meine erste gewesen.

Als Typhos seine Rede beendete, tobte der Saal vor Beifall „Es war mir eine Ehre, euch allen dienen zu dürfen. Wirklich." Er verbeugte sich respektvoll, dann erhob er die Hand und über seine Finger sausten Flammen. „Auf geht's zum nächsten Kapitel!"

Er ließ das Höllenfeuer durch das Zimmer rauschen, woraufhin sämtliche Kerzen sich zischend entzündeten, bevor die Flammen von einem Orange in ein glühendes Rot übergingen.

Dann schossen seine Flügel aus dem Rücken und mein Gefährte verschwand.

Nur um hinter mir aufzutauchen und mir die Arme um die Taille zu schlingen. „Jetzt, Melek", war alles, was er sagte, bevor er uns zurück in die Suite teleportierte.

Was komplett überflüssig war. Die Krönung hatte im Ballsaal des Palastes stattgefunden. „Wir hätten einen normalen Abgang wie alle anderen Feen auch machen können", meinte ich.

„Nichts an uns ist *normal*, Camillia", erwiderte er und ließ mich los. „Jetzt zieh das Kleid aus und leg dich aufs Bett."

Az reiste durch seine Aschewolke ins Zimmer und Ajax landete neben ihm. Die beiden lösten ihre Krawatten.

Doch Melek war nirgendwo zu sehen.

Ich dachte, du würdest mich fesseln, wisperte ich ihm zu.

Sein Lachen fühlte sich an wie ein Kuss. *Bist du so begierig auf meine Fesseln, Engelchen?*

Ich frage mich nur, wo du bleibst, meinte ich.

„Hier bin ich“, flüsterte er an mein Ohr gedrückt, nachdem er seine Position mit Typhos gewechselt hatte. „Jetzt tu, worum unser König dich gebeten hat, und leg dich aufs Bett, Liebste.“

„Ich habe sie nicht darum *gebeten*“, erwiderte Typhos.

Auf meinen Lippen breitete sich ein Lächeln aus. Seine Ungeduld machte den Augenblick nur noch heißer.

Der Höllenfeen-König würde mich dafür bestrafen, dass ich ihm nicht umgehend gehorcht hatte. Und ich freute mich auf die Strafe, die mich erwartete.

Denn so sah unsere Dynamik aus.

Er trieb mich an meine Grenzen und ich ihn.

Melek gab gern Rätsel auf, die immer eine interessante Information beinhalteten. Und er kümmerte sich auf seine ganz eigene Weise um mich.

Ajax hörte auf mich. Machte sich für mich stark. Würde mir immer den Rücken freihalten.

Und Az war der Gefährte, der mich ohne jeden Zweifel beschützen würde. Alles, während er meine Grenzen testete und meinen Horizont erweiterte.

Wir fünf waren jetzt unsere ganz eigene Quelle. Eine Kraft, wie keine andere. Ein Zirkel mit unbeschreiblich viel Leidenschaft und Energie.

Obwohl jeder Einzelne von ihnen und mich etwas Einzigartiges verband, existierten unter ihnen ganz eigene Bänder. Einige älter als andere. Einige neu. Einige wuchsen immer noch heran.

Aber uns blieb eine Ewigkeit, unsere Verbindungen zu erforschen. Einander wertzuschätzen. Zu *lieben*. Um in unserem ganz eigenen, wunderschönen Nirgendland zu existieren.

Als Wärter der Höllenfeen, Kommandant der Höllenfeen, Prinz der Höllenfeen, König der Höllenfeen und *Königin der Höllenfeen.*

ENDE

USA Today Bestsellerautorin Lexi C. Foss ist eine Schriftstellerin, verloren in der Welt der Computer. Sie lebt mit ihrem Mann und ihren pelzigen Freunden in North Carolina. Wenn sie nicht gerade schreibt, ist sie mit Sicherheit auf Reisen. Viele der Orte, die sie schon besucht hat, lassen sich in ihren Büchern wiederfinden, einschließlich der mystischen Welt von Hydria, die auf der griechischen Insel Hydra basiert.

Lexi ist ein bisschen verschroben, trinkt viel zu viel Kaffee und schwimmt gern. Tschüss!

Würden Sie gern über Neuerscheinungen informiert werden? Dann tragen Sie sich für ihren Newsletter ein: https://www.lexicfoss.com/deutschen-newsletter

Besuchen Sie Lexi im Netz!
https://www.lexicfoss.com/aktuell

E-Mail: lexicfoss@gmail.com

Die USA Today Bestsellerautorin J.R. Thorn ist eine Autorin von Reverse-Harem-Liebesromanen. All ihre Bücher handeln in derselben Welt – ausgenommen Bücher, die zusammen mit einer Co-Autorin geschrieben wurden. Also lass dir die empfohlene Lesereihenfolge oben oder auf der Website nicht entgehen! (Sie ist außerdem besessen von magischen Tätowierungen und Alphamännchen.)

Lies mehr von J.R. Thorn, erhältlich auf Amazon.de!

www.ingramcontent.com/pod-product-compliance
Lightning Source LLC
La Vergne TN
LVHW050908080826
845145LV00001B/13

* 9 7 8 1 6 8 5 3 0 4 2 4 9 *